伪满洲国

{下}

迟子建 著

人民文学出版社

第八章　一九三九年

民国二十八年　昭和十四年　康德六年

一

炉子上的水开了好一会儿了，沸水将壶盖顶得咣唧咣唧直响，杨三娘却依然盘腿坐在炕上用掏耳勺来剜指甲里的泥。杨三娘非常邋遢，即使过年了也不洗一回澡，她身上总有一股酸臭气。她清理个人卫生的工具是一个银质掏耳勺，一端是尖的，另一端则是个米粒般大的小勺。隔上一两个月，她就会坐在炕沿上清理一回。先掏耳朵，将黄乎乎的耳屎掏在裤子上，仔细看看，就像打量金子一样专注。然后又用尖的那头抠指甲里的黑泥。她平素不剪指甲，指甲养得很长，里面藏着的泥多得似乎能容一条蚯蚓在里面爬来爬去。弄过指甲，她又把掏耳勺伸向鼻孔，左右旋转着弄出黏糊糊的鼻涕嘎巴儿，这样她裤子上就星星点点地沾了不少脏东西。杨三娘这时将掏耳勺往头发里一插，伸腿下了炕，三下两下就把脏东西拍落了。之后她便用掏耳勺刷刷地划头皮，直到白花花的头皮屑像雪花一样飘落下来。她的清洁自身的卫生行动也就暂告结束。杨三娘每每这样折腾一回，都显得精神气儿十足，她大声咳嗽几声，用亢奋的声调与人说话，仿佛脱胎换骨了似的。

　　杨浩坐在一堆黄表纸中给马凉的儿子马林做弹弓和书包。马林腊月十七死了，死时瘦得像根野蒿，谁见了都落泪。吴老冒那些自称打海上运来的药也没能挽留他的生命。马林死前的一周更加骇人地能吃，恨不能一口吞下一锅的粮食。喝水也甚为吓人，一瓢接一瓢地灌，却仍是害渴。这边水刚落肚，那边尿水就出来了，愁得马凉天天在村路上晃荡，不敢回家看这情景。总幻想着他游荡几圈回家后，马林会奇迹般地痊愈了。马林死时并不是用棺材下葬的，而是用炕席裹着埋了。马凉声称儿子未成年，是童子，不应当成大人来发送。但是村里人都明白，马凉因为儿子生病，家里穷得叮当响，哪儿有钱给他买棺材呢？杨三爷为此气急败坏地骂马凉心肠毒辣，对亲生儿子如此轻薄，实在令人寒心。谁都明白，他是由于棺材没能卖出去而心生愤懑。杨三爷还特意让卖油郎去马凉家游说，说是马林本来就可怜，入土后如果混不上副棺材，在那边就没有房子住，只能露宿荒郊野外，连个媳妇都说不上了。马凉却说人死如灯灭，他管不了阴界的事，一切都靠儿子自己去修行了。卖油郎的游说最终失败了，杨三爷只能自认财运不济，遇见马凉连招呼也不打了。

　　马凉不惟没给儿子买副棺材，就是纸牛纸马的也没舍得买。这回给马凉弄书包和弹弓的，还是栾老四。因为老婆的死，他说话颠三倒四的，而且爱忘事。他夜夜做梦，梦的都是已故的人。那些魂灵也不大体恤他，今天要这个，明天要那个，栾老四一天到晚往棺材铺子跑，快把那儿的门槛给踢破了。两年来杨浩给他做过形形色色的东西，普通的如衣裳、鞋袜、碗筷、灯盏，细致的如烟斗、梳子、笔和花瓶。杨三爷因而很乐意和他交往，栾老四总是往棺材铺子送现钱。死的人少，就只有赚纸花生意的钱了。为此，栾老四几乎是把家底都折腾空了。他整日面色青黄地抽搐着脸，手指也哆哆嗦嗦的，嘴里老是嘟哝不休，说些什么，别人听不清楚，他自己也是糊涂的。你若问他："老四，你说什么呢？"栾老四就茫然地捂一下嘴说："我没说什么呀。"神态很凄惶。他种的地由于侍弄不精心，收成一直不好。栾喜梅为此不知哭过多少回，劝父亲不要胡思乱想，不要管死人的事情了。本来她是爱妈妈的，但父亲的举动却使她恨母亲了。她不止一次在夜深时对着黑洞洞的旷野跟母亲说："你死了享福去了，我们活着的人多遭罪啊。你就不要闹爸爸了，他一天到晚往棺材铺子跑，家里的日子都没法过了。"每说至此，栾喜梅都要伤心地哭一场。马林死后，栾喜梅一直没出家门，就是春节时也没见她到杂货铺买棉花糖。往年的大年三十，她肯定要到那里给弟妹买上几块棉花糖的。初五时杨浩在街上看见了栾喜梅的弟弟，他穿得破破烂烂的，在捡杂货铺门前的糖纸。捡起后贪婪而飞快地吮一下糖纸，看得杨浩心直哆嗦。可惜他当时手头没钱，没法给那孩子买几块糖。

　　栾老四昨天下午来棺材铺子时气喘吁吁的，进屋后杨三爷让他去炉前烤烤火，他佝偻着身子打着寒战凑过去。杨浩见他把手伸向火炉时剧烈哆嗦了一下。他跟杨三爷说，这回他要给马林弄个书包和弹弓。马林昨夜里找他，说是没上够学，想去读书，可没有书包。

还说那里鸟太多，他老是睡不好觉，一闭眼睛鸟就往他身上扑，弄得身上全是鸟粪，得弄个弹弓对付它们。杨三爷一听便来了精神，他振振有词地说："为什么鸟会往他身上扑？还不是因为走时没混上个屋子，天天呆在外面，别说是鸟啊，虎啊豹啊狼啊的都得惦记着他！怪谁？怪就怪那个抠门儿的马凉，亲生儿子死了，连副棺材也不舍得买，这下好了，那孩子在那里受罪了不是？"杨三爷说得唾沫星子四溅，看上去神采飞扬的。他对栾老四说："这话你应该过给马凉，让他心里知道知道，别你这里好心好意给他儿子送东西，他那里还不知道，这种不领情的事咱不能做！"接着，杨三爷又小声说："你跟马凉说，他现在悔过还来得及。那孩子死了还不到一个月，这时节尸首冻着，新鲜着呢，重新买副棺材把他殓了，他也就不出来闹人了。到时我把棺材给他便宜着点，也算我积点阴德！"栾老四支支吾吾着，并没有表示要去动员马凉买棺材。他的思维还停顿在马林身上。他有气无力地说："马林朝我要东西，合该我是欠他的。他和喜梅好，临死前有两次来找喜梅，我不让他见，挡他在门外了。那孩子眼巴巴地看着我，真是可怜哇。我也真是的，明知道他活不长了，还让他不开心，真是造了大孽！我该让他见喜梅的，不就是说说话吗，又能怎么呢？伤不着她皮动不着她肉，我真是太自私了。"杨浩没有与顾客拉家常的习惯，这次却忍不住插言了："马林死了，你们家喜梅哭没哭？"栾老四微微抬起头，散漫地打量了一下杨浩，说："我也觉着奇怪，我跟她说马林死了，她倒是笑了笑，好像她不把他放在心上似的。可是打马林死后，她就不出门了，往年过年时她都去杂货店给她弟她妹买棉花糖，今年我吩咐她好几次，她去都不去。"杨浩没再说什么，因为再过五天就是正月十五了，村里像他一般大的孩子撺掇着要进城看大秧歌去，他想让栾喜梅也去。栾老四最后嗫嚅着跟杨三爷说，他穷得要揭不开锅了，把过日子的钱都花在棺材铺子了，问能不能给他赊几回账？杨三爷一瞪眼睛连连摆手说："不行不行！我这也是小本生意。再者说了，你打听打听去，谁跟棺材铺子赊过账？赊账属于心不诚，死鬼会怪罪你的！"吓得栾老四抖了一下，差点倒在炉子上。

杨浩专心致志地叠弹弓的柄。他听见壶盖叫个不休，心想杨三娘不知又在干什么，怎么不把水挪下来？这么烧下去，这水一定被熬得又老又涩，硬得无法喝了。杨三爷到杂货铺打牌去了，正月里他爱玩上几回，说是忙了一年，该清闲一下了。杨浩放下手中的活儿，起身走到屋外的灶房去挪水壶。铁皮壶把已烧得烫手，不得已只好用抹布垫着取下来。飞快地掀开一看，一壶水被熬得只剩小半壶了。壶里满是水锈，早就该清理了。那些水锈结成了暗红的硬痂，就像柿子皮一样。这时杨三娘走进灶房，她高声大气地说："壶没烧干吧？"杨浩没吭声，让她自己去看。杨三娘猫腰时被壶里蒸发的热气熏了一下眼睛，她煞有介事地"唉哟"一声，说："连你个鬼哈气也知道欺负女人！"听她洪亮的语音，杨浩知道她刚用掏耳勺打扫了一番自己。杨浩想自己真是欠手，不该帮她来拿水壶的，省得听她一惊一乍地唠叨。

杨浩回到铺子里接着做活。冬日的阳光很疲惫地从混浊的玻璃窗投射进来，室内的光线并不很充足。虽然才过午，却给人一种黄昏的感觉。这时节户外寸草不生，肮脏的雪东一块西一块地散布着，好像大地打了无数补丁。自前年开始，日本人开始到村子里招工，说是吃馒头和白米，住有火炕的屋子，活儿很轻，不过盖盖房子而已。招工时说是要年满十八的壮劳力，但有的十四五岁的孩子也被领走了。据杨三爷说，出去的人都去煤矿下小煤窑了，天天在潮湿的井下作业，吃不饱穿不暖，还常挨打。然而有不少人还是经不住诱惑去了，在村子里生活也实在太艰难了。杨浩有时顶撞了杨三爷，他就会拍着胸脯说："我收留你，够不够仁义？你原本一个小要饭的，吃不上穿不上的，不是我杨三爷心眼儿好，你早没命了！我不让你喊我爹，不等于我不把你当儿子待！哪有儿子不服爹的！"杨浩只能忍气吞声地不声不响了。杨三爷还说，日本人在村子里谁家的劳力都敢抓，但别想动他杨三爷一根毫毛，你杨浩就跟着沾光吧！杨浩确实也怕被招了工去，他个子一年年高了，身体也逐渐强壮了，确实是个好劳力了。虽然未满十八岁，但看上去却像个二十岁的人了。为此杨浩对自己飞快生长的身体提心吊胆的，惟恐被强行招走。有一段风闻招工的要来了，他就足不出户，把自己陷在一堆堆黄纸中做活。每年腊月时，只要小年一过，杨浩就择一个杨三爷不在家的晚上，悄悄带着火柴和纸钱到村外的旷野上给已逝的亲人烧纸。这时他会把自己一年来的情况告诉给家人。看着纸钱一点点地化为灰烬，杨浩站在空荡而黑暗的旷野上更觉孤单，此时他总要透彻地哭上一场。每每回到棺材铺子，杨三娘见他红着眼，就问："谁欺负你了?"杨浩带着哭音说:"没有。天冷,快把我冻透了。"杨三娘便幸灾乐祸地说:"活该呀,大黑的夜,你非要出门,撞着鬼了吧?鬼没剥了你的皮算你命好!"她对待杨浩总是恶语相加,杨浩习以为常了,也不反感,撇下她忙自己的活儿去了。为了使弹弓的柄结实耐用,杨浩特意把纸里裹了两条木棍。他想约栾喜梅出去,因而觉得对不起马林,为他做东西就带了某种愧疚。他不知道怎么跟栾喜梅张这个口。

杨三娘嘴里嚼着什么东西过来了,为了引起杨浩注意,她使劲拍了一下门框,说:"栾老四什么时候来取东西啊?"

杨浩说:"他走路晃晃悠悠的,没力气了,我跟他说好了,做好了给他送过去。"杨三娘"哟"了一声,说:"你还挺仁义的嘛,知道心疼人了。"由于嘴里吃着东西,她说起话来含混不清的。杨浩说:"他怪可怜的,都要赊账了。"杨三娘又拍了一下门框,说:"我跟你说话,你怎么看都不看我一眼?"杨浩只能抬头瞧她一眼,飞快地又低下了头。杨三娘笑了:"这就对了,以后跟长辈说话要看着说,别那么没教养,以为我杨三娘教子无方!"杨浩很反感她把自己当成她的儿子的那种口气,因而嘟囔一句:"我一个小要饭出身的,又没爹又没娘,没教养别人也不笑话。"杨三娘并未听出弦外之音,她热情洋溢地问杨浩:"你跟你杨三爷说了,正月十五要进城看地蹦子(秧歌)去?"杨浩点点头。"你们搭好伴儿了?"杨三娘问。杨浩说:"搭好伴儿了,有八九个人去呢。大狗子、福剩、全根、银锁、杏花、春红,还有柳叶。"杨浩之所以搬出这些人来，是怕杨三娘要跟着去。因为他跟杨三爷说要进城看大秧歌的时候，杨三娘站在门外听见了。她跟杨三爷说："真想看看地蹦子呢，有年头没看了。"果然杨三娘发话了："那天把我也带去吧，反正那天也没事做。"杨浩沉着地说："杨三爷不会让你去的，那天你不得给他做元宵吗？再说了，去的这些人你也听到了，都和我这般大的，我们雇了王三家的马车起大早进城，就能装下那么些人，你真去的话，也和我们玩不到一块儿的。"杨三娘正"哟——哟——"叫着想教训杨浩，杨三爷回来了。杨三爷见婆娘撅着嘴，就说："我出去玩这么一会儿，回来你就给我吊脸子。"杨浩想这正是解决矛盾的好时机，他认定杨三爷不会让杨三娘进城的，于是就说："杨三娘要跟我们进城去看大秧歌，我说都是小孩去，她就不愿意了。""你还知道告状啊！"杨三娘气得脸都红了。"你说你这么大岁数了，跟一帮孩子凑什么热闹！"杨三爷一扬手说："你给我老实在家呆着，那天是正月十五，你得做元宵！""杂货铺进了元宵，买上两碗回来煮就是了。"杨三娘说，"我团的元宵哪有卖的好吃。""你懂个屁！"杨三爷火了，"杂货铺今年进的元宵不是江米面的，是高粱米面的，一个个紫红紫红的像卵子球，吃了刺坏你的嗓子！"杨三爷的比喻使杨三娘忘了生气，她笑了起来，越笑越支持不住，便像摊泥似的瘫在了地上。待她笑够了，叉着腰"唉哟唉哟"站了起来，颇有些失落地说："老了，连笑一回都觉着累了。"

　　杨三爷是回来吃晌午饭的，杨三娘和杨浩已经先吃过了。他草草扒拉了几口饭，又到杂货铺打牌去了。杨三娘则倒在温暖的火炕上睡去了，她的呼噜声高一声低一声地传来。

　　摆脱了杨三娘的纠缠，杨浩心里明朗多了。弹弓已经做好，他开始裁剪书包的用纸。这时棺材铺子的门轻轻被人拉开了，栾喜梅蹑手蹑脚走了进来。杨浩最初见她的一瞬间只觉大脑一片空白，这实在太出乎意料了。栾喜梅下穿打着补丁的蓝布裤，上穿蓝底白花的袄罩，戴一块很旧的紫头巾，瑟瑟缩缩地看着杨浩，目光幽幽的。杨浩认出那紫头巾是她母亲生前常戴的，那女人很勤劳，常在旷野里看见这块飘扬着的紫头巾，采野菜、打猪草、耙地、拾粪。别人都不屑捡羊粪，嫌费事，栾喜梅的母亲却不厌其烦地去捡，她常跟别人说："庄稼一枝花，全靠粪当家。羊粪也是粪呀。"栾喜梅摘掉头巾，露出两根又黄又细的辫子。她看上去很瘦，面色青黄，不过那弯弯的眉毛和嘴唇仍是活泼可爱的。杨浩见栾喜梅不说话，就想问一句外面冷不冷，而出口的却是："你怎么蹑着脚进来的？这里又没有埋地雷。"栾喜梅微微笑了一下，蹙着眉细声细气地说："人都说棺材铺子的地上到处是死人的魂儿，我怕踩碎了魂儿。"杨浩听了不由笑了，说："那都是胡说的！"栾喜梅将双手绞在一起，低头看了看那些散落在地上的黄纸，然后问："我爸昨天下午又来了，是吗？"杨浩点点头。"这回又做什么？"栾喜梅问。"弹弓和书包。"杨浩说。"弹弓和书包是给谁的？"栾喜梅歪了一下脑袋。杨浩本想说是给马林的，但他撒谎了，"好像给你们家过去的一个亲戚吧，是个没上过学的小孩子。"栾喜梅又蹙了一下眉，将信将疑地"哦"了一声，然后说："你能不能帮我求求杨三爷，以后我爸来做这做那的，别给他做。"杨浩将手从黄纸中抽出来，说："是不是家里没钱了？你爸昨天来还要赊账了的。"栾喜梅点点头，然后补充说："除了钱外，还有，还有……我怕我爸这样下去就疯了。"栾喜梅已经眼泪汪汪的了。杨浩想自己手里有块新手绢就好了，递给她擦泪，顺便也就送她做礼物了。栾喜梅说："他一天到晚魔魔怔怔的，老是跟死人说话，早晨起来后看着我们总是说'我原来还跟你们在一块儿'，吓得我弟妹直哭。"杨浩沉默了半晌，然后说："杨三爷今天去杂货铺打牌了，这个棺材铺子是他当家的，回来后我跟他说。你不要担心，你爸不会疯的，他只不过爱做梦。"栾喜梅说了一声"谢谢"，然后又把围巾重新蒙在头上。杨浩咬了下舌头，下定决心地说："喜梅，我有个事正想跟你说呢。正月十五的时候，我们雇了王三家的马车进城去看大秧歌，你也去吧。"栾喜梅眨了一下眼，没有吭声。杨浩连忙说："去八九个人呢，都是咱们这么大的，大狗子、福剩、杏花、柳叶、银锁。"栾喜梅说："这么多人能坐得下吗？"杨浩说："坐得下坐得下，你这么瘦，不占多少地方！"栾喜梅说："我爸不知同不同意呢。"听她那口气，分明是动了去的心思，杨浩喜出望外地说："明天我去你家送弹弓和书包，我跟他说！""正月十五的时候，我还得给家里人做饭呢。"栾喜梅又搬出一条理由。杨浩说："你提前一天把饭弄下就是了。"栾喜梅还在犹豫着，杨浩大包大揽地说："就这么定了，你爸那里我说去！"栾喜梅咧开嘴笑了笑，那弯弯的唇角翘着，十分悦目。她依然是蹑手蹑脚地走出去，轻轻地推上门。

栾喜梅一走，杨浩就兴奋得从纸堆里蹦了起来，这时他迫切地想亲吻点什么。顺手拿起给马林做的纸弹弓，一阵狂吻，把纸都洇湿了。杨浩重新埋头做书包的时候，心里就暖洋洋的了，明明快要黄昏了，室内光线黯淡得使剪子都吃力，可他却觉得阳光灿烂，满室生辉。好像春天不知不觉提前到来了。杨三娘已经醒了，她捶着腰打着哈欠晃了过来，看了一眼杨浩，嘴巴一撇说："越来越磨蹭了，一个下晌连个书包也没做成，还想进城看地蹦子去！"杨三娘"哼"了一声，就进灶房喝水去了，她一醒来就害渴得厉害。

　　次日天空飘着雪，杨浩把做好的书包和弹弓送到栾老四家。栾喜梅正坐在灶房洗衣裳，见了杨浩，湿着手站了起来。杨浩朝她使个眼色，进屋就把那两样东西交给栾老四了。栾老四苦巴着脸，说是以后做不了这些物件了，钱都空了。杨浩就趁机胡说八道，自称小时要饭时，在一家破庙碰到一个白胡子老头，他告诉杨浩，不管死人要什么，你只要在地上把那东西画出来，然后用个圆形竹圈套住，再吆喝那人的名字，鬼们就会来取东西了。把竹圈拿起后你冲着画的东西吐上一口痰，上去踩两脚，鬼自然就不会再来缠你了。果然，栾老四被说得两眼泛光，双颊也有了血色，他让杨浩再告诉他一遍，他要牢牢记住。杨浩想杨三爷要是听到他如此信口开河地断了他的生意，非要用皮鞭把他抽得皮开肉绽不可，于是就再三叮嘱，说这属机密，千万不可泄露，栾老四连连应诺。接下来杨浩请求栾老四让栾喜梅正月十五去看大秧歌也就顺理成章地通过了。不过栾老四有个条件，坐马车的钱他不能出，杨浩连说没问题，栾喜梅的份子钱算在他身上。走前他到灶房反复叮嘱栾喜梅，让她那天早点起来，穿暖和点，坐马车得两个多小时呢。

正月十五时阴着天，不过没有下雪，风也不大，所以坐在马车上还不觉太冷。栾喜梅包块紫头巾坐在杨浩身边，听他们讲故事。每每马车急转弯或经过深坑时，车体都要摇晃颠簸一番，这时栾喜梅就不能自持地往杨浩身上晃，晃得杨浩心底的喜悦像涟漪一样阵阵泛起，希望那路更多些坎坷。

他们上午九点就赶到城里了。听人说大秧歌十点钟时在城中心的十字路口演出，一行人就商量好了，到时人挤，肯定会挤散的，约好大秧歌结束后在青禾布店集合。大家散开后大部分去了商店，没钱买东西，但看看也算过瘾。杨浩故作无意地跟着栾喜梅走，后来他们逐渐单独走向一家裁缝店，两人就相视一笑，倚着铁灰色的石墙看城里的风景。直到秧歌快开演了，他们只说了一句话，杨浩说："你真能干，把家里弄得跟你妈活着时一个样。"栾喜梅则说："你比我苦，小时候还要过饭。"

锣鼓唢呐声一阵爆响，先前还空寂的十字路口就刷地涌上来许许多多人。男女老少嘻嘻笑着往那儿跑，鼓点越敲越急，分明是在叫更多的人。杨浩和栾喜梅连忙拔腿往人群中跑，到了那里时，只见一群桃红柳绿的人涂胭脂抹粉的，秧歌就要开始了。为首的是个穿红绸衣的人，虽然涂了胭脂，但人人都可以看出他是男扮女装的，虽然胡子是刮干净了，但下巴那里还青着。他是个领头的，正挥舞着一把蝇甩子在打场子。待他发现场子足够宽绰之后，蝇甩子刷地一甩，大秧歌便开始了。

　　杨浩和栾喜梅一直往前挤,岂料人人都这样挤,就有些挤不动了。杨浩插着空能看见秧歌,栾喜梅个子比他矮,就一个劲地跷脚。杨浩想这样看下去实在太受罪,就不由分说拉起栾喜梅的手,带着她拼足力气往最里圈挤,虽然惹来一片片骂声,但他们还是成功地挤到最前面了。唢呐和锣鼓叫得更欢了,分成两排的秧歌队齐头并进地扭将过来。他们头戴各色绸花,手中挥舞着五颜六色的扇子,一步一颠,两肩一耸一耸的,分外有趣,就像他们折了筋骨似的。有个扮演胡匪的人粘着一撇红胡子,两手一闪一闪的,招惹得人往他身上扔东西。有个扮演新娘子的人蒙着红盖头,骑在一头驴上,下面还有个牵驴的男人,这男人叼着杆长烟袋。驴是假驴,不过是个空壳,套在新娘子的身上,新娘子怎么晃,它就怎么晃。栾喜梅指着那驴,乐得合不上嘴,原来那驴生着一对红耳朵,嘴巴却是绿的。秧歌队开始兵分两路,扭起了双龙摆尾,之后又是扭花,又是套环,又是推磨,秧歌的花样几乎扭了个遍,看得人眼花缭乱的。渐渐地,杨浩觉得四周的人群渐渐散去,围观者只剩下了他和栾喜梅。栾喜梅和他走进场子,她蒙着红盖头骑在驴上,而他牵着驴。他们就这样扭扭摆摆地走向前,这时爆竹声噼里啪啦响起,栾喜梅走进了他为她准备的洞房,一对红烛在床畔宁静地燃烧着。"杨浩,快看,七仙女!"栾喜梅使劲抖了一下杨浩的手,他从幻觉中眨眼一看,见七个穿白绸衣扮成七仙女的姑娘袅袅婷婷地扭来了,但他觉得她们即使打扮了,也不如栾喜梅更像仙女。杨浩下意识地更紧地攥着栾喜梅的手,生怕来一阵旋风会把脆弱而美丽的她给吹没影儿了。

二

被关押一周之久的郑家晴从警察署出来时正赶着雨天。本来就心绪不佳，再加上这丝丝冷雨的陪衬，郑家晴只觉满目凄凉。沈雅娴和沈初尉已经候在警署门前等他，沈雅娴穿件荷粉色丝绒长裙，打把湖绿色的伞，在雨中看上去鲜润明媚。她快步走到郑家晴面前，也不顾沈初尉在场，一手打着伞，腾出另一只手去揽郑家晴的腰，并且把脸贴在他的脸颊上，眼泪簌簌地落了下来。郑家晴拍了拍妻子的肩膀，说："你是不是嫌我出来得太早了？"沈雅娴立刻就不哭了，低头嘟囔一句："你老是捉弄好心人，会遭报应的。"郑家晴不易察觉地一笑，与迎在车旁的沈初尉握了下手。沈初尉飞快地打量了一眼郑家晴，说："行啊，一点也没见瘦！"

沈初尉驱车在雨雾中慢行，到望海楼去。望海楼是一家建在海滨的饭店，既有餐饮，又有娱乐。沈初尉在此订餐，是为郑家晴压惊的。由于雨大，又不到饭时，望海楼的生意看上去有些冷清，侍者对他们的到来也就格外的殷勤和热情。这边刚刚落座，那边热气腾腾的茶就送上来了。餐桌面临大海，雨雾中的海灰蒙蒙的。海滨餐馆大都开着高大的窗口，以不辜负外面的风景。厚重的米黄色窗幔收束在墙角，对面挂着一幅展现森林风光的油画，看上去一派青绿，充满生机。郑家晴喝了一杯茶后起身到窗前看海，然后又回到餐桌前，问沈雅娴："老爷子这几天还好吗？"沈雅娴说："还不是一天到晚摆弄那些扇子？前天吃过晚饭，他还教训了一顿保姆，说是人家的汤做得不对头，不该在柿子汤里放虾皮，腥得没法吃。""保姆就没教训他？"郑家晴问。"保姆这人你不是不知道，凡事都要讨个公道，结果她跟老爷子说上一两个钟头，总而言之是虾皮放得正确，连老爷子都烦了，拱手告饶，说'你对你对'。"沈雅娴说完抑制不住地笑了。在她的笑声中，郑家晴觉得家庭生活的气氛又浓浓地将他包围了。沈初尉带头举起酒杯，说："来来来，今天存孝安然回家，说明是个有福之人。我们为有福之人干杯！"

郑家晴所以被警署关押一周才释放，是以涉嫌谋杀的罪名。一周前的黄昏，郑家晴驱车来到海边看落日，他站在沙滩上，一直把夕阳看得掉进海里，一带海水溶金般的泛出灿烂的流光。就在此时，郑家晴看见涨潮的海水一波一波地朝他涌来，他在逐渐后退的过程中眼前突然一亮，只觉一团炫目的金色正滚滚朝他袭来。海面的流光在悄悄消失，这团金色使郑家晴格外激动和惊恐，他以为是海底神灵出现了！他想也许这团黄色的东西会把他卷走，带到深邃的海底。金黄色的漂浮物很快就被海浪裹挟到岸边，到了近前一看，原来是具穿着金黄色衣裤的女尸！她已被海水泡得面目皆非，全身浮肿，头发上挂了不少海藻和鱼虾，吓得郑家晴掉头跑回车里，将头伏在方向盘上许久才平静下来。本来他驱车逃离现场后就不会有任何风波，可郑家晴进城后偏偏报了警，他作为目击者描述了当时见到尸体的时间、场景。警察做了询问笔录后并没有放他回去，经过尸体解剖，发现这女人先是被氰化钾毒死，然后又抛向大海灭尸的，郑家晴有作案的嫌疑。据警方调查，这女人是半月楼娱乐广场的女招待，平素与黑社会有染，不久前曾因涉嫌贩卖枪支而被警方调查过。这女人生性风骚，脾气暴烈，前来认尸的她的父母认定她死有余辜。尽管郑家晴一再申明自己从来没有去过半月楼，更不认识这个女招待，他不过是个常去海边看落日的人而已，警方在案情没有进展的前提下还是将他作为指控对象。尤其他申明自己只不过是驱车看海上落日的，更引起了警方的怀疑，他们认定除非他脑袋有毛病，否则不会这样。沈初尉闻讯后全力疏通与警署的关系，他了解郑家晴，知道他根本不会杀人，哪有杀人者不逃离现场而自投罗网的呢！然而警方仍未解除对他的怀疑。直到昨天，意外破获了一起持枪抢劫英国银行的案子，从案犯身上搜到一帧那被谋害的女人的照片，案犯只能承认一周前杀死了半月楼的女招待，把她投向大海了。他们一直是相好的，可最近这女人恋上了赌场的老大，冷落了他。他去找她，她还当众将一杯啤酒泼向他，骂他"下流"。当夜他就潜到女招待的住处用氰化钾毒死了她，然后抛尸大海。可他对女招待旧情难忘，因而一直保留她的照片。郑家晴的清白这才像海底的冰山一样闪现出来。

从望海楼回到家里，郑家晴打算好好睡上半天。然而正在摆弄扇子的老爷子闻讯而来，缠他个没完没了。当初他死赖在这里不走，郑家晴夫妇想也许他只是一时冲动，留宿他两天，对他不理不睬，他自会讪讪离去的。岂料他呆了几天后说是呆服了，他无儿无女，非让郑家晴养活不可。他还说他并不是白吃闲饭的，会打扫房间，会下厨，还会做扇子，扇子可以卖钱。郑家晴觉得收留他实在荒唐可笑，就请沈初尉出面，让保安局的人将他带回旅顺去。然而仅仅过了三天，老人又背着扇子神秘地出现在郑家晴的家门前，问他如何又能找回来，他只说猫狗都认识路，他一个活人还不记路吗。郑家晴觉得蹊跷，就留他住了一周，听他海阔天空地神侃，倒也常把郑家晴逗得捧腹大笑。老人顺理成章地留了下来，这使保姆颇为不快，觉得自己伺候主人可以，弄一个糟老头子来也要吃她做的饭，实在是太过分了。她背地里跟沈雅娴说，好心未必得好报，她见这老头子来路不明，言行诡异，恐怕不是好货色。他说无儿无女又无任何亲戚，这怎么可能呢？千万别引狼入室。沈雅娴也觉得这老人形迹可疑，见郑家晴对他又如此感兴趣，一时半会儿推不出门，于是就悄悄让沈初尉派人去旅顺打探老人的实底。知道的人都管他叫王疯子，原先有个老伴和一个女儿，岂料老伴捞海带时在浅海淹死了，女儿不久也得暴病死了，从此后他就变得神神秘秘的，跟左邻右舍的人讲一些奇怪的话，并且在家里舞文弄墨地作起了画。今天画枝牡丹，明天画两朵菊花，后天又画一艘船，画得还真像。老人就把这些画给周围的人看，大家鼓励他，说他画得好，要是弄到扇子上就更漂亮了。老人就开始在家里做起了扇子。他春天时去采红柳，把它们放在院子里阴干了做扇骨，然后用贝壳做扇钉，扇面用白麻布精心裱糊，再在上面画上花鸟虫鱼。老人手头有一些银子，按他的说法是祖上传下来的，他把它们熔化了，做成扇钉镶在贝壳上，使扇子看上去更加完美无缺。从此后他就靠卖扇子维持生计，许多日本人都喜欢他的扇子，买了不计其数。旅顺的几家日本餐馆的墙上还挂着他做的扇子。老人一天只吃两顿饭，早晨八九点钟起来吃饭，然后背着扇子去海边游荡，寻觅买主，一直到黄昏时才回来，吃他的第二顿饭。回来后他就关门闭户了，也不与人交往。邻居们见他可怜，过年过节就送点吃的东西给他，他不但不收，反而数落人家："你管好自己家的日子得了，我的日子我能应付得了！"他的身体看上去倒也结实，虽然冬季时也天天去吹海风，却没有一次惹了风寒害病。大家都说王疯子是铁打的。沈雅娴摸清了老人的底细后就不再疑神疑鬼的了，知道他半痴半呆着，心眼儿却也不坏。只要能让丈夫神情愉悦，她怎么的都能接受他。老人到了郑家晴家后穿着干净多了，每日三餐都准时地坐在餐桌前，沈雅娴常觉得他要是做个演员也能胜任，因为他讲起话来表情颇为丰富，而且喜怒形于色。逢到郑家晴外出的日子，沈雅娴在家过于烦闷时，就让老人与自己对戏。今天派他演商人，明天又让他扮乞丐。老人的言谈举止、一招一式都能把沈雅娴和保姆逗得捧腹大笑。让他穿着长衫戴礼帽扮商人时，他吹胡子瞪眼睛地一拍桌子，冲着沈雅娴喊："给我派两条大船！我要把螃蟹、荷花、西瓜和拐杖通通运到天上去，让那里的神仙们开开眼！"你能不笑破肚皮吗。而让他扮乞丐，穿得衣衫褴褛的他轻轻敲着保姆住的屋子的门说："可怜可怜我吧，大黄狗，让我跟你睡在窝里，我一辈子记着你的恩。下世让你托生成人，我托生成狗！"

　　沈初尉对郑家晴夫妇收留老人颇为不满，认为有失体面，嫌他们过于天真。如果老人突然生了重病怎么办？谁来负担费用和尽孝道？他不止一次地说："老头子半疯，你们也只是把他当做玩偶，按理说也是不尊重他的。要是觉得生活太单调的话，就要个孩子吧。"然而郑家晴夫妇并没有要孩子的打算，郑家晴觉得自己只是一叶浮萍，飘来荡去的，要个孩子若是跟他颠沛流离，实在不妥。沈雅娴的想法则比较自私，怕生孩子破坏了体形，怕有了孩子郑家晴不注意她，更怕对小孩子的艰辛抚养过程。

老爷子一周不见郑家晴，便对他盘问个不休。问他去哪里做生意去了？坐船还是坐汽车？在外面都交往了些什么人，吃些什么？住在哪里？住的地方有没有电灯？郑家晴只得一一编造瞎话来搪塞他。他听完郑家晴一番讲述后说："营口那地方可真不行，怎么住的地方连电也点不上？还给你吃龙虾，知道你打海边来，不馋这个，就不知道做点小米粥喝喝？以后再做生意就不要去营口了，去上海，那地方有电，也不能让你吃龙虾。"郑家晴此时只有一个笑的欲望了。老爷子又颇为神秘地勾着手示意郑家晴跟他走，进了老爷子的屋子后，他从书桌里拿出一把扇子，先把它背在身后，然后让郑家晴转过身去，郑家晴转身时听到了扇子被打开的哗啦哗啦的声音。这时老爷子又发话了："你现在转回身吧！"

依然是红柳做成的扇子，不过这扇子分外小巧，只有一双手掌大，扇面用的不是麻布，而是湖绿的纸，上面画着十几只墨鸭。那些鸭子远远一看都是懒懒散散的样子，闲得出奇，给人无限幸福的感觉。老爷子说："这几天做好的，你爱惜不爱惜？爱惜的话就留着，不爱惜的话我就拿到街上卖钱去！"郑家晴连说爱惜，这么好的扇子卖钱岂不可惜了？郑家晴接过扇子，将它擎在手中，仔细端详，才发觉远看的那些闲鸭在近处看是极为生动的，从它们的姿态上可看出虽然同在水上，但脾性不同，有的调皮地掀起一面翅膀击水，有的则眯着眼陶醉地享受什么，是阳光，还是水上的清风？还有的爱干净，别着脑袋看自己的黑裙子脏不脏，欲大洗一番的样子。应该承认，这是一幅令人心驰神往的放鸭图。湖绿色的底衬使这些鸭子看上去更为优雅明快，是郑家晴所见过的最好的画。老人在以往解释他为什么会画画的时候说，他的老家在温州，那一带的画匠特别多。他幼时孱弱，父亲怕他长大干不了力气活，就叫他跟着画匠学画，长大了动动笔便可养家糊口。谁料他长到十几岁后竟强壮了起来，还偷着跟一个姑娘私订终身，气得他父母动用家法惩治他，用鞭子抽了他一顿，还让他不吃不喝、五花大绑地跪了三天三夜。老人说那时候恨他爹娘，杀他们的心思都有了。就因为这么一桩事，他就带着心爱的姑娘逃跑私奔了。这几十年里他虽然没有再摸过画笔，但是常在梦里作画，因而晚年画画未觉生疏，就是这么个道理。郑家晴虽然对他的话不全当真，但惟独这句当真了，那就是梦里的画笔给了他持续的灵感，否则这个其貌不扬的老人没读过几年书，是不会有此悟性的。他确信那都是神来之笔。

郑家晴小心翼翼地收起那把扇子，说他要保存它，老人说："凡是你喜欢的都留着，不喜欢的才卖钱。"接着，他比比划划地建议把他房间的窗口开大点，阳光进得少，作画时光线就不好。他还让郑家晴再买些纸墨，到洋铁铺子给他再打一些扇钉回来，郑家晴一一答应，说改天就办。

郑家晴醒来时乏得很。天色已昏，他让保姆冲杯菊花茶给他。沈雅娴一袭黑衣出现在丈夫面前，她左右摇摆着，让郑家晴欣赏这新装是不是法国货。郑家晴恹恹无力地说声"是吧"。沈雅娴就反身从梳妆台上拿出两张戏票说："一会儿吃完饭去看电影。"郑家晴实在不想出门，就搪塞说："晚上得见见初尉，一些生意上的事还没谈呢。""你刚出来，今天怎么也得出去放松一下，把这桩倒霉事忘个一干二净！"沈雅娴像芭蕾舞演员似的在屋中央旋转了几圈，然后咯咯笑着气喘吁吁地摇晃着停下来。郑家晴微微叹了口气，说："你要是不提这事，我已经忘了它了。"沈雅娴一拍手说："那好啊，我们更应该出去了，你已经都把这事忘了，干吗不更快乐些呢？"沈雅娴哼着歌出去了，转眼间又拿过来一份画报，翻到其中一页，指着一个女人的头像说："她漂亮不漂亮呀？"郑家晴看了一眼，说："还行。""多甜的脸呀。"沈雅娴指着画报说，"怎么只说'还行'呢，漂亮得能让男人看了夜里睡不好觉。"沈雅娴的手指忽而点着画报中女人的鼻子，忽而又点着眼睛和嘴巴，总之，在她眼里，这女人是完美无缺的。沈雅娴说："这就是李香兰！李香兰你知道吗？原来是奉天广播电台唱歌的小姑娘，现在去新京拍电影了，红极了！今晚我们就去看她主演的《蜜月快车》，人家都说非常好看。知道吗，我听人家说，李香兰一个月能挣二百多块呢！"郑家晴正想找个话题分散妻子的注意力，否则她讲起与戏有关的事情就会像盛夏树上的知了一样叫个没完没了，这时保姆将沏好的菊花茶端上来了。保姆对沈雅娴说，她把做沙拉的土豆、西红柿、洋葱和卷心菜都弄妥了，只等女主人下厨亲自去调制了。沈雅娴便丢下画报，去厨房了。

百无聊赖的郑家晴看着透明玻璃杯里那一朵朵正在舒展的菊花，忍不住说了一句："你们行啊，在土里开了一回，这回在水里又开了一回，美啊。"他赞叹了一声，啜了口茶，那股淡淡的药香味很爽口。放下茶杯，他随手拿起那份画报，发现里面还夹着一份前年十月二十二日的《盛京时报》，上面登载有"满洲映画协会"招聘演员的报道："满洲国映画协会，关于制作适合于满人的映画，曾做种种协议中，近已得成案。为整备演员起见，决定募集满人男女演员，作为练习生。募集人员大体男女各十五名，资格须有小学以上之学历，年龄自十五岁以上四十岁以下。应募者须书写亲笔履历书一份及全身相片一枚，截至本月二十八日止，可向满洲国映画会社本社提出。"这份《盛京时报》是怎么到的沈雅娴手中，他不得而知，看来一切有关电影的消息她都格外留意。不过郑家晴庆幸她可能得知消息较晚，没有能及时报名应试，否则她会闹着去新京的。他可不想陪她去那里。

郑家晴想这种画报和报纸最好还是少看为妙。他翻到了登有李香兰剧照的那一页，她的确漂亮得耐人寻味，唇齿间有一股娇媚之气，搭在肩头的双手手指交错，那手指又尖又细，给人一种滑润动人的感觉。她的那双大眼脉脉含情地注视着你，光洁的额头给人一种分外明朗的印象，这种相貌和气质能成为红星郑家晴一点也不奇怪。只是他想李香兰在以日本人为主的"满洲国映画协会"拍的片子，肯定都是宣传日满亲善的影片，不如上海一些进步导演拍的片子有意义。因而沈雅娴进屋唤他吃饭时，郑家晴故意将茶杯掉在画报和报纸上，使那报纸湿得字迹模糊，而李香兰的眼睑和面颊浮上了几朵菊花，那张脸就破碎得让人看不得了。郑家晴连忙躬身给妻子道歉，说："唉，我手上没力气，端不住杯子了，对不起了。"沈雅娴飞快地抖了抖画报上的水渍和菊花，水是早已浸透到纸页中了，菊花垂头丧气地落了下来，沈雅娴埋怨道："让你看吧你故作清高，人家走了你自己背地里却看得掉了魂儿似的，真是没见过女人！"沈雅娴很少跟他发脾气，这回糟蹋了她的心爱之物，看来是动了真气了。郑家晴连忙小心翼翼地赔着笑脸说："都怪我不小心，好了，咱们吃饭吧，我今晚陪你去看《蜜月快车》！""陪我？"沈雅娴看来不宽宥郑家晴的所作所为了，她歪着头一字一顿地说："是你自己想看李香兰了吧？你有没有良心，这一个星期，我为你哭过多少场？""是你要我陪你去看电影的嘛！"郑家晴也动了真气，觉得沈雅娴小题大做，实在是难以容忍。郑家晴穿上外套，对妻子说："好了，我没心情跟你吵，你自己看电影去，我到初尉那里。""你可别是又去了海边，再遇个女尸，让人怀疑你是个杀人犯！"沈雅娴大声说完这话后立刻就后悔了，她捂住了嘴，无奈地看着郑家晴走出卧室。

郑家晴没有去沈初尉那里，他想去那里自己也不会有好心情。在他进警署之前，公司就遇到了一桩麻烦，从杭州进来的一批丝绸走的是非正常渠道，由海上的私人船只偷运的，目的是压缩运费、减少出口成本，然而靠岸时却被海关查获了，所有货物都被扣留了，目前尚不知晓沈初尉斡旋的结果。这真是叫贪小便宜吃大亏，当初郑家晴坚决反对这样做，而沈初尉认为无关紧要，省一笔钱就等于多赚了一笔。郑家晴明白此事败露，一则影响他们的声誉，二则会受到严重的经济损失，将来的生意会越来越难做。自去年以来，出口丝绸的利润较以前大幅度下降，进口的纺织品也因种种原因而滞销，他们的生意正承受着巨大的压力。

郑家晴驱车来到了一家下层人聚集的小酒馆，这里人声鼎沸，劣质香烟的气味和着酒味朝他扑面袭来。人们猜拳行令，放纵大笑，谁也不注意谁。郑家晴择了张靠墙角的桌子坐下，朝店小二要了两个菜，一壶酒，独斟独酌着。这时他见邻桌的男子喝到了兴头上，用嘴咬着空酒盅玩，口水顺着酒盅外壁汩汩向下流着。他光着脚，一只脚沾地，另一只则蜷在椅子上。他的一双臭鞋就像两个流浪汉似的，一只弃在桌前，另一只则在过道上，由着店小二往来穿梭时，尽情地践踏着。郑家晴一时兴起，不由走到那人面前，朝他竖起了大拇指。那酒徒吓得叫了一声，酒盅"啪"地落到桌子上，很干脆利索地碎了。酒馆里实在是太吵闹了，因而酒盅虽然是死了个轰轰烈烈、有声有色，却也无声无息地被湮没了。

三

天气一转暖，老太太就搬着小板凳坐在了杂货铺门前。她老眼昏花地看着陈旧的街景，嘘嘘地喘着粗气。祝岩每逢中午放学回来看见了她，就老远招呼："奶奶，你又晒太阳了？"老太太耳朵背，她是听不见的。祝岩飞快跑到她面前，贴着她耳朵将那话又重复一遍，老太太就拍着大腿说："我不晒太阳，身上长了绿毛怎么办？还不熏死你这个小兔崽子！"老太太趁机让祝岩给她扒眼皮，非说柳絮飞进她眼睛里了，她看不清周围的景色了。祝岩就象征性地翻翻她那像鱼肚白一样的眼皮，虚张声势地吹吹，然后说："柳絮飞出来了。"老太太揉揉眼睛，埋怨道："肯定是没把柳絮翻出来，不然我怎么还是看不清楚呢。小孩子做事就知糊弄人，长大了肯定不是个好东西！"老太太义愤填膺地骂着，又唤祝岩帮她望望，看王金堂回来没有，走了这么长时间，早该回家了，就是有什么事耽搁的话，也该托人带个家信回来才好啊。祝岩如以往一样告诉他："爷爷还没影儿呢，你就别望了，累酸了脖子夜里又该说疼了。"老太太便吐着唾沫数落王金堂，骂他这个老罗锅无情无义，把个花容月貌的她骗到手，为他生了一儿一女后，老了老了他却不要她了，实在是该杀。她不止一次地跟杂货铺的女主人絮叨："我万万没有料到，一个老罗锅子还有人要，像你男人年轻，有人要，他一个糟老头子谁要他干什么！"女主人并不搭理她，只是从鼻子里"哼"了一声。老太太还说："天也暖和了，闻着花香了，我想见见皇上，皇上跟我可是亲戚啊，是亲三分向啊，他该帮我找找罗锅子，发上一道令，那帮奴才敢不去找吗，找着了还有赏呢。"女主人便讥讽她："谁找着了你家罗锅子，就把你赏给他好了。"老太太一撇嘴说："我赏给了别人，他回来还有个屁用！再说我可不愿意把自己赏给皇上手下的那些奴才，要碰上个太监如何是好？"女主人便笑得前仰后合的，笑声似乎要把杂货铺篷顶的蜘蛛网都给震破了。

杂货铺的女主人生得人高马大，肤色黝黑，终日叼着杆长烟袋。她叫张秋英，不过没人叫她的大名，附近一带的人都唤她杂货张。杂货张的脸很长，下巴尖，一双眼睛又挨得近，生得三瓣兔唇，乍一看那脸分明有些狐狸相。她不会小声说话，一旦说什么就气贯长虹，耳朵灵的人离老远就能听到她的话。她爱穿一件藏蓝色的长袍，头发胡乱地用只像鼠夹子一样的铁夹子绾在脑后，一双手比男人的手还要粗大。别看她身强力壮，饭量并不很大，随便吃点什么就能饱。问她这样不饿吗？她反问你："我喝了那么多的水，又抽了那么多的烟，能不饱吗？"鬼知道水和烟如何能充饥。她含烟袋时，烟嘴恰恰落在兔唇的豁口上，严丝合缝的，让人觉得那嘴唇生来就是为一杆烟袋而预备的。她很能干，杂货铺一手由她操持，自己推着独轮车去上货，还走街串巷地搜罗旧物，估价后买回，再高价卖出去。靠着她的勤劳，一家人的生计也能勉强维持着。

杂货张对祝兴运突然消失看得很开，她想他死不了，这个世道的男人突然失踪了是很常见的事情。开始时她也急了一段，到处托人打听，还特意去了丈夫所去的乡下，一无所获后她也就不去劳神费力了。心想丈夫肯定是有家难归，否则早就回来了。你满世界找他也没用。本来家庭的生活重担落到了她一个人肩上就够她趔趔趄趄的，岂料王金堂的老伴又找上门来，非让祝兴运交出人来，说是他把王金堂带走的，应该由他把人给领回来。杂货张可不吃她这一套，把老太太骂了一通后赶出门外。岂料这之后她天天都来杂货铺子，她不进门，在寒风中瑟瑟打着寒战，逢人就说："你知道吗？我家罗锅子跟着祝兴运给杂货铺拉黏豆包，人到如今还没回来，我来找他们要人，这娘们儿还骂我，你说她讲理不讲理？凭什么张口就骂人？"杂货张初始时派一双儿女出门赶她，见根本弄不走她，就亲自出马，挥舞着烧火棍说要给她当头一棒。老太太见过世面，根本不吃这一套。杂货张也觉得她是因自己家的事而变得孤苦伶仃的，索性就留她住了下来，声称"权当我捡了条老狗"。杂货张还理直气壮地推着独轮车，到王金堂家把能用的东西一样样搬了过来，跟老太太保证说，那房子如今空着，东西在里面会被盗贼偷走，放到杂货铺里只是寄存着，等王金堂回来后完璧归赵。老太太觉得在理，也就由她去了。杂货张很有心计，悄悄把老太太家的东西变卖了，心想我不能白白养活你，你家罗锅子要是十年八年不回来，我还一直这样伺候你不成？按她的想法，这个头脑不清、颤颤巍巍的老太太也活不了多久了，岂料这两年她却活得十分顽强，总听她嚷头晕没力气，可她独行时没摔倒过一次。饭量虽然不大，但一顿不落，拈的筷子也从未从手上落下过。杂货张不止一次抢白她："你中啊，能熬能活啊，想着奔一百岁吧？"老太太不以为然地说："一百岁算什么，在皇上的眼皮子底下，我得活到两百岁、三百岁！"末了她又放轻了语气恹恹无力地说："我是活够了，没什么意思了。儿子走了，孙子也走了。闺女嫁了人后不理我了，多少年也不回来看我一回。原想罗锅子能好好待我，谁料他也没心肺，一个人溜了，剩下我一个，我咽不下这口气。他不回来，我就不死，我得见面问问他，为什么说不管我就不管我了，死也得死个明白！"

老太太跟祝岩祝梅住一间屋子。杂货张给她在北窗下搭了一张铺，铺了干草和一条褥子。老太太睡得早，醒得也早。她一醒来就要嚷嚷："都什么时辰了，还睡啊，该上学了！"祝岩祝梅便用被子盖住头。后来杂货张知道了此事，就骂了一顿老太太，说她再骚扰祝岩祝梅的睡眠，就把她拖到郊外喂乌鸦去。老太太说："乌鸦不吃活肉，你把我拖去也没用。"嘴上虽然做了反抗，以后的日子里，她醒来后再也不敢随便嚷嚷了，只是悄悄起来靠着北墙掰手指头玩，算一算今天是什么日子，到了什么节气，结果总是百分之百算错。她还常把早晨当傍晚，而把黄昏错当正午。

祝岩对老太太比较友好，叫她奶奶，乐意跟她说话，帮她脱鞋摆枕头等等。祝梅却不然，她嫌老太太脏，身上有股尿臊味，让她恶心得慌。夏天时她就一直开着北窗通风，风将沙尘吹到老太太的铺位上，她就说多吹进来些沙土才好，把老东西埋了就是了。杂货张虽然也对老太太出口不逊，但祝梅也如此她却是不能接受的。杂货张有自己的想法，祝梅能这样对待老太太，将来也会这样对待自己。所以她教训女儿说："有大人说的，没有你说的！以后再听见你叫她老东西，我就给你剃个光头，缝上你的臭嘴！"祝梅便不声张了，虽然不叫她老东西了，但也并不喊她奶奶。偶尔叫她，就"啰"一声，像唤猪似的。

　　祝岩生性腼腆，也仁义，胆子小，幼时只要听见父母吵架，就吓得呜呜直哭。祝梅却不同，父母吵得热火朝天，她却照样做自己的事，嫌他们吵得时间太久而令她心烦了，祝梅就会去灶房把菜刀拎出来"当啷"一声掷在父母面前，说："光吵有什么意思呀，拿刀子才算本事！"气得杂货张眼冒金星、唇齿生寒。杂货张和丈夫的战争从成亲以后就没有中止过，为的全是一些鸡毛蒜皮的小事。因为吵习惯了，若是偶尔有风和日丽的日子，他们彼此还不习惯，惴惴不安的。杂货张食欲不振，但性欲旺盛，这也是不堪折磨的祝兴运常常跟她发火的原因。杂货张有自己的主张，男人属于她的，不用白不用。你不用，别人就会用。你用得他无精打采了，别人想见缝插针的机会都没有了。她一见自己男人闲着，就想着用他，否则就心急火燎的。现在好了，祝兴运离家两年多了，她倒是没那个欲望了，有时自己想想是不是身体出现毛病了，才不想儿女情长的事，杂货张就先后几次找了以往跟她眉来眼去的两个人，一个是屠宰场的丁屠夫，一个是雨伞店的伙计李回回。就在她的杂货店里，杂货张分头和他们睡了觉，事后虽然知道自己在生理上没有病变，但总觉得不如和祝兴运在一起好。丁屠夫来时总是偷着带几条肉骨头和一块肉皮，而缠绵悱恻的李回回送给她的只是甜言蜜语。丁屠夫跟杂货张说她比自己老婆强，但他不能不要老婆，老婆给他养大了两个儿子。杂货张就拧着他的耳朵说："我也没说让你娶我，跟你不过是随便玩玩，你还当真啊？"而李回回则不一样，刀条脸小眼睛的他像只小老鼠一样匍匐在她怀里，含着眼泪叫杂货张是心肝宝贝，发誓要休了他的婆娘，休不掉的话，就买包毒药害死她。杂货张就一把将他抓起，扔死鸡般"噗"地丢在地上，说："赶快穿上裤子，滚你妈的蛋吧！你敢药死你的婆娘，我就敢把你大卸八块！"吓得李回回屁滚尿流的，拱手告饶，不敢再轻易来骚扰她。只是有时实在忍不住了，就装着来杂货铺买碗或者钉子，涎着脸和她搭讪几句。见杂货张总是气定神宁地含着长烟袋漠然地望着他，李回回也就死了这条心了，回家照样跟自己的老婆亲亲热热的，还安慰自己说："女人还不都是那回事，灭了灯都一样！"

　　两年下来，杂货张基本是把王金堂家给倒腾空了。她的杂货铺虽然生意每况愈下，但总算还没挨饿。杂货张听祝兴运说过，王金堂的儿子在外地开着当铺，常往家寄钱。她想这钱若是能落入她手中就好了。她去邮差那里打听了两次，问有没有汇到王金堂家的钱，她好帮着取。邮差和银行的职员串通好了，趁王金堂失踪之际，将那钱全部扣留私分了，邮差自然是说没有。因而杂货张一看到老太太多吃了一点，她就用筷子敲着桌子说："你吃那么多，消化得了吗？拉不下屎来倒遭罪。"老太太就乖乖放下筷子，喘一阵粗气后，无言地离开饭桌。杂货张没了吵架的对手，心里还不畅快，老太太的出现填补了这个空白。她常常故意招惹她，跟她唇枪舌剑地斗一番，这样抽烟时才更觉有滋有味。通常情况下，老太太都会上这个当，她咬牙切齿地和她战斗，一再声言要是杂货张是她儿媳妇，她就把她捆了扔在猪圈里，让公猪糟践她。杂货张很嘹亮地笑着，一口一口地吐着唾沫，连声叫好。

　　杂货张不喜欢春天，她老觉得一天到晚睡不醒，头昏昏沉沉的，抽十袋烟也精神不起来。而且每逢春天各种杂税特别多，孩子上学要钱，开杂货铺要上税，进蜡烛和火柴也要上税；气得她说早晚有一天，放个屁也会上税的。家家户户要求挂皇上的头像，杂货张也挂了，挂在自己屋子的北墙上。当她过得不如意时，就含着烟袋将烟一口一口地往那画像上喷，口中骂着："你个苦巴着脸的皇上，一看就没个福，害得我们受罪！"当然，这样做的时候，只她一人。别看她穿得比较脏，但是很注意洗脚，每晚都洗一回。洗时那水是多半盆的，洗后只是一个盆底了，那水被她不安分的脚给搅得到处都是，她不爱做梦，通常是一觉便天亮。醒来后总要自言自语地说："又他娘的一天了。"杂货张除了不喜欢春天外，还不喜欢雨天，雨天她的生意不好，杂货铺里又阴又潮，黑糊糊的，让她有种活到尽头的感觉。然而老太太却截然相反，她喜欢春天，这时节她就像冬眠的蛇一样苏醒过来，可以搬着小板凳出去晒太阳，听着鸟叫闻着花香，就让她觉得王金堂回来的日子不会太久了。她也喜欢雨天，虽然出不了屋，但她可以坐在家里听雨。那雨声在她听来总是不一样的，今天的柔细，明天的喧嚣，后天可能又是如泣如诉的。杂货张烦老太太听雨，有一回愣是生拉活拽往出拖她，说："你不是爱雨吗？你去外面听好了，外面的雨听了真切！"老太太一屁股坐在地上死活不出去，杂货张就更动气了："你一年到头不洗一回澡，想把我的顾客都熏跑是不是？你给我出去用雨洗个澡好了，你个老杂毛的！"老太太最终被她费尽九牛二虎之力给拖到杂货铺门前，她坐在雨水里，跟着老天一同哭。恰好祝岩打把破伞放学归来，撞见这一幕，他指着母亲骂："杂货张！你个狗娘养的！杂货张，天上要是有一天下刀子，劈死的就是你！"这是杂货张第一次听见儿子骂人，也是第一次听见他不屑一顾地跟别人一样吆喝自己。杂货张自知理亏，手忙脚乱地又把老太太弄回屋子。老太太哭着，说是世道实在太坏了，晚辈竟敢轻薄长辈了，她没脸活了。接着她就吩咐祝岩，你给我找找皇上去，把我的屈跟他说说，我和他是亲戚，不能见死不救哇。祝岩一气之下把所有的书本都撕烂了扔进雨里，发誓从今往后在家保护奶奶，不再上学了。慌得杂货张连忙给老太太赔不是，一再跟祝岩保证以后绝不这样了，然后很悔过地跑进灶房点火给老太太烧姜汤。祝岩的学自然还是要上的，只是课本没了，还得重新买。气得杂货张又打干嗝儿又放屁的，叹息自己命不好，一双儿女都顶撞她，嫁个老爷们儿中途又不明不白地飞了。她的叹息就像秋霜般短暂，第二天醒来她含着长烟袋在灰尘累累的杂货铺忙活起来，也就云开日朗了。

　　老太太在太阳里坐着舒服，不想回屋去，祝岩就把饭给她端了出来。是一碗高粱米粥，老太太嫌米没煮烂，吃了几口就唤祝岩端回去，说是不饿。这也是杂货张限制她饭量的一个妙法。通常是粥煮到七分熟时就盛出一碗，单独为她预备下，老太太自然不可能全都吃下。杂货张就趁机把她剩下的粥再喝了。她倒是喜欢七分熟的粥，吃起来米味足，有嚼头，不似那些烂得绽花的米，都经不住抿，吃到嘴里实在是没滋味。往来杂货铺的人见老太太很享受地坐着，就问："春天好不好哇？"老太太听不清楚，就拍下腿，问："你要买什么？"人家又大声重复一遍："春天好不好哇？"她听清了，就用手捶一下胸口，说："太阳是好啊，暖和哇，可是飞着柳絮可不好，迷得我眼睛看不真亮东西。"然后她又呼哧呼哧地喘着粗气。只要她卖力多讲了几句话，就上气不接下气的。

杂货张在这个春天几乎天天都要逗引老太太讲她的往事，尤其觊觎她腕上那只成色上好的白玉手镯。因而她变本加厉地让老太太少吃东西，期待她瘦下来后，手镯自然能褪下来。然而不管老太太食欲如何不振，她的体态却没有丝毫改观，仍然显赫地胖着，那只镯子死死地卡在手腕上，动弹几下都不可能，让人怀疑她喝西北风也能长膘。为此杂货张曾不止一次地埋怨她："你太胖了，人太胖了就活不长了，你该减减肥了！"老太太抿嘴一笑说："这才叫有福呢，胖着是富态！"至于杂货张让她讲青春时代的往事，她是从不上当的。老太太会说："我们那会儿没意思，没啥讲的。"再不就说："过去的那点破事都让风给吹散了，连个影儿都寻不见了。"让杂货张无可奈何。

柳絮白花花地飘扬着，弄得屋檐就像下了霜，而街则像下了雪。黑狗身上若是沾了过多的柳絮，看上去斑斑点点的，就成了花狗了。花开了，蝴蝶又飞舞了。蝴蝶专往有花的地方飞，逮住花就翩翩起舞个不休，至于花爱不爱看它的舞，蝴蝶是不在乎的。街上的行人多了起来，人们在春光里说话时就有点喋喋不休的意味了。然而要不了多久，暮春来临时，大家就不因春天而激动了，他们又变得无精打采起来，有时互相碰面指指头顶的太阳摇摇头，意思说太晒了，不费口舌了。杂货张却不然，只要她推着独轮车上货，不论在街上遇到谁，都愿意打声招呼，跟不认识的人也如此。陌生人对她的招呼觉得莫名其妙，往往就多看她几眼，她就说："缺了什么东西上我们杂货铺去啊！"至于她的小小杂货铺在哪里，别人又怎能知道呢，可见也是白吆喝了一场。

　　杂货张以往在上货时喜欢干些顺手牵羊的事。比如上了五包火柴，她可能趁主人不备迅速地偷出一包，掖在束着松紧带的宽大袖筒里，让人浑然不觉。这些年里，她偷过针头线脑、蜡烛、花椒、大料、铲子甚至奶嘴。有一回将铲子掖在袖筒里，害得她的胳膊不能回弯，推独轮车时气喘吁吁的。货栈的老板和伙计都跟她熟，一天来此进货的人也多，根本不会想到她会干这种事，何况丢的东西又不多，也就不去计较了。然而时间久了，货栈发现东西总在悄悄地丢，就引起了警惕，断定就是在老主顾中出现的贼。伙计开始留意每天来进货的都是些什么人，然后闭店清点物品时发现有少的了，就把白天来上货的人列为嫌疑对象。如此查八次之后，他们意外发现别的货主可能今天在嫌疑者名单上，明天却消失了，频率最高的人也不过出现五次。只有杂货张，她是次次不落地跻身其中。悬案也就在伙计的精心调查中水落石出。货栈老板知道杂货张嘴硬不好惹，你若说她偷了东西而没有把柄的话，她可能反咬你一口，弄你一身不是。他们就偷偷设计了一个圈套，等着杂货张上当，以便当场擒获她。那一日天气晴好，杂货张又推着独轮车来了，她依然穿着宽大的蓝袍，蓝袍的袖子肥得似乎能藏只猫。伙计殷勤上前跟她打招呼，然后向她介绍新货种。杂货张每样都看过后，订了一些铅笔和粗瓷碗。伙计在给杂货张往独轮车上搬货时突然想起了什么似的一拍大腿说："我得去找老板，有个重要的事忘了跟他说了。你一个人往上搬吧，待会儿我就回来。"杂货张喜出望外地说："你忙你的，我搬我的，放心，我又不能趁这工夫把个货栈都搬空了！""你是老主顾了，我还能不信你？"伙计欲擒故纵地说，然后溜出门外。

　　货栈有一个前门，还有个后门，后门平时是不开的，它通向更房。伙计从前门绕到更房，趁杂货张出门往车上搬货时悄悄从后门溜了进来，隐藏在一堆纸箱中。再次返回货仓的杂货张面对着满仓的货物显得神气活现的，伙计眼见她非常熟练地把两只削土豆皮的铁挠子弄进左袖口里，然后又将两把筷子掖到右面的袖子里。之后她抖了抖双袖，发现万无一失，这才又继续去搬货。伙计从后门缝塞了张红纸条给更夫，按照预先约定好的，见了红纸条就是人赃俱获，而绿纸条则是没有物证在手。更夫拿到红纸条后喜气洋洋地去叫老板，说是杂货张落网了。这边杂货张刚把货在独轮车上摆好，那边货栈老板就带着更夫来了。杂货张对老板说："你们伙计找你去了，说是有急事。"那边伙计就从货仓深处走了出来，立刻就把杂货张的脸吓白了。不过她很镇静，说："你还开玩笑啊，原来你没出去。"伙计没搭腔，上去就掏杂货张的袖筒。杂货张跳着脚，脸红了，说："我这是闹着玩呢，给你们吧！"说着，痛痛快快地把土豆挠子和筷子抖搂出来。货栈老板说："杂货张啊，这可不仁义呀，这可是犯罪啊，我该上警察局叫人来抓你的。"杂货张急了，她说："我是错了，也就这么一回，眼见你们都不在，就起了贼心，以后再也不敢了。""就这么一回？"伙计眉毛一挑，从裤兜里掏出一页纸，把那八次所丢物品的日期和内容念给她听，杂货张立时就耷拉下了脑袋。她可怜巴巴地说："求求你们饶了我吧，我一个女人拉扯两个孩子不容易。你们也听说了吧，有个老太太赖在我家不走，连她也得养活着，饭都要接不上溜儿了，我男人这一走还不知哪天能回来？回来时是人还是鬼谁又能想得到？"说完，竟抽抽搭搭地落泪了。货栈老板和伙计都没有见杂货张哭过，都动了恻隐之心。这时杂货张主动要求和老板谈谈，老板便跟着她走到货仓深处，杂货张小声说："你要是愿意，我陪你睡一觉，放我条活路，你看行不？"老板想杂货张是个独特的女人，尝尝她的风味当然不错，这买卖划得来，就握了一下她的手说："那好哇。"当夜他就去了杂货铺，和杂货张从黑夜一直折腾到鸡鸣时分，走时心里还恋恋不舍的。杂货张警告他，只此一次，下次他敢缠她，她就告诉他的老婆，让他家闹得个鸡犬不宁的。货栈老板自然是一口答应，不敢不遵从。原想事情就此过去了，不料有一天杂货张推着独轮车上货，货栈的伙计趁人都不在扯着她的衣袖说："我知道你用什么法子使老板饶了你。你也得给我，要不我就说出去。"杂货张没有办法，扔下她的独轮车，见大热天的货仓只有他们两个人，索性将门一关，两人在一堆纸箱中匆匆忙忙把那事做了。事毕伙计觉得不过瘾，要重来一回，杂货张揪着他的衣领瞪圆眼睛说："那我可把这事告诉你们主人了，把你辞了，去街上喝西北风去！"伙计骂了一句"日他娘的"，只能就此罢手了。

四

东村正男和粮谷搜荷班的一行四人到达望云乡时正逢一个艳阳天。春季新出台"粮食出荷"法后，协和会、兴农合作社等抽调一批警察和宪兵，成立了许多搜荷工作班，分赴农村征集粮食。所谓"征"，莫如说抢，搜荷班的成员看见粮囤、草垛就用刺刀戳开，发现粮食一律没收，若遇到反抗的，则施行毒打或逮捕。因而农民存有一些粮食的，都想方设法地藏匿起来。地窖、天棚或者废弃不用的鸡舍，都成了藏粮之所，然而它们往往很容易就被发现。

东村正男二十三岁，留着小胡子，走路快捷，嘴巴老是说个不休，另三个人是警察王包发、宪兵池田一郎和金丸健行。他们四人已经搜索过一个村子，缴了两千多斤粮食。这次到望云乡，是午后到达的，没想到天气这般热，晒得他们满面流汗。

望云乡人口不多，也就一百多户人家。农家院舍看上去很低矮，都是黄泥小屋。田间的庄稼由于干旱而蔫头蔫脑的。东村正男先走进一家农户，四个人操起水瓢围着水缸轮流着喝了一通水，觉得身上凉爽了，这才端着枪搜粮。房主是个老实巴交的人，一见搜荷班的来家了，早就吓得大气儿不敢出，人家搜到哪儿，他就乖乖跟到哪儿。王包发见他战战兢兢的样子，就问："你们家怎么就你一个人哇？"房主说："今年大旱，庄稼都要晒死了，家里人吃了晌午饭后都去挑水浇地去了。"王包发问："这村里谁家藏着粮食，你要是指点给我，你家我就不搜了。"王包发指着天棚说，"不然上了房顶，就是搜不出粮食的话，也把你家的房盖给掀了。"房主吓得面如土色，他连忙给王包发拱手作揖，说："我们家穷，哪儿有什么存粮啊。这村子里谁家有粮，我哪儿能知道呢。人家就是有，能跟我说吗。"房主顺手从炕头把一杆烟袋扔给王包发，说："大热天的抽口烟，歇歇脚，再搜也不迟，太君们也累啊。"三个日本人端着刺刀东挑西挑的，连柜子里的包袱皮也不放过。他们几刀子扎进去，包袱里的破衣烂衫就更破了。王包发了解东村正男，他每到一个村子，在第一户人家若搜不出粮，就会气得暴跳如雷，非要给房主点颜色看看不可。王包发没有接烟袋锅，而是小声对房主说："你好歹也弄出个十斤八斤粮食让他逮着，不然点着了房子可就晚了。"房主急得脸上直冒汗，他说："就那么点口粮了，我缴了，明天你让我一家扎脖子？"王包发气得一跺脚说："你是敬酒不吃吃罚酒，明天没窝儿住了可别怪我。"房主只能主动把他们领到仓棚隐蔽的一蓬干草旁，将草扒拉开，露出了一袋金灿灿的玉米。东村正男竖起大拇指对房主赞叹道："你的、功劳、大大的！"果然东村正男放弃了搜索，将这袋粮食抬出，放到院外的军车上，去另一户了。这一户人家有两座房子，院子也宽绰，一只山羊咩咩叫着，拴在院子的篱笆前。王包发背着长枪走在头里，他推开朝东的房子的门，里里外外巡视一遍，没摸着个人影儿，先骂了一声："这些鸟人都张着膀飞了？"然后又撞向朝南的那间房子。拉开屋门，先闻到了

一股尿臊味，只见土炕上躺着个形如骷髅的男人，他扭过头来朝门
口张望的时候突起的眼球给人一种要剥落的感觉。"你吓着爷爷我
了！"王包发气汹汹地指着那人说，"原来还是个活物！"他走到
近前，捂着鼻子问："说说看，家里人都到哪里去了？"那人不说
话，只是哆嗦了一下。他这一哆嗦，王包发就听见骨头吱嘎吱嘎的
一阵乱响，让人觉得这人已是一堆零碎，随时随地都能归西。也许
由于躺得年头久了，这人脱光了头发，有麻点的脸青白青白的，那
些麻点就像污水上漂浮的烂菜叶一样让人恶心。池田一郎端着枪进
来被这股难闻的气味熏得打了个喷嚏，他上前用刺刀挑开了那人盖
着的蓝布被单，立刻，他们被眼前的情景惊呆了，那人竟然赤身裸
体的，双腿截断了，胸脯凹陷的似乎能装进去五斗米。他"呃——
呃——"地怪叫着，什么也说不出来。他的气息哽在喉咙口，身体
越发抖得厉害了。王包发连忙用刺刀挑着被单给那人盖上，数落他
一句："你这个鬼样还活着遭这份罪干什么！"然后两人又进了里屋。
里面也有一铺炕，还拉着条粉红色的窗帘，因而屋子里洋溢着一股
温馨气息。一个姑娘穿着月白色背心睡得正香。她蜷着身子，露出
白嫩嫩的腰来。王包发一把将窗帘扯开，冲她吆喝一声："家里人
呢！"姑娘睁开眼，见家里来了日本人，吓得一骨碌爬起来，说："都
下地抗旱去了，家里只有我和爹。"王包发说："你那个爹都什么样
子了，活着不如让他死了，看着都遭罪！怎么落成这个样子？"姑
娘一言不发地使劲把她的小背心往下拽，以期遮住肚腹，岂料那背
心实在太短了，拽下去立刻就弹回去了。东村正男和金丸健行也走

了进来，他们见到那面颊潮红且穿着小背心的姑娘，就不约而同露出了满脸笑容。王包发知道这十来天三个日本人想要什么，他们动不动就互相发脾气，进了村屯希望能找个无依靠的女人发泄一下，然而家家户户都是老人孩子的一大堆，使他们无从下手。王包发想这个姑娘此时出现在他们面前，恐怕凶多吉少，连忙吹胡子瞪眼睛地跺着脚赶她："还他娘的呆在这干什么？快下地把你们家的人都找回来，告诉太君们，粮食都藏在哪里了？"涉世不深的姑娘仍呆在原处，说："我不能出去，我得在家照看爹。我家也没藏粮。"说后一句话时，她的语气轻极了，仿佛在告诉人家，我家确实藏着粮食。王包发见那姑娘榆木脑袋不开窍，就上前抓她的胳膊往院子里拖。东村正男上来伸出手让王包发出去，姑娘的事由他们处理。王包发使劲给姑娘使眼色，岂料她已被吓得筛糠似的抖起来，嘴里反复说出的是："我们家真的没藏粮，真的。"

那躺在炕上的活死人就是当年大名鼎鼎的刘麻子。被王小二袭击后他瘫在床上，开始时弟兄们还照看他，为他四处查找凶手，图谋报仇。然而不到一年时间，围着他的人就四散而去，把他孤零零地抛下了。刘麻子就差老婆去找与他素有交情的驻扎当地的日军警卫处的小林四郎，以往他提供给小林四郎有关抗日游击队活动的情报。岂料小林四郎对刘麻子的遭遇非但没有表示同情，还把他大骂一通，说他是笨蛋，带着一队人马竟然被个路障给袭击了，十足的饭桶。刘麻子的老婆将实情带给他后，刘麻子当时就气得口鼻流血，只恨自己起不来，不能亲手毙了小林四郎。

　　刘麻子的老婆生性风骚，刘麻子风光十足时，有回她偷野汉子，被突然而归的刘麻子撞见，把她吊在一根柱子上暴打了一顿，半个月大小便失禁，听见响声就毛骨悚然，哪怕是风吹树叶的沙沙声也令她害怕，总疑心那是鞭子的抽打声，心里一抽一抽的。她恨刘麻子，他可以胡作非为地把女人带回家来明目张胆地睡，而却不许她有任何风吹草动。真是只许州官放火，不许百姓点灯，她早就对他怀恨在心。他们只有一个女儿，名为刘青，平素寡言少语，对父母的做派一直耿耿于怀，常常独自垂泪。刘麻子瘫痪在家一年，那些结拜兄弟纷纷离去后，伺候刘麻子的重任落到了刘青身上。刘麻子的老婆见日本人也像丢垃圾一样对他弃之不顾了，便对他更加冷酷。刘麻子的腿本来是用不着截肢的，可由于伺候不周，长了褥疮，双腿先是红肿流脓，继而一块块地往下掉肉，只得请医生将双腿截断了。刘麻子为此一天到晚喊冤叫屈个不停，这女人嫌他吵得慌，常趁女儿不在时将他的双手绑在一起，然后将两只臭袜子团在一起塞在他嘴里，自己则快活地当着他的面翻箱倒柜，将家私转移到别处，刘麻子为此几次气昏过去。刘青后来察觉到母亲趁她不在时虐待父亲，就把这消息传给望云乡的姑姑。刘麻子的姐姐是个本分农民，一家人对弟弟的所作所为早有耳闻，近几年很少走动，风闻他瘫痪在床了，只觉得这是报应，并不想管他。刘青就给姑姑姑夫跪下了，说是她也不喜欢父亲以前的做派，但母亲如此折磨他，做女儿的实在看不下眼了。毕竟是一奶同胞，刘麻子的姐姐终究是动了恻隐之心，雇了一挂马车走了大半天的路去接刘麻子。刘青的母亲知道刘青去望云乡肯定是搬援兵去了，因而在家里更加倍地蹂躏刘麻子。她首先在地中央抱了两蓬干草，又铺了条干净的褥子，然后叫来镇里的相好吴三宝。吴三宝开着一家干果店，长得尖嘴猴腮，谁家的女人他都要打主意。他觊觎刘麻子的老婆已经是很久的事了，只是碍于刘麻子的威风而不敢贸然行动。那一次终于听说刘麻子要外出半月，吴三宝就把刘麻子的老婆给勾搭到手了。岂料刘麻子提前归来，撞见了他，不但打碎了吴三宝的两颗门牙，还剁下了他的一根拇指。而刘麻子的老婆则被五花大绑在柱子上，被皮鞭暴抽了一顿。刘麻子边打边说："打下你个骚婆娘的屎来，打出你的尿来！"果然，她被打得屎尿失禁，足有半个月才恢复正常。这回她和吴三宝当着他的面，青天白日地做那事，气得刘麻子嘴都歪了，眼球似乎要迸裂了。他们在温暖的干草堆上赤身裸体地欢愉地呻吟着，刘麻子则在高一声低一声地叫喊，喊得失声了。吴三宝事毕后走到刘麻子面前，先吐了他一口，然后用那只缺了拇指的手打了刘麻子儿耳光，他咧开嘴，指着那两颗黄灿灿的牙说："是金的，知道吗？你要不打下我的白牙，我哪能镶上这么漂亮的金牙呢。知道吗？这金牙比白牙厉害着呢，都能把你的骨头嚼碎了！"刘麻子长一声短一声地费力喘着气。吴三宝说："你喊呀，叫呀，你他妈的怎么软茄子了？"刘麻子的脸抽搐了许久，突然撕心裂肺地叫了一声："我成了鬼也要回来抓你！"吴三宝说："还真能讲呀，我让你从今以后连话都说不出来。"他捏了一下刘麻子青紫的嘴唇说："放心，我不割你的舌头，那太明显了，我可不想让你老婆背个骂名。我糟践你糟践你个明白，知道吗，我爷爷是个老中医，研制过一种哑药，哑巴吃了能说话，而好人吃了能变哑巴，都说这药奇，传到我这只一服了。我爹咽气时让我将来把这药送给一个好心的哑巴，让他开口说话，给我们吴家积点德。可我不想让我们老吴家的祖坟冒青气，我想让你尝尝那哑药是不是真灵便。"吴三宝说到做到，当夜他就取来那包哑药，跟刘麻子的老婆一起用水强行给他灌进去。刘麻子挣扎着，眼泪哗哗地往下流。从那夜以后，他就再也没能说出一句话。

刘青从望云乡归来，见父亲不仅奄奄一息，还成了哑巴，便明白母亲在家做了些什么。她把自己的东西打点干净，放在马车上，离开母亲时只对她说了一句话："我跟你再也没有关系了。"

刘青和父亲所住的房子原是刘麻子的姐姐为儿子刘齐结婚盖下的，刘麻子父女俩住了后，刘齐结婚后只得跟父母住同一座房子。刘齐倒没什么意见，新娶的嫂子可就牢骚满腹了，常常给刘青脸色看，指桑骂槐地一天到晚气不顺，把锅碗瓢盆摔得叮当响。在她的心目中，刘麻子挺个一年两年也就死了，岂料他活得相当缠绵和投入，仿佛你只给他点水喝，他就能继续喘气。刘青的姑姑每天进屋来看看刘麻子，每回留下一个叹息走了。刘青的姑夫和表哥则很少进来，至于嫂子是绝对不进的。有一年夏天，天气热得很，刘青晚上到院子里乘凉，碰到嫂子，她对刘青说："你爹实在太臭了，熏得人受不了了。要不你就把他侍弄干净点，要不就别开窗户。"见刘青不语，她又得寸进尺地说："要么你干脆给他断吃断喝得了，他早死你和他都少遭罪，也算你尽了孝心。不然你这么下去，连个婆家都找不着。"刘青只能噙着泪花回家。刘麻子虽然动弹不得，但自尊心仍然强得很，他拉了或尿了从不示意，刘青若是主动掀开被单看一看，刘麻子就愤怒地瞪起了双眼。女儿伺候父亲毕竟有诸多不便，刘麻子大约也是因为这个缘故，在刘青手心写了"每天两回"的字样，示意刘青每天给他清理两遍即可。有时刘青见他脸色铁青，嘴唇发紫，大气不出，便知他在憋屎。为此，他每天吃得极少，只喝点稀粥，大多数情况下，他都睁着一双无神的眼睛痴痴地望着天棚发呆。刘青照顾一家人的饮食起居，做饭、洗衣、打扫房间等杂活全由她一个人做，她不用下地做农活。因为少见太阳，她的肤色白里透粉，给人一种十分娇嫩的感觉。

东村正男挥舞了一下手，示意王包发出去。王包发慢慢往门口退，这时金丸健行抢先一步扯住了姑娘的手，刘青叫着，说："我去地里喊姑姑一家人回来！"池田一郎见那姑娘水灵得像初开的花朵，就乐得先自解开了衣裳的纽扣。金丸健行指着东村正男说："你的、淋病的、靠后！"东村正男骂了一句粗话，指着金丸健行和池田一郎说："你们、快快的、明白？"金丸健行用枪托砸了一下王包发的屁股，示意他赶快出去。王包发不敢再回头看那可怜的姑娘，只能无可奈何地往外走。路过那个形如骷髅的人面前时，王包发见他歪着头，使劲咧着嘴，仿佛要说什么似的。王包发嘟囔一句："你活着有个什么用！"

金丸健行很快也跟着出来了，王包发明白，又是池田一郎抢了先。他们三人站在院子里，很快就听见姑娘的一阵呼天抢地的哭喊，王包发连忙往院子深处走去。他蹲在一堵墙前掏出一颗烟吸着，姑娘的呻吟声隐约能够听见，王包发抽一口烟就往地上吐一口痰，想以此转移注意力。大约一刻钟后，池田一郎提着裤子红光满面地出来了，金丸健行迫不及待地冲了进去，惨叫声又一次激越地传了出来，王包发恨不能把墙撞破离开这个院子。这时池田一郎朝王包发走来，他头发已经被汗水淋湿了，他竖着大拇指赞叹那姑娘："真的、花姑娘！"王包发没有吭声。池田一郎又说："你的、睡的、不去？"王包发沉着脸指着裤裆说："我的、这里、坏了坏了的有！"池田一郎大笑着，用脚踢了一下王包发，吆喝他起来和自己搜粮。站在院子里的东村正男急得火烧火燎的，在院子里走来走去。后来他停住了脚步，看见了那只拴在篱笆前的山羊。他举起枪，"砰"地朝山羊打去，只见那羊顿了一下头，"哞——"地将绳子挣断，在院子里惨叫着狂奔起来。东村正男接着又朝它的肚子打了一枪，羊肚子迸出一股股的血水，接着肠子涌了出来，然而那羊仍然奔逃着，只是越来越跟跄了。院子里血迹斑斑，山羊终究是一头撞到地上，再也起不来了。枪声使金丸健行提早从屋子出来了，他见死了只山羊，就骂骂咧咧地跟东村正男发脾气，东村正男不理睬他，扔下枪跑进了屋子。这一次王包发没有听见姑娘的叫喊，连呻吟声也听不见。他们三人去仓房搜粮，把里面的袋子、缸和瓮折腾了个遍，只搜出半袋黄米。金丸健行心犹不甘，他重新进了那座空房子，见炕上摆着的一摞枕头鼓鼓囊囊的，就用刺刀戳了一下，立刻，玉米骨碌碌地滚了出来，滴溜溜地落了满炕。金丸健行大叫着："狡猾、狡猾的有！"然后叫来王包发和池田一郎，他们把那些枕头全部挑开，发现所藏的粮食品种还挺丰富，黄豆、玉米、小米、芸豆、高粱米应有尽有，这在搜粮中是极为罕见的。王包发暗自为望云乡人家的枕头叫苦不迭，因为这个新发现，所有人家的枕头恐怕都要被挑得开花了。金丸健行格外振奋，他又用刺刀戳了那一摞被褥，这回再没有米从中惊慌失措地跑出来，挑出来的是破败的棉絮。他们三人将几个枕头的粮食往院子的车上抬时，东村正男走出了屋子。他看上去有几分疲倦，又有几分自得。见几个人搜出了粮食，他的精神头儿立刻就上来了。他大惊小怪地叫着，飞快地把卜衣的纽扣扣全了，俯身拾起了扔在院子里的枪，一行四人很快离开了这座院子，去下一户人家了。

　　刘青直到傍晚时才苏醒过来。昏暗的灯光下满头银发的姑姑在握着她的手垂泪。嫂子也立在旁边像棵枯树似的毫无表情地看着她。刘青觉得那灯光就像小松鼠的尾巴一样温暖地撩拨她，令她有哭的欲望。可她哭不出来。这时她听见院子里传来一阵杂沓的脚步声，接着是什么东西被重重地放了下来，那一声闷响使刘青的心剧烈抽搐了一下。在一片喊喊喳喳的说话声中，刘青见姑夫弓着背走了进来，他看了一眼刘青，说："她醒了，你就忙大事去吧。"刘青不知家里还有什么大事，她的头脑发胀。姑夫小声对姑姑说："他短，要了口小的，买大的回来也是浪费。"姑姑从鼻子里哼了一声，跟着姑夫出去了。

　　屋子里只剩下了刘青和嫂子。嫂子仍然像棵树一样僵直地站着看她。刘青轻轻地问:"嫂子,院子抬了什么东西?"嫂子连忙摇头说:"什么也没抬。""我都听见了,是不是一口棺材?"刘青问。嫂子终于忍不住,她"哇——"的一声哭着扑向刘青,说:"妹,你别怕,有嫂子在呢,你爹死了我们管你。咱不在这个地方呆了,走得远远的,没人知道你的底细,你还能有人要。"嫂子已经哭成了个泪人。刘青想起了下午所发生的事情,她忍不住一阵反胃,嫂子连忙扶她坐起,捶着她的背让刘青痛快地吐。"吐吧。"嫂子哭着说,"吐干净了就不恶心了。"

刘青坚持着要下地看看父亲。嫂子只得扶着她下炕。她浑身散了架似的,只能靠嫂子的搀扶瘸着腿走。刘麻子死时七窍出血,望云乡的丧葬主持正给他清理血迹,整理面容。姑姑见刘青过来了,就哭着说:"好歹他也是你爹,你给他跪一下吧。"刘青就"扑通"一声跪下了,她才哭了两声,就昏了过去。

葬了刘麻子之后,天气是越来越热了。河里的水也日渐消瘦,挑水抗旱无疑是杯水车薪,对毒辣的日头根本不起任何抵抗作用。刘青渐渐地恢复体力,她重拾家务活,做饭、洗衣、打扫屋子,活做得一丝不苟的。只是从不愿开口说话,而且不爱吃饭。夏末的一天早晨,刘青起来后只觉天旋地转的,她恶心得难以控制,一遍遍地跑到院子里去吐。姑姑与嫂子互相交换眼色,然后不约而同地叹气。午饭后刘青说困得很,要睡一个长觉,告诉家人没事别去打扰她。就这样一直到了晚饭时,做嫂子的见她还没睡醒,就"小青、小青"地叫着拉开她的屋门。见炕上没人,正有些纳闷儿,忽然听见一阵蜜蜂的嗡嗡声。循声向上一看，却见刘青吊在了房梁下，她悬空的尸体在黄昏的光线里就像一条体态俊美的青鱼。

五

溥仪在佳木斯港上岸后觉得这里比新京凉很多，不过视野却开阔多了。岸边茂盛的芦苇浩浩荡荡的，银白的苇絮在阳光下随风飞舞着，仿佛无数条鱼在跳跃。他在上岸时对着欢迎的人群挥手致意，然后禁不住冷而匆匆钻入汽车中。一上车就忍不住打了个喷嚏，随侍李国雄连忙把披风给皇上披上。

他们一行人是坐船由哈尔滨抵达佳木斯的，溥仪这次巡视的是东边地区。这里的八月下旬江水已经很凉，就是水鸟都少见了。由于干旱，沿途的庄稼并未呈现丰收的景象。李国雄不止一次咂舌说："瞧瞧，今年这光景，庄稼旱成了个干巴老头了。"溥仪不喜欢他这比喻，撇着嘴吊起了脸子，吓得李国雄再不敢信口开河了。

溥仪一旦出宫巡幸，总要带上一干随从，照料他的饮食起居。他喜欢出宫，出来时总是兴冲冲的。然而在途中哪怕经历一点不愉快，都会让他愁肠百结。他最忍受不了沿途的脏，灰尘总是难以摆脱。尤其是车行驶在乡间土路上，累累尘埃便会像旋风一样拍打着车窗玻璃，给人昏天黑地之感。即使那车窗严丝合缝，他却仍然有一种被灰尘呛着了的感觉，免不了要咳嗽一番，用梨汁清清肺。他还烦跟各色人等握手，觉得人身上最脏的东西莫过于手了，手是什么都要抓的。因而溥仪外出巡幸，酒精棉球要带上满满一铁盒，随时随地准备消毒。他的侄子毓岩和毓恩，也是少不了的，平素他们俩在宫中负责给溥仪注射补药，出门时也要把注射用具悉数带来，每到一处都要精心对器械进行消毒，以备注射用。溥仪一旦不用药，就觉得自己病入膏肓了，而一注射上药，才觉得生命有了保障。

溥仪自认感染了风寒，当夜就唤侄儿注射药品。他亲自确定药的剂量，仔细检查针头消毒是否合格，这才龇牙咧嘴地要侄儿注射。之后，简单吃了些东西，他便上床休养生息了。溥仪外出的日程都是由日本人安排的，去哪里接见什么人，参观什么，什么时间，只能一一遵守。他在宫中迟睡晏起，外出时则要早睡早起了。早睡睡不着，通常是吃了镇静药到凌晨时才合上眼睛，睡了不到三四个小时，又得按照安排起床，折腾得他面色青黄，双目无神的。睡不着觉，听着风吹窗户的声音，溥仪在黑暗中又有些恐惧，他就大声吆喝伴驾的李国雄。李国雄通常是在门外打个地铺，溥仪随叫随到。溥仪问他："外面的风果然是这么大吗？"李国雄说："是啊，今晚的风是大，奴才躺在地上听得更真亮。"溥仪又问："明天去哪里？"李国雄说："参观忠魂碑，到三江省公署，可能还要去第七军管区司令部。"溥仪其实不问也是大致知道这些安排的，只是问了一遍才安心。李国雄摄影技术不错，也算是溥仪的兼职摄影师，溥仪专门预备的一架镜头二点八的一三五型照相机归他保管和使用。外出时，李国雄除了服侍他之外，还要跑前跑后地为他照相。溥仪戴着眼镜，洗出来的照片就常有白色的反光点，令溥仪很不满。溥仪告诉李国雄，明天不论到哪里和什么人会面，都要把他照在中间的主要位置，若是和他握手的人比他个子高，就侧着身拍，他在前，那人在后。李国雄连说："奴才知道了。"溥仪这才让他重新睡去，并且嘱咐他再检查一遍窗户，确认是否关严了。

　　溥仪仍然是睡不着，听着激越的风声，他胡思乱想着。想起了去年去世的武生演员杨小楼，想起了他的那出名剧《霸王别姬》，内心不觉有了种悲秋的凄凉感。他随之想起了暴卒于新京的郑孝胥，总疑心是日本医生把他害死了。郑孝胥清癯的面孔就悄然浮现在他眼前了。溥仪内心深处明白，日本只要同一种声音，郑孝胥发牢骚流露出了不同的声音，只能是自取灭亡。因而溥仪既憎恨始终不离左右的吉冈安直，又得在表面百般讨好、迎合他。他知道溥仪笃奉佛教，就给他讲日本的天照大神，说它是世界所有宗教的始祖，听得溥仪当时差点没有笑出声来，觉得实在荒唐。春天的时候，溥仪听说八路军冀东部队包森支队在遵化县北山活捉了日本天皇表弟赤本大佐及其六名随行人员。赤本是冀东宪兵司令，此次据说是乔装打扮成贫民到严家峪侦探时被捕获的。当时日本军界对此事极为恼怒，他们派冀东日伪军倾巢而出，疯狂扫荡，妄图解救赤本，然而终无所获。不得已便委派川岛芳子前去冀东周旋。据说开出的筹码是以五十挺机枪换回赤本大佐。然而川岛芳子的努力没有成功，赤本大佐在中途逃跑时被八路军击毙。溥仪觉得共产党领导的八路军确实够厉害，他们武器装备不足，五十挺机枪的交换条件却没有动摇他们的心，而且屡屡打胜仗，真是让人不可思议。他曾听人说，给共产党打江山的都是土八路，两腿都是泥，满手是老茧，扛枪打仗不要命。吉冈安直就曾说过："八路的，良心大大的坏！"当然，他们打死了天皇的表弟，自然是血海深仇了。

　　溥仪睡不着觉爱胡思乱想，越想越睡不着。一睡不着觉就急，弄得浑身冒虚汗。他便在心中反复默念"阿弥陀佛"，然而这无济于事，太阳穴竟突突地跳了起来，他觉得头痛难忍，于是又唤李国雄起来给他拿药，吃下后心安理得了，也折腾得身心疲惫了，这才昏昏沉沉睡去。

　　次日果然是到三江省公署、第七军管区司令部和忠魂碑。李国雄按照吩咐，选取镜头时总是把皇上放在画面的醒目位置。溥仪与官员握手时脸上还微有笑意，而与军人握手时则一派严肃。在忠魂碑前，李国雄把几朵白云拉入镜头，目的是使皇上能感觉到天的高远。溥仪见李国雄拍照时离自己很远，就很不满，想他当然是把自己照得跟蚂蚁一样小，因而李国雄端着相机迎着他走来时，溥仪就不满地小声说："你把皇上放到相片的小角落里，是什么用意？"李国雄连忙解释："奴才不过是看那几朵云彩美，就把它们拉入了镜头。"溥仪冷冷地从鼻子里哼了一声，说："你是照云彩的，还是照皇上的？"惊惶失措的李国雄只得迅速拉开阵势，重新给溥仪拍了几张近景照片，可是镜头前的皇上神色分明是不悦了，抽搐着脸，紧抿着嘴角，不时扶一下眼镜。每当他克制愤怒时，就要扶一下眼镜。惶惶不安的李国雄本以为要大祸临头了，岂料离开忠魂碑后，汽车走上一条绿草波澜起伏的路，皇上在草地上发现了几簇野花，就唤司机停车，差李国雄把它们采来，说是要带回宫里给祥贵人赏去。李国雄明明知道这花一路折腾回新京肯定早就枯萎了，还是和颜悦色地附和："这花真好看，祥贵人一准儿喜欢。"溥仪脸上马上就云开日朗了，跟李国雄说话时不再气咻咻的。李国雄看着黄的野罂粟和紫色的马莲花，真想好好亲它们几口，他也果然这样做了，结果在颠簸中亲了一嘴的花粉，下车时嘴唇成了黄的，就像鹅嘴一样，惹得皇上嘿嘿地笑起来。

溥仪在旅程中喜欢眺望风景，越开阔的风景就越令他喜欢。见到河岸忽然有鸟扑棱棱飞起，他就兴奋得直叫。隔天去一所小学参观时，路上遇见一个手持弹弓的男孩，溥仪非让车停下，差李国雄问问那男孩，弹弓是不是打鸟用的？男孩如实对李国雄说"是"，溥仪就命令没收那弹弓，不许男孩再打鸟。溥仪信佛，见不得人杀生，尤其是鸟，在他看来是更杀不得的，因为它们飞在天上，天是不可侵犯的。

为了使溥仪接近百姓，他们还特意安排去一家农户慰问。提前给这院子牵来牛羊，将米桶装满米，让溥仪看"满洲国"的百姓生活有多幸福。溥仪握着农民那满是老茧的手，一个劲地点着头，说些你们为建设"满洲国"辛苦了一类的话，给在场的日本人听。农户语无伦次地一会儿说能吃饱饭，一会儿又说日满是一家，再一会儿又说院子里的牛要生牛犊了，说得面红耳赤，双颊流汗，看来平素是不撒谎的。李国雄所做的就不仅仅是拍皇上与百姓握手的场面了，他还要拍院子里的牛羊，拍盛满了粮食的米桶，一时忙乱得他汗流浃背的。最有趣的还不是参观小学和农户，而是去鹤岗的煤矿。那里到处是矿井，空中飞旋着黑色的煤渣粉末，十分呛人。矿井坑口冒出来的风凉飕飕的，给人一种濒临地狱之门的感觉，溥仪在坑道口踌躇了一下，终究还是没有朝地洞走去。奉陪巡幸的当地官员随后把溥仪引领到一座山上参观。山坡上搭着一个方形木棚子，远远看去像座小庙。进得里面，才知这是矿山爆破的控制台。棚内有一长条形木桌，桌上象征性地摆着图纸，还有电气开关的电闸。陪同的三江省省长指着电闸对溥仪说，再过几分钟，只要皇上合一下电闸，爆破就会开始。一个面色黧黑的矿长神色专注地盯着手表，刹那间木棚里充满了格外紧张的气氛，人们神色凝重，大气儿不敢出，李国雄握相机的手不由微微颤抖了。他想这炸药可不长眼睛，埋的位置若不好，炸了他们驻足的山头也未可知。后来预定的时间到了，矿长走到溥仪面前，深深鞠了一躬，指着电闸示意皇上可以合闸了。溥仪大步向前，就像个捅马蜂窝的孩子一样，飞快地合上闸就往回退。只听一阵轰隆的巨响，地动山摇之中，只见对面的山头升起缕缕白烟，它们就像一群被捣出深山的鬼魂一样，袅袅地升到半空，最后与云朵融为一体了。溥仪兴高采烈地带头鼓起掌，其余人也连忙跟着鼓掌，庆祝爆破成功。溥仪一直望得对面山头硝烟散尽，这才余兴未尽地下山。下山时小声对李国雄说："就合一下闸，就那么一下子，就能把山给劈了，真是厉害呀。要是能再炸两个山就好了。"李国雄明白皇上是起了玩兴了。

　　溥仪巡幸一地，当地必得戒严，跟着溥仪前行的有护驾车队。

有时是四辆摩托前后左右地围绕着皇帝的坐骑护驾，有时却是汽车。所到之处欢迎的百姓也是事先经过安排的，他们举着小旗，行注目礼。这时的溥仪就频频向窗外招手示意。从鹤岗巡幸到牡丹江时，溥仪见欢迎圣驾的百姓脸上并没有高兴的表情，且穿着破烂，就在心里嘀咕："他们怎么不乐意见皇上？他们为什么不穿得漂亮些？"然而这些念头只是在心中一闪而过，穿过欢迎的人群到了下榻处，见所有恭候的官员先前还都笔挺地站着，见了他全都行鞠躬礼，溥仪内心的愁云便一扫而空了。

　　牡丹江深受溥仪喜爱除了它风景的优美之外，还在于它的整洁。街道干干净净的，空中较少有尘埃，云彩总是水洗般的透明。溥仪觉得这里的青山都要比别处显翠，也许是绿水映衬的缘故。溥仪按照程序先视察了牡丹江省公署和第六军区司令部，他特别想去看看戒烟的康生院，请示吉冈安直后，未获关东军批准，这使他很恼火，在房间里气得跟随侍发脾气，说他的皮鞋落了灰了，却没人及时给他擦拭，骂这些狗奴才全是贱骨头。溥仪发脾气时眼球凸起，鼻子一歪一歪的，有时很惹人发笑。也许为了表示安抚，当夜安排溥仪看了场京戏，李国雄陪伴左右，见舞台上演的一招一式都惹得皇上暗暗发笑，知道见过世面的皇上对这演员的功底满怀嘲讽。但皇上又不得不坚持看完。一回到住处，他就憋不住笑着跟李国雄说，扮武生的不仅功夫不到家，唱腔也走调了，实在滑稽可笑。溥仪说光绪帝对京剧就很在行，会打小鼓，任何疏漏绝逃不过他的耳朵。有一回，宫中请来个戏班子，正唱得红火时，光绪帝上了鼓瘾，他走上台，拂袖赶走了打鼓人，自己像模像样地坐下打了起来。此时一个老旦正在唱《钓金龟》，忽觉鼓点的路数变了，便侧脸一看，见是皇上在忘情地操鼓，慌得差点一个趔趄坐到台上，唱腔不惟走调了，连戏词也全忘了。还有一个故事，说是有个鼓师名为李五，在一出戏中，本应打个"双核桃"，双核桃是鼓套子里的专门名称，可李五想只有极精通的内行才能辨个分晓，于是就任意妄为打了个单的。光绪帝便对太监说，戏台上丢了一个核桃。太监不明其意上台寻找，却是终而不得。怅怅下得台来，不料光绪帝说："核桃被李五偷了。"太监便上台朝李五要核桃，李五只能俯身认错，结果因小失大，罚了他一个月的薪俸。溥仪说，若是光绪帝在牡丹江听了这场戏，鼓师就得掉脑袋。说完，他还吐了一下舌头，微微叹口气，颇有失落之感。李国雄知道万岁爷最喜欢梅兰芳的戏，正儿八经听他本人唱戏有两回，一回是在清宫，端康太妃的寿辰，请梅兰芳等人进宫唱戏；还有一回是在天津，梅兰芳在新明戏院主演《西施》，他和婉容前去观赏了。当了"满洲国皇帝"后，溥仪也很想请梅兰芳来新京的宫里演出，郑孝胥曾专门差人去北平恭请，几次均遭拒绝。梅兰芳不齿于溥仪受日本人操纵，不仅断然拒绝来新京，去苏联访问演出时也不愿经过"满洲国"，这使得溥仪大为恼火，骂他不过是个下九流的戏子。然而在新京的宫里，他却存着梅兰芳的许多唱片，《游园惊梦》和《霸王别姬》他是百听不厌的。

　　溥仪巡幸出宫前，都要在佛堂反复诵经，并且要抽到一支上上签才会心安理得地出来。如果开始抽到了下签或中签，他就会丢下签再念一番经，如此重抽，直到抽得上上签才罢手。这次出宫，照例如此。结果先抽到了一支"霸王被困"的签，签诗曰：路险马乏人得急，失羊军座困相当。滩高风浪船棹破，日暮花残天降霜。溥仪当时脸就灰了，想起自认为天下无敌的盖世英雄项羽被刘邦逼得走投无路，四面楚歌，困于垓下，杀出重围，逃至乌江，因无颜见江东父老，拔剑自刎。想自己此行若成了那个走投无路的项羽，岂不悲哉？于是又抽了一签，见是"董卓收吕布"，不禁虚汗淋漓。想此行恐前程不妙，不如就呆在宫中。然而日程已定，又不能不出，溥仪再次双手合十，焚香念经，果然是神灵体恤他，终于抽得"裴度还带"的上签，这才叩头谢佛恩，将竹签一一收回。裴度是唐宪宗皇帝时的宰相，年轻时，家境贫寒，一日闲来无事，到香山寺庙游玩，在地上捡得价值连城的玉带数条。裴度遍寻物主，终得归还，以此积德，反得高官厚禄。签诗曰：茂林松柏正兴旺，雨雪风霜总莫为。异日忽然鸿鹄飞，功名成就栋梁材。溥仪就是带着这签诗的美好愿望出宫的。岂料中途多有不顺，他便想起了最初抽的那支签，为了使后几天的行程多些愉快，溥仪连忙在住处洗净双手，将随身带的佛像端放在桌前，虔诚地叩拜和诵经。

　　巡幸的时间长了，溥仪就开始怀念宫中的生活。旅途毕竟是颠簸、劳顿的。因而走到最后一站延吉时，溥仪分明已经提不起兴致了。在参观农科国民高等学校和飞机场时，他无精打采的，李国雄的镜头对准他时，他的表情极为漠然，再也没有在鹤岗的山坡上合电闸后那种欢欣鼓舞的样子了。在飞机场空空荡荡的跑道上，溥仪

在太阳下觑着眼睛，无所用心地听着陪同的介绍，心中充满了嫌恶
之感。那一刻他想，这日头晒得人真是难受，谁要是能把那日头打
下来让他凉快一会儿，他就赐他一匹金铸的马。由金铸的马他又联
想起有一回去某地巡幸，当地官员指着一带河谷说，那里遍地都是
黄金，现在正组织人开采，够"满洲国"人吃十年的了。那官员还
把他请入一间金品陈列室，只见一些透明的玻璃瓶里装着一些泛黄
的沙粒，官员告诉他这就是沙金。他摸出几粒，怎么看都觉得那就
像屎一样，于是连忙丢下。现在他站在飞机场上想起了沙金，内心
就有撞见屎的那种恶心感。

六

　　热河一带的老百姓在田间收割着大片大片的罂粟。"满洲国"
政府虽然下达了禁烟令，公布了"鸦片法"，可鸦片的专卖公署却
成立了，奉天有规模宏大的制膏厂，"满洲国"的大街小巷到处可
见鸦片零卖所。这种零卖所铺面不大，大都是南北大炕，然后用苇
席或木板分割成一个个小单间。每个单间设有二人吸烟席位，管烟
具的女招待非要把瘾君子兜里的钱全部掏空方才罢休。烟泡每份需
两角钱，走在街上倘若犯了烟瘾，随时随地都可晃进鸦片零卖所逍
遥一番。

　　羽田看见这些无边的罂粟，内心的茫然感就格外强烈了。被割
裂的罂粟葫芦早已成熟，当风劲吹这些黄褐色的果实时，就会发出

哗啦哗啦的声音。羽田喜欢罂粟花，它们盛开时，薄如蝉翼的花瓣就像蝴蝶的翅膀一般美丽。可他不喜欢它们的果实，那是一种让人心醉神迷又让人坠入深渊的果实。不仅满洲人吸食鸦片，近几年日本士兵吸食的比例也在上升，战斗力大大减弱，这使关东军甚为恼火。虽然有一些士兵驻扎之处有妓院和慰安所，但在北部的士兵却得不到女人的安抚。于是从南方战场抽调来由二十个慰安妇组成的特殊队伍，由羽田前来热河，把她们带到北满边境实行"北边振兴计划"的日军驻所去。

慰安妇们是晚上由南方的火车抵达热河的。她们从闷罐车上下来还没能喘口气，就由羽田带上了开往北满的另一列火车。这是一列运输物资的列车，辟出一节车厢供慰安妇休息。羽田上车后吃过饭，带着两个士兵给慰安妇送去食品和水。他们提着两盏马灯，走进黑糊糊的闷罐车，听到的却是一片均匀的鼾声。不胜疲倦的慰安妇们已经倒在板铺上睡着了。昏暗的灯光所映之处，只见她们一个个头发凌乱，面色疲惫，衣着肮脏，更像一群难民。这些慰安妇由日本人和朝鲜人组成，八个日本人，十二个朝鲜人。日本人是在本土自愿应征而来为前线战士服务的，而朝鲜人则是以招工的名义被骗而来的。她们每个人都围着一个鼓鼓囊囊的腰带，里面塞满了两年来慰安得到的纸币。羽田见慰安妇们睡得正香，就唤士兵把马灯和食品放到角落里，她们醒了自然就会看到吃的东西了。

羽田走到车头与押送军用物资的山田乙作聊天。山田乙作叼根香烟，说慰安妇们上车时他一一看过了，只有两三个还算有姿色。

其中有一个身材纤细的，面容姣好，他想着一会儿找她乐一下。羽田便再没了与他谈天的兴致。山田乙作却仍然兴致勃勃地跟羽田说，去年他去抚顺，在妓院集中区永安里痛痛快快玩了一天。他说永安里一到了夜间就灯火通明的，这里有中国妓院、朝鲜妓院和日本妓院。中国妓院门前的灯一般为红灯笼，而朝鲜妓院挂的则是粉灯笼。他说妓女们穿着丝绸，打扮很入时，手中拈着各色丝帕，话语软软的，走路腰肢一扭一扭的，让人进了永安里就不想出来。他让羽田猜猜，永安里大概有多少家妓院。羽田为了不使他太扫兴，便说，总会有个一二十家吧。山田乙作笑得一抖，将烟灰弹到了裤子上，他说什么一二十家，那太少了，永安里的妓院起码有七八十家，风光着呢。你要是走进那里，就别再想着出来，东家不拦你，西家肯定不会放过你。他还神秘地跟羽田眨着眼睛说，像你这样的日本人，有一定地位的，在永安里偷开着妓院的多着了。妓女都是四处抓来的，刚来时她们可能要哭上几天，也就是几天，之后就乖顺了，吃饱了喝足了也就给你拉客去了。这样的日本军人不露在明面，只是后台支柱，明面委托别的人来掌管，挣钱挣得海海的了。羽田对类似的事有所耳闻，但他并不愿意相信。山田乙作还说，咱们要是相熟，不等这伙人上了火车，就先卖个两三个去妓院，你说从南方运来二十个不假，可说她们中途逃跑了谁又能不相信？她们是活物，你又不能每时每刻看着，丢个两三个实属正常。卖了人，他们可以出去喝酒寻乐，够逍遥一番的了。见羽田没有表态，山田乙作以为他动心了，就说，现在还来得及，沿途他认识好多家妓院，无论是奉天、新京、哈尔滨还是齐齐哈尔，做这种生意的人他都能联系到，届时再卖也不迟。羽田这回起身离开了山田乙作，说他累了，失陪了。山田乙作笑着说没关系，他也不过说说而已。

　　羽田走到两节货车之间的连接处，感觉着从原野袭来的阵阵凉风。毕竟是深秋了，风已经硬了。车轮声"咔嚓咔嚓"单调地响着，逢到转弯处，羽田因惯力的作用都有一种被甩下去的感觉，他就得紧紧把住车厢的铁壁。羽田走回休息室，那是靠近车头的车厢改造的，中间用木板隔开，一半装着货物，一半组装了几张铺，供随车人员休息的。室内空间狭小，空气很浊，另两名士兵都不在，也许是到车尾吸烟去了，或是找慰安妇寻欢去了。羽田把那块昏暗的只有一尺见方的小小窗口打开，立刻，一股爽利的风呼呼叫着扑向室内，让人精神为之一爽。透过它，羽田看见了深秋月光朗照下的一望无际的原野，黑漆漆的衰草像人的头发一样飘拂着，脱尽了叶片的树影看上去单调而清瘦。所有的景色都因为列车的前行而变得动感十足，给人一种瑟瑟缩缩后退的印象。羽田望见了天空那轮将满的月亮，它只残着边缘的一角，用不上两天，它便是圆圆的一轮了。那月亮是乳黄色的，像是蓄积了奶油，散发着一股让人愉悦的气息，你伸出舌尖，似乎能尝到月光的那种爽而微甜的气息。羽田太喜欢这样的苍茫寂静的景致了。这时候他思绪纷纷，想本土的亲人，也想念谢子兰。他不明白为什么谢子兰会嫁给一个可以做自己父亲的苏联人，他对阿廖沙那张古板的脸实在是太失望了。在羽田看来，阿廖沙不过是个生意场上工于心计的商人。他爱谢子兰的，只是她的年轻美丽，他可能连她与生俱来的天真都不懂得爱。羽田最后一次与谢子兰通电话时曾问她，为什么要嫁给阿廖沙，你这么年轻，为什么不再等几年再说？岂料谢子兰哈哈笑着说："因为我爱阿廖沙，我是个成熟的女人了，为什么不能结婚？"说得羽田哑口无言，只能悻悻放下电话。谢子兰最初吸引他，是她的纯洁天性和可人的笑靥，她很直率，喜怒形于色，想到就说，口无遮拦，极其明朗。他甚至幻想有一天战争结束，他会带着谢子兰从"满洲国"回到日本，过着幸福安宁的生活。然而这一切就像蒲公英的花朵一样，很快就变成伞状白絮随风而逝。只是夜阑人静时猛地想起她，内心还有痛楚的感觉。羽田从腰上解下腰带，仔细而温存地抚摸着，想起离开本土前在银座大街上遇见的那个可爱的姑娘，她穿着蓝底百合花的和服，发髻盘得又松又垂，嗓音清澈如泉水，她那浅浅的笑靥最近时常出现在他梦中。羽田想，她早到了结婚的年龄，如今恐怕是有几个孩子的母亲了。她丈夫待她好不好？她的生计艰难不艰难？想起谢子兰，羽田在怀念中有某种痛惜之感，而想起那位遥远的少女，他多的则是怜爱之情。不知有朝一日他回到故土上，她可否还会出现？羽田望月时不禁有了某种伤感，他不知自己这样服役下去还会有多久，他的青春岁月已经在这片异乡的土地上悄然流逝了。他想月亮是幸运的，它不会老，不会长白发，不会脱落牙齿，更不会死亡，而他终究有一天会白发苍苍，谢子兰和那位遥远少女的笑靥也会随岁月流逝而凋零。羽田越想越伤感，觉得旷野里跟着列车飞驰的月亮实在是摧残人，它自己美得炫目，经久不衰，而它拂照的人类却是无可避免地要生老病死地一代代淘汰下去。羽田的眼睛不由湿润了。这时他觉得眼角的月光也随之变得柔软了，月光温柔地滑入他的双眼，使他觉得眼前的旷野到处都翻滚着月光，它们就像海潮般汹涌澎湃着。

两个士兵中的一个回来了，他提着盏马灯，看了羽田一眼，把马灯放在一张铺上，说那些慰安妇毛病可真不少，要解手的马桶，要洗脚的热水、肥皂，还有要月经纸的。她们嫌吃的东西给得太少，说她们是为部队增强战斗力来的，为什么让她们像狗一样睡在草上？说完哈哈笑了起来，羽田也觉得这比喻有趣，不由"扑哧"一声笑了。士兵还说，有个朝鲜慰安妇，口口声声说到"满洲国"来就是要寻找她姐姐的，说她姐姐叫什么来着？士兵拍了一下脑门儿，说那名字听完就忘了。她让士兵帮着给寻找。士兵一撇嘴说，我告诉她"满洲国"这么大，哪里去寻你的姐姐？她竟然哭了，她一哭，别的人也有跟着哭的，就像死了人似的。还有个日本女人，叫吉野百合子的，模样长得不错，可就是不爱说话，你问她十句，她有九句是不答的。她吃东西的时候老是被噎着，一噎着就抖着肩膀打嗝儿。别人就说她，你吃东西总是急，急什么？吉野百合子醒来的第一件事不是像别人一样奔向食物，而是先掏出一把木梳，把头发梳得光光溜溜的，盘起个又松又垂的像鸟窝似的发髻。她看人时目光是游移不定的，你以为她在看你，可你一望她，她却打量别处了。士兵说山田乙作也看上了吉野百合子，她们上车时，他捏了她的脸蛋。羽田没有搭腔。很快，另一个士兵也回来了。他一进来就脱衣

裳，说是出了一身的汗，那些慰安妇实在难以对付。说那个朝鲜来
的穿花衣的女人先是不肯就范，当他说可以帮她寻找到姐姐时，她
就喜出望外地裂开了怀。她的乳房松弛干瘪，就像两朵枯萎了的花。
而且她那么迅速无所顾忌地解开了衣服，反倒让他没有任何欲望了。
他转而去要求吉野百合子，她说她没吃饱，饿得头晕眼花，要再吃
点东西才行。他没办法，只得又给她搞来一些食物和水，谁想她仍
是不慌不忙地慢腾腾地吃喝，他等不及，就要了那个朝鲜女人，就
在车厢角落的干草上。没想到这女人很瘦弱，力气倒不小，扭着他
的脖子使劲反抗，惹得其他姑娘笑个不休。等他做完事，山田乙作
就去找吉野百合子去了，这时吉野百合子嘴里还嚼着东西。士兵显
然是累了，他倒在铺上打了个哈欠，说他先睡一会儿，另一个士兵
则说，火车到目的地还有两天时间，可以有充足的时间再找其他姑
娘，让他不要气馁，吉野百合子又不能每时每刻吃东西。正在说话间，
有个尖利的女声传来，她在大声吆喝什么，站在地上的士兵拉开门，
见是那个瘦弱的朝鲜女人，她蓬头垢面的，衣裳的纽扣也系错位了，
使上衣看上去更加皱巴巴。她说要找刚才和她睡觉的人，他答应帮
她找姐姐的。她的身上散发着一股久未洗过澡的酸气，十分难闻，
羽田不由把头转向那个小小的窗口，呼吸着清澈如水的风。站着的
士兵只好把躺着的拍了起来，说，你答应帮她找姐姐的，她指望上
你了。躺着的士兵坐起来万分懊恼地摸出纸笔，装模作样地问她姐
姐叫什么，什么特征，何时来满洲的，在这里做什么。朝鲜女人用
指甲剔了一下牙齿说，她姐姐叫朴善玉，来满洲好多年了，至于做

什么，她若是知道的话，也就用不着他来打听了。她说姐姐个子不高不矮，不胖不瘦，眼睛不大不小，鼻子不算长也不算短，嘴唇笑起来是月牙形的，而闭着却是椭圆形的，她喜欢河水，每天清晨都要去河边洗脸，她还喜欢黄昏，愿意那时看天空中归巢的鸟。她的一番话使羽田又抽回了头，那女人在描述姐姐的情境中已经眼泪汪汪的了。士兵在纸上胡乱记着，待她讲述完毕，就说："好了，我都清楚了，若是找着你姐姐，我就通知你。"这女人却仍站着不走，怅然若失地空垂着双手，仿佛还有什么事没交代清楚似的。士兵再次催促她可以走开的时候，她却几步冲到那个小小的窗口，手抚在羽田的肩头，将头探出去，贪婪地呼吸着原野的风。她的肩膀一上一下地抖动着，可见她呼吸时的欣喜若狂。车厢内的三个男人被这情景震撼了，他们面面相觑着，谁也没有一句话。车轮前行的"咔嚓"声在此时就格外明显起来，听起来铿锵有力。那女人足足眺望了十几分钟，这才微微叹息着抽回头。这时她的脸上已经没有泪痕了，表情平静如深秋的湖水。她离开时喃喃地说，这月亮可真美呀，怎么跟小时候在故乡看过的月亮一模一样呢？

朝鲜女人走后，三个男人都有些怅然，他们不约而同地躺在铺上。羽田能感觉到从窗口灌进来的风在掀动他的衣衫，很快，衣服里就鼓荡着风，皮肤有一种滑润的感觉。月光也努力着想从窗口挤进来，岂料它实在太柔软了，被爽快的风斩断于窗外。月光有些伤心，但一想那窗子里有一盏马灯，似也不需要它的光芒，就一跳一跳地又奔别处去了。

羽田迷迷糊糊地欲睡非睡之时，蒙蒙矇矇听见仿佛有人敲门。另两名士兵已经打起了呼噜。羽田仰起身子，侧耳仔细聆听一番，确信是有人在轻轻叩门。他下了铺，摇晃了一下，将门打开。只见一个面色微黄的女人沉静地望着他。她的头发梳得光光的，盘着个又松又垂的发髻，穿一件灰对襟棉绒衫，一条雪青色裤子，细而密的眉毛随着眼波的跳跃而像微风中的柳叶一样拂动着。她轻轻"哦"了一声，然后说声对不起，她要找的人不在这里。羽田觉得这女人的面庞很相熟，昏黄的灯光下她的头颅就像一颗柠檬似的。羽田努力回忆着什么，因而问她话时有些口吃。女人回答得倒爽快，说她叫吉野百合子，刚才有个矮胖的蓄胡子的男人睡了她，还没有付钱呢，她是来要钱的。见羽田十分惊愕的样子，她解释说，这是在旅途中，她没义务为士兵服务的，只有到了目的地，听从安排后是可以不收费的。她伸出左手的两根手指，说只要两元，那竖起的两根手指就像兔子的耳朵一样调皮。羽田明白，她要找的人肯定是山田乙作，就朝车头指了指。吉野百合子俯身施礼后掩门而去。

羽田再也睡不着了。他把头伸向窗外，望着那轮跟着火车飞驰的月亮，望着苍茫的原野，眼前不由浮现出了离开本土前在银座大街相逢那位手持腰带的少女的情景。吉野百合子实在太像那个姑娘了，不同的是那姑娘声音像泉水般清澈，而吉野百合子的嗓音略微沙哑，但也是那种清澈的沙哑。至于她们的脸庞，实在是太相像了，不同的是印象中的少女有着甜美的微笑，而吉野百合子多的则是饱经沧桑后的疲惫。羽田不敢再对比下去，这种推测已经使他手心出汗了。他悄悄抚摸着那条腰带，希望自己不要再胡思乱想，那位可爱的姑娘如今肯定在日本过着幸福的生活，也许此刻她正在月光下领着孩子在庭院里讲故事呢。

　　月亮飞旋到中天了，两个士兵醒来了，他们养足了精神，说是要给姑娘们送点水去。羽田知道他们去干什么，就说，把那个叫吉野百合子的叫来，他有事情要问。士兵中的一个有些不快，他就是奔吉野百合子而去的，因而充满敌意地说，若是她正在吃东西，恐怕就会来得晚些，她是个很难叫的人。羽田便起身说那他亲自去叫。士兵连忙说不必了，他会让她尽快来的。他们离开时彼此笑了一下，大概认定羽田是想独自在此与吉野百合子痛快发泄一下。吉野百合子很快来了。她进来后躬身问了声好，然后竖起左手的两根手指，就开始沉着而熟练地解衣裳扣。羽田呆呆地望着她，她的一双丰满的乳房裸露出来，看上去就像一对安静地坐在屋檐上的白鸽。羽田连忙摆手，唤她系上衣扣，他只是想跟她聊天。吉野百合子异常吃惊地系上衣扣，用手捋了一下头发，浅浅一笑，坐在羽田对面，用手敲打着马灯的灯罩。玻璃灯罩发出清脆的声响。羽田解下腰带，把它轻轻递到吉野百合子手中。吉野百合子看见腰带时眼睛只是跳了一下，然后淡淡地说她见过很多士兵有这种腰带。她歪着头问了一句，它果然可以护身吗？能挡子弹吗？能使腰不疼吗？羽田不置可否地笑笑，说他离开本土前，曾在灯火辉煌的银座大街遇见一个手持腰带的少女，她穿着蓝底白色百合花的和服，那些百合花洋洋洒洒、蓬蓬勃勃的，比真正的花还撩人。少女梳着又松又垂的发髻，见到过往女人而让她们为自己手捧的腰带缝上一针时，她总要先说一句"你晚上心情好"，当有士兵抢这条腰带时，她会说："一千针还没到呢，你们先去喝茶吧，喝过茶回来就行了。"吉野百合子微微怔了一下，吃惊地看着羽田，但她很快恢复平静，问："你得到了那姑娘的腰带了？"羽田点点头。羽田说，他忘不了那姑娘，之后一连几天在夜晚时去银座大街找她，然而只有如旧的灯火和陌生的人群，再也没有寻到她。离开本土出征的前一天晚上，他最后一次去了银座大街，一个老艺人告诉他，那姑娘好像是下关人，到东京来是送她的哥哥出征的。吉野百合子不再敲击灯罩了，她垂下手，凝望着羽田，目光中充满了伤感。羽田说，他心犹不甘，买了一个羊皮手袋，手袋里还夹着一封信，把它送给了老艺人。嘱咐他如果在银座大街上遇见那姑娘，就转交给她。吉野百合子抬起头，嗫了一下嘴，问："信里都写了些什么？"即使过去了多年，羽田仍能清清楚楚地把那封信背下来，他充满感情地说："我不知道你的名字，可我记住了你美好的笑容。当我带着你送我的腰带去远方征战，即使战死疆场也在所不惜。谢谢你对我美好的祝愿，但愿胜利归航时能在码头的晨雾中再看到你那比天使还要美好的笑容。"吉野百合子用手护住灯罩，室内的光线更加昏暗不堪了。她哽咽地说："你是个好人，那姑娘真荣幸，这太感人了。"吉野百合子松开双手，使光焰又腾地四处飘散，她欲起身告辞了。羽田问她何时来中国的，家里都有什么亲人？吉野百合子只是回答了第二个问题，她说惟一的哥哥几年前来到中国，在武汉战死了。

　　吉野百合子轻轻掩上门走了。羽田再次把头探向窗外时不由泪流满面。他手捧着那条给他带来无限温暖和向往的腰带，用它蒙住双眼。这时月光消失了，他的眼前是广阔的黑暗，他觉得自己正无可挽救地一步步坠向深渊。

　　火车越往北走速度越慢。次日深夜到达齐齐哈尔时，觉得萧瑟的风已经带着砭人肌骨的寒意了。慰安妇们在车厢的草堆上横七竖八地倒着，无精打采地哼着故乡歌谣，有时哼着哼着就睡着了。她们明明知道有些要求肯定得不到满足，却还是不时地提出，要水果，要蔬菜，要月经纸，要肥皂，要棉衣。她们不停地问还要走多久才到目的地，她们快要被闷死了。羽田总是对她们说快了。他不敢设想这伙姑娘到了边境后，驻扎于此久未见女人的士兵会以怎样的方式蹂躏她们。吉野百合子见到羽田时眼睛总要跳一下，之后就看别处去了。有时她坐在干草上吸烟，将烟灰弹进鞋窠里。当目的地越来越近的时候，士兵唤慰安妇们赶快起来。她们从干草堆上站起来，默默无声地打点行装，然后站在车厢一侧等候下车。火车"咣当"一声停下来的时候，士兵打开了车厢门，赶着这些久未见天光的慰安妇们下车。边塞已经下雪了，大片大片的雪花罩着这群弓身抵挡寒风的姑娘，使她们看上去更像一群羊。羽田在吉野百合子下车的一瞬，注意到了她腰下有个令他眼熟的羊皮手袋一晃一晃的。羽田想叫住她，可她已经随着慰安妇的人群走进风雪中了。

第九章　一九四〇年

民国二十九年　昭和十五年　康德七年

一

　　送走了身边仅存的朱文范、聂东华两名战士之后，杨靖宇真正是孤身一人了。两名战士带着一些现金和三支手枪以及杨靖宇的名章，准备到附近的村屯搞一些给养。他们连日来忍饥受冻，只能靠草根和树皮充饥。杨靖宇穿着的那双棉鞋，鞋底裂了，鞋帮也碎了，不得已只好用绳子将其捆绑起来，否则寸步难行。朱文范走时说："粮食和棉鞋很快就会搞来，到时我们就能突围出去了。"聂东华则低声说了句"要保重啊"。杨靖宇在黑暗中看不清战士的表情，他一一和他们握了手，只轻轻说了句"小心"。杨靖宇并不是一个多愁善感的人，但这个夜晚他却格外伤感，望着天上闪烁的寒星，听着山坡上呜呜的风声，顿觉无限凄凉。这时他特别想抽一支烟，可身边没有；他还想喝碗滚烫滚烫的热水暖暖身子，这也绝不可能。他所能感受到的，是寒冷的风，是比风还要寒冷的沉重夜色。杨靖宇的腿伤阵阵疼痛，敷着伤口的破棉絮已经与肉烂在一处了，他常常感觉伤口处一跳一跳的，仿佛有只淘气的松鼠在里面蹦来蹦去，他明白那是脓水在作祟。然而这个夜晚他却不愿意做实际的判断，他宁愿用想象为自己营造一个温暖的世界。他设想他置身的是一个春天的大花园，树影婆娑，花香阵阵，鸟鸣声此起彼伏。花园中有蝴蝶、蜻蜓和松鼠，花蝴蝶落在他的手上，蜻蜓则在他头顶飞来飞去。而顽皮的小松鼠钻入他的裤筒里，在里面晃来晃去，柔软的长尾巴抚弄得他的腿麻酥酥的。空气中有好闻的花香，他能听见玫瑰与百合花的对话，百合花赞美玫瑰的馥郁香气，而玫瑰则青睐百合花的清雅气息。皎洁的圆月投映在澄碧的湖水之上，湖心就仿佛生了轮月亮，惹得湖底的红鱼朝它聚拢，都渴望着游进月亮里去，岂料那月亮难进得很，你以为荡进去了，定睛一看它还圆圆满满地浸在水中。湖畔有高大的梅花鹿，有可爱的红狐狸，还有栖在树梢唱歌的夜莺。他沿着芳草铺地的湖畔走，这时梅花鹿屈下身子主动让他骑上去，红狐狸精灵般地为他当向导，而夜莺则在他头顶盘桓着，他们一同走入了一个更加令人心醉神迷的世界。那里的每一株草都极有灵性，你只需采下一棵草对着月光轻轻一吹，它就会变成你迫切渴求的东西。杨靖宇将第一棵草吹过后，他看见了一双崭新的棉鞋；第二棵草顷刻间就化成了一桌美味佳肴，鲫鱼汤呈奶白色，红烧猪肉呈金红色，雪白的馒头比天上的云朵还要丰莹。桌上还有琥珀色的美酒，有比水晶还要透明的杯子。杨靖宇吹的第三棵草，化成了一匹威风凛凛的战马，马鞍上配备着精良的武器，他骑上去，在电闪雷鸣中杀出重围，摆脱了日伪军的层层堵截。他看见子弹在鬼子头上接二连三地开花，宛若爆竹炸响，士兵们精神振奋地清理战利品。有个士兵在夜晚吹起了笛子，笛声竟然把黑夜吹散了，阳光灿烂的天空呈现在他眼前。

杨靖宇一旦做了战事的联想，那个经他的想象精心营造的如诗如画的世界就在顷刻间颠覆。他知道自己正陷入空前的危机之中，他还从来没有这么被动过。不过他相信有了给养，他仍然可以杀出重围。他喜欢这片山林，虽然是冬季，这里的草木还没苏醒，他仍然感觉到它们的呼吸，可他不希望也不相信这里会成为他的葬身之地。我杨靖宇是为了打鬼子而陷入绝境的，天地若有情，也会给他一条生路的。

杨靖宇想起了两个置他于被动处境的叛徒，一个是安光勋，一个是程斌。安光勋是一路军的参谋长，人很聪明，热情，但意志薄弱。杨靖宇在前年冬季率一路军主力北上老岭时，驻守在根据地的安光勋在一次战斗转移中被俘。他禁不住敌人的利诱，投敌变节，泄露了我军大量的军事秘密。日寇获得的这份情报无疑是鼓舞士气的一支兴奋剂，他们派出队伍，对我根据地进行肆无忌惮的扫荡，致使粮草受损，大批伤员遭到屠戮。接着，安光勋又受日本人指使，诱降一师师长程斌。程斌初始时还表现得很有正气，曾拔枪射击劝他投敌之人。然而在逐渐呈劣势的与敌交战中，程斌越来越丧失信心，后来带着身边的二十九人下山投敌，乖乖地做了叛徒。程斌的变节，使一路军陷入空前的浩劫之中。程斌一直伴随杨靖宇转战南满，熟知他的作战计划、指挥风格，对后方基地和地下党组织的分布更是了如指掌。程斌为了效忠日伪军，还信誓旦旦地表示一定要戴罪立功、剿杀南满头号敌人杨靖宇。他被任命为通化省警察本部的警佐，成立了一个由二百五十人组成的"程斌挺进队"，配备有八挺轻机枪，二百多条步枪，五十支手枪以及无线电台等，程斌亲任队长。通化省警备厅副厅长岸谷隆一郎下达给程斌的任务只有一句话：不惜任何代价剿杀杨靖宇！

程斌的叛变使杨靖宇不得不采取一系列的应变措施。他决定改变一路军的番号以及作战部署，重划作战区域，分头行动。同年夏季，杨靖宇得到情报，程斌已率队由桓仁、宽甸而北移，与已进驻的号称"满洲剿匪之花"的队伍会合，欲合围而把杨靖宇的军队歼灭在老岭山区。杨靖宇和魏拯民立即做出决定，率部向北方的通化、江一带实施转移。杨靖宇的行动刚刚付诸实施，即被"满洲剿匪之花"的旅长索景清从汉奸口中得知，索景清立即亲率骑兵、步兵共三百余人，赶往庙岭地区堵截。杨靖宇得知情报后以逸待劳，命令部队在敌军必经之路的埋财沟两侧埋伏，然后将一个连派往南面沟口的高地，自己则带领机枪排占领南北侧山口，准备堵其后路。

索景清的部队进入埋财沟时看上去十分疲惫。由于天热，又是午后，沟谷里散发着湿热的气息，敌军看上去委靡不振。杨靖宇一声令下，机枪班首先开火，一时沟谷里火光冲天，敌军抱头鼠窜。除索景清等少数人侥幸逃脱，其余全部被歼。"满洲剿匪之花"至此成为一支枯萎、凋零了的花。

杨靖宇的部队继续北上转移。敌军已经大体知晓我军所处的位置，因而他们在辑安、临江、通化等地设置了许多道封锁线，等待我军突围。杨靖宇和魏拯民随之改变作战计划，挺进老岭北部山区六道阳岔密林深处，就地隐蔽休整，并且兵分几路，派出精锐兵力向辑安、通化、临江等地出击，使敌人四面应战，一时不知杨靖宇究竟身在何处。这样，驻扎在通化的敌军不辨真相地向辑安转移，我军看见了突围的曙光，找到了西进的突破口，从而将大批敌军轻松甩到身后，在一夜之间袭击了通化、六道沟、七道沟和郝家街三个敌人据点，此时的敌军才恍然大悟上了当，杨靖宇原来已经到了通化。

气急败坏的莫过于程斌。他的戴罪立功的幻想一次次化为泡影。他熟悉性格刚烈的杨靖宇，知道就是把刀架在他的脖子上，他也不会告饶的。这更加令程斌不能容忍。在内心深处，杨靖宇总像是夏夜浓云深处的闪电，只要出现在他的脑海里，总会带来某种恐惧和震撼。他太希望这个令他灵魂不安的人迅速化为泥土了。程斌带着他的挺进队，信誓旦旦地转战到通化。尽管空中有飞机的侦察助一臂之力，并且已经在岔沟发现了杨靖宇的宿营部队，然而仍是让无往而不胜的杨靖宇再次突围出去，进入了河里山区休整，并且在冬初，率部渡过辉发江，进入桦甸、濛江，这真让程斌无限汗颜。自他叛变之日起，对杨靖宇的态度，先是敬畏、忐忑不安，继之以敌视和无限仇恨。他甚至设想有一天他与杨靖宇短兵相接，就是拼掉性命也要把对方置于死地，否则，他虽然与他近在咫尺地对峙，一不留神他又会有如神助地插翅而飞。

进入了桦甸、濛江的杨靖宇有如回到了自己的老家，因为这一带曾是他领兵起家之地，这里的每一道山梁，每一道沟谷，甚至于每一座房屋都让他觉得无限亲切。他相信在这里会把一路军壮大起来，扩大根据地。然而濛桦地区的局势已非当初，日伪的军警宪特遍地都是，很多村镇被迁到集团部落而造成无人区，就是无人区的房屋也被烧成一片废墟，避免成为抗日游击队的宿营之地。杨靖宇迫切需要枪支弹药和粮草的补充，否则部队在冬季的山区将坐以待毙。而这一切的获得，只能由战斗的方式来获得，要去虎口夺粮、夺枪。他先是在桦甸的柳树河子沟与五百名宿营的靖安军交战，缴获了四百多条枪和一些弹药，然后继续引兵北上，袭击桦甸的木箕河日本木场。杨靖宇侦察到木场里有他急需的粮食，他想无论付出多大的代价也要获得它。行动的那天夜晚北风呼号，粗粝的雪花纷纷扬扬地飘扬着，部队前行的脚步声淹没在风雪之中，丝毫没有引起敌方察觉。他们接近木场，先是消灭了哨卡的守卫，然后移向碉堡，将机关枪架在碉堡上，一声"开火"令下之后，碉堡里的敌军立刻成为瓮中之鳖，尸骨横飞，全部成为网底的死鱼。木箕河木场的胜利，使部队获得了一百多条枪、数万斤粮食、十几箱子弹和上百匹的马，奄奄待毙的队伍从而获得了勃勃生机。杨靖宇虽然明白周围的形势仍不容乐观，他还是满怀信心地在宿营时和战士们一起说说笑笑，唱他们的军歌。之后不久，杨靖宇又率队东进安图，袭击敌人的重要据点大蒲柴河镇，再次获得了武器上的装备。连续的胜利鼓舞了士气，但也更加明显地暴露了我军目标和活动方式。在与曹亚范率领的一方面军会合之后，敌人无数次进入山区搜剿，将我军的密营一座座炸毁，致使几次艰苦战斗获得的粮食和冬装等军需物资被烧毁，部队再一次陷入危机。杨靖宇决定南下金川，然而警卫旅和一方面军刚越过辉发江，就被敌方察觉，尾随而来。进入金川后又与大批敌军遭遇，迫使部队向西进入濛江。然而敌人果真是布下了天罗地网，刚入濛江又被敌人发觉，杨靖宇只能再次北上，以求在濛江西北山区获得喘息。岂料在那里又与敌人讨伐队遭逢，在江濛已无法施展身手，只能被动地再次进入金川。此时的部队因为给养不足而大量减员，杨靖宇和曹亚范会合不久，只得再次分兵行动。杨靖宇所率部下已不足三百人，而敌人围剿他的总兵力却有四万之众！岸谷隆一郎亲自到濛江督阵，欲不遗余力地剿杀他们的头号敌人杨靖宇！在岸谷看来，消灭了杨靖宇，南满才会得到安宁。他特别想活捉到杨靖宇，看看他是什么面貌，他的筋骨是否是铁打的。他还想亲自打他几耳光，给他美酒、佳肴，给他绝世的美女，他不相信这个杨靖宇会毫不动摇。抗日游击队的许许多多人动摇了，他们无不成为岸谷手中的牌，他确信陷于绝望之境的杨靖宇也会乖乖成为他手中把玩的一张牌。什么能比得上生命更珍贵呢？他甚至几次出现幻觉，见杨靖宇气息奄奄地跪在他面前求饶，乞求放他一条生路。岸谷隆一郎想好了，你杨靖宇就是低下头来，我也绝不给你生的机会，一定让你人头落地，以祭奠无数死于杨靖宇部队手下的将士！

　　杨靖宇带领着疲惫不堪的队伍苦苦在山中寻找突围的机会。没有给养，他们杀掉了最后一匹战马，围着篝火吃烤马肉的士兵没有任何话语，这种死一般的沉默使杨靖宇不寒而栗。一月底，他们在马屁股山与日军遭遇，在处于劣势的激战中死伤近百人。从马屁股山艰难突围出去后，杨靖宇身边只有六十余人了。他的腿伤日趋严重，每到夜晚，疼痛便加剧，使他难以入睡。大部分士兵由于饥饿和寒冷而心灰意冷，有一个清晨醒来，在清冷的晨曦中，杨靖宇发现身边仅剩下了二十多名战士。特卫排长带领绝大多数人下山投敌了。杨靖宇平生无论遇到多大的困难都没有哭过，可他这一次流泪了，泪水洒落在他紧攥的拳头上，很快又滑落在四处开花的棉裤上，凝固成小小的圆圆的冰滴。他实在是太饿了，他掏出一小团棉絮塞进嘴里，含着眼泪咀嚼着下咽。棉絮落到肚中了，可他仍觉肚里空空荡荡的，就像深深的幽谷一样。

二月中旬，在日伪军的追击中，杨靖宇身边只剩下了七名战士。他们衣衫褴褛，步履沉重，每前行一步都格外艰难。他们吃草根和树皮，期待着能在与敌人的交战中获得给养。然而在又一次与敌人的遭遇中，又有五名战士伤亡。为了不使受伤的战士落入敌人手中，杨靖宇只带朱文范和聂东华再次杀出一条血路，把敌人引开。在密林之中又一次奇迹地甩掉了敌人。然而有比敌人更可怕的存在让他们难以摆脱，那就是饥饿和寒冷。杨靖宇是多么希望一夜醒来世界突然是温暖的春天，他不再需要棉鞋，可以用鲜嫩的野菜充饥啊。派朱文范和聂东华下山搞给养，是他最后的一线生机了。

杨靖宇在温暖的联想中渐入梦乡。他栖息在背阴山坡一个用树枝搭成的窝棚里。它四处漏风，根本无法御寒。梦乡中的他回到了故乡河南的李湾村，他看见了家里矮矮的泥房子，母亲正倚着门框笑吟吟地唤着他的小名"骥生"。进得屋里，只见撒满了阳光的饭桌上有一盆比月色还要动人的小米粥，他畅快地一连喝了三碗，这才和母亲坐在院子里聊天。母亲说家里种的几亩麦子都黄熟了，鸟儿成群结队地来麦田糟蹋粮食，让他在家多住些日子，把麦子割了。母亲末了还红着眼圈说："你走了这么多年，娘想你想得慌啊。"杨靖宇醒来时天还未亮，他觉得眼角湿漉漉的。

　　一天过去了。又一天过去了。再一天也过去了。随之又过去了苦等的一天。四天过去后，朱文范和聂东华仍然没有回来，杨靖宇确信他们已经遇难。目前只有两条路可走，一条是继续留在山中，孤独地死去；另一条是主动下山，靠近村屯，请求老百姓的援助。杨靖宇知道日军以一万元的悬赏来缉拿他的人头，印有他头像标明赏金的布告贴满了各个村镇。但他相信爱国的老百姓是有良知的，他们不会眼睁睁地把他交到日本人手里让他人头落地，这种想法促使他义无反顾地靠近一个叫保安村的小山村。那天上午，在靠近村屯的山里，他看见了四个砍柴的村民。他毫不犹豫地朝他们走去。四个村民有三个很瘦，一个微胖，他们个子都不高，面色黧黑。杨靖宇向他们讨干粮吃，说是许多天没吃东西了。四个人都面面相觑地看着他，他们不约而同地判定，眼前这个有着深邃双目的瘦削的人就是大名鼎鼎的杨靖宇！自从围剿杨靖宇开始，日军不允许进山的村民携带干粮和火柴，他们身上确实没有一点可吃的东西。杨靖宇很失望，从兜里掏出一沓钱来，对几个人暗示他可以给足日本人缉拿他的赏金，请求他们回村搞些干粮，帮自己买双棉鞋来，他会付钱的。这时其中的一个人开口劝他投降，说这样可以保住性命，说你这么年轻死掉了实在可惜。杨靖宇只是淡淡付之一笑，他什么也没有说。四个人又仔细看了一番杨靖宇，这才转身下山。杨靖宇望着他们的背影，期待着下一次再见他们时，会有干粮和棉鞋送来。他没有理由怀疑他们，如果他们真想领赏的话，四个人把他擒住下山是轻而易举的事。

杨靖宇实在是太累了，他坐在一根倒木上，顺手拿起一根树枝，在稀薄的雪地上画自己的头颅。国字形脸、浓眉、大眼，几笔就勾勒出来了。只是他不知鼻子和嘴是什么模样。没有镜子可供参考，更没有清冽的河水可作为照影之地，杨靖宇就用手去触摸鼻子嘴巴，结果他摸到的是茂盛的宛若野草的胡须，他就信手画了一堆胡须在画像上，然后在旁边注上"悬赏一万元"，写完后又画了个大大的问号。在杨靖宇的记忆中，他是没有用过问号的，因而越看它越觉得陌生。这问号就仿佛一只被人割下的耳朵，看上去冰凉生硬，它还像一颗未爆炸的手榴弹，充满了杀机。当然，它更像在丛林中优雅地舒展柔韧身姿的蛇，像一个长头发的女人在踮着脚尖跳舞。杨靖宇盯着那画像看了很久，直到看得眼花了，在正午雪亮却没有暖意阳光的照拂下昏昏沉沉地睡去。

四个村民在下山的路上互相没有说话。没有人说要去告发这个在他们看来十分可怜的人，也没有人表示要把干粮和棉鞋给他送上山来。四人在村口分手各奔东西时只是彼此观望了一番，他们从每个人眼里都看到了犹疑。劝杨靖宇投降的那人垂头走在村路上，想自己不告发的话，若是其他三个人把自己交代了，那他就会以通匪的罪名而弄得家破人亡。他越想越害怕，越害怕越要想。最后想得耳畔轰响着枪声，他觉得受到处罚的自己已经魂飞魄散。他没有回家，而是去了警察所，十分急切地报告他在山里遇见一个要棉鞋和干粮的人，看他的相貌酷似布告上的杨靖宇！他还带着某种遗憾的口吻说，若不是那人带了枪，他当场就会把他捉下山来！村警察所连忙派人向濛江县警察本部的日本警佐西谷报告。西谷最近听到类似的报告太多，结果总是令他大失所望，因而起初并不很相信，直到听说这人身上还带着枪，行走十分困难，且要干粮和棉鞋的时候，他才判定杨靖宇确实胆大包天地暴露在光天化日之下了！西谷的喜悦之情溢于言表，他立即带兵火速赶往保安村，这时岸谷隆一郎也获悉这个至关重要的情报，他兴致勃勃地再次带领大股士兵奔往保安村。

　　熬过了人生最后一个漫漫长夜的杨靖宇在迎接最后一个黎明时是充满信心的。太阳从一堆嫣红的朝霞中活跃地升起来了，林间播撒着令人眼悦的光辉。虽然已经饿得头晕眼花了，杨靖宇只是吃了一点树皮，他要留着肚子吃那些村民给他送上山来的干粮。杨靖宇等待了一个上午，他没有听到任何脚步声，然而他仍未丧失信心，直到午后日影有些倾斜时，他才相信自己不会得到想要的东西了。警觉的杨靖宇意识到了事态的严重性，他将枪膛上满子弹，步履艰难地朝密林深处后撤。然而才走到三道崴子，他就被大股追来的敌兵所发现，杨靖宇双枪齐发，一边与敌人交战一边向后方的河谷撤退。西谷高喊着让杨靖宇投降，他太想活捉他了！但西谷发现杨靖宇已经击中了冲在前面的两名警察，意识到宁死不屈的杨靖宇是绝不会主动放下武器的，他只能遗憾地下了死令：开枪射击杨靖宇！被重重围困的杨靖宇虽然一心想着再次突围出去，然而这次却是不可能了。先是他的手腕中了一弹，枪落到了地上，跟着，胸脯又中一弹，他摇晃了几下，扑倒在满是枯枝败叶的林地上，鲜血立刻把身下的雪、枯枝、泥土，层层、层层地染红了。直到最后一息，他仅存一缕意识的时候还在想，我杨靖宇只是暂时倒下了，我还会苏醒，还会站起来的。

　　西谷和岸谷隆一郎是慢慢靠近杨靖宇的。他们甚至有些不敢相信杨靖宇真的死了。将他的尸体运回濛江后，他们特意叫来程斌，让他前去辨认，死者究竟是不是杨靖宇。程斌只看了一眼，就捂着鼻子出来了，他点了点头，然后快步走了出去。岸谷隆一郎不明白杨靖宇丧失给养后何以在山中坚持这么久，在割下他的头颅向新京的关东军作为献纳之礼后，岸谷隆一郎命令军医解剖了杨靖宇的尸体，结果从他的胃里看到的只是草根、树皮和破败的棉絮，却没有一粒粮食！岸谷隆一郎默默地看了半响，然后悄悄走开。他走到户外的时候，不由对着清冷的晚风怅然叹口长气，眼角竟不知不觉蒙上了泪水。

二

　　立春过后，屋檐就开始滴水了，屋顶的雪眼见着一天天变薄、变松，最后化得薄如蝉翼，宛若一张网晒在屋顶上。而滴落到院子中的雪水搅得院子泥泞不堪，张秀花每每从外面回来都要在门口使劲跺跺脚，大声骂几句这肮脏的泥泞，中村正保这时会给她拉开屋门，唤她进来。

张秀花生下了一个女娃，名叫妮妮，已经三虚岁，会走路了。中村正保对这个小生命一直抱有某种怀疑，觉得这孩子在他们婚后七个月就出生了，实在早了点。张秀花却说这孩子早产，不然不会生下来才七斤。按她的想法，七斤还太小了点，她张秀花应该生个九斤十斤的孩子才是，这让中村正保无言以对。不管是不是自己的血肉，中村正保还是很喜欢妮妮。尤其是现在她会磕磕绊绊走路了，能牙牙学语了，更是让他喜欢。相反，张秀花对妮妮却有些爱理不睬，生下她时就牢骚满腹，嫌她瘦，嫌她眼皮薄，嫌她嘴巴小，嫌她一哭起来老是没完没了，还嫌她吃奶老是没够，总之，仿佛妮妮一无是处。张秀花越是责备和埋怨这孩子，中村正保越是心安理得。他想这孩子应该是自己的，若是张秀花的相好的，她不把她当成掌上明珠才怪呢。张秀花挂在嘴边的一句话是："这个死妮子，这个小丫头片子。"听她的口气，根源在于妮妮不是个男娃。而张秀花得意男娃子，若是在外面看见了三四岁的小男孩，非要跟小孩斗一番嘴，把手伸进人家裤裆不可。她口中叫着"掏个鸡儿给我吃吧"，男娃子大都咯咯笑着，张秀花就无限羡慕地亲小男娃的脸蛋，亲得叭叭地响，像是驭夫在奋力甩鞭子。

中村正保给妮妮定期洗澡，妮妮很胖了，进了澡盆里像条大鱼一样活蹦乱跳着，她喜欢水，在澡盆中手脚并用地击水，溅得中村正保脸上满是水珠。冬季洗澡时怕妮妮着凉，中村正保总是把屋子烧得很热，然后把澡盆放到火炉旁，妮妮被火光映得愈发漂亮可爱了。张秀花每逢妮妮洗澡时会搬把椅子坐在旁边，看着妮妮咯咯笑着搅水，她就会骂"你个小丫头片子，你个死妮子"。妮妮晚上爱哭闹，一宿要醒许多回，张秀花迷迷糊糊地醒来，总是胡乱拍她几下，又不管不顾地睡去了。这时中村正保就得把妮妮搂在怀里，轻轻哼歌给她听，把手指头伸给她，由着她香甜地吸吮着。因而妮妮也是跟中村正保最亲，在他怀里时，她便用嘴亲昵地舔中村正保的脸，弄得他的面颊满是涎水，湿漉漉的。

　　张秀花又怀孕了，已经有四个月了。中村正保确信她肚里的孩子定然是自己的。这三年来他给张秀花规定好了，每年只能回三次娘家，春播后的农闲、秋收以后和春节。而且他每次都陪同她去，张秀花没有怀别人孩子的可能性。就是平素在家里，她下地或者是去河滩的时间长了，中村正保也要立即找去看个究竟。结果张秀花总是独自一人，面对的除了庄稼就是河水，再不就是从空中一掠而过的鸟儿，这使中村正保十分放心。张秀花仍然不喜欢和中村正保说话，她食量依然很大，干活的间隙若是觉着累了，她随便坐在哪里都能睡着。她比刚结婚的时候又胖了许多，脸蛋泛着熟透的果实的甜香光泽，不似嫁到开拓团的其他中国女人，个个面色青黄，脸上没有笑影，也不爱梳洗打扮，家务活弄得一塌糊涂。张秀花却不然，她把家里料理得井井有条，灶上的器皿擦得没有任何污垢、一尘不染，屋子里要定期扫尘，被褥也是隔两三个月就要彻底拆洗一回。不过她的针线活实在差得很，裁好的衣裳经她手缝制出来，必定是扭扭歪歪的，她也不会搭配线，绿衣裳偏用红线，而蓝衣裳偏用白线，扎眼得很。冬季的棉衣只给开拓团成员发放，却没给他们的家属的，张秀花就只能自己做棉衣，做得很费力，因而秋末回娘家时她就卷着棉活儿，由着母亲去做。张秀花回到娘家勤快得很，洗衣、做饭、挑水、打扫院子等等杂活无所不能，恨不能把娘家一年的活都做完。她一回去，就有左邻右舍的过来看她，她管这个叫姑，那个叫伯，仿佛都是她的亲戚。中村正保注意到有一个瘦高的男人每回来看张秀花，张秀花都不像见着其他人那样有说有笑。中村正保便问那人是谁，张秀花"啊"地叫一声，说："是我表哥啊。"这表哥见着中村正保，面上总有窘态，他的牙齿很黄，面色也黄，有些弱不禁风，看上去像个烟鬼。他很喜欢妮妮，每回见着妮妮，他都要带些小礼物，用麦秸编的蚂蚱或者项链，用木头片拼的轮船，用碎布头缝的漂亮的布娃娃，等等。去年秋天，他娶了媳妇。中村正保记得今年春节抱着妮妮回去时，他带着新媳妇来张秀花家串门。新媳妇斜眼，一说话就吊着肩膀，时不时还要抽鼻涕，两腮的胭脂抹得很厚，常常不由自主地吃吃地笑。他们前脚走，张秀花就把娘家的门摔得嘭嘭响，"嗷——"的一声哭了，嫌她表哥没出息，就说是家穷，年岁也大了些，也不该娶这等缺心少肺的货色。据说那女人十几岁时得过脑膜炎，反应有些迟钝，举止也有些放纵，谁给她点吃的东西，她就会跟人走。中村正保暗自揣测张秀花对表哥曾一往情深，不然不至于如此被激怒。

　　冬日的天空是灰白色的。立春之后，那灰白就变成了浅蓝，看上去就像夏日的河水。张秀花用铁锹去园子里挖羊角葱来吃。每到秋天，她都要在园子栽上几垄葱，预备着春天吃。中村正保觉得不可思议的是，那些在秋霜中看起来已经叶片萎黄的葱，经过了一个冬天大雪的覆盖，初春时竟然能最早发出嫩绿的芽来，实在是令人吃惊。张秀花用一句俗语解释说："冻不死的葱，饿不死的僧儿。"至于葱为什么冻不死，她也是糊涂的。张秀花嫌今年的葱不够辣，吃起来不过瘾。她暗自嘀咕："我是蹲着栽的葱啊，怎么会不辣呢？"按她的说法，直着腰栽的葱甜，而蹲着栽的葱将不同寻常地辣。她的类似理论常惹得中村正保暗自发笑，觉得张秀花是天真可爱的。怀孕之后，她还特别得意酸菜，手中拿着棵酸菜，坐在板凳上一瓣一瓣地掰着菜帮吃，不出一刻钟就会把一棵酸菜吃净。她腌的酸菜很脆，从不烂帮，即使到了春天也新鲜如故。中村正保怕张秀花动了胎气，就不让她干重活累活，可她不喜欢猫在屋里。他还特别怕屋外的泥泞使张秀花跌跤，在院子里垫了许多木板和灰石。结果他今天弄了，明天张秀花就把它们清理出去了，嫌院子乱七八糟不整洁，让人觉得像是猪圈。中村正保一旦跟张秀花赌气了，就跟妮妮说日本话，张秀花一句也听不懂，只能干巴巴听着。有回她对中村正保说，她觉得日本话不好听，说得太急，就像开了的水哗哗地叫，还像饿了的雏燕叽叽喳喳地闹。她说中国话好听，一句是一句的，而日本话黏黏糊糊的，让人分不清个数。中村正保听了就笑，说等我教会你说日本话，你就不觉得它难听了。张秀花坚决反对，尤其警告他不能教妮妮说日本话。中村正保觉得说哪一种话是无所谓的事情，因而也就顺从了张秀花，少说或不说母语，尤其是在她怀孕期间，若把她气得人仰马翻，未出世的孩子恐怕就性命难保了。他对那小小的生命可是怀抱了无限期待，不似张秀花，看上去仿佛漫不经心，不怕凉水，不怕重体力活，也不怕跌跤，诚心要作践那孩子似的。有一回她在泥泞中滑出几丈远，滚得一身泥水站起来，摸摸肚子没有什么破绽，一切平静如初，竟有些失望地说："还他妈的挺结实的呢，这孽障！"可中村正保记得张秀花怀妮妮时却不这样，她虽然也没断了干活，但是处处小心，弯腰都是慢慢的，拿重的东西总要分成两次，分不成两次的就唤中村正保来帮她。她吆喝他来帮忙时总是说："嘿，你来呀，你怎么这么没眼力见儿，我一个人干得了吗？"中村正保就乖乖去当帮手。

中村正保在屋里哄着妮妮玩，张秀花气势汹汹地从外面进来了。她站在门口使劲跺脚，嘴唇青紫，开口就骂张丽华是个土鳖玩意儿，没有骨气。她鞋上沾的湿泥实在是太黏了，怎么也摆脱不掉，她怕弄脏了屋地，索性把鞋脱掉，光着脚一骗腿上了炕，抓起烟袋锅，续上一锅点着，吧嗒吧嗒就抽了起来。张秀花做什么都一心一意的，生起气来也不例外，生得很投入，全心全意，眉毛蹙着，鼻翼微微抽动，脸蛋绷得紧紧的。平素她是不抽烟的，烟袋锅是中村正保的。她平素用它，大抵是因为妮妮闹得太凶，她会举起烟袋锅在妮妮面前使劲晃悠一番，声言要敲碎她的小脑壳。也怪，她一操起烟袋锅，妮妮就不哭闹了。张秀花平素和张丽华走动比较勤，她去张丽华家的次数少，而张丽华来她家的时候则多。张丽华真是枉生了那对浅浅的笑涡，她整日哭丧着脸，眼睛老是泪汪汪的。大岛健一郎先前还靠舞剑来吓唬她，阻止她哭，后来见她不哭的时候就要害病，也就随她去了。张丽华一来，中村正保就不很高兴，因为她老是说着说着什么就要掉泪。他想一个人若是这样活得一辈子都不开心，不如远走高飞的好。他私下劝过大岛健一郎，说是张丽华既然如此，不如让她走，也好给她一条活路。大岛健一郎坚决反对，说是你嫁了我，死活都得跟着我，放她走可没那么简单！大岛健一郎去年夏季认识了邻村的一个寡妇，他看上了她，每周必然要去那里睡上一宿。走时把家里那点好吃的东西带上，回来时对张丽华更加不闻不问的。别人都议论，那寡妇并非看上了大岛健一郎，看上的是他提去的白米和油，寡妇要养两个孩子呢。张丽华跟张秀花哭诉的时候，张秀花就说："他去那里不是更好？你又不喜欢和他睡。"然而事情是愈演愈烈，昨天那寡妇竟然在光天化日之下进了村子，住在大岛健一郎家中了。张秀花去张丽华家玩，对寡妇的到来并不知晓，进得屋里，见一个皮肤黑红的胖女人坐在灶房喝粥，而张丽华则坐在炕沿拈着手绢垂泪。大岛健一郎坐在窗前若无其事地修补渔网，他准备开河后去捕鱼。张秀花以为那女人是张丽华的娘家亲戚，所以也未深问。直待看到修好了渔网的大岛健一郎到灶房与那女人有说有笑的，她才觉得不对劲。问张丽华，她哭着说那女人昨日下午来了，说是家里没粮了，她要过不下去了。她说大岛健一郎和寡妇很

亲，让她给他们烧洗脚水，做饭，他们俩住在一铺炕上，恩爱了小
半宿，她不停地听见喘息和呻吟声。张秀花大骂张丽华是个让人可
以随意捏的软柿子，她操起炕头的笤帚疙瘩，起身就奔灶房去了。
张秀花大骂着，不由分说劈头盖脸地打那个寡妇，寡妇的腿上还放
着碗，她一躲闪，碗就掉在地上碎了。张秀花骂："我打你个不要
脸的骚妖精！你胆子倒够肥，跑到人家家门欺负人了，你个臭婊子，
没人要的脏寡妇！"张秀花那一刻把自己掌握的最下流的话都用上
了，却仍觉不过瘾。大岛健一郎和那寡妇先是躲闪，后来见张秀花
真的下死手打人，就上前一左一右地揿住她，像拖死狗一样地将她
拖出屋子，然后将门"砰"的一声关上，迅速拉上了门栓。张秀花
便隔着门叫骂，那寡妇只得贴着门缝说："我就是来看看，今天晚
上就回去了，不住这儿了。"张秀花却不依不饶，声称寡妇如果不
立刻滚蛋，她就上她的村子把她家的房子烧了，让她领着她的狗崽
子沿街乞讨。寡妇和大岛健一郎都怕事情闹大，也就依了张秀花的。
大岛健一郎送寡妇出来，到仓房里舀了小半袋米，让她背着。张秀
花初始没有阻挡，怕她不是两个人的对手。待那寡妇出了院子，她
也告辞后，张秀花就悄没声儿地跟着那个寡妇，直待到了村口，四
顾无人后，张秀花才冲上去一脚把那寡妇踹倒在泥水中，抢过那小
半袋米，数落她："你也太不要脸了，看你一身的力气，还靠这个
吃饭呀？要靠这个，就光明正大地进窑子，别跑到人家里去放骚！"
寡妇拍着大腿哭了，说她男人三年前得了痨病死了，给她留下两个
孩子，实在是够艰难的。她家的地基本被日本人强行征购了，所剩

的一小块还在烂洼塘，年年涝，种的庄稼总是颗粒无收。张秀花本来已经把米袋掮在肩上了，听她这么一说，又动了恻隐之心，将米袋还给她了。不过再三警告她以后不许再到这里来："你住在人家里，让人家的媳妇还活不活？"寡妇擦干眼泪，保证以后不主动来了，千恩万谢地背着米走了。她边走边回头，很恐惧的样子，生怕张秀花又改变主意。

张秀花抽完一袋烟，也把这故事绘声绘色地讲完了。她咳嗽了几声，起身把痰吐在院子里。中村正保没有吭声，他觉得张秀花实在用不着大动肝火，张丽华都能容忍，她何必多管闲事呢？然而他是不能责备张秀花的，她会一气之下拂袖而去。张秀花见中村正保没有发表意见，知道对自己的做法有些不满，因而赌气地骂妮妮："你个小丫头片子，你个只知张嘴塞饭的死妮子！"中村正保怕她继续气下去会影响胎儿，就和颜悦色地夸赞她做得对，大岛健一郎也该收敛一些才是，不能这么随心所欲。张秀花像小孩子受到表扬似的"扑哧"一声乐了，很满足地去灶房做饭去了。

屋顶的雪没有化净之前，夜晚时屋檐下就会结着一排长短不一的冰溜儿。冰溜儿根粗尾细，形状如笋，冰体呈螺旋状，像是套了无数个银环。清晨时，太阳"咚"的一声升起来，熠熠闪光的冰溜儿就开始渐渐融化了，直至正午时，基本已被挥舞的阳光席卷得踪影皆无。中村正保喜欢在早起后抱着妮妮看那晶莹剔透的冰溜儿，妮妮伸着舌头，老想着去舔。中村正保就对她说，要是舔着了冰溜儿，舌头就会被粘在上面，弄不好就成了哑巴了。妮妮自然是无法领会他的话，既然舌头够不着，就用手，冰得她"呀呀"叫着，身子一耸一耸的，很欢快的样子。张秀花若是开门觑见这一幕，便会点着妮妮的脑门儿吓唬她："你要是吃了冰溜儿，就会长大粗脖儿，长大了连个婆家也说不着！"妮妮很清脆地冒出一声"说"，惹得张秀花无限幸福地笑起来，顺带着再骂她一句："你个小丫头片子！"

田间地头的野菜悄悄出来了。张秀花喜欢吃苣荬菜，就挎着篮子去采。采多了吃不了，就想着给张丽华送一些。张丽华坐在院子里面色灰黄地晒太阳，她的头发也没梳，乱蓬蓬的。张秀花招呼她，她却往别处看，目光散漫、茫然。

张秀花问她，大岛健一郎哪里去了，她这才用手摩挲着膝盖说，她不想和大岛健一郎过了，她要回娘家了，让他去叫娘家人去了。张秀花便逼问是不是那个该死的胖寡妇又来了，张丽华摇摇头，很平静地说，是因为她眼睛看不见东西了。张秀花不相信，就急切地扬着一只手在张丽华面前使劲地晃，说："你看得见吗？看得见吗？"平素总是苦巴着脸的张丽华倒笑了，她说："看得见我就跟你说了，我能骗你嘛。"张丽华说她看不见东西已有三天了，刚开始时她以为老天出了点差错，连续几天忘了出日头，后来她想连星星月亮她也望不见，自己便是失明了。她说从来没有想过失明的感觉是这么好，不用看人的脸色，不用看那些肮脏破败的景象，总觉得自己坐在一个大花园里，四周全是暗浮的香气。而且奇怪的是，原先她不喜欢阳光，总嫌它刺眼睛，现在却觉得它十分可爱。她还顺手空抓了一把，对张秀花说："我就这么一抓，就能觉出抓了一大把的阳光，闻也闻不够，真好啊。"说得张秀花落了眼泪，觉得张丽华不惟瞎了，精神也失常了。张秀花说，你这么回去，娘家人怎么养你，你能自理得了么，怎么梳头，怎么穿衣裳，怎么上茅房，怎么吃饭喝水，这些都是问题呀。张丽华不慌不忙地说，她会用手去摸，时间长了就熟练了，习惯了。张秀花又说，你就心甘情愿让那个寡妇顶替你住过来？你的眼睛就是被她给气瞎的！张丽华则悄声说，她走后，不管是谁来跟大岛健一郎过日子，她都不在乎。她的眼睛不是谁气瞎的，而是自己作践的。她说："你想啊，我这几年天天都泡在眼泪里过日子，这眼睛还有个好吗？"她说也是奇怪了，眼睛瞎了，心里也敞亮了，也没眼泪可流了。听得张秀花身上一阵发冷，忍不住抱着张丽华失声痛哭起来。她劝她不要意气用事，不要想着回娘家，那样会增加娘家人的负担，她说不管是好是坏，在这里总能吃饱饭，不愁衣食，有大片大片的地可以种，而回去后生活将无着落。张丽华推开张秀花，说她的事就这样定了。

　　张丽华被娘家人接走后不到一周，大岛健一郎就欢天喜地地把寡妇迎来了。寡妇带来了一对脏乎乎的男孩，瘦骨伶仃、尖嘴猴腮的，就像一对黑乌鸦。村子里的人怀念张丽华，对那寡妇爱理不睬的，即便是走了个碰头，也不和她招呼，她也就讪讪地张着嘴欲说还休地走掉。大岛健一郎看上去情绪不错，常见他傍晚时在院子里舞剑，空中回荡着"刷刷"的锋刃滑过的声音。那对孩子就像土拨鼠一样一天天地在泥地里打滚，看着什么东西都想碰一碰。有时还溜进别人家里偷吃东西。有一天张秀花在自家灶间逮住了其中的一个，他正抓着一个玉米面窝头要跑。张秀花大喝一声，把那孩子吓得一哆嗦，轻而易举就把他捉在手中了。她不顾中村正保的反对，坚持着拖着孩子去找那寡妇算账，呵斥她要好生管教自己的孩子，别弄出一对贼来殃及四邻。寡妇满面窘态地拉过孩子，劈头盖脸就是一通打，张秀花这才有些解气地离开。

自张丽华离开后，张秀花老是心神不宁的。她的身子愈来愈沉了，情绪也越来越坏了。她不爱说话，做饭时总是把锅碗瓢盆弄得叮当作响，只是食欲并没有减退。那缸酸菜基本已经被她吃空，她开始吃一坛腌萝卜。吃过后用嘴使劲吮手指，然后起身随便见着什么东西都要踢上几脚。有一回踢在篱笆上，愣是把它踢了个洞，她的腿夹在里面，就像个木楔子似的。中村正保见状连忙帮她拔出腿来，回到屋里她就脸色发灰，肚子疼得满炕打滚。一个小时后，她脱下来一条污血浸透了的裤子，她流产了。

三

极乐寺是个大丛林，来进香的人多，云游至此的僧人也多。一到夏安居结束的时候，挂单的僧人就会络绎不绝地来了。作为香灯，杨昭要给这些云游的僧人看管衣物，供应茶水。先前他是在大寮当菜头的，每日淘米择菜，听凭典座调遣。如今在云水堂做香灯，除了僧人云游时节，倒比以往要清静许多。

极乐寺山门是一高二低式的牌楼，青砖磨砖对缝。正额的汉白玉石刻"极乐寺"三字，是光绪恩科状元张謇所书，字迹雄浑、苍劲，犹如三团浓云飞在山门上。进得山门，可见左右两侧钟楼上高悬的铜钟。前殿是天王殿，弥勒菩萨、韦驮菩萨南北站立，东座是广目、增长天王，西座是持国、多闻天王。大雄宝殿内中心处是释迦牟尼端坐在莲花宝座上，两旁有阿难、迦叶二尊者侍立。后殿是三圣殿。

西配殿是方丈室、客堂，东配殿是祖堂、法师寮房。东西跨院设有安养堂、禅堂、斋堂及僧寮。

中轴线上的三层大殿用黄琉璃瓦覆盖，远远一看金光灿灿，像是三片祥云。而东西配殿则用碧绿的琉璃瓦，使之宛若披挂着无数树叶，给人一种格外葱茏的感觉。

杨昭已经习惯了寺内的生活。每天清晨五时，巡照僧便敲响了寺院起床的照板。接着，禅堂的报钟也响了。再之后，山门两侧钟楼上的铜钟声悠扬地传来，寺院里音声和谐，给人一种格外爽朗之感。在这此起彼伏的一百零八响之中，杨昭同众僧起床、叠被、刷牙、洗脸、搭衣，然后容光焕发地到大雄宝殿上殿诵课。他们礼佛之后要念经，念《大佛顶首楞严神咒》，使自己不受性的诱惑。他们还念《大悲咒》《般若波罗蜜多心经》《十小咒》等。早殿结束，寺内阳光也就格外活跃了，他们到斋堂吃饭。斋堂里布满了一排排狭长的桌子和凳子，远远一看，高低分明、错落有致的桌凳给人一种分外明快的感觉，若是没有僧人坐上去，它们就像竖琴一样。吃早粥前要念《供养咒》：粥有十利，饶益行人，果报无边，究竟常乐。初始时，杨昭很不习惯在一片寂静声中吃粥。斋堂很大，那么多僧人济济一堂，却没有发出任何异样的声响，这常令杨昭心慌气短，不敢吃快，怕弄出声音。因而别的僧人食讫，他的粥碗还绰绰有余，总是最后一个离开斋堂。现在他坐禅的年头稍长一些，对佛的觉悟有所增长后，进斋堂时也就心安气顺的，能优雅而从容地吃斋了。早斋之后，就要坐禅。因为坐禅时要焚香，因而也称坐香。早粥之后，僧人们回到禅堂，脱去袈裟，换上灰布便袍，准备坐禅。坐禅要保持脊背挺直，呼吸均匀，绝对不许讲话，否则就会因犯规而受香板惩戒。有一回杨昭坐禅，眼睛本来是直直地盯着一个砖缝的，直把那狭窄的砖缝看得比苍穹还要广阔。后来突然想起了杨路，脊背弯了，眼神飘移不定了，额上的汗也出来了，结果被巡香师傅发现，由班首用香板打了一通他的脊背，杨昭这才醒过神来。

上午坐禅之后，便是午斋，午斋后又坐禅，之后是晚斋，晚殿，周而复始。如同鸟儿饿了出去觅食，夜晚又归栖林中一般的规律。在常人眼里，吃斋念佛的日子是单调刻板的，对初入空门的人来讲，它也一样是了无生气的。只有戒腊的时间长了，方能品出其中的乐趣。杨昭曾经迫切地想做一件事，那就是午斋时取出少许饭粒施舍给饿鬼。斋堂里一直由敲梆的僧人做这件事。他拈着米粒，走出斋堂，向左侧的寒林台位撒去，这时众僧便念：大鹏金翅鸟，旷野鬼神众，罗刹鬼子母，甘露悉充满。唵，穆帝莎诃！每逢这时，杨昭身上都一阵寒冷，仿佛看见了阳光黯淡处的无数寒林饿鬼，总想亲自施舍一些。晚殿之后，夜色沉沉，各堂口的僧众们都准备倒单睡觉了。只听得钟鼓楼的鼓声敲响，止静的信息发出了，杨昭喜欢在此时用清水漱口，以求夜间气息洁净。道是：漱口连心净，吻水百花香；三业恒清净，同佛往西方。之后便是梦乡了。杨昭在梦中摆脱不掉俗世的纷扰，有时看见爷爷在故乡的旷野上赶着一群羊行走，狂风鞭挞着爷爷，似乎要把他卷入云端。有时还能见着杨路，他老是龇牙咧嘴的样子，似乎正受着什么煎熬。杨昭开口跟他说话，他不答，却总是瞪着眼望他。当寺院起床的照板响起的时候，这梦便会落荒而逃，不翼而飞，杨昭觉得自己从苦海深处挣脱了出来。

　　几年研习默诵佛经，杨昭对人生的处境有所顿悟，但还未达到大彻大悟的境界。他偶尔还向往俗世的那种热闹。有一年他外出云游，正赶上一个庙会。庙前的道路两侧搭满了花花绿绿的凉棚，庙里的僧人忙着打扫庭院，大声说笑，全没有大丛林佛家子弟的那种持重。许多大商号在凉棚上打出了各色招牌，卖布的，卖鞋的，卖器皿的，卖点心的，好不热闹。小商贩赶着驴车来了，驴车上放着各色小商品；货郎也挑着担子来了，站在凉棚前兜售他的针头线脑。这边有人支起热气腾腾的油锅在炸果子，那边则有人在奋力炒着瓜子，香味不绝如缕地飘来。水果摊位更是悦人眼目，紫白红黄的，倒像是堆了一簇簇的花朵。这边凉棚的商家摆好了阵势，那边庙里的道士就点起香火，敲响了大钟，诵经声袅袅传来。方圆百里的老百姓就迫不及待地来赶庙会了。他们有的拿着香纸，有的赶着猪，还有的拿着纸牛纸马。拿纸牛纸马的是来还愿的，而赶猪的是希望有人能买下猪。姑娘们打扮得桃红柳绿的，仨一伙儿俩一串儿，吱吱喳喳的，她们把货郎担子里的彩线翻了个遍，却总觉得更好的还没出现。货郎就急赤白脸地大声嚷嚷："还说我的线色儿不全，你们比照着天上的彩虹看看，我的色儿比它们都全！"姑娘们自然是笑得更欢了，因为当空一个光光亮亮的白太阳，哪里寻得着七色彩虹呢。赶庙会的有走着来的，有骑驴来的，还有坐大马车来的，当然也有有钱的人坐着轿子来的。小孩子们喜欢小喇叭、不倒翁和花铃棒。他们买了小喇叭就吹，也不管这庙会已经够闹了，吆喝生意的人要把嗓子喊破了。他们买了花铃棒就眯起一只眼睛看，"呀——呀——"地惊叫着，足见那里面五彩斑斓的图案实在是太变幻莫测了。小孩子嘴馋的，早已拿了果子来吃，弄得手油糊糊的，有的见了杨昭调皮，就把余下的往他手里塞，杨昭赶紧袖着手走开。

经过了这道长长的凉棚，人们就到庙里进香去了。抽签摇卦的，烧替身的，跳墙破关的，磕百步头的，总归是五花八门，热闹非凡。磕百步头的大抵是为了让家里重病的人摆脱病魔。他们头系红布，一路虔诚磕来，到得庙里的神像前，由老僧在他头顶吹上一口仙气，然后在关老爷像前用毛巾把手洗净。那手一路当着脚用，沾了灰尘、果皮、草屑和废纸，早已不像是手了。洗净手，烧上一炷香，三叩九拜之后，将带来的免灾钱交给老僧，来者脸上的表情就和悦了，完全了却了一桩心事。至于这消灾钱怎么个用法，杨昭是不知道的。而那病魔缠身的人能否逃出了鬼门关，杨昭想不但他不知道，兴许老僧也是不知道的。接近正午时，庙会达到了高潮。两侧凉棚的饮食生意分外红火，而庙堂里也是香烟缭绕，人越聚越多。抽得上上签的和颜悦色，布施银钱时也就格外痛快；而抽得下签的人满面戚然，跪在神像前祈祷个没完没了，恨不能自己立刻化为一片祥云，逃脱俗世的烦扰。香案上堆满了成扎的香，最后是彻底放不下了，老道便用道袍裹了，送进后房，据说庙会一结束，这些香就成为商品出现在商号里了。庙会的尾声，是野台戏的出场，逛够了庙会，还了愿的，烧过香的，磕过百步头的，就喜欢花上五毛钱去听听戏。乐器行云流水般响着，唱的戏有京戏，也有评戏，京戏如《徐策跑城》，评戏如《马寡妇开店》，听得人如醉如痴。这边戏散了，那边凉棚也拆了，通向庙门的路一片狼藉，有废纸、果皮，也有被挤落的发卡、手绢。残阳照着大地，使金色的余晖四处弥漫，高处的庙宇看上去就像一朵巨大的晚霞似的。赶庙会的人散了回家，庙里的钟声送着他们上路。而庙门也自此关上了，僧人们在里面忙什么，天知道了。

　　杨昭深深地记忆着那次庙会，那炸果子的香气，那种俗世的欢声笑语。他想真正超凡脱俗该有多么困难。那次云游归来，他颇有些失魂落魄，为自己没有真的看破红尘而苦恼。他听得这样一则故事，说是当年才华盖世的乾隆皇帝游历江南，在金山寺的山门上，他遥望浩浩荡荡的长江，只见有无数船只像鸟儿一样自由地往来穿梭。乾隆便问侍立在旁的老僧，这江上往来的船只共有多少，老僧很平静地眺望着江水淡淡地说："两艘而已。"乾隆帝大惊，不得其解，求问老僧，老僧指着江上如织的船只说："来者为名，往者为利，非来即往，是以两艘而已。"老僧一番话振聋发聩，指点迷津，令乾隆帝茅塞顿开，不由曲身朝老僧一拜。吃斋念佛，看日出日落，四季的转换仿佛只是瞬息之间的事了。先前还百花盛开着，忽如一夜就是繁星满空的夏夜了，花朵徒自凋零。这边秋风吹得正紧，山门上染满了白霜，那边飞雪就悄没声儿地跟着脚来了。每当杨昭想起自然界万物的兴衰，就觉得人确实需要修行。

在自然界，花开了，花又落了，转年落了的花又开了；树叶在秋风中像蝴蝶似的从树身飘落，堆得满地金黄，第二年春天满树又是新绿了。雨年年夏季都来，而雪从来不会错过任何一个冬季。让杨昭觉得大自然修行到家，能不断地吐故纳新，重造自己。人呢，死了之后不会再造一个人出来，但他的灵魂却能脱离躯壳，获得再生。西方的极乐世界自然是修行最好的灵魂的栖息之所，而作恶多端的人则会被打入有刀山火海的十八层地狱。前世的功德积累，就是后世灵魂能否获得安宁的至要条件。

灵魂是什么颜色的？杨昭对这个问题经常想入非非。是白色的，像云一样；还是蓝色的，像河水一样？抑或如蜜橘一般的橙黄，如青草一般的碧绿，如朝霞一般的鲜红？最后他判定灵魂应该是白色的，能够令人浑然不觉地遁入天庭，与云霞为伍。

杨昭认识一个小沙弥，他很调皮，他自称在一个小寺庙受过具足戒后，还是禁不住诱惑而连连犯戒。小沙弥说寺庙所在的村子一旦宰猪了，他就去吃一顿，还喝酒，回来时师傅罚他，不让他进山门，他就睡在山门外的柳树下，直到师傅动了恻隐之心，打开山门放他进去。村子里有人家出了丧事，求他下山为死者超度亡灵时，他一边念经一边饮酒，否则那经就念不下去了。杨昭便问小沙弥，既然如此，何必以自身的污浊去亵渎佛门的洁净？小沙弥说，他父亲嗜赌成性，把老婆和女儿都输给了人家，剩下了他们哥儿仨，看看家徒四壁，父亲难以拔出泥淖，哥儿仨就决定出家当和尚，以图个温饱。他的两个哥哥出家后倒是守得住操守，一心一意礼佛，而他却不然，看见酒就想喝，闻到肉味就嘴馋。他说若是能寻到一个好姑娘，那人能提供给他房子，他宁愿还俗，领着老婆过日子，种上两亩田，养上几头猪，将来再生上几个孩子。听得杨昭目瞪口呆，简直不敢多看小沙弥几眼。小沙弥声称大丛林不好，山门虽是大了些，但是戒律太多，而在一个小寺庙当和尚，却是风光无限，其乐无穷。

　　寺院的桃花开了，粉粉的，一团一簇地掩映在绿树丛中，十分惹人喜爱。杨昭晚殿结束后愿意走到桃花前深深地嗅几口，感受一下花的气息。斋房的水头也喜欢花，杨昭一来，他也来了。他指着花说："这花美是美，就是开得太短了。"杨昭说："开得长就不是桃花了。"水头说，桃花开的时候，来进香的人绝大多数就是女人了，问杨昭发觉没有。杨昭确实没有这种感受，于是就说："没发觉。"水头颇为神秘地凑近杨昭，对他说，来的女人中有许多是窑姐，桃花一开，她们就择个好日子来进一炷香，平素她们是不出门的。水头见杨昭没有兴趣谈论此事，就转移话题，问他可去过喇嘛庙。他说自己去过乌裕尔河畔的大智寺，是座白色寺庙，非常漂亮。里面供奉的神像除了土制、木制、石制的之外，还有药制的。药制的神像来自西藏的名刹，经高僧之手制出，非常珍贵，方圆百里的人若是身染疾病了，就来喇嘛庙的药制神像前磕几个头，上三炷香，回去后定然安然无恙了。水头还说那次他去喇嘛庙，正赶上庙会，喇嘛们身穿袈裟，头戴毡制黄色鸡冠帽，手持钹、鼓、海螺、喇叭等法器，升殿诵经，好不气派。他说那些法器可都不是寻常物件，听附近百姓说，它们都来自西藏的神山，因而看上去古色斑斓。水头津津有味地说着，倒是把桃花给抛在脑后了。其实月下赏桃花是极为动人的，它的颜色不是白日里那种艳俗的粉，而是若隐若现的白，就像精灵在眨眼睛。杨昭赏花的欲望被水头完全给搅了，他听不得有关庙会的热闹事，不想再有俗事的纷扰了。正欲抽身离去时，寺里鼓楼的钟声响起，是睡觉止静的时候了。杨昭只觉得那钟声如甘露一般，使他的心头涤荡着一派清凉之气。

四

劳工棚千疮百孔着，夏夜时蚊子就猖狂地往里钻。本来以为棚内没有亮色就不会招来蚊子，岂知这些生长在山间水畔的蚊子不仅个儿大体壮，嗅觉也是格外灵敏的。它们嗡嗡叫着热热闹闹地飞了进来，在暗夜中寻找劳工的灼热的呼吸，然后跳来跳去地在人的皮肤上选择甘美的落脚之地。劳工们已累得只有一个睡的心思，一任蚊子从从容容地叮咬得痛快，使它们鼓起泛着血色的肚子，而劳工们的脸上、身上则留下无数疔疱，奇痒难耐，一把把挠下去，这些疔疱便绽了皮，流出血来，久而久之，伤口就感染了。工友们背地都说这些蚊子跟陈工头一样毒辣，盯上你就没个好。有个工友就一本正经地说，能咬人的蚊子都是雌蚊子，雄性蚊子不喜欢喝人血，只吸吮植物汁液。言下之意，陈工头算不上只雌蚊子。许久没有笑声的工友们便三三两两地笑了，说，这蚊子若真是母的，就不把它当成陈工头，当成如花似玉的小媳妇算了，天天让它们捧着自己的脸啃，弄得皮开肉绽也心甘了。

祝兴运几年呆下来，背开始驼了，头发完全掉光了，成了个不折不扣的秃子。他面色萎黄，一天到晚打干嗝儿，老听得肠子咕噜噜的蠕动声，蔫屁一个接着一个，放过了也不觉得畅快。每到春节，他都想方设法到伙房给王金堂磕上一个头，给他拜年，祝他今年好运气。王金堂总是慌不迭地扶他起来，嘴里说着："瞧瞧我多有福哇，在这儿还有人给我磕头，可是我没压岁钱给你哇，我给你赊着，出去一齐给。"祝兴运答应着，拍拍手起来，满面的绝望。他不知道到底什么时候能逃脱出去，狗圈吃人的声音越来越猛烈了，主体工事已经大体完工，所需的劳工不似以往那么多了。他盼望着完工的那一天他们能逃脱苦海。王金堂悄悄嘱咐他："要是有一天小日本突然给你们酒喝了，给肉吃了，准没什么好事，你可要留点神。"祝兴运也不止一次动了逃跑的心思，然而周围是高高的电网，还有岗哨，让人插翅难飞。有一个雨夜工友们策划暴动，由三个身强力壮的人带头，他们在修工事的时候偷出了钳子和斧头等工具，准备在雨夜防御空虚的时候突击出去。他们约定好了，三个人顺着向西的坡地匍匐过去，若能剪断电网出去，就学几声猫头鹰的叫声，祝兴运等工友再跟出去。若是没有猫头鹰的声音传来，说明他们三人已经失败，千万就不要轻举妄动了。那几天里，工棚里就常常响起

猫头鹰的叫声，人们在暗暗祈祷能够成功。然而那个雨夜做先锋的
却失败了，他们刚靠近电网，未等剪开，就被岗哨的鬼子发现了。
他们明白抓住也是一死，就破釜沉舟地剪电网，只有一个人侥幸逃
脱，剩下的两个一个被当场打死，一个被擒回工棚示众，然后将他
五花大绑着扔进狗圈。自此，劳工们逃跑的欲望虽然时时存在着，
可都不敢轻易付诸实施。祝兴运有时受不了眼前这一切的时候不由
想，干脆横下心来往出冲得了，出得去算他走运，出不去不过做个
鬼而已。后来一想他若走了，王金堂在这里该怎么办，人家是因为
自己而遭殃的啊。这样一想，祝兴运也就咬紧牙关地忍耐了。只要
有机会见着王金堂，他就会不由自主地交代几件后事，什么杂货铺
子将来要给祝岩来经营呀，不能让他老婆嫁给丁屠夫和李回回呀，
他有一件上好的玉器，藏在了杂货铺柜台下的洞里，将来祝岩成家
立业时把它传给他呀。他还把王南怀临死前交代给自己的话说给王
金堂，让他去望奎告诉他老婆，要对孩子好，嫁个身体好心眼好的
男人。工友们在工棚里已经习惯了互相交代后事，以免遭遇不测。
他们早晨时能喘着气出去，却不知晚上时能不能看见星星。王金堂
却不然，他从不交代什么后事，也讨厌祝兴运这么跟他说，这时他
会不耐烦地一摆手训斥祝兴运："得了得了，你就是跟我说也没用，
我肯定能活着出去，不管你们这些死鬼的事。你们要想着出去，就
不要一天到晚地愁眉苦脸！"当祝兴运跟他谈起埋藏着玉器之事时，
王金堂更是嗤之以鼻地啐口唾沫说："我说你们两口子平时老是吵
架干吗，你私藏东西，跟她分心，这日子还有个过好？我跟你说，

两口子过日子，只有一心一意，谁也不跟谁藏心眼儿，才能过得长远，知道不知道？"祝兴运眯着眼睛，惆怅地叹口气，有苦难言地摸摸下巴，不再说什么。

王金堂每日在伙房干得很起劲。他无论做什么事都要自言自语，好像远方的老伴就在身前。削土豆皮时他会说："我不敢削深了，他们会说我浪费东西，可是削浅了也弄不干净，皮还在上面，这哪儿是人吃的？"若是天阴了，要有雨了，他就冲着门外喊："老伴，你可别出屋，要来雨了！快把门窗关严，别让雷钻进屋子！"这时伙房那个终日气不顺的李大手爪就会踢着王金堂的屁股骂："你一天到晚鬼话连篇的，你吓唬谁？嗯？"王金堂倒地喘息片刻，很快又罗锅着身子起来了。李大手爪就咬着自己的手指说："我真不该踢你，又不是你把我招来的。"王金堂就说："我不怪你，知道你年纪轻轻落到这田地心里憋屈。你踢我的屁股行，可千万不能碰我的脑袋。要是把我打傻了，回去后就认不出老伴了，她还不得埋怨死我，以为我不认她，变了心了。"李大手爪就十分愧疚地帮王金堂做活，然而要不了两天，他又心烦意乱，火气冲天，当王金堂自言自语的时候，他故伎重演地上前踢他，使王金堂像个球似的滚在地上。王金堂也不责备他，爬起后依然若无其事地忙他的活计。

陈工头非但没有如劳工们所愿，被山上的黄鼠狼迷上而折磨死，他是越活越神气了。他穿着军服，蹬着黑皮马靴，牵着条威风凛凛、毛色油光的狗，得意洋洋地在工地上转来转去。他的头发总是梳得油光锃亮，八字胡修剪得规规矩矩，看上去像两条泥鳅一左一右沾在唇髭旁，十分惹人发笑。他一旦和工友们说话，总要大声咳嗽一番，吐几口痰，然后仰着脖子，用日本人说汉语的方式说话："你们、出力、大大的，将来、报酬、也大大的！"工友们原来给他起了陈乌鸦、陈寿衣的绰号，后来觉得不过瘾，又叫他陈油头、陈狗子。油头指他油亮得如切肉板的头，而狗子当然是指他对日本人的谄媚了。陈工头住在离工棚不足一百米的一座泥屋子里。泥屋子有三间，各自开门，陈工头住西头，东头和中间的是由另两名日本人住。有个工友爱起夜，常常睡得迷迷糊糊的时候出外撒尿，有几次蒙眬看见陈工头拉着女人进他的屋子。回来一说，大家便喊喊喳喳议论，说没想到陈工头还是个色鬼，就想着捉弄他。他们用破棉絮合力捆扎成一个假人，样子跟真人一样高，给她披上几条白布。然后趁一个月夜把她戳在离陈工头不足五十米的地方。这假人固定在一块方形木板上，板上被反钉了无数钉子，钉尖朝上。陈工头那日喝了点酒，在屋闲得无聊，正想出门寻开心，忽见屋子不远处有个披着白纱的美人站在那里，心中好不欢喜，便趔趔趄趄叫着"心肝"朝假人奔去，一把抱住她，还没得到任何温柔的感觉，双脚就踏在了钉子上，疼得吱哇乱叫，一屁股跌坐在地上，酒已被惊醒了大半。假美人事件之后，陈工头为此事曾暗暗收买一个叫郑同根的人，郑同根寡言少语，看上去有些木讷。陈工头对他说，要是他告诉他哪些人弄了假女人来陷害他，他就给他一盆肉汤喝，然后放他回家。郑同根很不争气地听到肉汤就流下了一摊涎水，他问是猪肉汤、羊肉汤、狗肉汤还是鸡肉汤？陈工头随口说："羊肉汤的有！"岂知郑同根最青睐的就是羊肉汤，流出的涎水把他的胸襟都洇湿了。郑同根接着说，你要把羊肉汤先端来，我才能告诉你。陈工头火冒三丈，踢了郑同根一顿，说就你一个臭出苦力的还敢跟我讲条件，你知不知道你的小命攥在谁手心上？吓得郑同根哭着求饶，说他并不知道是些什么人弄了个假女人，他只不过想骗顿肉汤而已。陈工头在这点上是仁慈的，只要你对他低三下四地拱手告饶了，他就会放你一条生路。当夜郑同根如实交代了这一幕情景，工友们便追问他，若陈工头真给他端来了羊肉汤，他喝了之后会把大家交代出去吗？郑同根一顿头说："我不过想骗一盆羊肉汤喝，美美喝一顿，死了也值了。我才不会跟他说是谁干的呢。"郑同根说完又不争气地哭了，为着那莫须有的肉汤突然化为泡影而伤心不已。一个工友就跟他调侃，说你再喝烂白菜盐水汤时就闭着眼睛把它想象成是浓香浓香的羊肉汤，这不就结了？郑同根哭得更加伤心了，他说："明明知道那不是羊肉汤，你还让我那么去想，我够可怜的了，你们还想作践我的脑袋，我的脑袋哪里会那么想事情呀，要是会那么想事情，当朝的皇上不就该是我了？"听的人无不笑了起来，笑过后又觉辛酸，也就没人再惹郑同根伤心了。一任他哭累了，将头缩进破绽百出的被子里睡了。

祝兴运的身上被蚊子叮了无数疔疱，而王金堂却不招蚊子。都说是招蚊子的人血甜，王金堂便戏谑自己的血臭了，老朽了，皮太厚，蚊子也懒得朝他伸脚了。也确实如此，同住伙房宿舍的其他人晚间都苦于蚊子的围歼而睡不好觉，王金堂却是一觉到黎明。李大手爪虽然看上去是个粗人，但皮肤细腻，蚊子青睐他的次数就多。他在暗夜中常常"啪啪"地拍蚊子，叫骂着："你个狗日的！你咬我，你个狗日的！"他不是拍脸，就是拍胸颈、胳膊，蚊子没拍死几只，倒把自己拍得浑身生疼。清晨起来到灶房做活儿的李大手爪愈发恹恹无力，哈欠连天，看着什么都眼发飘，有一回楞把王金堂看成了个直溜溜的人，他大惊小怪地叫着："你个金罗锅，怎么一夜不见就挺起腰杆了！"王金堂笑着，说："天下人要都长着你这样的眼睛，我罗锅子可就成了香饽饽了！"祝兴运嫌李大手爪对待王金堂不够尊重，找了他两回麻烦，岂知自己不是李大手爪的对手，也就象征性地厮打几下，做个口头警告了事。陈工头每周要到伙房来两次，来得不定时，冷不丁会吓你一跳。这吓，是因为他常牵的那条狗。他们一来，不是陈工头先进来，而是狗。狗无所顾忌地蹿了进来，就像一道闪电一样，总能把你吓个半死。李大手爪不止一次被狗吓得弄翻了洗菜的盆，水流满地的，陈工头就用靴子频频踩着水，使之发出"啪啪"的声音，呵斥李大手爪："你的、干活的、不用心的，良心、大大坏了的有！"李大手爪不敢反抗，只能忍气吞声地扶正菜盆，将湿淋淋的菜重新划拉进去。王金堂一见了陈工头就夸赞他气色好，头发梳得美，胡子修得精神。陈工头一高兴，在伙房就不横挑鼻子竖挑眼了。即使要迁怒于李大手爪，也会有所收敛，看几眼就领着他的狗走。走前总要习惯性地踢一脚灶台，好像灶台深深得罪过他似的。陈工头和狗一走，李大手爪就要骂王金堂是个没骨气的贱老头子，用得着跟陈工头低三下四吗？用得着违背心意地编瞎话讨好他吗？王金堂如以往地不吭不响，李大手爪这才把真正的怒气转移到陈工头身上，他骂："操他娘的，一天到晚说些让人听了不伦不类的话，他算个什么东西？我要是有一天出去，第一件事就去操陈工头的老婆去！"伙房里立刻爆发出一阵笑声，连不爱笑的王金堂也跟着嘿嘿笑了。

　　王金堂吃惊地发现，李大手爪这一段待人和善了，也不动辄骂人了。平素李大手爪看上去很不合群，不乐意和别人说话，可现在他却有说有笑地跟人聊家常，有时干着干着活还要吹口哨。王金堂以为他想明白了，与其在这里苦巴着脸熬日子，不如快活点更能尽快打发时日。先前李大手爪是极端厌烦蚊子的，夜里老是嘟嘟囔囔，现在他不诅咒蚊子了，一任它们肆无忌惮地在自己身上围歼。夏季时蔬菜不足，有时伙房的人被迫到山间去采野菜。过了春季的野菜多半老了，不能吃了，只有灰菜还嫩着。灰菜汤喝得劳工们面目浮肿。他们采灰菜时提着麻袋，不能越过铁丝网，只能在里面的小片野地上采摘。前两年时，李大手爪不止一次跟站岗的人说，你就拉开铁丝网，让我们出去采个够，你背着枪看着，我们就是长了翅膀也飞不掉。然而岗哨的人没那么傻，他见铁丝网里面的灰菜足够采的了，对李大手爪的要求当然是不予理睬了。从今年开始，李大手爪总是很积极地要求一个人去采灰菜，他采野菜时带了把菜刀，很有心计地趁人不备砍断了一处铁丝网。铁丝网白天没电，只到了夜间才通电。他轻轻将那段铁丝网掀起，并且在它下面用菜刀挖了一个浅坑，使之出现一个不易察觉的洞。以后再采野菜，他就很积极地拓展那个洞，渐渐地使它能容人爬出去。李大手爪所选择的突破口是东南转弯处，那一带野草茂盛，铁丝网只是剪断了一小部分，主要靠下面的洞来融通，因而不容察觉。李大手爪想着既要逃走的话，就一定要成功，不成功就是白白送死。他观察到白天虽然岗哨一直有人巡视，但因为天热，常常能看见他们打盹。而夜晚时岗哨上的人则处于高度紧张状态，尤其是风雨交加的恶劣天气，因为有了逃跑的前车之鉴，他们更是无限警觉，任何风吹草动都要巡视一番。李大手爪盼望着天气越来越热，最好能烤得人皮肤灼痛，而且站岗的是渡边菊行就更好了。渡边菊行又矮又胖，常常是衣冠不整，他在岗哨上曾偷偷喝着酒啃猪蹄，被李大手爪看见过。未啃净的猪蹄从岗哨上落下来，掉在草丛中，李大手爪见上面还有一些筋肉，捡起后偷着啃了一通，最后仍没舍得将其弃了，而是塞在衣袖里，晚上趁伙房的人都睡熟了，悄悄将骨头扔进锅里，填了些柴，咕噜噜地煮了许久，然后将骨头捞了填进灶里烧掉，喝了一碗奶色的猪蹄汤。这个秘密，他从未对任何人说过，有时想起来浑身起鸡皮疙瘩，很羞愧。

王金堂天热时总是爱喝凉水，一碗接一碗的。他会眯着眼对太阳说："留着点你的热乎劲，冬天时用吧，冬天时见你的小脸也冻个煞白，怪可怜的。"说完了太阳，他又说老伴："你呀，天热就倒在炕上眯着，多喝水，少出门。你那么胖，一动弹就是一身的汗。"李大手爪见这一日天气热得人难以喘气，就提着麻袋说是出去采野菜。走前他见王金堂伸着脖子跟老伴嘱咐个没完没了，就打趣他说："你这么惦着她，她才不管你的死活呢。你跟我说个实话，你个罗锅子能娶上媳妇，是不是耍了什么花招，是不是先霸占了人家，把生米做成熟饭了？"王金堂骂了一声："你个小王八犊子！"然后给了李大手爪一拳头。李大手爪就趁机紧紧地抓了王金堂的手一下，然后拽着空袋子向东南方向去了。真是老天有眼，那一日岗哨的人恰好是渡边菊行，李大手爪从他岗哨下经过时还跟他招手，说："真热呀，我真想睡在这地上了。"渡边菊行坐在岗哨的一把椅子上，手搭在木栏杆上，他指着铁丝网内的草地说："野、菜的有？"李大手爪连连点头，大声而活跃地说："大大的有！长官辛苦了！"他把王金堂谄媚求生的这套伎俩用上了，没想到果然奏效了，渡边菊行笑了，将身子转向了别处。李大手爪慢慢接近那个只有他知道的洞口，一边装模作样地采着什么往袋子里装，一边频频向岗哨张望。阳光实在太密集太炽热了，午后的大地蒸腾着令人窒息的热气，过于明亮的天空给人一种头晕目眩的感觉。李大手爪发现渡边菊行终于忍不住趴在栏杆边打起盹来，他就像鼹鼠一样钻进洞里，很顺利地逃脱出去了。

　　王金堂不明白李大手爪采个野菜怎么用了一个下午，到了做晚饭的时候，他还没有回来，另两名伙夫就开始嘟囔，说李大手爪是出去享清闲去了。王金堂开始也这么想，后来猛然回忆起李大手爪走前紧紧握了一下他的手，他就陡然明白他是逃跑了。这时他周身就有一种冰凉刺骨的感觉，怕李大手爪逃不出去而遭遇不测。直到天黑了，劳工们吃过饭回工棚休息了，星星出齐了，蚊子也成群结队飞了来，李大手爪还没回来，王金堂又没听到有抓了人的消息传来，这才略微松了口气。第二天清晨陈工头牵着狗来伙房，见少了李大手爪，就问王金堂，王金堂十分镇静地说："我以为他让长官叫去做别的活儿去了呢，他昨晚一宿没回来。"陈工头已觉不妙，报告给日本长官，然后两个士兵沿着铁丝网巡视了一番，结果发现了那条麻袋和那道隐秘的地洞。渡边菊行怎么也不会想到，李大手爪就那么明目张胆地从他的眼皮底下溜走了。

五

吉来揪了几片金色的树叶给张荣彩老人看，对她说："奶奶，你不是要看节气吗？你看吧。"张荣彩歪着嘴硬邦邦地说了一句："秋了，凉了。"她偏瘫在床已有一年多了，这一年多来足不出户，不能准确地把握外面的气候变化。吉来就只有采取这种办法让她感觉四时更迭，春天给她采嫩的柳叶和初开的黄灿灿的迎春花，夏季则给她捉蜻蜓和蝴蝶，秋季时摘几片泛黄的叶片，冬天时则不用跟她通报，你一开门，寒风跟着脚钻进屋子，她就知道外面有多冷了。张荣彩是在一个初春的午后突然发病的，当时她正奋力纳着鞋底，可老觉得用不上力，麻绳也仿佛突然间变得如钢丝般又粗又硬了。她觉得头晕恶心，心慌气短，虚汗层层涌了出来，这时她才觉得身边有个人是多么必要。可屋子里除了她，就是终日陪伴她的老物件了，鞋底、麻绳、袼褙、桌子、椅子都不能助她一臂之力，她就在内心跟阎王爷做交涉："我知道你要拽我去。要拽你就拽个痛快，一家伙领走算了，这样我还领你的情，到时捎上几双新鞋给你穿。你可不能把我弄个半死不活的。"兴许是阎王爷不缺鞋穿，果然给她弄了个半死不活，嘴歪了，半边身子不能动弹了，只能侧卧着，大小便也不能自理了。张荣彩遭难之后，最早发现她的是李小梅。她遵照母亲的吩咐给她送一碗鸡蛋面去，推开屋门，先闻到一股恶臭，接着看见了倒在地上奄奄一息的张荣彩。老人已经倒在地上两天两夜无人知晓了。她连忙叫来母亲，她母亲又去丰源当叫来王恩浩，大家请来老中医，给她煎汤药喝。没人照顾张荣彩，王恩浩只得出钱雇来一个五十多岁的寡妇。每天来给她洗洗涮涮，接屎接尿，还要做一日两餐。然而不到一个月，老人就跟干儿子诉苦，说她活着不如死了，求他买包毒药让她死得干净些。她嫌那寡妇伺候她时老是牢骚满腹，把她当牲口一样地吆喝，给她揩屁股时老是先朝那儿吐一口痰，而且做好了饭她先要吃个够才肯喂她。王恩浩一想洗衣房的李小梅家和张荣彩熟悉，她家又有闲人，就求她们帮个忙，护理费用照旧由他支付。李小梅的母亲一口答应了，这等于家里有一个人出去工作了。她们伺候张荣彩有感情的成分含在里面，因而尽心尽力，绝无嫌弃，还能和她说些家常，老人也就安心了。不过老人觉得这样不是个长法，她不想拖累干儿子时间太久，她一遍遍地叮嘱王恩浩，让他给她在南京的儿子写几封信，就说她快死了，让他尽早赶回吊孝，否则她死了也会闹他个鸡犬不宁的。她只要有精神头，就不厌其烦地骂儿子，骂他是个狼心狗肺的家伙，不肖子孙，当初真不该养下他，他真正是娶了媳妇忘了娘的主儿。由于嘴歪了，语词迟讷，有时说着说着话就要卡壳，连话怎么说也不会了。她便抱怨说老了老了，倒是一切变得跟小孩子一样了，话说不利索，还得由人弄屎弄尿。自李小梅母女轮流来伺候她之后，张荣彩的牢骚少了，不过心中仍是不平，有些气力就要骂儿子和阎王爷。他们一个对他不孝，一个则对她没有同情心，深深得罪了她。老人不喜欢李小梅来服侍她，李小梅讨厌她的屎尿，不管屋子多么冷，一来就要开窗户。张荣彩想这样也好，早些把她折磨死，她也少受些罪。李小梅一旦为她接尿，总要紧着鼻子说："我就不相信你自己不能下地去尿，你就是懒，你使使劲，不就起来了？"她的话惹得张荣彩一阵发笑，想起生儿子时，她疼得呼天抢地地叫，接生婆也是用这种语气数落她："你就是娇气，谁没有生过孩子？你使使劲，孩子不就拱出头来了吗？"她觉得人生有许多事都是格外相似的。李小梅见她笑越发气恼，声称不给她水喝，干死她，她也就没尿了。可是她接完尿洗净手之后，照样给老人倒来一杯水。张荣彩便想着李小梅做吉来的媳妇是可以的，虽然厉害些，脾气大了点，但是心眼儿好使。

　　老人手中捏着几片金色的秋叶，感叹着日子过得太快了。吉来就说："人家病在床上的人都嫌日子过得慢，只有奶奶嫌快哟。"张荣彩就很不高兴地把叶子扔在地上，说："我活够了，打今天开始不吃东西了，你们谁要喂我饭，我就朝谁脸上吐唾沫。"这段平素用不上半分钟就能说完的话，老人足足用了两三分钟。吉来笑了，说：

"奶奶还计较我说的话，那以后我可就不来看你了。"正说着，老郎中王正坤夹着个白布药包来了，他是受王恩浩之托，每周来两次给老人针灸的。王正坤六十来岁，又矮又瘦，眼角老是糊着眼屎，给人一种睡不醒的感觉。他通常是穿着灰布长袍，平底黑布鞋。他无论冬夏都理着光头，加上他过于肥大的便袍，使之看去更像和尚。他很怪，每回来针灸都是不吭不响的，进来连招呼也不打，只是咳嗽几声，然后把东西放在柜子上，去盆里洗手。所谓洗，不过是指尖稍稍沾了点水而已，然后双手一甩，也不用毛巾擦，在灰布长袍上一蹭，拉过木椅，把药包拿在手上，坐在老人面前，小心翼翼地打开药包，像拈金子一样虔诚地取出银针，往张荣彩的脸上、身上一根根地捻银针。他捻银针时悄无声息，也不看穴位，只是用手指点着，目光放在自己的膝盖上。将银针全部扎上之后，他就垂头眯着眼睡了。都说王正坤能坐着睡觉，看起来果然不假，吉来亲眼看见了好几次。有一回外面雷声隆隆，他照样坐着睡得一丝不苟，毫不动摇。他一醒，就会伸出手去拔银针。他望着窗外去拔针，一点也不看张荣彩，却能准确无误地把所有的针都一一取下。所以吉来很乐意看王正坤针灸，他来看老人，有意识地选在针灸的日子。在吉来的心目中，奉天有两个人是令他无限神往的，一个是扣子巷瞎眼的算命先生吴半仙，另一位就是眼前的这位郎中了。

扎满了银针的张荣彩看上去就像长着三头六臂的怪兽一样，一俟银针扎毕，王正坤眯起了眼睛，她也随之合上了眼帘。夏季时，常有苍蝇围着银针飞，嗡嗡地叫，把针抚弄得如疾风中的草一样抖动着。吉来见郎中和奶奶都进入了梦乡，室内又静得异常，就有某种无法言说的恐怖感，觉得那两个人已经进入了死亡状态。他就蹑手蹑脚走到门口，拉开门，打算着去找李小梅。还未走到洗衣房，却见李小梅穿着件褪了色的蓝秋衣出来了，她端着个土黄色瓦罐，不用说，这是给张荣彩预备下的饭。李小梅见了吉来先是一翻眼皮，然后使劲撇了撇嘴，她面颊上的雀斑就跟着动了动，宛若春季的榆钱儿在飘。吉来笑了，说："我正要看你去呢。"李小梅气鼓鼓地说："你跟谁撒谎呀，我知道你来是看针灸的，顺带着看我，我不稀罕！"李小梅加快步伐，独自向前走，吉来紧跟在她身后，嬉皮笑脸地说："我知道你也想见我，要不怎么给奶奶针灸的日子，都是你来呢？怎么不是你妈来呢？"李小梅已经走到张荣彩的门口了，闻听此言，她回过头，气得鼻翼一鼓一鼓的，说："你真不要脸！你以为我是料亭的麻枝子，见了你就像见了祖宗？"说着，转身进屋，将门反锁上了。吉来便拍门求饶，说他错了，不过想逗她开心而已。李小梅却装聋子，不予理睬。吉来就说，你再不开门，我可就把它踢碎了。李小梅隔着门大声嚷嚷："你踢吧，踢碎了让你爸买新门，反正你家有的是钱！"听得吉来不由嘿嘿乐了。他知道李小梅一旦犯了倔脾气，你怎么讨好她都难于开晴，想着王正坤肯定早被吵醒了，就求他过来为自己开开门。不料李小梅伶牙俐齿地说："那两个人呀，都跟死了似的，谁也不会给你开门！"吉来想李小梅真是胆大包天，竟敢当着人家的面表示不恭。吉来耍了个花招，他说："不开就不开吧，那我回家了。""滚吧，滚得越远越好！"李小梅恨恨地说。

　　吉来装模作样地故意把脚步声弄得很响，走了几米，然后猫着腰又踮着脚尖回来，像条看家的狗一样，乖乖地坐在门口，可怜巴巴地看着丽水巷狭窄而肮脏的巷子，看着对面灰墙上乱抹的图画和字迹。一个挽着包袱的妇女牵着个小孩子经过，见吉来坐在门口，就好奇地频频张望，吉来就把头埋在膝盖上，不想和她搭讪。岂料她是个热心肠的人，认得那是张荣彩的屋子，对吉来也很眼熟，就问："怎么，进不去屋了？"吉来装作没听见，没有搭腔，怕屋里的李小梅听到。这妇女索性让孩子在路上等她，她快步走到吉来面前，拍拍他的肩膀，说："进不去屋了？"吉来只好抬起头来，很败兴地说："能进去，我在外面晒晒太阳。"妇女觑着眼看了一下太阳，说："秋天了，这太阳晒着不舒服，别弄伤风了。"吉来只能哀叹着站起来。妇女指着屋门问："她的病见轻没有？能不能起来做鞋了？我家孩子穿惯了她做的鞋，别的鞋上脚还不爱走路呢。"吉来便说："那你进去看看就知道了。"吉来拍拍门，说："小梅，奶奶的邻居来看她来了，你开开门！"李小梅其实已经想开门了，只是没有个合适的台阶可以下，这回算是吉来求她，当然是痛痛快快将门打开了。吉来和妇女脚前脚后进了屋，那小孩子见母亲进了屋，也从路中央磕磕绊绊地跑了过来。小孩子扶着门框小心翼翼迈过门槛，一见那床上的张荣彩歪着嘴扎了无数银针，就吓得"哇——"的一声哭了，拔腿就跑。跑时慌乱，被门槛绊倒了，哭得就更凶了。张荣彩睁开了眼睛，妇女还没等着问候她一声，就得出去扶小孩子，边扶边数落孩子："你个跟屁虫，让你等着，你偏进来，活该吓唬你！"

小孩子由惊吓再加上委屈，哭得越发无法无天了。吉来凑过去，说："他胆子小，你就领他回家吧。"妇女很过意不去地对吉来说："那你帮我说一声啊，小孩子胆小，不懂事，下回我再来看她。"吉来答应着，目送他们远去。

王正坤终于睁开了眼睛，将头转向窗户，然后麻利而准确地拔针了。吉来目不错珠地盯着他的那只手看，只觉得他的手指肯定暗藏了眼睛，不然何至于如此无误呢！拔过针，王正坤收拾停当药包，看也不看病人一眼，起身去盆里洗手，依然是象征性地用指尖沾沾水，然后双手一甩，在灰布长袍上一蹭，将药包夹在腋下，垂着头蔫蔫地走了。他来和去，无论碰到谁，都不打招呼。所以吉来和李小梅都不送他，由着他像鬼魂一样飘走。他的这种怪异举止远近的人都知道，也见惯不怪了。王正坤针灸术很灵，尤其是治风湿和头痛最为拿手，治中风偏瘫也基本能使病人在一年之内生活自理。传说有一个车夫害了牙疼，什么药都吃过了，就是止不住疼，到了王正坤那里，他一根银针扎进那人的腮帮子，那人立刻就不疼了，当即跪下给王正坤磕了几个头，说将来免费拉他出诊。王正坤这点也怪，他出诊时，不管多远的路，从不叫车，只是步行，而且是低着头走，不过从未与人相撞过。王正坤更怪的是一人独居，他二十几岁时娶过一个媳妇，据说是有沉鱼落雁之容的人，性情活泼，因了这活泼又有几分风骚。初结婚的那两年倒耐得住寂寞，久而久之朝她献殷勤的男人多了，她也动了心思。王正坤一出诊，她就在家里和男人鬼混，有许多回被王正坤撞上了，撞上的男人又不是同一个人，令王正坤很恼火。这女人虽然风流，但心眼儿好，与邻里相处和睦，谁家有了难处，她定然助一臂之力，遇见乞丐也是尽力施舍。然而没过几年，她突然得了暴病死了，说是子宫大出血。出殡时又有怪事发生，这女人不过百十来斤，加上棺材，并没有多沉，可四个壮汉都抬不起这棺材。后来又上来四个男人，八人合力去抬，棺材仍是纹丝不动。参加葬礼的人就以为这女人没活够，就拍着棺材跟她好生相商，你既然已死了，到那世也能修行去，何苦还恋着尘世呢？好话说了一大车，棺材仍是毫不动摇。不得已，王正坤请来扣子巷的吴瞎子，报过死者的生辰八字，吴瞎子一番掐算后，差人给他拿来一张白纸，再拿来笔和墨。吴瞎子的毛笔功夫十分了得，虽然眼睛看不见，但字与字之间的方寸却掌握得恰到好处，字也俊逸有神采，有空中飞鸟的态势。他写了四个字"万人之妻"。然后令人贴在棺材的顶部。果然，四个壮汉再抬它时，很轻松地就抬了起来，这真让人吃惊不已。事后，大家才听说，吴瞎子算出这女人生来命苦，虽本性善良，不事张扬，可有无数风流鬼附在她身上，她是万人之妻，人人都可占得，因而死后体重无比，合了万人的重量。如此说来，她不守妇道，也并非本意，完全是命运使然。先前对她抱有某种成见的人，也就不记着她的不是了，反而更多念着她的好处。从此以后，王正坤就再也未娶，一个人过到今日。听说他还是个素食者，一日两餐，无非是青菜萝卜。他的衣裳，不到了换季时节，是不会送到洗衣房的。

　　李小梅坐在木椅上，捧着土黄色的瓦罐，一勺一勺地给张荣彩喂玉米粥喝。这瓦罐很厚，上面有盖，保温性能好，就是饭在里面呆上两个小时也不会凉，先前它是张荣彩老人腌田螺的坛子。她喜欢将新鲜的田螺腌了生吃，吃得与人说话时，她的口腔散发着河水的腥气。李小梅喂粥时，左手还得拿条手绢，不时给老人擦嘴角。因为她躺着，嘴又歪，不那么容易能把粥吃得滴水不漏，总是有粥汁流出。李小梅每擦一下，就要撇一下嘴角，撇累了，就会说："喂你吃你都吃不明白，真是磨人！"嘴上这么说，手还是照例将粥用勺子送到张荣彩嘴里。吉来站在一旁，不住地给老人扮鬼脸，暗示她不要在意李小梅胡说，只管吃就是了。李小梅喂过粥，用毛巾给老人擦了擦手和脸，对老人说："你尿不尿？不尿有你孙子陪着，我就回家了。"张荣彩摇摇头。李小梅又威胁说："我可跟你说，你要是现在不尿，一会儿尿到褥子上，我就不给你晒褥子，潮死你，让你长一身褥疮！"她的话倒把张荣彩惹笑了，她边笑边咳嗽着，摆手示意李小梅赶快走。李小梅把瓦罐的盖重重盖上，放在柜顶，然后把老人枕畔的几片黄叶抓在手中，揉碎了，扔到门外去。出门前她对吉来说："以后少往这里弄树叶，还嫌这屋子不够乱吗？"李小梅把门"砰"的一声关上了，回她的洗衣房了。吉来明白，用不了多久，她又会找个借口回来的。

　　吉来上午时到花市街一家倒闭的服装店看人抢购东西去了，中午买了两个包子吃，徒步走到丽水巷，早已乏了。他不嫌弃张荣彩，脱鞋上床，把件毛衣团起来当枕头枕着，和老人并排躺着，打算眯一觉。老人伸出那只灵便的手，摸了摸吉来的小胡子，叹息一声说：

"真的——大——人——了。"她的话细若游丝，好不容易连成串，即使说过了，也让人觉得回头再品味那话，它们就会"啪啪"地绷断。吉来在老人的爱抚下舒舒服服地睡了。他在梦里见到了两件热闹事，一个是猴子跑到某户人家的烟囱上，端端地坐在烟囱口，害得人家无法生火做饭。有人去屋顶撵它，它东跳西蹿，岂料人从屋顶下来后，它又坐在烟囱口了。那户人家无奈，只得抱柴生火，烟将猴子屁股熏得像炭一样黑。这猴子委屈，竟开口讲话了，说："我对你们家哪点不好，你们这样对待我？"主人大惊，一听这猴子的声音是他已故的妻子的，那女人属猴，生前任劳任怨，为他拉扯大两个孩子。主人连忙跪下给猴子赔不是，这猴子就化成一道青烟走了。另一个梦是在乡下，说是有户人家娶媳妇，抬着花轿吹吹打打到了娘家门口，却说新娘子不见了。新郎一急，一口痰涌上来，竟然不会说话了。后来大家七手八脚把新郎抬到炕上，给他捶背，将那口痰弄了下来。奇怪的是，那痰竟化成了一只小羊，依偎在他身旁。吉来醒来室内已经暗了，他觉得这荒诞不经的梦实在有趣，怕转过脑就忘了，连忙先讲给张荣彩听。老人边听边"唔唔"应着，然后告诉吉来，她是属羊的，没准是她已死多年的老伴还没娶上媳妇，一心一意念着她，回来接她了。她哀叹属羊的命不好，十羊九不全。不过一家里若是有三个人属羊，便大吉大利了，是"三羊开泰"。吉来讲过梦，有些害渴，就穿鞋下地找水喝。喝毕，见日影已经斜了，就问老人，李小梅来过没有？张荣彩说，他睡着时，李小梅来给她接了回尿，送来一个青萝卜让她生吃。见吉来睡得沉，故意把东西弄得乱响，忽而摇椅子，忽而把瓦罐端起又重重磕下，然而吉来就是不醒。她便数落吉来，说他天天往麻枝子的料亭跑，把自己给累着了，然后赌气地走了。吉来听罢，不由笑了。老人警告吉来，要是将来选媳妇，只能选李小梅，不能要麻枝子，麻枝子是个日本人，若是娶了她，将来老王家的子孙后代就是杂种了。吉来听了哈哈大笑，笑过后脸腾地红了。

张荣彩见身边只有吉来，就跟他说，她早就想好了，有一件事只有吉来能帮上她的忙。她说她十岁时被父亲领着去娘娘庙进香，一个尼姑给她算命，说她将来到了大病不起的时候，一定要吃一包砒霜，吃过后便会安然无恙。她说这事求任何人，别人都不会信她，以为她是要药死自己，只有吉来是她的宝贝，嘴又严，能替她做这件事。吉来明白砒霜是什么药，就坚决回绝，说他不能办这件事，父亲知道了非要把他的腿劈了当柴烧不可。张荣彩就落泪了，责备吉来不跟她一条心。吉来心软，就问，果真尼姑这么说过吗？老人说，她活了一辈子，何至于欺骗小孩子呢。吉来便有些将信将疑了，想想这世上多有离奇的事情发生，没准儿毒药在奶奶的肠胃里就会奇迹般地化成良药。届时不用王正坤针灸，奶奶却能"刷"地从床上坐起来，又赶着去纳鞋底，又能在户外望望风景了，那该有多好啊。吉来有些心动了，不过还没有完全答应。老人从褥子底下抓出一把钱来，嘱咐他买过砒霜后，余下的钱就上街买果子吃。她还告诉吉来，买这药到恒升药房去，那儿什么药都卖，不会问你买这药干什么。吉来没有把钱拿着，想着拿了钱就等于答应了这事，他把钱放在老人枕头底下，说等他想好了再说。老人笑了，说，把青萝卜给我拿来，我要啃点顺顺气。吉来这才恍然惊觉，老人跟他说了这么多话，越说越流利了，看来王正坤的银针确实起了作用。

一周来吉来总是心神不宁的，他在哪里也呆不住。在丰源当里嫌气闷，到了外面又嫌风大。去麻枝子的料亭，嫌她总跟他说个没完。到于小书那里，又烦她的小孩于东亚闹得慌。到了李小梅那里呢，则不是他烦人家了，而是李小梅给他脸色看。他头一回对李小梅始终如一没来由的怒气而产生反感，发誓至少在冬季以前再不进洗衣房了。吉来想老人是不可能编瞎话骗他的，她不想死，不然早就不吃不喝地绝食了。吉来觉得只有把这件事情干净利索地做了，自己才能心安理得，于是跑到张荣彩的小屋里，什么也没跟她说，伸手就掏出了枕头下的钱。他头也不回地径直去了恒升药房，卖药的是个长着大粗脖的老先生，他听说买砒霜，只是愣了一下，很快就给他取来了一小包。吉来依数付过钱，心怦怦乱跳着离开药店到了街上，他用余下的钱买了两个鸭梨，也没洗，蹲在路边飞快地吃掉了一个。那梨是新运来的，汁液浓厚，吃得他满嘴清香。他拿着砒霜和一只梨，几乎是一路小跑着回到丽水巷。天色已昏，老人已等急了，见了吉来，她的眼睛忽然变得异常明亮起来，亮得几乎要把室内的昏暗之气驱除了。吉来惴惴不安地把药交给老人，然后把那只梨放在她的枕畔。吉来说，你就当着我的面吃，万一情况不好，我能叫医生来救你。张荣彩笑了，说吃了药的她要脱胎换骨成个新人，旁边不能有人。她令吉来快些回家，明天太阳一出就来，一准儿能看见她站在巷子口迎他。吉来点点头，满怀期待地走了。关门的一瞬他听见了老人快意的笑声，就像初春的鸟鸣一样明朗。

第二天天还未亮，丰源当的门就被李小梅的母亲给敲开了。她衣冠不整，大惊失色地告诉王恩浩，老人已经没了。一大早她过去给她打扫屋子，见她的身子已经硬了。说完，她哆哆嗦嗦哭了起来。吉来闻讯起床，他无论如何也不相信这个事实，穿上衣裳拔腿就跑。到了丽水巷，迎面碰上了眼睛红肿的李小梅，吉来的腿便软了，知道老人是真的没了。吉来觉得自己受到了利用和欺骗，他冲进屋子对着直挺挺的老人恨恨地说："我不会给你挂孝的！"

六

承德的冬天全没有冬天的气象，雪不大，风也不大，站在户外你觉得太阳还有暖意，而室内却又给人一种砭人肌肤的凉意。剃头师傅一点也不喜欢这里的冬天，觉得它不透彻，温温吞吞的，让人觉得不爽快。他怀念新京的冬天，像个冬天的样子，雪是铺天盖地、洋洋洒洒地下，室外白茫茫的奇冷无比，而室内因着炉火的照耀却温暖如春。承德却不然，夏天时因了周围的山而稍有凉意，过得倒也自在，可一到冬天却总给人一种不阴不阳的感觉，剃头师傅就觉得皮肤痒痒的，仿佛有无数小虫子在爬，人就有置身于湿冷的地窖的感觉。

剃头师傅住在女儿家里。女婿原来在外八庙一带开了家小型红砖厂，收入比较可观。日军侵占热河时，砖窑被炮弹轰炸，完全废弃，他只得转产做了药材生意。热河一带的山上珍奇药材较多，采者多为附近村屯的山民。然而近两年由于南满抗日游击队神出鬼没的行动，当局不允许山民进山采药材，以免给队伍提供物资和情报，药材生意也就不了了之。不得已，他只能龟缩在家开了家石碑作坊，给死者订做石碑，请了位精通石刻的老师傅。由于他读了一些书，又兼做为死者拟定碑文的事情，虽是小本生意，但仍能维持生计。先前剃头师傅没来，他们的日子稍为宽裕些，而如今多了一口人，开销的增大使手头有些紧得慌。

　　剃头师傅来承德两年了。他是三年前一次战斗中负伤致残的。他先在一个小山村养了一年伤，后来才到承德投奔女儿的。他的右腿被炸弹炸飞了，右耳也没了。剃头师傅拄着拐，看上去就像被人给削了半边，给人一种触目惊心的感觉。组织上考虑他的生活的不便，曾考虑让他到四平的寻安客栈，那里是地下党组织联络据点，一直很稳固，而且吃住有着落。剃头师傅断然拒绝了，他觉得如此残身，已做不了大事，到寻安客栈反倒给组织添麻烦，不如投奔女儿的好。于是就由两个战士化装成农民专程把他送到承德。女儿见父亲落到如此田地，哭得气息奄奄。女婿对待多年杳无音信却从天而降的岳父颇多怀疑，岳父说他是与几个老乡进山打猎，落入捕兽的陷阱致残的。而在他想来，这种解释是极不可靠的。但不管怎么说，岳父都是自己的长辈，他觉得自己有责任和义务照顾他，所谓遵守孝道吧。

剃头师傅初来承德的那年意志消沉，觉得自己这样活着，倒不如死了干净。组织上说将来会派人来与他联络，剃头师傅这才觉得还有盼头。女儿生有一个男孩，乳名福剩，五岁了，正是淘气的年龄，他带给了剃头师傅许多天伦之乐，否则他可能坚持不下来了。福剩喜欢偎在姥爷的怀里胡闹，用手揪着他的那只好耳，不厌其烦地问他的右耳哪里去了？剃头师傅今天说右耳让狼叼去了，明天又说它是冻掉的，后天则说它自己藏了起来，再过几年又会突然长出来。福剩听了咯咯地笑。

剃头师傅带到承德一份牺牲战士的绝密名单，这些人多数是战死后就地掩埋的，死者的亲属有的尚不知晓。名单后面注明了死亡时间和坟墓位置，组织上说将来有一天胜利了，一定要想方设法找到这些坟墓，祭奠英灵。剃头师傅常常在夜深人静时悄悄拿出阵亡者名单，轻轻抚摸那上面的每一个名字，泪水便不知不觉涌满了眼眶。

女儿家的房子在承德西北门一带，是三间青砖红屋顶的房子，由女婿的祖辈传下来的。屋檐角压着几块泰山石，上写"泰山石敢当"，是镇宅之物。飞鸟喜欢在泰山石上拉屎，天长日久了，那青石就成了白石，远远望去，倒像是几枚鸟蛋白亮亮地搁在那里。屋前的巷子狭长幽深，名为飞云巷，有一家大的人力车行在此。因而每日清晨，出车的黄包车一辆追着一辆，游龙般热闹。飞云巷还有一家保育院，两家杂货铺，一家米店和一家叫做杏花红的名为裁缝店实为妓院的场所。剃头师傅在天清气朗的时候偶尔拄着拐贴着飞云巷的边儿溜达，冬季时则只好蜷在家里看老师傅给石碑刻字了。

老师傅姓王，剃头师傅就唤他王师傅。王师傅开始时唤剃头师傅为老爷，剃头师傅便大笑着说自己不过是个剃头匠，唤他剃头师傅即可，如此，两人仿佛一下子拉近了距离，彼此能讲些知己话。王师傅住在城东，家有九十高龄的老母亲，由他的老伴伺候着。他每天来飞云巷，路上就得花掉一个小时，他步行来，午饭就和剃头师傅一块吃。他镌刻碑文时敛声屏气，不吭不响，生怕哪一笔会因走神而懈怠。他说给活人做事可以马虎些，而为死人做事则要全心全意，不能应付，不应有任何纰漏，否则就是不公。他挂在嘴上的一句话是："人活一世，草木一秋，不容易啊。"王师傅镌刻的碑文字迹浑厚、朴素，但又不失飘逸之神采，给人一种生气勃勃的感觉。他说石头是死的，可字是活的，字若能让死者觉得他的气息还在游动，那字的功夫才算到家了。剃头师傅在王师傅刻字时就坐在一旁默默看着，不时给他递上一杯水或者送上一把扇子。午饭之后，他们会抽上一袋烟，聊聊家常。王师傅不乐意谈时局，觉得世上生来就有那么一伙子人，喜欢挑衅，喜欢打仗，喜欢耍耍流氓习气。你今天打跑了这伙儿，明天那伙儿又来了，就跟韭菜一样，你刚割完，另一茬很快又长起来了。他所关心的，是老母亲能多活几年，老伴的气管炎不要老犯，子女们都能吃上饭。然而事情并不像他所想象的那样，他的儿子王开元从日本早稻田大学留学归来后，特别热衷谈论时局，他在新京的一家通讯社当记者，每回来承德看望家人都是风风火火的，能从从容容在家里吃上一顿饭就算是好的。王师傅说："这些毛头小孩哪里懂什么世事，头脑一发热，什么都胡说。这世道不过是由几个流氓头子统治着，大流氓打败小流氓，能坐江山，他便是英雄豪杰，轮到这些毛头小伢，不过跟在人家屁股后面瞎嚷嚷，管屁用！"说完，很愤愤不平的样子。他说女儿是个安分守己的人，在纺织厂工作，很顾家，是个孝顺孩子。只有这个多喝了几年墨水又留学东洋的儿子满脑子忧患意识，王师傅担心儿子不但说不上媳妇，没准哪一天还会招灾惹祸。他不得意记者这个行当，说是风险大，不像他是个刻字的，不会惹什么麻烦。剃头师傅自然不会附和他，然而并不反驳王师傅。女婿在家里，有时也讲听来的各路消息。八路军近期在雾灵山一带活动频繁，雾灵山是燕山山脉的主峰，在兴隆境内，是"满洲国"的西南边境的一道天然屏障。八路军挺进雾灵山，是想与处境艰难的东北抗日联军呼应，抗日联军由于近几年日伪的疯狂讨伐，损伤很大，势力大减，余部也逐渐向苏联境内撤退，以图东山再起。剃头师傅想八路军出现在雾灵山一带，定然会使日伪当局心惊肉跳，他们不会对八路军撕开"满洲国"的口子善罢甘休的。果然，日伪纠集了丰宁、滦平等地的几千名士兵，对八路军出没之地进行多头并进的扫荡，使一些刚刚建立的根据地受损，致使许多积极配合八路军战斗的群众被害。女婿说有几个在狗背岭养伤的八路军，不仅全部被杀，他们养伤所在的人家也被斩尽杀绝。女婿说完，还把筷子重重蹾在桌子上，说是咽不下饭了。剃头师傅正暗暗为女婿而骄傲的时候，他很快又捧起了饭碗。饭后竟然又和颜悦色地与独生子嬉戏，仿佛一切都不曾发生。剃头师傅有些后悔不该来承德投奔女儿，他应该去寻安客栈，那里的生活也许还能让他感觉到激情。在这里，尤其是无雪无风却万物凋零的冬天，他真的有活到尽头的感觉。每天看见女婿把青的或白的石头运到院子里，经由王师傅镌刻后，不几天又有形形色色的人来把碑取走。取碑的人也看不出面上的悲哀有多深，可见死亡是件多么平常的事情。剃头师傅想这些寻常的人死后还能有座坟，还能由亲属们买块碑竖在坟头，而他的一些战友在战斗中死了之后，不过就地掩埋，哪里有碑让你记着姓甚名谁，也许几十年后，连那坟也塌陷和荒芜了。剃头师傅就掩饰不住内心巨大的悲凉感，常常唏嘘泪流。女儿见他每每神色黯然，就劝他多出去走走，交几个可以聊天的朋友。然而他一旦出现在飞云巷，招来的就是好奇的目光，尤其是小孩子，就像看到了马戏团的杂耍一样，兴致勃勃地跟在他身后，喊喊喳喳地闹个不休，使他没有了闲逛的心情。因而春夏时节，他若出门溜达，大抵选择月儿西沉的时分。这时巷子里很少有人影，他踽踽独行，拐杖点地的声音听起来清脆悦耳，他的影子被月光给斜斜地拉长，青白青白的，像一缕烟。

　　这一日天气阴沉，剃头师傅觉得闷得慌。他拄着拐站在院子里看天，灰色的云密密实实地遮着天空，给人一种天要掉下来的感觉。这时从巷子里传来卖糖葫芦的吆喝声，福剩穿一件红棉袄跑出屋来，他叫着："姥爷，我要糖葫芦！"剃头师傅从兜里掏出几角钱给他，说："自己会去巷子里买吗？"福剩一个劲地摇头，让姥爷领他去。卖糖葫芦的是个六十多岁的老婆子，她推着个四轮小车，每日要在飞云巷吆喝几个来回。木车上矗立着几个高低不同的圆柱形草捆，各色糖葫芦就斜斜地插在上面，像谁的头发在飞舞，看上去就跟几个神采飞扬的孩子站在木车上唱歌似的。那糖葫芦有火红的山楂，也有黑色的如羊粪蛋一样的山枣，还有橘黄色的太平果。它们因为包裹了一层亮晶晶的糖衣，看上去十分鲜艳，令人馋涎欲滴。那老婆子的吆喝声听起来就像是唱戏，"糖——葫——芦——唻——"一声比一声高，一声比一声悠长，一声比一声清脆。这叫卖声在巷子里起伏着，扰得小孩子坐卧不安的。买不起的就跟着小车走上一程，淘气嘴馋的就趁老婆子不备时伸出舌头去舔一下，尝到甜头后拔腿就跑，气得老婆子跺着脚骂他们没有教养，不是正路来的孩子。而正路来的孩子是什么样，是谁也不知道的。福剩的牙不好，他的爸妈就不允许他吃糖，剃头师傅就帮着说情，说反正福剩到了八九岁要换一口新牙，这些乳牙索性让它们坏到底，别拗着孩子，该吃糖就让他吃。因而入冬以来，他偷着给福剩买过好几串糖葫芦。老婆子知道石碑作坊来了个宠外孙的残疾老头，因而经过这里时，就多吆喝几声，大有不出来人就不罢休的架势。福剩每每听到这声音就心神不宁，不过爸妈在场他不敢张嘴就要，他们双双不在作坊时，福剩就可以无所顾忌地央求姥爷了。

　　剃头师傅领着福剩一出门，就看见了将木车停在巷子边的老婆子，她见了剃头师傅殷勤地笑，说："看着是要下雪的样子，瞧瞧天这个温吞，要下就痛快下嘛。"剃头师傅附和说："就是，这种天让人难受，这里的冬天真是不爽快。"说话间，福剩已经自己拽出一串山楂葫芦，迫不及待地啃了起来。剃头师傅把钱付给老婆子，她边找零钱边继续和剃头师傅搭讪，问他从哪里来，腿是怎么坏的，原先是做什么的。剃头师傅明白一般到了这般年龄的老婆子大抵都爱打听事，你不理睬她，她就刨根问底个没完，因而简明扼要地应付了她几句。不料老婆子的好奇心却被调动起来了，她嚷着："掉进山上捕兽的陷阱里了？阿嚏！"她打了个响亮的喷嚏，接着说："那陷阱会那么深吗？你掉进去那里面没有逮着野兽吧？"剃头师傅摇摇头，老婆子说："幸亏是没野兽，不然你掉了下去，它会把你当成一个月的粮食给慢慢分吃了。"老婆子的想象力够丰富，惹得剃头师傅笑了起来。由于久已不笑，这一笑倒把自己给吓着了。老婆子接着又问他有没有老伴，就承德这一个女儿吗？剃头师傅一一作答，引着已吃得满嘴花哨的福剩回家。老婆子大约还没聊够，她说："没事出来晒晒太阳嘛，老呆在屋子里多闷气。"剃头师傅抬头看看天，意思是哪儿有什么太阳可晒，老婆子笑了，说："就是不出太阳，外头还是比屋里敞亮。"

剃头师傅回屋后正赶上王师傅刻完了一块碑，他摘下老花镜，坐在草墩上喝茶。剃头师傅向他说起卖糖葫芦的老婆子，王师傅一搓脸，笑着说："她呀，就爱跟人搭话儿，年轻时干这个落下的毛病。"王师傅摸摸胸脯和屁股，剃头师傅便明白了怎么回事，也跟着笑了。王师傅说："她命不好，嫁个男人是土匪，人家一走多少年，对她不管不顾的。她生下一个孩子，三岁时就死了，从那后她就自己在家里干起了那个生意。人家叫她是挂粉灯的。"原来，她家的门首挂盏荷花形的粉灯笼，她想接客时，那灯笼就亮着。当她身子不便时，那粉灯笼就灭着。有个街头无赖，专爱和她恶作剧，她这里明明点着灯，他偷偷摘了灯将其吹灭；而当灯黑着的时候，无赖又把灯点燃。弄得她不该接客的时候来了客，非常尴尬。后来知道是那无赖干的，她就干脆拜他为兄弟，使他出入她家门既方便，又能在外为她撑腰，免得一些贪小便宜不花钱的嫖客欺负她。那无赖确也为她两肋插刀，久而久之有了感情，两个人干脆把粉灯彻底收了回去，欢天喜地地成了亲。岂料这无赖生性好斗，以往也是个欺行霸市的主儿，得罪了不少人。有一回在街头与人挑衅，被宿敌包围了，狠狠地打了一顿，也算他命薄，回家后养伤吃药，被郎中错开了药方，一命呜呼了。那郎中当夜携着家眷逃走，再无踪影。和上回一样，两个男人离开她时，她都怀了孕，这回生下了个闺女。她没能力养活，孩子五个月时，她又把粉灯挂在了门首。生过孩子的她越发丰满可人，去的人也就多了起来，她在不知不觉间把别人家的客人都抢来了，于是便招来一些妓女的欺负。不管怎么说，她还是坚持着挂粉灯，直到把女儿养大，才把灯给烧毁，用积攒的钱做些小本生意，人也就一天天老了起来。她原指望女儿养活她的，岂料女儿考上了天津的大学后，嫌母亲肮脏，不爱理睬她，但不管怎么说，每年的假期还是回家看看她，回来也不爱和母亲一同上街，在屋子里呆个三天两天就走了。大学毕业后，这女孩留在天津，嫁了人，对她更是置之不理了。老婆子好脸，别人若问起她女儿，她就说女儿出国留洋了，要好些年才能回来呢。人们都说她老来寂寞，没准要找个伴儿呢。剃头师傅听完王师傅的一番话，不由唏嘘感叹："她倒也够可怜的了，她女儿真不是个东西，她妈妈还不是为着她嘛！"王师傅说："养孩子就是这样，你也别太指望着，免得最后受了冷落伤心。"王师傅建议，过两天选个有太阳的天气，他去车行雇辆黄包车来，拉他到城外看看宫墙和庙宇，也烧上几炷香，让心里松快松快。剃头师傅连说算了，他行动不便，出门也是让别人陪着受罪。王师傅一拱手说："跟我就不用客气了，咱老百姓见不上康熙帝和乾隆帝，见见人家住的屋子也行啊，也沾点仙气。再说，这时节去那里的人少，清静，咱哥儿俩能玩个尽兴。"如此，剃头师傅只能答应了。余下的事，就轮不到他们做主了，太阳究竟哪一天心境明朗，只有一天一天地等着瞧了。

　　剃头师傅因为有了个盼头，心情就不那么沉郁了。他每天早晨起来的第一件事，就是到院子里看天。一阴天他就有些惆怅。老天仿佛成心与他作对，一连多日都是满面愁云，太阳远远地躲在云层背后，就像被劫持的人质一样，听凭乌云的摆布。剃头师傅只得和王师傅呆在家里聊天。王师傅的活儿，一到了冬季就冷清了，最旺的时节是清明，竖碑的人多。女婿见石碑作坊里的石头大都在院子闲置着，就忧心忡忡的，想着再做点别的生意。在饭桌上，女婿若提起生意的艰难，女儿就连忙把话岔开，以免剃头师傅多心，以为是多了他这一双筷子的缘故。而人一旦残疾了偏又是格外敏感的，剃头师傅还真的往那里想了，觉得自己白吃闲饭不好，既然一双手好好的，何不旧业重操，开个理发店呢？剃头师傅先把这想法说与王师傅，王师傅坚决拥护，说是挣钱倒在其次，关键是要找个营生做，这样日子就好打发了。剃头师傅便在饭桌上跟女儿女婿说了，女儿坚决反对，说是这样让外人笑话，以为他们不孝顺他。女婿先是附和女儿的话，后来还是表达了自己的真实想法，说是开个理发店也不错，一年四季都会有生意，而且飞云巷没有理发的，想来会有赚头的。事情就这么定了下来。女婿把石碑作坊一辟为二，中间用木板隔断，打开了一间门，王师傅和剃头师傅可以随意走动。各自有生意时，只管将门一关，各忙各的。女婿买来了皮椅和几个方凳，一块一人多高的长镜子，剃头的工具等一系列东西，不出十天便使理发店像模像样了，起了个"好兆头"的吉祥名字，挂了个匾，就算开张了。第一天生意就不错。来了六个人，都说剃头师傅手艺好，这样不出半个月，飞云巷的住户就都来好兆头理发了。天气虽然冷，可理发店生意红火起来，剃头师傅心里就热乎乎的了。他已经不盼着有好日头的时候去看宫墙和庙宇了。只是晚上累得腰酸背痛的时候他会想，自己转了一大圈，原来又过上了以前的日子，心里总有些怅怅然。

剃头师傅盼望着胜利的那一天，他亲手呈上阵亡者的名单，使这些英雄广为人们称颂和纪念，完成他的最后一项任务。

第十章　一九四一年

民国三十年　昭和十六年　康德八年

一

陈希金一来，王小二就有些手舞足蹈的。他十分麻利地上前取下他的方格蓝呢围巾和黑呢制服，飞快地反身挂在衣架上，然后殷勤地跟他打招呼，说："又来词儿了吧？"陈希金不苟言笑，下巴拉得老长，很深沉地点点头。王小二连忙给他倒茶看座，满心愉悦地看着他从贴身衣兜里掏出一个本和一支笔，若有所思地进入创作状态。

陈希金是个诗人，有十几个笔名，陈蛮、洪水风、沉钟、际德、开开、烛火、流萤、雪花、玫瑰青等等，让人琢磨不透他这变幻万千的笔名的含义。王小二有一回把这想法说与陈希金，陈希金挺着下巴尖声叫道："这就对了！你领会不到这笔名的含义，说明它是朦胧的、模糊的、有韵味的，这就是诗！"他那慷慨激昂的神态着实把王小二吓了一跳。陈希金三十几岁，不过他过早歇顶了，脑壳中央空着块鹅蛋般大的领地，周遭的头发长短不一地披垂下来，让人联想到这是一个被杂草簇拥着的死湖；还让人觉得秃顶的那块白是什么美食，突然长了万丈绿毛，于是周围的头发才如此凌乱，给人一种发了霉的感觉。陈希金通常是黄昏时来，吸着烟泡，在烟馆泡到夜深才走。他的诗，就是在烟馆写就的。王小二曾经读过无数首陈希金的诗，印象最深的是一首《秋江》：你见过一条白色的船吗 / 船上有我心爱的姑娘 / 她面如满月，蛾眉如黛 / 她笑起来 / 会使河水发出夜莺般动人的回声 / 你见过一条白色的船吗 / 船上有我心爱的姑娘 / 她素手纤纤，长发如瀑 / 她哭起来 / 会使河水也呜咽。王小二很喜欢这首诗，它令他想起已故的美莲来，她因为永久的消失而不像其他女人一样可以随时随地伤害他。她的笑靥也就经常出现在他的梦境中。王小二对陈希金的另一些诗却不感兴趣，因为他根本读不懂，比如：尖利的黑夜 / 红头发在飞舞 / 我的心 / 在狗肺里滴血。再比如：十万里高粱做戟 / 你的脊梁 / 还要弯曲吗 / 九万里白云做歌 / 你的黑夜 / 还觉寂寞吗。陈希金第一次来到醉云烟馆，是去年的深秋。他穿一件驼色毛衣，肩搭一条方格蓝围巾，一进了门就对王小二说："这烟馆的对联写得不好，什么'吞云吐雾三千里，烦恼忧愁万丈抛'，不如改做'云深雾锁处，自有逍遥人'。"王小二觉得这人好生奇怪，不由把他改的对联跟烟馆的主人说了，主人听了这两句诗，沉吟良久，说："果然有味道，不如就改了吧。"如此，陈希金在烟馆也受到了特别礼遇，每次只收他一半的钱。

陈希金的身上老是散发着一种古怪的气味，说香不香，说酸不酸，说涩也不涩，反正是怪怪的。王小二问过他，他趾高气扬地说那是法国香水，蛮昂贵的。他说法国上流社会的男士都洒香水，否

则就没有绅士气度，就无法参加社交活动。王小二就问他去过法国
吗，陈希金就一撇嘴角说，那当然了，他在巴黎住了两年，住在一
座城堡似的房子里，周遭被浓密的梧桐树叶覆盖。他说法国的音乐
好，法国的绘画好，法国的面包也好。王小二没有问，想必法国的
茅房也好。为了证实自己去过法国，有一回陈希金带来一首诗，说
是留法时写的，日期是一九三六年五月，诗名为《塞纳河》：你究
竟流到哪里／才算是尽头呢／哦，塞纳河／你的清晨／就是一杯洁白
的牛奶／风尘仆仆的旅人／怎忍别你而去／哦，塞纳河／你的正午／
就是一杯烈酒／饮进了阳光的醇香／又怎忍别你而去／哦，塞纳河／
你的黄昏／就是一杯香浓的咖啡／浪迹天涯的旅人／又怎忍别你而
去／哦，塞纳河／你究竟流到哪里／才算是尽头呢。王小二当时看
了诗就想，陈希金在法国看上去定是个吃客，诗里无非是牛奶、咖啡、
烈酒的意象，想来也是个酒囊饭袋的俗物。

　　陈希金偏好靠窗的位置，而且是要角落，这样他能心境平和地
进入创作。每逢周末，王小二就有意给他留着那位置。来的人只顾
吞云吐雾，谁也不注意陈希金在忙什么，他写起诗来，每到激动时，
下巴就微微颤抖，脸上的肌肉也哆哆嗦嗦的了。陈希金不戴眼镜，
但他近视，看人时总觑着眼，仿佛眼底含着沙子。他十指修长苍白，
看上去更像女人的手指，他自称钢琴弹得极棒，可惜烟馆没有钢琴
可让他一试身手，不知真伪。他很少换衣裳，衬衫总是乳黄色的，
袖口和领口一圈圈地印着黑色的污垢，泛着狼眼一样的亮光，天长
日久了，倒不觉得它脏了，以为那黑色的污垢是天然染色而成的花

边。王小二认为，陈希金身上那股怪味道，不是什么香水，完全是
这件永远穿在身上的衬衫在作怪。陈希金说话的声音很尖，很细，
若是单听他的声音，以为是个年轻美艳又刁蛮的悍妇。他自称家住
道外的十二道街，是幢二层小楼，他祖父留下来的，从他家的窗口，
可以看见松花江。他还说家里的佣人喜欢养鸽子，养了三十几只，
一到夏天，它们飞在楼的周围，搅得光影支离破碎的。问他家庭环
境如此好，为什么还要到烟馆作诗？陈希金便有几分愠色，说："你
们懂什么？在巴黎，很多诗人和作曲家就是在咖啡馆里写作的！"
王小二想自己一个跑堂的出身，对这高雅的生活所知甚少，也就不
敢多嘴。只是每回陈希金来，闻到他的气味，看见他，内心就有一
种无法形容的愉悦感。陈希金写完诗，总要自己先吟哦一番，然后
唤王小二一同来听。听得王小二云里雾里的，一派朦胧。逢到夜深
时分，底层的瘾君子大都离去，只剩下陈希金时，他就神情活跃起
来，有时煞有介事地挺胸昂首地给他唱歌剧。王小二欣赏不了，受
不了这折磨，就给陈希金唱乡野小调，词里少不了"哥哥哟妹妹哟
情啊爱啊"的一类，倒也把陈希金听得如醉如痴。久而久之，他们
成了朋友，但陈希金对个人生活却是闭口不谈，他有无老婆，有无
子女，至今仍是一团雾水。王小二有时耍花招问他，陈希金从不上当。
按王小二的想法，陈希金肯定没有老婆，否则哪个女人会忍住寂寞，
放她的男人周末时到烟馆写诗写到深夜？但从他的诗中，王小二又
嗅出一股情感的惆怅，想来陈希金肯定是接触过女人的。

　　陈希金上次来，带来了一本书《铁流》。他悄悄对王小二说，

书是禁书，反映苏联十月革命的，被当局查出，是要坐牢的。这书的外面包着封皮，画了一枝墨竹。陈希金不无炫耀地说，这墨竹出自他笔下，问王小二画得如何？王小二为了让他高兴，就竭力吹捧说："这竹子画得有精神！"陈希金用颇为不屑的口吻说，在哈尔滨文化界，一些人不容他，因为他独特，独特就会叫人害怕的，言下颇有树大招风、落落寡合之意。王小二读了几段《铁流》，觉得拗口，读不通，便想这书大多数人可能读不懂，禁它做甚。陈希金抨击那些与他不和的作家，说他们不过是在《大北新报》的副刊和《滨江时报》发表一些无关痛痒的文字，是些有点小才气却无大志向的人。尽管他们也表达爱国倾向，但却力度不够，在艺术上显得苍白。王小二平素也不看报，难以附和，只能做个听客。陈希金说，他要写一批新作，油印成刊物，自行散发，让大家看看真正的诗是什么模样。王小二就像条摇头晃尾的鱼一样活跃地说，届时他可以代为散发他的诗作。陈希金便备受鼓舞地把他那一串鱼卵一般多的笔名罗列出来，让王小二帮他参谋，油印刊物时署哪一个笔名合适，王小二费了一番心思，选了"开开"二字，说是这字形好看，像两扇打开的门，又像两个并排吊着的饭店的招幌，还像两个舞蹈的少女，听得陈希金心醉神迷，连称王小二联想丰富，也有作诗的天赋，让他烦闷时也写写诗，说诗可以让人变得高雅。王小二也不客气，当即编了一首诗念与陈希金：羊儿吃草，马儿吃草，牛儿也吃草。草啊草，短命的草。阳光爱草，雨水爱草，星星也爱草。草啊草，长命的草。陈希金听完王小二的诗，不由拍案而起，连说他是天才，在烟馆实在屈就了自己。他称王小二的诗有韵味，鼓励他多吟。王小二一时兴起，心想这有何难，顺嘴又诌出一首：树若不结果，就没个看头。酒要是不香，就没个品头。女人奶子不大，就没个想头。男人胯裆一松，就没个盼头。陈希金这下变了脸，十分气愤地叫了声："庸俗！"王小二吐吐舌头，灰溜溜地走开了。

　　谢子兰每月要来一次醉云烟馆，她给王小二送钱，托舅舅转交给母亲，不说是她给的。谢子兰结婚后，只回过家三次，她父亲一见金发碧眼的阿廖沙，就要一次次地跑到窗前呕吐，口中念着一些令人匪夷所思的词，诸如蚂蟥、泥鳅、梨树等等，很骇人。母亲倒是平静如常，但眼里还是流露着忧戚神色。谢子兰从此后就不回家了。她知道家里经济困窘，父亲失业后因找不到工作而郁郁寡欢，神思恍惚，已经成了个废人；母亲操持家务，体弱多病，如今仅靠帮一家医院打扫庭院挣得一点零用钱。她姐姐婚后很快生了孩子，真是愈穷老天愈跟你作对，竟生了龙凤胎，虽然一次便儿女双全了，但是抚育两个孩子的艰辛远远超过了快乐。王小二自谢子兰结婚后就不大喜欢这个外甥女了，但她如今突然在暗中照顾起家来，王小二又不讨厌她了。每次她来烟馆，总是匆匆的，阿廖沙的车就停在外面，不过他从不进来，王小二也懒得见他，总觉得他是个经验丰富的猎人，把年幼无知的谢子兰给俘虏了。谢子兰每回来，都穿得与众不同，发型也频频变化，烟馆的人都羡慕王小二有这么个气韵非凡、漂亮大方的外甥女。王小二每次去姐姐家送钱，总是说这钱是自己挣的，说烟馆主人喜欢他，总是多给他钱。姐姐也不深问，只管收下钱来，除却日常开销外，她把绝大部分钱积攒下来，想着弟弟有一天成家了，会需要它的。

陈希金今天一来，先抱怨天气冷。说是已经过了春节了，总该有点春天的气象了吧。接着吟了两句："哦，春天，难道你让冬天给永远缠住，难再脱身了吗？哦，春天，你遥遥无期，我的心永无归宿。"说完，打了一个喷嚏，弄下一截清鼻涕来，逗得王小二直想蹦着高儿乐。陈希金先是把胳膊抬起来，准备用袖子擦鼻涕，大约一想弄脏了衣服还得洗，又放下胳膊，干脆吸了一口气，把鼻涕抽了回去。王小二见状胃里痉挛了一下。陈希金若无其事地走向他的位置，先把纸笔掏出，放在条形桌子上，然后习惯性地搓搓手，一副大显身手的架势。这是周末的黄昏，窗外一派昏昧气象，有些街灯还没亮起来，往来的行人裹在暮色中，给人一种幽灵般的轻飘飘的感觉。陈希金先吸了一个烟泡儿，精神头上来，就开始写诗了。王小二一边招呼进门的客人，一边偷偷观察陈希金，但凡他写到得意处了，就会眯起眼睛作陶醉状，而写得不顺手了，就盯着条桌一侧横放着的竹制烟枪，带着一种仇人的目光。王小二有时会出其不意地出现在他身后，送给他一杯茶，陈希金便吓得悚然一抖，很张皇失措的样子。今天的陈希金看上去心神不宁，他的胳膊动来动去的，而且东张西望地打量烟馆的其他客人。当他把目光扫向门口的时候，刚好谢子兰推门而至。谢子兰穿一件灰白色貂皮大衣，高高挽着发髻，脚蹬一双深咖啡色的长筒皮靴，化了淡妆，看上去明眸皓齿，气韵非凡。她见了王小二，浅浅一笑，叫了声"舅舅"。王小二已经品透了，谢子兰如果穿着宽松且不时髦的服饰，会无所顾忌地一进门就咧开嘴笑，而如果穿了昂贵的衣服，她的笑仿佛就被压榨了，只是浅浅的，微微的，淡淡的。谢子兰进门后脱掉了大衣，露出一件天蓝色套头毛衣，然后从皮兜里将钱掏出递给王小二。谢子兰说她是独自来的，可以多坐一会儿。王小二就招唤她坐在门厅角落的椅子上，站着和她聊天。王小二先问阿廖沙为什么没来？谢子兰仍是浅浅一笑，说："到农村签订单去了。今年有一笔好买卖，阿廖沙向英国出口一批大豆，他要跟农户联系好了，种多少亩，收多少，先预付人家一部分钱。"王小二便说："如今种什么，老百姓也说了不算，哪里去找能种那么多大豆的农户？"谢子兰说："阿廖沙有多层关系，这事难不倒他的，到时给人家些好处便是了。"王小二便轻声嘀咕一句："哦，他这个人狡猾，有一群日本朋友，当然他能想种什么就种什么了。"谢子兰低了低头，有些不满舅舅说起阿廖沙的那种不屑语气。王小二说："依我看，这买卖风险太大，你又不知道今年什么天气，老天帮不帮你的忙。要是签好了订单却出不来货，你们可就要破产了。"正说着，又进来一个客人，王小二就连忙上前，殷勤地打招呼，屈身取了客人的衣帽，挂在衣架上，然后继续跟谢子兰聊天。谢子兰问了问家里的情况，父亲还那般神不守舍吗？母亲还那么病病歪歪吗？王小二只回答一句："都还是老样子。"谢子兰就不再问了。王小二不知道谢子兰与柳芭的关系怎样，就问了一句，谢子兰有些神色黯然地说："她搬出去住了，快半年没有回家了。阿廖沙和我看过她几次，她都爱理不睬的，真让人难过，我们原来是多好的朋友啊。有两回我们在教堂望弥撒时见着她了，她只跟我点点头。"谢子兰说这番话时有几分伤感，王小二便说："她这态度你早就该想到的，既然一开始不在乎，以后也别在乎就是了。"王小二还想问谢子兰想不想要小孩子，但一想这不是当舅舅的该问的，就转而问她演出情况好不好，谢子兰便上来了情绪，兴高采烈地说有几个观众特别崇拜她，轮到她演唱，他们就场场不落。有一个精通声乐的人说，她如果去巴黎系统地练习几年声乐，将来必定是红遍全球的歌唱家。王小二心想，你可别像陈希金似的，去了回巴黎，回来后说话就颠三倒四的。正想着把陈希金的可乐之事说与谢子兰，陈希金却出人意料地朝他们走来了。陈希金面颊潮红，双臂颤抖着，努力捏着一张纸，步态有些踉跄。他不看王小二，目光直直地盯着谢子兰，把谢子兰盯得不知所措。王小二已经明白了怎么回事，连忙上前阻拦，陈希金却是义无反顾地将王小二扒拉到一边，径直走向谢子兰，一个九十度的大鞠躬，恭恭敬敬地将那页纸呈与她。谢子兰莫名其妙地接了，一望是诗，先自"扑哧"一笑，然后又打量了一眼像被台风扫荡过的树一样弓着背的陈希金，饶有兴致地轻轻读了起来：悄悄的你来了 / 如一阵风 / 搅起我心底沉睡的涟漪 / 从此，我的心只为你而跳动 / 悄悄的你来了 / 如一阵雨 / 淋湿了我干涸的双眸 / 从此，我的眼只为你而注视 / 悄悄的你来了 / 如一阵雪 / 带给我关于温暖的怀想 / 从此，我的梦只为你而存在 / 悄悄的你来了 / 如一阵雷，使我丧魂落魄 / 从此，我只为你玫瑰般的气息而呼吸。

　　谢子兰读后微微一笑，然后将那页纸折了个对角，问陈希金："是你写的？"陈希金点点头。"你是个诗人？"谢子兰说："叫什么名字？"王小二连忙上前说："他叫陈希金，有二十来个笔名呢，一时半会儿也跟你说不完。舅舅正忙着，你改日再来吧。"说着，趁陈希金不注意自己，努力伸出舌头斜着眼睛歪着脖子做出白痴状，示意陈希金脑子有些问题，不要招惹他。偏偏谢子兰还很欣赏这首诗，尤其是最末一句"从此，我只为你玫瑰般的气息而呼吸"，就问："你这首诗是写给未婚妻的？"陈希金摇摇头，深情凝视着谢子兰，有些气短地说："难道你没有看出来，这诗是写给你的吗？"谢子兰吃惊地瞪大了眼睛，说："我刚进这烟馆没一会儿啊！""就在你进来的那一瞬间，我被你的美深深震撼了，于是就写下了这首诗！"陈希金晃了一下脑袋，他那茅草般的头发就像山羊屁股后面那肮脏的毛一样动了动，实在让王小二忍无可忍。谢子兰知道这样会惹舅舅不高兴，就起身穿上大衣，准备离去。走前对陈希金说："谢谢你的诗。"陈希金很露骨地上前一把抓住谢子兰的胳膊，说："告诉我，你从哪里来，你住在哪里？"王小二正要动武力把陈希金扯回他的位置上，恰恰又有客人来，只能殷勤上前打招呼。安顿好客人，见陈希金还在纠缠谢子兰，就对陈希金说："你别费心思给她写诗了，她早就结婚了，是别人的人了！"这番话就像把尖刀捅在了陈希金的心窝上，他竟然眼泪汪汪的了。谢子兰连忙溜之乎也。

　　这一夜陈希金就没有离开烟馆，待客人都走了，只他一人时，他竟然抱着王小二号啕大哭。说他不相信谢子兰真的结婚了，倘真如此，他就不想活了，要为爱情去决斗，就像普希金一样。王小二不知道普希金是干什么的，就问，问来问去，得知竟是个俄国诗人，便想陈希金三字也是借用了普希金的名字，看来他自己一个真名字也没有，便觉陈希金又可笑，又值得同情。王小二索性买来一瓶酒，与陈希金空口对饮。陈希金喝得酩酊大醉，舌头发硬地给王小二背诵普希金的一首诗：我记得那美妙的瞬间，在我的面前出现了你，如同昙花一现的幻影，如同纯洁之美的精灵。在绝望的忧伤的折磨中，在喧闹的浮华的惊扰中，我耳边久久响起你温柔的声音和你那可爱的面容。岁月流逝，那骤雨狂风，驱散了我往日的幻想。我忘记了你温柔的声音，还有你天仙般的面容。在荒村僻壤，在幽禁的阴暗生活中，我百无聊赖地虚度时光，没有神明，没有灵感，没有眼泪，没有生命，也没有爱情。如今灵魂已经苏醒，在我面前又出现了你，如同昙花一现的幻影，如同纯洁之美的精灵。我的心狂喜地跳动，心中的一切重新复活，有了神明，有了灵感，有了生命，有了眼泪，也有了爱情。

　　陈希金虽然舌头不听使唤，但迸出的每一个字都格外有力，仿佛一场冰雹锐利地落下。他抱怨这世道不好，人们只想着打仗，不追求和平，爱情被残酷的生存弄得狼狈不堪，连心都没有栖息之所。王小二本来对诗所知甚少，加之喝了酒，越发觉得陈希金的话云山雾罩的。他一再声称她爱谢子兰，这是一见钟情的爱，永生永世的爱。王小二却怎么也弄不明白，一个人只和另一个人见一次面，就会如此神魂颠倒，想来这是诗人的毛病，也就无所谓地由他大发感慨。后来两人酩酊大醉地睡了。待王小二醒来时，天已经蒙蒙亮了，陈希金已醒了，他对王小二说，尽管谢子兰已经结婚了，他还想着见她一面。他只想默默地再看看她，送她一束鲜花，他请求王小二把谢子兰的住址给他。王小二连忙吓唬他："可别的，她丈夫是个醋坛子，手中有枪，你去送花，十有八九把你赶出来。"见陈希金不出声，王小二又说："嗨，女人就是这么回事，你远远看着觉得好，弄到手里就没有意思了。凭你的才华，能找比她更好的！"然而诗人毕竟是诗人，只要他为之动情的事情，无论如何是不能动摇的。陈希金摇着头叹息说了一句："太阳啊，你为什么不出来？姑娘啊，你为什么不回头？"听得王小二想去撒尿，赶紧往厕所跑，等他方便完回来时，陈希金已经离去了。他把大衣和围巾都落在了烟馆里，王小二也没出去撵他，想他走到中途冻得慌，定然会清醒过来，回来取衣物的。然而陈希金没有回来。再一个周末的黄昏时，那位置虽然给陈希金空着，可却不见他的人影。王小二有些急了，四处打听陈希金，却仍是杳无音信。这样又过了半个月，烟馆的主人带来消息，说是一伙进步诗人在集会时被日本宪兵队给抓了起来，其中有一个人就是陈希金。王小二不相信，因为陈希金满脑子只是爱情的念头，他刚被外甥女折磨得要死要活的，不会这么快就成了个革命者。烟馆主人笑了笑，说："别担心，日本人一看陈希金那模样，肯定知道抓错了人，用不了多久就会放他出来，不会让他占着监狱的。"王小二想若能这样最好，陈希金的大衣和围巾还在这里呢，它们散发的那股古怪的香水味实在让他难以忍受，只盼着他早些来取。

二

柳絮飞了。飞得满城的人一片埋怨声，嫌它脏，嫌它毛茸茸地落在人头上，使人觉得自己长了霉点。于是对柳絮的骂声也就如潮涌来，骂的又是千姿百态的。比如卖烧饼的，他的生意本来就不好，眼瞅着出了炉的烧饼变凉了，无人问津，恰恰柳絮又落了上来，就把它当成罪魁祸首，骂："难怪我的烧饼卖不出去呢，你们在上面，这还有个卖，他娘的！"一个老眼昏花的老伯，他在阳光下走着路，看着满城的柳絮在飞，觉得自己被白花花的东西包围着，有种被洪水裹挟的感觉，他走不动路了，眼睛越发地花了，便骂柳絮："好好地呆在树上不行吗，非要这么疯疯癫癫地飞，飞个屁！"只有小孩子是不烦柳絮的，他们喜欢在树阴下寻找柳絮比较集中的地带，它们看上去就像一条白绸子，小孩子划着根火柴，往柳絮上一扔，那带柳絮就"刷刷刷刷"地极快地燃烧了，烧出一片薄薄的火光，宛若黄昏的流云在飞，这片柳絮烧光了，他们就寻下一片柳絮。而家里的母亲做饭时找不到火柴，想着可能被孩子拿出去淘气了，小孩子回来后吃几个耳光子是免不了的。小孩子原先是玩得高高兴兴回家的，没想到挨了揍，就放声大哭，真是乐极生悲啊。

李香兰走在黄昏的街道上，是不讨厌这些柳絮的。觉得柳絮那么轻盈、柔软，落在人的头发上，就像插了无数朵灿烂的白梅，令人眼前一亮。她想柳絮是树的精魂，它们飞翔时能发出歌唱，只要你仔细谛听，便能体会到那轻柔的歌声。李香兰在奉天广播电台演唱过《荒城之月》，她喜欢这首日本古典民歌的忧伤曲调，也喜欢它的歌词：春日高楼明月夜，盛宴在华堂，杯影人影相交错，美酒泛流光，千年苍松叶繁茂，弦歌声悠扬，昔日繁华今何在，故人知何方！李香兰穿一件墨绿色丝绒旗袍，外罩着白色棉线提花马甲，微微烫了一些的短发被一枚白色发卡别住，露出光洁的额头，使之看上去优雅而明丽。黄昏的流云在西天上就像丰收的玉米穗，灿烂而金黄，悦人眼目。李香兰边望流云边接着唱《荒城之月》：秋日战场布寒霜，衰草映斜阳，雁叫声声长空过，暮云正苍黄，雁影剑光交相映，抚剑思茫茫，良辰美景今何在，回首心悲怆！她的步态轻盈，有几分活泼，倒也像一朵柳絮在飞。在"满洲国"，她已是大红大紫的明星，许多人熟识这张有些娃娃气的娇媚的脸。《蜜月快车》《富贵春梦》《冤魂复仇》和《铁血慧心》，奠定和巩固了她在"满洲映画"的位置。她喜欢演戏，喜欢扮成不同角色或喜或悲，喜欢在摄影棚里的那种感觉，对着镜头，你忽然觉得自己真魂出窍了，另一个人的魂灵却悄然而至，带动着你的躯壳，引你或歌或哭。而一旦走出摄影棚，卸了装，真正的你才又回来了。李香兰喜欢拍完一天的戏后，在摄影棚外的空场上走一走。沿着一条小路走出去，可以看见柳树和微风起伏的旷野。旷野绿了，它们在黄昏中看上去充满生机，跃动的草给人欣欣向荣的印象，有时从中会冷不丁飞出鸟来，吓你一跳，让人觉得鸟飞之处有一座荒冢，而鸟儿是谁的魂灵在飞。

　　李香兰的父亲生于日本佐贺县，母亲生于福冈，不过她并不出生在那里。李香兰的外祖父石桥近次郎经营驳船生意，后来由于铁路运输日益发达，生意急转直下，致使家道中落，不得已举家迁往汉城。后来又从汉城来到了中国抚顺。李香兰的父亲自幼喜欢汉语，来到中国后在北平学习了一段时间语言，然后到抚顺采煤所工作。父母是在抚顺相遇而成家的。李香兰出生在奉天东郊北烟台，在抚顺度过了童年。"满洲国"成立后，他们举家迁至奉天，李香兰进入奉天女子商业学校学习。她出生后，父亲山口文雄给她取了山口淑子的名字，而李香兰的名字则是在奉天时起的。奉天大名鼎鼎的银行总裁名为李际春，原是山东一带的军阀，他后来与日本人交往甚密，曾在天津领导了便衣队的暴动，被天津市长张学铭镇压。李际春以后便被日本人派往奉天，委任他为银行总裁。山口文雄一家来到奉天后，就借住在李际春家里。那是一座三层公馆，在大和区与沈阳区的交界处，名为小西门的一个地方。那一带是各国领事馆的集中地，欧式建筑随处可见，商埠林立，十分繁华。李际春和他的二姨太很喜欢生得伶俐乖巧的山口淑子，有意收她为养女。山口文雄欣然同意，于是就遵照中国传统的礼俗，山口淑子在大人的指导下给李际春磕头了，拜认了干爹，李际春便赐予她一个中国名字——李香兰。其后不久，山口文雄又调往北平门头沟煤矿任职，李香兰便随之到了北平。在那里，她又认识了一个义父——潘毓桂，又得了一个中国名字"潘淑华"。李香兰从此便一人三名，身份忽然复杂起来了。在北平，她同潘毓桂的两个女儿潘月华和潘英华一同去教会学校上学，学校的学生常举行反日爱国活动，潘家两姊妹悄悄告诉李香兰，嘱她无论如何不能说自己是日本人，否则会受到攻击。由于她生在中国，汉语说得比日语好，也就没有人怀疑她的出身。她也时常觉得恐惧，回家说与父亲，父亲总是和颜悦色地说没什么，在中国的日本人多了，只要你不招惹中国人，他们不会贸然攻击你的。虽然如此，李香兰还是小心翼翼的，出门时大多与潘家姐妹结伴而行。回到家里，她最喜欢的就是弹琴唱歌。在奉天时，她曾经练习过声乐，老师是沙俄时代的贵族，流落到奉天，在木曾街以出租房屋为生，收了一些爱好声乐的学生，兼做家庭教师。李香兰唱歌的底子就是那时打下的。每年秋天，李香兰都要跟随他们到大和饭店举行一场独唱音乐会，她就是在那里被人发现，开始在奉天广播电台唱歌的。李香兰常常忆起这位热情而又严厉的声乐启蒙老师。

"满洲映画协会"最初成立时，并没有很好的工作环境。只是在郊外搭建了一座连门窗都不齐全的摄影棚，冬季时室内奇冷，还要生炉子，冻得演职人员瑟瑟发抖。摄影棚外有一片白桦林，倒是一个十分好的去处。工作间隙，李香兰乐得在白桦林间徜徉，她喜欢那洁白树皮上的黑色树斑，它们千姿百态，有的像豆荚，有的如一双鞋，有的似一把木梳，更多的则像打开的扇子，让她看也看不够。有位摄影师喜欢用尖刀扒了整张的桦树皮，晾干后用它来给远在故乡的妻子写情书，这令李香兰无限痴迷。觉得桦树皮是这世上最昂贵和富有纪念意义的纸，而那个能收到这信的女人是世界上最幸福的人。在"满洲映画协会"，导演和摄影直至编剧，基本以日本人为主，而演员却大多数是中国人。李香兰与他们相处都很和谐。夏季拍摄间隙，有时大伙儿就买一些吃的东西，坐在白桦林旁的草地上，边吃边谈天说地。有时也议论电影脚本，发表不同见解。李香兰最后发现，即使有不同意见阐述了，最后还得按导演的意图行事，有时也觉无趣。后来她渐渐想通了，"满洲映画协会"拍摄的所有作品，都是为"日满亲善""五族协和"服务的，情节的设置自然不由她说了算。只是有时觉得自己虽然是有血有肉的人，在想演什么的问题上却跟木偶人一样，由别人操纵着，心中隐隐有种不平感。好在一旦进入角色，她什么都能适应了。她有时想演员就像柳絮，去向茫茫，随意性很强。

"满映"的办公楼和新摄影棚在新京西南郊的南湖公园一侧，看上去规模很大，一座办公楼，六个摄影棚，一座录音室，还有一座洗印间，整个建筑由东京建筑专家增谷麟仿照德国乌发电影制片厂的风格而设计的，由日本清水组施工兴建。李香兰喜欢新的工作环境，因为以往由于摄影棚不足，多以拍外景来弥补，因而饱受日晒雨淋、风吹霜打之苦。如今在这里，可以同时进行几部影片的拍摄，这边演绎着现代戏，那边却在拍古装片。演员们在拍摄间隙若是走出摄影棚而相逢在一起，从扮相上可以看出生活在不同的时代，而不由得面面相觑后开怀大笑。新来的理事长甘粕正彦接手"满映"之后进行了机构改革，设备进一步更新，而且开始起用中国导演。甘粕生于日本宫城县的一个士族家庭，其父是警官，自幼甘粕就喜欢习武，后来进陆军士官学校深造。一九二二年，甘粕出任东京涉谷宪兵分队长，在次年发生的关东大地震中，甘粕在一派混乱中乘机杀害了日本无政府主义者大杉荣和他的妻子。大杉荣创刊过《近代思想》和《平民新闻》，主张自由恋爱，对劳动者倾注了很大同情，被许多日本青年崇拜。大地震后，由于社会各界的压力，当局不得不对甘粕杀人一案进行审理，最终判他无期徒刑。然而他只服刑了不足一年，便假释出狱，去法国旅行，在那学习美术和音乐。从欧洲归国后，甘粕来到中国，与关东军参谋板垣征四郎成为密友。他参与了九一八事变，为关东军所赏识。溥仪秘密潜往东北，在营口码头迎接他的正是甘粕正彦。在"满洲国"建立之初，甘粕的意见也多被采纳。如他认为"满洲国"只是日本的一个附属国，不应该实行总统制，而应实行帝制。他在满洲既有军权，又有财权。他出任过"满洲国民政部"警务司司长，同时也是大东公司的大股东。来到"满映"之后，他以其咄咄逼人的气势而为下属诚惶诚恐。甘粕与"满映"所有演职人员的欢迎见面会更是独出心裁，他走上礼堂的讲台，只说了一句话："我是甘粕正彦，现在来担任理事长，请多关照！"然后扶了一下眼镜，健步走下讲台，令所有在场的人目瞪口呆，觉得这人在带来雷厉风行工作作风的同时，也带来一股阴森森的肃杀之气。甘粕来后一年之内，便投拍了许多部影片，同时也给演员们加薪，此举使李香兰在内的演员多有受益，对新任理事长也就没有他初来时带给人们的某种反感了。

　　西天上的流云散了。暮色渐深，风中的柳絮不再是白色的，它们被天色映得幽蓝。李香兰不由想起了在奉天过春节的情景。正门的门柱上贴着大红的对联，门首则挂着几盏红色宫灯，它们长长的穗子是金黄色的，在风中飘飘摇摇的，就像满月之时的月光在飞舞。墙上的彩色木版年画少不了凤凰、麒麟、天龙、鲤鱼等吉祥物，据说小孩子若是摸过天龙的脚，一年就无病无灾。李香兰便和姊妹们摸天龙的脚，直至把它摸得沾上了污垢方肯罢休。大年三十晚上，鞭炮声和锣鼓声响成一片，分外热闹。她就捂着耳朵躲在门口看焰火，觉得焰火就是天上的闪电，充满激情和幻觉，华美之极。放过焰火，在吃团圆饭之前，她依照中国礼俗给父亲和义父李际春磕头。义父总是慌不迭地站起搀扶她，给她压岁钱，李香兰便用这钱去点心铺子买点心来吃。现在想来，只有当小孩子时才是快乐的。那时对年的感情很深，逢到腊月便开始期盼了。而如今长大成人，对年也就无所谓了。这令她有些难过。再看见年画中天龙那四散的脚，她再也没有抚摸一下的欲望了。

李香兰走到吉冈安直的家时天已经黑了。一路上浮想联翩，使她有些神思恍惚。吉冈安直邀请她来做客时说，让她晚上打扮得漂亮些，早些来，有贵客盈门。李香兰猜不出他会请来什么人。直至走到门口，她才想起自己空手而来，应该买点礼物才是的，想想再折回去时间来不及了，吉冈安直也不会在意礼物，就叩响了门。仆人打开门笑着说："李小姐你可来了。"说着，接过她手里的皮包。李香兰是吉冈安直家的常客，因而也就随意些，她换过拖鞋，先到卫生间洗手，觉得走了一路，手不干净，这样与客人握手不礼貌。

她穿的拖鞋是木屐式的，上面斜斜地拉着两道紫色缎带，很别致。她喜欢木屐走路的声音，就像清泉贴着石壁行走似的，清脆悦耳。洗过手，她抬头看了一眼镜中的自己，见头发上沾了不少绒毛似的柳絮，就一一把它们摘掉，然后重梳了一遍头。想着还应该补补妆，但又担心拖得时间太久让客人久等，于是就去客厅了。

吉冈家的客厅很大，从天棚中央垂下的吊灯泛着奶白色的光晕。墙上挂了许多字画，而博古架上则摆满了各种他收集来的古玩。沙发角落立着只日本的菊花花瓶，里面插满了鲜花。李香兰走进客厅，吉冈安直就径直迎上前来，把她引荐给笔直地坐在沙发一角的一位青年男士。李香兰觉得这人好生眼熟，他穿一套米色西装，里面的衬衣白得耀眼，面庞清秀，有些瘦削，戴一副白色圆边细腿近视眼镜，看人时微微蹙着眉，有几分傲慢，几分孤寂，又有几分无奈。吉冈安直说："这是满洲国皇帝陛下，给皇帝请安的有！"李香兰的心陡然提到嗓子眼儿，不知该如何请安，只是深深欠了个身，不知是否应该说"皇上万岁""给皇上请安"等一类的话，弄得分外紧张，汗都出来了，慌乱之中用手抿了一下头发，又不慎把发卡弄到了地上，真是手足无措。溥仪见状微微一笑，欠了欠身，又坐回沙发，算是打过了招呼。吉冈的夫人恰好笑吟吟地端上一盘点心，见地毯上落了只发卡，又见李香兰脸红着，很窘的样子，就替她捡起来，算是解除了尴尬。

吉冈安直又介绍了一位坐在溥仪身边的女士，她穿蓝色织锦旗袍，看上去面目和善，说是溥仪的二妹。坐在溥仪另一侧的是关东军的一位官员，李香兰以前在吉冈家见过面的，可惜忘了名字，只好说声"你好"，彼此点个头。吉冈夫人刻意打扮了一番，化了淡妆，又穿了件蓝底黄色菊花的和服，看上去端庄清丽，她殷勤地招呼客人用点心，说这点心是刚刚由人从日本带回来的，很新鲜。李香兰没有客气，拈了一块点心，慢慢吃起来。她注意到溥仪对着点心皱了下眉头，然后推托自己才用膳不久，还不饿，只是举起茶杯，轻轻地啜了口茶。溥仪喝过茶，"嗯"了一声，手指晃了晃，开始和李香兰讲话，问她如今在拍什么片子，反映什么内容的。他声称看过她的《蜜月快车》和《东游记》，说《东游记》里那两个去东京观光的中国农民很可笑。谈起电影，李香兰的话就多了起来，交谈也就不拘谨了。这时吉冈安直插话，说过一会儿要在家放映李香兰的《白兰之歌》，他称李香兰在这部戏中的表演体现了大明星的风范。李香兰颇觉意外，她不习惯和熟识的人一起看她的影片，那样会使她不自在，于是就说，大家聚在一起，还是以聊天为主，《白兰之歌》并不是她的得意之作，不必看了。溥仪建议"满映"应该拍些古装片，说中国古代的许多故事都很有趣，拍成电影肯定大受欢迎。李香兰便说如今水江龙一导演正筹拍古装片《花和尚鲁智深》，取自《水浒》的故事。还有一部古装片也是《水浒》的故事，也正在筹拍，名为《豹子头林冲》，是中国导演朱文顺来做的，溥仪听后很高兴，眼睛有了光彩。溥仪说，林冲是个悲剧人物，他的娘子被高衙内欺侮，可他老是忍气吞声。结果倒是高衙内反咬一口，以试新刀为名把林冲骗至白虎节堂，诬陷林冲欲来杀人，致使林冲蒙冤受屈，发配沧州。高衙内欲永久霸占林冲的娘子，又收买了当差的，欲在途中将林冲除掉，若不是鲁智深闻讯赶来拔刀相助，林冲怕是早就做鬼了。溥仪喝了一口茶，接着说，林冲算不得英雄豪杰，因为他内心懦弱，甘于受人摆布，结果是越忍让越使自己被动，夫人没了，自己也身陷逆境，误了一生的前程。溥仪侃侃而谈，坐在他对面的吉冈安直听了这一番议论有些不快，他脸色阴沉地问李香兰："这个电影、拍出来的有？"溥仪这才觉得失言，连忙转换话题，吓得脸已白了，他的二妹倒是镇定自若，夸日本点心好吃，做得精致。正当气氛有点紧张的时候，另一位客人到了，他就是甘粕正彦。甘粕穿一套黑色西装，扎着藏青色领带，与溥仪一样戴副圆边细腿眼镜，不过镜框是黑色的。他的头发理得很干净，只有一粒米那般长，胡子只修剪了鼻下的一小撮，形状如弓形桥，与他微微下垂的嘴角相映衬，给人一种咄咄逼人的气势。李香兰连忙起身与理事长打招呼，互道晚上好。甘粕给溥仪请了安，抱歉地说自己刚要出门，被一桩要事缠身了，不得不耽搁了一小时，请大家多包涵。溥仪已没了先前谈电影的兴趣，大约意识到言多必失吧，出言很谨慎了。他的坐姿仍然是笔直的，板着腰，这让李香兰好生奇怪，不明白皇上为什么不放松些，想来是由于来的是一个日本人的家，而不是他宫里的缘故吧。吉冈家的仆人端上了一盘水果，有梨、杨梅和葡萄，都是外运而来的，看上去倒也新鲜。大家边吃水果边聊天，李香兰有些插不上话，就随手拿起沙发旁的一本画册翻起来，才翻了两页，觉得这样不礼貌，又放下画册，跟溥仪的二妹聊天。聊的无非是吃穿一类的话题，才说了十几分钟，就无话了。吃过水果，吉冈又拿出酒来，给每人都斟了一杯，说是助兴。溥仪摆手拒绝，说他从不沾酒。他的二妹解释，皇上信佛，是不能碰酒的。提到佛，吉冈又有些不快，脸上蒙了霜，李香兰左思右想才明白这是由于"天照大神"的缘故。皇上在去年春天专程赴日本接回了日本的祖宗"天照大神"，一面铜镜，一把剑和一块勾玉，供奉在帝宫的建国神庙内。同时，又在奉天等地大建此庙，让老百姓拜祭日本的祖宗，此举引起了"满洲国"人民的强烈不满，李香兰若有所闻。她周围的中国同事，就在私下议论过。看来溥仪的二妹提起了佛，是令吉冈不快的原因。李香兰倒不喜欢日本把天照大神强加给"满洲国"人，在她看来，佛也是可亲可敬的。她也曾去过中国的寺庙，拜过佛爷。想来这一切都是有政治的因素混在里面，如此一想，便分外同情皇上了。由于甘粕正彦和李香兰在场，最后话题还是回归到了电影上。李香兰为了活跃气氛，便讲拍摄山内英三导演的《铁血慧心》时，她扮演其中秘密偷运鸦片的集团头子的女儿，其中有一场戏，是在鞍山的一片草原上拍的，她骑在一匹比赛用马上，在草原上疾驰。这马与她不熟，没有默契，几次使她落马，围观的男演员都为她而担心，不过她觉得那种体验真不错，很刺激，马儿在草原奔跑的时候你会有一种飞翔的感觉，好像就要飞进云端，体轻如絮，实在妙不可言。李香兰的一番话使吉冈安直有了笑容，他说，若是那马再调皮些，就不可能有今日的李香兰了。看来连马也是爱美的。这话倒把李香兰给说得脸红了。吉冈遵照了李香兰的意见，并没有放映

《白兰之歌》，但他希望李香兰能唱几首歌作为弥补，以欢迎皇上的光临。李香兰不敢不从，她先唱了一首苏联歌曲《卡秋莎》，然后又演唱了《风流寡妇》，最后唱的则是《荒城之月》。当她唱到"荒城十五月明夜，四野何凄凉，月儿依然旧时月，冷冷泛清光，颓垣断壁留痕迹，枯藤绕残墙，松林惟听风雨急，不闻弦歌响"时，她见在座的每一个人都面露凄凉之色，便再也不敢将最后一段"今宵荒城明月光，照我独彷徨"的词唱出来了，草草收了场，给大家鞠了一躬，人们则以掌声来回报她。李香兰在那个瞬间突然想到，大自然常常荒芜，而明月却亘古长存，而人比大自然荒得还要快，总有一天会物是人非。那时他们的命运将会怎样？残梦里可有旧日河山和朋友？她不由想起了风中的柳絮，想着当她不再歌唱时，柳絮却仍能每年一度地在丽日晴空中飞舞歌唱，内心就被灼人的伤感而深深刺痛了。

三

斜阳中的鸥浦县城看上去恬静温和，炊烟袅袅升上天空，胡二骑在马上，似乎闻到了煮肉的香味。他在路上走了两天才到鸥浦，已是人困马乏了。路边有几个小孩子在摔泥玩，看见胡二的马过来，有淘气的就把泥甩在马身上。马累了一路，对甩在身上的泥毫不介意，只想着马上能停下来饮水吃草，因而无所谓地继续驮着胡二向前走。小孩子胆子越发大了，他们追赶着马，接二连三地往马屁股上甩泥，胡二便在马上回头骂了一句："小兔崽子，老子剁了你的手！"胡二骂的时候笑微微的，因为他想自己的儿子除岁若是在这路上，也一样会恶作剧的。即便如此，小孩子还是被吓住了，一个个缩着泥手往回跑，怕胡二掉转马头来报复。

　　胡二在城南的陈家客店住下了。将马鞍上的皮货卸下来，天便黑了。胡二先把马牵到后院饮水，又给它喂了草料，这才回到客店关心自己的饭食。店主很年轻，待人极其殷勤，他问胡二想吃什么，胡二便先问有什么，结果店主介绍了半天，也没什么像样的菜肴。胡二便要了一盘黄豆芽炒鹿肉干，又叫了一斤酒，然后回屋等着。客房不大，一面是火墙，还有个火炕，炕上摆着三套行李。胡二见靠近炕梢的行李上有一件蓝衣裳和一个敞着口的狍皮袋，便知那里有人住，他就把自己的行李放到炕头，然后脱了鞋躺下，打算先宽宽脚。炕很暖和，这炕不用单独烧火，烟道连着灶房，只要那里做饭，这边客房的炕便热，一举两得。屋子低矮，墙壁上糊着几张花纸，由于烟熏火燎，再加上低照度的灯光，花纸上的花看上去十分陈旧，全无鲜润气象，仿佛是被旱死了，无精打采的。头顶糊着纸棚，纸棚有一些裂开了的黄色痕迹，一望便知这房子夏季漏雨，雨将纸棚浸透后留下的印迹。胡二微微眯起了眼睛，他很熟悉这样的小客店，墙壁上往往有臭虫的污血，炕上有又肥又壮的褐色蟑螂大模大样地爬来爬去，你若是有吃的东西放在炕上，它毫不客气地像老朋友一样地与你分享。至于纸棚，常有老鼠簌簌地跑过，而夜深时灶房又会传来蛐蛐的叫声。所有这一切，非但不恼人，还让人觉得无比亲切。

胡二不知不觉睡着了，本来是可以一觉睡到天明的，可他却被饿醒了，胡二穿鞋下地，还未出去，白布门帘被人撩开，露出一张年轻的女人的脸，她温和地笑着，说："菜早就好了，见你睡了，就没敢叫你。听见你穿鞋的动静了，我才敢进来。"这女人虽然不漂亮，但因为年轻，话语又温和，让人觉得她很受看。胡二很感动地说："你心眼儿真好使，我走了两天，实在是累了。"女人笑了，说："初来客店的人都是累成这副样子的，歇上一宿，就会缓过来的。你年轻，又是男人，更好歇过来。"胡二觉得这女人的每一句话都很入耳，让人的心里有一种温温存存的感觉，便想起了紫环，觉得她平素是太不会说了。不用说，这女人应该是店主的老婆。但凡开客店的女人，都有一副好脾气，因为房客各异，秉性不同，什么样的气都受过。女人说灶房里乱，又有油烟味，不如就在客房里吃。说着，反身出去了。只一分钟的工夫，她就头顶着个木制炕桌回来了，那炕桌方形、栗色，像是一顶大帽子压在她头顶。她将炕桌放在炕上，发现桌缝里竟钻出只蟑螂，就笑了，说："这里有油水，你就猫在里面不出来哇？"语气就像是跟她的孩子说话似的。她用手指将蟑螂捏住，然后扔在地上，用脚踩死，拍了拍手，又仔细看了看桌缝，确信再无蟑螂爬出来，这才出去取酒菜。大约菜已凉了，酒也需要温一下，她这次出去的时间长些。胡二就盘腿坐在炕上耐心等待。一刻钟后，女人回来了，她手肘并用，一次就把菜、酒盅、筷子、酒壶统统拿来了，拿的姿势有点让人心惊肉跳，更像是变戏法的。东西放在桌上后，她亲自倒了一盅酒，对胡二说："先干一盅，舒坦舒坦筋骨。"胡二就顺从地一饮而尽，果然觉得筋骨倏忽间颤动了一下，接着血液快速奔流，令他好不畅快。他拿起筷子，夹了一口菜，觉得味道出奇的好，于是就赞叹了一句。女人笑着，正要说什么，她男人从外面进来了。店主穿件蓝布长袍，胸前一片湿痕，手也湿淋淋的，女人嗔怪他，问他在哪里弄得这么湿。店主指着胡二说："我见他的马身上弄了好多泥，就给它刷刷，刷得溜光水滑的，它自己晚上睡觉也舒坦。"他将湿手在长袍上蹭干净了，脱下它，扔给女人，说："也该洗了，穿了恐怕有十天了吧？""怎么会有十天？"女人说，"五天前你剁狍子肉，溅了一身的血点子，我不是当场拿去洗了？"胡二听着他们充满爱意的争吵，觉得无比甜蜜。店主看了眼胡二弃在地上的两个大包，说，是来卖皮货的吧？胡二点点头，说："到秋林公司换点东西。"胡二带来的皮货，有一张水獭皮、两张猞猁皮、两张犴皮、五张狍皮、十张灰鼠皮，此外还带了些鹿茸、鹿鞭、熊胆等药材。有自己家的，也有其他鄂伦春朋友交与他代为交换的。漠河和鸥浦都有秋林公司，经营者都是白俄人。他们主要与鄂伦春人做买卖，收购皮毛和动物的肉及各种药材，然后给鄂伦春人枪支弹药和香烟、白酒、肥皂等生活用品，以低价收购，大赚其钱。鄂伦春人自己来秋林公司换东西，总是大上其当，那些白俄人精明得就像狐狸，而他们对待汉族人却不敢那么任意妄为，尤其像胡二这种匪气十足的人，总是令他们有某种怕的成分含在其中，不敢在交换东西时克扣太多。因而听说胡二来秋林公司，便有鄂伦春朋友让他代为处理一些皮货，他们相信胡二，胡二从不在其中赚好处，会将换得的东西丝毫不少地交与他们。

胡二唤女人去取来一筷一盅，说是要和店主对饮。一个人喝酒太寂寞了。店主连连推辞，胡二说："喝吧，钱都算在我身上，一文不会少你的！"说得店主面有愠色，觉得房客把自己当成了贪图蝇头小利的人。胡二察觉了，便爽快地说："钱都在其次，人在江湖，重要是一个'情'字，你能给我的马刷掉泥巴，让我感激不尽！"店主立刻和颜悦色了，女人就善解人意地反身出去，取来了一双筷子和一个酒盅，由着两个男人开怀畅饮，自己则到灶房洗刷锅碗瓢盆去了。店主一盅酒落肚，话匣子就打开了，说是最近鸥浦跑过来三四个白俄人，是避难来的，德国向苏联开战了，他们担心自己性命难保。胡二就说："操，打他们的去吧，关咱屁事！"店主接着说，这白俄人实在好色，一来就钻进妓院，连家也不知安顿下来。胡二便笑了，说了句："敢情！"店主指了指炕梢的铺位说，"这个主儿住了五天了，就是来玩的。他一年要这么着泡两次妓院，钱花净了，也累得抬不起头了，这才回去。"胡二笑着说："那还不如讨个老婆划算了，是你的，不用花钱，随叫随到的！"店主一抿嘴说："谁跟他呀？他冬季在山里伐木归楞，夏季放排，娶个老婆也是独守空房，那不等于帮别人娶着？"胡二笑得更欢了。来鸥浦之前，他的心情郁郁的。因为乌日楞突然死了，紫环整日愁眉苦脸的，胡二和她亲热，她毫无反应，弄得他兴味寡然，心灰意冷，气急败坏中揍了她一顿，就当着除岁的面。岂料这通揍非但没使紫环变得热情，连除岁也对他置之不理了。他跟除岁说话，除岁装聋作哑，不应不答。

胡二万不得已只得跟儿子认错，说是不该揍他妈，以后再也不这样了。除岁这才跟他说话，但说的话很有限，令胡二苦恼不堪，觉得这样在家中呆下去，就会把他逼疯。于是就想着来鸥浦把皮毛卖了，兴许走了几天，回去后家中就阳光灿烂了。他讨厌女人阴沉着脸过日子，在他的意识中，做老婆的就该温顺，眼里饱含笑意，否则还不如在娘家当老姑娘的好，那样就不会有男人为她的坏脸色而郁闷。

店主自称他父亲是个猎户，年幼时他跟父亲上山打野兽。他说那时山上的狍子多得像繁星。发现狍群以后，就在它们四周点起篝火。狍子惧怕火光，就站在篝火圈里东张西望着，哪里也不敢跑。他们就冲进去，轻而易举将狍子勒死，省下了子弹。一次吃不了那么多狍子，就活捉一些养着，想生吃它的肝和腰子时就勒死一只。听得胡二龇牙咧嘴的，为那些狍子难过。胡二从鄂伦春人那里得知，秋天时狍子一般在山坡上活动，想杀它们，就得赶在它们一早一晚吃草的时候。冬天，狍子则喜欢在小树林里活动，若是发现它们，只是跑着追上半小时，狍子就累得停下了脚步，束手就擒。而春季时狍子惧怕太阳晒，就在背阴山坡和河边活动，往往在其优哉游哉站在河畔享受凉意时，子弹就横空飞来。所以猎人都说，最好猎的动物就是狍子，民间便有"傻狍子"之说，若是哪个人生性愚钝，便称他为"傻狍子"，形象生动，恰如其分。比较而言，马鹿就比较机灵，它们常常是吃几口草就要抬头观察一下周围的动静，极其警觉。马鹿通身是宝，茸、鞭、胎、尾和心血是贵重药材，其皮制衣美观耐穿，其肉食之甘美异常。大约意识到自身是这世间不可多得之物，马鹿保护自己的能力很强，听到异常响动撒腿就跑，转眼间就没了踪影。但猎人们还是摸清了它的脾性和活动规律，如春季时在水草丰美之地堵截它，有的鹿怀了胎，跑不快，可以将其从容猎杀。最残酷的就是秋季，胡二不忍回首那一幕情景，这季节是马鹿的交配期，公鹿一叫，母鹿便温情脉脉地闻声相会。秋季的母鹿目光温存得让人不忍猎杀它，它循声而至时，还带着某种羞涩。胡二用的是乌力安（鹿哨）引诱的母鹿，它能逼真地模仿公鹿的叫声。乌力安一响，不久便有青春的母鹿蹦蹦跳跳地前来幽会，出现在他的视野之中，胡二就举起枪，将其射杀。但他总是忘不掉母鹿在秋日晴空下闪烁的目光，那么温情撩人，湿漉漉的，似乎你轻轻一触它的眼睑，就会落下泪来。几次之后，胡二不忍心再射杀母鹿，他干脆扔了乌力安，让它坠入河水之中永不发音。胡二将这经历说与店主，店主竖起了大拇指，称胡二有一颗温柔慈爱之心，将来必有好报。两人举酒相撞，一饮而尽，因互为同道而不亦乐乎。女主人又送上来一碗生酱，一盘碧绿的野菜。野菜是老桑芹和鸭子嘴，用开水焯了，蘸酱吃味道美极。

紫环确实因为乌日楞的死而闷闷不乐。乌日楞死于四月末，那时蓝紫色的耗子花刚刚在向阳山坡绽放。他是在用刀剐一只狍子时突然悚身一抖，倒地后便气绝身亡的，死得很干净。老萨满看了看乌日楞发青的嘴唇和他心口处抓出的一块红印，判定他是因心脏病而死。紫环不喜欢这说法，因为不管人生了什么毛病，最后都是由于心脏不跳而死亡的，不能简单把乌日楞的死归于心脏病。按照鄂伦春人的风俗，若是他们本族人的葬礼，死者将安睡在桦皮棺材里。是用整张的桦树皮，使用兽筋缝制而成的，然后将棺材吊在一棵粗壮的樟子松树上，谓之"风葬"，到了次年死者忌日之时，再将其放下，这时桦皮棺材里只剩下骨头了，人们再为死者举行正式的祭悼。在死者一周年忌日的这一天，要把死者生前用过的猎刀用磨石擦得锃亮摆放在遗骨里，然后击毙死者生前的猎狗。最后则是射杀他骑过的马。那马十分可怜，四蹄被犴皮绳索捆绑得牢牢的，系在几棵树上，马头则被鹿皮嚼环高高吊起，马头眉心处插着一束野花，红的百合，白的芍药，紫的马莲，或者粉的火柴头花，黄的菊花，等等。日暮天昏之时，穿着神衣的萨满带着几分醉意来了，他们喝过主人敬上的三大桦皮碗烈酒后，就不吭不响地拿起利斧走到马前。趁马不备之时，在祷告之余奋力举起斧头，砍进眉心深处。本来已是晚霞凋零了，可马的眉心处喷涌出的血浆却让人觉得一朵火红的晚霞忽然腾空升起，那眉心处的野花被溅得花瓣零落，无论是什么本色的花，最后都成了红色的，让人不忍去看。这时萨满会取出熊皮神囊中的神牌，将其摆好。萨满又将匍匐在地的马尸上的血涂抹在自己脸上，在篝火的映照下跪拜着，敲击着兽皮单鼓，唱："呐呀！呐呀！阿弟骐骥，库列依！卡涛！跟着主人高飞快跑，登上天堂，快乐逍遥！"紫环觉得这样的葬礼激动人心，乌日楞应该获得它。然而鄂伦春人对葬仪是很讲究的，非本族人不得享受如此待遇。乌日楞只能永久土葬。紫环不希望乌日楞如此入殓，她抱有侥幸心理地想，乌日楞是个奇怪的人，没准他是假死，将其吊在树上，在清风明月的陪伴下，在青草和花朵的气息滋润下，他会奇迹般地复苏。那样她会每天领着除岁去樟子松树下，对着他的桦皮棺材呼唤他。然而乌日楞却被土葬了，他的气息被泥土彻底给窒息了。紫环为此哭了许多场，对鄂伦春人也反感了，不许除岁找鄂族小孩去玩，也不让胡二与他们一同进山打猎。她还声称要去寻找乌日楞的家人，告诉他们死者的墓穴在哪里，好让活着的亲属能每年来祭奠一次。胡二为此和紫环言语不投，他觉得怀念一个人可以，但偏执到如此地步就是神经有毛病了。纵然是除岁因乌日楞的灵丹妙药滋养而来，也不该对他如此痴情，执迷不悟。胡二想即便是自己死了，紫环也不会如此失魂落魄。他觉得女人很奇怪，一旦你使她的生殖能力复苏了，她就会感恩不尽。胡二甚至有些仇恨乌日楞了，觉得他生前一定是暗恋着紫环，死后才会阴魂不散，闹得他们夫妻没了往日的火热劲。

　　酒喝光了，胡二觉得全身酥软，十分舒服。店主也醉了七分，从炕上下地找鞋穿时一个趔趄跌在地上，惹得进屋来收拾饭桌的女人笑个不休。她也不上前扶他，一边捡碗筷一边笑话他："你呀，见着酒比见着我还亲，非得喝尿了裤子才算！"店主支支吾吾地想说什么，终不可能，好不容易把鞋跋拉上，一摇一晃地出了客房。胡二的酒量显然比店主大，他仍能盘腿坐着，满怀怜爱之情地看着灯光下忙碌的女人。她个子不高，有些瘦，头发又黑又亮，似是十分柔软。脑后盘的发髻有许多根头发里出外进的，不听调教的样子，但这看上去不很利索的发髻却很让人喜欢，它慵懒、蓬松、无所用心、自然舒展，就像秋后生长出的毛茸茸的蘑菇，让人有采摘的欲望。女人十指纤细绵长，收拾东西时动作麻利灵巧。她的鼻翼老是微微动着，小巧的嘴巴让人觉得能一口嗫到肚子里。她皮肤细腻，在灯光下泛着柠檬色的光泽，可见是富有弹性的。胡二看得有些心旌摇荡。女人进出两趟把杯盘碗盏清理了出去，最后一次她来取炕桌时，胡二差点动了拥抱她的念头。但一想刚和人家男人称兄道弟地交杯换盏，这样做太不仁义了，就用手使劲掐了一把脸，压抑那种火烧火燎的激情。女人依然是把炕桌顶在头上，撩开白布门帘出去了。胡二便死心塌地地躺倒了，想着美美睡上一觉，醒来后就会没这种欲望了。同屋的人还没有回来，胡二便想给他留着灯，免得他回来后分不清东南西北，万一撞在墙上，撞歪了鼻子，这辈子就更别想讨老婆了。胡二已经扯过被子盖在了身上，岂料女人又端着盆水进来了，她手里还拿着块擦脚巾，她不无嗔怪地对胡二说："累了一路，得洗个热水脚，才能解乏呀。"胡二立刻从炕上爬起，说："不洗了，就这么睡了。""你们男人啊，天生就是埋汰。"她说，"水都给你端来了，沾沾脚也不枉了我的心意啊。"胡二只得坐在炕沿边，将双脚插入水盆。温水使他周身的血液更加飞速地涌流，他觉得血就要沸腾了，胡二终于没能控制住自己，拔了双脚一把抱住那女人，使劲亲着她的脸，她的眼睛、嘴唇、鼻子、耳朵，他觉得她的每一处都是那么柔软可人。胡二见女人没有反抗，也没喊叫，更加放肆地把她抱到炕上，放到身下，解开她的上衣纽扣，将头埋在她双乳之间。这时女人喃喃地说："好了，快歇着吧，我还没刷碗呢。"女人抽出手，抚摸了一下胡二的脸颊，说："我刚怀上了孩子，对不住了，不能伤着小孩子。"胡二虽然几乎难以控制自己的欲望，还是紧紧拥抱了一下那女人，然后兴犹未尽地下来。女人伺候他洗过脚，端着脏水出去的时候，胡二问了句："什么时候生？"女人回头眨了眨眼睛，淡淡一笑，说："来年正月吧。"

鸥浦小城有八街九路，设计得极为规整。街道很洁净，空气又清爽，沿街的店铺给人一种朴实亲切之感。县公署在东南一角，四周筑有土堤，像是几条巨蟒横在那里。警察本部就设在堤畔。沿着县公署一直向前走，可看见学校、保甲所和观象台。西山上有一座日本神社，而山脚下则是邮局、小卖联盟和秋林公司。胡二骑在马上，带着那些皮货朝秋林公司走。小孩子在街上往码头方向跑着，胡二在马上往码头眺望，发现那里人头攒动，正有一团一团绿色的东西往那游动。一问路人，方知那里正修筑松林坛，今天开始移植大株大株的樟子松。胡二兀自说了句："过得还挺美呢。"他抬头望天，觉得那上面的云朵又白又温柔，他想起了客店女主人，内心便无限伤感和惆怅。今晨起来，他发现灯依然亮着，同屋的竟彻夜未归，他穿鞋到后院看马，发现店主正给他的马饮水。店主说："昨晚我喝多了，睡得这个沉。早几年我能喝着呢，一顿一斤没问题，喝伤着了，早起时让老婆埋怨了一顿。"胡二就像个做错了事的孩子一样，脸腾地红了。店主又问胡二能住几天，若是不急着走的话，可以搭他的小船去江上捕鱼。胡二说去秋林公司换了东西，顶多再住一宿就打道回府，家里还有老婆孩子呢，他放心不下。店主就问："你的孩子是男是女？"胡二想起除岁，内心就泛滥起浓浓的爱意，他不无得意地说："是儿子，七岁了，什么都懂了！"店主就无限羡慕地说："咱们的小孩子还在娘肚子里呢，估摸明年正月能生，也不知是男是女。"胡二就说："你们要孩子要得晚。"店主笑了，说："哪里是，我们年年都要，可她老是小产，流了三个了，这回的还不知咋样呢。"胡二大惊，心下为那女人难过，仿佛她流产的痛苦转移到他身上了，就张口结舌地说："啊呀，怎么会这样子，让她一个女人家遭这种罪，老天真是不开眼。"店主很无所谓地笑笑，说："反正都是过去的事了。这回找一个算命的给肚里的孩子算过了，说他肯定能活下来。说前三个孩子之所以没了影了，全是因为我爷爷。"胡二不明白这是怎么回事，就问。店主说："我爷爷年轻时当过胡匪，杀人放火抢劫的事全干过。他最不该的，是杀死过三个小孩子。上辈子没报复他，这辈子算在他的孙辈身上了。"说着，微微叹了口气。胡二仿佛挨了一闷棍，头晕眼花，腿也发软了。店主丝毫未察觉到胡二的不自在，他继续说："原先我是不相信这事的，人做过的事，完了也就完了，哪有什么报应和讨债的说法呢？回家一问老父亲，他说死去的爷爷年轻时确实杀过三个小孩子，那是地主黄来源家的三个孩子，两男一女。他们绑了票，将三个孩子带进深山老林，让黄来源在三天之内送钱来赎，否则撕票。结果三天后黄来源没到，爷爷就用枪把三个孩子全都打死了。"胡二的额上流下汗了，他有气无力地说："那黄来源也够傻的，顾财不顾自己的子女。"店主说："哪里是啊，黄来源骑着马，带着金银财宝，进山来赎孩子，岂料迷了路，走了相反的方向。""你爷爷真够可恶的，纵是撕票也要一张一张地撕，等等瞧瞧，事是让他做绝了。"店主说："所以说啊，老天都不容他了。他后来遭同伙人暗算，死得很惨。我家屋里人小产下的三个孩子，也是两男一女，同他杀死的一模一样。"正说着，店主的女人朝后院走来了，店主便闭口不谈了。胡二上前去抚摸那马，问它："歇过来了吧？一会儿还得使唤你，不走远，就去秋林公司。"马儿抬起头，很乖顺地看着主人，一副任劳任怨的姿态。女主人笑了，很随意地接过话茬说："你就是再使唤它，它也说不出个啥，谁让它是匹马呢。"女主人仍然盘着松垂的发髻，脸色很鲜润，手里抓着一些未熟的青色水葡萄果，吃得津津有味。胡二一想那酸味，不由牙根儿发痒，腮帮子胀得发疼了。胡二说："昨晚我给同屋的人留着灯，哪知他一夜没回，费了你们的电了。"女主人说："那你是不知道了，半夜时回了电的，清早又来了的。那人昨夜不回，上午时准回来睡觉。"店主插言道："这么逛窑子，还不把他自己作践死，看来他是情愿做个风流鬼了。"说完，三个人都笑了起来。

秋林公司的白俄职员惯常地挑三拣四，说胡二带来的皮货有种种瑕疵，胡二也不客气，说："我可不是鄂伦春，过去也是玩枪的。我也不难为你，让你们有赚头，你也别太克扣我，免得我生气。"一番话果然把那人镇住了，生意成交得很顺利，他既拿了现钱，也换来了些白酒、香烟和子弹。白俄人叮嘱胡二，子弹要小心带好，搜出来恐怕要坐牢的。胡二来前曾听人讲过，漠河的秋林公司已被日本人盯上，看有利可图，有意要接管，如此想来，他们的日子也不太好过，经营枪支弹药，当然要慎之又慎了。胡二拍拍胸脯说："放心好了，就是真搜出来，我也不说是在你们这儿换的。"白俄人很高兴，说欢迎他下次再来。胡二说："明年正月，我肯定还来，到时带最好的皮货来。"话一出口，连他自己都被吓着了，原来潜意识里是那么渴望明年正月再来鸥浦，看来陈家客店的女主人确实让他难以割舍了。这一瞬间，他想起了紫环，觉得如此对她不忠，会深深地伤害她，他不能重演在黑河的那一幕情景了。胡二便颇有负疚感地出了秋林公司，到复昌祥杂货店去给紫环想买点什么。岂料店里经营的多是日货，没什么好货色，他又去了双发德杂货店，依然以日货为主，店主无奈地说，过去只是卖些日本的锅碗瓢盆，可现在连布和调味品都是日本货，不卖就得关门。听得胡二好不气恼。想起秋林公司尚有苏联小百货在卖，就折回去，给紫环买了块麻布花头巾。然后骑马到江边，一边饮马，一边望着阳光飞舞、波光荡漾的江面，想着店主所说的他爷爷的一番话，内心有种恐怖感。

　　胡二中午回到客店时发现同屋的人果然回来了，他倒在炕上香甜地睡着。苍蝇无所顾忌地在他脸上跳来跳去，他竟一点反应都没有。店主给胡二预备了饭食，一碗高粱米饭，一碟盐水煮黄豆，还有一碗清炖鲫鱼。胡二发现女主人换了件鲜亮的衣裳，水粉色的，她看胡二的眼睛有些湿漉漉的，就像那些听到求偶声羞涩而来的母鹿的目光。胡二不敢多看她，到灶房吃过饭，就回屋歇息，一直睡到日暮时分。他起来时，那位睡了一天的男人也醒来了。他甩给胡二一颗烟，问他从哪里来，做什么的，胡二一一告诉了他。那人从炕上坐起来，盘着腿，对胡二说，他是亲和采伐木材公司的，一年到头在山里转，出不来几天。这个公司在桂花站、龙站、双合站、马伦等地都建有贮木场，他冬季时负责归楞，夏季时则沿着黑龙江放排，将木材运到黑河，最后再由大船从黑河运到日本。胡二曾动过去山林队伐木挣钱的念头，便问那里钱好挣不好挣，生活苦不苦。那人一龇牙说："给人家干活，有你吃的、住的，就算行了！这世道！"他声称自己这几年挣的钱，全扔进妓院里了。他告诉胡二，呼玛有家日本妓院，风光得很。日本妓女的皮肤光滑得就像溜溜滑的油蘑，让人泡在那里就不想离开。他戏言从日本男人那儿挣到的钱，最后又都撒在他们的女人身上了，自己是一无所有了，听得胡二嘀嘀笑起来，开始喜欢这个又黄又瘦又心直口快的中年男人了。他对胡二说，既然出来了一趟，不能闲在客店里，不去赌局和烟馆的话，就应该找个妓女乐和乐和。若是没有昨晚和客店女主人的那一番温存，若不是怀抱了期待而不知不觉对自己有了某种约束，胡二也许会豪爽地一呼而应的。然而今夜他只想呆在客店，他想再和女主人说上一会儿话，这样明早离去时就不至于太失落。然而这个夜晚女主人却不在家，男主人说她回娘家去了，要在那里住一宿。胡二觉得这女人肯定是在有意回避他，这一夜他听着窗外的雨声，便难再入睡了。待雨声消了，天也微有曙色，胡二付过账，到后院牵出马，将包袱搭在马鞍上，跟客店主人告别。男主人打着哈欠说："下次来还住这里啊。"胡二说一定。他策马前行在鸥浦整洁的街道上，忽然有一种难以割舍的离愁别绪。雨后的天气有些凉，暗粉的朝霞隐隐露出一缕，动人得就像那女人的身姿。胡二不由对那缕朝霞说："明年正月我来看你！"马蹄声嘚嘚响着，就像胡二流向心底的温柔的泪滴。

四

盛夏时人就有被放在火炉上熏烤的感觉。白天时若是出了日头，它便有几分无赖的劲头，铆足热气使劲围攻你，弄得你心慌气短、虚汗淋漓。这还不罢休，折磨够了人，就摧残庄稼，将它们晒得蔫头蔫脑，没了生长的心情。本来由于春季气温偏低，庄稼长得就慢，这回经骄阳一晒，冷热不均，庄稼更是大伤元气，不想再做人的衣食父母了。人们站在庄稼地里劳作，觉得脚底发烫，脊背发烫，心里就想若是庄稼全旱死了，今年吃什么？

狗耳朵和他的女人有气无力地扛着锄头从田地里回家。正午如瀑倾泻的阳光使他们一句话也说不出来。从西门进得集团部落后，狗耳朵看见了领着儿子出门的夏荷。夏荷穿件葱绿色短袖衫，露出浑圆的胳膊。她见了狗耳朵点了下头，对孩子说："叫叔。"孩子就叫了一声："叔。"狗耳朵就问："出去啊？"夏荷点了点头。狗耳朵就说："大中午的，晒死了，不如等日头偏西了再出去。"夏荷说："我不怕日头晒，没事的。"的确，集团部落里的女人，只有夏荷一年四季脸色是白润的。有的女人也脸白，那只限于猫冬的时候，到了夏天，烈日一晒，全都面色黑红得像猴子的屁股。夏荷却不然，夏季她也不打伞，不戴草帽，阳光却并未在她身上留下任何痕迹。

　　进得家门，狗耳朵的女人将锄头往院子里一撒，一头钻进屋里，就开始数落狗耳朵，说他见着夏荷就像发情的公狗见着了母狗似的兴奋，跟她一路上无话，见了夏荷话就多得像天上的星星，她骂狗耳朵下贱，人家有男人，哪轮得上你关心人家中午出去晒不晒？见狗耳朵一声不吭，似是有愧的样子，她又开始骂夏荷，说是打她迁到集团部落后，搅得好几家夫妻不和，说她是个骚狐狸，祸害精。"啊！她就知道巴结男人，让她的孩子叫你叔，怎么不知道喊我一声婶儿？多说个'婶'字还能使她矮半截不成？别的女人在她眼里就都不是人了？"她叫喊着，使劲撕扯着头发，使她看上去就像个疯子。狗耳朵想着丁阳该放学回家了，就默不做声地去灶房引火做饭。他了解她，一旦骂够了，气出光了，也就心平气和了。你若是与她对质和说理，反而会使事态扩大，战火升级，狗耳朵一直采取消极的处理方法。他想女人发火就跟烧柴一样，你让它自己烧下去，早晚就会化为灰烬。

　　本来集团部落已经够拥挤的了，可一年多以前却又强行迁来两个村子的居民。猪栏鸡舍均被改造成住户后，房屋仍嫌紧张，于是乎就在西门一侧向外拓展了一里，建了一些矮矮趴趴的土坯房，然后重新构筑西侧的围墙，依然是三米多高的坚固石墙，上面缠绕着铁丝网，西北角构筑着像个茅房一样的炮台。新住户迁来时正是秋天，狂风漫卷着，迤逦而来的人背着形形色色的包袱，艰难行走着，一句话也没有，让人觉得他们来自远古，不会发音。狗耳朵领着丁阳,同许多人一样簇拥在西门前,欢迎新住户到来。保甲所别出心裁,让他们举着一些花花绿绿的标语,上面写着"欢迎来乐土安居""幸福之地向你招手"等一类话,由于标语在风中瑟瑟发抖着,不胜凄凉之意,便像是举着招魂牌。李进财垂着无手的双臂,苦巴着脸,不时让他的儿子李大风给翻眼皮,说他迷了眼睛了,因为被剁了双手,没法自己弄出沙子,只得劳驾儿子。李大风比父亲高出了半头,他很不耐烦地用手指掀开父亲的眼皮,结果反而因了这一掀,铺天盖地的风尘中又有不体恤人的沙粒飞进他眼底,实在是越想清理干净却是越聚越多。李进财就用眼泪来自行清理,没有手了,只得借助于泪水了,好在他蓄积的泪水很足,招之即来,倒也把沙子悉数轰赶了出去。李进财的眼睛就红肿不堪了。狗耳朵见他太可怜,就唤他回家,可他依然挺着脖子使劲张望。事后狗耳朵才知道,李进财听说东怀村的要兼并过来,而被他休了的前妻夏荷就在那里,他是单单来看望她的。李大风从来不愿同父亲站在一起,嫌他孱弱、委琐、丢人现眼。最让他受不了的是父亲被剁了双手后,竟认为这是天意,合该他后半辈子不该有手了,这使李大风很愤怒。心想你的手是让人给活生生地剁下来的,又不是老天爷施了什么魔法让它们顿然消失的,怎么就一点羞耻感都没有?李大风虽然不爱父亲,但他还是牢牢记住了父亲失了双手的日子,每逢父亲手的忌日,他总要有一番举措:将炮台上吊上几只死乌鸦,在什么角落放上一把火,溜进警察所把死老鼠扣在他们的饭碗里,等等。李大风做事很干练,神不知鬼不觉的。在学校里,他是孩子王,没人敢欺负他。

他威力无比的屁更是在课堂频频奏响，连老师也惧他三分。能与李大风成为朋友的，也无形中沾了他的光，在学校里也是无人敢惹的，丁阳就是其中的一位。丁阳在校与李大风形影不离，先前他比较懦弱、内向，与李大风交往两年后，也沾染了野气，动辄骂人，回家后不拘小节，连母亲也敢损。狗耳朵的老婆不止一次在背后说，丁阳跟着李大风已经学坏了，早晚有一天会闯下大祸，她让狗耳朵对丁阳严加管教，可以体罚他，结果是恰恰相反，丁阳时时教训狗耳朵，而且用烧火棍半真半假打过他的屁股。虽然如此，狗耳朵还是很爱丁阳，有什么话，也都愿意说给他听，丁阳也就投桃报李地把在学校做的一些坏事告诉他。

当时狗耳朵并不知道那个在人群中吆喝孩子的人就是夏荷。待迁移而来的人分头走进房屋之后，喧嚣的风中忽然传来一个女人嘹亮的吆喝声："坠儿——坠儿——"人们见一个穿杏黄色衣裳的女人在路上扎煞着手，很急切地东张西望地寻找着什么。待人流稀少了，见远远过来一个小男孩，那女人就上前一把抱住他："坠儿，你乱跑到哪里去了，吓死妈妈了。"这才知道，她要寻的原来是儿子。说也奇怪，这女人的一通吆喝后，风沙骤然止息，空气洁净极了，很透明，人们得以看清这个嗓音非同寻常的女人，她体态丰腴，细眉细眼，面色白净，就像在牛奶中泡过一样，鲜润明媚。李进财见到夏荷后泪水流得更凶了，他双臂抖得厉害，几乎要站不稳了，狗耳朵见状连忙扶他回家。路上他对狗耳朵说，那个吆喝孩子的女人就是夏荷。夏荷出现在这里，他连活的心思都没有了。狗耳朵便骂日本人混蛋，何以把好几个村子的人都并在一处，让李进财受这份情感的煎熬。

夏荷很爱笑，见人也爱打招呼，人缘不错。一年呆下来，成了男人们议论的中心，都说夏荷脾气好，模样周正，有福气。夏荷的男人比她大十几岁，老气横秋的，当时光棍一条，家徒四壁，知道夏荷不生养，被休了回来，在娘家呆了好几年，无人问津，就有意娶她，他也不想着要后代了。经媒婆一说，夏荷立刻答应了，一点也没费周折，两个人痛痛快快将婚事办了。谁承想李进财是有意栽花花不发，而他却是无心插柳柳成荫，合该是蔫人有蔫福，转年夏荷就为他生了个胖儿子，喜得他好几天睡不着觉，一醒来就去看摇篮中的儿子，担心这一切是梦。有了儿子，夏荷也很知足，她持家能力强，待丈夫知冷知热，羡煞无数男人。来到集团部落后，夏荷出去劳作，总有一些男人装作无意碰上也出去劳作，他们乐意与夏荷搭讪几句。夏荷的男人心胸倒也宽阔，随别人与老婆贫嘴，他心里有数，夏荷是不会上他们家的炕的。久而久之，女人们就讨厌这个被大多数男人所夸赞的夏荷了，她们见了她置之不理，更有甚者将痰吐在她面前，骂痰：“真够恶心的！”夏荷笑笑，也不计较。她出入集团部落，就连守卫的警察也对她笑脸相迎，从来不看她的通行证，也不检查她进出携带的东西，夏荷出门，就像走自家门一样的方便了。李进财每天都要在西门一带游荡一番，他想见夏荷，但一看到她的影子就吓得掉头就跑，好像老鼠见了猫。夏荷倒是心无芥蒂，有两次与李进财撞个正着，他跑都来不及，便落落大方地与他打招呼，问他老婆可好，孩子可好。见他没了双手，问清究竟后，也跟着难过，埋怨他为什么多管闲事，衣裳式样的好坏那是别人的事情。李进财只说这是报应，他当初不该和她分手的。他说当年把夏荷送回娘家后，他一个人在回乡的路上，心里绝望得受不了，哭了一路，想投河，想上吊，还想跳井。那一夜他就没有回家，坐在村外的河畔，想着还有老父老母，也就不忍心去死了。说得夏荷红着眼圈，笑了，说："幸亏你没寻死，不然哪里能得来儿子呢。"夏荷的话算是触到了李进财的痛处，他满面羞愧地转身离开了。在家里由于事事让人照顾，所受的奚落比以往要多得多。李进财不止一次地想干脆死了算了，于人于己都有好处。然而夏荷来了之后，他却没有死的想法了。他一天到晚想着能看见她，可见了她之后又只有一个逃跑的念头。李进财把这心态说与狗耳朵，狗耳朵说："还不是因为她过去是你老婆，现在却又成了人家的？把自己心爱的东西给了别人，再想着去看，当然就不仗义了！"

　　李进财的老婆知道丈夫与夏荷的事情，因而碰见夏荷时就多看她几眼。心想幸亏李进财残疾了，否则见了她肯定又要为这个好身段的夏荷充满爱意地做衣裳了。她知道李进财不喜欢自己，自打过了门，他很少和她同床，推说他腰疼，没力气。生下李大风后，仿佛任务已经完成，对她更是置之不理，睡在同一铺炕上，就像两个陌路人。从此后，她就心灰意冷，特别想在外面寻别人家的汉子获得一丝慰藉，然而又觉得那样丢人现眼，也就只能哀叹自己命运不济，随遇而安了。夏荷的突然出现，又使李进财丧魂落魄，每当她见丈夫面色潮红地从外面急慌慌地赶回来，她就讥讽他："人家跟你说话了吗？你要是对她还有意，就大大方方领回家来，我给她腾地方，你放心。"说得李进财大气儿不敢出，垂着头走进茅房。老婆一骂他，他就尿频，就得上茅房寻方便，有时在里面一猫就是半小时。

　　狗耳朵想起李进财，就有些为他难过。杂合面的干粮已经蒸进锅里了，他再回屋时发现女人不生气了，她和颜悦色地拉过狗耳朵的手，嫌那指甲太长，握起剪子给他铰指甲。岂料铰得太秃，狗耳朵觉得手指肚发胀，就嚷嚷："轻点铰不行吗？你干什么都那么狠实！"一句寓意深奥的话立刻被女人领会了，她不由放声笑起来，搂着狗耳朵的脖子亲了一下他的脸颊，说："我不狠实点，你能钻进我怀里不出来吗？"一句话把狗耳朵也说笑了。女人扔了剪子，顾不得铰指甲了，说是想要狗耳朵。狗耳朵说锅里蒸着干粮，过一会儿得去续火，再说，丁阳也该回来了。话音刚落，丁阳果然唱着歌进屋了，最近一段他愿意唱歌，调儿很侉，编的词也极随心所欲的，如："昨晚多喝了水，被褥发大水，清晨晒尿裤子，老天不给脸，太阳没了影儿。"再如："河上捉蜻蜓，河底摸泥鳅。一捉捉到个花大姐，一摸摸了个屎壳郎。"听得狗耳朵一阵阵发笑。丁阳进屋后嚷着饿了，然后就抱怨太阳太晒了，都把他晒暴皮了。狗耳朵便问他在学校学了啥，丁阳坐在炕沿跷着二郎腿说："学个！"狗耳朵就故意问："这个屌字怎么写？"丁阳哈哈笑了，说："我打个比喻你也不懂，没上过学的就是不行！你要是问屌怎么写，你自己解开裤带照着画，你画出来的，肯定就是它的字。"丁阳的母亲便怒斥儿子："怎么越学越下流了？"丁阳拍了一下狗耳朵的肩膀，无所谓地说："我跟他是兄弟，兄弟哪能在意我的话呢？"狗耳朵无可奈何地说："算了，别拿我开心了，我够可怜的了。"丁阳一撇嘴，说："那好，以后不跟你瞎说了不就成了吗？"一家三口吃过了午饭，丁阳就去学校了。狗耳朵和女人关了门，挡上窗帘，把被丁阳给耽搁下来的事情美美地做了，然后两人筋疲力尽地睡了。醒来，已是午后四点了，阳光还格外浏亮，热气熏炙得人头晕眼花的。两个人撩开窗帘相对着打了半晌的哈欠，似是还未睡够的样子。女人恹恹无力地说馋酒了，想畅快喝上一顿，醉了才觉活着有趣。狗耳朵便许诺她，到了中秋节时，他无论如何也要给她买上两斤好酒，让她过过瘾。酒窖里所存的酒，已经全空了坛子了。虽然里面滴酒未存了，她还是用木盖严严封住，隔一阶段就掀开木盖贪婪地吸一下坛子里的酒气，很陶醉的样子。狗耳朵也觉奇怪，坛子明明空了，每回闻酒味却都很浓，想必那酒原本是醇香绵长的。他觉得女人很可怜，没什么爱好，只恋个酒，可却又满足不了欲望。她常常眼泡浮肿地回忆可以随心所欲喝酒的日子，当然那时光中有她死去的丈夫，让狗耳朵既可怜她，又对她有几分恼火。

该是吃晚饭的时辰了，太阳向西了，天色不十分明朗了，被熏炙了一天的部落，终于有了些许凉意。狗耳朵到门口张望了丁阳几次，也未见他回来，想着他可能去哪里淘气了。最近，他经常很晚才回来，说是跟李大风在围墙四周的草丛中捉蚂蚱，然后烧了吃。

至于在哪里烧，狗耳朵也不深问。由于一年沾不上几回荤腥，孩子们都馋得很，偶尔看见猪马牛羊的就流涎水。想着它们为什么不即刻死了，化成几锅香喷喷的肉。能烧蚂蚱吃，当然也是一种解馋的办法。狗耳朵并不阻止丁阳这样去做。他了解小孩子，你越约束他的事，他非要放开胆子大做不可，索性就让他自由自在地做，反正吃蚂蚱又不犯法。不像吃大米，还算是经济犯。狗耳朵想起这事就觉憋气，日本人不允许中国人吃大米，配给的粮食中除了杂合面就是高粱米，没有一粒大米。若是发现谁家有大米了，就捉拿起来，以经济犯论处。

狗耳朵和女人未等丁阳，两人先吃了饭，后来见天黑了，丁阳还没回来，就有些急了，狗耳朵出了院子打算去李进财家问问，李大风肯定知道丁阳在哪儿。才出了门没几步，却见李进财夫妇慌里慌张地来了，说是李大风和丁阳闯了大祸，被关进警察所里了。狗耳朵一听吓得腿都软了，耳朵也嗡嗡叫，连忙把他们让进屋子问个究竟。据李进财说，今天下午学校组织学生去西岗子新盖起来的日本神社朝拜，后来发现李大风和丁阳不见了。原来他们溜进了看管神社的日本人的屋子，生着偷吃了人家坛子里腌的咸肉，还将上衣和裤子的四个口袋都塞满了白米。他们自认神不知鬼不觉地又溜回了队伍。在弯腰朝拜天照大神时，同学们听见李大风和丁阳的身上发出流水般的簌簌响声，原来口袋里的白米装得太多，身体一倾就不由自主地外溢了。于是乎，两个人当场就被反绑了双手，回来后直接送进了警察所。李进财说当他们俩被带进警察所时，他刚好从

西门那里溜达过去，撞个正着。两个人都满不在乎的样子，丁阳嘴
里还哼着歌。李进财说，要是今天晚上不想办法把他们要出来，兴
许明天就会给弄到别处去了。经济犯就是不给你抓进监狱坐牢，也
得让你去做苦力，这样两个孩子这一生就彻底毁了。狗耳朵手足无
措地说，这可怎么好，这两个馋嘴的东西！狗耳朵的老婆听完后眼
泪已经下来了，她很自然联想到死去的丁力，吓得脸也白了，手直
哆嗦。狗耳朵宽慰她说，小孩子是不够判罪年龄的，顶多抓个三天
两天吓唬吓唬而已。李进财晃着双臂声嘶力竭地说："你个狗耳朵
太天真了，抓起来的人就没个好，哪儿能那么轻易就放你回来！"
他说，"他们老师跟我说把大风和丁阳抓起来好，学校少了两个害
群之马，以后就会规矩多了。""这叫什么话嘛！"狗耳朵气愤地说，
"这老师也是中国人，敢情抓的不是他的孩子，他不心疼。"四个人
开始商议对策，挖空心思地想用什么办法最能稳妥地保儿子出来。
男人们想到的是把家里所剩的钱拿出去疏通，自古以来没有狱吏不
吃私的，想这警察也不会有例外，但又担心这些有钱有势的人看不
上这点钱，反咬他们一口，使事情更糟。女人们只想着跪着求情或
者奉献肉体，可惜两人都有自知之明，自己都懒得看镜中憔悴的自
己，更何况他人呢。最后，她们不约而同想到了一个可以帮助他们
解决难题的人，那就是夏荷。谁都清楚夏荷在警察所男人眼中的特
殊位置，没有人不觊觎她的姿色的。夏荷若能舍身相救，这事便可
有百分之九十九的成功。她们一唱一和地将这计划和盘托出，狗耳
朵倒没觉得有什么，李进财则咆哮着说："坚决不行，就是把我的

眼睛剜出来也不行！夏荷够大度的了，见着面不怨恨我，反而宽慰我，我当年多么对不起她，欠她的情下世也还不完。现在让她为救我的儿子卖身子，那不如让大风死了算了，他也是个不该生下来的孩子！"气得李进财的老婆上前抢起胳膊，扬手打了他一巴掌。那女人力气大，李进财又没料到会吃一个这么狠的耳光，竟像陀螺一样在地上连转了几圈，这才捂着脸停下来，说："你打吧，打死我好了，我也活够了。我警告你，你要是敢利用夏荷，我就死给你看，让你下半辈子做寡妇！"李进财吐了一口痰，一摇一晃地先自走了。狗耳朵连忙跟出去劝他，说这是何苦，不同意的话可以好好说，两个人搞僵了还得在同一个屋檐下过日子，不是越来越生了吗。李进财哭着说："打和她成亲的那天就生分，从来就没熟过。"这孩子气十足的话，倒是把狗耳朵说乐了。

　　李进财回家了，狗耳朵就独自去了警察所，他想先探探风声。警察所的所长是日本人，而几名警员却以中国人为主。他们平素穿着制服，戴着大盖帽，斜挎着枪，牛气得很。警察所设在南门一侧，方方正正的一座青砖房，门首摆着一对张牙舞爪的石狮子。狗耳朵最先看见了警员张天水，他坐在门前的一棵李子树下纳凉，手中摇着大蒲扇。狗耳朵见了他一躬腰说："张警官晚上好。"张天水一见是狗耳朵，一扬手说："少跟我来套近乎，我知道为什么。那两个小孩也够胆大包天的，连日本神社的东西都敢偷！""就是，这两个小孩子该揍，没教养，警官多教训教训他们，下回他们就不敢了。"张天水说："行了，我明白你的意思，放不放他们我说了也不算，得找所长！"狗耳朵就低三下四地说："你也知道咱跟所长说不上话，你帮着给求求情去，我记着你的恩情，早晚会报答。要是有一天你也没饭吃了，我就上街给你要去，要的每一口都留着给你吃！"本意是一句讨好的话，岂料假设的方式让人听着逆耳，气得张天水把蒲扇丢在地上，跺着脚骂："你给我滚出去，你他妈的将来才没饭吃呢，你再敢来，我就以骚扰警局拿你问罪！"狗耳朵便掉头走了，心想自己真是嘴笨，事没疏通好，反倒给弄得越发堵塞了，要是回家说与女人，没准会像李进财一样吃上一耳光。这样越想越悲哀，连家也不敢回了。想着自己要是突然能生出一双翅膀多好，或者就变成一颗星星。老辈人讲，人死后都会化成天上的星星，那些很亮的星星是大人物，小人物则是那些用肉眼几乎看不见的小星星。狗耳朵就想，似他这种叫花子出身的人，死后连最细弱的星星也化不成，弄好了是化成天空中一粒飞扬的尘埃。狗耳朵就走到石墙下的乱草丛中坐下，想独自望星星，多坐一会儿，岂料坐下不久便觉身下黏糊糊的，且有一股臭气，忙站起来用手抚弄了一下屁股，竟沾了一手的屎，恶心得直想吐。想着这世上万事万物都欺侮他，怎么偏偏让他坐在了屎上。回望星空的心情也没了，他一边骂着"哪个该杀的这么缺德"，一边朝回走，觉得自己肮脏得不如被扔进茅房算了。进得家里，幸亏是空无一人，得以从容地洗净了手和裤子，然后才算透过气来，站在院子里纳凉。他想那两个女人肯定自作主张去求夏荷了，夏荷会答应这件事吗？在狗耳朵想来是不能的，因为她有丈夫，有孩子。谁愿意为了别人家的孩子牺牲自己，平白无故地给自家男人戴一顶绿帽子？狗耳朵想她们去也是白去，没准会受到一顿白眼和嘲讽，那也算她们自讨没趣。狗耳朵觉得身上和心上都爽快了，干脆就回屋歇息了。待他迷迷糊糊睡着时，听见屋里有了响动。后来女人就悄悄地上了炕，在他身边叹息了几声，然后又出了口长气。狗耳朵也不深问，想着事情看来是有眉目了，否则她会弄醒他的。夫妻二人一夜无话。天明时分，屋子里忽然传来一阵熟悉的歌声，是丁阳回来了！丁阳蓬头垢面、鼻青脸肿的，一望便知挨了打。他先嘟囔了父母一句："天都亮了，你们还睡啊。"然后就去灶房喝水去了。喝得咕咚咕咚直响，看来是渴极了。喝完，他若无其事地继续唱歌，然后往脸盆舀水预备洗脸。狗耳朵见女人沉着地穿衣下地，一声不吭地走到屋外，忽然揪住丁阳的头发，"啪啪"就是一通乱揍。丁阳叫着："干什么呀？回家也挨揍呀？还让不让我活了？"女人也不理睬他，依然铿锵有力地揍着，揍出一串响声。狗耳朵并不上前拉架，想着丁阳是她的私人财产，揍也是白揍，自己拦不住人家管教亲生儿子。待她打累了撒手的一瞬，终于脸色铁青地说了一句话："我告诉你，从今天开始，你和李大风都得认夏荷做干妈，往后过年的时候，就得上门给她磕头去！不给我磕也得给她磕，要是不去我就砸折你的狗腿！"

夏荷究竟是否献身了才保出他们，狗耳朵是不知晓的。但是由她出面去了警察所确是事实。李进财也未白白发过誓言，李大风和丁阳出来三天之后，他就自杀了。尸首是在狗耳朵家的酒窖找到的。他那天穿着很干净的衣服来狗耳朵家，有说有笑地跟他聊了半晌，直到黄

昏，他说去趟茅房，等了半个时辰也未回来，狗耳朵便出去找，发现
酒窖的盖被掀开了，忙反身回屋点了支蜡烛往里一照，发现了趴在里
面的李进财。他撞碎了一个空酒坛，气得狗耳朵的女人骂了李进财整
整一个时辰，说他缺德，不死在自己家，还撞碎了她心爱的酒坛子，
酒气全都飞了。骂归骂，两家人还是合在一处，将他弄出酒窖拉出去
葬了，就葬在丁力旁边，说是让他们两个相互做个伴。葬了李进财，
狗耳朵失了一位可以说话的人，显得更加孤独了。他好几次深夜时分
赤着脚跑到院子里，仰望着星空中最渺小的星星，渴望着能看出李进
财的面貌来。他会说："兄弟，哪一颗是你，你也好闪闪，让我认识一下，
没事时我好出来望望你，省着你在那么高处寂寞得慌。"那些像萤火
虫儿一样微弱的星星一点也不眨眼睛，这使狗耳朵分外难过。

五

被秋风吹拂的树叶带着浓浓的醉意。个个摇摇摆摆的，仿佛已
醉得里倒歪斜了。尤其是那些泛红的叶片，醉成关公的脸了，红通
通的。张家老太看见这样的叶片，就会说："喝着风也能把你灌醉，
真是没出息！"

宛云已经有一周没有去酱菜园了，她躺在炕上，一天到晚地流
泪，刘秋兰愁得两鬓有了白发，嘴角挂着几个燎泡。她们娘儿俩吃
不下饭，睡不着觉，度日如年。每天有两个人必定前来家中探望，
一个是朴善玉，一个是张家老太。朴善玉来总要带些吃的东西，点

心或水果，而张家老太来的任务就是把它们消灭掉。张家老太来时通常是午后，朴善玉则是上午。张家老太一进屋就搓着双手嘶嘶哈哈地说："到底是人老了，就这样的秋风吹着，要是我年轻时，一件衬衫也能抵挡，现在穿了两件秋衣还嫌冷得慌，真是不抗冻了，人老就是不中用了。"她絮叨完，不请自坐地盘腿坐上炕头，问宛云："你那里不疼了吧？"宛云躺在炕梢独自翻绳玩，翻出五花八门的图案，她并不回答张家老太的话。张家老太说："都一个礼拜了，没事了。"说着，竟然很诡秘地笑了几声。刘秋兰连忙把上午朴善玉带来的梨和烧饼摆在炕沿上，张家老太惯常地说："唉，才在家吃过饭，吃不下去了，留着你们娘儿俩吃吧。"嘴上这样说，手却抓起一只梨，吭哧就是一口，说着："嗯，这梨汁儿挺旺的，肉也细发，宛云，你吃一个败败火吧？"宛云仍然对她置之不理，张家老太习以为常了，也不觉扫兴，照样阐述她的那一套理论，说她打小就听老辈人说，女孩子只要被人破了身子，不管这男人怎么样，也要死心塌地地跟着他，因为已是人家的人了。她说阿永虽然傻，又比宛云大许多，但他心眼好使，家底厚实，不短吃穿，女孩子还图个什么呢？虽说宛云现在才十四岁，跟阿永成亲早了点，但可以先住过去，先当童养媳，过个两三年再完婚。她说朴善玉也主张这样做，就怕委屈了宛云。刘秋兰只能叹息，她什么也说不出来。宛云如果不流泪的话，除了翻绳玩，就是用笔在墙上乱画，画了乌鸦、狐狸、老鼠、水牛等东西。你跟她说话，她都一概不搭腔。张家老太啃完一个梨，又吃下一个烧饼，嫌烧饼油放得少，不酥。吃毕，用手抖抖衣襟上的烧饼渣，说："前天我去酱菜园看阿永，觉着他好像变了个人。他原先见了我就是个笑，现在不了，一个人坐在窗前的小板凳上，手里拿着个宛云给他买的铃铛，当啷当啷地摇。我问他，阿永，你想不想云呀？你猜阿永怎么着？阿永哭了，照我看他就要开窍了！宛云跟着他，肯定不会受气。你想想你们家的条件啊，没个男人主事，也没钱，宛云这么大了都没上过学，虽说她长得好看些，可这有什么用？将来找人家还不是一样费劲？跟阿永，照我看是老天爷给安排的，人是拗不过命的，就依了吧。"张家老太擦了擦唇角溅出的唾沫星子，呼哧呼哧地喘着粗气，并且接二连三地打嗝儿，就像鸡刚下过蛋，咯咯咯地叫个不休。张家老太便诅咒她的胃，说是不体恤她，不知道帮助她消化东西，欺负她老了，声言要绝食三天，不给它输送任何食物，将它饿瘪了，它便老实了。那胃想必胆小，又是好吃之徒，这一吓唬，立刻安分守己了，张家老太不再打嗝儿了。

张家老太足足呆了一个下午，见天色晚了，这才松开腿下了地，飘飘摇摇走了。走前她数落儿媳妇手工活太粗，说是过冬的棉裤还没缝好，刘秋兰心领神会地说她在家也是闲着，明儿不妨把活儿拿来，她给她做。张家老太就和颜悦色地说："谁要是摊上你这么个媳妇，一准是他家八辈子都没做过一件缺德事！"刘秋兰送她到屋外，临离开时她又发牢骚，说是今年买来的配给的棉花成色差，里面夹着苇絮，估计冬天穿着也不会保暖。刘秋兰便说："那就把旧棉花弹一弹，跟新的一样了。"张家老太就叹口气说："原来我净去王罗锅子那儿弹棉花，他弹的棉花又细又匀，絮起来不费事。这些年也不知他去哪儿了，见不着个影儿了。兴许是蹬腿儿归西了呢。"
她又叹了一口气，说："也不打听这事，打听了倒难受。"说完，一
摆手晃晃悠悠地走了。刘秋兰站在屋外，听着哗哗的风声，看着西
天上溅血般四散的落霞，想起宛云的将来，不由得落泪了。当着宛
云，她不敢过多流泪，怕给她增加精神负担，宛云所受的悲痛和屈辱，
已经是连大人都难以承受的了。

　　宛云见母亲和张家老太出去了，就把线绳抻平，扔在一旁，然
后从炕上坐了起来。她环抱双膝，望着玻璃窗上映照的微黄的流云，
想起了一周前也是这样一个斜阳四散的时辰，她和阿永之间发生的
事情。那天合该出事，风很大，把玻璃窗震得咣当咣当地响，酱菜
园忽然来了个打着竹板的算命先生，非要给李金全一家人算算不可。
他看上去倒也不像个算命的，面貌平常，眼神灵活，穿一件玄色上衣，
一条打满了补丁的肥腿裤子。他声称先给一个人算，若是觉得不灵
验，他抬腿便走，一文不要。李金全那时刚从外面闲逛回家，觉着
有趣，就让他进客厅，想听他能把人的命算到何种程度。当时刘秋
兰也在，他想问问王亭业究竟是人是鬼，是人，如今身在何方？是
鬼，那尸首又在哪里？朴善玉想问的是阿永的将来，阿永会不会说
上媳妇？见宛云和阿永也跟了进来，大人们觉得小孩子在场有些话
不好问，就轰他们出去。宛云便领着阿永进了他的屋子。那天的风
真是大啊，尘土飞扬着，窗台上落了很厚一层灰。那灰是从一块残
破的玻璃里钻进来的，有拳头般大的洞，夏天时阿永有回淘气，在
屋外用石头砸坏的。宛云便说："阿永，都是你干的坏事，这下好了，

秋天时你就在屋里喝西北风吧。"其实宛云也不知道外面的风是不是西北风，只是大家觉得风若是恶劣，就会说"这西北风刮得人这个难受"，由此认定不受欢迎的风就是西北风。阿永嘻嘻笑着说："我和云一起喝风。"风虽然大，但天气却是晴朗的，夕阳将玻璃窗涂抹得一派金黄，煞是可爱。宛云唤阿永给他拿来糨糊和一张纸，她要把那洞糊上。在等待阿永取东西的过程中，宛云伸手抚弄窗上的流云，觉得它们如此柔软、湿润、鲜艳，就说："你们给我变成一条头绫子吧，我好来扎辫子。"流云微微耸动着，似是要变化成头绫子的样子，宛云就说："你们可真听话，不像阿永，你跟他说东，他偏指着西，拗死了！"宛云伸出舌头给流云扮鬼脸，然后用手指在窗上划来划去。这时阿永取来了糨糊和纸，他把它们搁在窗台上，忽然拉起宛云的手说了声："云真美。"宛云笑了，一边挣脱手一边说："你倒是学精了，知道我帮你糊窗户，就巴结我，说我好听的。"可宛云抽不出手来，阿永紧紧地拉着它们。宛云呵斥道："阿永，别闹了，我该干活了！"阿永的脸白了，呼吸紧张了，嘴唇上下嚅动着，眼里蒙上了泪水。宛云说："阿永你怎么了？快松开手！"阿永一把将宛云抱在怀里，使劲地亲她，泪水落到宛云的脸上，使她有走在滂沱大雨中的感觉。宛云急促地说："阿永听话，快放开我，我给你糊窗户。"阿永却什么也听不进去，一扬手把宛云拦腰抱起，朝床铺走去。宛云意识到情况不妙，便高喊："妈妈，快来呀，阿永欺负我了！"岂料风的号叫声早把她的呼喊给粉碎了，喊了也是白喊。宛云没料到阿永的力气如此之大，他的胳膊钳着她，使她无论如何也挣不脱。阿永将宛云捺到铺上，开始疯狂地撕扯她的衣裳，将宛云的一套衣裤撕烂了，使她赤条条地像条鱼。阿永压上她的身体，宛云就觉得阿永重得如一块巨石，而她则轻飘飘的似一片风中的秋叶。阿永哭泣着进入她的身体，宛云觉得疼痛就像断了线的风筝一样跳跃了一下，高高飞起，她叫喊着，抓挠阿永的脸，阿永便把她的双手摁住，让她动弹不得。宛云觉得眼前的阿永像鬼一样阴森可怖，他的脸扭曲变形了，额上流下汗珠，眼里则飞溅着泪花。床铺被冲撞得吱吱嘎嘎地响，似是要粉碎的样子。无助的宛云不想再看这张脸了，她闭上了眼睛。待阿永安静下来，从她身上爬下来时，她觉得浑身冰凉，仿佛周身的血液都凝固了。阿永一遍遍地叫着"云"，依然流着泪水。宛云很想爬起来掐住阿永的脖子，掐死他，可身上一点力气都没有了。玻璃窗上的流云全飞了，天昏地暗中宛云觉得自己化成了一粒灰尘，漫无目的地在风中飘拂着。后来她听见了开门声，母亲的声音传了过来："宛云，该回家了。"那一刻她的泪水格外旺盛，汹涌无边的，结果宛云没有晕过去，倒是刘秋兰见了床铺上自己女儿的那般模样，"啊"地叫了一声倒在了地上。

　　宛云知道她和阿永的事情只限于母亲、张家老太和朴善玉夫妇知道。本来是不想告诉张家老太的，可她蛮有经验，见刘秋兰母女神色凄惶地不去酱菜园了，又见宛云泪流不断地躺在炕上，便明白发生了什么事。这几天，她不断奔走在酱菜园与刘秋兰之间，竭力欲促成这桩在她看来已是生米煮成熟饭的婚姻。据她讲，事出之后，李金全把阿永捆绑起来，棒打了他一顿。若不是朴善玉从中阻拦，恐怕杀他的心情都有了。刘秋兰一想起那天发生的事就后悔不迭，想着自己为什么要守在那里算命，结果命是越变越糟。她还记得算命先生喝茶时发出"吧唧吧唧"的响声，很难听。他先给阿永算命，说他马上就能娶上媳妇，而且长寿。说阿永之所以愚钝，是因为他是七月十五鬼节时从庙里跑出来的小鬼，介于人鬼之间，因而有异于常人。至于王亭业，按他的说法他还活着，不过也活不过几年了。说刘秋兰和她丈夫命相不和，一生相克，早晚有一个人会先走的。听得刘秋兰心里一揪一揪的。李金全便不停地追问："她男人还能活几年？"刘秋兰明白他问这话的含意。那年的二月初二，她因给阿永缝龙尾而感染了风寒未去酱菜园，李金全便提着一包点心来看她了，说是在路上碰到宛云才知道，他坐下后跟刘秋兰嘘寒问暖的，十分知冷知热的样子。不过因为他斜眼，虽然他是盯着刘秋兰说话的，可目光却好像放在别处，使刘秋兰老是憋不住想乐。李金全很会说笑话，那天他给刘秋兰讲了十几个笑话，听得她一阵阵地笑，后来觉得头不沉了，身体轻松了许多，李金全便说任何病都跟心情有关系，笑一笑，十年少；笑一笑，病没了。刘秋兰想不到平素在酱菜园板着面孔的李金全其内心世界是如此活泼。刘秋兰那天留他在家吃了饭，做了一锅面汤，李金全连喝了三碗，说是太香了，若不怕把肚子撑破，他还会喝。他那天走了之后，刘秋兰竟奇迹般地好了病，可她第二天再去酱菜园时，发现李金全见了她如往常一样板着脸，好像昨天的一切都未发生过，让刘秋兰好生奇怪。这之后刘秋兰又病了几次，回回李金全都提着点心来看她，来后口若悬河地与她有说有笑的，就像多年的至交似的。有一回他拉着刘秋兰的手，问她想不想和自己在一起。刘秋兰不明白"在一起"的含义是单指男女之间的床上风流事，还是指他有意要娶她，因而她很聪明地回答："我男人现在生死不知，我不能做对不起他的事。若是将来知道他死了，我也就找个好人嫁了，好好过日子。"李金全心领神会地说："我不过想着你男人走了这么长时间，你一个人寂寞得慌，看着你又不太烦我，想陪陪你。"刘秋兰心里想："见你的鬼去吧，想占我的便宜，没门儿！"然而时间久了，她确实对李金全有了某种好感，想着没有他，她们母女也许会流落街头，沿街乞讨。于是有回就主动跟李金全说，要是得到了丈夫确实已死的消息，她就和他在一起，来报答他。在没有确切消息之前，她做这种事就是背叛丈夫，于心不忍。从此后，李金全就盼望着王亭业的死讯能早日传来，为此他还托人去警察局打听，结果回话的人说王亭业早已转到别的监狱去了，至于转移到哪里，又是个未知数。当李金全察觉到丁立成对刘秋兰情有独钟后，就借故把他解雇了。刘秋兰想，丁立成若是真心爱她，走到哪里都会回来找她的。然而丁立成没有回来。有一次朴善玉去买辣椒，在集市上碰到丁立成，原来他找到了一份打铁的活儿，听说日子过得还不错，朴善玉对刘秋兰说："他还跟我打听你呢，问你家男人放没放回来？"刘秋兰的脸便红了，说："他不过是顺便随口问问罢了。"嘴上这样说，心里却惦记着丁立成，觉得他年轻力壮、忠厚老实，是可靠之人。盼望着有一天他会从天而降。在刘秋兰对未来的设想中，报答过李金全之后，就死心塌地和丁立成过日子。现在宛云突然被阿永糟践了,刘秋兰便恨那个酱菜园,也恨李金全了,她根本不想着去报答他了。

刘秋兰抹了眼泪,又平静了一番,这才回屋。一进去,她意外发现宛云已经下地,她正蹲在灶坑前生火。见了刘秋兰,她说:"妈,咱做点疙瘩汤喝吧,我馋了。"刘秋兰喜出望外地说:"家里刚好还剩点面,总有两三斤吧,够咱娘儿俩喝几顿疙瘩汤的了。"说着,刘秋兰就取了面盆,去米桶里找那几斤面。这面还是上回她生病时,李金全给送来的。那天下着雨,很大,他打着伞,还是弄湿了裤脚和鞋子。一进屋,他就把十斤面扔在炕上,弄得炕沿一片白,说:"到德源汇弄了十斤面,你留着烙饼吃吧。"虽然平素不供给白面和大米,但李金全总能设法搞到。刘秋兰便想不管是什么世道,有钱人的日子总是比穷人要过得滋润。

刘秋兰舀面时心里就有着某种悲伤。宛云将火引着了,就起身洗头去了。她舀了两瓢凉水,又对了些暖瓶中的热水,朝水里放了一点碱面,说是这样洗出的头发滑溜。刘秋兰做疙瘩汤时悄悄观察宛云,心想她可别吃饱了后弄干净了自己就去寻死,今晚她得好好看住她,万一她寻了短见,自己这一生就孤苦一人了,活着还有什么盼头?宛云洗干净了头,说:"这下我不觉得头昏了,在炕上躺了这么些天,要躺傻了,还是起来活动活动好。"刘秋兰便和颜悦色、柔声细语地说:"就是,人要是不动弹动弹,好人也得给躺出毛病来了。"天黑了,宛云拉开了灯,灯绳使灯跟着晃悠了一番,那光芒就像旋风一样转了几圈,然后无声地停了下来,安安静静地将光芒落在了固定的位置上。刘秋兰做好了面汤，母女俩支上饭桌，将碗筷摆好，相对而坐，默默地吃了起来。宛云吃了两碗，吃得额上全是汗，刘秋兰就用毛巾为她擦汗，怕她见了风受凉。宛云擦干了汗，叫了声"妈妈"，然后呆呆地看了半晌饭桌，这才接着说话："我想好了，我就跟阿永过算了。他把我祸害了，将来谁还能要我？再说了，他虽然傻，可他家不穷。将来爸爸有一天回来，肯定会落下一身的毛病，再没有工作做，咱一家人就得挨饿了。我跟了阿永，咱家跟他家就是亲家了，他家不能不管咱家。"宛云的眼里蒙上了泪水，灯光下那泪水晶莹剔透，如水晶一般。刘秋兰忍不住抱住女儿，放声大哭。宛云说："妈，你别哭了，阿永心眼儿好使，对我不能坏了。"可刘秋兰还是抑制不住自己，宛云才只有十四岁啊，而阿永二十多了。让刘秋兰怎么忍心答应呢？她想都是自己害了宛云，她若不去南市街酱菜园，就不会有今天的事，而那天她若不是特别想听算命先生云山雾罩的话，宛云也不会出事。她拍着腿哭诉着，谴责着自己，宛云说："妈，你别说自己了，那天也怪我，我不该张罗着帮他糊玻璃上的洞，结果他去取糨糊时，不知怎么动了坏心眼儿。也怪那天的风，太大了，我喊你了，可你听不到。"宛云哭泣着。

　　宛云说到做到，第二天早晨她不顾母亲的阻拦，执意去酱菜园了。刘秋兰连忙锁上家门跟着她。宛云在前，刘秋兰在后，她们走得很慢。明朗的太阳斜吊在东方，将天地照得格外亮堂，路旁树上的秋叶仍然呈现着一派醉意，在秋风中踉踉跄跄着，飘摇不定。宛云不时俯身捡起一两片已被吹到路上的树叶。走到南市街拐角的时候，她们碰见了朴善玉。她脸色灰白，提着一包烧饼，看见宛云，吃惊得半晌说不出话来。刘秋兰在宛云后面跟朴善玉招招手，示意她过来，自己有话跟她说。朴善玉就看着宛云从身边经过，然后小心翼翼地问宛云这是去哪儿。刘秋兰细说原委后，朴善玉就站在街上哭了，说："都怪我们阿永，连累了你们娘儿俩，他把宛云这孩子给毁了，有时我和他爸真恨不得用绳子把他勒死了。"

宛云迈进了酱菜园的门槛。阿永正吊着一串鼻涕站在院子里摇铃铛。那铃铛是宛云为他买的，黄铜的，扁圆形，下面有木柄。握着木柄一晃荡，那扁圆肚子里面盛着的铜球就碰撞着响了，十分悦耳。阿永见了宛云"哇"的一声哭了，十分委屈地叫了一声"云"，然后就拉着她的手，不肯再撒开了。

宛云自此住在酱菜园了。朴善玉动员刘秋兰也住过来，说是屋子也有余绰，闲着也是闲着，可刘秋兰执意不肯。她想若是娘儿俩都过来了，自己的家就仿佛真的是败了。只是晚上她独自回家，觉得分外冷清。明明屋子里烧得够暖和的了，可她还是觉得冷。幸亏有张家老太过来闲聊，听着她东拉西扯，为她做些针线活，倒也能把时光打发过去。张家老太近日认识一家人，说是个带着三个孩子的女人，住在皇宫后身的一座屋子里，她男人在宫里给皇上伴驾。原本一家人是在北平的，可皇上来了新京，他男人只得把一家人接了过来。张家老太说："到底是不一样啊，她男人在宫里做事，人家的女人在穿戴上就跟普通人家的有差别，手上戴着金镏子，耳垂儿坠着金耳坠儿，孩子们个个穿得整整齐齐，看看人家的菜板，油汪汪的，还不是三天两头就得切肉！"刘秋兰便笑了，说："那就把你的孙女嫁给她家的儿子，也跟着沾沾光。"张家老太"呸"了一口说："我也是这么想呢，可你知道吗？那女人生的是仨丫头！"愤愤不平的张家老太从鼻子里发出不满的"哼"声。有时候张家老太屁股沉，坐得夜深了，刘秋兰索性留她住下，可她执意不肯，说是晚上不回家，儿孙们就会翻她的箱子，私分她的财产，她挂在口头的一句话是："他们巴望着我早点死！"

　　秋天已经是强弩之末了。树基本脱光了叶片，看上去光秃秃的。树叶落在地上，清晨时蒙上一层白霜。待到太阳升起，霜化了，它们便被人马车辆给尽情践踏着，不久就四分五裂，零落为泥了。有怕冷的老人已提前穿上了棉袄棉裤。刘秋兰每天都是在天色微明时就到了酱菜园，她走到宛云和阿永住屋的窗前，悄悄地听里面的动静。一般来说都是宛云先起来，她第一件事就是端着尿盆睡眼惺忪地走出来，看见母亲，她会打着哈欠说："妈，你怎么来得这么早，睡够了吗？"倒过尿盆，宛云就要服侍阿永起床，给他穿戴好了，为他打洗脸水。往往在阿永稀里哗啦撩水洗脸的时候，她们母女俩在一旁说话。原先屋子里只有阿永的一张铺，宛云来了之后，就搭了一铺炕，能睡三四个人。刘秋兰注意到两套行李一套在炕头，另一套在炕梢，而不是并排放着，心中就略为宽慰，想着阿永没有欺负宛云。宛云告诉母亲，自打她住过来后，阿永晚上只是缠着她讲故事，听累了，就乖乖地一个人睡了，一次也没有碰过她。为此，宛云对阿永又恢复了以往的怜爱，上街时拉着他的手，不让他乱跑，以免被车撞着。在家时则给他洗衣、端饭，甚至于捉他头发上的虱子。朴善玉为此而心满意足，想着自己百年之后，这个酱菜园就归能干而通情达理的宛云来经营。阿永的姐姐自从宛云来了之后，礼拜天也不爱来了，说是看到宛云心里不舒服。说宛云一双眼睛滴溜溜乱转，精明过人，肯定是和她母亲一起打过如意算盘，暂时忍辱负重，将来顺理成章接手酱菜园，到时再把阿永踢出家门。

最后一场秋雨使得路上形成了一些小水洼。隔了一夜，那水洼就冻成冰了。阿永穿着胶鞋，踩水洼上的薄冰，踩碎了就跑，好像那水洼是地雷，一旦爆炸了就会殃及于他似的。宛云见状，站在一旁哈哈地笑。她已经好久没有这样真心实意地笑过了。刘秋兰来酱菜园时觑见这一幕，也跟着笑了起来。宛云告诉母亲，昨天她听人说，王大疤拉聋了，什么也听不见。原本他就一天到晚心烦意乱地掏耳朵，已掏得半聋了，这回他女人把他甩了，跟个日本军官跑到东洋去了，王大疤拉一气之下就双耳失聪了。一些平日嫌他没骨气的人就敢当面数落他了，反正骂了也是白骂，他听不见。宛云笑着说："那年二月二在王大疤拉那里剃头，阿永让人揍了，他也不管，当时都把我急哭了，这回他聋了，我看他是活该！"

那天合该张家老太要出事。下午时满天都是灰云彩，密密实实的，冷风飕飕地刮，要下雪的样子，可她心慌意乱地在家坐不住，非要出去不可。她就来到了酱菜园，见阿永笑得眼睛眯成了一道缝，连夸阿永好福气。说是原来还说阿永说上了媳妇她就会死，没想到自己倒是越活越硬朗了。张家老太、刘秋兰和朴善玉看到天昏地暗的，又没生意可做，正好凑在一起聊天，于是就各自搬了个板凳去了厅堂。厅堂昏暗不堪，将死的蛾子在窗台上虚弱地扑扇着，一股阴凉的气息从人们脚下升起，弥漫了周身。为了使大家暖和一些，宛云就沏了壶滚烫的热茶，由着她们去喝，想想笸箩里还有一些炒好而未吃完的蚕豆，就把它也端了上去。朴善玉对张家老太说，这蚕豆太硬，她们都嚼不动，让她别吃了，弄折了牙就不合算了。张家老太一龇牙说："我这牙，别看比你们年纪大，比拴马桩还结实！"说着，放进嘴里两颗蚕豆，很清脆地嚼着，立刻使它们粉身碎骨了。张家老太越发得意，说她年轻时吃蚕豆还不是一粒一粒往嘴里送的，而是张着嘴，用手抛着往里扔，一个接着一个，准确无误。说着，竟然拉开阵势，张着嘴开始表演了。前两粒倒是准确无误抛入嘴中，她快意地把它们嚼了飞快咽下。扔到第三粒时，只听那蚕豆"嗖——"地飞入她嘴里，张家老太就打了个激灵，怔了半晌，眼球突然变大了，她"呃呃"怪叫了两声，身子一歪便倒地了。那粒蚕豆飞进了她的气嗓，死死卡住，遏制住了她的呼吸，顷刻间就使她气绝身亡。大家手忙脚乱地往出抬她，想着找医生来抢救她，岂料抬到院子时，她的手脚已经僵硬了。棉絮般的雪花轻盈地飘下来，落在张家老太的身上，就仿佛是为她加盖一床棉被似的。

六

　　寒冬了。火车所经之处，皆是一片苍茫景象。雪覆盖着大地，白茫茫的。那些干枯了的蒿草萎黄着脸，在雪上瑟瑟抖动着，投给雪地一片破碎的影子。羽田在火车上已经跟随马匹走了三天两夜，再有几小时就要到达目的地了。这些马匹是从朝鲜境内征调而来的，由于在闷罐车厢里拘禁了许久，不见天日，显得很躁动不安。嘶鸣声不绝于耳。昨天车过山海关时，正逢上黑夜，一位士兵向羽田报告，有匹母马产下了一只小马驹，枣红色的，很可爱，问该如何处置。这批马是特殊军用物资，是绝不允许有怀孕的母马出现的，它们将作为骑兵旅的坐骑，随同骑兵征战。小马驹的出现显然不合时宜。羽田说，干脆择一片荒无人烟之处，将小马驹推下火车算了。哪个农人若是有福气捡到它，即便它活不下来，也能成为一顿美餐。士兵便遵照吩咐将小马驹推下去，他择了一片离灯光比较近的荒野，想着离村庄近，经常有人活动，这马在寒风中也许会得救。士兵很年轻，入伍三年，心地善良，羽田很喜欢他，乐意和这样的人一起执行任务。他叫细川康平。细川康平很爱那些马，除了一日三餐，他几乎都与马在一起。他挨节车厢地巡查，给马加料，清理它们的粪便，将几个人的活儿一个人做了。按他的说法，这些马都是有灵性的。它们知道自己前程灰暗，是去送死，因而夜里难眠。那匹生下了马驹的母马自从小马驹消失之后，就显得蔫软无力，无精打采的。它卧于干草上，眼睛里饱含着泪水，不喝水，也不吃草料，令细川康平十分难过。想着应该让小马驹留在这里，它年幼，做不了坐骑，也不至于把它抛弃啊。他想羽田也许认为到了目的地多了只小马驹，会被军部认为这批特殊军用物资有诈，受到责备。细川康平想人若是有了巨大悲痛，是需要安抚的，马也应该如此。他就用手一遍遍地抚弄马鬃，想让它松弛一些，这样便会减轻痛苦。他很担心这匹马如此心情到了目的地，被边塞的朔风寒流鞭笞后，会走向穷途末路，那样他会觉得是自己把这匹马害了。在军队，等级森严，下级服从上级，而新兵则要服从老兵。他想自己不服从羽田的命令就好了，那匹小马驹仍能留在车里，而母马也不会委靡不振。不过细川康平也不反感羽田，觉得这个人有些怪，不爱说话，孤僻，心事重重的样子，总是喜欢把目光放在窗外的风景上，有时是黑夜，火车所经之地亦无灯火，漆黑一片，他却仍望窗外，令人不可理喻。羽田每天来车厢巡视两次，早晨和傍晚。他看到那些横躺竖卧的马总是微微叹息着。

　　羽田吃过早饭，照例到车厢去查看这些马，发现并没有病马，只是产驹的母马面露悲哀之色，就拍它的脊背说："都会过去的，坚强些。"这句话让细川康平好生感动。细川康平斗胆问了一句羽田，这些马是先作为演习的工具，还是直接上战场？他明白这问题是军事秘密，他不该这样问的，弄不好会受到斥责。羽田笑笑，说："这话你得去问德国人了。"细川康平的脸便红了，觉得羽田这话含有奚落自己的意思，便缄口不语了。直到羽田看过马离开，他仔细回味这话，才恍然大悟，那就是战马能否出征，取决于德国在苏联战场是否占据优势。如果德国把苏联打得呈现崩溃之势，日本当然可以乘虚而入，北进与苏联交战了。看来这些战马肯定是先用于演习，不会马上去送死的，细川康平就略为心安了，他在清理马粪时竟然哼起歌，马儿听着他的歌，很投入的样子。

羽田押送军用物资已经不是第一次了，每回坐在火车上，他都有一种无法言说的漂泊感。尤其看着窗外变幻游动着的风景，觉得大自然的万事万物都相处和谐，惟有人类的战争在破坏着这种平静。他愈来愈厌恶战争了。战争的目的总是在进行领土之争，而遭遇不幸的却是平民百姓和被硝烟笼罩而备受摧残的大自然。炮火可以把一片碧绿的原野烧焦，让那些正盛开的花朵枯死。炮火还可以让一处湖泊掀起巨浪，杀死那些在湖底悠游的鱼群。战争使一些人挂上勋章而凯旋，也使一些人成为囚徒而送上审判台。在羽田看来，人类所进行的一切战争都是危险的游戏，可这种游戏由于有巨大的利益作为驱动力，会永远存在下去。一旦认清了这一点，他就觉得深深的悲哀。因为对待这个世界他是无能为力的。他想人类只有最纯真的情感是属于自身的，它在战争中尤其显得弥足珍贵，可是他心中的纯真情感也已被战争的铁蹄所踏碎。他手捧那条腰带，再也激不起初来满洲时的美好幻想了。

德国对苏联所发动的战争，使日本大本营看到了进攻苏联的曙光。因此紧急从国内抽调了两个师团前来满洲，动员青年人参军、效忠国家。在满洲与苏联交界的战线上，开始层层部署兵力。他们抽调了南部战场的精锐之师，炮兵、骑兵的数量较之以往增加数倍，在边境线一带开始进行大规模的军事演习。演习需要大量的武器弹药、战马、粮草等特别军用物资，铁路运输显得尤为吃紧，因而"亚细亚号"特快客车已经停运，"满洲国"的老百姓外出甚为不便。

在铁路沿线，为防止军用物资被劫，关东军严密警戒，派警察和宪兵设置了无数岗哨。逢到列车经过这样的岗哨时，羽田便能看见荷枪的士兵向火车行礼。他心里就想笑：你是在跟马行礼呢！你是在给冰冷的子弹行礼呢！所需军备之巨，可以说是空前的。粮食分两部分调集而来，一个是从本土征调，另外一个则是在"满洲国"征调，层层盘剥，使老百姓本已十分困顿的生活更加雪上加霜，据羽田所知，今年入冬以来，东满一带煤矿冻死饿死的居民也不在少数。他们甚至连橡子面也吃不上了，而士兵们却可以吃上白米。士兵们经过部队的驯化和教育，认定满洲人是猪。由于大演习，前方还需要锅、暖炉、木炭、钢材以及蔬菜肉类等副食品，铁道线空前忙碌起来。类似锅和暖炉这样的生活必需品，基本是让"满洲国"百姓无偿献纳的。这批来自朝鲜的战马，亦是强行征调而来的。关东军的士兵在朝鲜乡间将农民家马厩搜索个遍，专挑那些膘肥体壮的牵走。很多农民跪下求饶，说这马是家中的主要劳力，离不开它，求士兵放了马。可哀求是无济于事的。羽田听说有一匹雪青色的马是主人的至爱，这马曾救过主人的性命，它被牵走之后，主人夜不能寐，就到驻地寻他的马。关东军士兵自然把他挡在了门外，告诉他，这马能够入选为战争服务，他应该感到光荣才是。主人就涕泪横流地站着不走，事情也真是奇特，都说狗的嗅觉是最灵敏的，谁承想这匹雪青色的马竟也如此有灵性，它大约嗅出了主人的气息，一阵嘶鸣后奋力挣断缰绳，跃身而起冲出马厩，到外面与主人相会。马在流泪，主人也在流泪，士兵看了于心不忍，悄悄告诉主人，你骑上马快跑，我在后面放两声空枪交差了事。主人连忙飞身上马，跑出十几米后，听见两声枪响，子弹在马的肚腹两侧呼啸着朝前飞去，令主人感怀不已。这士兵自以为做得天衣无缝，没想到被同伙觑见这一幕而告发，关了禁闭。羽田在接手这批马由朝鲜来满洲时听到这个故事，不由为那个士兵而暗暗难过。

羽田坐在车厢里看了一会儿士兵们随手带的士兵守则，细川康平进来了，他说："再过几个小时，这马就平安抵达了。"他想着在到站前一小时，把这些马全都赶起来，让它们站着，精神精神，否则下车时会给人一种病马残马的印象。羽田笑笑，说："就这么办好了。"细川康平见羽田手里拿着士兵守则，就说他刚当兵时，有天放流动哨，查哨的长官朝他走来，说请把你的枪递给我，让我看看擦得亮不亮。细川康平自然把枪恭恭敬敬交与他，结果遭到长官的训斥，因为作为流动哨士兵，是绝不可以把枪交与任何人的，要枪不离手。细川康平说他当时很委屈，觉得这是用欺诈的办法检查他。他说之所以毫不犹豫将枪奉上，实在是因为在军中服从命令已成习惯的缘故。羽田笑了，说："那长官也够狡猾的。"细川康平见羽田与他和颜悦色说话了，就讲了一个流传在军中的笑话。说是巡察问步哨，如果有一只老鼠叼着火钻进了弹药库，你怎么办？当然这种假设是极荒唐的，可步哨必须要做出回答。正确的回答应该是："叫猫含着水去追。"细川康平说完笑了起来，羽田也笑得不能自持，先前郁闷的心情也随之开朗了。羽田说："索性就让这只带着火的老鼠将弹药库引爆了算了。"细川康平问羽田能不能想到这个精妙的回答，羽田连连摇头，声称自己可没有这份喜剧天才。细川康平又接着讲了军中发生的一些可笑之事，比如老兵总是欺负新兵，新兵们忍气吞声，可有一回老兵夜里偷着在军营外支炉灶，喝酒煮肉汤，一个新兵就悄悄把臭袜子里塞上石块扔进锅里，害得喝过肉汤而最后发现锅底臭袜子的老兵个个头晕恶心，条件反射般地集体泻肚。羽田便说，这老兵够可恶，新兵也够调皮的。细川康平讲完笑话，说到了目的地，共有两天时间在那儿逗留，他要去看刚从国内随军而来的一个朋友，跟他好好聊聊，他们已经很多年未见面了。他是从父亲的这次家信中得知朋友来到东满的一个师团，参加关东军特别军事演习的。羽田便嘱咐他到了前方阵地不可信口开河，在那里的三天要遵守纪律，之后他们还有新任务要执行。细川康平说当过几年兵，虽称不上兵油子，也知道怎样保护自己了，说完他又忙着照料那些马，说那匹分娩的马仍然眼泪汪汪的，他怕它中途发生意外，要强行给它喂些吃的。羽田点了点头。

　　起风了。风越刮越猛，不久，便下起大雪。雪片虽不大，但是密度很大，遮天蔽日的，车厢里昏暗不堪，车速明显减慢了。如果这雪保持如此气势下上两三个小时，火车就不可能正点抵达。羽田起身来到车头，问司机这样的雪大约会误几小时？司机是中国人，四十来岁，面色黧黑，一脸的络腮胡子，牙齿发黑，说话时鼻音很重。他说："能误几个小时，我也说不准，反正现在不能不减速了。"从车头望前方的风景，更觉是莽莽苍苍。大雪使远处的山影已变得模糊，两道黑色的铁轨在风雪中向远方延伸着，极像两条冻僵了的蛇。羽田命令司机，不要赶时间，要保证军用物资的安全，不能发生任何意外。司机点点头，全神贯注地注视着前方。在驾驶室里，有名持枪守卫的日本宪兵，以防身为中国人的司机会与沿途的"共匪"有联系，使物资受损。羽田跟守卫的士兵眨眨眼睛，示意他要严加防范，不可掉以轻心。守卫明白这种恶劣天气是劫车的大好时机，因而心领神会地努了一下嘴，握紧了手里的枪，暗示羽田他的警惕性很高。离开车头，羽田又将其他几名士兵召集到一起，让他们荷枪实弹，在车厢流动巡视，发现意外及时报告，羽田可不想功亏一篑，在最后时刻出现意外。他虽然厌恶战争，但在执行任务时却是恪尽职守。

　　风雪越来越盛，列车行驶得就像牛车一样缓慢。钢轨在视野里也模糊了，好像一截一截地断裂了。马儿感觉到了气候变化，它们缩着身子，不安分地动着四蹄。羽田见窗外是开阔的原野，没有山，也就略微放了放心，因为如果有伏兵的话，多是选择在有山且火车转弯之处。而原野是一览无余的，虽然风雪的狂嚣影响了视线，但是仍能目测到一百米以内的情况。羽田想自己也许太多虑了，这批战马的运输是极为保密的，细川康平直到登上火车才知道自己要执行什么任务，再说近两年的抗日联军因为关东军的层层围剿，正陷于空前的被动状态。这样一想，羽田便觉得自己神经过于紧张了。他想马儿所栖息的车厢既寒冷，气味也不好，士兵们如果这样呆上几个小时，肯定会受风寒。于是又通知他们，感觉到冷的话，就回前面的车厢取取暖。羽田觉得自己的举动很可笑，他想只有执行特殊任务的男人才会如此。

　　火车行驶了两小时后，雪小了，天色也略微明朗起来，羽田高悬的一颗心终于放了下来。细川康平前来报告，说是那匹母马已经奄奄一息，趴在干草上起不来了。羽田便跟细川康平去看那马，也许是这一阵狂风暴雪所造成的严寒的侵袭，母马浑身哆嗦着，气息微弱，眼里仍然是湿漉漉的。车上并没有配备兽医，没人知道它病在哪里，羽田想病因也许是由于生产带来的。细川康平见这马哆嗦不已，便给它披上一件棉衣，盖在它的肚腹上。羽田想它如此哆嗦，除了寒冷之外，也有可能是周身疼痛。想着自己随身还带着镇痛药，就把剩下的小半瓶都拿来，令细川康平将其灌下去，死马当做活马医吧。羽田已经开始后悔自己不该命令把那只马驹抛弃，这跟让一个母亲眼睁睁地看着亲生孩子被遗弃又有什么区别？羽田的心情又变得格外沉重起来，他离开马群，独自回到住处，看着车窗下端弥漫着的霜雪，不由眼睛潮湿了。那霜变幻万千，有的像树，有的像一带河水，有的像一座小屋，还有的像一片菜地。当然，还有的像炊烟、像花朵、像流云。霜中的世界美不胜收，羽田想自己还不如化成霜贴在玻璃上呢，那么轻盈美丽，晶莹剔透，消失时也是静悄悄的，无影无踪。每当他内心泛滥着浓浓的伤感情绪时，就觉得周围的世界死一般的岑寂。他感觉列车已经凝然不动，化成了坚硬的化石，而车厢里的一切生命都停止了呼吸。

　　火车终于在晚上七时许到达了终点站，比预计的足足晚了四小时。羽田如释重负，士兵们也很高兴。细川康平显得尤为兴奋，一则可以见到他多年未谋面的朋友，二则那匹母马终于坚持下来了，它在下车前喝了一些水。羽田首先下车与接车的中士联系，将在朝鲜开拔时马匹的总数单据给他，由他带着骑兵验明。军人做事毕竟是一丝不苟的，中士派十二名战士守候在每一节车厢门前，一匹匹地往下牵马，精心统计数字。羽田穿着大衣，戴着棉帽子，站在站牌的栏杆一侧，看着这一幕幕情景。雪停了，风却刮着，飕飕地响，站台上每隔二十米左右竖着一盏灯，灯光幽蓝，投映在地上，使雪泛着一派青光，宛若铠甲的光芒。下来的马一律疲惫不堪，它们在站台上越聚越多，嘶鸣声阵阵响起，在寒夜里听起来格外凄凉。大约半小时后，统计数字出来，战马一匹不少，与单据上的完全吻合，中士和羽田互相握手，彼此在单据上签上名字。之后羽田坐着汽车来到山下的营房，细川康平等几名士兵则被安排到了别处。营房里很暖和，只有十几个人住，每个人都有独立的空间，用木板隔开，听说这是训练士兵的各路教官的屋子。西侧搭有灶台，有专门的伙夫。伙夫很瘦，但面色红润，他很健谈，问羽田想吃什么，他报了几种菜名，羽田听后知道军中的给养还不错，就要了两菜一汤。一个是土豆炖牛肉，一个是素炒白菜心，还有个鸡蛋汤。主食是馒头。羽田问伙夫，营房里怎么没有人，那些教官都去哪里了？伙夫用勺子敲着锅沿说："晚上也要演习啊，他们都出去了。有的晚上十点来钟能回来，有个别的一宿都不能回来呢。"羽田便想这些教官也是辛苦的。羽田在火炉旁烤手，觉得身体暖和了，就问伙夫哪一张铺位是自己的，想在饭没好之前先眯一会儿，在火车上的几天几夜他睡不好觉，已经分外疲惫了。伙夫指了指靠东的两个铺位，说："这俩都空着，是留给你们这样的人来住的。"羽田就瞅准了一个整洁的铺位躺上去，只一会儿的工夫就进入了梦乡。

羽田是被伙夫的勺把儿给捅醒的。他说："醒醒，这么睡下去，你能睡到天亮，先吃了饭再说。"羽田睡眼惺忪地坐起来，跟着伙夫去了灶房。热气腾腾的两菜一汤摆在桌上，汤上漂浮着一团一团鹅黄的蛋黄，很娇嫩，就像初春时浮在湖水上的雏鸭，看上去十分惹人喜爱。羽田先喝了几口汤，然后才吃菜，觉得菜的味道也非同寻常的好，就赞叹了一句。这时伙夫非常神秘地凑近他，对他说，这么可口的菜要是不喝点酒可就糟践了。羽田便说在营房里哪儿有酒可喝。伙夫笑了，说，我这里有，不贵，是高粱烧酒，你看着给钱。羽田有些迟疑，伙夫就说，你不要怕，这些教官晚上回来常喝酒的，没人来巡查，再说你刚从外面来，受了一身的风寒，喝点酒理所应当。羽田问过价格，心想这伙夫也真会赚钱，然后从兜里悉数将钱点给他，说一瓶我也喝不了，剩下的你就留着吧。伙夫连说羽田宽容大方，将来肯定有远大前程。羽田暗笑，心想让你有了赚头我就有了前程，若是今天不买你的酒，你还不咒我今天就下地狱？高粱烧酒很烈，喝进嘴里辣辣的，就像是吞火，但是落肚后又觉得周身血液沸腾，很畅快。伙夫坐在羽田对面，问他老家在哪里，家里都有些什么人，羽田简短地回答了他。伙夫一龇牙说，他的家在北海道，是渔民世家，他从小就跟随父亲出海。父亲是个酒鬼，出海回来就喝得烂醉，一醉了就打老婆孩子，逼孩子给他念诗，逼老婆给他唱歌。他说从幼时起怕父亲鞭打，他一有空就背诗，背了不下几百首。而他母亲则练习唱歌。羽田听了不由笑了，心想那你们家应该出个诗人和歌唱家才是啊。伙夫说，他父亲倒也怪，明明是烂醉如泥了，你看他意识也不清醒，可他却能准确判断出你背的诗是不是新的，你唱的歌又是不是旧的。一旦发现，必是更猛烈的暴打。伙夫说从那时起他就想着离家出走，因为他脑子里装不下那些诗，而父亲又要三天两头大醉一场。他说后来幸亏他考上了陆军学校，离开了北海道，毕业后即随队伍开拔到"满洲国"，彻底摆脱了父亲。为了证明自己说的是肺腑之言，他还特意背了两首诗给羽田，其中有一首是歌词，是武岛羽衣的词，名为《花》：春天里阳光明媚，笼罩隅田川，条条船南来北往，穿梭河面上。船桨上水珠四溅，好像花飞散，阳春美景让人醉，春光无限。露珠晶莹光闪闪，映照着晨光，樱花树向我含笑，竞相开放，垂杨柳枝条婆娑，频频招手，在这优美的夕阳下，轻轻摇荡。堤岸上美景如画，锦绣一片，朦胧的月色静悄悄，爬上河岸。春宵一刻值千金，一去不回还，阳春美景叫人醉，春光无限。羽田能在这样一个夜晚听到这首暖意十足的词，内心自是无比感动。他的伤感之情又浓浓地弥漫开来，开始喜欢这个心直口快的伙夫了。伙夫说他想给母亲攒点钱，将来回国后好好侍奉她，因为父亲已经重病缠身，活不了几年了，他母亲一生清苦，不能让她的晚景太凄凉。羽田便后悔刚才在心里奚落过这个把酒钱要得太贵的伙夫，他想应该多给他点钱才是，可是又怕另加钱给他，会使他觉得受到污辱，也就作罢。伙夫在羽田的劝说下也喝了两盅酒，喝得情绪颇为激动了，便浅吟低唱北海道民歌，听得羽田心里发潮，泪水抑制不住地流了下来。正在此时，灯光突然消失，屋子里突然黯淡了下来，羽田就趁着黑暗痛痛快快地流泪。伙夫说估计是暴风雪吹断了电线，入冬以来这种事情已经出现好几次了。他起身去灶台一侧的调味台上取油灯，借着炉火点燃，将它端端正正放在桌中央。羽田喜欢油灯的光焰，它不炽烈，温存，星光般曼妙，是可以让人感动的光焰。伙夫说他当兵当得疲惫了，盼着早点回故乡了。他的梦想是让老母亲过上幸福生活，娶个妻子，生上几个孩子，买一条好的渔船，可以在海上捕捞。伙夫接着又讲住在这里的教官的故事，说是他们自己在生活上不拘小节，可对待士兵十分严厉苛刻。演习以来，他们回来得很晚，夜里步兵要演习的科目很多，常常是枪炮声响作一团。他说只有骑兵的教官最清闲，因为战马还未运到。羽田便说，从今天起他就清闲不起来了。伙夫笑了，说，那我就明白你是干什么来了。羽田便又干了一盅酒，吃了一些菜，想着若被提早回来的教官发现他如此模样有些不雅，便放下筷子回屋睡觉。他刚一躺下，就听见一阵吱嘎吱嘎的响动，地仿佛在微微颤动，这时伙夫给他送来一只手电筒，嘱他起夜时照亮用。伙夫说："这是坦克开出来了。"羽田只是轻轻地"唔"了一声，他将手电筒放到枕下，突然想起了那匹产后的母马，它那双湿漉漉的眼睛就像暗夜中的星辰一样使羽田的心为之一震，使他了无睡意。这时大演习的枪炮声轰隆隆地响起了。

第十一章　一九四二年

民国三十一年　昭和十七年　康德九年

一

浑身抽搐的泥人邱嘴里泛出白沫，在铺上痉挛着，滚来滚去。王亭业咧嘴笑着，痴痴地看着这一幕情景。他想说，泥人邱，我不想和你做游戏，你就别折腾了。可他说不出话来。泥人邱已经掉光了头发，头皮青青的，看上去像个小和尚。他瘦得跟骷髅一样。他们是一年多以前从原来的监狱转移到这里来的。在一辆密不透光的汽车里总共押解了二十几名犯人，王亭业与同室的泥人邱在一起。记得离开监狱的那天，那个满嘴黄牙、臭屁连天的七号狱友以为王亭业和泥人邱要被拉出去处决了，还很动感情地分别拥抱了他们一下，哽咽地说："东方不亮西方亮，阳间不留阴间留。兄弟，哪里都是过日子，别难过啊。"而十三号狱友则无动于衷地在一旁捉虱子，鼻子里发出"哼哼"声，很不以为然的样子。王亭业他们坐了几个小时的汽车，然后被带到一处有着青草气息的地方。下车前每个人都被蒙上了眼睛，看不到周围的环境，但王亭业感觉到那是春天，很温暖，脸上有种毛茸茸的感觉，他知道是阳光在那上面爬。

而且他判断这所监狱远离市区，因为植物的气息很浓。他想也许时来运转了，新监狱重新审理他的案子，会发现他是清白无辜的，而会让他打点行装，即日出狱。然而到了新地方之后，他才发现这里不是监狱，而是一所大医院。他们所见到的都是穿白服的医生。每天清晨定时会有人来给量体温，然后做记录，而平素经常会被抽血。每当王亭业的胳膊被勒上胶皮管，长长的针头锐利地刺入他的血管，他看见鲜红的血液激情四溢地被抽到标有刻度的雪白的针管的时候，他都忍不住因为身体的骤然发凉而笑出声来。身体一凉，他就觉得浑身发痒，就想笑。他的举止令医生很反感，常常是边抽血边用眼睛瞪他。王亭业发现这些医生都是日本人，因为他们的汉语半生不熟的，除了量体温、采血、采唾液，他们还被切割过皮肤。王亭业的左腿就被割下过一块皮去，后来医生往创口上撒了些药粉，每日前来观察几次伤口变化。开始时创口红肿、疼痛，后来他觉得那儿只是发痒，渐渐地，创口竟奇迹般痊愈了，落下了一块松树皮色的棕红的疤痕。医生对他已好了的创口深为遗憾，甚至很有些气愤，每回看见那部位就要摇摇头，现出嫌恶感。王亭业凭着有限的医学知识判定，他们是成为医学研究的实验材料了。而这实验不是用老鼠做标本，却是用他们这种活生生的人。他想这比判了死刑上绞刑架更摧残人。他悄悄对泥人邱说："你年轻，有力气，这地方就是地狱了，你得想方设法往出逃，不然就完蛋了。"泥人邱愁眉苦脸地摇摇头，说："哪里逃得出去呢？"王亭业还记得泥人邱初入狱时是个体格健壮的小伙子，皮肤泛着健康的光泽，再难咽的饭也能吞下去,闲下来时眯缝着眼,十指揉来捏去的,做捏泥人的动作。他动作大时你知道他正捏一个动物的大致轮廓,而手指轻轻一点时,你则明白他正捏在细微精巧处。王亭业很喜欢泥人邱。他眼见着泥人邱一天天憔悴下去,头发逐渐脱光,眼球却凸了起来,十指纤细得犹如女人的。泥人邱越来越不爱讲话了。刚来到这里时,王亭业倒以为到了天堂,他们进得屋子被取下眼罩后,第一件事就是被带去洗澡,温热的清水散发着一种芳芬,犹如天河之水飞临人间,让人感激涕零。王亭业简直不相信会有如此的好享受,他哭了。莲蓬头向下刷刷地喷射着晶莹的水滴,王亭业则在水柱下欣喜若狂地流泪。他把自己洗得干干净净,搓出了一堆小鱼般翻滚而下的泥球,觉得自己一尘不染得就像刚出生的婴儿。医生给他们换上了新衣裳,衣裳上有新的编号,王亭业的是二十六号,而泥人邱的则是二十五号。他们住在同一间屋子,铺位一左一右相对,虽说是空间不大,但白色的新粉刷的墙壁仍然使人觉得很亮堂。他们来之后吃的第一顿饭竟是牛奶和面包,王亭业越发觉得自己到了天堂了。之后穿白服的人进来跟他们说,他们现在是病人,要积极配合医生进行治疗,不可反抗。王亭业自是怀着感激之情唯唯诺诺地点头。每间房都有一个铁门,铁门上端有个方形窗口,竖着铁栏杆,从外面的走廊可以随时监视到里面的一举一动。王亭业没过几天就发现他的想法错了,因为伙食越来越差,而医生所做的一切治疗在他看来是适得其反的。他悄悄地用指甲在白墙上划道,以计算时日。每天早晨醒来的第一件事,他就是在白墙上不易察觉地划上一道,这时走廊里就会传来医生的脚步声，量体温的来了。王亭业无论看见谁来，都要发出不由自主的笑声，仿佛不笑笑就不能确认自己还活着。墙壁上指甲的划痕越聚越多，他时常死死地盯着那一片地方，细细地查究竟有多少道了，结果没有一次顺利查完，总是因头晕眼花半途而废。他就大致给这些划痕划分几个区域，春天、夏天、秋天和冬天。每个区域大多有上百道。由此他已大致划分了五六个区域，便判定自己来这里一年多了。至于窗外是什么季节，王亭业是不知道的。有回泥人邱被注射了一针，拉到外面的骄阳下暴晒了一天，后来昏迷了一天一夜。苏醒后，守护在旁一直做各种记录的医生问他还记不记得发生过的事。泥人邱想了想，说他记得外面很热，是酷暑时节，他和几个人被绑在柱子上暴晒时，有一条狗伸着舌头趴在他们对面。狗的喘气声呼哧呼哧的，看上去热得够呛。医生没说什么，只是把这些话记在本上。王亭业的头脑却异常活跃起来，连忙把新划上去的那些痕迹圈在一处，在旁边戳了个小小的圆点，示意这是夏天，接下来他就好计算季节了。按他的猜测和估计，现在正是严冬时节，因为室内的暖气吱咕作响，医生进来时穿着棉裤。

泥人邱依然在铺上滚来滚去的，他发出呻吟声，王亭业觉得就像狗一样难听，他想告诉泥人邱，你手上的功夫过硬，可嘴上的差得远了，发出的声音实在太刺耳了。王亭业抱着头坐在铺上，一直看到泥人邱不抽搐了，也不发出任何声响了，医生出去喊来了两个人，将他用担架抬走了。王亭业独自一人躺在铺上，觉得头脑混沌一片，他不知道泥人邱这回能不能回来。以往泥人邱注射各种针剂也是如此这般发作，但他都能活着回来。王亭业抚摸了一下自己的脸颊，觉得手触之处是深深的幽谷，空洞得很，他想自己是不是已经没有脸了？他清醒的时候，还能依稀记得一些往事，他很奇怪记得最清楚的不是老婆孩子，而是于小书。于小书毛茸茸的眼睛，温温存存的笑意总是浮现在他脑海中。他想她早已到了嫁人的年龄，如今是不是已为人妻，实在难以预料。有时候想到她被别人搂在怀里，内心就有一种剧痛，鼻子就有发酸的感觉。在他的意识中，他是让于小书出国留了洋的，在自己没有出狱之前，她只能在异域等待他，他还好几次在梦中收到了她的来信。那信皮是海蓝色的，信笺则是云朵一样的棉白色，里面写满了密密麻麻的字，可他一句也看不清。醒来后他便想，不用说，那信笺上写的都是思念和爱意。这些年来，他想宛云的时候也较多，想着她已经长高了，成了大姑娘，肯定变了模样了，他回家后她还能认出他吗？她还会甜甜地叫他爸爸吗？至于老婆，如今他已忆不起她的相貌，而且连她完整的名字也想不起来了，只记得她姓刘，名字中似乎有个"兰"字，可是无论如何拼不成个完整的名字。王亭业便想，看来老婆已经是人家的人了，他才不会轻而易举将她忆起，这是天意。王亭业在清醒之时因为回想许多事情是一片空白，便确认自己有时精神失常。一这样想他就不寒而栗，牙齿上下打颤，接下来头脑又是一片空白了。

北野南次郎喜欢在冬季时进行实验。说也奇怪，一到了万物萧条、动物休眠的季节，他做试验的欲望就很强。七三一细菌部队实

在是个实验的乐园，它设施完备，研究经费充裕。在北野南次郎的
心目中，这里就是自己一生可以乐此不疲地生活和工作的地方了。
实验中心的四方楼在他看来比战场上的任何一座碉堡更为稳固，因
为它研究出的细菌武器是威力无比的。不动一枪一炮，而能使敌人
浑然不觉地坠入死亡，是最为他迷恋的。特别监狱里，关押着许多
"马路大"，他们衣着统一，在这里一律失去了名字，只用编号来代
替，望着这些活人实验材料，他无限迷醉，觉得作为一个医学研究
者，他是太幸福了，有谁能体验到在活人身上做试验的那种快感呢？
在这里，有供水室和独立的火力发电厂，有通向外面的铁路专用线、
飞机场、保存各种物资的仓库，有可以给人提供温暖同时又可以焚
烧马路大尸首的锅炉房，还有医务人员的宽敞整洁的宿舍、广场、
礼堂、神社、花园等等，在北野南次郎看来，这里是世界上最繁华
的角落了。他在试验室里解剖泥人邱的时候觉得身心愉悦，无比轻
松。他先取出泥人邱的肝脏和脾脏，把它们放在透明的玻璃瓶子中，
俟后进行毒性渗透的分析。然后他掏出他的心脏，那心脏还温热着，
就像个刚烤熟的红薯，他将其扔进器皿时，它竟然还"噗噗"地跳
了几下。北野南次郎在心里说："你还真想活啊。"他微微一笑，开
始取下他的肾，剜下他的眼睛。那眼睛浸入福尔马林溶液后，泛着
一种青白的光，直直地瞪着南次郎。他心里说，你看吧，看看你的
器官如今都在什么地方，你应该庆幸，你的器官最后没有化作泥土，
它们全都派上了用场，你为医学研究做出了贡献呢。北野南次郎顺
利解剖完了泥人邱，他摘下鲜血淋淋的橡皮手套，扔进垃圾桶中，

然后唤人来抬走泥人邱的残骸。解剖室里洋溢着一股腥热的血腥气，有些研究人员闻不得这气息，觉得恶心，可南次郎却不，他喜欢这种生命被肢解的气息，它比五月的花香还要袅袅动人。冬日午后的阳光有些疲惫，它们慵懒地投射在玻璃窗上，只给解剖室带来微弱的光明。

北野南次郎对泥人邱能在四种混合疫苗的注射中猝死而感到兴奋，实验是成功的，他想应该回到住地喝上一杯，晚上找个女人好好发泄一下。关在特别监狱的实验材料，主要以男性为主，女的极少，而姿色可人的就更少了。医生们有时急于发泄性欲，就找那些女的马路大。她们个个披头散发，身上散发着难闻的气味，而且目光凶狠。虽然她们孱弱得无反抗能力，任人摆布，但那咄咄逼人的目光实在让人不好受。南次郎睡过一个马路大，那是她刚被押解来的那天，南次郎见下来的马路大中有两个女的，其中一个圆脸，肤色黑红，胳膊粗壮，很结实的样子，令他心里泛滥着一种占有的欲望。当天晚上他就找到了她，她梳顺了头发，洗过脸，穿上了干净衣裳，看上去有几分秀丽了。她的杏核眼一眨一眨的，瞳仁很黑很亮，看人时微微吊起嘴角。北野南次郎说要给她进行身体检查，然后将她带进实验室，在那里强暴了她。那女人力气很大，开始时几次把他掀翻下来，北野南次郎不得不用绳索将其手脚捆绑起来，将她的嘴塞满纱布，他可以从容地使她就范。马路大在他身下虽然被迫屈服了，但她的眼睛一直圆圆地睁着，射着杀气腾腾的仇恨光芒，令南次郎有种芒刺在背的感觉，草草收兵了事，从那以后，他不愿意轻易染指马路大。

冬日的黄昏是陈旧的。落日也不是熔金之色，只不过微微有些泛红而已。北野南次郎走到实验室前面的空场，被冷风一吹，更觉身心无比畅快。动物饲养班的姜山岳正拉着一匹骆驼在溜达。他一边拖拖沓沓地走路，一边抬头望西天落日。南次郎知道这个浑身脏乎乎的满洲人喜欢看落日，好像太阳是他老婆，转了一天要与他分手时，总让他有些依依不舍。骆驼很瘦，也是试验材料，是从西北部运来的，对满洲的气候看来不太适应。南次郎心情好，就主动上前打招呼，说："落日的、美？"姜山岳连连点头，说："美！"南次郎又转向骆驼，问姜山岳："病的有？"姜山岳说："病的有，草的不爱吃，水的不爱喝。"南次郎便猝不及防地踢在骆驼的肚子上一脚，声言这骆驼是装病，不过是在屋子里呆闷了，耍个滑头出来透透风而已。姜山岳便想这骆驼若真是有如此智商，早会趁人不备时溜掉了。姜山岳拉起骆驼，避开南次郎，他可不想让骆驼受意外的伤害了。

北野南次郎回到宿舍躺在床上。他想起了王亭业，几次做大的实验时他均未能下定决心在他身上实验，原因在于他觉得王亭业很神秘，有某种可爱之处，想让他多存在一些时日。每次他给王亭业测体温，王亭业都会问："有多热？有炉火那么热吗？"听得他想发笑。要不他就说："有多冷，有冰那么冷吗？"王亭业双颊凹陷得厉害，嘴唇常常不由自主地嚅动着，似是跟谁说话的样子，而目光始终如一地温存。有时南次郎便想，要是王亭业是个女的，那温温存存的目光该是何等勾人魂魄啊。王亭业说话总是奇奇怪怪的，常常答非所问。比如你给他做了冻伤实验，问他感觉如何，他回答："这屋子怎么会有老鼠呢？这里又没粮食可吃，我又不是高粱和玉米。"他有时还自言自语地念着一些诗，令北野南次郎无限迷恋。久而久之，王亭业竟然成了他心灵的伙伴，他每日必须见他一次方觉安心。北野南次郎从不询问马路大过去的经历，但他那次破例问王亭业，你叫什么名字？王亭业很干脆地说："二十六号！"南次郎便提醒他，问的是他的真名实姓，不是代号。王亭业左思右想，依然说："二十六号！"他已全然忘记了自己的名字。因为自从来到这里之后，惊恐使他常常神思恍惚。南次郎又问他为什么入狱，王亭业想了想，很激动地叫了一声"字"！南次郎不明白二十六号入狱与字有什么关系，听他的话常常是云山雾罩的，也就不深究。不过从他的气质可以看出，这是个有知识的人。

　　天黑了。走廊的灯亮了。走廊每隔五米吊着一盏灯，这样囚室的铁栏杆的方形窗口就成了透光之所。屋子里没有电源设备，不知是为了省电，还是怕马路大触电自杀，总之一到了夜晚，屋子就格外黯淡，只能借着走廊漏过来的些微光芒。通常，铁栏杆被灯光映衬得在屋内的墙壁留下投影，似几根光溜溜的骨头，又仿佛竖琴的琴弦，还像几个又矮又瘦的小人。投影所占据的那块墙壁，恰恰是王亭业每日用指甲弄个划痕，以计算时日的地方。他便觉得那些日子仿佛遭到了鞭笞和暗算，心中总是愤愤不平。泥人邱曾说过他，你做那些记号有什么用，我们死定了。王亭业不喜欢年轻人动辄言死,在他看来,泥人邱肯定有生还的希望,因为他不过是个手工艺人,并没犯国家大法。可国家大法又是什么,他却是糊涂的。王亭业知道自己已经是半人半鬼了,因而趁清醒之时就劝泥人邱往出逃,只要逮着被带出去的机会,就一定不要放弃。现在已经是夜晚了,泥人邱还没有回来,王亭业独自一人,呆呆地望着那张空铺,想起了下午时泥人邱在那上面痛苦痉挛的样子,便想他也许已经离开人世了。王亭业想哭,可他只是喉咙发痒,哽咽许久,也没挤下一滴泪来。这时送饭的老头敲着铁桶来了,这声音每日响三次,早、午、晚。声音在三个时辰听来是不一样的。早晨的清脆,中午的滞闷,而晚上的则苍凉。钥匙在各个铁门上哗啦啦地响,接着门就会开了,木碗里装着令人难以下咽的食物,发霉的玉米团、冻伤了的熬白菜等。王亭业曾想过,为什么他们的餐具是木碗和钢碗,而不是瓷碗,他想瓷碗可以打碎,瓷碴儿很锋利,可以刺破人的咽喉和动脉,他们是不给犯人以自杀的机会和死的权利啊。老头送饭时从来都是一言不发,开了门,咳嗽一声,冲着桌子上的木碗走去,从铁桶里舀出饭食,反身就走。出门后“哐”地把门关严,加上锁。这锁到了晚睡时分又会打开,老头不再敲铁桶了,他来收木碗,这木碗早晨拿来,用了一天,晚上才收回去清洗。屋子里有两个脸盆和两只桶,一只桶盛着清水,作为饮水和洗脸之用。另一只桶则用来屙屎尿。屙屎尿的马桶上有个圆形木盖。早晨医生来量体温之后,便有两个矮瘦的人来给一个桶注水,另一只马桶则提出倒掉。他们做事时从来都不吭不响,似是训练有素的样子。王亭业想着从今晚起将由他一个人在屋里吃喝拉撒睡，便有一种深深的孤独感。他特别想拉住送饭的老头，跟他聊上几句，可老头已经锁上门走了。他每至一处监室的铁门前都要"咣"地敲一下铁桶，这声音在夜晚时被昏昧的灯光裹挟着，非常凄凉，听了让人有落泪之感。王亭业努力吃了几口饭，因为吃不下去，他便开动想象力，将它们设想成白米和炖肉，总算又吃了一些。最后是头脑的想象终于没能欺骗得了舌头的灵敏度，它实在品不出白米炖肉的滋味，便缩着不动了，王亭业也不委屈它，推开木碗，走到窗口的栏杆前望着走廊。走廊里一个人都没有，王亭业想自己若是能把门打开，就可以大摇大摆地走出去。转而一想，走出去便会被抓住，打上一支毒针而毙命，还不如在这捱着呢。有时他异想天开地认为有一天老天爷会降下天兵天将来拯救他们，再不就是突然有炸弹落下，有大火蔓延，有洪水袭来，他可以趁慌乱之际脱身而逃。然而他的祈祷并未感动天颜，一切还都是老样子。王亭业透过昏黄的光线，仿佛看见了于小书那柠檬色般的笑意，他忍不住咧开嘴冲她笑，并且频频和她招手。这一刻，他忘却了泥人邱离去给他带来的伤感。

北野南次郎晚饭时喝了一点酒，然后兴致勃勃地去动物饲养班看那些黄鼠。他喜欢黄鼠的目光，很敏锐，很贼，又很明亮。抚摸了一番黄鼠，他就到特别监禁室去寻找女马路大。医生是可以随时动用任何实验材料的。看着一张张面容憔悴的马路大的脸从眼前掠过，南次郎内心有一种骄傲的感觉。他觉得自己能拥有这些弥足珍贵的实验材料是何等的幸运！在关押女马路大的两间屋子，他发现了一个端庄秀丽的女人。她三十上下，微微泛黄的头发很柔顺地垂下来，看上去就像夏夜的月光一样动人。这女人瓜子脸，尖尖的下巴透出某种自信和倔强，目光安静，垂着双手，看人时唇角抿起，泛出两个圆圆的涡痕。北野南次郎觉得自己体内的血液流速加快了，他知道自己想要的就是她了。北野南次郎看了看那女人服装上的号码，对她说："四十三号，现在要给你进行身体检查，请积极配合。"四十三号很沉静地点点头，跟着北野南次郎走了出去。南次郎颇觉意外，因为四十三号脚步轻盈，甚至于走在他前面，十分乐意的样子，不过他仍心存警惕，他知道能被送到这里做实验材料的人，多数都是反满抗日的分子。北野南次郎心下想，你一个女人家，又比较秀丽，何苦去干男人做的事业？怎么样，最后还不是把命搭上了？南次郎想象她应该肌肤有弹性，富有生命的活力。北野南次郎拥有独立的医生办公室，办公桌上摆着墨水瓶、笔、水杯等东西，而靠近窗口之处则一左一右摆着两具人体模型，一男一女。女模型的色彩是鹅黄色的，乳房坚挺，北野南次郎常常不由自主地抚摸它们。虽然它们没有温度，不柔软，但质感细腻，分外滑润。北野南次郎把灯打开，窗前的两具人体模型就刷地亮了，四十三号目光灼灼地盯着那具女模型，心有所动的样子。北野南次郎想，屋里没有床，只能把四十三号弄到桌子上，或者让她干脆坐在椅子上，自己玩点新花样。这样一想周身血液就要沸腾了，他把门反锁上，喘气已经不均匀了。四十三号只露着一个背影给南次郎，她站在了女模型面前。北野南次郎慢慢朝她靠近，在接近她的一瞬，四十三号突然转过身来，出人意料地朝他一笑，说："我知道你想干什么，你不用强迫我，我愿意。只是我不喜欢灯光，请把它关掉。"北野南次郎心花怒放地反身将灯关掉。他在摸黑脱衣服的时候想今天的运气真是不错，对泥人邱的实验取得了成功，而这名马路大既秀丽又乖顺，事情均如他所愿。北野南次郎赤身裸体走向了四十三号，他抚摸到了她光洁如玉的肌肤。马路大已经不吭不响地独自脱光了衣服，这更让他喜不自禁，他想你既然如此温柔，我就对你也体恤些，少点粗暴。而以往南次郎只是在粗暴中才能获得快感。他听到了马路大均匀的呼吸声，这声音听起来像夏夜的鸟鸣一样撩人。他将她抱到桌子上，借着窗口透过来的月光，他发现马路大的眼睛带着某种光焰，幽幽闪烁着。北野南次郎很从容很悠徐地享受着快乐，以致他松开四十三号时竟有依依不舍之感。马路大很镇静，她一声不吭地在黑暗中穿上衣裳。南次郎穿好衣裳欲送她回监室时忍不住紧紧拥抱了她一下。他问："你叫什么名字？"四十三号只是说了一个"霞"字，然后就推门而出了。南次郎跟在她身后，一直盯着她的背影，觉得那背影比月下山峦的剪影还动人。

北野南次郎次日心情极好，他起得很早，眺望着冬日苍白的太阳懒洋洋升起，想起温顺的、名字中有一个"霞"字的四十三号，内心有种无法言说的甜蜜感。一个上午他在实验室对泥人邱的器官进行病理分析，然后逐一做下记录。走出实验室时，他碰见了栗原君。栗原看上去踌躇满志的，他从事伤寒和梅毒的研究。见到南次郎，他将手中的化验单递过来，兴致勃勃地说，他研制的梅毒细菌已经成功，有三个马路大被注射了这种菌液后，已经程度不同地感染上了梅毒。南次郎清清楚楚看到了三个受试验者的马路大的名字：十号、四十三号、二十一号。南次郎握着化验单的手不由微微颤抖起来，四和三这两个数字在他眼里一个幻化成破败的旗帜，一个则幻化成被人削掉的血淋淋的耳朵，令他悲痛而愤怒。

二

残冬的海滨没有游人。海水与天空均是灰蓝色的。浓云在半空中漫卷着，忽而遮住了太阳，海水就更灰暗了，忽而太阳又跳了出来，使白沙滩亮了一层。郑家晴这次不是驱车来到海滨的，他步行而来。车子已经卖了，他和沈初尉经营的纺织品公司已经彻底破产了。最初是由于从海上走私过来的货物被扣押后处以重罚，使他们遭到了致命的创伤，接下来是想把损失尽快挽回来的沈初尉认定"满洲国"市场需要大批棉纺织品而倾其所有从上海购进，造成商品大量积压，资金周转不畅，只得低价抛售，公司便已到了亏空的地步。接下来是从不善于经营的沈雅娴异想天开地要于危难之际拯救丈夫和弟弟，她以家产做抵押进口了一批童装，结果是败得一塌糊涂，童装无人问津，房子和汽车只得抵债了。郑家晴觉得以往生意的红火不过是一堆早霞，虽然艳丽动人，但它说衰败也就衰败了。他与沈雅娴的关系业已出现裂痕，她只身去了上海，说是有一位导演向她发出了邀请，请她在一部反映青楼生活的戏中扮演女配角。郑家晴见妻子与自己日渐疏远，就积极鼓励她去上海，他也想独处一段时间，整理一下纷乱的思绪，清静清静头脑。

喜欢做扇子的老人半年前故去了。他走得很平静。记得那是深秋时节，郑家晴从公司回家，见老人恹恹无力地坐在楼下，黯然神伤的样子。一问，原来他与沈雅娴闹了点小别扭。沈雅娴让他与自己配戏，她演打鱼人的女儿，而让老人扮成渔夫。沈雅娴也不知从哪里搞来了一顶破斗笠，令老人戴上，还让他挽起裤腿打赤脚。剧情中老人要做划桨出海的动作，他脑袋尖，戴着的斗笠又大，根本戴不住，一做动作那斗笠就像陀螺似的在他头顶摇来晃去的，惹得沈雅娴和女佣嘻嘻哈哈地笑。老头子便不高兴了，说是沈雅娴笑他可以，女佣断断不该笑他，就撕下斗笠，放下裤脚，说什么也不跟沈雅娴做戏了。沈雅娴便动了气，说是能把你留在家里就够恭敬的了，不要不知天高地厚地把自己当上等人看待，说得老人唏嘘泪流，跑到楼下独自伤心。郑家晴回家后将沈雅娴数落了一顿，说她虚荣，瞧不起人，不该如此对待一个风烛残年的老人。沈雅娴心中不悦，一夜未理郑家晴。第二天清晨起来，女佣到街上去买早点，到了楼下，发现老人侧卧在草地上，似是熟睡的样子。女佣就上前喊他，说是地上潮，着了凉会得风湿，让他回屋睡去。老人不吭不响，女佣以为他还在为昨天的事而生气，就笑着俯身说："今儿让我扮个要饭的，穿着破衣烂衫，提着打狗棍，你当富人，我上你门前去要饭，还不行吗？"老人仍然纹丝不动，女佣这才发现他脸色发青，表情凝固，用手一试他的鼻息，没觉到任何风吹草动，知道他已归西，先就"嗷"

的一声哭了起来，把郑家晴和沈雅娴惊醒了。待他们夫妇下得楼来，女佣想想人已死了，哭他也没用，活人照常要吃喝拉撒睡，于是又去街上买早点了。只不过因为去晚了，炸出的油糕已有些凉了，吃得她有些胃疼。葬了老人，郑家晴就有些丧魂落魄的，总觉得生活中缺少点什么。沈雅娴见公司的颓势难以扭转，郑家晴心灰意冷，自己也变得薄情寡义了，及至房产和汽车都像白云一样倏忽间从他们的生活中飘然而逝，沈雅娴觉得诗意的生活已变得遥不可及了，就告别了郑家晴，只身去了上海。

　　郑家晴坐在海滨一支一支地吸烟，海风吹得他的头发一飘一飘的，就像火苗在跳跃。无边无际的海层层地涌起波浪，一浪比一浪高，仿佛这些浪要冲到云天，化作云彩。郑家晴想起了许多人，王亭业、于小书、沈雅娴和已故的老人，他想应该给校长写封信，委婉地问一下王亭业的处境。如果他被释放回家，说明读书会并不是当局的眼中钉、肉中刺，他可以平安地返回新京，继续当他的老师。当然，信上要写自己这么多年来之所以音讯皆无，全在于身体不好，肺病好好犯犯，使他没了与任何人交往的心情。他还想念于小书，觉得自己的不幸一半是由她造成的。当年他满腔热忱地去奉天投奔她，万万没有料到竟受到了奚落和羞辱。他想凡是美的事物都具有极大的伤害性，将来有一天沈雅娴与他解除婚约了，他一定要娶一个丑陋的姑娘为妻。他想念于小书，幻想着有朝一日她能爱上自己，当她为这种情感而深深迷醉不能自拔时，再一脚将她踹开。郑家晴觉得这种念头很卑鄙，但这却是他的真实想法。因而他对于小书的想念是带着某种仇恨的想念，这种想念才是真正撕心裂肺的。他甚至出现了幻觉，被他抛弃的于小书精神失常了，她衣衫褴褛、披头散发地走在路上，逢人就叫"郑家晴"。想起沈雅娴时，郑家晴有的是一种如释重负的感觉。他希望她在上海能大红大紫，省得她失败后又会掉过头来寻他。他不想再见到她了，这也是他想离开大连的一个原因。而死去的老人，他带给郑家晴的是深深的怀念，他喜欢看他留下的那些扇子，尤其是那把手掌般大的小巧玲珑的扇子，更使他爱不释手，以至长久揣在口袋里，时时拿出来欣赏一番。湖绿色的纸仍然鲜润明丽，嫩得就像初春的原野，焕发着勃勃生机。那十几只墨鸭则一派闲适，似是吃饱了喝足了，怡然自得地流连春光的样子。郑家晴一旦绝望了，就展开那扇子，看一眼鸭子，内心便获得了某种安慰。此时在残冬的海边，郑家晴又展开了那把扇子，便仿佛听见了鸭子戏水的声音，看见了泊在它们羽毛上的丝丝阳光。

郑家晴从海边回到住地时天已经黑尽了。房东是个老寡妇，五十多岁，面色红润，很壮，喜欢吃青萝卜和生蒜，与人说话时嘴里便散发出难闻的气味。她家原先开着个洋铁铺，生意还不错，后来她男人死了，她就关了洋铁铺，将房屋改造了一番，做起了出租房屋的生意。她没有儿子，生有两个女儿，一个三十八岁，一个二十九岁，都没什么姿色。两个女儿均未出嫁，长相都随房东，厚眼皮，小眼睛，向上翻卷的大鼻头，皮肤粗糙而黑红，牙齿灰黄体态臃肿。大女儿叫雪琴，忙灶上的活儿；二女儿叫香琴，负责客房的卫生。房东老太太似乎什么也不忙，只是发号施令，享清福。郑家晴觉得这老寡妇有些刁蛮，何以将两个闺女留在身边这么老了还不许出阁？雪琴和香琴都有副好脾气，逆来顺受的，母亲让干什么就干什么。房东很厉害，任何房客来了之后，你要住几个月，必须一次性付清几个月的房租。若只住十天半月的，即使房间空着，她也根本不会租给你。郑家晴租的房屋，是靠西的一间屋子。里面有一床一桌一椅一柜。床和柜是栗子皮色的，而桌椅则是杏黄色的。被褥和窗帘是海蓝色的，与这城市的调子很吻合。虽然屋子很小，又向西，有些阴暗潮湿，但它却窗明几净，给郑家晴留下了好印象。而且西窗前有两棵苹果树，一小片菜圃，菜地的边缘种着一些花，很悦人眼目。郑家晴初来时苹果树结满了果子，表皮已经泛红的苹果在秋日的阳光下看上去有某种醉醺醺的感觉。菜圃上有一些白菜和萝卜，罂粟花已经凋零，而矢车菊却仍在开放，有蝴蝶在上面翻飞。郑家晴觉得自己虽然在生意上一败涂地了，兴许能在这间小屋陶冶成一个作家。晚上难以入眠时，他就在一个笔记本上大发思古之幽情，第二天清晨读自己的文字，觉得"满纸荒唐言"，惆怅地将它撕了。有的人家出租房屋，是只出租房，不管饭。而房东出租的房屋必须要求房客在家吃饭，饭钱每月收一次，定下了个标准，不管你回不回来吃，饭钱是照收无误的。与郑家晴同租房子的另外两名房客，一个四十多岁，从山东来，说是在一家大饭店当厨子，收入很可观；另一个三十来岁，说是来大连治病的，他得了一种怪病，一吃东西就要噎着，看上去面黄肌瘦的。说是大连有个老中医对付这病有办法，他就住在这里治疗。每日在灶房熬他的汤药，弄得气味难闻。

郑家晴想房东真是够算计的，三个房客当中，一个当厨子，只在这里吃早饭；一个一吃饭就噎着，食物难以下咽；而他则闻了中药味就反胃，吃起饭来寡淡无味，这饭钱算是被她白白赚下了。住了近半年左右，郑家晴才明白房东为什么不叫两个女儿出嫁，她让她们为房客卖身，赚取另一份收入。郑家晴的屋子挨着厨子的，雪琴经常在夜晚陪厨子去睡，由于房间间壁墙薄，不隔音，夜里他们在一起无所顾忌欢愉的声音全能听到。开始时郑家晴觉得心惊肉跳的，时间一久也就习惯了，见多不怪了。香琴则不止一次来骚扰郑家晴，来时通常是夜晚，借口给他送壶开水或者问他个字。知道郑家晴有点文化，她就指点着文章中的某个字问他，这字念什么，做什么解释。开始时郑家晴认真教她，后来发现她的兴趣不在字上，干脆就说自己也不认识那字。香琴来时总要刻意打扮一番，涂脂抹粉，弄得浑身一股俗极了的香气。她喜欢穿一条绿裤子，一件水粉色低胸绸上衣。与郑家晴说话时，总要故作无意地将手放在领口上，将领口往下拖，使乳房隐隐闪现出来。郑家晴对香琴无意，不是推脱他困了要休息，就是说自己憋了尿，要赶紧出去寻方便。香琴便极其不快地走开。为此，郑家晴也得罪了房东。每逢香琴夜里来郑家晴这里而悻悻离开，第二天早饭时房东总有话来敲打他。房东见郑家晴喝粥时有滋有味的样子，就鄙夷地说："你又不出什么力气，吃这么舒坦有什么用！"再不就说他脸白，身上没有精气。郑家晴并不气恼，反倒多喝她一碗粥，房东就叫道："看你一个白面书生，倒挺能吃的，一个人赶上两个人吃的了！"郑家晴心中暗笑，想你如果再多说我几句，我还喝你一碗粥，不吃白不吃。每逢房东数落郑家晴时，在灶上忙活的雪琴就要嘻嘻地笑，龇着一口黄牙，让郑家晴不忍去看。早饭时三个房客基本能聚在一起，而中午时只有郑家晴，到了晚上，那个得了怪病的人会回来吃饭。郑家晴便想房东的愤怒是情有可原的，因为他一天三顿吃在这里，而且对她的两个女儿毫不动情。就连那个病人，也是每隔几天就要把香琴叫到自己房里，郑家晴在走廊见了好几次，心想你病成这样，还有心情寻欢作乐。

　　郑家晴一进屋子就闻到了一股浓烈的汤药味。房东见了他，一扬手说："以为你不回来吃晚饭了，家里可吃的东西都没了。"郑家晴知道过了饭时，房东断不可能给他留饭的，早就做了准备，在外面买了个烧饼，因此也就不介意地摆摆手，说他不饿，明天早晨多吃点便是了。郑家晴径直朝西侧走去，经过那个病人的房间时，只见他捧着个药钵愁眉苦脸地出来了，说是这药实在难喝，不想再吃了，是死是活随它去了。说完，他打了个干嗝儿，身子哆嗦了一下。郑家晴知道那个老中医每隔三天给他换次药方，说是保证他一年后安然无恙地离开大连。可在郑家晴看来，他的病起色不大，吃饭仍然时时被噎着，也许是因为食欲不振和香琴对他的折磨，他看上去越发地黄瘦了，走路直打晃，像是一直被阎王爷给牵着手。郑家晴并不懂医，但他想，这人的噎病大约与神经有关系，如果把这事情放下，自认为好了病，也许就不噎了。所以当病人跟他抱怨这药难以下咽时，郑家晴就把这想法说与他，病人连说不妨一试，走出屋子，就把药钵砸了。房东便埋怨郑家晴，说："你净出馊主意，有病不

治，这不是害他吗？"郑家晴也未想到自己的话会如此奏效，只能
讪讪一笑，打开门回屋，将灯弄亮，就着白开水吃了烧饼，然后坐
在桌前翻出笔记本，写下了这样一段话："又去看海了。我总觉得
海是我前世今生最忠贞不渝的朋友，一旦见了它，内心就有了力量
和安慰。海边没有游人，多么寂静啊。这广阔的寂静使我觉得自己
的呼吸声都是多余的，我若能化成海的一声呼吸该有多好啊。在海
边，我想起了许多旧日朋友，有的我爱，有的我恨，有的我爱恨交
加。而我与海之间，有的却只是爱。暮色降临时，海有一种风起云
涌的气势，似乎要把我卷走。我便在心底呼喊，海啊，你把我拥入
你的怀抱中吧，我愿意化作你的一滴水。海没有答应我，它温柔地
接纳了落日之后，就与天一样地溶入夜色中了。这时候我分不清哪
是天，哪是海，哪是我自己。人生走到今天，我看似落魄了，可却
在不经意之中感受到了另一番自由，心灵的自由。能有足够的空闲
遐想和回顾自己，是一件无比快意的事。"郑家晴写到此，想起了
给新京的校长写信的事，就拿出信纸，写上"尊敬的马校长"几个字。
转而一想多年过去，马校长不知是否还在学校，便有些气馁了，无
论如何也写不下去了，又觉得自己写信打探风声，倒不如回去一趟
方便，反正他在大连也闲得无事。可他又怕多年来警方一直在追捕
他。郑家晴心烦意乱地扔下笔，才躺到床上，就听有人敲门，他想
这一定是香琴，就将灯关了，隔着门说："我今天出去了一天，累了，
想早点睡了，有事明天再说吧。"香琴的声音传了进来："今天有个
人来找你，你不在，他就给你留了封信，你不想看信吗？"郑家晴

便赶紧翻身下地，开了灯，将门打开，想取了信后将门关上，不料香琴先就一脚跨进门里，几步奔到桌前，坐在椅子上。香琴今天没有穿绿裤粉袄，也未涂脂抹粉，坐下来也不搔首弄姿，看上去自然亲切多了。郑家晴便不过分反感她，由着她坐。香琴将信掖到了怀里，说是怕在口袋里折了。一望信封，郑家晴便明白是沈初尉留下的，他喜欢用银粉色的信封。信封左下角通常印着一只海燕。郑家晴撕开封口，展开信笺，仔细读着信。"存孝：你好！今天我去看望你，想到你可能会不在，就提前把信写好，以便能留下信。我晚上动身去欧洲，什么时候回来就很难说了。走前特别想和你吃顿饭，喝点酒，看来上苍不给我们这种话别的机会了。公司的破产，责任主要在我，现在东山再起亦无可能，因为国内的经营市场越来越被矮人给控制住了，这种局面什么时候能结束，你我都说不清楚。我知道你现在心灰意冷，也许在埋怨我当初把你拉下商海，还意外地促成了你的婚姻。其实，雅娴还是爱你的。我相信她在上海不会住太久，早晚会回到你身边。我父亲还有些家底，在乱世之中养活你和雅娴绝无问题（我这样说并不是想有意刺伤你的自尊心），如果你愿意，可以到他身边生活。我还有个好朋友，上次聚会时，我曾为你引荐过他，此人心地善良，古道热肠，乐于助人，就是飞海产品经销贸易公司的总管范进元。他与矮人有交情，生意一直做得比较顺，我已跟他打了招呼，你亦可以到他那里去做事。我相信总有一天我们还会见面的，届时我们还合作。希望你能谅解雅娴，到了欧洲之后，我会想方设法与你联系。请多保重。"郑家晴放下信，黯然神伤了许久。他想欧洲也是战火纷飞的，德国人也疯了，恨不能将其他人种斩尽杀绝，去那里又会有什么发展？郑家晴看看手表，不知沈初尉是否已经离开，他乘坐的又是哪一艘船，很想到码头去碰碰运气。转而一想这样分手也许更好，就把信放到抽屉里，跟香琴说起话来。香琴先问郑家晴今天去哪里了，然后又说来看他的那位朋友西装革履的，看上去英俊潇洒，显得很有教养。郑家晴便揶揄她说："你是不是相中他了？别说，他还真没成家，不过他今晚走了，去了欧洲了！"香琴的脸腾地红了，说："我可没往那里想。"香琴捻着衣角，忽然问郑家晴，"矮人"是指什么意思？郑家晴心下大惊，因为"矮人"是他和沈初尉对日本人的秘密称谓，连沈雅娴也不明白其中的奥妙。沈初尉在信中这样写，也是怕信被别人看见了，而给他惹麻烦。郑家晴便想香琴一定是偷看他的信了，然后又把信封了起来。郑家晴说："我不明白你的话，'矮人'指什么？"香琴一抿嘴说："我也不明白是什么意思。今天到街上去买菜，碰到两个人吵架，一个骂另一个：'你比矮人还坏！'"郑家晴想香琴貌似忠厚，心机倒是不少，这借口看似漫不经心，却不是人人都能编得出来的。郑家晴索性也将计就计地胡诌："我和我的朋友倒认识一个矮人，他势力很大，有钱，要是想在大连的地盘上做生意，必须得跟他拉好关系才行。"香琴"哦"了一声，恍然大悟地说："兴许他骂的矮人就是指他了。"说完，咯咯地笑了。

香琴跟郑家晴讲她的苦恼。说是她二十三岁时，自己处了一个男朋友，是铁匠铺的伙计，其貌不扬，但心地善良。她母亲知道后，就操了一根铁棍去了铁匠铺，将那小伙计打得屁滚尿流，再也不敢和她交往了，怕媳妇没有娶到手，反倒把命搭上。香琴说母亲就是如此自私，因为膝下没有儿子，怕没人给她养老送终，因此不许两个女儿出嫁。她姐姐雪琴，原先也交了一个男友，是个渔民，两个人交往已经很深了，可母亲硬是把他们拆散了。这回她对付渔民没有用铁棍，而是编了个谎言，跟渔民说雪琴十三岁时被生父强奸过。渔民呆若木鸡，再也不敢来找雪琴了。雪琴想自己是姐姐，要牺牲索性由着自己算了，就央求母亲饶过香琴，让她出嫁，母亲却说，身边一个女儿不保险，要是其中一个突然遭遇了不测，她岂不成了孤寡老人？没办法，两姐妹越留越晚，直至嫁不出去了。自从出租房屋后，她还勒令女儿勾引房客，因此她只招男房客。挣得的钱也归入了母亲的腰包。她们收取房客的钱，较外面的妓院要低，因而房客都很乐于接受。然而往往由于与房客交往长了，日久生情，难免有些海誓山盟。母亲一旦摸到蛛丝马迹，就将房客撵出去。香琴说到此处已经眼泪汪汪的了。郑家晴便动了恻隐之心，觉得香琴雪琴实在可怜，恨不能杀了房东。香琴说由于她没有把郑家晴勾引到手，最近母亲天天骂她，有时还让她头顶着瓦罐跪在地上体罚她，她实在受不了了。香琴说："我知道你原先是有身份的人，看不起我，我也不指望你能和我睡。不过你要是可怜我，隔个十天半月赏我一些钱，我给母亲，就说是从你这里挣来的。"郑家晴觉得香琴这想法很荒唐，不能纵容房东这样下去，但转而一想对这样心狠手毒的老寡妇又无计可施，就给了香琴一些钱。香琴像小孩子一样咯咯地笑了。她说雪琴最近与厨子相处得如胶似漆，难舍难分，恐怕有一天会与厨子突然离家出走。母亲最近看管雪琴就很严了，上街买东西不派她去，而让香琴去。郑家晴便说，那就将厨子招赘进来岂不两全其美？香琴说，厨子才不愿意留在这里呢。他说自己是独生子，倒插门绝不可能。届时雪琴与厨子私奔了，剩下她一人，就更难对付母亲了。香琴说累了，见时间也不早了，就起身告辞了。郑家晴躺在床上辗转反侧，难以入眠，想不到世上竟有如此歹毒的母亲，实在是同情雪琴香琴。但一想香琴向他要钱时毫不含糊，颇有点敲诈的意味，而且她竟敢私拆他的信，恐怕也不那么单纯。这样把香琴往坏处一想，就不那么为她抱不平了，也心安理得了，没有多久就进入梦乡了。

第二天清晨起来，郑家晴坐在饭桌前果然受到了房东的礼遇。她殷勤地问他好，问他昨夜睡得踏不踏实，问他早饭可不可口，足见她得到了香琴的钱，心下大悦。厨子早已去酒店上工了，病人与郑家晴坐在一处，每吃一口饭就要捶一下胸，看来还是噎得难受。郑家晴便说："我昨晚也不过随便说说，要真治病，还得听医生的，你不该砸了那个药钵。"病人有气无力地说："我看透了，我这病没个治了，不如回家挨着吧。老噎着倒也好，省粮食，反正家里也缺粮食。"郑家晴便不再劝阻。房东沉下脸说："你就是今天走，你这个月的房租我也不会退你的。你说你吃亏不吃亏？"病人抽搐了一下脸，没有吭声。

天气一天天地暖了。暖了的阳光虽也是银白色的，但它却柔和多了。郑家晴发现自己脱发脱得厉害，每日早晨醒来枕畔落满了头发。他想这样无所事事也不是个长法，不如到范进元那里碰碰运气，兴许在他的公司能谋到职，不然靠所剩的那些钱这样坐吃山空，不出一年就会沦为乞丐。雪琴并不像香琴所说的那样与厨子私奔了，而是每日在灶房很忠实地忙着。香琴每隔一周就来郑家晴的屋子诉一番苦，然后将钱弄到手后喜笑颜开地离去。郑家晴想与其这样因着同情而白白付钱，不如真跟香琴温存一番。想是这样想了，然而一到要付诸行动时，他就了无兴趣了。他常常在夜晚时打开老人留下的扇子，一把把地欣赏着，梦里见到的就全是红柳、墨鸭和湖水了。有一个深夜，郑家晴正在梦里与老人倾诉心曲，忽然被浓烟呛醒。他拉开门一看，只见走廊里火光熊熊，郑家晴连忙反身回屋将窗户打开，逃脱到西侧的菜圃上。隔了几秒钟，厨子也由窗户逃了出来。郑家晴见房东站在院子里，浑身哆嗦着，香琴雪琴陪在左右两侧呜呜地哭。原来，这火是病人放的，他之所以得了噎病，在于家里突然着了一把火，弄得他倾家荡产，从此后也就一吃饭就害噎。他想着再让一场火吓一吓，兴许就会好了病，于是就把灶房引着了。没想到这房屋是木制的，燃烧得很快，顷刻就连成一片了。别人都痛心而又无可奈何地望着那火，只有病人手舞足蹈的，因为他觉得嗓子那不堵了，似乎即刻能畅通无阻地吃下两桶饭。郑家晴想起了房中自己的那点积蓄和老人留下的那些扇子，于是不由分说地从窗户跳进屋子。屋子里已经进火了，他被浓烟呛得几乎要窒息。

三

　　四喜洗过衣裳，穿上一件桃红色旗袍，外罩一件镂花白色棉线马甲，盘着发髻，发髻插上一朵红绒花，看上去格外秀丽清爽。她端端正正地坐在梳妆台前，对镜自视，描眉涂唇。这两年她为锦绣阁挣了许多钱，老鸨待她愈来愈热乎，给她买时髦衣服，光是进口皮鞋就有好几双。有一段时日，老鸨因为她与王小二的交往而不准她外出，时间一长，她发现四喜有些憔悴，姿色不那么动人了，知道把一只鸟老圈在笼子里，它自己就会慢慢丧失生命力。于是老鸨就每周带四喜出去逛两次，自己得到了放松，四喜也变得神色愉悦、姿容鲜艳了，两全其美。老鸨明白锦绣阁的妓女都是她亲手莳弄的一盆盆花，有的娇艳，有的清雅；有的香气扑鼻，有的幽香淡淡，有的花期漫长，经久不衰，有的枯萎得快。四喜几乎集中了这些花的全部优点，色彩艳丽而不失却雅致，香气浓郁而绵长悠久，令人回味无穷。四喜这盆花，周围是蜂飞蝶舞，观赏者趋之若鹜，实在令老鸨倍加珍惜。

　　四喜描完眉，抿着嘴蹙了一下眉，发现眉毛像风中的柳叶一样飞，十分可爱。涂过嘴唇，她凝眸对镜自视了许久，觉得镜中的人的确是个美人了。她看似矜持，可屡屡放荡。她常常觉得镜中的人不像是自己，那她又会是谁呢？她想镜中的人就叫四喜，她没有过去，也没有未来。

老鸨上楼来吆喝四喜下楼。老鸨穿了件深蓝色天鹅绒旗袍，拍了厚厚的脂粉，那脸就给人一种涂了蜡的感觉，青白青白的。四喜同她出门，总是一前一后，四喜在前，老鸨在后。开始时四喜不习惯，觉得芒刺在背，很不自在，虽然是走在街道上，没谁上来阻挡，可她却觉得四处都是障碍。时间久了，四喜也就习惯了，只当老鸨不存在，她也不回头看她。四喜觉得她就像老鸨手中牵着的一条狗，无论她走多远，只要老鸨将绳子轻轻一拉，她就得乖乖回去。但不管怎么说，每周能上两次街，已经够她高兴的了。四喜迷恋哈尔滨的春天，乐意闻大街小巷盛开的紫丁香的馥郁香气。她听人说，苏联人有个风俗，说是能从丁香花中找到五瓣的，就算是找到了幸福。四喜上街时逢到某种丁香花开得繁盛了，便会停下脚，仔细寻找五瓣丁香。丁香花多为四瓣，五瓣极少，四喜一朵也未找着，三瓣的倒是找着了几朵。她心想五瓣的代表幸福，三瓣的肯定象征不幸，便将三瓣丁香弃了，继续逛她的街。熟悉老鸨的人多，四喜不断听到有人在和她打招呼，问她家的脂粉艳不艳，问者多是男人，老鸨就笑着大声说："我家脂粉艳不艳，你看看我前头的四喜就知道了！"有的男人就快走几步到了四喜头里，频频回头张望她，脸上挂着不怀好意的笑，嘴里"啧啧"赞叹着，令四喜很不自在。觉得老鸨像个屠夫，而自己则是案上的肉，由着她在街巷中肆无忌惮地吆喝叫卖。每逢如此尴尬之时，四喜就随便钻进哪家店铺，不想在街巷中招摇了。有一次她进了一家瓷器店，正撞上与店主讨价还价的王小二。王小二见了四喜一惊，手中拿着的一只细瓷白色茶壶落到地上，摔了个干脆利索。店主气得骂他："你怎么见了女人，就握不住茶壶了？你赔我茶壶！"王小二急赤白脸地对店主说："你嚷嚷个屁？一个破茶壶我还赔不起呀？"四喜走上前，瞄着王小二说："看起来手头挺宽绰的嘛，砸个茶壶都不在乎。"说着，四喜走到货架前，顺手拈起一只细瓷青花的茶壶，"啪"地摔到地上，说："这只是为我爹摔的。"然后又拿起一把明黄色印满白蝴蝶的茶壶，依然往地上重重一摔，说："这只是为我妈摔的。"店主吓得目瞪口呆，不明白何以得罪了这位美人，害得她如此动怒。眼瞅着四喜又摔了两把茶壶，一只是为哥哥，另一只是为自己。摔完，她拍拍手龇牙一笑，对王小二说："几把茶壶赔得起吧？"王小二只能心惊胆颤、唯唯诺诺地点头。这时老鸨也跟了进来，见满地都是碎瓷，就问店主这是怎么了，这些茶壶难道都是废品，不要了？店主指指王小二，又指指四喜，说："他们合伙儿摔着玩，说是要给我付钱的。兴许去年过年时他们没放炮仗，今天补上了。"王小二看了看老鸨，张口结舌地说："这茶壶由我来赔，不干四喜的事。"四喜笑笑，说："你不赔谁赔。"然后走出了瓷器店。一回到街上，她就忍不住落泪了。她憎恨王小二，又可怜他。想想这几只茶壶也许会让他赔上两个月的工钱，又觉得于心不忍。老鸨见四喜对王小二不理不睬，还夹杂着某种仇恨，心下大悦，那天给她买了块上好的红色丝绸面料，让四喜铺在供奉白眉神的香案上，祈求她的营生永远红红火火。

　　四喜出门时想起了王小二，便有了几分愧疚，巴望着能在街巷中遇见他，为上次的事赔个不是。想想父母死去了倒也干净，也许

在另一世享着清福，痛苦的反倒是这些活着的人。她要永不间断地
卖身，而王小二要垂着一只空空的袖管在烟馆门口不停地招呼客人。
有时四喜看见嫖客由门口进得屋来，脑子里便一片空白，觉得真正
的自己已不复存在，只有一团肉身被人利用和蹂躏。她憎恨日本人，
以此跟老鸨发过誓，她绝不接待日本人，倘若老鸨招来了日本人让
她服侍，她就自杀。老鸨明白大凡妓女在柔弱的同时，又有刚烈的
一面，也就不敢造次。四喜接待的常客，就是万担米父子。万青垂
虽然年老体弱了，但仍然喜欢奔走在各色妓院中给雏妓破瓜，而他
的儿子万担米则紧随其后，给妓女覆帐，献上一尊刻有观世音菩萨
的玉佩。这事情许多人都知道，一时成为烟花界的笑谈。四喜曾问
过万担米，他何以不忌讳睡父亲刚刚抽身而去的女人？万担米颇为
神秘地对四喜说："你喝过茶吗？第一道茶发苦发涩，并不好喝，
美味的是第二道、第三道茶。我父亲在这方面是个傻瓜！他只不过
听人胡说，以为给女人破瓜，就真的能采到精气，能延年益寿。他
一个土包子懂什么！"万担米跟四喜说起父亲，口气是极为不屑的。
他每周至少要来一次锦绣阁，来时都过夜，第二天早晨再走。万担
米出手大方，老鸨最欢迎他来。万担米通常要带着酒菜，还要给四
喜买上小礼物。万担米送给四喜的东西，足足能盛一只小木箱。四
喜曾跟他说，她呆在锦绣阁里，身子是老鸨的，东西也是老鸨的，
将来有一天出去，一样也别想带走，让万担米别花这个冤枉钱。万
担米答应了，下次来仍是带小礼物，什么玉镯、金簪、银耳环、香
水手帕、银质掏耳勺，应有尽有。万担米离开后，老鸨总要即刻上

楼察看万担米留下了什么东西，每样东西她都赞不绝口，理直气壮地将其拿走。妓女虽然有随身放体己的小箱子，但钥匙却不归自己独有，老鸨手里也有一把，说是帮妓女记挂着东西，四喜想这就像老狼对小羊说"乖乖别怕，我在保护你"一样可笑。四喜把手中的钱藏到了最隐秘的地方，那就是白眉大神里面。这地方老鸨不会想到，因为她敬奉白眉大神。四喜将绝大部分钱放到神像里，而散钱则放到枕头底下，故意留给老鸨看的。

　　微风暖融融的。街上的树碧绿碧绿的，四喜看见了树梢掠过的几只鸽子。白鸽子被阳光映得银光闪闪的，很亮丽，就像一朵雪白的云被击碎了，幻化成的无数白点。四喜想，自己的命还不如鸽子，鸽子虽然被养着，可它随时随地能飞。不似她，出门还得定时，后面要跟条尾巴，越想越败兴。老鸨一出门偏要打扮得花里胡哨，她的老相好见了她，打招呼时什么下流话都敢说，惹得路人围观，四喜觉得自己就像被耍的猴子。今天一如以往，四喜才出锦绣阁没有多远，就听后面有个沙哑的声音与老鸨打情骂俏："你还是那么鲜亮哇？吃什么好东西给保养成这样哇？"老鸨嘎嘎地笑着，说："什么东西把我保养成这样，你还不知道哇？"听得四喜脸上发热，直想呕吐，完全没了逛街的心情。走到一处茶坊门前，赶巧碰到了茶坊主人在赶门口修脚的人。主人嘟囔道："你哪里修脚不好？单单在我们门口摆摊，你这里抱着个臭脚血淋淋的剜鸡眼，谁还敢进我的茶坊喝茶？"修脚的是个老头，面色黧黑，脑袋很小，就像猴头似的，垂着头，抱着一个顾客的脚正剜鸡眼，弄得手上血淋淋的，确实极不雅观。一些过往的行人听到争执，就走上前围观，四喜也凑过去。四喜一过来，人家就不看剜鸡眼的了，而盯着水灵灵的四喜看，四喜只得钻进茶坊，拣了个靠窗的位置看热闹。玻璃窗被炽热的阳光照出反光，里面望外面一览无余、透透亮亮，而外面看里面则影影绰绰。人们不再望四喜，重又看剜鸡眼的人。四喜向伙计叫了一壶花茶，她本是喜欢绿茶的，尤其是浙江的绿茶，新下来的嫩芽经水一泡，清香扑鼻，啜一口令人觉得身上浊气下沉，清气上扬，十分畅快。估计再过个把月，新茶也就会运到哈尔滨了，届时四喜上街总要进茶坊喝点新茶，而去的茶坊，只能是一品茶坊。一品茶坊虽不是老字号，店面也不大，但气氛很好。上茶的是位老师傅，给人以亲切之感。茶坊里的桌椅都是古董色的，窗幔是银灰色的，置身其中，不喝茶已觉出了几分宁静清雅，一杯新茶落肚，人就有一种飘飘欲仙之感了。去年夏天，四喜在一品茶坊曾遇见了个怪人，他的头发中间秃着一块鹅蛋般大的空地，穿的衬衫脏兮兮的，领口印满了油泥，散发着难闻的气味。他坐在茶坊最黯淡的角落里，手中拿支笔，在纸上若有所思地写着什么。茶坊主人告诉四喜，此人名叫陈希金，是个诗人。这人很怪，从不在家写作，而是到茶坊或者烟馆写，人们背地都说他家肯定有些家底，不然一个大男人整日游手好闲，还能吸上几个烟泡，叫上一壶好茶，这种花销一般的人家怎能承受得起呢？四喜遇见陈希金时他刚被释放回来。四喜当时坐在靠窗的位置，穿一件月白色旗袍，高高挽着发髻。陈希金提着笔对她凝神注视了好久，然后在纸上奋笔疾书，眨眼间就写出一首诗来，手指哆嗦地呈给四喜。那诗是这样写的：我已多年未见月亮了／长夜漫漫，我苦苦寻找／不知你那美丽的容颜如今隐藏在哪里／今日我坐在黯淡无华处／感受到了你温柔的目光／你如一轮满月／是我多年寻找的归宿。四喜拈着这页诗，心中有某种恐惧，因为陈希金的目光热辣辣的。与四喜同坐的老鸨见状连忙付出茶钱，领着四喜匆匆回锦绣阁，路上把陈希金贬得一文不值，说这种诗人最无聊，满脑子风花雪月的事，不实打实地寻妓女，而是虚情假意地写诗讨好人家，这种想不花钱勾引女人的伎俩只有诗人才做得出来。四喜笑了，说她看陈希金单纯如水，没那么多的坏心眼儿。去年冬天，一品茶坊的主人来锦绣阁，四喜还向他打听过陈希金，人家说他神色越发不对头了，已经是个疯人了。他每日都在大街上闲逛，见到漂亮女人常常驻足观望。他也不常去茶坊了，偶尔去一次，连茶也不叫，呆呆地坐着，眼睛发直。都说他原本就神经脆弱，意外被捕后，精神就完全崩溃了。一品茶坊的主人当时很不平地说："陈希金是个好人，心地善良，有一次在街上碰到叫花子，我眼见他给人买了两个新出炉的烧饼，一个写诗的人又翻不了天，你抓他做什么？给人抓得年纪轻轻就成了个废人，真是可恨！"

　　四喜见茶坊主人赶走了修鸡眼的人，看热闹的人也渐渐离去了。老鸨因为与老相好鼓噪，忘了四喜，等她赶上前来，发现四喜没了踪影，以为四喜去斜对过的包子铺了，就朝那里走。因为刚出门时，四喜说有点馋鸿运酒家的灌汤包子，她以为四喜定然去那里了。四喜从窗前觑见老鸨急匆匆赶路的影子，不由为意外摆脱了她而高兴。

这一瞬间她心臆舒畅了，想着午后的所有时光都是自己的了，就有无限自由的感觉。四喜开始盘算这一下午该怎么过，她想要尽快离开这家茶坊，否则老鸨发现她没有去吃包子，肯定会折回头来按原路寻她。于是她草草喝了几口茶，赶紧将茶钱付了，出门后即坐上一辆人力车，说是去紫英巷的制衣行。四喜喜欢那里的衣裳，式样新，面料好，做工讲究。一刻钟后，她到了那里，挑中了一件杏黄色绸上衣，一条浅蓝色斜纹布裤子，当即将鬓上的红绒花和旗袍脱下，将新衣换上，颇有些改头换面的意味。四喜打算好了，她要出去吃一顿西餐，然后再到一品茶坊坐坐，看看能不能碰上怪人陈希金。

　　维克特利亚茶馆名为茶馆，实际也经营西菜。四喜在此尝过一次俄式大菜，印象至深。她坐着人力车赶到了这条繁华的由石头铺就的大街上。那些石头是青色的，方形，只有拳头那般大，一个挤挨着一个，表面被磨得极为光滑。人力车走在上面，会发出"嚓嚓"的响声，就像有人在用快刀削着水灵灵的萝卜。这条街上餐馆和旅馆很多，时装店、表店、珠宝店、裘皮店一座挨着一座，人潮蜂拥。到了这里一下车，四喜淹没在人流之中，就有一种浮出海面的舒展感觉。她先逛了逛珠宝店，然后才走向维克特利亚茶馆。由于是午后，茶馆里人很少，四喜想想自己并不太饿，要了菜吃不了几口实在浪费，就点了这里的特色红茶和两块夹柠檬的俄式点心，慢慢品咂。茶馆里有音乐低回，听上去很伤感，令四喜回忆起往昔，想起故乡的老屋、父母亲人以及田野的风光。她怎么也不会想到自己会变成今天这副样子。她觉得有些对不起父母，自己就像眼前摆放的美味点心，人人都想着吃一口，很快就会化为乌有。四喜觉得自己攒够了钱后，应该想方设法摆脱老鸨，嫁个本分善良的人平平稳稳地过日子。

四喜胡思乱想着，忽然看见有个眼熟的人从外面进来了。定睛一看，原来是陈希金！陈希金并不像传说的那样落魄，他穿一件干净的蓝衬衣，一条灰裤子，头发全部脱光了，给人一种愣怔的感觉。他进得茶馆，拣了一个临窗的位置，要了杯红茶。侍应生反复问陈希金，只要一杯红茶吗？他们还有丰盛的茶点。陈希金摇摇头，说只要一杯茶。陈希金东张西望着，似是寻人的样子，但四喜发现他的目光不是放在人身上，而是打量茶馆的陈设，便想他肯定是初次来，有些生分，这从他从随身的包里掏出纸笔的样子就能看得出来。他战战兢兢着，将纸和笔放在桌子上后左右察看，面露惊恐之色，生怕有人说他似的，忽而把东西挪到桌角，忽而又放至中央，及至侍应生端着红茶走过来，陈希金便简直是害怕到了极点，手足无措，面红耳赤，仿佛做了错事的小孩子遇见了家长。侍应生倒也善解人意，悄悄放下那杯茶，转身离去了。四喜见陈希金喝了红茶，微微闭起双眼，似是回味的样子。他纤细而苍白的十指紧握茶杯，嘴唇微微颤抖。这样大约过了五分钟，陈希金挪开茶杯，从包里又掏出一本书来，哗啦啦地翻看起来。四喜便叫过侍应生，让他给陈希金的桌子上两块点心，钱由她一起来算。过了不久，四喜听见了陈希金像女人一般的尖厉的声音："搞错了吧？我只叫了一杯红茶，没

要点心。要知道，我刚才从家里出来吃了块奶油蛋糕，是法国厨师
做的呢，根本不饿！"不管陈希金如何神思恍惚，他的自尊心和虚
荣心始终巍峨屹立着，让人发笑的同时而又觉得辛酸。陈希金显然
意识到在这样一座讲究的茶馆里大声说话有失体面，连忙掩了下嘴，
说了声"对不起"。听到侍应生解释说点心是位女人帮他叫的，陈
希金就伸着企鹅般的长脖子张望四喜，然而他近视，四喜与他隔着
几个位置，他根本看不清楚。四喜想了想，就主动起身走到陈希金
的桌前，落落大方地和他打招呼，说是曾与他在一品茶坊见过面，
时间是去年夏天。陈希金对见过的男人一般都记不住，觉得男人就
像空气中的尘埃一样，模糊、没有质感，可以视而不见；而对那些
姿色动人的女人，他是过目不忘的。陈希金立刻起身，先给四喜来
了个九十度的鞠躬礼，然后说："我记着你，你那天穿件月白色旗袍，
领口镶着藕荷色的花边，就像轮满月一样。"说完，陈希金面色潮红，
额上流下了汗珠，看上去兴奋不已。他重新坐下去，刷刷地翻动桌
上的书，突然停留在某一页上，将书递给四喜，四喜见那是一首题
名为《望月》的诗：我已多年未见月亮了 / 长夜漫漫，我苦苦寻找
/ 不知你那美丽的容颜如今隐藏在哪里 / 今日我坐在黯淡无华处 / 感
受到了你温柔的目光 / 你如一轮满月 / 是我多年寻找的归宿。四喜
一看，这竟是去年在一品茶坊陈希金献给自己的那首诗，这诗被他
油印成册了。不知怎的，四喜心中竟有了某种感动，仿佛看见了一
件失散多年的心爱之物又回到了自己身边。陈希金很会对女人察言
观色，见四喜心有所动的样子，就唤她坐下，说是人生有知己，何

处不相逢。如今春光无限，正是品茗谈天的好时刻。四喜就坐下来，唤侍应生将自己座位上的手袋和装着衣服的布包拿过来，重新叫了杯红茶。陈希金的脸忽而红一阵，忽而又白一阵，脸就仿佛下了雷阵雨，阴阴晴晴的。不过四喜一坐下来就后悔了，因为陈希金的身上散发着一种难闻的气味，说臭不臭，说酸不酸，说涩也不涩，实在令人难以忍受。远远见他倒是精精神神的，到得近处，才发现他那看似干净的挺括的衬衣穿了起码一周之久了，袖口印满了污垢，领子上沾着几点白色糨糊，惹人发笑。四喜再品红茶时，就没了那份好心情，茶也失却了它本身的味道。四喜为了掩饰内心的沮丧，就垂头翻看陈希金的那本书。书的封面用的是牛皮纸，上面画了两只无精打采的鸟，它们坐在枯树枝上。枝丫上写着两个大字：寒冬。四喜想这便是书名了。书的装订质量很差，书脊坎坷不平，书页切得也毛糙，油印的字迹墨迹轻重也不同，但足见陈希金自己对它的喜爱。四喜翻到第一页，只看见了两句诗，没有标题。那诗是：我走在蓝天之上，白云做我的道路。四喜想，你的野心可真不小，把白云当做道路，一不留神便会栽下来，弄得头破血流。想想诗人们大约都如此浪漫，也就微微一笑翻过去。第二页是一首长诗，有个题图，一个干巴巴的小人扛着个竹竿，像是渔童去钓鱼，又像是送葬队伍中一个扛着灵幡的孩子。那诗不似第一页没有名字，叫《温泉》：你的水是从几千里深的地层冒出来的／还是从九天银河倾泻而下的／我沐浴在你的芬芳中／我全身心地舒展放松／犹如拥抱阳光／我爱温泉／爱你的柔弱／爱你的晶莹／爱你接纳我时怀抱那永久的温存／爱你微微泛起的雾气／宛若天使从天而降／哦，温泉／我永生永世的爱／即使溺死在你的怀抱／我也在所不惜。四喜根本领会不了这诗的含义，只读了两节，便觉乏味，于是哗哗向后翻，觑见一首名为《乞讨》的诗，题图是一只巨大的空碗和一个细长的打狗棒，心下暗喜，想这诗一定有意思，然而读了两句却难解其中意：让我的碗接住风和流云吧／我的脑海里便永远是和风细雨了。接下来的诗更是令人费解，什么"打狗棒砸碎黑夜，金色的空碗迎来空腹的黎明，我的灵魂在归乡的路上踟蹰，到处都是歧途"。什么"双手空空，黑蜘蛛在我的背上结网；双足扎满荆棘，青蛙在我的脚趾间鼓噪"。看得四喜莫名其妙的，就放下了那本诗。陈希金定定地看着四喜，等待她对那诗发表看法。四喜体悟到了陈希金的意思，就遗憾地摇摇头，说自己没多少文化，根本不懂诗。陈希金有些失望，他啜了口红茶，对四喜说，做一个诗人实在不易，因为知音难觅。四喜便问陈希金写诗有几个年头了？陈希金面露愠色，一顿头说："几个年头？从我五岁起，我就是一个诗人了！"他声称自己过五岁生日时，父亲为他点起五支蜡烛，唤他吹熄。当他吹熄蜡烛，陷于黑暗之中时说了这样两句话："我的生日是光，光没了，我的生日也过去了。"当时陈希金的父亲大悦，连说儿子有做诗的天分，将来必成大器。陈希金原本叫陈德林，五岁生日的夜晚，他就被更名为陈希金。从此，他艰难的诗人之旅就开始了。父亲为了陶冶儿子的浪漫情怀，常常指着月亮、花朵、野草、树木、飞鸟、大雪等等令其做诗，让他独辟蹊径，写出与别人不同的意象。陈希金就胆大包天把月亮比喻成响屁，把花朵比喻成妖精，把野草比喻成笔管，把树比喻成乞丐。

陈希金童年时朋友就很少，直至他上小学而后大学毕业，他只是一个游荡的诗人。四喜问他靠什么生活，陈希金一摆头说："靠诗！靠信念！"陈希金说着动情地抓过四喜的手，说："与我同行吧，我会带给你幸福的！"四喜见陈希金双眼冒着火一样的光芒，面颊上肌肉抽搐，连忙抽回手，说："我是锦绣阁的人，恐怕你不会不知道。"陈希金没有说什么，他拿起自己的油印诗集，刷刷刷地翻动起来，翻到某一页点着两句诗高声念给她听：青楼的雨滴淋湿我的心，我在红粉之中望见了你动人的纯洁。四喜分外后悔与陈希金坐到一处了，她想自己要尽快逃之夭夭，否则被这个诗疯子缠住，不知会有什么恶果。陈希金因为过分激动，面颊又一次潮红了，而且眼皮一跳一跳的，仿佛他的眼睛里藏着青蛙要蹦出来似的。陈希金动情地说，他曾经因为写诗被捕入狱，在监狱里，他们打他骂他，使他受尽了污辱。他们一打他，他就做诗，他也奇怪自己挨打时竟能出口成章，什么"让暴雨尽情鞭打我吧，我将死而无憾"，什么"闪电在云层中呐喊，我的泪水在泥土中孕育胚胎"，最后他们发现陈希金原来是个天才诗人，就把他放出来了。陈希金说到此时已泪流满面了。他说自己被释放说明了一个道理，那就是诗可以战胜邪恶！在诗歌高贵的头颅面前，卑贱者只能低头。四喜这时才觉得陈希金果然是个疯人了，她连忙谎称出去方便一下，起身离座，悄悄叫过侍应生，将自己和陈希金的茶点钱一并结了，然后吩咐侍应生在她回座后来叫她，就说有人在外面等她。几分钟后，四喜如愿以偿走出了维克特利亚茶馆，这时已是黄昏时分了。四喜想起陈希金，连逛街的心情都没有了。她不愿回到锦绣阁，因为今晚是固定接待万担米的日子，四喜想到著名的太平桥赌场去碰运气，但一想那里几乎没有女人进出，就打算着到醉云烟馆去看看王小二，那几只茶壶的事一直使她心生愧意。

四

吉来被关进丰源当向西的仓库已经有三天三夜了。王恩浩亲自将他五花大绑在一根柱子上，不给他吃的，只是每天令张弓子给他送两次水喝。夜晚也不给他灯，由着他在黑暗中惊恐地叫喊。丰源当上上下下的人都知道掌柜的在惩罚儿子，不过不知道为的是什么事。因此，大家都觉主人太过分，大热天的，让吉来一个姿势坐在柱子前，不给他吃的，也没人陪他说话，实在是让人看不下眼。尤其是张弓子，他心疼吉来心疼得吃不下饭，瑶琴为此找过王恩浩，说是体罚吉来不要紧，她男人也跟着茶饭不思了，又没什么大不了的事，差不离就把他放了吧。王恩浩只是摇摇头，什么也不说，看上去面色铁青，似乎要把吉来打进十八层地狱方解心头之恨。瑶琴见劝说无效，就想在钥匙上做文章。王恩浩将吉来关进仓库后，用一把新锁将门锁了，钥匙只他一人拿着，随身揣在兜里。给吉来送水时，他要亲自开门，然后再亲自将门锁上。吉来进去的第一天正赶上奉天入夏以来最热的一天，仓库在底层，又朝着阴面，坐在地上很凉爽，为了抗议父亲，他故意哼哼唧唧地唱歌，表明他不在乎，心情愉悦。这样唱了一上午之后，他嗓子哑了，下午便开始打蔫。及至到了晚上，他发现并没有饭可吃，而且天黑之后也没有灯，仓房的老鼠开始肆无忌惮地在他身边窜来窜去，吉来便害怕得哭了起来。王恩浩对此置之不理。第二天张弓子没有办法，在送下午那遍水时，就特意穿了件灰布长袖衣裳，袖子里掖了两根油炸果子，用那只手端着水碗，这样胳膊始终横着，果子就落不到地上。然而却被王恩浩发现了，将他臭训了一顿，说得张弓子泪流满面的。他跪在王恩浩面前为吉来求情，说是你就这么一个儿子，他游手好闲、贪吃贪玩又不是一天两天的事了，一下子扳过来操之过急，你何苦这么作践他，他要是有个三长两短，你不就绝后了吗？王恩浩说："他死了，就少出去祸害人了。"张弓子不明白吉来究竟惹了什么大祸才使老爷子如此动怒，但他一个下人不敢再多嘴了，只能心急如焚地等待主人开恩，能尽快使吉来走出仓库。

　　丰源当的仓库放着些没用的东西，破桌子、废椅子、生锈的铁桶、旧棉絮，处理不出去的"死当"以及一些打扫院落的工具。仓库里四处游走着老鼠，有一股发霉的气味。吉来被绑着，屎尿均屙在了裤子里，使空气更加难闻了。因而第三天早晨王恩浩打开仓库的门时差张弓子把吉来的衣裳裤子给换了，张弓子欣然从命。吉来被关了三天，已经气息奄奄，给他松了绑，他都站不起来了。张弓子又一次泪如雨下，问吉来究竟做了什么天大的错事，使王恩浩得以如此狠心？吉来哪有说话的力气，他像是要死的人一样，气若游丝、疲乏无力地看着张弓子，眼里蒙上了泪水。

瑶琴想吉来三天不吃饭，再挺两天非要有生命危险。第三日的中午她瞅见王恩浩倒在床上午休，见他睡熟了，就悄悄从他身上掏出钥匙，和张弓子忙三迭四地打开仓库门，给吉来送了碗绿豆粥和一碟咸菜，两个烧饼。那锁头是将军不下马的，他们送过东西，就飞快地锁了门，由瑶琴再悄悄把钥匙放回去，神不知鬼不觉，自认是天衣无缝。岂不知王恩浩佯睡，明明白白感觉到瑶琴在偷钥匙。他恨吉来，但也心疼他，怕这暑热天气再折磨他两天，粒米未进的他会一命呜呼。不管怎么说，他总算是个人啊。他甚至想吉来若是小猫小狗就好了，一把将他掐死算了。

王恩浩愁得几天间就平添了许多白发。吉来自张荣彩老人死后，基本就住在了丽水巷。他已经是个十九岁的小伙子了，王恩浩知道他与洗衣房的李小梅很好，明白儿子在闹恋爱。虽然他对李小梅的出身不太满意，觉得李小梅没受过什么教育，相貌平平，说话很酸，但一想吉来是个一无是处的人，哪个姑娘跟了他都少不了要操心，也就不觉得李小梅不好了。他明白吉来住在干妈那里是图个自由和方便，往最坏处想，吉来即使和李小梅睡到了一处，使她怀了孕，不过尽早张罗着给他办婚事就是了。王恩浩想也许吉来成家立业了，就立事了，能正经学点事做。然而事情并非像他想象的那样简单，吉来不单单使李小梅怀了孕，还使麻枝子也怀了孕，两个姑娘的家长谁也不同意让孩子堕胎，都等着吉来明媒正娶，这实在使王恩浩焦头烂额，逼得他有些走投无路了。

　　吉来最早是与李小梅发生关系的。他整天腻歪在洗衣房里，与李小梅斗嘴，看着她被气得晕头转向了，吉来就吐着舌头离开。那时还是残冬，三月份的样子，张荣彩老人的小屋很冷，要生炉子，吉来烧不好煤球，弄得屋子里满是蓝烟，不得已一边烧火一边欠着门缝放烟。李小梅知道吉来生不好炉子，怕他夜里被烟熏着，虽然是生了气了，还是每日晚上过来帮他烧炉子。吉来便关上屋门，推说太冷而拥抱李小梅。李小梅开始时挣扎，后来就顺从了。吉来便循序渐进地亲吻她，及至占有了她。李小梅失了身的那天晚上一直哭哭啼啼的，说是她完了，没脸见人了，不活了。可下次她来，吉来抱她上床，她照样是顺从的。吉来尝到了女人的滋味后野心就大了起来，他想睡女孩既然如此美妙，就不应只限于一个。他偷了父亲的钱，逛了两次窑子，被妓女服侍得舒服之极，觉得李小梅比起她们差远了。再去料亭看麻枝子时，吉来就不单单跟她说话了，他盯着她的胸脯看，发现麻枝子发育得不错，就想方设法找机会想把她抱在怀里。然而料亭总是有人，他们无法独处，初春的一天傍晚，吉来就把麻枝子约到了丽水巷的小屋，几乎没费什么劲，就把麻枝子弄到了床上。吉来很奇怪，生活中的麻枝子总是笑意盈盈，可与他做爱时眼里却饱含泪水，而李小梅平素总是噘着嘴，在吉来身下时她却因为感受到快乐而咯咯地笑。这两个姑娘他都爱，可惜他知道不能同时娶到家中。吉来因为过分的体力消耗，先前红润的面色变得寡白了，而且日渐消瘦，整日哈欠连天的。到了初夏，他已厌倦了这一切。可是这两个姑娘他一个也摆脱不掉，她们都来丽水巷找他，有时还撞在一起，互相敌视着不说一句话。弄得吉来心灰意冷，觉得自己是自讨苦吃。跟着，李小梅告诉吉来，说她怀孕了，天天清早起来呕吐。吉来不信，一摸李小梅的肚子，明白闯下了大祸。想着快乐的极致原来是灾祸，就有逃跑的欲望。跟着，麻枝子也怀孕了，吉来本想瞒着父亲，劝她们把孩子拿掉，然而谁都不愿意，而且没想到两个人的家长都很快找到了父亲，将实情和盘托出，他便被父亲从丽水巷揪回丰源当，暴打一顿后，当天就被锁进了仓库。父亲警告他，此事不可对任何人讲，他王恩浩清清白白了一辈子，丢不起这个人。

　　吉来喝了粥，又吃了饼和咸菜，觉得身上有些力气了。他不知道父亲对他的惩罚何时能结束。他很后悔自己的所作所为，觉得快乐太短暂，倏忽间就烟消云散，以后再也不做它的奴隶了。他想，出事之后自己若及时逃到新京就好了，他想爷爷奶奶了。尤其是爷爷，他最近常在梦里与他一起到街上去弹棉花，爷爷给他一把零钱，让他买果子吃。他不明白爷爷为什么不到奉天来看看，难道他真的那么忙？他憎恨父亲，觉得他是个冷血动物，对爷爷奶奶不闻不问，只知道每年寄些钱回去。相反，他对待乞丐倒是充满了人情味，每逢除夕，照例要让张弓子去买点心，一包包地裹好，再把一堆钱分成十几小份，心满意足地施舍乞丐。吉来觉得父亲之所以保持这个老习惯，除了他性格中有善良的一面，还在于他要做戏给周遭的人看。他喜欢听人们叫他"王大善人"。吉来这样一想父亲，就觉得他比自己好不了多少，十分可恶。他想，讨老婆不是个好事情，因为你要死心塌地地为她负责。倒不如不结婚，想女人了就逛窑子。因为只要你付了钱，妓女从不提其他的要求。李小梅与麻枝子看似没用一文钱就勾引到手了，其实她们的价码远比妓女高得多，吉来便有种上了大当的感觉，真是悔恨交加，羞愧难当。

吉来被关押在仓库的第三日夜晚，王恩浩唤张弓子把吉来带进屋来。张弓子简直是感激涕零，就差给主人磕头了，怕主人又会改变主意，拿了钥匙后几乎是一路小跑着打开了仓房的锁，然后将吉来扶进屋里。王恩浩令张弓子退下，任何人都不许进来，他有重要事要单独跟吉来说。张弓子怕王恩浩要揍吉来，嘴上答应着离开，关上门后故意将脚步声放得很重，表明他已离去，然后又将鞋脱下提在手中，蹑手蹑脚走了回来，坐在门槛前，想着主人若是把吉来打重了，他就挺身而出。

王恩浩坐在一把硬木红椅上，敲打着左侧栗色圆桌上的瓷茶花碗，一遍遍地打量吉来。吉来的脸脏糊糊的，有些浮肿，眼睑处被蚊子叮咬出红包来，蔫头蔫脑的，更像是沿街乞讨的叫花子。王恩浩本打算着让吉来先开口说话，哪怕认个错也好，然而吉来却始终沉默着，也不看父亲，只是盯着地面的青砖缝看。万般无奈的王恩浩只能摇头叹口气，对吉来说："你实在是丢尽了你爸的脸面，不成器倒也罢了，怎么这么不知廉耻！"吉来抬头望了眼父亲，觉得他故作威严的样子很可笑，就微微撇着嘴角低下头。王恩浩说："两个姑娘都找上门来了，你说个真心话，你到底喜欢哪一个？也好为你把这事摆平了。"吉来"唔"了一声，抬手揉揉鼻子，说："哪个我都不喜欢。""不喜欢人家你怎么跟人家睡觉？把两个姑娘都弄大了肚子，你倒说不喜欢了，你是不是个畜牲？"王恩浩气得将茶杯"啪"地摔在青砖地上，觉得怒火中烧，头晕目眩。闻听得真情的张弓子吓得差点不会喘气了，他想好你个吉来，真是色胆包天，怎么让两个姑娘都大了肚子？乖乖！张弓子想，让吉来独自住在丽水巷，是这事情的祸根。他想这其中一个姑娘定是洗衣房的李小梅无疑，而另一个人他则想不起来是谁。也许会是开料亭的麻枝子？张弓子不敢深想了，倘若是麻枝子怀孕了，那事情就复杂了，她可是个日本姑娘啊。张弓子倒吸一口气，恍然明白主人这次为什么会如此动怒，他也觉得吉来这是自作自受，实在是千刀万剐都不为过。想想王恩浩一身清白，这点好名声算是让儿子给糟践了。张弓子一时恨吉来恨得牙根儿发痒，恨不能亲手掴他两耳光，骂他："你弄一个不够，还弄了两个，这不是作孽吗？"

　　王恩浩声音颤抖地让吉来必须在两个姑娘当中做出一个选择，好择日尽快迎娶。吉来无所谓地说："哪个我都不想要，我不愿意成家。"王恩浩厉声喝叱："事到如今，你还一点悔意都没有？你糟蹋完人家就不管不顾了？"吉来鼻音浓重地嘟囔一句："是她们自己愿意的，我又没绑着她们。"王恩浩没打吉来，而是又摔了一只茶杯。张弓子不由一哆嗦，咂了咂舌，想主人若是气疯了，也许会把唐代的花瓶也砸了，那可是价值连城的宝物哇。吉来大约想若不选择一个，父亲就不会善罢甘休，就嗫嚅着提出选一个也可以，不过抓抓阄就是了。王恩浩声嘶力竭地叫道：“亏你说得出口，竟然要抓阄，你以为她们是牲口，我这是在跟你做游戏哇？”王恩浩说到最后声音发颤，分明是要哭的样子了。

在王恩浩心里，他宁愿让吉来娶李小梅。这理由只有一个，因为麻枝子是个日本女孩，他丰源当若是娶进了个日本儿媳，会使他分外汗颜，觉得受到了奇耻大辱。届时多跟麻枝子的父母赔个不是，赔偿一部分钱，让麻枝子去堕胎。想着王家可能会出一个有着日本血统的后代，王恩浩便不寒而栗。吉来有些犯困了，他问父亲，能不能让他先睡一会儿，等有了精神再商量娶哪一个？王恩浩大叫道：“我前世造了什么孽，弄出你这么个祸害精！什么时候了，屎和尿都弄到这当铺的门槛了，你还有心情要去睡觉？”吉来打了个长长的哈欠，嘟囔了一句什么，门外的张弓子没有听见。这时王恩浩长叹一口气，缓和了一下语气，说：“既然你认为要娶谁都无所谓，我就为你做个主吧，娶洗衣房的李小梅吧。她虽然家穷，但本分，也比你小；那个开料亭的麻枝子，她比你还大两岁，我觉得不合适，你看这样定了怎么样？”吉来说：“那就算你帮我抓了阄吧。”张弓子不由咬了一下舌头，他想，果然另一个姑娘是麻枝子，这下主人可是很难摆平这件事了。张弓子流出了热汗，觉得吉来到了今天这步田地，自己也有重大责任。因为吉来从新京到了奉天之后，一直是他伴其左右，陪他上私塾，陪他上街和游玩，基本是百分之百地顺应吉来，他想干什么就得干什么。当时瑶琴曾跟张弓子撂下这样一句话：“吉来这孩子，早早晚晚会闯下大祸的，没有这么惯孩子的。”

今日想来，瑶琴的话算是应验了。吉来不去私塾以后，王恩浩本想让当铺的人带带他，熟悉熟悉当铺的业务。然而吉来兴趣不大，只是迫于父亲的威力，不得已每周一次地在当铺装装样子，看点账目，听年长的老师傅讲些业务知识，听得一塌糊涂，不知所云，彻底是白听了。王恩浩看在眼里，急在心头，夜里常常睡不好觉，想着吉来也算相貌端正，仪表堂堂地长成个大人了，可他怎么看上去都像个十岁的孩子，满脑子吃喝玩乐的事，实在是个废物。

见吉来没有反对娶李小梅，王恩浩就起身开门去唤张弓子，想让他把吉来领走，看管起来，不许出当铺一步。岂料一推门却见张弓子坐在门槛前，见了王恩浩一屈腿跪下了，泪流满面地请王恩浩原谅他，说是吉来这么不听调教，有他一半的过错，他应该常去丽水巷看看吉来，这样也许他不至于一家伙搞大了两个姑娘的肚子。王恩浩叹口长气，让张弓子赶快起身，说是子不教，父之过，与他无干，让他带吉来洗个澡，换身干净衣裳，吃点东西，不许他外出一步。张弓子唯唯诺诺点头，说："都到了这份儿上了，我哪儿能还由着他的性子呢！"张弓子表示此事绝对帮主人保密，他连瑶琴也不会告诉的。王恩浩这才放心地点点头，出了当铺去千代田街找麻枝子的家长，为吉来揩屁股上的屎。

星星出来了，纳凉的人也出来了。一些老人坐在门槛上，手摇大蒲扇，享受着宜人的凉爽。不管白天如何燥热，到得夜晚，阳光一退，星光泻地后，大地就起伏着丝丝凉意了。熟悉王恩浩的人就和他打招呼，说："出去哇？"王恩浩只是简短地"啊"地答应一声，并不像以往一样与人拉上几句家常，他实在是没这份心情了。

千代田街到了夜晚灯火辉煌的。麻枝子家开的料亭生意也很红火。王恩浩还未见过麻枝子，只见过她母亲。这个日本女人个子很矮，纤细，眉毛弯弯，说话很慢，她来丰源当找王恩浩时略施脂粉，穿一条白色长裙，看上去清雅动人。一开始王恩浩以为她找错了人，因为他与千代田街的人没有联系。待她说出家中开着一座叫金丸的料亭，家中有个二十一岁的女儿叫麻枝子时，王恩浩心里就"咯噔"一下，知道肯定是吉来闯了大祸。果然，那女人吞吞吐吐说麻枝子与吉来单独出去几个晚上后，如今有了身孕反应，在她的百般追问下，麻枝子承认是吉来的。麻枝子说吉来家开着家有名的当铺，名为丰源当，她就一路寻来了。王恩浩问她想怎样解决此事？那女人面露忧戚之色，说是她和丈夫都不希望麻枝子这么早结婚，可事到如今，也只有这么办了，因为他们反对女儿堕胎，认为那样做是有罪的。在此之前，王恩浩刚被李小梅的母亲给请到洗衣房，听她声泪俱下地诉说李小梅被吉来糟践了，不是黄花闺女了，怀上孩子没脸见人了，让王恩浩给李小梅做主。王恩浩明白，这就是让他答应吉来娶李小梅，想想这条路早在意料之中，当即答应了。岂料事隔几天之后，金丸料亭麻枝子的母亲突然也找来了，而且两名家长都表示要把女儿嫁给吉来，真是使他如五雷轰顶，一筹莫展。

王恩浩鼓足勇气推开了金丸料亭的门。只见一个姑娘跪在门首一侧的草蒲团上，穿一件粉色宽松长裙，头发四散着，笑意盈盈地问王恩浩晚上好，让他里面请。王恩浩连说自己不是来用餐的，而是找麻枝子小姐的。他打算着先跟那姑娘谈谈，把儿子的一大堆缺点和盘向她托出，使她打消与吉来结婚的念头后，与她的父母就好交涉了。那姑娘微微抬起头，说她就是麻枝子，王恩浩大吃一惊，因为想象中的麻枝子一定很骄纵，没想到竟是如此亲切可人。这一瞬间他做了比较，觉得从外形气质上李小梅比不上麻枝子，而且凭直觉，麻枝子在性情上也优于李小梅。若不是因为麻枝子是日本姑娘，吉来应该娶的是她。但他很快又想到，这姑娘跟了吉来，实在是可惜了。王恩浩自报家门后，麻枝子的脸微微红了，低下了头，显得有些害羞。王恩浩问她可否能出门与他到千代田街走走，麻枝子点点头，跟料亭的一名员工打了招呼，愉快地跟王恩浩走了出来。千代田街行人不似白日那般多了，街旁的树被微风吹出哗啦哗啦的声响，王恩浩想这些树叶要是能做他的舌头，帮他说话该有多好啊，他实在是难以启齿。麻枝子个子不矮，与王恩浩并行时感觉她就是个大人了。沉默了一番后，王恩浩终于暗暗攥了下拳头，开始阐明来意。他说吉来年少无知，做出了这等伤天害理的事，他作为父亲很为麻枝子感到难过。他问麻枝子怎样看待吉来？麻枝子一顿头，笑吟吟地说："我喜欢吉来，平常都叫他'家雀'，他心眼儿好使，也懂事，就是太懒了。"王恩浩听闻此言，十分惊奇，他不知该如何奏吉来的本了。为了掩饰自己的想法，他先夸赞麻枝子汉语说得好，麻枝子说："我五岁就跟爸妈来中国了，我们家在天津呆过呢。我的中国话当然说得好了。"他们走到一处茶坊门前，王恩浩建议去里面坐坐，麻枝子说："外面空气好，我也不想喝茶，在外面说话还能看见星星，不是很好吗？"说着，还抬头望了望星空，赞美了一句："比灯火还要亮堂啊。"见王恩浩沉默着，麻枝子倒是落落大方地打破了尴尬，她说："我知道妈妈去丰源当了。我本想瞒着父母的，可是它瞒不住了。"麻枝子说着拍了拍肚子，很调皮的样子，没有丝毫的不自在。王恩浩对麻枝子的好感也就愈发增强了，但他还是适时地说："这都是吉来的过错。你可能不太了解他，他自小在爷爷奶奶身边长大，他妈妈死得早，别人都宠着他。他来奉天后，私塾也没上几年，整日在外面胡跑，喜欢吃喝玩乐，不爱动脑筋，不立事。我本想让他在当铺学点什么，但他没兴趣，十九岁的人了，还像个十岁的小孩子，满脑子怪念头，今天要学算命，明天又要盖关帝庙的，气得你一天到晚头晕脑涨，你这样的好姑娘跟了他，一辈子都得跟着操心，吃不完的亏。我想你别再理睬他了，我知道你不是个见财起意的人，但我会赔偿你一部分钱的。你的孩子，还是不要留下了吧，将来也好轻手利脚地再找个好小伙子。"王恩浩说完这一番话，便有如释重负之感。麻枝子听完后先是沉默了一番，然后她说不管怎么说，她都要和吉来结婚了，她不能把小孩子打掉，那样她才是真正地没脸见人了。她喜欢吉来，他们结婚后，吉来可以来料亭住，帮她父母做些餐馆上的事务。王恩浩心想没那么容易，我儿子纵然是个傻子，也不会让他倒插门到日本料亭当女婿的。他不明白一个混世魔王般的吉来怎么会讨得女孩子的欢心，看来儿子在风月场上天生就具有征服人的魅力。为了彻底打消麻枝子的幻想，王恩浩只得说吉来其实早在三年前就定下了一门亲事，那女孩是丽水巷一家洗衣房的，总和吉来在一起玩，而且，她也怀了吉来的孩子，再过一周就打算让他们结婚了。麻枝子听后停住了脚步，她靠在一处石墙前，带着哭音说："我在丽水巷见过那姑娘，她见了我总是气呼呼的样子，看得出她喜欢吉来。我问吉来，他爱不爱她？吉来没说喜爱她，他还发誓说只跟我一个姑娘有这种事。他这个骗子！"麻枝子终于哭了。王恩浩不知怎样安慰她，想着儿子还是个口是心非的家伙，一箭双雕后偏又说自己情有独钟，真是越发地觉得恨铁不成钢。麻枝子哭了一会儿，然后平静地对王恩浩说，既然吉来已经与洗衣房的女孩有婚约在先，她就不想着嫁给他的事了。王恩浩没想到事情如此顺利解决了，简直有些感激涕零，一时激动得说不出话来。麻枝子还说，此事最好不要让她的父母先知道，她自己去做说服工作，至于肚里的孩子，她会想办法的，只是不需要王恩浩一文钱，说得暗夜中的王恩浩脸一阵阵发烫，为吉来臊得慌，觉得麻枝子深明大义，聪明豁达，实在是可惜了这姑娘。

　　王恩浩从千代田街回到丰源当时夜深了。张弓子将门给他打开，说吉来喝了两碗绿豆粥，如今睡得鼾声如雷。王恩浩骂了句什么，然后走进厅堂，让张弓子给他泡壶茶来，然后再打来一盆洗脚水。张弓子见主人情绪不那么恶劣了，知道事情解决得很顺利，就满心愉悦地去沏茶。王恩浩喝过茶，又洗了脚，让张弓子把皇历牌拿来，翻了几翻，指着其中的一个日子问张弓子："这日子结婚好不好？"张弓子见那日子无论阳历还是阴历都是双，就说："当然行了，不过没有几天日子了，时间够吗？"王恩浩说："又不大操大办，把他住的屋子粉刷一下，买几件家具，做两套行李，先这样娶过来再说吧。"张弓子明白，时间拖久了，主人怕李小梅肚子里的孩子露馅，他脸面受不了，于是连说他抓紧收拾屋子，明天就粉刷墙壁。又说缝被做枕头一类的活瑶琴全能做得，让王恩浩放心。王恩浩点点头，不胜疲倦地倒在藤椅里睡着了。他在即将睡着的一瞬想：这一睡不再醒来该多好哇。

　　一周之后，一个阴天的日子，李小梅被吹吹打打地娶进了丰源当。王恩浩在福来顺酒家办了十桌席，招待当铺上上下下的人和李小梅的娘家人。李小梅描眉涂唇，打扮得很鲜亮。吉来与新娘子挨桌给人敬酒。每给人敬一下，吉来都要实打实地喝一盅。酒宴没结束，新郎官自己先烂醉如泥了，只得由张弓子先扶他回丰源当。李小梅见吉来醉了，心里生气，就把头上戴着的花全都摘下来扔在地上，并且无所顾忌地呜呜哭了起来。弄得参加婚礼的人好不扫兴。王恩浩更是羞愧得恨不能找个地缝钻进去。从此之后，丰源当就不那么太平了，吉来与李小梅三天两头就要打一回架，李小梅的哭声经常响起，开始时大家还议论一番，后来习惯了，也不把那哭声当哭声了，只当是风儿在呜呜地响，或者是一只猫在喵喵地叫。

五

　　黄昏时分突然风雨大作，电闪雷鸣。溥仪逢到打雷的日子就有些惊恐，他不愿独自呆在房中，便下楼去西暖阁看祥贵人。祥贵人这一段身子发虚，常常是一身的细汗，而且每至傍晚就低烧。溥仪请老中医给她看过，说是没什么要紧，不过是受了风寒，又赶上夏天，天气燥热，好得慢些，叫皇上不必多虑，每日由老妈子煎汤药给她吃。

谭玉龄躺在床上，没有开灯，而且放着床前的幔帐，给人死气沉沉的感觉。溥仪拉开门后悄悄凑近她，本想吓唬她，突然窗外又一个炸雷响起，跟着是银白色的闪电"刷刷"落下，在瞬间将天空打得如白昼般明亮。吓得谭玉龄"啊"的一声大叫而起，连叫有鬼，因为闪电将床前的皇上映照得忽而通明，面目古怪，忽而又影影绰绰，面目模糊。溥仪连忙呼唤了一声祥贵人，她这才捂着胸口"唉哟"叫着，连说："吓死我了。"溥仪不喜欢听"死"字，就吊起脸子，欲去开灯。这时祥贵人制止他说，打雷的日子不能开灯，因为她幼时听老人讲过，闪电是精灵，它专门跑到人间去捉人，雷公追着闪电，说不准就会把什么人给劫走。而闪电专门找有亮儿的地方钻。听得溥仪头皮发麻，觉得还不如不来这里，没压着惊，反倒是更加害怕了。溥仪虽然是满心的不乐意，还是和祥贵人并排躺在床上，用手试试她的额头，看看还热不热，问她身上还觉不觉乏。谭玉龄自然是说比前几日好得多了，不过身上还常常害冷。溥仪无限怜爱地抚摸着祥贵人那漆黑、浓密而柔软的头发，然后握起她的手，宽慰她不要把病放在心上，明儿叫老中医来再把把脉，重新换个方子，煎几服药吃下就会好的。祥贵人自是感激不尽地点头。溥仪觉得她的手心又湿又热，便说她可能被雷惊着了，一会儿应该吃点药，不然夜里就睡不踏实了。谭玉龄握着皇上的手，觉得那手冰冷而柔弱，就忍不住攥紧了一些，想为他暖暖手。岂料这一握紧使皇上的手不舒服了，他十分孩子气地抽回手，说："你弄疼我了！"

祥贵人十分理解皇上的喜怒无常的心情。随着太平洋战争的爆发，皇上在宫内的事务就多了起来。以往只是初一和十五去建国神庙拜祭，而今一个月要去五六次了。今天战场上传来了捷报，溥仪就要被吉冈安直指使着到建国神庙，向天照大神叩拜，感谢神灵保佑了前方士兵的安全。而如果有士兵阵亡的消息传来，他又要去为这些"勇士"超度亡灵。不过，关东军提供给皇上的消息，基本都是捷报。溥仪将信将疑，就常唤胞弟溥杰入宫，向他打听战场的真实情况。而往往溥杰所知道的并不比他多多少。在溥仪的内心深处，他是渴望日本连战连胜，这样他们的势力会扩大，他光复大清社稷的抱负也就指日可待了。而且前不久刚刚举行完"满洲国"建国十周年的庆典，溥仪还沉浸在喜悦之中。然而溥仪又常常灰心丧气，因为他所做的一切，都是关东军给安排好了的。不久前，从"满洲国"曾抽调了一部分空军去太平洋战场，临行前溥仪要在宫中接见他们，为这些年轻的士兵送行。溥仪演讲时很富有煽动性，他讲了为国家效忠，即使战死疆场也是英雄。他还说与其苟且活着，不如壮烈殉国来得高尚。士兵们泪流满面，溥仪也跟着掉下泪水，然后差人送上"御赐酒"，看他们一饮而尽。人们背地把这种去战场送死的人称为"肉挡"，或者干脆叫他们"肉蛋"。谭玉龄私下曾问皇上，听人说皇上给肉蛋送行，把他们都说得泪流满面，果有其事？溥仪不以为然地付之一笑说："这就是本事。我心里想笑，可眼里必须落泪。

在日本人面前，我就是个演员。"皇上的话看似玩笑，可听了让祥贵人心酸。她知道皇上每次去祭拜天照大神之前，都先要在自己的祖宗像前磕一遍头，这才心安。而且进了建国神庙，他嘴上念的是天照大神，心里默念的却是佛经经咒，在祥贵人看来，皇上是可怜的、痛苦的。为了讨取关东军欢心，战争开始以来，皇上带头捐款捐物给前线，称为"献纳"，宫里的人不得已积极响应，谭玉龄也捐了款。最可笑的是连疯了的皇后婉容也捐了款，她整日被囚禁在屋里吸大烟，精神早已不正常了，她又懂得什么光荣的"大东亚战争"呢，足见皇上为了取得关东军的信任，什么招都使上了。祥贵人始终讨厌日本人，尤其入宫以后，对他们更是深恶痛绝。吉冈安直在她眼里就是这宫中的一只大老鼠，他嗅觉灵敏，无孔不入。

　　雷声轰隆隆地再次炸响，玻璃窗被震得哗啦哗啦响，就像许多风车摇动的声音。闪电时隐时现，室内也就忽明忽暗着。溥仪一般不在祥贵人的房里过夜，但这一刻有些困倦了，就小憩一下，不知不觉竟睡着了。梦见自己和祥贵人去了乡下，是初春时节，草甸子上野花盛开，牛羊成群，蓝天上云朵洁白。风儿轻轻地吹，他们看见蝴蝶在花间翻飞，农人在不远处的田间劳作，一派欣欣向荣的气象。他们手拉着手在草间漫步，突然，前方跑来一头怪兽，它通身黑色，个大如牛，敏捷如兔子，长着六条腿，跑起来威风凛凛。溥仪听见祥贵人"啊——"地大叫一声，连忙拉着她的手躲闪。岂料这怪兽眨眼间就奔到近前，一口就把祥贵人吞下去，然后撇下溥仪，大摇大摆地远去了。溥仪就哭着呼唤着祥贵人的名字，十分伤心地醒来了。雨声已小了，没有雷声，亦没有闪电了，溥仪在暗夜中拉了拉祥贵人湿热的手，心下觉得这梦甚为不吉，连忙起身到卫生间冲着马桶"呸呸呸"地吐了三口痰，然后撒了一泡尿，放水冲了马桶，念着"屎梦尿梦，随着尿道出去"，祈望噩梦在那三声唾弃中自生自灭了。这一招还是婉容教他的呢。祥贵人恹恹无力地拉亮了灯，她坐在梳妆台前，微微气喘，问刚从卫生间出来的溥仪，他刚才做了什么噩梦了，身体一耸一耸的，喉咙就像被卡了东西似的"啊啊"地怪叫，溥仪淡淡一笑，说没有什么，他梦见自己沿着河边走，一不留神落入水中了。祥贵人听了不由微微笑了，说："那你最后上来了吗？""只是扑腾了那么一两下，我就觉得河里有双大手把我托了上来。"溥仪信口开河。祥贵人无限欣羡地说："你是皇上嘛，梦里遭难了都有神仙伸出手帮助你。不似我们这些贱人，就是梦里断了头，也不会引起什么风吹草动的。"溥仪又不高兴了，他讨厌"死"这个字，更忌讳别人说"断头"，哪怕是打比喻或者说着玩也不行，于是很气愤地拂袖而去了。

雨后的天空很蓝，云朵呈莲花状，一朵朵迤逦相挨，莹白动人。溥仪站在窗前望那云朵，便有一种想飞进云中，坐在莲花似的白云中修行的念头。在他想来，那便是来世真正的"净土"。这样一想，心中不由泛滥起一股诗情，不由随口吟出：纵身一跃脱尘埃，云端看破红霞散。不久，那莲花形的白云又幻成鲤鱼形态，他又信口吟出：龙门跳跃处，独我占鳌头。就这样吟来吟去，诗兴大发，觉得自己已是李杜转世，才华锐不可当。如果不做"满洲国"的皇帝，定是个千古流芳的诗人。他回忆着昨夜的电闪雷鸣，又写下了这样一首诗：茫茫天庭云破处，灼灼闪电似天河。同德殿上听风雨，西暖阁下闻莺歌。溥仪吟诗正吟到酣畅淋漓处，李国雄前来通告，说是服侍祥贵人的老妈子急慌慌地上得楼来，大惊失色地说刚才祥贵人与人打骨牌，忽然间晕倒了，脑袋栽在桌子上，打散了一摞骨牌。如今宫里的御医正在给她把脉。溥仪因为做诗做得兴味盎然，被人打断了诗兴十分扫兴，因而一抽鼻子扬着手让李国雄滚出去，然后骂祥贵人这是自轻自贱，明知自己身子发飘，头脑恍惚，就应该多在床上静养，打的什么骨牌呢，纯粹是自作自受！李国雄便知自己来得不是时候，皇上静立窗前独思，心思也许正在高山流水、白云深谷之间徜徉，他的通告显然是不合时宜。于是出门时暗暗捆了一下嘴巴，骂自己一个老随侍了，却看不出个眉眼高低，活该受到奚落。

　　祥贵人躺在床上，觉得暖洋洋的阳光毛茸茸的，就像可爱的小动物的毛发一样在轻轻安抚着她。中医给她诊过脉，她就撩起床帐，去捉这温柔可爱的阳光，内心有某种伤感，特别想哭上一场。以往她身子不爽时，哭过一场就觉身心舒畅，即使不吃药，那病也会神奇地痊愈。而她今天想哭，却有些哭不出来。她想人世间有许多美好的东西你用肉眼能看到和感觉到，可伸出手却什么也抓不住，比如宜人的晚风，比如柔软的月光，比如西天的落霞，比如某一声饱含爱意的呼唤。她手触之处，只是一片虚空，而它们却真真实实地存在着。她知道皇上信佛，常讲人要苦苦修行，将来才能到西方极乐世界去。在祥贵人看来，晚风、流云、闪电、雨水等等都是佛国的事物，不然她不会伸出双手奋力去抓，而却两手空空。这样深入一想，便觉人的境遇是最悲凉的，泪水终于夺眶而出。她哭得格外动情，仿佛受了天大的委屈。服侍她的老妈子听闻哭声，就慌不迭地赶到床前劝慰她，说是人一生病，心里发焦，情绪难免低落。不过不要老哭，哭很伤神，病就缠绵不爱好，让她爱惜点自己。祥贵人便说她想父母亲人了，觉得自己若不再见上一面，也许就见不着了。老妈子沉下脸，说："可不敢青天白日地说胡话。你这么年轻，是个富贵命，将来有享不尽的荣华富贵，可不要把自己往坏处想。你要是想家人了，就跟皇上说说，过段时间让他们来新京看看你，进宫时再给你带来两包糖炒栗子，我看你的病也就没影儿了！"说得谭玉龄顿时神色开朗了许多。她斜倚在床头，由老妈子给一勺一勺地喂了碗米粥，然后睡去。

祥贵人迷迷糊糊地睡去了。梦里见到一个穿紫衣的老女人，手中拿着只空篮子，让她与她一道沿途采花去。老女人面如满月，有着一双明媚的大眼，看上去很漂亮。谭玉龄见那篮子是空底儿的，就笑着说，让我跟你采花，除非换只篮子，否则你把满世界的花都采了，篮子里也会一朵不剩，空空如也。老女人却闪着美丽的大眼说，谁说这篮子是空的？它明明有着底儿嘛！谭玉龄便不理睬她，欲独自转身回返。可老女人不依不饶地拉住她，偏要同路采花。于是她只好与她沿路采下去，花儿倒是不少，多如繁星，紫白红黄应有尽有，谭玉龄采了不少扔到篮子里，弄得满手花香，可篮子里却一朵花也未存下，累得她走不动路了，一屁股坐在地上，只觉得整个身体忽然软绵绵下沉，大地宛若乌云，她轻而易举就坠入深处了。谭玉龄从梦中惊恐不堪地醒来，见天色已暗，内心便有更加孤独的感觉。她觉得腹部发胀，老觉得憋尿，每次去卫生间又尿不出多少，弄得浑身虚汗淋漓。老妈子听见屋里有动静了，知道祥贵人醒来了，就端着杯梨汁进来了，让她喝了，清理清理虚火。祥贵人就把方才的梦跟她说了，老妈子大惊失色，因为她知道，但凡一个男人死了老婆，他再新娶时，新媳妇要买一只空篮子送到那男人亡妻的坟上，让她去采花，采满了花再回来。岂料那篮子是空的，没个采满，她也就永远别想回家了。老妈子想是否祥贵人阳寿已尽，有另外的姑娘要进宫来取代她，才会让她在梦里与拿着空篮子的人一同采花？老妈子便问祥贵人，这穿紫衣的女人她以前是否见过？祥贵人想了又想，忽然恍然大悟地说："我想起来了，她是我小时候见过的一个街坊。她家开着米店，她整日坐在秤前给人称米，性格很好，待人温和，左邻右舍的人都喜欢她。她平素爱穿一件紫衣裳。四十来岁时突然得场暴病死了，留下了三个孩子。她男人后来又娶了个年轻媳妇，很刁蛮，待前房的孩子很刻薄，常听他们三天两头地吵嘴。那女人脾气大，一生气就把米店的米往外扬，一些家里有鸡的小孩子就抱着鸡去米店门口让鸡啄米。"想起了童年有趣的事情，谭玉龄就咯咯地笑了起来。可老妈子却笑不起来，她心慌意乱的，生怕祥贵人一口气上不来，就会撒手人寰，那样皇上可就可怜了。宫里的下人都知道皇上宠着祥贵人，时常下楼来看她，逗她寻开心，西暖阁里时常传出他们的笑声。

又一日天时阴时晴，祥贵人终于起不来床了。当下人将这消息传给溥仪时，他正在书房与吉冈安直聊天。吉冈安直一顿头对溥仪说，中医治病没有西医见效快，容易误诊。他认识满铁医院的一个日本医生，此人医术高明，有妙手回春之能力，不如请他入宫给贵人诊治，以免延误病情。溥仪也觉得老中医这一段对祥贵人的病并没有起到有效的遏制作用，就随口答应了，他实在太想让祥贵人快点好起来了。吉冈安直说到做到，他立即终止谈话，起身去满铁医院请日本医生。溥仪叫了一杯咖啡，喝过后临了一会儿帖儿，觉得憋闷，就写顺口溜：蛋，俩心，三人吃，四时开斋，五月酒开怀，六旬不胜酒力，七仙女下界思凡，八仙过海波涛翻卷，九担米馋煞梁上燕子，十夜里蒙头大睡不看天。溥仪幼时即喜欢编这样的顺口溜，因为老太监说起宫外流行的顺口溜一套一套的，听起来朗朗上口，非常有趣。顺口溜涉及内容极广，有人情世故、历代将相的，也有天文地理、神话传说和才子佳人的，还有的关乎医疗、偷盗、匪贼、赌博、床上艳史等一类故事的，实在是包罗万象，无所不能。溥仪写过了顺口溜，见天色已昏，就差随侍去问，日本医生进没进宫，祥贵人如今怎样了？随侍很快上来回话，说是日本医生已来了，他还带来了护士，正在给祥贵人输血。一听输血，溥仪就有些大惊失色，正要下楼看个究竟，吉冈安直兴致勃勃地上来了。他搓着手对溥仪说，贵人的病不要紧，有日本医生在，她很快就会好起来，请皇上不要担心。溥仪自是连声感谢。吉冈安直喝了口茶，然后说晚上自己不回家了，就留在宫里住，这样可以随时随地观察祥贵人的病情。

溥仪连说不必，那样他太辛苦了，自己内心过意不去。吉冈安直一撇嘴说，日满不是亲如一家嘛，如今供的祖宗都是一个，他怎么能对祥贵人的病视而不见、漠不关心呢。溥仪便起了疑心，心想祥贵人病了也不是一天两天了，你又不是不知道。原来老御医为她诊病时你吉冈安直是无动于衷的，如今来了日本医生，你倒热情过分了，这其中莫非有奥妙？溥仪有些心慌意乱了，吉冈前脚一走，他就赶紧奔进佛堂，烧香磕头，祈求佛主保佑祥贵人病情好转，千万不要落入日本人魔爪。从佛堂出来，他的心平静了许多，就下楼去西暖阁看祥贵人。祥贵人床前围着好几个人，有日本医生和护士，有服侍祥贵人的老妈子，还有吉冈安直。见皇上来了，祥贵人就冲他笑了笑。溥仪见她胳膊上正输着血，便问她感觉好些没有？祥贵人只是微微点了点头。见皇上来了，吉冈安直就给医生使了个眼色，两个人一前一后走了出去。溥仪俯下身，悄悄问祥贵人输血做什么？这血是谁的血？干净不干净？因为有护士在场，谭玉龄只是微微蹙了下眉，什么也没说。溥仪便给老妈子使个眼色，她心领神会地招呼女护士出去喝点茶，吃块点心，留下皇上和祥贵人独处一会儿。屋里只剩下两个人时，谭玉龄不由泪如雨下，皇上赶紧握住她的手宽慰她，叫她不要担心，他刚为她烧香求过佛，一切会安然无恙的。祥贵人低声埋怨皇上不该给她请日本医生，她不信任他们。溥仪连说只让他们在这里呆两三天，之后不管病情怎样，找个借口请他们回去，让她不必多虑，祥贵人这才露出笑影。说是输了血之后，觉得胸不那么闷了，只是担心这血从医院带来，里面做了什么手脚可

就难说了。溥仪便高兴地说既然输了血觉得有起色，证明日本医生
看得还不错，也许明天她就能下床散步了呢。他告诉她，花园的步
步高花开了，开得金黄，很晃眼。网球场上这一段老是有一群一群
的麻雀落到地上，弄得上面一片白花花的屎。祥贵人便问书画库后
面依着石墙生长的爬山虎花开没开，往年她和皇上散步时曾到那里
看过花。溥仪说等她好了，他们一同过去看看，估计花早已开了，
已是八月上旬了嘛。祥贵人使劲拉着皇上的手，很恋恋不舍的样子。
溥仪忽然涌起了无限柔情，他俯身吻了一下她的额头，这一吻使谭
玉龄的泪水再次夺眶而出。溥仪忙劝慰祥贵人揩干眼泪，不然让日
本人看见了不好，以为不愿意让他们给治病呢。祥贵人理解皇上的
一片苦衷，就乖乖地擦了眼泪，歪着头看了眼窗外，问云彩厚不厚，
明天会不会有雨？未等溥仪做答，女护士推门进来了，跟着，吉冈
安直和日本医生也进来了。也许是灯光映照的缘故，溥仪觉得医生
的脸色发青，不似刚才离开时那么自然，他看了一眼病人后，马上
又把目光移开，盯着桌上的一只花瓶看。不过吉冈安直倒是神色愉
悦，他甚至于有些眉飞色舞，劝皇上可以回去歇着，这里的事都交
给他处理。"处理"二字使溥仪很不高兴。溥仪虽是满心不悦，还
是走出了西暖阁。走前他看了眼祥贵人，发现她也在看自己，四目
对视的刹那，竟有一种无限的惆怅、依恋、担忧和怜爱包含其中，
使溥仪在离开时有些忐忑不安的。他回到书房，便问随侍，他留在
西暖阁时，吉冈安直把日本医生叫到哪里去了？随侍说吉冈将医生
叫到了他的办公室，说什么去了。溥仪便问随侍听没听见他们议论

些什么，随侍说他哪儿敢凑近吉冈安直的办公室偷听人家谈话。溥仪便勃然大怒，骂你只长着个吃屎的脑袋，天生就是一个该揍的贱奴才！吓得随侍面如土色，大气不敢出。

并未到起风的季节，可是溥仪却听见窗外晚风在呼呼地叫，内心便有凉意刷刷滚过。他听了会儿收音机，摆弄了会儿床头的小手枪，按照惯例裁可了几份放在案头的文件，然后无所事事地把玩着一块印章。这样混到子夜时分，他吩咐随侍传膳，御膳房的孩子就踏碎遍地星光一路气喘吁吁跑来，稳稳当当地送上皇上的晚饭。两块煎豆腐，一碟熏牛肉，一盘红油鹅掌，一盘素炒洋白菜，一碗粟米粥，两个小窝头，一碗西红柿汤等。随侍先兢兢业业地为他"尝膳"，之后溥仪才放心地拈起筷子吃喝。有的菜他干脆碰都未碰，而碰到的也只是蜻蜓点水地吃一点。吃过饭，也就是后半夜了，御膳房的孩子把食盒子收起，依然是一路小跑着返回，他们在向回返的时候才敢抽空打几个哈欠，而来时则不敢，怕一个哈欠打深了，手上一抖，汤洒菜倾，那样就会受到皇上的体罚。

溥仪用过膳坐了一会儿马桶，觉得痔疮有些犯了，就有些恼火。他怪罪御膳房前日不该将鸡丝里放上辣椒，辣椒使他的痔疮复发了，便气急败坏地吆喝随侍，让他传内廷司务总长，他要扣御膳房的人三天的工钱。之后，连忙去药柜里翻药，让随侍为他在患处涂抹，涂抹完毕，已没有了任何心情，本想差人下楼打探一下祥贵人的病，想想自己身子也不爽，也就罢了，熄灯上床，倒头便睡。

溥仪是上午十一点左右醒来的，当然这还算早的，有时醒来已是午后了。他做了许多梦，因而醒来时有些疲乏，头脑昏昏沉沉的，李国雄为皇上穿衣时眼圈红着，溥仪便问他家里出了什么事。李国雄只好实言相告说，他家安然无恙，倒是宫里出了大事，祥贵人一大清早没了。溥仪愣怔了一刻，没有反应过来，李国雄又重复了一句，他这才醒过神来，嘴上连说"不能"，然后下床穿鞋，往西暖阁跑去。才到西暖阁门口，就看见了门前挂着的白布，看见了服侍谭玉龄的老妈子满面的泪痕，心里就像被人给泼了瓢冷水，透心地凉，再也迈不动一步了。李国雄连忙赶过来搀扶皇上。老妈子对皇上说，祥贵人昨晚折腾了一夜，日本医生一会儿给她打针，一会儿又给她吃药，可她说身上难受得很，抬不起头，眼前发飘，看不清东西。身上忽而热一阵儿，忽而又冷一阵儿。到了清晨，她口渴得厉害，喝了两大杯水后，小肚子胀了起来，之后见她呼吸困难，嘴唇青紫，不出半小时，就歇了气了。溥仪掉下了几滴眼泪，他责备老妈子，为什么不上楼招呼他一声，让他最后看一眼祥贵人？老妈子抹着泪说，她当时要这样做的，可吉冈安直说皇上早晨那会儿睡得正香，不要去打扰了，她就没敢去，眼睁睁地看着祥贵人嘴里呜噜着什么过世了。至于她说的是什么，谁也没听见，当时西暖阁已乱作一团了。老妈子说贵人才走，鬼气还很重，劝皇上不要进去了。李国雄也说，皇上就是想看贵人，也不要选这个时辰，等人把贵人打扮一番，换上新衣裳再来看。正说着，吉冈安直捧着个花圈进来了。他步履轻快，见了溥仪，他放下花圈，紧紧握住溥仪的手，说他很难过，皇上要节哀保重。溥仪不明白怎么祥贵人才死，吉冈就送来了花圈？那花圈插满了白色的百合和金灿灿的菊花，看上去格外耀眼，难道他提前就将花圈预订下来了？溥仪不寒而栗，悲哀得几乎晕厥过去。回到书房，他锁了门，独自饮泣了一番，然后悄悄唤李国雄为他剪下一缕祥贵人的头发，就要左鬓上的那缕，他常抚摸着的，以做纪念。溥仪还让李国雄吩咐御膳房的人，他要为祥贵人吃素三天。然后他进了佛堂焚香打坐，为贵人超度亡灵。

祥贵人走了，这宫中越发冷清了。溥仪时常在梦中见到她，她有时笑吟吟的，有时则愁眉苦脸。溥仪认定是日本医生害死了谭玉龄，她的病并没有那么重，为什么日本医生只治了一天一夜，就使她命丧黄泉？溥仪觉得这宫中越发没有安全感了，他让自己的侄子为他搜索他居住的屋子，看看有没有窃听器？他还命令任何人不准动西暖阁的东西，一切都要保持着贵人活着时的样子。

秋天不知不觉地来了，风真正是凉了。某一个深夜，溥仪坐在书房里，听着窗外的风声，看着案头那一缕贵人左鬓上的秀发，由不得悲从中来，信笔写下了一首悼念贵人的诗：比肩西窗看落霞，相拥帐下听夏雨。不知牵牛向上开，朵朵连天竟无语。我叹清晨梦浑噩，终未与尔一惜别。天庭清雨化作泪，风尘滚滚道永诀。溥仪写过诗，觉得心不那么郁闷了，他默读了几遍，觉得已把这诗记在心头了，就将这诗撕得粉碎，扔进纸篓，免得白纸黑字被吉冈安直看见。溥仪拈起贵人的那缕秀发，轻轻嗅着，觉得只有头发才是人身上万古长青的东西，他闻到了贵人身上那股熟悉的气息。

六

伯力冬日的清晨总是让人有置身于宝瓶之中的感觉。它透明、宁静、安详。北野营外的山峦覆盖着厚厚的积雪，看上去就像一只只白熊卧在那里。李文来到苏联已经一年了，初始在南野营，也就是符拉迪沃斯托克与双城子之间的一块营地，在那里他们接受政治、文化课的学习，同时进行各种军事训练。今年夏天抗日教导旅成立后，南野营的战士就全部迁入了北野营，进行了更为系统和全面的军事素养的教育。北野营位于阿穆尔河沿岸的雅斯克村，周围有森林、河谷和草原，风景十分优美。夏季时，到处都是遮天蔽日的绿色，战士们在此开垦了荒地，种植蔬菜和谷物，还养了猪羊等家禽，用以改善伙食，在食品上实行了自给。冬季时风景相对单调，雪一场场铺天盖地而来，阿穆尔河封冻了，到处都是白茫茫的。李文很喜欢这里冬日的清晨，太阳只隐隐从山峦后面露出一缕亮色，这时天是蛋青色的，极其澄澈，一丝杂质都没有。营地的炊烟悄悄升起，清晨多半无风，因而那炊烟是笔直的，就像是一支巨大的毛茸茸的笔伸向天空，写着一些只有天才读得懂的大字。

李文沿着营地周围的雪路慢跑了一圈，然后面向东方做深呼吸。也许是昨夜摆弄铜镜的缘故，夜里他梦见了杨路。杨路说不知李文他们去哪里了，怎么也找不到，他的同胞弟弟如今在哪里？梦里的李文说的每一句话杨路都听不到，明明是近在咫尺，却仿佛隔着万水千山，弄得他醒来后情绪分外惆怅。他早早起床，到了户外，觉得所置身的天地之间就像一个巨大的宝瓶，纤尘不染，他不知杨路能否听见他的声音，可他还是对着远方的山峦说了声"我在苏联的伯力，在北野营里"。李文说这话时觉得内心滚过一阵热流，他仿佛又看见了杨路。抗日联军分批撤入苏联境内后，经过整编，又有一批批的小股队伍陆续返回。他们所到之处，抗日环境已今非昔比，日寇对当年抗联战士活动频繁的区域进行层层封锁，许多村屯被强行划归"集团部落"，使那些倾向抗日的老百姓行动不自由，难以为抗联战士提供情报和给养。然而陷于被动处境的抗联战士仍然想尽一切办法，四处寻找、联络失散的战士，重新建立抗日团体，积极疏通与群众之间的关系，取得了一些胜利。最值得一提的是去年深秋由原抗联第二路军副总指挥赵尚志率领的小部队。他们越过中苏边境之后，先后在萝北、鹤立和汤原与敌军交战，并取得了胜利，引起了日军的极度恐慌。然而他们的身份还是在行动中暴露了，鹤立县警佐田井久二郎派遣梧桐河伪警察分驻所密探刘德山混入赵尚志的部队，使赵尚志受骗上当，错误地袭击梧桐河伪警察分驻所，被早已重兵埋伏的日军伏击，重伤被俘。在审讯期间，赵尚志不幸身亡。至今比较活跃着的队伍，是去年初春时节由王明贵率领的六十余人的第三支队，他们越过边境后且战且走，缴获了马匹、粮食等给养以及弹药和药品等军用物资。他们在孙吴县袭击了一处木营，然后向嫩江一带转移，及至到达黑河的罕达气金矿，袭击了这个金矿。之后，第三支队又向毕拉河流域挺进，先后袭击了格尼河日本采伐储蓄处，攻克了阿荣旗镇威庄伪警察署，可以说是连战连胜。每当有胜利的消息传到北野营，战士们都为之欢欣鼓舞。今年以来，陆续又有三支小部队从北野营返回抗日战场。留在苏联境内的，是文化程度稍高一些的人，他们在接受军事教育上来得比较快。为他们讲课的一位苏联军官曾说："我们一定会在最短的时间内，把你们培养成军事指挥家！"李文初始对这口气很反感，很不以为然，好像中国军人靠自己的能力难成气候，非要由你们这些苏联人点拨方可。时间久了，李文觉得他们的话确实有道理。比如在军事训练上，苏联军官将科目分得极细，增加了爆破、防化、反坦克的训练以及夏季泅渡、冬季滑雪的科目，以往他们在冬季密林深处进行游击战，由于不善于滑雪而在时间上不能赢得主动，吃了不少亏，如今在滑雪训练上也就更为刻苦些。此外，还有空降的训练。苏联军官平素看上去很和蔼，而一旦将教学实施于行动，则是严厉有加，不少学员都程度不同地遭到过训斥。有一个军官叫阿列斯基，他五短身材，很肥胖，肿眼泡，酒糟鼻子，看人时总是睡眼惺忪的。一旦他来讲课，北野营就颇有些节日气氛，学员都喜欢听他的课。他站在讲台上，讲话很风趣。如他常把敌方大股队伍比喻成狼群，把散兵游勇的敌兵比喻成狐狸，而他把自己的队伍比喻成虎豹和雄鹰。他的课就像是生物课，听起来妙趣横生。比如他说："狼群在东方出现了，这时虎豹在峡谷一侧。一群狼，两三只虎豹，你就是再威猛，也不好对付！怎么办？要斗智！智在哪里？不在猪脑袋里，也不在狗脑袋里，它长在人脑袋里！"讲台下的学员便哄堂大笑了。阿列斯基并不为所动，他若无其事地接着讲："狼群堵截而来了，前面是深深的峡谷，虎豹没有退路了。抬头看看谁能帮助你？哦，原来有星星！可星星放下来的光线不能当绳索用，你还得自己想办法。这时候要学会什么本领？攀岩和泅渡。有了这两招，你能无所畏惧地下到峡谷深处，泅渡过去，再攀岩而上，彻底摆脱掉狼群。在军事上能占上风的，只是因为你比别人的本领多一些，全面一些，别的都是没用的。"这一课自然讲的是攀岩和泅渡了，这种自然而然的引导使人听了十分开怀，也不觉得那课生硬和枯燥了。阿列斯基喜欢睡觉，抓着一点时间就可以眯一觉，下课间隙，他趴在讲台上，只一会儿的工夫就鼾声大作了。他的鼾声很响亮，就像重型坦克碾过坚硬的冻土层的声音。别以为他一觉睡过去会误了讲话，到了上课时间，他会准时醒来，揉一下鼻子，清清嗓子，继续他的课程。由于肥胖，他穿的衣服总给人一种皱皱巴巴的感觉，冬季时若穿上没膝的皮靴，他就更加显矮。但学员们都喜欢他，背地亲昵地唤他为"虎大爷"。因为他老是将我方比作虎豹，且他的两撇黑胡子有一种飞翔之感，很俊逸，宛若虎须一般。虎大爷在上周出了点笑话，那天他兴致勃勃地来讲课，才坐在讲台上，就听下面一片嘻嘻的笑声。他不明白这是为什么，有些恼火，声言再有人笑，这课他就不讲了。阿列斯基转身往黑板画路线图时，有位学员悄悄把一面小圆镜子放到讲台上，他反身回来后看见多了面镜子，就有所醒悟地照了照脸，他清清楚楚看见了右脸颊上的一片口红印。阿列斯基并未觉得很窘，他当众掏出手绢，对镜擦掉了那些口红，然后笑着对大

家说："这娘们儿就喜欢我的右脸！说我的右脸比左脸光溜！"大
家笑得就更欢了。而这娘们儿是谁，大家却猜不出来。他有一个老婆，
可不在伯力。想来那妇人不会展翅飞来给他留下一片热吻后再离开。
大家的笑声也是善意的，想能和虎大爷在一起亲近的女人，容貌上
可能不会出众，但性格一定是活泼可爱的。

　　抗日教导旅成立后，旅长周保中还及时传达从国内报纸和电台
得到的一些消息。他们学习了毛泽东的《中国革命战争的战略问题》
《反对自由主义》《整顿党的作风》《反对党八股》等文章。学习之
后，大家热烈讨论，畅所欲言，李文是积极的组织者。从战士们的
发言中，李文觉得个别战士的思想已发生了悄悄的变化。那就是自
认为爬冰卧雪了许多年，如今能苦尽甘来在此安静地休整，不想再
回去打鬼子了。说是从国际气候来看，日本不可能永远处于战略上
的主动位置。太平洋战争是不得人心的，早晚有一天大家会合力打
跑日本鬼子。用外力合围日本，比孤军奋战要来得容易。李文便想，
日本侵入之地是中国，而不是苏联，如同两个人并肩走路，一个人
遭到了污辱而出手与施暴者应对，其同行者也拔刀相助，但其战斗
的性质却是不同的。一个是维护自尊，一个则是维护正义。李文觉
得一个民族的自尊比什么都重要。可一些中国人的自尊却被日本人
给生吞活剥了，看看那些著名的抗日英雄都是怎么死的吧，杨靖宇、
赵尚志、魏拯民、杨路，他们无一不是因为叛徒的告密而喋血！李
文每每想起这些，周身便有冰凉刺骨的感觉，真是寒彻心头！李文
几次要求与被派遣的支队回到前方，然而组织上并未批准他。李文

懂俄语、日语和英语，文化程度高，是部队不可多得的秀才，留下他会有更大的用处。渐渐地，李文也喜欢上了北野营。这里设施齐全，除营房外，还有面包房、浴池、野营医院、食堂、俱乐部等，四百余人在此生活得十分愉快。李文喜欢面包房的师傅，他是苏联人，舌头有些短，说话不利落，但相貌英俊，烤出的面包比锅盖还大，表皮松脆、焦黄，里面松软可口，浓香扑鼻，实在是好吃极了。他烤完面包，喜欢坐在面包房门前看天，看见战士打门前经过，他就跟他们招招手，咧嘴笑着。李文常过去和他拉几句家常，他说家住伯力，父母有一家牧场，养了七个孩子，他是老五。他生下来舌头就短，没法进学校学习，十岁就到面包房学徒，十二岁就能独自烤面包了，如今一眨眼混到了三十岁，也想讨个老婆，可嘴上功夫不行。李文就帮他出主意，让他学吹口琴，口琴声会打开姑娘的心扉的。面包师傅茅塞顿开，从此后从面包房就传出了时断时续的口琴声。李文每周指导他两次，他学得很快，只一个月就能独自吹奏了。只要面包房传出了口琴声，人们就知道一炉面包出炉了。只是他的口琴声至今还没有使姑娘对他另眼相看，因而每次他带着口琴从伯力回到北野营，都有些闷闷不乐的，李文便明白，这次回家，他的口琴又白吹了。

今天的早饭比以往提前了一小时，因为部队要进行野外滑雪的训练。前几日降了一场大雪，正是滑雪的好时机。李文吃过饭，又到户外活动一番。这时他远远看见有个姑娘向营房靠近，她包着绛红色的围巾，身材看上去很熟悉。李文的心不由怦怦乱跳，心想可

别是那个香肠店的姑娘又来了！李文每至周末，都要和食堂的人一
道去雅斯克村采购一些副食品，之所以带上李文，是因为他俄语好，
可以与卖主得心应手地讨价还价。雅斯克村有家香肠店，店面不大，
玻璃窗极其亮堂，店里陈设古朴，非常整洁，洋溢着浓浓的香肠味。
店主人六十来岁，他有一儿一女，都在香肠店工作。儿子负责肉类
的采买和加工，老父亲负责香肠作料的配制以及熏制时火候的掌握，
而他的女儿则负责卖香肠。这女孩名叫尤里娅，中等个子，微胖，
圆脸，大眼睛，两腮绯红，看人时唇角微微上翘，总给人喜气洋洋
的感觉。夏季时她喜欢穿一件白底碎紫花镶着浅蓝色花边的布拉吉，
头发束着银白色发带，非常清纯明媚。冬季时她则爱穿一件红黑相
间的花毛衣，头发梳成辫子，系着杏黄色的绸带，活泼而不失宁静。
李文初次见尤里娅，她穿着那件碎花布拉吉。那是晚夏时节，天清
气朗，她看上去就像跃出水面的青鱼一样充满灵性，妩媚动人。李
文与她讲价时，她的眼神格外活跃，就像水面上的波光一样灿烂地
涌动。她卖给李文的香肠总是最低价。从此后，李文一进香肠店，
尤里娅的脸就会微微泛红，像老朋友一样与李文打招呼。有一回她
悄悄送给李文一件礼物，是把木勺，勺上描画着几颗红豆，李文看
了一眼脸就有发热的感觉。秋天的一个傍晚，尤里娅像一只美丽的
梅花鹿一样出现在北野营中，她是骑马来的。马拴在北野营外的一
棵松树下。营房的人问她来干什么，她说有个叫李文的人去她家的
香肠店买东西，她看错了秤，少给了两根香肠，如今特地送来。大
家从此后就和李文开玩笑："我看错秤了，少给你两根香肠！"李

文就红头涨脸地捶一下别人的肩头，说"别瞎闹！"尤里娅是可爱的，她一共来北野营四次了，每次骑马而来，寻找李文时所找的借口都是一样的："我看错秤了，少给了两根香肠！"让人觉得她实在淳朴得近乎透明。她骑的是匹黑马，个头不高，但跑起来很快。据北野营的哨兵说，每次尤里娅骑马而来，你在岗哨上根本听不到马蹄声，等你突然听到了，她已经在眼前了，她提着缰绳，马则气喘吁吁地垂立着，足见是一路疾驰而来。哨兵认识了尤里娅后，就放她进营房，若是有人先看见了尤里娅，就会先给李文报信："香肠姑娘又来了！"尤里娅每次都带来两根香肠，走后即被大家分吃得一干二净。都说尤里娅若是这样卖香肠，那店迟早就要关门了。李文每次不过跟尤里娅站在营房外，在众目睽睽之下说上几句话。他不止一次跟她说，部队纪律很严，绝不允许在外单独交朋友，暗示他不可能与她发生任何故事。尤里娅毫不介意，她落落大方地瞪着那双明净的大眼说："我是给你送香肠来的，缺了你的东西送来还不让吗？要是那样，这个部队你也不用呆了，太没人情味了！"听得李文直想笑。他对尤里娅说，反正每周他都要去雅斯克村，少了的香肠那时给他补上就是。尤里娅抿嘴一笑说："那可不行，有了错误要立刻纠正才是。"

那包着绛红色围巾的姑娘的身姿越来越近了，果然又是尤里娅。她冻得两腮通红，眉毛和刘海上挂满了白霜。她站在李文面前，很有些委屈的样子，问他上周为什么没有去香肠店，她以为他生病了呢。李文知道尤里娅已爱上了自己，而这种爱对自己来说就像初夏山峦上的晨雾一样虚无缥缈，遥不可及。于是李文撒谎说，他以后不会去香肠店了，因为再过一周，自己就要被派遣回国了。尤里娅毫不掩饰自己的感情，她当即就哭了，问李文为什么不早告诉她？问他回中国要干什么？李文眨眨眼睛，笑着说，你们打德国人，我们打日本人，等把德国人和日本人都打败了，天下就太平了，到时我再来雅斯克村看你。李文猛然想起了面包房的短舌头的小伙子，心想他们两个都心地善良，一个烤面包，一个卖香肠，可谓珠联璧合，正是天生的一对。于是李文就对尤里娅说，他认识营房面包房的一个小伙子，他长得很帅，待人厚道，可为她介绍一下。尤里娅一噘嘴说："我早就认识他了。他短舌头，现如今会吹口琴了。那次还到我家的香肠店去吹,让我哥给赶走了。我不喜欢短舌头的人。"尤里娅伸了下舌头，说："那样我会觉得自己的舌头也短了，时间一长,肯定都不知道该怎么说话了。"李文听了不由叹口气笑了起来。他再次重申部队纪律很严，如果她再来找他，自己可能会受到严厉的处分。尤里娅便从这话中听出了破绽，她破涕为笑了："你说回中国肯定是骗我的。你都要回去了，我怎么还能来找你，让你受处分呢？你不该这样嘱咐我的！"李文只能搪塞道："虽说下周我未必走，但早晚有一天我会回去的。你以后不要再来找我了，影响太不好了。"尤里娅说："那你每周都去一次香肠店，我就不来找你了。"李文只得无奈地点头答应，他唤尤里娅快走，自己马上要外出训练。尤里娅就张开嘴笑了笑，心满意足地离开了北野营。

太阳升起以后，李文与战士们到达了 A 字号雪场。授课教师是阿列斯基，他还带来了那位学生们都见过的山民向导乌拉扎吉。以往有一些侦察课的实地训练，阿列斯基都会请来乌拉扎吉。乌拉扎吉是个猎手，常年在山里生活，喜欢喝酒，总是酒气熏天的。据说苏联远东军事地图的绘制就与乌拉扎吉有着重要关系，是他作为向导，带领军事考察专家徒步在莽莽密林中穿行，勘察了近一年时间，才得以使地图绘制完成。乌拉扎吉话语不多，个子与阿列斯基一样矮，两只眼睛间距很大，塌鼻梁，阔嘴巴，据说他身上有蒙古人的血统。他进得山里，就像鱼儿在水里一样悠徐自如。这山上哪种树该栖着什么鸟，哪种植物有毒，哪种花的汁液能治刀伤，何处宿营安全，何处猎熊最稳妥，他都了如指掌。夏季时在山中露营，他能凭着些微的风吹草动判定即将有什么情况要发生，而判断的结果总是正确的。有一次阿列斯基请他来为学员进行密林穿行的演示，乌拉扎吉走在头里，李文他们扛着枪，背着一些军需物资紧随其后，才走了两三里，大家就跟不上乌拉扎吉了，不管多密的林子，他一旦钻入其中，那些浓密的树枝和荆棘就仿佛自动为他闪开了一条路。乌拉扎吉见大家跟不上他，就找一棵长满了碧绿苔藓的倒木歇息，等大家找到他时，他声言已经做了两个梦了。他说如果靠学员们的这点本领去打仗，连最傻的狍子也撵不上一只。阿列斯基穿着军服，看上去气色不错，到达 A 字号雪场后，他让乌拉扎吉当众演示如何做简易的滑雪板。乌拉扎吉穿一件羊皮袍，戴顶水獭皮帽子，腰间扎条宽宽的棕色皮带，皮带上挂着枪弹、斧头等东西。他首先走向一棵拳头般粗的桦树，取下利斧，只一斧就干脆地把树砍断了。正当大家紧盯着他不知这桦树能派上什么用场时，乌拉扎吉忽然撩开裤子，身子一侧，无所顾忌地撒起尿来。撒过尿，他才"嚓嚓嚓"地用利斧清理掉桦树身上的枝丫，转眼间就将桦树斩成均匀的两段，每段一米左右，然后将一侧的树皮削下，露出一道乳色的木痕来，再取下身后的背囊，从中拿出铁丝和凿子，转眼间就做成了一副滑雪板。而李文他们背在肩头的滑雪板，却是经过精心打磨制作而成的。阿列斯基在一旁对学员们说："看清楚了吗，如果没有现成的滑雪板，就用这样的小桦树来做！"乌拉扎吉从砍树到做成滑雪板，包括他撒尿的时间在内，不过短短一刻钟的时间。这真让李文瞠目结舌，觉得乌拉扎吉在某些方面确实是个天才。A 字号雪场位于北野营五公里以外的一处山区。山很陡，一座连着一座，连绵起伏。山谷呈蛇形，滑行其中十分艰难。乌拉扎吉扛起那副新做的滑雪板爬向一座山的顶峰。只见他套上滑雪板，纵身一跃，就像雄鹰一般从山上展翅而下，搅得一片雪粉白茫茫地流泻着，宛若一带白云迤逦而来。眨眼间，他就飞身下山，一直贴着山下的谷底滑行了。在白茫茫的山谷里，乌拉扎吉就像一只敏捷而勇猛的豹子。阿列斯基对大家说："看见了吧？什么叫滑雪？这就是！在冬天，这样在森林中走，一夜能走到哈尔滨去。"他说完就哈哈大笑了，学员们也笑了。笑声在森林中回旋着，惊起一片飞鸟的叫声。阿列斯基又说："练成了这样的本领，你们就是天兵神将了！"

　　李文与大家一道按照指点爬上了 A 字号雪场的最高峰。虽然以往也进行过两次山中滑雪训练，但这一次李文心情最为明朗。天气很晴朗，银色的太阳当空照着，雪地泛着柠檬色般的光泽。李文穿上滑雪板，从山峰向下滑翔的时候，觉得山峦像轮船一样渐渐地后移，他有一种腾云驾雾、无限逍遥的感觉。他一直冲下山，像乌拉扎吉一样沿着山下的谷底滑行，渐渐地觉得自己已经与雪融为一体了。当他滑至一处谷底急转弯的时候，由于速度太快，转向不那么及时，一下子撞到迎面的山岩上。当时他脑袋"嗡"地响了一声，太阳在他眼里忽然变成漆黑一团，就像一颗充满了杀伤力的地雷一样，带给他极度的恐慌和不安。李文"哦"地叫了一声，摇摇晃晃倒在山谷的雪里，岩石上的乌鸦见倒下了一个人，就俯冲而下，直奔李文而去。它盘桓了一圈，发现他气息尚存，就愤怒地嘎嘎叫着又飞回岩石上，静待李文快点化为僵尸。

第十二章　一九四三年

民国三十二年　昭和十八年　康德十年

一

正月初七，人日子的时候，家家户户都想方设法擀面条"拴腿"，祈求在人间的平安吉祥。栾老四家也不例外，栾喜梅和了一块杂合面，将长头发盘起来，正欲擀面的时候，杨浩来了。杨浩越长越高了，胡子也越来越浓密了。他背着个黄布挎包，一进屋就直奔灶房而去，栾喜梅通常都在那里。栾喜梅见了杨浩，微微一笑放下擀面杖，说："你回来了？"杨浩将挎包摆在案板上，从中取出几斤白面，说："我昨晚回来的。这几斤面，够你弄一顿面条的了。"栾喜梅用手拍了一下刚和好的那团杂和面，说："用它也能凑合着。"杨浩说："那面煮不住，到了锅里就成了糨糊。"栾喜梅很柔情地望了一眼杨浩，说："杨三娘要是知道你往这里送面，非要把你臭骂一顿不可的。"杨浩笑了，说："她可没有那么大的力气骂我了，这一段病得都起不来炕了。我来时，吴老冒又背着药箱给她看病去了，依我看，吴老冒那些打海上运来的药，不过是些老鼠屎！"栾喜梅听了便乐了，乐得弯下了腰。杨浩一直喜欢看她笑的模样，眼眉是弯弯的，眼睛是弯弯的，嘴巴也是弯弯的，真是五官都在喜盈盈地笑。栾喜梅这两年不那么孱弱了，气色也好看多了，她夏季种地，冬季在家做鞋拿出去卖，勤勤恳恳地操持着家务，使弟妹仍能到学校读书。她与杨浩的交往村里的人无人不晓，大家都觉得他们是天生的一对。杨三爷并不反对杨浩谈情说爱，只是觉得栾老四家太穷了，若是娶了栾喜梅，棺材铺子在收入上也许会受到影响，便有几分踌躇。而杨三娘对杨浩接触女孩子是坚决反对的，说是他们收留杨浩不容易，他应该过了三十再成家，多为棺材铺子出些力。杨浩讨厌杨三娘，只要杨三爷外出了，她就用银质掏耳勺清理个人卫生，又掏鼻孔又剜指甲又划头皮的，然后将脸上拍上厚厚的脂粉，穿得花里胡哨地在杨浩面前卖弄风骚。有时故意跌倒在地，说是头晕得起不来了，让杨浩抱她上炕。杨浩开始时还抱过她几次，她用胳膊死死地搂住杨浩的脖子，欲火中烧地看着他，令杨浩作呕。以后她再说起不来了，杨浩就满含嘲讽地说："起不来你就睡下去得了。在炕上是睡，在地上不也是睡吗。"气得杨三娘一骨碌坐起来，拍着腿大骂杨浩是个狼心狗肺的东西，不知恩图报，实在该千刀万剐。杨浩便威胁她说："你再这样戏弄我，我就告诉杨三爷，他还不得把你塞进棺材里去才怪呢。"杨三娘便撇撇嘴，无可奈何地从地上起来，嘟嘟囔囔地回到她的屋子，很委屈地哭着，说："我这个命苦的人哟，我活着有什么意思啊，不如死了干净啊。"

杨浩不明白为什么初七是人的日子，问栾喜梅，她也说不清楚怎么回事，只是听说过"一鸡、二鸭、三猫、四狗、猪五、羊六、人七、马八、九果、十菜"的说法。比如正月初三是猫的日子，若是这天不刮风不下雪，说明猫们一年都兴旺，反之则可能会有瘟疫。栾喜梅还说她母亲在世时曾说，正月初七是小孩的人日子，十七是大人的人日子，而二十七是老人的人日子。吃面条，是为了把人拴住，免得东奔西跑地操劳。杨浩便笑了，说："我还以为给人拴腿，是怕阎王爷给收了去呢。"栾喜梅也笑了，说："也有人是这么说的哩。"他们心情很好地在一起说笑着。不一会儿，栾老四面色铁青地走进灶房，他背着手，撇着嘴角，仰着脖子，对杨浩很不屑一顾的样子。杨浩连忙叫了一声"叔"，毕恭毕敬地垂着双手直溜溜地站在栾老四面前。栾老四从鼻子里"哼"了一声，说："怪不得我闻到了一股烂棺材瓢子的气味，原来是你来了！"栾老四这两年在精神上比以前大有起色，他讨厌女儿与杨浩交往，认定杨浩是个来历不明的人，将来有一天会远走高飞地撇下女儿。栾老四特地打听过杨三爷，问杨浩究竟是谁生的，如今父母在哪里？杨三爷说："他一个小要饭的，被杨老汉给收养，随他姓了杨，他哪还能记得生身父母！"栾老四心下犯嘀咕，还是去了两次杨老汉生前所在的村子，左邻右舍的都证实说，杨浩确实是杨老汉收养的小要饭花子，来时也就八九岁的光景，很瘦弱，不爱说话。他有两个哥，一个叫杨路，一个叫杨昭，是双胞兄弟，都离家远走了。听说一个打鬼子去了，一个当教士去了。栾老四便觉杨浩的身份更为可疑，因而对他总是心存芥蒂。他不止一次警告栾喜梅，说杨浩是个来历不明的人，不知根知底，跟这样的人打打交道还可以，若是把他当做心上人，无疑是飞蛾扑火，自取灭亡。栾老四对待杨浩，从此后就不那么客气了。他端着架子，耍着威风，常常对他恶语相加，但杨浩并不介意。他想我将来要娶的是栾喜梅，又不是你，你对我再挖苦也无所谓。杨浩有时也觉得栾老四的思维可笑，干吗要刨根问底地追究他的来历呢？就好像你吃一个苹果，难道非要看看苹果树长得什么样才肯罢休吗？而杨浩是不能暴露自己身份的，每年除夕，他都要惯例悄悄地到旷野上给亲人们烧一些纸钱，那时他就觉得又置身他们中间了。他觉得寒冬的旷野正在温柔地下沉，亲人们伸出一只只手来召唤他。而天上的星星在那一夜总给他一种流泪的感觉，每一缕星光都仿佛是由莹莹泪水汇聚而成的。从旷野归来，回到棺材铺子后，杨浩总是无限惆怅和伤感。他还特别恐惧过中秋节，连带着在月圆时节会情绪烦躁。不由自主地想起许多年前在平顶山与亲人度过的最后一个中秋节，杨浩的心就会有一种滴血的感觉。这是他人生巨大的秘密，只能埋藏在心底，跟谁也不能说，虽然说与亲近的人说出来自己会轻松一些。他身边最亲近的人，就是栾喜梅了，她从来不问杨浩的身世，这使他很感动。自从那年的元宵节他们一同进城看地蹦子归来后，两个人就难舍难分了。他们常在一起说话，有时还一同到外面去走走。在巷子里走，最容易碰到的人就是戴着瓜皮小帽的吴老冒。他对每一个过往行人都要驻足打量，总能从别人脸上发现坏气色。有一回杨浩和栾喜梅去杂货铺买腌咸菜的坛子，杨浩刚帮着栾喜梅将坛子搬出来，就碰上了眼神分外灵活的吴老冒。他看了看像雀儿一样欢快地走出铺子的栾喜梅，对杨浩说："你们买坛子是要预备着成亲？"栾喜梅的脸立刻红了，她别过头，盯着一朵秋天的云彩看。杨浩没有好气地说："王八结婚才用坛子呢。"吴老冒对杨浩向来是又怕又恨，杨浩话语不中听也在他意料之中。他把杨浩叫到了一边，说是有要紧事告诉他。吴老冒不断地眨着眼睛很神秘地对杨浩说，他仔细看了栾喜梅的眉眼，发现她早已"开了眉"了，不是黄花闺女了。估计死去的马林早就在栾喜梅身上破了童身了，让杨浩留点神，别糊里糊涂捡了个破烂儿回家。气得杨浩反身拎起咸菜坛子，刷地投向吴老冒。吴老冒吓得一蹦老高，避开了这致命的一击。坛子粉身碎骨了，吴老冒也惊出一身冷汗，他几乎是一路小跑着逃了，边逃边诅咒杨浩："我就不信你是钢铸铁打的，早晚有一天你会犯在我手里，到时我弄死你个小王八蛋！"

　　杨浩不相信吴老冒的鬼话。在他眼里，栾喜梅是纯洁无瑕的。她和马林属于两小无猜的交往，绝不会发生任何事的。他在栾喜梅面前从来不提马林，有一回马凉来栾老四家借镐头，正巧赶上杨浩帮助栾家收拾院子。马凉便想起了马林，有几分伤感，跟栾老四这样说："我家马林真没福气，喜梅是多好的孩子啊。"杨浩听了放下手中的活儿，拍了拍手，冲马凉笑了笑。马凉就指着杨浩说："你看人家没爹没娘的，命倒是比我们马林硬，福气也比我们马林大！"说完，啧啧地摇头叹息了一番。栾喜梅听后便有些不满地对马凉说："马林都死了，就别一天到晚老提他了，提得他鬼气大了，回头又要回来磨人。"这让杨浩很感动，而马凉则不胜凄凉，镐头也不借了，一甩手走了。

　　栾喜梅很快又和好了一块白面。栾老四见有白面可吃，知道是杨浩拿来的，不好再给杨浩脸色看，就袖着手离开了灶房。栾老四一走，杨浩就偷着亲了一下栾喜梅，亲在她的左眼上，她红着脸说迷了眼睛了，杨浩将口水弄进去了。杨浩便伸手揉了一下她的左眼，说："口水还能迷了眼睛，我就不信，你拿我的眼睛试试。"栾喜梅蹾了一下擀面杖，嗔怪道："我才不试呢，再弄我一嘴的眵目糊，这顿面条就没法吃了。"杨浩故作生气地说："你说我有眵目糊，就是嫌弃我，那好，我走。"栾喜梅连忙伸手拽着杨浩的衣角说："我不过说说嘛，就那么当真啊。"杨浩听后嘿嘿乐了："我也是逗你玩呢。"栾喜梅面案上的活儿做得越来越好了，她会蒸馒头、花卷和糖三角，会烙葱花油饼，会做豆包。这次她把面条擀了两种，一种像拇指那般宽的，另一种像头发丝那般细的。细面是给弟妹吃的，而宽面是给栾老四擀的。他说吃宽面心才能宽，走的路也会宽。栾喜梅先下了一锅混汤细面，分盛在两个大碗里，给弟妹端到里屋的炕沿上，吆喝正在摆弄灯笼的他们："快来拴腿啦！"弟妹一见是白面面条，乐得直拍手，操起筷子就吃。栾老四将灯笼架骨碌到一边，咂了咂嘴，端过儿子的面碗喝了一口汤，说："真香！"不料儿子咧开嘴哇哇哭了，他嫌栾老四喝了他的面汤了，气得栾老四直骂："你个小气鬼，这么自私！现在我还没吃你家一口饭呢，你就这副德性，将来一定指望不上你！"栾喜梅的弟弟栾田螺见父亲气咻咻地放下了面碗，便不哭了，他端起碗，呼噜呼噜地快吃起来，惟恐他吃慢了，父亲又会夺过面碗吃他几根面条。待到宽面也出锅后，栾喜梅给父亲、自己和杨浩各盛了一碗，大家各自蹲到一个角落里，很快把面吃完。吃过面，大家觉得身上舒服了许多，脚也轻快了，走起路来虎虎有生气，看来这腿是白拴了。

栾老四吃过面，继续摆弄灯笼。自老婆去世后，他没心情挂灯，年也就不像个年的样子，阴气沉沉的。今年他身体和精神都强似往年，也就把旧灯笼翻了出来，打算糊一糊。灯笼是竹篾的，有些弧度已经变形，因而这虽是滚圆的宫灯，有的地方看上去却凹了一块，就像个南瓜有了烂的地方。他打算用红纸糊一糊，正月十五时也挂盏灯，清除清除这两年的秽气。栾田螺吃过面，又有心情跟着父亲忙活那盏灯。栾老四嫌他跟着添乱，就像轰苍蝇似的满怀嫌恶地说："去去去，瞎闹腾什么。"栾田螺一龇牙说："你糊不上灯笼，跟我发什么脾气。不如让我杨浩哥哥来糊，他手巧，什么都能糊。有一回我跟我姐去棺材铺子，见他糊眼镜，糊得比吴老冒戴的都像！"栾老四撇着嘴角，对儿子说："亏你想得出来，我过正月十五用的大红灯，要让棺材铺子那个小王八蛋来糊，还不招得我一身的秽气！"他打了一下栾田螺的肩膀说："以后不许叫他哥哥！""我就叫！"栾田螺反抗着，"杨浩哥哥给我在杂货铺买过糖球，进城时还给我带回来过苞米花，我就叫他哥哥！"为了表明自己的鲜明立场，栾田螺一路高叫着"杨浩哥哥"，从里屋奔向灶房，气得栾老四直骂："一个有奶就是娘的主儿！"

杨浩正跟栾喜梅讲这次外出收尸的事，听得栾喜梅眼泪汪汪的。栾田螺闯进灶房，见姐姐正伤心，不明真相的他就以为杨浩欺负姐姐了，又像一阵风似的跑出灶房，向栾老四报告："杨浩哥哥把我姐姐弄哭了！"栾老四一听便沉下脸，气势汹汹拔腿就走。刚进灶房，就指着杨浩的鼻子骂："你个没有来头的小鬼，别以为我家吃了你几斤面，喜梅就得受你的欺负，你给我放老实点，不然我就打折你的狗腿！"杨浩无端受到辱骂，有些气愤，觉得栾老四不问青红皂白数落自己实在不该，但还是忍气吞声叫了一声"叔"。栾喜梅觉得过意不去了，她没好气地对栾老四说："爸，以后你不许对杨浩这态度，好像人家欠了咱家八百吊钱似的！""他欺负你，你还帮着他说话，真是贱！"栾老四急赤白脸地说完，自讨没趣地出去了。杨浩看看时候不早了，就起身和栾喜梅告辞。栾喜梅使劲捏了一下杨浩的手说："别生我爸的气哇，他就是这个脾气。"杨浩连忙笑着摇头说"不会的"，然后走出栾家回棺材铺子。

　　杨浩是正月初三跟杨三爷外出殓尸的。他们先坐了半天的马车，又坐了一小时的汽车才到达那里。那是个小煤矿，大约有五百名挖煤工人。这个小煤矿是由日本人山田近二开的，工人都是中国的劳工，从各处强行征召而来的。工人们住的棚子四处漏风，连老鼠都被冻跑了。他们的吃住极其恶劣，时常有劳工外逃。但煤矿四周有电网和监工，跑出去的人基本又被抓回来。大年初一的那天上午有五十名工人下矿作业，因瓦斯爆炸全部遇难。留在井上作业的工人就揭竿而起，夺了日本人的枪，将监工和山田近二全部杀掉，挖出遇难同胞的尸体，请远近闻名的杨三爷出面来给死者入殓。他们一到煤矿，正赶上下雪，北风呼啸着，天地白茫茫的，死难者的尸体一具具摆在帐篷前的空场上，呈方形，就像一座大棋盘上的棋子一样。不过每一个棋都是死棋，再无前行一步的可能了。杨三爷初始不想来煤矿的，怕为中国人入殓尸体惹怒了日本人，但一想谁的钱不是挣呢，也就带着杨浩来了。一来后见到白雪地上那些整齐摆放着的一具具尸体，杨三爷的如意算盘就在心里噼里啪啦地打开了。他想即使钉个简易的棺木，再为棺材刷上红漆，以及纸牛纸马一类的东西，少说也能赚回半年的吃喝钱。杨三爷和杨浩先把一具已冻僵的尸体抬进室内，待他们暖和了，四肢能够搬动时为他们整容、净身和穿衣。冻过的尸体一经暖化，全然不像冻柿子和冻梨，冰冻后皮肉不散。人冻透之后再化过来，你用毛巾擦拭他的脸，脸皮就破绽百出了。那些工人的脸上满是煤渣，有的煤渣已经深深嵌进肉里，就像一颗紫葡萄似的。脸上的皱纹里满是煤灰，黑黢黢的。尸体里很少有面容安详的，他们大都张着嘴、瞪着眼睛，很绝望很痛苦又饱含着强烈求生欲望的情态。杨浩并不知晓这些死者的名字，他在给死者合上眼睑时就悄悄地说："你是我哥哥，你好生闭上眼睛吧，阳间也没什么可让你恋的事了。"有的尸首很听话，杨浩话音刚落，手触之后那眼皮"刷"的一下落了下来，悄然合上了。而有的却大有讨伐人间的愤怒姿态，任你如何好言相劝，他就是不肯合上眼睛，无奈只好叫来死者活着的工友，看看这人究竟是谁，他有什么割舍不掉的东西不想安息，有的说是因为挂念着年过八旬的老母无人送终，有的说记挂着妻儿无人抚养，还有的说是记挂着铺底的烟丝还没有抽。于是杨浩就一一跟他们许诺，说是会有人照顾他老母亲的，他的妻儿也会有人抚养，至于铺底的烟丝，把它拿来揣在死者的兜里就是了。也许人真是有魂灵的，经杨浩这么一说，那些不肯合上的眼皮也就乖乖合上了。相反，杨三爷可不像杨浩这么恭敬和啰嗦，他给死者合眼帘时总要先在地上啐口痰，然后清清嗓子，使劲一拍死者的天灵盖说："嗨，兄弟！别死睁着眼睛了！你死了，别人只记挂你一时，谁还能想你一辈子！你就别瞎操心，闭上眼睛好好到另一世界享清福去吧！"话音刚落，杨三爷手触死者眼睑，死者立刻就闭目了。仅仅是为他们穿衣整容，就花去了四五个小时。死者的衣服都是由裁缝铺子统一制作的。初四时来了三名木匠，加上杨三爷和杨浩，只一天半的工夫，就钉了五十口棺材。棺材料从城里运来，花了不少料钱和运费。杨浩一打听矿上的人，才知道这所有的丧葬费用花的是缴获日本人开矿的钱，就在山田近二的住处搜出来的。接下来又从城里拉来了一匹匹纸，由杨三爷和杨浩为他们糊制纸牛纸马等冥国用品。正月初六，一切准备妥当，五十口棺材被马车运往墓地。那是煤矿西南侧的一片空场，空场上没有长树，只有稀疏的荒草和荆棘，五十个被吃力掘开的坟坑饥饿地等待着吞吃五十具尸体。杨三爷先在每个坑穴淋上一些酒，然后颇有气势地张开双臂，面向西方引路。一口口猩红的棺材悠悠落入墓穴，不久那红色即被黑土和煤渣覆盖上了。矿上的工人唏嘘泪流，哭声合在一起，就像呜呜的风声。一条条木碑竖在坟头，看上去就像烟囱一样，只不过那像小房子一样的坟包再也传递不出人间烟火的气息了。杨浩在每座坟头都焚烧了纸牛纸马，看着火光中的牛马呈现一派欢腾的景象时，杨浩不由想起了已逝的亲人，泪水便流满双颊。矿上负责丧葬事宜的人见杨浩如此动情，认定他心地善良，性情淳朴，就多赏了他一些钱。杨浩用这钱的一部分为栾喜梅家买了几斤白面，余下的悄悄攒了起来，预备将来说媳妇。杨浩走在村中的小巷时想起了煤矿那些死难者的脸，心中的悲哀就满满当当的了。他跟栾喜梅讲述这一切的时候，栾喜梅擦着眼泪说："小日本真坏，等有一天他们死了的时候，让野狗去吃他们！"杨浩听后甚为感动，更把栾喜梅视为自己的心上人了。虽然已过春节，但是空气还是冰冷的，天空灰白惨淡，也无飞鸟，所有的房屋都泛着土黄和苍青的色调，给人以死气沉沉的感觉。杨浩落落寡欢地回到棺材铺子，正巧碰上吴老冒背着药箱开门出来，他们差点撞个满怀。吴老冒往后连退了几步，又退回到了屋里，张口结舌地看着杨浩。杨浩知道吴老冒有些惧自己，就冲他扮个鬼脸，手往门外一指，示意他赶紧滚开，吴老冒就几乎是拿出狗抢肉骨头的劲头飞快奔出门外，眨眼间就无影无踪了。杨三爷见状不由笑了，他跟杨浩说："瞧瞧这吴老冒，见了你就像耗子见了猫，你又不是阎王爷，把他吓成那副孙子样！"杨三爷从煤矿回来后，一直喜笑颜开着，因为他赚了一大笔钱。虽然杨三娘病得很重，杨三爷还是蛮有心情。杨三娘的病是从腊月二十三过小年时就开始的。那天杨三娘正在家包肉馅饺子祭灶门爷，近黄昏的时候，下起了一阵小清雪，杨三娘出外抱柴点火。一出门就跌了一跤，回来就嚷腰疼，说是伤着骨头了。杨三爷不屑一顾地说："你那地方粗得像水缸，哪里还有什么腰！"

给她翻了两粒止疼片，让她吃了。杨三娘吃了药，果然就不觉腰疼了。她开始在灶上忙活煮饺子。待热气腾腾的饺子端上了桌，天已黑尽了。杨浩停下手中的活儿，过来和杨三爷一起吃饭。若不是过小年，他平素喜欢盛碗饭夹点菜蹲在干活的屋子里吃。若是刚好有扎好的童男童女伫立在旁，他还扒拉着饭朝着他们说："吃一口吗？"童男童女有个无底的胃，当然是想吃了。杨浩又说："不能给你们吃，你们吃起来没够。"于是很没风度地大口大口独自吞咽起来。那天杨三爷温了一壶酒，他见杨浩干活很卖力，就唤他喝一盅。酒盅还没举起来，棺材铺子的门被人打开了。张庆和慌慌张张地走了进来，张口结舌地说教书先生李龙晋死了，他来请杨三爷帮助料理后事。张庆和与李龙晋是左右邻居，两家相处一直很好。杨三娘一听李龙晋归西了，"唉哟"叫了一声，眼睛直直地盯着报丧者，突然指着张庆和骂了一句："你个丧门星！"然后昏厥在桌旁，头撞在桌角上，使一盘饺子滑落在地，摔得饺子滚上了泥，而盘子四分五裂了。杨三娘的额头磕了道两寸长的伤口，由吴老冒过来为她敷了药。从此后，杨三娘的精神就大不如从前，消瘦得很厉害，几乎是难以进食了。杨三爷知道老婆对那死去的教书先生旧情难忘，就骂杨三娘："你要是真痴情，干脆给他当陪葬得了，省得一天到晚跟我灰头土脸的没个人模样！"杨三娘奄奄无力地躺在炕上，任凭杨三爷辱骂，绝不回嘴。她时常伸出十指，叨叨咕咕地说："我的指甲怎么就修得没有你的好呢？"杨浩知道这个"你"指的就是李龙晋。这位教书先生仪表堂堂，穿长衫，走路很飘，最出名的是指甲修得比女人的还漂亮，透明，轮廓分明。杨浩想杨三娘为一个死去的人如此丧魂落魄实在是不值得，但杨三娘一病，就没情绪骚扰杨浩了，对杨浩倒是一种解脱。杨三娘在除夕时好了一天，她起了炕，梳洗了一番，鬓上还插了朵红绒花，只是走路腿发软，趔趔趄趄的，总是要倒的样子。她说头晕得受不了了，她看着任何物件都像是云彩，一飘一飘的。杨三爷不以为然地取笑她说，那你看我和杨浩一飘一飘的，还不把我们当成了仙人！除夕一过，杨三娘又躺回了炕上，初三时，杨浩就和杨三爷到煤矿去殓尸体了。等初六晚上回来，发现杨三娘面如土灰，出气已经不均匀了。杨三爷因为得了大钱，心下欢喜，并不把杨三娘的病放在心上，而是亲自到灶房炒菜温酒，自得其乐地吃喝起来。直到第二天早晨醒了酒，发现杨三娘确实病入膏肓，十分可怜的样子，这才出门去请吴老冒来。

杨浩走进屋里，见杨三娘倚着门框气喘吁吁地漠然看着窗外。她能起来炕了，看来吴老冒的医术也不是一无是处。一旦身上有了力气，杨三娘又开始管闲事了，她问杨浩："你去哪儿了？不好好在家干活，想白吃闲饭哪！"杨浩笑了一声，不温不火地顶撞一句："我也想干活，可没活干哪，这村里又不老是死人。"听到"死"字，杨三娘的腿就哆嗦了，她连门框也扶不住了，杨三爷见状忙吆喝她："你别硬撑着装好人了，炕上倒着去吧。"

杨三娘这一倒就没再起来。正月十五，家家户户想方设法挂盏花灯讨个吉利时，杨三娘一命呜呼了，那正是掌灯时分。杨三爷初始不相信她真的死了，就打发杨浩请吴老冒来确证一下。吴老冒摸了一下杨三娘的脉，眼泪立刻就下来了。他并不是痛惜杨三娘中年暴亡，而是惋惜失去了一个病人，断了一条好财路。杨三爷择了口并不很好的棺材，草草将杨三娘葬了。葬她的时候杨三爷对杨浩说："要是李龙晋的老婆同意，我应该把杨三娘葬在他身边。只怕人家死后也未必愿意和她这个老鬼做伴儿，女人啊，真是傻瓜！"杨三爷唏嘘哀叹着。杨三娘死后，卖油郎的老婆活跃起来了，原本她与杨三娘从不来往，不到棺材铺子来。这下教书先生死了，杨三娘也死了，她也就没有任何心病了，正月二十五的时候，北风呼啸着，她穿扮一新地来到棺材铺子，手中提着个纸包，说是卖油郎从城里弄来四只猪蹄，她煮熟后拿两只给杨三爷做下酒菜。杨三爷那天不在家，杨浩觉得卖油郎的老婆不是个好货色，收了猪蹄后就把它们全部啃光了，不打算告诉杨三爷实情，心想杨三娘才死，你就来卖弄风情，实在是毒蛇变成的人。

二

屋檐又发出滴水声了。屋檐一到初春就变成了一架琴，而滴水声则是琴音，中村正保很喜欢听这声音。不过这个初春他没心情听滴水声，他刚出满月的儿子夭折了，他还没来得及给他取名字呢。张秀花呆若木鸡地坐在窗前，面无表情地听着滴水声。自生了妮妮之后，她怀孕后刻意流产过一次，后来虽是加倍小心，还是又怀孕了。三月初她生下了一个胖嘟嘟的男孩，有九斤二两重呢，乐得中村正保彻夜未眠。张秀花所生的妮妮，确是她与表哥的。所谓"表哥"，只是张秀花对中村正保的托词。她在嫁给中村正保时，就已身怀有孕。他想我嫁给你个小日本，绝不生下你的孩子来，绝不能让我张秀花的孩子流着日本人的血！因此她在怀了中村正保的孩子后，就百般折磨自己，使那个未出世的孩子流产了。这引起了中村正保的警惕，张秀花又一次怀孕后，他几乎是与她寸步不离。张秀花回娘家时，他更是不离左右。妮妮已经六岁，她与中村正保非常亲，中村正保若是有事出去，必然要当着张秀花的面嘱咐妮妮："要看好妈妈，不要让她跌跤，她肚子里有你的小弟弟！"弄得张秀花再不敢任意妄为。想想中村正保求子心切，心地也善良，不如就为他生个孩子吧。眼见着肚子一天天地大起来，张秀花又后悔了，她又不想要这个孩子了，可别无他法，只能生下后再做计谋了。临产的前一周，张秀花愁眉不展，茶饭不思，有时还泪眼蒙眬的。中村正保就百般为她调剂伙食，生怕她弄垮了身体，生孩子时发生意外。而张秀花期待的正是这种意外。岂料她顺顺当当生下了个白白胖胖的男孩，小家伙细眉细眼的，面貌酷似中村正保，很能吃奶，爱笑，生下十几天后就咯咯笑个没完。张秀花初始对这孩子很嫌弃，后来渐渐对他有了好感。他吃起奶来没完没了，吮咂得喷喷有声，毛茸茸的头在她怀里一拱一拱的，让人觉得无限甜蜜。当她看他肚子吃得已经像西瓜一样滚圆，强行拔下奶头后，小家伙睁大眼睛无限委屈地紧着鼻子望着她，张秀花只好再把奶头塞进他嘴里，直到他吃得自己承受不住地"噢噢"往出漾奶。

　　张秀花听着屋檐的滴水声，看着窗外愈来愈鲜亮的阳光，老是有一种哭泣的欲望。可无论怎样努力，眼泪却又流不下来。她的双乳胀奶胀得厉害，乳头生疼生疼的。唤妮妮来吃，她吃个三口两口就跑掉了，嫌张秀花的胸口有股汗腥味，她吃不下去。无奈，张秀花只得将奶挤到毛巾上，让它们白白地流掉。每当她拧浸透了奶汁的毛巾时，眼前都要浮现出那个可爱的婴儿的形象。他冲她挥舞着小手，咯咯地笑着。他的手指和脚趾都胖出许多圆圆的涡痕来，就像初春原野上星星点点的蒲公英一样可爱。中村正保常常爱惜得不得了地吮吸婴儿的小脚和小手。中村正保给儿子买了花铃棒儿和风车，时常摇晃着让他看，还唤妮妮给弟弟唱歌听。妮妮跟父亲学会了几首日本歌，就童声童气地唱给他听。小家伙听到歌声手舞足蹈的，似乎在和着旋律打拍子。妮妮还喜欢在母亲的帮助下抱一下弟弟，可是孩子小，不得抱，妮妮又没多少力气，抱一下就嚷胳膊疼，嫌弟弟肚子里的奶装多了，害得她抱不动。中村正保整日喜笑颜开的，做饭、洗尿布、打扫房间时总要不由自主地哼着歌。伺候月子期间不让张秀花沾凉水，不让她干一点活，把张秀花养得跟儿子一样白白胖胖的。中村正保在孩子出满月的那天特地从城里请来一位搞摄影的朋友，为孩子照了一卷相，各种姿态的都有，说是冲印出来后要寄给日本的亲人，让家人分享他的快乐。岂料照片还没有出来，儿子却像昨夜还挂在屋檐下的冰溜儿一样，转眼间就在阳光的照拂下而涣然冰释了。让中村正保怎么能接受得了呢。中村正保一夜之间平添了许多白发，表情也木讷了，接连几天吃不下饭，悔得张秀花直咬舌头，恨不能投河自尽了。

　　如果那天娘家不来人，张秀花也许不会对儿子下毒手的。那是小孩刚出满月的第二天，已经有三个月未回娘家的张秀花终于盼来了母亲。她母亲带来了十几个鸡蛋，红着眼圈说早就该来的，可家里一大摊子事老是脱离不开。张秀花的父亲有一天外出拾柴，在荒山坡上不慎遇上了狼，今年荒原上的狼特别多。与狼搏斗后倒是保住了命，可身上受了好多处伤，精神也恍惚了，一点响声都会把他吓得半死，连声呼喊"狼来了，狼来了"，整日蜷缩在墙角，惟恐受到任何袭击。张秀花便哭了，她说为什么不叫梁力帮着拾点柴火，她白白为他养着妮妮，他又不是不知道。梁力就是妮妮的生身父亲。张秀花的母亲一抽鼻子说："反正你也出了满月，把事情告诉你也没坏处，不然你早晚也得知道。"原来梁力讨的那个老婆半疯半傻的，她不会操持家务，整日在街上闲逛，而且不知冷知热，大冬天的还穿一件单衣，把身上都冻坏了。梁力就不让她出门，可是她一呆在屋里就大喊大叫，无奈只好给她穿暖和些让她出门。这女人也怪，见了女人就啐唾沫，见了男人则满面笑容。正月快出去了的一天，村里来了个磨刀的，赶巧那天梁力不在家，那女人在门口遇见了磨刀的，就把剪刀、菜刀一并拿出来让那人磨。那磨刀的见这小媳妇长得不孬，缺心眼儿，又没有男人从屋里出来，就起了歹意，磨着磨着就磨进屋里，将她弄到炕上做了那事。也是合该出事，这里他们的衣裳还没穿好，梁力就回家了，撞了个正着。梁力哪里是吃素的人，他一不做二不休，把那个磨刀的五花大绑起来，用铁条暴抽了他一顿，打得那人屁滚尿流、喊爹叫娘的，招得邻里都过去看，家里的丑事自此张扬开来。磨刀的最后把所挣的那点钱全部留给梁力抵罪，还被迫留下了磨刀的家把什。听说他老婆自从跟了磨刀的以后，再不愿意和梁力同房，说是梁力没劲，因而她在村中游走时，每逢碰到男人，就嬉笑着挥舞着胳膊高声发布："梁力没劲！"臊得梁力门都不敢出了，一天到晚窝憋在家里灌酒。有回喝醉了酒出去拉屎，起身系裤腰带时没有站稳，一屁股坐在自己的屎上，伤心得号啕大哭。张秀花听完母亲的讲述后不由泪流满面，她想如果不是自己被强行配给日本人，她会和梁力成亲，他们自幼就在一起，有着说不完的话，是中村正保把梁力害苦了。母亲一走，张秀花就怎么看儿子都不顺眼，只要他稍微哭一声，她便会暴跳如雷地骂："你个小狼崽子，你哭个鬼，盼着我死啊！"然后狠狠地在他屁股上拍一巴掌。当然，张秀花这样做的时候，中村正保都不在场。但妮妮却是亲眼目睹的，她很不高兴妈妈这样对待小弟弟，就跟中村正保告状："妈妈嫌小弟哭，揍他的屁股蛋了，把屁股蛋都打红了！"中村正保便很不高兴地说张秀花："小孩子不懂事，哭几声也算错吗？"气得张秀花恨不能把妮妮揪到屋外，择个没人的地方痛痛快快教训她一顿。张秀花开始心烦意乱了，孩子饿得嗷嗷叫，可她就不愿意给他喂奶，只要丈夫和女儿不在的时候，她就对着这个无知的小生命连珠炮儿似的谩骂，小孩子不知事，还冲张秀花咯咯地笑。张秀花越看儿子越觉得他长得像中村正保，心想你个小鬼子真是享福，睡着热炕，有着吃穿，别人家的孩子却是挨饿受冻的。越想越对这孩子气得慌，渐渐地觉得这不是她的骨肉了，陌生得她不想把孩子抱在怀里了。有一天黄昏时中村正保领着妮妮到大岛健一郎家串门，张秀花便用大铁盆装了很多黄豆，把儿子扔进盆里。心想就看你的命大不大了，你若是能躲过这一劫，你就活下去。张秀花狠了狠心，将儿子的鼻孔和嗓子眼都塞上黄豆，然后匆匆关上屋门走到院子。在关门的一瞬，她听见了气噎的哭声，她出了门就一直朝院子深处走去，免得听见哭声而动了恻隐之心。天色越来越暗，张秀花没有勇气回屋去看儿子是否有气，她一直等到丈夫领着女儿回来，才谎称自己胀肚，出来拉了泡屎，跟中村正保一起进屋。张秀花走在最后，她心惊胆战着，腿也哆嗦着，中村正保突然叫了起来，他发现小家伙面色青紫，握着拳头，一动不动地躺在黄豆盆里，已经没了气息了。张秀花奔向前去，抱起儿子左拍右拍，见儿子毫无反应，张秀花不由悲从心来，摇晃了几下，一头昏厥在地上，那一瞬她后悔得希望自己永远不再醒来。

　　事后张秀花跟中村正保解释说，她在家挑黄豆中的砂子和豆荚，打算泡点黄豆，生些豆芽来吃。后来觉得肚子胀得厉害，只好出去解手，怕孩子独自在家会由炕上滚到地上，就顺手把他放进了盆里，谁料他竟被黄豆粒给呛死了呢。一定是他乱抓乱挠，自己弄进气嗓里了。中村正保当时没有说什么，事后他总是当着张秀花的面喃喃自语："你把他放进黄豆盆里干什么？他才出满月，自己还不会滚。他怎么能自己抓东西往嗓子里塞呢？"中村正保疑虑重重，对张秀花和妮妮都爱理不睬的了。有几次他独自望着窗外哼故乡的歌谣，旋律凄切、伤感，听了令人落泪，张秀花便觉得自己罪孽深重，十恶不赦，实在该天打五雷轰。中村正保把儿子埋在了河畔。他每天都要在黄昏时去一次河边。虽然屋檐开始滴水了，可河却没有全开，只是在正午时冰面上微漾着一层浮水。河面常常传来"嘎"的一声脆响，冰面在悄然分裂着。中村正保每每听到冰裂的声音，都忍不住要悚然一抖，以为是儿子在呼唤他。回到家的中村正保总是默默无语的，饭吃得很少，几乎是整宿整宿睡不着觉。

　　张秀花听着屋檐的滴水声，悔恨的泪水抑制不住地往心底流。她絮絮叨叨地说着："早知道我就不把黄豆弄进屋子了，一个黄豆芽有什么吃头呢？我也不该把你弄进盆里，你又不会爬，怎么能掉到地上呢？"这样说得久了，她渐渐相信并不是自己杀死了儿子，而是他自己将黄豆弄进气嗓的。张秀花开始爱忘事了，到了做饭时，她忘了生火做饭。而真正做饭时，这边把油倒进锅里了，之后她就到窗前看外面的飞鸟去了，油烧得起了火，弄得满屋子的烟气。妮妮和她说话，她也常常是驴唇不对马嘴的。妮妮说："妈妈，屋檐为什么往下滴水呢？"张秀花就答："屋檐上的雪挨了欺负了，它本来好好的呆在屋顶的，穿着白衬衫挺好看的，可是阳光东扯它一块衣裳，西扯它一块衣裳，它穿不住了，露了肉了，害了臊了，当然就哭了。屋檐淌的都是它的泪呢。"妮妮说："妈妈，窗外的鸟为什么会飞，我为什么不会飞？"张秀花就说："你不是鸟生的，而鸟不是妈妈生的。"妮妮问："妈妈，我小弟被埋在河边了，等到河开了的时候，他是不是就会出来了？"张秀花嘻嘻笑着，说："那当然了,等河一开,你弟弟就从土里出来了。你看过别人种土豆吗?你看着土豆栽子死气沉沉地入土了,可它不久就发芽了,出苗了,长叶了,开花了,结果了!"张秀花十分亢奋地高叫着,吓得妮妮不敢靠近她。她一旦说得激动,就把十指插进头发里,刷刷地挠着。

张秀花听了一会儿屋檐的滴水声,就起身到外面去溜达。她忽而清醒忽而糊涂。清醒时明白儿子是她害死的,悔得欲把十指当胡萝卜一样地咬碎吃掉。而糊涂时觉得儿子是自己弄死自己的,那时她就会说:"你玩什么不好,非要玩黄豆,你往哪里塞黄豆不好,非要往自己的气嗓里塞。你不知道气嗓进了东西就完蛋了吗?"中村正保见张秀花神经不大正常了,就劝她回娘家住段日子。张秀花一提娘家,就要浑身打哆嗦,她嚷:"我才不回娘家去呢,那是个大火坑,想让我这清清白白的姑娘往里跳,没门儿!"中村正保见她对回娘家充满敌意,也就不再劝她。凭直觉,他认为是老婆害死了儿子,不然她不至于如此疯疯癫癫。从此后,晚上再与张秀花躺在一铺炕上时,他就觉得身边的女人鬼气森森的,没丝毫可爱之处,对她便不闻不碰了。中村正保甚至想,张秀花如此对待他的儿子,他不能就此罢休,应该让她偿命,挖出她的心来,让那些黑乌鸦去啄,将她的尸体扔进河水里,让她漂得远远的,永远别让他看见。张秀花有时夜半醒来,会在黑暗中泪流满面地拉住中村正保的手说:"你到我身上来吧,咱们再要一个儿子吧。"说着,号啕大哭着,把妮妮都吓醒了,妮妮也便跟着不辨真相地哭起来,中村正保甩开张秀花的手,扭过身去,什么话也不说。

　　春天踮着脚尖小心翼翼地来了。它不喜欢泥泞和肮脏之地，因而落脚都落在干净爽洁之处。如雪亮的玻璃窗、洁白的墙壁、整齐的园田等等。河开了，草发芽了，树隐隐绿了，鸟鸣也动人了。屋檐不再滴水了，屋顶的雪如白鹤般杳然而去，人们开始翻耕农田，准备着种地了。张秀花的脸颊失去了往日的光泽，她站在园田中佝偻着身子，看上去形同老妪。中村正保初始憎恨张秀花，恨不能置她于死地，后来见她悔恨难当，思子心切，精神业已崩溃，便对她有某种怜悯和同情。张秀花自觉手足冰凉，她晚上睡觉的时候，总要打来一盆热水，将脚插进去泡上一刻。她还央求中村正保教她唱歌，问他日本菜怎么做，好不好吃，问日本的樱花有没有"满洲国"漫山遍野的野菊花好看。中村正保只是无精打采地应付她一下，并不跟她多话。他琢磨着把张秀花打发回娘家，他再娶一个老婆，不能就这么糊里糊涂过下去了。但他又担心张秀花会承受不了失子和失去家庭的双重打击，中村正保便想先这么将就一段，待张秀花的精神有所好转再说。

　　河开了以后，到河边打鱼的人就多了。开拓团的移民除了种植水稻等农作物外，还要不定期地集中接受军事训练。以往一般在村中集中训练，而此次却拉到了外面，为期十天，这刚好给了中村正保得以离开家放松和喘息的机会。离家的那天早晨，中村正保背着枪来到河边，他先看了看儿子，然后才看河水。渐渐地，他觉得河面荡漾的波光就是儿子活泼的笑影，那股清新湿润的气息则是他的呼吸。河水越来越莹白动人了，中村正保想起以往自己曾那么动情地在河边为张秀花打野鸭子吃，便觉得张秀花实在没有人性，应该把她杀掉为儿子殉葬才是。

中村正保前脚刚走，张丽华后脚就来了。她离开大岛健一郎回了娘家后，虽然双眼看不见东西了，但精神却很愉快。去年她嫁给一个比她大二十岁的男人，他死了老婆，带着三个孩子，日子过得很艰难。张丽华过门后，丈夫对她格外恩爱，她也把家侍弄得规规矩矩、井井有条。别人一进她家，就会在心里惊讶地叫道："呀，一个瞎眼的女人怎么把家操持得这般好呢？"张丽华的男人心灵手巧，除了种地之外，还能编些笤帚、刷子，做些笼屉之类的东西赚些钱。今年春天，张丽华有天到院子里泼水，水"哗"的一声泄地之后，她的眼前突然一亮，右眼竟能蒙蒙眬眬看见一点东西了。当时她男人正叼着颗烟在院子里擦拭锄头，张丽华想这人应该是自己的丈夫了，就颤着声问了一句："你擦锄头呢？"那男人抬了一下头，"嗯"了一声。这是她惯常听到的声音，张丽华不由百感交集，眼泪哗哗地流了下来。那男人这才回味过来，问："你怎么知道我在擦锄头？"张丽华说："我还看见你叼着颗烟呢！"那男人知道老婆能看见东西了，喜极而泣，连忙冲天磕了三个响头，连说是老天开了眼了，才把福降临到他头上。不过张丽华看东西忽好忽坏，有时清楚，更多的时候则模糊。听说佳木斯有个老医生治这种眼病最拿手，他们夫妻就把孩子托付给亲戚，动身上路了。张丽华顺路就想来看看张秀花，想和她痛痛快快说上一宿话。当然，她最怕见到大岛健一郎，想起他舞剑的样子她就汗毛直立。

张丽华带着她丈夫走进张秀花家时，张秀花正蓬头垢面坐在窗前的亮处，唤妮妮给她捉虱子，她见了张丽华，"哎呀哎呀"地连叫了几声，然后腾地从小板凳上站了起来，说："我认得你，你以前不是这村中的小媳妇吗？""我是张丽华呀！"张丽华上前拉住张秀花的手，指着她身后的男人说："这是我家掌柜的。"张秀花觑着眼看了下那男人，很不屑地说："这是你掌柜的？我怎么看他像个猴子。"妮妮甩着胳膊跺着脚说："哎哟，妈妈，你又说胡话了，他不是猴子，是人！"那个男人很窘地站住了，为难地看着老婆，张丽华指指北墙下的一把椅子，示意男人坐过去，不要介意张秀花的话。张丽华见张秀花言语乖张，形神不对头，便知道她受了什么刺激，精神不好了。张丽华悄悄把妮妮叫到一旁，知道中村正保外出了，而她刚刚失去了一个小弟弟，内心便明白了八九分，对张秀花的同情也就油然而生。中午时张丽华做的饭。张秀花端起饭碗时高叫着："啊，这日子多好哇，有白米吃，吃多少有多少！"说完，突然指着张丽华很神秘地说，"你知道白米是什么变成的吗？我告诉你，是由白白胖胖的小孩子变成的。一粒白米就是一个大胖小子，你吃一粒米，就死一个大胖小子，不信你去河边看看。"张丽华便吃不下去饭了，她哽咽着，想着往昔那个健康、开朗、生气勃勃的张秀花，泪水终于扑簌簌地落进了碗里。虽然那泪水也莹洁如白米，可它们并没有使碗里的白米有任何增加。张秀花吃过饭，又对张丽华的男人指指戳戳的，非说他不是人，是猴子，还说他身上有股臊味。接着，又张着嘴定定地看了张丽华半晌，恍然大悟地说："啊，我记混了，你根本不是这村中的小媳妇，你不是个红狐狸吗？啊呀呀，妮妮——"张秀花扎煞着手转向女儿，说："你是怎么看门的？怎么能把猴子和狐狸也放进咱家来呢？你弟弟睡得正香，他们进来是不怀好意的，是想把你弟给吭哧一口就吃了，我能让他们吃吗？他们倒是想得美，小孩子细皮嫩肉的，吃起来香，可我都不舍得吃一口，你爸也不舍得吃一口，他们倒想着来吃，没门儿！"说着，抓起两只空碗就朝张丽华和她男人砸过去。张丽华躲闪不及，碗打在手腕上，疼得她直叫。那男人身手敏捷，身子一闪，躲开了，碗砸在墙壁上，"哗——"的一声碎在地上，洁白的碗碴张牙舞爪地四散着，就像谁的几声冷笑。张丽华不由嘤嘤哭了。

张秀花发够了脾气，看上去分外疲倦，她上炕睡去了。张丽华帮助她收拾干净了桌子，又打扫了一遍房间，这才在男人的催促下离开张秀花家。她想着从佳木斯回来后再看看张秀花，陪她住两天。张丽华的男人疼老婆，不时握着她被碗打过的手腕，问："疼不疼？"

张秀花一直睡到日头西沉才起炕。她恹恹无力地在炕上坐了许久，这才穿鞋下炕。妮妮坐在窗前的小板凳上，握着面小镜子玩，忽而照照自己，忽而照照墙上的钟，忽而又照照地上的水盆和木鞋。她想若是爸爸在家就好了，她可以照照他的胡子。张秀花走到窗前，漠然看了眼窗外，说："屋檐不淌水了，你还坐在窗前听什么？"妮妮说："我照镜子玩，刚才有太阳时，我还照见了它。太阳在镜子里就像个大火球。"张秀花走到门口，忽然看见了垃圾桶里的碎碗碴，就说妮妮："你个小败家子！妈妈睡觉时，你打了一只碗？

你就不知道珍惜东西！"妮妮委屈地说："不是我打的，是你打的！"张秀花骂妮妮胡说，上前就拧妮妮的嘴，妮妮哭叫着辩白："这碗真的不是我打的！"

晚饭之后，受了委屈的妮妮早早就上炕睡了。张秀花望着电灯，自言自语地说："你这火老是着，还不灭，真是神啊。"她一直看灯看得眼花了，这才觉得有些憋闷，便关了灯，推开门到院子里去透口气。一出门就被春夜的凉风陶醉得忘乎所以，差点手舞足蹈起来，她抬头望了一眼夜空，不由"呀"地大叫一声，满天的星星实在够灿烂啊！她指着星星说："你们可真叫美呀，要是你们能掉下个一颗两颗让我仔细看看就更好了！"张秀花往地上一看，这才发现满地都是活泼的星光，她不由拍手叫道"好哇好哇"，然后走出了院子。她信步朝村外走去，一直走到河边。岸边的青草在夜风中刷刷响着，沁人心脾的草香气不绝如缕四散着。河面上星光跳荡，就像一片爽朗的笑声。张秀花慢慢走向河水。初春的河不深，但冰凉刺骨。她一进入河，就感觉周身被星光笼罩了。她每走一步都能听见哗哗的声音。她跟星光说："咦，我真的不知道，你们也能唱歌呀。"张秀花渐渐渡过河，她上了岸，这时头脑清醒了一些。她想起了上午曾发生过一件事，那就是家里突然来了只猴子和狐狸，可他们后来突然溜了。她跟自己说："猴子和狐狸哪里去了呢？我猜你们一定是过了河溜到草甸子里来了，我得逮你们去！"张秀花就一直朝远方走去。子夜时分，一只饥饿的老狼目光炯炯地发现了她，几乎没有费吹灰之力，就将她撕扯在地上，很快咬死了她。张秀花在断气前的一瞬，只觉得双乳胀得厉害，她想儿子若是伸过小嘴帮她吮吮就好了。老狼守着张秀花，慢慢享用着这丰盛的夜宵。

三

杂货张本来就很能喝水，几乎是把喝水当成了吃饭。天热了以后，她喝水喝得更甚了，简直是牛饮，一瓢接着一瓢。喝过水，她要走到杂货铺门口，先抬头觑着眼骂白炽的太阳："弄你妈的这么热干啥？"太阳对她不理不睬，依然热情洋溢地播撒光明。杂货张随之低头骂一句坐在门口台阶下晒太阳的老太太："你个老母狗，怎么不把你晒死呢？"老太太跟太阳一样对杂货张的话不予理睬，她垂着头，很滋润地享受阳光的照拂。有时晒着晒着太阳就睡着了，头几乎低到了膝盖上，涎水流了一裤子。老太太只有一个心愿，那就是等待王金堂归来。她到时只想问他一句话："你说一辈子都对我好，怎么突然就抛下我不管不顾了呢？你虽是个罗锅子，可也是个大男人，怎么就说话不算数呢？"为此，她常常喃喃自语。这几年呆在杂货铺里，左邻右舍的人都熟识了她，只要路过杂货铺门口看见她，就问："你家老头子还没回来呀？"老太太就一撇嘴说："要是回来了我还能坐在这儿吗？"老太太胖，她坐碎了两个小板凳，杂货张心疼得暴跳如雷，声称要从她身上割下几十斤肉来，省得压她家的板凳。老太太就问："你割下我那几十斤肉来，想做人肉包子吃哇？"杂货张使劲啐着唾沫说："就你那一身臭肉，别说我想起来恶心得慌，就是乌鸦见了也未必吃！"老太太也不生气，她抬起手腕，放到鼻子下仔细闻闻，说："我闻着怪香的呢！别说你想吃了，我估摸着过往的神仙也是想吃的！"杂货张使劲撇着嘴角，恨不能把老太太撇进坟墓去，省得一天到晚听她唠叨。为了使板凳免受老太太那像磨盘一样沉实的屁股的折磨，杂货张捡了一些碎砖头，在门口砌了一个砖凳，四四方方的，让老太太去坐，永远也没有坍塌的危险。老太太嫌砖凳凉，就在上面垫了一块毡子。往往在下雨的时候，她回屋忘了拿毡垫，便被雨浇了个透湿，待到天晴时就得晒毡垫。杂货张这时就会骂："你个老杂毛！什么事也记不住，下雨了也不知把你的垫子拿回来，潮死你个老不死的！"

　　杂货张喝足了水，就捧起长烟袋吧嗒吧嗒地抽上一刻。她抽起烟来格外痴迷，悠然自得，十分快意。有时趁人不备，她就进了里屋，将烟一口一口地喷在皇上的挂像上，她把丈夫一去不复返的账算在了皇上身上。左邻右舍到了一定年龄的男子，都要参加"勤劳奉仕"队。所谓勤劳奉仕，就是无偿义务劳动。诸如修筑建国忠灵庙，修筑公路、铁路，规定的年龄在二十一到二十三岁之间，每年为期四个月。杂货张想幸亏祝岩还没到那年龄，否则不是白白给日本鬼子出力气。然而即便是中小学生，也要无偿参加一些劳动，诸如打扫街道、庭园绿化等。每当祝岩放学回家，说第二天不上课，要去什么地方劳动时，杂货张都要用长烟袋敲着柜台骂："操他娘的，我让你上学是识字去的，要是去干活，我在家教你就得了！"

　　杂货张似乎是天天气不顺。下雨天骂雨，太阳天骂太阳，风天又骂风，雪天则骂雪。不过她不敢胆大包天骂雷电，怕雷公发了怒，把她劈了。虽然她也活得不耐烦了，可还是不想死。因为祝兴运音信渺茫，是人是鬼难以判定，倘若她也死了，祝梅祝岩岂不成了孤儿，祝梅学习成绩很差，越学越流气，一天到晚地打口哨，吹得比男孩子的还响，街坊邻里的老太太不止一个跟杂货张说："你得管管祝梅了，一个女孩子满大街地吹口哨，成什么体统？"杂货张心里也气得慌，可她对付祝梅没有什么好办法。你说她一句，她有十句等着顶撞你。祝梅很讲究打扮，今天把头发梳成无数条小辫，明天又统统盘在头顶，后天可能又束个马尾巴。她还喜欢把一根铁棍烧热了，用它来卷刘海。烫得刘海弯弯曲曲的，像是一些毛毛虫吊在额头，又像是一带乱飞的乌云。杂货张想祝梅也许在外面悄悄搞对象，不然不至于这么在意自己的形象。她没什么好衣裳，可就是喜欢换。祝岩的一件衣裳能穿一个星期，而祝梅的最多穿两天。她换下衣裳唤杂货张去洗，杂货张就气急败坏地骂："我的衣裳还不知谁帮着洗呢！养你这么个闺女，倒要伺候你，还不如当初不生下你！"祝梅这时就会鄙夷地说："你们当初是为了自己舒服才生下了我，你以为我爱出生？一想到从你撒尿的地方钻出来，我都恶心得慌！"杂货张便气得两眼发红，头嗡嗡地叫，恨不能把祝梅的衣裳和嘴一并撕烂。祝梅见母亲不给自己洗衣裳，就去吆喝老太太，说她不能在这儿白白吃闲饭，她把自己换下的衣裳扔到老人身上，说："别在这儿干坐着了，去洗吧！"老太太无论坐在屋里还是屋外都纹丝不动。祝梅骂得过分了，她便会反抗一句："我家老头子为你们家干活时走丢了。你们现在没有还上我人，倒要我伺候你们，你们去叫来街坊邻居，让大家评评理，世上还有这么欺负人的事吗？"争执的结果，是祝梅的衣裳根本无人问津，像垃圾一样弃在一旁，祝梅只好亲自动手，洗个三把两把就算完事。杂货张不止一次痛心地数落女儿："瞧瞧你长得那副德性，比你妈也强不了多少，再打扮也是个驴粪蛋样儿！"杂货张个儿高且脸长，而祝梅脸长却个儿矮。杂货张的兔唇虽然没有遗传给女儿，但祝梅的嘴唇生得也不受看，微微向上翘着，似乎能拴一个油瓶子，唇厚而色暗，而且脸色黑亮黑亮的，两个脸蛋在杂货张看来就像新拉的两粒驴粪蛋，怎么看都不秀丽。但祝梅却自我感觉良好，觉得自己眉眼好，嘴唇好，肤色好，甚至步态也优于其他女孩子。杂货张便说她没有自知之明，明明自己连丫鬟都不如，偏偏要做出小姐的姿态。祝梅在学校很活跃，她学习成绩不好，但非常爱劳动，当然这劳动的范围只限于家门以外。杂货张猜测外出劳动一则可以不动脑筋，二则能和男孩子在一起打打闹闹。祝梅每天老早就去学校，回来则很晚。她还没到家，口哨声就飘忽而至了。杂货张一听到口哨声，就觉得有条毒蛇正朝杂货店爬来，身上一阵阵发冷。祝梅回家后要把门摔得乱响，然后张着嘴就要饭吃。祝梅不像杂货张那样随便吃点东西就能饱，她这两年除了脾气见长之外，食欲也突飞猛进，一个人顶两个人吃的。为此，杂货张想出了个损招儿，那就是提前吃午饭和晚饭。祝岩放学早，他一进家门，杂货张就十万火急地立刻开饭，剩给祝梅的就是有数的了。气得祝梅老嚷着吃不饱，说她在这个家里是后娘养的。杂货张觉得祝梅过于自私，她从不把音信皆无的父亲放在心上，问都不问一下。倒是祝岩，每逢年节的时候，都会闷闷不乐。问他为什么，他会说："爸爸怎么还不回家？"祝梅倒也提起过祝兴运一回，那是去年春天的一个早晨，睡眼惺忪的她起床后使劲摔着枕头骂："让我梦见你干什么！瞧你那个臭德性，一副活不起的样子，看了让人臊得慌。以后你再敢往我的梦里钻，我就把枕头瓤子都挖出来给扬了！"杂货张觉得蹊跷，不知谁在祝梅的梦中自讨没趣了，一问，方知是祝兴运进入了女儿的梦中，他破衣烂衫，穿双草鞋，腰间扎着麻绳，提着个空空荡荡的饭盒，比叫花子还落魄。梦中的祝梅正走在放学回家的路上，斜阳将飘飞的柳絮映得格外灿烂，仿佛无数萤火虫在飞。她打着口哨，步履轻快，不期与祝兴运相遇。祝兴运也不跟祝梅说话，女儿走到哪里他就跟到哪里。祝梅嫌他委委琐琐的样子给自己丢人现眼，就拐弯抹角地想摆脱他。她先飞身闪进一家鞋铺，她熟悉这家铺子，既有前门，又有个不为人知的后门。她从前门进来，然后飞快地从后门溜走，以为这下彻底摆脱了祝兴运。岂料她前脚刚踏出后门的门槛，祝兴运后脚就跟了出来，实在是鬼使神差。祝梅索性走进一条死胡同，她像男孩子一样有着翻墙爬树的本领。没承想，她这里刚翻过爬满了碧绿青藤的石墙，随之祝兴运也跳下墙来。气得祝梅骂他是个跟屁虫，厚颜无耻，不知天高地厚。这一骂便把自己骂醒了。杂货张听完祝梅的讲述，唇齿间不由生满寒意，想自己将来老态龙钟时，祝梅肯定像扔垃圾一样绝不含怜惜之意把她处理掉。因而再给祝梅留饭时，就尽可能地减量，心想饿瘪你个黄毛丫头！

　　祝梅这一段看上去眉飞色舞的，口哨打得越来越响亮了。由于日本在太平洋战场上逐渐失利，前方战争物资紧张，强行勒令"满洲国"市民献纳金属的运动正风潮迭起。政府号召老百姓交纳白金、宝石，支援战争；回收钢铁、铜、铅、亚铅、锡、锑等金属，就连暂时不用的废旧机器设备，也作为钢铁材料而成为"献纳"之礼。老百姓为了献上金属，不得已把家里的一些生活必需品也缴纳了，如铁锅、铝盆等等，一些部门还将门窗上的铁环和把手也卸了下来。祝梅不止一次地说，她将来要当个科学家，研制出一种植物，它长成后会变为金属。这是祝梅说过的最豪迈的话了。听得杂货张心里直乐，心想就你这个吃猪粪的脑袋，还能研究出能长铁的植物，那样的话，这地上的水就会倒流，乌鸦就能在白云上做窝，老鼠也能唱歌。祝梅为了在学校出风头，把杂货铺的许多金属制品偷出去献纳了，大到铁盆、铜壶，小到钢针和烛台，只要是金属，都逃不过祝梅的手。杂货铺近两年本来生意就江河日下，这下更是雪上加霜。祝梅捐献的，有一些是崭新的物品。杂货张气得两眼冒金星，说她前世肯定犯了十恶不赦的罪，今世才受苦受难。为了避免祝梅再顺手牵羊，杂货张干脆不进任何金属制品。祝梅每天晚饭后在杂货铺里翻来翻去的，实在像只害人的老鼠，气得杂货张头晕眼花。

　　祝梅的兴奋不是没有来由的。她受到了学校的嘉奖，说是她觉悟高，支援大东亚战争全心全意。她的名字被贴在了校门口的宣传栏上，很多其他年级的同学都在背后指指戳戳地说："看，这就是那个祝梅！"这时她就有当了大英雄的感觉，觉得无限豪迈，仿佛自己置身于九天之上，脚下白云如战马一般飞奔。前几天，祝梅又干了一件惊天动地之举，她跑到一家寺庙，偷了几尊纯铜的佛像以及香炉和烛台等铁质器皿，把它们一并"献纳"了。祝梅在献纳佛像时还说，如今"满洲国"有了日本的天照大神，还要这些佛像做什么？她声言要把这些佛像化了，去做飞机的翅膀和大炮的底座。校长对祝梅大加赞赏，说是将来要派祝梅到东洋留学去，这么有气魄的学生仅仅呆在"满洲国"，天地实在是太小了。

祝梅今天中午回来掀开锅盖没有像以往那样骂不绝声。她似乎并不在意杂货张留给她的饭少而又少，端着小半碗饭的她走向杂货铺外，蹲在正晒太阳的老太太的对面，边吃饭边跟老太太搭讪。她先问："你坐在砖凳上凉不凉哇？"老太太头也不抬地说："我晒着太阳，我能凉吗？"祝梅又说："你可别晒晕了，人一晕过去就还不过阳了！"老太太讥讽道："我才晕不过去呢，我在等老头子回来。他不回来我晕了过去，那哪儿行呢！"祝梅已经飞快把饭吃完，她放下空碗，凑到老太太身边，摸着她腕上的白玉手镯说："这手镯真漂亮，能摘下来让我戴戴吗？"老太太突然咯咯地笑了起来，她说："你要是能把它褪下来，我送给你也行啊。"祝梅喜出望外地抱着老太太的手腕，费尽力气地往下撸手镯。岂料那手镯已嵌进肉里，就像车的轮胎陷于深深的泥泞之中，根本拔不出来。气得祝梅脸色青紫，问老太太当初是怎么把它戴上去的。老太太笑得越发不可收拾了，她说："当初我戴它时，松得还有些戴不住呢。我年轻的时候，可不像现在似的，又苗条又俊俏，手脖子也秀气，戴上它轻而易举！"
祝梅甩开老太太的手，气急败坏地说："你都胖成这样了，一天到
晚还要一顿不落地吃饭，吃得跟肥猪似的，一个劲地长膘！依我看，
从今天开始，你每天吃一顿饭就够了，你又不上学、不干活，吃那
么多有什么用呢，还糟蹋粮食！"杂货张闻声走了过来，她不明白
祝梅为什么也看上了那只手镯。她惦记了两年，看看没戏，也就不
惦记了。杂货张含着长烟袋，铆足劲抽了一口，将浓烟一喷，问祝梅：
"你想着戴那只手镯哇？"祝梅一挑眉毛说："我可没那么臭美。我
要她的手镯，是要把它捐给前线去打仗。她能坐在砖凳上什么事也
不管地晒太阳，还不是因为前方有人在为她流血流汗？"祝梅声称
给老太太一周时间节食，一周后取不下手镯，她就把它砸碎。杂货
张噘着兔唇说："这手镯要是打碎了，一文钱也不值的！"祝梅就
恶狠狠地说："那我就剁下她的手腕来！"杂货张这次着实被吓着了，
她端着烟袋的手一哆嗦，烟袋便像没有击中目标的箭一样颓然掉到
地上。

　　老太太良好的精神状态令所有人都震惊。她来到杂货铺后，除
了吃喝拉撒睡，就是一门心思地盼王金堂。她耳朵背，有时出现幻
听现象，有几回夜半醒来，她非说王金堂回来了，在外面咣咣地敲
门呢，敲得比鼓还响。待她打开门，发现巷子里空空荡荡的绝无人
影时，就暗自嘀咕："咦，明明听见敲门了，怎么不见人呢？"有
时她还以为是王金堂与她开玩笑，敲过门就躲了起来，老太太就说：
"你别跟我藏猫猫了，快出来吧，你个老罗锅子，还跟小孩儿似的！"

然而王金堂并没有如她所愿的出现。杂货张嫌她半夜三更起床影响祝岩的睡眠，声言她再这么下去，一定把她送回老窝去，让她和老鼠做伴。从此之后，即便她感觉出有人敲门了，也不敢任意妄为地去开门。想着王金堂只要是回来了，不差在外面等候一宿。她等了他已经多少宿了！

连晴三日之后，天终于是有雨了。这三日祝梅有两天看着老太太吃饭，只让她蜻蜓点水般地吃一口，说是她的胃里能垫个底就行了。老太太也不反抗，心想你给我几口食，我就能活命。吃得饱还头晕眼花呢，我少吃倒是头脑清醒！饭少了，两颊的肉也不那么丰满了，可她的手腕却依然坚固如钢铁，未受一点侵蚀，如过去一样的浑圆。祝梅有点沉不住气了，她搬着老太太的胳膊左摇右晃，希望手镯能突然奇迹般地脱落下来。老太太这时就气喘吁吁地说："你别费力气了，它是我的，你不可能弄下来的。"祝梅说："我给你一个礼拜的时间，到时你不主动拿下来，别说我砍你的胳膊！"老太太嗬嗬地笑了，说："我的胳膊长着钢牙，你是砍不断的！"

杂货张将老太太吆喝回屋里，雨就铺天盖地地来了。先前她看见黑云压城，空气闷得让人透不过气来，便知一场暴雨要来了。这雨果然有气势，下得汪洋恣肆，顷刻间，杂货铺门前已经积水成潭，杂货张看了一会儿雨，觉得无趣，便叹口气，吧嗒吧嗒抽起烟，跟老太太聊起天来。杂货张问老太太："你跟罗锅子过了一辈子，就真的没有过够？"由于雨声的干扰，尽管杂货张声音洪亮，老太太还是没有听清，杂货张就凑在她耳旁，把这话又高声重复一遍。老太太不由"扑哧"一声乐了："我要是跟他过够了，哪儿能盼他回来呢？唉呀，你们别看他是个罗锅不起眼，可心眼儿好使着呢，对我真是一百个好！他在街上弹棉花，每天挣的钱都要给我买点吃的，烧饼啊、瓜子啊、油炸糕啊，就是不给他孙子吃，也要想着我！他就是吃个蚂蚱，也要给我掰下两条腿来，你说我能不想他吗？"老太太说着说着，眼泪就流下来了。杂货张讨厌雨，更讨厌别人当着她的面流泪，于是就用烟袋敲了一下老太太的脑袋，说："外面下雨还不够吗？你就别挤猫尿了，弄湿了我的杂货铺，你负担得起吗？"她那架势就跟损儿女一样。老太太倒也听说，乖乖地擦了眼泪，无限惆怅地望了一眼杂货张，忧心忡忡地说："你估摸着这爷儿俩会不会就不回来了？你男人年轻，他要是再娶大姑娘也有人跟，你说这个王罗锅子，这么大年岁了，弯弓着像个大虾，谁跟他呀？没人跟，不早些回家还在外面晃荡什么？外面怎么就那么好呢！"老太太发够了牢骚，揉了揉眼睛问杂货张："他们走了有两三年了吧？"杂货张心想，你可真是老糊涂了，他们都走了六七年了，任何口信都没有传回来，做人做鬼确实难料。看来老太太因为愿望单纯，就觉得日子过得飞快的了。杂货张却不，她觉得这日子慢腾腾的像疲惫的驴拉着沉重的石磨在转，她实在是烦透了。日子过得一天比一天紧巴，政府今天让你参加储蓄，明天又发放什么债券，后天又搞金属献纳，日子过得暮气沉沉，了无生气。尤其是祝梅，在学校出尽了风头，看上去就像一头好斗的公牛，实在不讨人喜欢。杂货张私下检讨自己，如若不是她跟祝兴运唇枪舌剑地打架，她经常恶语伤人，耳濡目染的祝梅也不至于如此飞扬跋扈。杂货张想将来祝梅要是进了婆家，还不得闹得人家鸡犬不宁，做她的婆婆和丈夫无疑是一种折磨。她也想规劝一下女儿，然而祝梅听不进她的任何话。

雨停了。黄昏了。残存的一些乌云已没有兴风作浪的本事了，它们面色青紫地东一条西一条地四散着，天空渐渐地趋向明朗。雨后空气很潮湿，杂货张打开店门，看着门前沉积的水潭，“呀”地叫了一声，说：“简直成了养鱼池了！”老太太闻声连忙赶过来看那水潭，她也像杂货张一样“呀”地叫了一声，说：“简直能当澡堂子了！”杂货张吐了两口痰，反身进了灶房生火做饭。祝岩祝梅也该放学回家了。杂货张点着火，刚把水舀进锅里，忽然听见外面有人吆喝:“这是祝岩的家吗？”杂货张连忙从灶房奔向杂货铺门口，见是一个三十上下的矮个男人，手中提着把伞，在台阶下朝杂货铺张望着。看到杂货张,他皱了一下眉,然后问:“你是祝岩的母亲吗？”杂货张叉着腰理直气壮地叫道:“正是！”来人向前走了两步,说:“我是祝岩的老师，祝岩放学时被教室的门给拍倒在地，砸着腿了，现在正在医院里,你快去看看吧。”杂货张愣怔了半晌,这才醒过神来，三步两步下了台阶，拉起那老师的手就跑。杂货张又高又粗壮，老师则又矮又瘦，杂货张就像老鹰抓着小鸡在走。老太太站在门口嘟囔道：“真不像话，自己男人不在家，就拉野男人的手跑，真是不知砢碜。”想想晚饭又没了着落，老太太叹了口气，一屁股坐在湿淋淋的台阶上，老眼昏花地眺望过往行人。

祝岩被抬回家里时天已经黑了。学校的老师带着两个同学把他一放进杂货铺里，就像甩包袱一样地往出走。杂货张毫不客气地拽住老师的衣袖说："你们不能就这么着走了，谁管我儿子呢？他折了腿了，万一骨头没接好，将来瘸了找不着媳妇谁说了算？这些看病的钱，该谁来拿？是不是该你们？我把孩子囫囵个儿地送到学校去了，好，今天从学校回来就成了这副样子！你们想这么溜了，没门儿！"杂货张说着横到门口，拦住老师的去路，说："你们给我表个态，立下字据才能走！"杂货张要求：一、所有看病的费用都要算在学校头上。二、儿子耽误的功课要由老师专门给补上。三、学校派个人来专门伺候祝岩，直到他康复。四、若是祝岩落下了残疾，要赔偿他一辈子的生活费，从现在的年龄一直算到八十岁。五、祝岩养伤期间，必须提供营养品，比如鸡、肉骨头、牛奶等食品。杂货张条理清楚地把五大项要求出口成章地列出后，老师目瞪口呆地望着她，觉得这话简直是天方夜谭。杂货张见他没有吭声，就将一口唾沫啐在门槛上，说："今天不立下这个字据，你就别想出我杂货张的门！"威风凛凛的架势颇有些"一夫当关，万夫莫开"的气度。老师擦了擦额上的汗，心平气和地说："我只是个老师，不是校长，说了不算，这事还得找校长去！"杂货张出言不逊地说："我找不着地主，拽住他的狗腿子还不是一样？"这等于是把老师骂了。老师急赤白脸了，他说："这叫怎么说话呢？我好心好意把祝岩送进医院，又把他亲自抬回家，好处没落下，倒惹了一身的不是！"正争执着，祝梅打着口哨回家了。她一听说祝岩是被学校的门砸伤的，而这门之所以倒下，是因为门上的铁合页只留下一个，其他的均被卸下作为金属而献纳了，便认定祝岩被砸是光荣的！杂货张便骂：
"腿折了还光荣？门上只挂一个合页，这门能牢固吗？这挂了一个
合页的门跟阎王爷家的门有什么两样？"祝梅见母亲依然不想让路，
干脆就上前踢了母亲一脚。杂货张反身欲教训祝梅的时候，学校的
一干人逃之夭夭。气得杂货张"咣"的一声将门关上了，她隔着门
对祝梅喊："你滚吧，爱哪儿去就哪儿去，我没有你这么个狼心狗
肺兔子杂碎的女儿！"

　　以后的日子，杂货张几乎每天都到学校去闹吵。祝梅在同学中
大张旗鼓地宣扬自己的弟弟为了支援大东亚战争，不惜砸折自己的
一条腿，听的人无不掩面而笑。祝梅见老太太的胳膊在节食的折磨
中毫厘未损，也就罢了要那只白玉手镯的心思。想想真的砍下她的
胳膊，还是下不了这个手。只是从此后对老太太越发蛮横无理了。
祝岩的伤好得慢，杂货张终于在某一日午后为祝岩争得了些利益，
校方付给了祝岩一部分治腿的钱，分管勤务的人还为他买了几斤牛
骨头。杂货张兴致勃勃地提回家，把牛骨头烀了，未等给祝岩盛上
一碗流着黄油的香喷喷的牛骨头汤，自己先盛了一碗呼呼地喝起
来。边喝边想，要趁着祝梅还没回家，把这一锅骨头全啃了，不留
给她一丝肉、一滴汤。以往她心疼老太太吃东西，这回却是大加鼓
励，结果等到祝梅回家时，杂货铺虽然洋溢着动人的肉香气，可锅
里什么也没留下。祝梅觑着眼望着灶台旁被啃得光光溜溜的泛着白
光的骨头，咬牙切齿地骂："你们这三个白眼狼，你们这三个龟孙！"
三个人都没力气和她计较，他们实在吃得太累了。祝梅抓起一根骨

头，朝墙上的镜子砸去。

四

慰安船一来，码头就沸腾了。那船是蓝白色的，桅杆上插着五颜六色的三角旗，看上去就像栖了一群色彩鲜艳的鸟儿。胡二跟着蜂拥的人群靠近大船。被挤在最前面的，由于吃不住劲，就像条大鱼似的"扑通"落入江水里，溅起的水花又白又亮，惹得人们嬉笑不已。船渐渐靠近了水泥台阶，几道粗粗的缆绳被拴在岸上的木桩上，船就此停泊了。不过船仍在浅水的浮力中摇来摆去的。船中央立刻被搭上了一条宽约三米的木质踏板。一些人便迫不及待地要上船购物。这时一名持枪的警察出现在踏板上，他吆喝岸上的人先不要上船，要朝后退一退，各色商品还没有摆好，演员也没有化好装，卖东西和演出都不能这么快就进行。胡二就先吆喝一声："船没靠岸时他们干啥了？为什么不摆好东西？"警察还没有回答胡二的话，另一个高嗓门的又吆喝着问："喂，是先卖东西还是先演出呀？"警察一撇嘴说："当然是先演出了！"胡二就破口大骂："操！谁他妈的想看这些狗日的演出！先卖东西得了！"人群中便有无数人对胡二发出不满之声，因为大多数人是来看演出的。胡二则不然，他是来买东西的。是给紫环和除岁买，他打算着过些天搭条货船去漠河看望他们。

慰安船每至通航时都要来两三次。船一般从黑河逆流而上，停靠沿途较大的几个码头。演出一些有关"日满亲善""王道乐土""五族协和"的文娱节目，放映电影，卖些日货。货物基本是衣裳鞋袜、锅碗瓢盆、布匹玩具等。胡二曾在鸥浦见过一次慰安船，那时在船上看见有日本木偶在卖。木偶矮矮胖胖的，敦实可爱的样子，一卖就是一对，一男一女。男木偶是蓝色的，女木偶则是红色的，留着漆黑的短发。胡二这次想给除岁买的，正是这样一对木偶。至于给紫环买点什么，只有等到上了船看看再说了。想来也无非是衣裳鞋袜、围巾手套一类的东西。

胡二已经有半年多未见到紫环母子了。自从去年正月之后他再次去鸥浦的陈家客店找女主人，胡二就不恋自己的家了。陈家客店的女主人生下了个白白胖胖的儿子，喜得店主一天到晚把儿子搂在怀里。胡二没费吹灰之力就把那女人搞到了手。店主在别的屋里抱着孩子玩，胡二就在客房里与女主人翻云覆雨的。他实在是太喜欢她的柔顺了。那女人生了孩子后越发显得容光焕发、丰腴可人，胡二几乎每时每刻都想要她。那次去鸥浦，他在陈家客店一住就是一个月，把一个冬天打的皮货的钱基本都扔在了那女人身上。开始时胡二还背着店主，怕他吃醋，及至后来发现店主并不干涉自己的老婆，只要她能揽住房客，客店每天都有进项，已经抱上儿子的他就不管不问了。胡二想这男人也真是土鳖，换了他，早就用枪崩了对方。陈家女主人在性爱上极尽缠绵，使得胡二对她难以割舍。但一想到她夜里还要和丈夫睡在一个被窝里，胡二就醋意十足，恨不能杀了男主人。这样混得时间久了，胡二对紫环越发没有兴趣了，每隔一个月就要找各种借口去鸥浦。紫环明白能让胡二如此热衷去一个地方的，肯定是因为女人，而这女人又不是可以随便玩玩的妓女。乌日楞的死本来已使她备受打击，胡二的冷落使她的情绪更加糟糕，她与鄂伦春人因为乌日楞葬礼的事已经相处得不那么融洽了，紫环索性带了儿子到漠河去换个环境。也好在那里打听一下乌日楞的过去。胡二对此奈何不得，只能在春节后眼睁睁地看着他们母子离去。胡二就此长住鸥浦的陈家客店，混得时间久了，对那女人也兴味寡淡了，而且渐渐认识到可怜的不是男主人，而是自己，他成了陈家的劳工，用钱抚养了人家的儿子，越想越觉得自己是个傻瓜。胡二一旦觉醒了，就羞愧难当地离开鸥浦，到了呼玛。他到了一家采金的矿点，欲挣得一些钱后去漠河接回老婆孩子。现在腰包里有钱了，又逢上慰安船来了，胡二就想上船买点东西，空手去接他们，心里总有点愧得慌，不似过去那么理直气壮了。

　　胡二在人群中发现了那个叫王玉婉的女人。她穿着花布衫，手中一左一右地扯着两个孩子，朝慰安船东张西望着。胡二怕她发现自己，就往后面溜。王玉婉是胡二在呼玛惟一接触过的女人。他本来想着到了呼玛后除了干活挣钱别的就不想，岂料淫乐就像他的茂盛的胡子一样，你以为洗心革面、刮得干干净净了，没有多久，它们又蓬蓬勃勃地出现了。胡二所在的采金点离日升利屯不远，那里刚好从牡丹江的宁古塔强行迁来几百口人。由于日军在那里要修筑军事设施，于是就将宁古塔、卧龙屯、罗成沟、二道沟、东三家子、孤家子、蛤蟆河子、洋草沟等五百多户人家迁移到呼玛的兴亚、兴安、兴利、日升利等屯。从宁古塔到呼玛，要走半个多月，这些成为漂泊者的人离开故土后心情极为恶劣，到了呼玛后发现住的是临时搭建的窝棚，又漏风又漏雨，配给的粮食又难以果腹，实在凄凉之至。胡二听人说日升利屯迁来了两户寡妇，她们姿色尚可，暗地里做娼妓生意，以资家用。胡二经人指点，有个夜晚就混到日升利屯，钻进一户窝棚。夜已深了，女人的两个孩子已经在铺上睡了，寡妇守着松明的光焰在补一条裤子。见了胡二，她略微怔了一下。事后胡二才明白，他长得酷似寡妇已故的男人，当时她还以为撞见了鬼呢。那女人的脸呈圆形，五官生得很一般，并不像传说的那么动人。松明的光焰将她的脸映成金黄色，使那脸看上去就像一只成熟的南瓜。女人说她叫王玉婉，丈夫三年前因痨病过世。她说自己在宁古塔的家很舒服，她男人留下了三间房子，院子也宽绰，种了果树，还垒了鸡窝。没想到迁到日升利屯后，住的环境这么差。没来之前，日本人说这里早已为他们盖好了青砖大瓦房，开好了肥沃的农田，米面管够吃。岂料这里荒无人烟，气候恶劣，夏季时还得穿毛裤，蚊子和小咬将人叮得受不了，王玉婉声言当初还不如领着俩孩子吊死在宁古塔的老屋呢。胡二同情这女人，与王玉婉上过床之后就多给了她一些钱。此后胡二又去过两次，依然同初次去的情景一样，两个孩子已经熟睡，王玉婉守着枯黄的松明在飞翔的光焰中忙着什么活计，她的脸被火光映得像只成熟的南瓜。胡二第三次离开王玉婉时，这女人一手抓着胡二付给她的钱，一手则紧紧抓住胡二的手，恋恋不舍的样子，胡二当时就痛下决心，再也不能去找王玉婉了，女人一旦对你动了真情，你就别想再过太平日子了。如今在码头上碰见她，当然要躲得远远的了。

　　慰安船终于搭好了戏台，演出就要开始了。一个日本人首先抓起话筒，用半生不熟的汉语说慰安船能来到呼玛感到很荣幸，能为大家演出更是荣幸。码头上的人就有打口哨的，还有人起哄似的嚷："荣幸荣幸！"胡二想看看演出也可以，否则还得先到别处等着，反正看这些又不花钱，不看白不看，就袖着手缩着头又往前面挤，好使观看时舒服些。天清气朗，快是秋天了，云彩白到了极点，就像谎言一样。最先演出的是男女声二重唱，未唱完下面就有起哄声，胡二便想当戏子实在是不容易，说难堪就难堪了。跟下来是一个变魔术的表演口中喷火的绝技，引得一片喝彩声。有人嚷："嗨，你能把香烟变成鸽子吗？""你能把男人变成女人吗？"演员自然是听不到。胡二心里嘀咕，香烟变成鸽子够玄乎的，要是把男人变成女人，那还简单，在身下开一个洞就是了。变魔术的穿一件黑色长袍，袖子又肥又大，戴一顶黑礼帽，胡二想这所有的奥秘都藏在那长袍里。变魔术的没有用香烟变成鸽子，倒是用一方白手帕变了只活灵活现的鸽子，那鸽子停在他手掌上，咕咕地叫。有人倒吸一口凉气地叫："真是活见鬼了！"胡二想，有什么活见鬼的，你要是让他脱光了衣服，我不信他拔下一根屁毛能变成手杖，能用手指头变成胡萝卜。魔术之后，是一个女声独唱的节目，报幕者说这位歌唱新秀名为谢子兰，是哈尔滨舞台上升起的一颗最灿烂的新星。胡二明白，搞文艺的人说的话就像猴皮筋做成的小人，伸缩性很大，吹嘘的成分多，十分话有七八分的水分。谢子兰娉娉婷婷地出场了，她一袭白裙，头发高高绾起，明眸皓齿，看上去娴雅安静，仿佛天上的闲云落到甲板上了。胡二在心底叫了一声"美人"，不由抬头望了一下天，发现谢子兰头顶刚好有一带飘逸的白云当空摇曳着，仿佛一位仙女在舞蹈，胡二便觉得天上人间都美不胜收，实在勾人魂魄。谢子兰微微含胸，向观众问了一声好，然后亮开嗓子唱了一首日本民歌，歌声比江水还要流畅、清脆，令胡二想起雨后山中的鸟鸣。一曲终了，码头上掌声雷动。谢子兰矜持地半握着双手，向人群谢了几谢，然后又唱起了新发行的影片《万世流芳》的插曲《卖糖歌》。胡二没看过这电影，但听金矿点的工友说过，说这电影好看极了，是李香兰主演的，她扮演一个受欢迎的小姑娘在大烟馆前一边卖糖一边唱歌，宣传鸦片的害处。"烟盘儿富丽，烟味儿香，烟斗儿精致，烟泡儿黄。吸烟的快乐胜天堂，治病的功效胜医方。吸一口，兴趣长，吸两口，精神爽，无愁无虑天天躺。你脸儿媲美得猴儿相，你身儿模仿着虾儿样，伸一伸懒腰来吃块糖，此时此际什么都忘。卖糖呀卖糖，卖糖呀卖糖。"第一段刚唱完，人丛就爆发出一片喝彩声，有人吆喝"好！""妙！""绝！""痛快！"可见是听得如醉如痴了。"烟盘儿富丽，烟味儿香，烟斗儿精致，烟泡儿黄。断送了多少好时光，改变了多少人模样。牙如漆，嘴成方，背如弓，肩向上，眼泪鼻涕随时淌。你快快吹灭了迷魂的灯，你快快放下了自杀的枪。换一换口味来买块糖，谁甜谁苦自己尝。卖糖呀卖糖，卖糖呀卖糖。"未等唱完，掌声再次如潮涌来，胡二拍得手掌生疼，恨不能立刻飞身而去，紧紧拉住谢子兰的手。以往他接触的女人，多是紫环、陈家客店女主人之类的，虽然说她们身上也有可爱之处，但像谢子兰这种通身洋溢着光明的女性他还是第一次看到。"达呀达，你醒醒吧，你为什么还想着它？它耗尽了你的年华。你把一生事业作烟霞，这牺牲未免可怕。你把一生心血掷泥沙，这代价未免太大。它就是你的情人，你也该把它放下，何况是你的冤家。达呀达，达呀达，你为甚还想着它？你若真爱我，要听我的话，从今以后别再想着它。"那一刻，胡二恨不能化作一粒沙子，飞进谢子兰的眼睛里，迷住她，让她流下温柔的泪水，模糊了视线，能够稀里糊涂地爱上他。谢子兰唱过《卖糖歌》，又在观众不断的喝彩声中唱了一首《秧歌小调》，就在胡二看得如醉如痴、心旌摇荡之时，冷不防被人从背后给拍了一下，转身一看，竟是那个穿着花布衫的王玉婉！她矮矮矬矬的，黑红的脸蛋上疙疙瘩瘩，就像落了一层鸟粪。那张在夜里松明光焰中显得无限温柔的脸庞，在青天白日中看去就像蜂巢一样千疮百孔，看一眼就会令人生厌。王玉婉说："嘿，从背后看着像你，敢情真的是你！"胡二见她兴奋得满脸通红，就像刚下过蛋的母鸡一样。胡二没心理睬她，继续朝谢子兰张望。王玉婉趁乱捏了一下胡二的手说："怎么不去我那里了？"胡二很烦躁地一甩手说："没钱了！"王玉婉挤眉弄眼地说："没钱就少给点，跟你我不计较。"胡二讨厌女人谈起这种话题赤裸裸的，就冲她吼了一声："我烦你这个黄脸婆！不让我花钱我也不去了！"说得王玉婉立时眼里涌上了泪水，她怔了半晌，这才醒过神来，流着泪离开了。这时谢子兰已经谢幕了，胡二因为没有全神贯注盯着谢子兰看，便迁怒于王玉婉，不由冲地啐了口痰，骂："倒贴我钱，我也不日你个黄脸婆！"以后的节目，胡二就看得没精打采了，他心里老是想着谢子兰，不知她是哪里人，多大年龄了，这女人究竟是吃了什么山珍海味才长得如此光艳动人？胡二好不容易盼到了演出结束，这时码头上的人就拥挤着朝慰安船上涌，打算着去看东西。其实真正买东西的人并不多，更多的人是想瞧瞧热闹。胡二踏上船，哪里顾得上货台上的商品，他东张西望地寻找谢子兰，希望能更真切地看到她，能和她说上几句话。转来转去，没有看到一个演员，一打听，才知道他们在顶舱吃饭。买东西的多为女人，她们喊喊喳喳地议论着，哪样东西都说贵，哪样东西放到手里又舍不得撂下。而一旦把东西买到手了，就横挑鼻子竖挑眼的，总觉得买亏了，不是嫌花布不水灵，就是嫌壶嘴有些歪，再不就嫌鞋做得不结实。她们的牢骚声就跟船头溅起的水花一样，虽然可能会淋湿你的头，但让人觉得清爽。胡二被这些寻常女人买东西的嗡营之声给拖回了现实。他想谢子兰对他来讲是天上的月亮，虽然皎洁动人，但可望而不可即，何必自寻烦恼呢。这样一想，便凑到货柜前去买东西。他先给紫环买了面镜子，接着又买了块紫头巾。玩具柜前挤满了小孩子，他们眼巴巴地望着形态各异的玩具，恨不能吹一口气把它们统统卷到自己怀里。女人们才不愿意给小孩子买玩具呢，因而被家长强行拖走的孩子都眼泪汪汪的，他们大都不敢哭闹着明目张胆地要。但也有个别的小孩子动了真性，哇哇大哭起来，这时家长就会在他

的屁股上狠狠踹上一脚，骂："滚回家去！你个小杂种！"孩子是
不是杂种，女人心里最清楚，不过是气到极点，什么都骂得出口了。
胡二如愿以偿买到一对日本木偶，它们一男一女，一蓝一红，男木
偶的蓝衣上画着一些云纹和鱼纹，而女木偶的胸前则画着几枝灿烂
的黄菊，胡二想除岁一定会喜欢它们的。

　　天色有些黯淡了，云彩多了起来，它们铁灰的阴影遮住了太
阳，江风随之凉爽起来。水鸟在桅杆上盘桓鸣叫，不时遗下一些白
花花的鸟粪来。胡二买过东西离开慰安船时，忍不住朝顶层的甲板
张望了一下，他看见了一袭白裙、亭亭玉立的谢子兰！她正漫无目
的地打量着下面乱哄哄的买卖场景。胡二停住脚步，像企鹅一样地
张望着她。他想自己可以任意妄为地把她看个够而不致被察觉。然
而胡二错了。谢子兰很快用敏锐的目光捕捉到了那个穿着破烂、满
面粗野的胡二！她知道他在打量自己，就朝他招了招手。这一招手
使胡二激动得一哆嗦，差点把刚买的东西掉到了地上。谢子兰指了
指前面的舷梯，示意胡二可以上来。胡二便幸福得连路似乎都不会
走了。眼前的舷梯在他视野中幻化成了一道通天的彩虹！胡二才走
上舷梯，便被上面一个高个子的戴白手套的男人给拦住，他呵斥胡
二："下去下去！上面又不卖东西，是你上来的吗？"胡二便理直
气壮地说是那个唱《卖糖歌》的演员让他上去的。那人不相信，仍
然凶恶地呵斥他："滚下去滚下去！"这时谢子兰已闻声而至了，
她笑吟吟地说是自己要请这位先生上来的。胡二这才分外不屑地瞪
了那人一眼，跟谢子兰走上最上层的甲板。先前想把这位美人看个

够，没想到面对面独处时，胡二竟觉得浑身不自在了。甲板上放着
几把白色的椅子，谢子兰唤他坐上去，问他是哪里人，在呼玛做什
么？谢子兰凭栏而立，风姿绰约，胡二不知所措地坐着，觉得自己
就像被审讯着的囚犯，这实在太不像他胡二了！胡二忍不住朝甲板
上"呸"了一口，说："我是干什么的？我是个淘金的，今天给老
婆孩子买些东西！"胡二晃了晃手中的东西。谢子兰忍不住咯咯地
笑了起来，胡二被她的笑声感染了，他还从来没听见过这么清脆的
笑声。谢子兰单刀直入地问他为什么在下面不住地张望她，到了她
面前却不愿意多看她。胡二便受到了奇耻大辱般地跳将起来，指着
谢子兰的鼻子说："你别以为别人多看你几眼，就是相中你了。你
低头看看水中你的影子，脸长得像个大冬瓜，你以为我稀罕？"谢
子兰越发笑得不能自持了，她手把栏杆，头探向江水，就像一只欲
飞的白鹤。胡二被谢子兰的笑声搞得莫名其妙了，他想自己一个大
男人，要么就把她搂在怀里遂其心愿地亲上一番，要么就干脆走掉
不受这番折磨。胡二几乎不假思索地选择了前者。他突然站了起来，
把手中的东西撇到地上，箭步上前紧紧拥抱住谢子兰，疯狂地亲吻
她。谢子兰被这突如其来的一幕搞得晕头转向了，她没有反抗，直
到他自己筋疲力尽地放开了她。谢子兰觉得浑身生疼，她怔怔地看
了半晌胡二，说："你是野兽变的！"胡二咧开嘴笑了笑，心满意
足地去捡地上的东西。谢子兰说："你要走？"胡二一蹙眉说："我
不走的话，你还留我睡一宿？"谢子兰点了点头。胡二一龇牙说："你
们这些演员就学会了一个本事，那就是骗人，我才不会上你的当呢！

我自己有老婆孩子，这些东西就是买给他们的，过两天我就坐船去漠河接他们回家！"谢子兰捋了捋额前的刘海，从容地说："那你不如跟着我们的船走。我们的最后一站就是漠河。"胡二说："别骗我了，你们这慰安船可不是人人都能坐得了的！"谢子兰一抿嘴说："我就能让你跟着船走，你可以到船底帮助烧煤。"胡二"呸"了一口，说："想得倒美！你们坐在船上风光，让我在下面出苦力，我还没傻到那地步！"胡二捡起扔在甲板上的东西，头也不回地走下舷梯，他甚至都没有回头望谢子兰一眼，想反正我也把你搂着亲着了，也算净心了，多看两眼，又不能多长几两肉，走了才干净利索。胡二走到码头上，看见了不远处的王玉婉，她一左一右扯着两个孩子，三个人一高两低的样子看上去就像一只张着翅膀的大蝙蝠。胡二本想放慢脚步等她走远了再说，不料王玉婉回转身来看见了他，她那么幽怨地望了胡二一眼，然后毅然转过身，扯着两个孩子飞快地向前走。胡二望着他们的背影，忽然觉得万分惭愧，他想这女人是可怜的，自己何必对她恶语相加呢？

　　天色已晚，胡二没有回金矿点，他从码头走向一家小酒馆，打算痛痛快快喝上一顿。酒馆的店小二肩搭一条肮脏的毛巾走马灯似的招呼客人。慰安船一来，酒馆的生意就火爆了。胡二见只有靠近门口的角落有个位置，就坐了过去。他叫了一壶酒，一盘炝土豆丝，一盘辣椒狗肉丝，然后自斟自酌，十分快意地喝起来。胡二一旦多喝了酒，周身便热血沸腾，觉得周围的一切都是温存可爱的。酒馆里有猜拳行令的声音，有酒馆女主人陪酒时的浪笑，胡二觉得这一

切都是美好的，心臆舒畅得似乎能在水面上飘飘欲仙地行走了。胡
二喝光了一壶酒，付过账，摇摇晃晃地步出酒馆，往外一站，他被
温柔的夜色感动得要落泪了。金黄的月亮就像被煎过的玉米饼一样，
油汪汪地吊在天空，胡二便扬着手跳了一下，想摘下它香喷喷地吃
上一顿。他一跳，月亮也跟着跳了一下，胡二便笑了，骂月亮："你
还跟兔子那么灵便！"江风习习，胡二觉得这风声就像柳笛，让人
听了格外动情。街上行人少了，人影在月光中都像纸人一样，轻盈、
淡白、虚无缥缈。胡二想起了谢子兰，忍不住又朝码头走去。快接
近慰安船的时候，他自编自唱着小调：心肝宝贝亲一亲，心肝宝贝
搂一搂。你在船上我在岸，望穿双眼干着急。心肝宝贝赛明月，心
肝宝贝比鱼鲜。胡二唱着走到了慰安船。船上灯火通明的，笑声阵
阵，乐声悠扬，一些影子在蹁跹移动着，船上似乎正在举行舞会。
胡二踏上木质跳板时觉得全身发飘，似乎轻轻一踮脚尖就会飞起来。
谢子兰料到胡二可能会掉头重来，她在甲板上眺望夜景时发现了他，
就亲自下来迎接。谢子兰与阿廖沙的婚姻刚刚破裂不久，她搬出了
那套阔气舒适的房屋，在外面租了一间屋子。正想着出来散心，就
逢上日本人要举行每年一度的慰安演出，她就如愿以偿地来了。船
从黑河出发，沿途已停靠了三个码头。谢子兰喜欢沿江的小村落，
它们大都干净、整洁，民风淳朴。她之所以对胡二感兴趣，是由于
他身上那股随意为之、不拘小节的野性。阿廖沙身上有时也会爆发
这种野性，但那是一种暴躁的野性，而胡二通身散发出来的则是温
柔的野性。谢子兰也不顾别人看见了她和胡二，径直把他带入了自

己的房间。胡二一进去就抱住了谢子兰，在黑暗中将她放倒在舱板上，如其所愿地拥有了她。事毕胡二觉得筋疲力尽，忍不住连打了几个哈欠，分外沉迷地睡了起来。等到他一觉醒来的时候，发现自己还在船上，船在行驶着，天已惊心动魄地亮了。胡二正有些不知所措，谢子兰进来了，她递给胡二两个刚出炉的烧饼，让他吃过后到船的底舱去烧煤。胡二一听火冒三丈，说："你以为我愿意坐这破船？船开时你他妈的怎么不叫醒我？"谢子兰眉毛一挑说："你应该感谢我才对呢。我让你白白搭上这条船去漠河看老婆孩子，世上哪儿有这么便宜的事！你敢再闹，我就让日本人把你押起来，就说你是个溜到船上的贼！"气得胡二晕头转向的，恨不能把谢子兰的鼻子打歪了。谢子兰与胡二发泄过了，早已不把他放在心上了。胡二也只有忍气吞声吃过烧饼，到舱底去烧煤。当他把煤一锹锹撮向炉眼的时候突然想起了给老婆儿子买的东西一样也没带上船来，它们全部遗落在呼玛码头的酒馆里了。胡二懊恼万分，觉得自己实在该被扔在江中喂大马哈鱼。

　　船行走了两天一夜，黄昏时终于泊在了漠河码头。胡二见岸上照例人潮如涌，便想也许紫环和除岁也在其中，便不住地朝人群张望。这次与在呼玛码头不同，是先卖东西后演节目，说是漠河人讲究浪漫，要整整玩上一夜。县公署的人为了欢迎慰安船的到来，已经在岸上准备了十几堆篝火，欲在演出时点燃。胡二上了岸，在人群中穿梭着，寻找紫环，然而他失望了。胡二便截住几个人，向他们打听有个新来的女人叫紫环，带着个男孩，他们住在哪里？有人告诉他，那女人住在南北大街东蒙木材公司的后身。胡二就一路打听着来到一处堆着桦木桩子的矮屋子前。屋里有灯光，胡二隔着门叫了一声："紫环！"门开了，一个沙哑苍老的声音从一个单薄的人身上传了出来："你来干什么？"胡二进得屋里，他几乎已经不能辨认这就是紫环了，她的头发已白了一半，面色苍黄，满是褶纹，走路时颤颤巍巍的，背已经明显驼了。胡二怔怔地看了她半晌，忽然捧着脸蹲在墙角哭了起来。紫环说："除岁去码头了，慰安船来了，大家都去买东西听歌儿去了。"胡二没有吭声，他哭够了，起身一把抱住紫环，说："我来接你和孩子回家的！"紫环有气无力地说："这是何苦？你耍你的去，我们娘儿俩过得挺好的。"胡二咬了一下舌头，想自己这种混账男人，最好变成紫环手中的一根干柴棒，让她烧了变成一道烟算了。

五

杨昭经人指点找到了爷爷的坟，那坟已经荒芜，他先将杂草清理一番，坐在坟头烧了几炷香，望着旷野里被疾风吹拂着的蒿草。深秋了，天凉了，大雁在半空排成"人"字形，叫着回南方了。清寂的雁声使他想起了极乐寺的钟声，那声音就像莲花一样清雅、安详，与雁声极为相似。杨昭想钟声和雁声都是真正超凡脱俗的，它们一俟落下，立刻能余音袅袅地飘向天空。

杨昭在这之前已经打听到了爷爷的死讯。原本他与爷爷发过誓，不成就一番事业，绝不回故乡。他想杨浩会与爷爷相处和谐、互为照顾的。岂料爷爷早已魂归故里了。杨昭望着翻卷的暮云，看着它们由橙黄变为浅灰，内心有一种格外苍凉的感觉。听村里人说，是杨三爷抬着一口棺材来领走杨浩，才使老人气得一病不起的。杨浩如今已经去了棺材铺子。杨昭想若是杨路回来后知道了实情，非要砍下杨三爷的脑袋不可。杨路这一去杳无音信，村里人曾听到传言，说是杨路参加队伍后打鬼子打出名了，官一个劲地往上升，如今骑匹高头大马，穿着呢子制服，身旁有人给牵马，吃的喝的都比过去讲究了。杨昭听到后只能付之一笑，他想老百姓的传言没什么可信度，他们大抵是要把小事夸大，本来很平常的事情，经他们的嘴传来传去，就像滚雪球似的越来越大了。村里的壮劳力有一半被抓去为国效力了，留在家里的女人们牢骚满腹，面黄肌瘦，种的粮食几乎全部都"出荷"了，配给的粮食又多为粗粮，且数量极少。村中的马六过去开米店，如今黑市的米涨得比天上的月亮还高，他的米店进不来一粒米，彻底倒闭了。马六见着杨昭，就说："这年月，你出家算是走对了，最起码每天有几碗僧粥可以白喝。早知这样，我也去当和尚了！现在说什么也晚了，有老婆有孩子的，干熬吧！"杨昭穿着袈裟，长得比以往高大了，面目沉静。他一归村，很多人都争着来看这个小和尚，问他在寺里苦不苦，和尚与和尚之间有没有等级分别，方丈长得什么样，放焰火好玩不好玩，和尚有没有偷吃荤腥的，僧粥里真的加菜叶吗？还有的人问他，他真的尘缘了断，不再还俗了吗？大家听说杨昭这次是从哈尔滨来，知道极乐寺是个大丛林，想着丛林大的来头也大，杨昭身上肯定带着驱病除妖的正气，于是就不断有人来求杨昭，有让他看病的，有求他为死去的亡灵做超度的，还有让他驱赶鬼的。当然，也有的自觉在今世做了孽，怕下一世遭报应，来请求忏悔的。杨昭对忏悔的人最为怜悯，这时他会让求度者长跪合掌，念忏悔偈：故于今日，生大惭愧，克诚披露，求哀忏悔。惟愿三宝，慈悲摄受，放净光明，照触我身。诸恶消亡，三障蠲除，复本心源，究竟清净。杨昭念毕，忏悔者多半感激涕零，以为过错已除，罪孽远离，未来一派光明，就心臆舒畅了。听他们忏悔，是很有趣的一件事。有一个姓沈的老女人，她如今梦见死去的公公，总是青面獠牙的样子，吓得白天的她也不敢独自在家。她自称当年知道公公有些家私，就和丈夫合议了，去诈他的财产。某个夜晚，她一丝不挂溜进公公的小屋，钻进公公的被窝，然后大呼小叫地说公公欺负她了，将丈夫引来捉奸。蒙羞的公公无脸再见邻里，服毒自杀了，那财产自然落到了他们手中。岂知以后家里却颇为不顺，她丈夫下河摸鱼，陷进河里的烂泥潭，活活被淹死。打捞上来时，他的嘴里戳着死鱼，头发上缠满了水草，惨不忍睹。之后，他们十三岁的儿子高烧一场后，突然双耳失聪了。去年的八月，沈姓女人业已二十七岁的女儿正待出嫁，一天去城里买东西回来得晚了，在村外被一个蒙面的男人给强奸了，婆家闻知后说她身子不干净了，就解除了婚约。沈姓女人对杨昭说，这一切的祸根都是因为当初她陷害了公公，如今遭到报应了。杨昭就对她说，既然已经知过，就要诚心忏悔，她死去的公公也会原谅她的。

　　风将坟头的草吹得刷刷地响了。杨昭在清除杂草时特意留下了几棵，它们还绿着，没有枯，充满了生机。他知道爷爷是喜欢绿草的。他想着应该给爷爷再立块碑，否则有一天杨路回家，来到这荒坟累累的旷野，知道哪一座是爷爷的坟啊。杨昭此次出游，还是因为疾病。他腋下长了两个瘤子，听说宾县有个老中医治它很拿手，就去了那里。切除瘤子后，他就在屠夫家养伤。杨昭一直为他们女儿的死而愧疚，因此在屠夫家里的每一天，眼前都能闪现出被马车撞死的小女孩的身影。最令杨昭觉得不可思议的是，屠夫那个原本痴呆的乳名唤做拳头的二儿子，如今快到二十岁了，不像以往那么糊涂了。待人接物与常人无异。屠夫给拳头买了头驴，置了一盘石磨，拳头在家里做豆腐，每日拉到街市去卖。不过有人仍把他当傻子，拿了豆腐不给钱，拳头就去追，转身又有人趁机偷掉几块豆腐。拳头跟杨昭说："他们欺负我，真是伤天害理啊。我一大清早就起来做豆腐，多累啊。我这豆腐又不是大风刮来的，白拿我的豆腐缺不缺德啊。"杨昭很喜欢拳头，他性格敦厚，腼腆，一见到女孩子就脸红。他对杨昭说："我哥在讷河成亲了，家里生了孩子，是双胞胎呢，一龙一凤。我哥说我要是像他一样成了亲了，就不爱脸红了。"屠夫夫妇把拳头的醒悟归结为佛主的开恩，他们每日早晚必定要在佛坛前烧香叩头，念经打坐。拳头也学会了上香，他只会念"阿弥陀佛"。他有一些小事解决不了，就要跟佛主去说。比如他说："阿弥陀佛，今天上午刘青的老婆买我的豆腐又没给钱，我朝她要钱，她就说给了我，让我忘了，说我诬赖她，她为什么这么蛮不讲理呢？佛主你得管管她，要不她太张狂了。"拳头还会跟佛主说："阿弥陀佛，我的门牙今天活动了，是啃老苞米时硌的。佛主开开恩吧，千万不要让我掉牙，门牙掉了，就成了个豁子，多难看啊。"杨昭喜欢拳头这些单纯如水的话。拳头烧过香，总要拈一点香灰放在嘴里尝尝，然后咽到肚子里。杨昭问他何以这样？拳头说："香灰能治病，我尝一尝，身体就不长病。"屠夫悄悄告诉杨昭，拳头看上了邻居王乾家的闺女王梅。王梅长得很难看，二十五岁还未出阁呢。杨昭想一个姑娘又会难看到哪里。有一天他帮着拳头去卖豆腐，见到了王梅。她个子矮矮的，罗圈腿，扁胸脯，脖子很短。那张脸上窄下方，极不均匀，两腮的肉显得特别突出，而额头又窄得容不下只鸭梨。再看她的五官，鼻子是塌的，眼睛小得让人觉得她老是半睁着眼睛，嘴巴宽阔得好像一口能吃下个大青萝卜，招摇在脑袋两侧的耳朵，又薄得似纸，一有风吹草动就颤动着，实在是丑到了极点。杨昭不明白王梅身上有哪些可爱之处，就试探性地问拳头，拳头一本正经地说："她丑啊，别人都不娶她，她不是太可怜了吗？我要是不娶她，她不就老在家里了吗？"听屠夫说，别看王梅貌不出众，心性倒高，还没看上拳头呢。她嫌拳头过去傻呆呆的，说是保不齐他哪一天又会执迷不悟。

　　杨昭这两年在极乐寺也并不是事事遂愿。除了身体不适外，他还看不惯寺庙为日本人的"武运长久"而举行道场。如去年冬天，就由如光率领全寺僧众，为祈祷皇军战捷武运长久而举行了三周的大悲道场。杨昭觉得内心异常屈辱。满寺的香火在他眼里变得乌烟瘴气的，让人闻了好不憋闷。不仅仅是极乐寺，其他寺庙也不得不举行类似"兴亚护国"的道场。每年的盂兰盆会、庙会，更是要以"悼念殉国英灵"为主。杨昭觉得佛门本是拒绝战争的清静之地，如此为日本在战场上的武运做法，实在就是鼓励杀戮，让生灵涂炭，因而不止一次动了还俗的念头，想来世界上没有真正一尘不染的地方。当他在宾县把这想法说与屠夫时，赶巧被拳头听到了。拳头喜出望外地说："那你干脆来我家得了，每天跟我一起出门卖豆腐。我一个人卖豆腐，张罗不过来。"杨昭笑了，他对拳头说："只怕我比你还不如，照样看不住豆腐，让人去偷，帮了个倒忙。"拳头说："那也没关系的，从你手里丢，比从我手里丢好。从我手里丢东西，我埋怨自己，夜里睡不着觉。"听得杨昭笑得弯下了腰。他想不论是谁跟了拳头，一定是前世修来的福分。

　　拳头不但在家烧香打坐，有时卖光了豆腐，也跑到邻村的小寺庙去进香。别看庙小，香火却很盛的。拳头有次正赶上庙里的住持为出家的和尚剃发，那仪式在他看来庄重极了。剃发的人跪在地上，住持手中拿着净瓶离开座位，走到合掌长跪的求度者的面前，他先用手指轻轻拈起净瓶中的甘露水，姿态优雅地洒在求度者的头顶上，反复三次，据说是使他心地清凉，烦恼不生。拳头便分外觊觎净瓶中的甘露水，想若是它们能洒到自己头顶，也一样会顿生清凉之气、杂念尽除的。灌顶仪式结束后，一个小和尚走上前来，取过住持手中的净瓶，另外一个小和尚则麻利地取来座上的戒刀。只见住持把刀轻握在手，十分从容地对求度者说："今以戒刀，断汝之发，令汝尘情永灭，梵行增长。此乃旷劫多生之善因，非今朝偶尔之侥幸。汝当愈加深信，生大欢喜。"言毕举刀剃发。这令拳头想起父亲宰猪刮毛的情景，心想人一掉了毛就成和尚了，而猪掉了毛则要被人分吃了，看来还是人比猪的命要好。住持一边剃发一边念着偈语："剃除须发，当愿众生，远离烦恼，究竟寂灭。"拳头敛声屏气地见那人黑亮的头发在剃刀下哗哗落下，仿佛无数小燕子亮着黑黑的身影一掠而过，令他心跳。住持剃了绝大多数头发后，还留下了顶髻的一部分，这时他停下剃刀，板起脸格外庄重地对求度者说："我已为汝削除头发，惟有顶髻。汝当谛审，决定不能忘身进道、忍苦修行者，少发犹存，仍同俗侣。放汝归家，未为晚也。故我今于大众之前问汝，汝今决定出家后，无悔退否？"这时围观的一个小孩子多嘴多舌地说："赶快呀，你现在后悔还来得及，吃上斋饭可一切都晚了！"求度者斩钉截铁地说："我已决意出家，义无反顾，绝不悔退。"住持这才把余下的头发剃光，赐与小和尚一个法号。拳头见这小和尚剃度而起后眼里泪光点点，便想他可能并不特别想出家。可旁人却说，这泪水是欣喜的泪水，因为他有了新生命了，这让拳头大惑不解。这次的经历，被他经常提及，他反复问父母，为什么当和尚一定要光着脑袋，难道人身上的坏事都是由头发造成的吗？为此，他曾嚷着要去理发店推个光头，尝尝究竟是个什么滋味。屠夫就对拳头说："洒了甘露水剃度，跟别人图凉快剃个光头是不一样的。"结果拳头也没能去弄个光头回来，他怕王梅会为此讨厌他，这样就不划算了。

　　拳头喜欢上了杨昭随身带的那半块铜镜，央求了他好多次，说是稀罕得他夜里老做有关花朵和云雀的美梦，让杨昭把这铜镜送与他。杨昭再三跟拳头解释，这铜镜有来历，是爷爷留给他们双胞兄弟的，一分为二，绝对不能送人的，拳头便眼泪汪汪地看着它，十分怜惜和委屈的样子。屠夫问拳头要那铜镜做什么？拳头说用它去卖豆腐。他要把它挂在脖子上，别人就都注意他的豆腐了。拳头还说，他挂着铜镜到了街上，阳光将它照得明晃晃的，那光反射到豆腐上，就让人觉得吃的是金的豆腐，买主肯定会一个跟着一个的。杨昭说，等有一天，我见到了杨路，就把这半块铜镜送给你，如果见不到，只能我随身带着了。拳头就说："那我就等你死了之后再要它吧，反正你也活不长了。"杨昭闻听此言十分震惊，问拳头为什么说他活不长了？拳头咬着舌头骂自己说："我爸不让我告诉你的，是给你切瘤子的老医生告诉爸爸你活不长了，我爸说我要是泄了密，就不让我娶王梅了。我干脆把自己的舌头咬碎算了。"拳头一边埋怨自己一边咬舌头，杨昭连忙上前制止他，说："我要是死了，这铜镜当然要给你了，那时你就帮我去找杨路。"

　　暮色愈来愈浓，夕阳沉沦了。杨昭听着萧瑟的风声，觉得心底升起了另一个太阳。它光华灿烂、充满生机，照得他心底一派明媚。这光芒仿佛已从心田横溢而出，漫向寂静的旷野，使它焕发出一带燃烧的光焰，使了无生气的坟也迸发出勃勃生机。杨昭想走到生命极限时正应该是这种感觉，你会觉得通体被光明所笼罩着，你成了熊熊烈火中的一根干柴，成了星空中最短暂却又最灿烂的流星。杨昭离开宾县前曾拜见过给他割瘤子的老中医，问自己的今生还有几

岁。老中医一怔，说："今生就是来生，来生就是今生。生而有死，
死而复生，来来往往，永无终结。"听得杨昭顿时有闻听清泉滑过
石壁的清凉之感。老中医对杨昭说，他行医几十年，见的死者多了，
他也就从不把死放在心头了。他说无论是谁死，总是有最后一口气
吐出。那最后一口气从死寂的躯壳脱颖而出，它究竟去了哪里？杨
昭说："它飘向空中了。"老中医笑了，说："那最后的一口气，它
是活生生的，它定能脱胎换骨的。那最后一口气的命运肯定是有好
有坏的，好的飘向窗外，飞向半空，与云霞为伍了；坏的呢，它遇
到瘴气，被裹挟进去，又回到人间害人了。"老中医说这话时哈哈
笑着，让杨昭觉得他才具有出家的悟性。老中医问杨昭的法号叫什
么，杨昭说叫觉能。老中医便点着杨昭的脑门说："觉能啊，你每
日焚香时，听听香灰落案的声音吧，你会觉得自己在增岁。"杨昭
至此就再也不敢贸然询问自己还能活几年了。对他来讲，俗世的惟
一牵挂，就是音信渺茫的杨路，除此之外别无其他了。他不知道自
己的最后一口气何时出？是哪一天的黄昏还是夜晚。杨昭跟屠夫打
听过了，这个老中医极有个性，他看病的本领出神入化，但从不把
病情说与患者。病人死了，一般的医生不会到场，可只要是他治疗
过的人，无论如何，他也要送上几炷香的。杨昭便觉得自己已经听
到了香灰落案的声音，它轻微得几乎听不到，但一旦落入人的心底，
便会掀起洪涛巨浪。他由此在宾县萌生了回故乡看一看的愿望。他
知道这是生他养他的地方，他最后的一口气无论在何处吐出来，都
应该袅袅飘向这里的。如今他坐在爷爷的坟前，听着风声，看着夜

色渐渐朝他靠拢，内心就充满了伤怀的喜悦。焚香的气息依然隐约可闻，如同马儿远去的铃声，坟头的绿草已经黯淡了，它们看上去孤零消瘦，宛若几声幽怨的笛声冷冷拂动。杨昭想如果生命真的如瓦上的白霜亮堂不了多久，自己就不应该再回到极乐寺去。他无数次地怀想未剃度前的那一段逍遥漫游的时光。去年他在齐齐哈尔云游时，碰到一个从西藏来的僧人，他说佛教在那里比在"满洲国"要兴盛和纯粹。杨昭听人说，在那片缺氧的高原上，朝拜者叩拜的身影随处可见，雪山巍峨，河水清冽，天空总是湛蓝湛蓝的，所有的生命都给人一尘不染的感觉。杨昭想自己没准儿会在那里获得新生。他想自己离开故乡后，就要往西北方向行走，虽然路途迢迢，天下又不太平，他还是满怀信心，哪怕是死在中途也在所不惜。

　　杨昭从爷爷的坟上回来一进家门，发现屋子里竟然有光亮，这使他大为吃惊，由于杨浩被杨三爷领走了，这房屋基本就空了下来。家里的几样物件已被人偷光，房子下沉，院落里野草疯狂。过路的胡匪、成群结队的叫花子、逃犯等等，都把这里当成了自己的窝儿。杨昭胆战心惊走进屋子，见灯影下的两个人竟是屠夫和拳头！他们说是一路找得好辛苦，进得村子，别人指点他们这就是杨昭过去的家。屠夫说老父亲病故，他赶不上发送了，就带着拳头赶回去烧头七，刚好路过这里。拳头从兜里取出一袋卤过的豆腐干，让杨昭吃。屠夫环顾左右对杨昭说："屋子里没有人气，就跟外面一样荒凉了。你哥哥杨路还没消息吗？"杨昭摇了摇头。屠夫安慰道："那些打鬼子的兵都藏在深山里，他们有的怕连累家里，参加队伍后都改名换姓了,你哥哥兴许也改了名呢。"屠夫安慰杨昭,说是不要着急,人是个活物,只要他还在喘气,早晚有一天会冒出来的。杨昭跟着屠夫吃了几片豆腐干,拳头便凑过来向杨昭要那半块铜镜,说是想看看。杨昭从行囊中取出铜镜,对拳头说:"今天就把它送给你算了,看来你是真稀罕它。"拳头几乎不敢相信自己的耳朵,他让杨昭把话再重说一遍,听了后仍是不敢相信,又问了两遍父亲,确定无疑后,他捧过那铜镜,竟然喜悦得呜呜哭了。他说从此之后他就不愁豆腐不好卖了,王梅也会因为他有块这么漂亮的铜镜而喜欢上他的。杨昭叮嘱拳头:"你千万不能把它弄丢了,要好生带着。你拿着它,就是我哥杨路的弟弟了。等哪一天打跑了鬼子,你就带着它来这里找他,告诉他我去哪里了。"拳头便说:"我就告诉他你出家当了和尚去了,让他去极乐寺找你。"杨昭说:"你不用让他去找我,只告诉他我出了家了,在哪个寺庙就不用对他说了。只告诉他我过得很自在。""噢,你是怕他骂你出家当和尚吧?"拳头擦干了泪水,说:"我就告诉他,你过得比天上的云彩还自在,想去哪里就去哪里。"杨昭听后笑着拍了一下拳头的肩头,说:"你真聪明。"也许是路上累着了,再加上意外得到了铜镜而兴奋过度,拳头老早就睡了。杨昭和屠夫吹熄了灯,在黑暗中说着话。屠夫劝慰杨昭,也不要过分相信老中医的话,什么他活不长了,也不过说说而已,马还偶尔失蹄呢,医生哪有判断永不出错的时候?在屠夫看来,他腋下的瘤子,既已经被切除了,它们也就不会兴风作浪了,身体肯定是安然无恙的。杨昭说他并不特别想着身体的事了,此次回故乡,想给爷爷的坟立块碑，另外再收拾收拾这房屋院落，不然有一天杨路归来看到这衰败的情景会难过。屠夫便说，房子一旦闲起来，不管它多好也会一天天变朽，要有人住才行。问杨昭家在村中是否有亲戚，可以唤他们来住。杨昭说他们在这儿没有亲人，况且他家的房子很差，就是有亲戚人家也不会来住。不过杨昭想起了村中一个叫郑井的老汉，他住在儿子家中，儿媳待他很凶狠，让他睡在牛圈里，不如把他请到自家，算是给他看门望户。屠夫连说不行，说既然老汉的儿媳待他不好，巴不得一脚把他踢出门外，不管老人的吃穿，这样做不是帮了人家的倒忙了吗？杨昭便说，我猜哥哥也快回来了。他一回来，没准儿还会带着个姑娘，这房子肯定闲不了多久了。屠夫说那样最好。两个人说毕了话，又各自在心中默念了一番经，方才睡去。

　　第二天一大早，天还蒙蒙亮着，屠夫就和拳头上路了。杨昭吃毕早饭，就到范老七家去定做墓碑。范老七不似几年前说话办事那么灵便了，他面目迟钝，语词滞讷，指点着杨昭哆哆嗦嗦地说："当和尚好哇，清静哇。"接着就喘了起来，憋得满面通红。范老七的独生子范言和过来招呼杨昭，对他说若是想给他爷爷立碑，最好立个木碑，石碑贵，又费时，如今范老七每刻一个字要费上半天工夫，气力心性都不行了。杨昭想碑只是个形式，木碑石碑还不是一样？于是就同意用木碑。范言和说给杨老汉的这块碑他家不收钱了，一是杨老汉生前为人仗义，孝敬他是应该的；二是他们想求求杨昭，为范家的一尊泥塑观世音菩萨"开光"，听说他是从大丛林来，道行肯定比子孙庙里的那些小和尚要深。杨昭先是推托，但见范家主意已定，也就不再推辞了。范言和让杨昭第二日来取墓碑。杨昭办完了这桩事，捧着观世音菩萨像回到了家里时，见一个女人扯着个面黄肌瘦的男孩子站在院落的杂草里。这女人见了杨昭"扑通"一声跪在地上，求杨昭开恩，把这孩子带走，让他去当和尚，她实在是养不起这么多孩子了。女人自称家中有五个孩子，四男一女，都是能吃的主儿。这边刚煮好了一锅粥，没等她和丈夫上桌，几个孩子就把粥喝得底朝天了。家里没有那么多粮食可吃，再这么下去，非得把孩子送人不可了。她说不管怎么说，当和尚都饿不死，况且极乐寺是大丛林，说不准她的儿子在那里能飞黄腾达呢。杨昭不认识这女人，想她可能是后来迁入这村子的。他很不喜欢这女人言谈举止间强烈的功利思想，什么飞黄腾达？如果真想追求功名利禄，就不要出家。杨昭实言相告，自己并不能把他带到极乐寺去，这孩子若是想出家，就应该自己寻找修行之处。这女人见杨昭无意帮她，就指着杨昭的鼻子骂："亏你还是个出家人，心眼儿这么不好使。见死不救，见难不管，将来你会下地狱的！"说完，朝地上狠狠"呸"了一口，扯着她儿子走了。杨昭望着他们的背影怔了许久，方才进屋。他觉得头有些昏，就舀了一盆水来洗。这边头刚洗完，那边天就落雨了，杨昭便觉得内心湿漉漉的。

次日虽然住了雨，但天仍未晴透，阴云覆盖着天空，杨昭将观音菩萨像用红布包裹着请回范老七家，从那儿取走了墓碑。范言和跟杨昭到了杨老汉的墓地，帮助他把碑立上了。立过碑，已是正午，范言和让杨昭跟他去家里吃饭。杨昭说不必了，他不觉得饿，想在爷爷坟前再坐一刻，他打算着明天就离开村子了。

范言和走后，杨昭在坟头点了几炷香，一边闻香一边看坟顶的绿草，不知不觉就睡着了。醒来后天色越发昏暗了，恐怕又要下雨。杨昭起身跟爷爷道别，然后到范言和家去谢别他们。范老七一定要留杨昭吃晚饭，杨昭欣然从命。饭后天色黑了，杨昭走回家中，一进院子，发现屋里又有灯火了。他想兴许屠夫和拳头又返回来了，就满怀希望地走进屋子。才进去，就被一个黑脸大汉给擒住，将他拖到里屋有灯的地方。杨昭见油灯旁坐着一个满面络腮胡子的黑脸壮汉，这人手里把玩着一把雪亮的刀，他见了杨昭笑笑说："你真的就是小和尚？对不起了，爷爷我吃不上唐僧肉，吃你小和尚的肉也是一样的！"说着，上来一拳就把杨昭打昏在地。原来这是两个胡匪，他们以往在杨昭家里住过几次，这回听说当和尚的杨昭回来了，就想吃他的肉，因而就下山来了。这两个人无恶不作，已经吃过两个小孩了。想想和尚吃素，那肉一定鲜嫩不腻。而且和尚又会念经，兴许吃了他的肉还会长生不老呢。两个胡匪见杨昭昏迷了，就先剜出他的心来生吃，然后他们又点起火来，将他们认为人身上最好吃的部位剔下来，扔到锅里去煮。未等煮烂，他们就掀开锅大嚼大咽起来，吃得心满意足之后，就连夜逃回山上。

六

玻璃窗上的霜花实在丰富极了，李玉琴特意起了个大早来欣赏它们，不然太阳一出，霜花就化了，那时玻璃窗上没有那水晶宫般玲珑剔透的世界了，有的只是眼泪般的一线一线的水痕了。李玉琴披着条紫红披肩，穿双棉拖鞋，调皮地伸着舌头对霜花说："你们可真美呀，什么都能变，能变公鸡会打鸣，能变母鸡会下蛋。"说完，兀自咯咯地笑了起来。的确，前天她望见霜花，一个酷似胖乎乎的母鸡，一个则威武如公鸡。那公鸡冠子顶上有几道射线似的直道，就像鸡鸣的声音；而母鸡的屁股底下则有几枚圆圆的白点，看上去就像下蛋了。李玉琴的屋子里摆着一对瓷公鸡，雪白的鸡身，通红通红的冠子，有六七寸那般高，是皇上送给她的，她格外喜欢。平素这对瓷公鸡放在梳妆台右侧的桌子上，可一旦她心血来潮了，就把它们搬来搬去的。有时搬到窗台上，让它们见见光。有时还把它们一左一右相对着摆在地毯上，自己一手握着一个公鸡，让它们互相斗，一会儿让它们碰头，一会儿又让它们跳跃着远离，弄得胳膊又酸又疼。有一次正玩到兴头上，皇上驾到，见到这一幕不由抚掌大笑，说："我来跟你斗鸡。"于是抢过一只公鸡，两个人你来我往，玩了个不亦乐乎。最后当然是皇上的公鸡做了赢家，李玉琴的只能甘拜下风。李玉琴听仆人说，死去的明贤皇贵妃生前也爱看霜花，这使她心中颇为不快。她进宫，是因为谭玉龄的暴卒，李玉琴从来没有见过她，甚至连她的照片也没看过，但听宫里的人说皇上很喜欢她，她所住的西暖阁如今还保存着她生前的样子，不准任何人进去，也不许人碰任何物件。这使李玉琴的心有一种无法言传的隐痛。她想皇上是爱谭玉龄的，而她李玉琴不过是他的一个摆设。他高兴了就来，不高兴就拂袖而去。他被册封为福贵人之前的几天，皇上绷着脸把她叫了去，先是背着手一声不吭地看着桌上的一只花瓶，吓得她腿直哆嗦，以为自己犯下了滔天大罪。皇上突然转过身来，递给她几张纸，原来是专门写给她的守则，令其抄写。李玉琴一看，那十来条守则如同镣铐绳索一样，把她的自由完全限制住了，如不许擅自出宫，不许她父母向皇上求官、求钱，每年只能入宫相会两次，不许她反对皇上所说的任何话，要绝对服从皇上指令，等等。李玉琴一看那守则心里有些火气，眼泪在眼眶里打转转，可就是不敢哭出来。她想谁愿意进你的皇宫啊，是你亲自把我圈定的，为什么还对我这样苛刻？李玉琴坐在桌前，握着笔的手微微颤抖，纸上的字在她眼里突然变成了一群水中的蝌蚪，她一个字也看不清楚，不知不觉就在纸上写了个"死"字。溥仪一看，气得暴跳如雷，他指着李玉琴说："好哇，我真是白疼你了，让你抄个守则，你竟寻死觅活的，现在就不听我的话了。将来要跟我过一辈子日子，这哪儿行呢？好，你要是不高兴，明天我就送你出宫，回你的穷窝去，我真是白白疼你了，真没良心哇！"李玉琴吓哭了，连连说她错了，她想自己若真被皇上逐出宫去，家里人肯定受到牵连。溥仪又说："你听没听说过，'君叫臣死，臣不敢不死'，你要是知错了，就赶紧把它抄出来！"李玉琴只能唯唯诺诺地将守则抄完，溥仪看了一遍，抽搐着脸笑了，说："这还像个听话的孩子，为了表明你是诚心诚意的，就在佛前将它焚了吧，让菩萨给你做个证，省得你以后明知故犯，管不了自己。"李玉琴只能百依百顺地走进佛堂，将那几页守则点火烧了。纸焚后的灰烬呈铁灰色，薄如蝉翼，皇上在一旁看了，逗李玉琴："你看那守则是不是变成一只黑蝴蝶了？"皇上一旦高兴了，你就得赶紧赔笑脸。李玉琴只好笑着说："是像一只黑蝴蝶。"皇上这才把她从佛坛前拉起来，抚摸一下她的头发，说："这就对了，以后要听话。"

太阳还未出来，霜花也就依然能够妖娆闪烁着。李玉琴呵了一口热气在霜花上，那片霜花就立刻改变了形态，霜变得稀薄了，那些纹路分明的细线也隐遁了。李玉琴仍觉不过瘾，干脆伸出舌头去舔，霜花凉得她一激灵，跳了起来，只觉得舌头麻了。再看那霜花，已经被舔出了个铜钱般大的洞儿，透过它，可以隐约看见外面的景致。李玉琴玩腻了，有些兴味索然，重新回到被窝里，睡起了回笼觉。这一觉就睡到了上午十点多，醒来时天已大亮，玻璃窗上湿痕点点，霜花已无踪影了。她望见床前屏风上绣的麒麟威风凛凛的，似要飞翔的姿态，仿佛它们也跟着睡足了懒觉，养足了精神。李玉琴下了地，到卫生间洗过脸，然后坐到梳妆台前打扮。这时服侍她的仆人进来了，她手中拿着鸡毛掸子笑着说："福贵人吉祥。"以往仆人若是在福贵人的屋子里看见了皇上，就要俯身说一句"万岁爷吉祥"，溥仪此时就只点一下头，连哼也不哼一声，可见是道吉祥的人多了，也觉无趣了。福贵人梳头时，她听见鸡毛掸子刷刷地响着，仆人一般是先掸桌子上的摆设，花瓶、烛台、棋子盒、瓷公鸡、瓷狮子等物件，然后才去掸屏风、窗台、椅子等等。李玉琴其实是不喜欢用鸡毛掸子的，她觉得不卫生，那些灰虽然从各色物件上被掸下来了，最后还不是落在了地上、存在了屋子里？好在屋地每隔两天就会清扫一回。不过她喜欢鸡毛掸子掸灰时的声音，"噗噗噗"的，就像小孩子长乳牙时咂嘴的声音。

李玉琴梳洗停当，吃过饭，已经是正午了。这时辰皇上多半还没有起床，她已经有两天未见他了，心里有些想得慌。想想夏天时皇上有次连续四天没到同德殿看她，她就异想天开地写了一首诗唤仆人递给他，皇上果然很快就笑着来了，夸她"聪明"。那首诗这样写道：下了四天雨了，太阳四天不出了。我是同德殿前的一簇小根蒜，太阳再不出，雨若还不停，我岂不被沤烂了，又如何能做你口中鲜美的馅？原来，同德殿前的草地上生有许多野生的小根蒜，李玉琴在春末时闲着无事，曾用刀剜了一些小根蒜苗，亲自到御膳房，煎了几个鸡蛋，将小根蒜剁碎了放在一起和成馅，给皇上包饺子吃。溥仪吃得眉开眼笑，夸福贵人懂事，夸她好厨艺，能包出这么鲜的饺子来。因而李玉琴就敢在诗中自喻为小根蒜，而把皇上比作太阳，把见不到皇上的日子称为有雨的日子，有雨的日子当然阴晦了，皇上又怎么能不欣喜呢？李玉琴左思右想，觉得这回再传个纸条给他，皇上也许仍能欣然前来。只是现在是隆冬时节，同德殿前没有一星绿色，拿小根蒜根本做不了文章了。于是就挖空心思地写了这样几句话：早晨起来，我见玻璃窗上蒙着霜花，一看，真是了不得了，原来有个菩萨坐在那里，真是漂亮啊。我就跪下来给菩萨磕头，这时菩萨就跟我说话了，说的话可都是秘密。皇上不想过来听听吗？李玉琴觉得这一番话一定能使圣驾光临，因为溥仪笃信佛教，你跟他讲有关菩萨的话题，他总是兴味盎然。况且，她也不是凭空捏造，确实有一天她在梦里见到窗户的霜雪化成了菩萨，菩萨还开口跟她说了一些话，可惜醒来那些话全部忘记了，李玉琴把纸条叠成燕子形状，唤女仆送到缉熙楼的皇上那里，想着溥仪午后起床看见它，也许即刻就会来的。

李玉琴入宫半年之久，只跟皇上在一起睡过几回觉。而且是东一个，西一个，互相不闻不碰。她也不喜欢和皇上睡在一起，皇上常失眠，睡得又晚，怕任何响动。她甚至都不敢翻一下身，因为一翻身皇上就不满而烦躁地"哼"一声。她还怕夜里自己说梦话和磨牙，皇上一动怒，也许会把她逐出宫去。所以，她宁愿一个人在同德殿住。在宫里，她所能见到的男人，除了皇上，就是随侍，再不就是御医。李玉琴能接触的，都是些比她年长的女人。溥杰的日本老婆嵯峨浩逢了节日才来，溥仪的妹妹们也不时常回宫，走动次数稍多的是二格格，李玉琴并不很喜欢她，觉得她爱摆架子，说话老是阴阳怪气的。常来的是一些王公子弟的家属，如溥俭的老婆叶乃勤，人称俭六奶奶，溥銮之妻叶希贤，毓崃之妻杨景竹等。她们来，通常是午后，见了福贵人先道吉祥，然后惯常说些天气好坏、衣裳样式是否得体一类的话题。当然，有时大家也在一起读读《三字经》什么的。溥仪让李玉琴读《烈女传》，可她看了几页就放下了，她不喜欢那些性格刚烈、为守妇道不惜性命的女人。可溥仪却说她们很崇高，让李玉琴把她们当做楷模。

午后三时，俭六奶奶和銮二奶奶先后来了。想必外面很冷，她们冻得满面通红，一进屋直搓手。三个人说了一会儿天气，就到楼下打乒乓球。俭六奶奶有些胖，接球时上气不接下气的，十个球有九个接不着。李玉琴学乒乓球也没多久，但身子灵巧，常常抢先把球扣到俭六奶奶的案台上，俭六奶奶就说："好干脆哟！"打过球，她们本想玩一会儿麻将，但是三缺一，只好不玩了。耋二奶奶说家中晚上有客人来，她要早些回去备饭，只留下了俭六奶奶，她教李玉琴织毛衣。俭六奶奶性情温和，手工活好，刺绣、挑花、织毛衣无所不能。有时也爱开几句玩笑，讲一些道听途说的有趣故事。她悄悄对福贵人说，皇上也是男人，男人没有不喜欢女人献殷勤的，你给他织一件毛衣，就说是天凉了，怕他冻着，他心底能不暖吗？他一高兴，便会更加疼你。李玉琴便想自己学得熟练了，一定给皇上织一件毛衣。俭六奶奶略知一些阴阳八卦的事，笃信算命，讲起来头头是道的。她对福贵人说，五行是由金木水火土组成的，人的命运都包含在五行之中，有的相生，有的相克。木生火，火生土，土生金，金生水，水生木。如果一对夫妻，男的是水命，女的是木命，那就会和和美美，白头到老。所谓"水养木"。五行相克是指"水克火，金克木，火克金，木克土"。李玉琴不明白金何以克木？俭六奶奶叫道："这还不懂啊，用金可以伐木哇，那木还能存活吗？"俭六奶奶接着说："什么东西都不能过头了，比如你饿极了，一顿吃下一笼屉包子，就得撑死；一棵小苗旱了，你使劲给它浇水，就会淹死。同样，金赖土生，土多了就把金子埋了；木赖水生，水太旺了就把木给漂走了；火赖木生，木多了火就塞了，所以说人世间所有的事，都要有个节制，就像两口子晚间——"俭六奶奶才说了一半，就掩着嘴笑了，顺势捆了自己一嘴巴，骂："该掌嘴，不能和福贵人说这种不着边际的话。要是皇上知道了，还不得说我一个妇道人家乱嚼舌头，下回该不让我来了。"俭六奶奶接着又讲五行反克的例子，说是"金能克木，木坚金缺""水能克火，火烈水干""土能克水，水多土荡"，听得福贵人眼睛一眨一眨的，早忘了盯着俭六奶奶手中的针线看，她恍然大悟地叫道："怪不得有一回我看见一家馆子着火，浇了那么多水也没能灭了火，原来是火太旺啊！"俭六奶奶笑了，连夸福贵人聪明，什么事情一点就透。她们正说得起劲时，溥仪穿件绿呢子上衣来了。也许是昨夜休息得好，看上去精神抖擞的，步态轻快，胸脯挺着，高高地昂着脖子。俭六奶奶连忙扔下手中的活儿，叩头请安，然后推说时候不早了，起身告辞。福贵人朝窗外望了一眼，发现天色确实昏昧了，才四点多钟，太阳就落了。冬日的新京总是这样子，白天短得就像兔子的尾巴，而夜晚漫长得就像黄鼠狼的长尾巴。先前她和俭六奶奶说话说得有趣了，早就忘了该把灯打开了。皇上坐在梳妆台前的椅子上，将二郎腿跷起来，问李玉琴："刚才你们说什么呢，说得那么高兴，嗯？"李玉琴笑了，说："俭六奶奶给我讲五行相生相克的事呢。""噢，她还懂得这一套。"溥仪看来对这话题并无太大兴趣，他并未深究，而是起身走到床前，四仰八叉地躺下去，唤李玉琴把他的鞋脱了，然后招呼她："这几天我闷坏了，给我唱个歌，让我高兴高兴吧。"李玉琴放声就唱，唱得急，便有些走调了，溥仪笑了起来，说："罢了罢了，过来给我讲讲，你今天早晨果真在玻璃窗上看见菩萨了吗？"李玉琴说："千真万确啊。早晨我起来，想看看玻璃窗上的霜花，走过去一看，了不得了，一个白玉似的菩萨端端坐在那里！"李玉琴把梦中的情景尽情发挥着，由于有撒谎的成分包含其中，话也就强调得硬邦邦的，心想这可是欺君之罪，要是露了馅可就没好日子过了。溥仪"噢"了一声从床上坐了起来，连连说："往下讲往下讲，接下来怎么了？""我就跪下来给菩萨连磕了几个头，说菩萨能到我的屋子来，是祖宗的荣耀，这时菩萨就开口跟我说话了。"由于谎是越撒越大，李玉琴不由打了个干嗝儿，皇上却是越来越急迫地等着听下文了，他催促道："菩萨跟你都说了什么？"李玉琴倒吸了一口凉气，然后很神秘地说："菩萨跟我说啊，佛既能管天，又能管地，天上和人间的事没有它说了不算的。他说让我好好侍奉皇上，皇上是真龙天子，将来必将有大作为呢。"溥仪欣喜若狂地说："菩萨还说什么了，都告诉我！"李玉琴想该就此打住了，便笑着说："菩萨就说了这些话。等我再抬头望时，玻璃窗上的霜花还在，但是菩萨却走了！"

　　溥仪从床上蹦了下来，就像个淘气的孩子似的几步奔到窗前，指着窗户问哪一块玻璃出现了菩萨，李玉琴就随手指了一块。溥仪"扑通"一声跪在地上，合掌闭目地连念了数十声的"南无阿弥陀佛"，感谢菩萨显灵，发誓自己一定不辜负祖宗的期望，实现光复大清的梦想。当年他被冯玉祥逐出宫时，也曾在祖宗的灵位前这样发过誓。溥仪起身之后，一把抱过李玉琴，说："看着你就是个有福的样子，叫你福贵人真是太对了。将来实现祖宗们的梦想了，我就立你为皇后！"本来是一个荒诞故事，却唤起了皇上如此的激情，李玉琴也感动了，尤其是听到"皇后"二字，更是为着虚无缥缈的许诺而激动得落了泪。她知道缉熙楼上软禁着皇后婉容，她只偷偷见过她一次。皇后被两个太监搀扶着，虚弱得站不稳，牙齿灰黄，穿一件肮脏的睡袍，头发被剪得长短不一。见了福贵人，她冷笑了两声，只迸出两个字"挺好"。听皇上的乳母二嬷说，皇后不检点，跟一个下人不干不净，怀了孕了，生下了个孩子，被人当即抱了扔到锅炉房烧了。从此后，皇后就天天抽大烟，疯疯癫癫的。一到下雪天就又唱又跳的。皇上不允许她出屋，更不要说见任何客人了。皇后发病时，还爱大骂其父荣源，大约是觉得他让她嫁给皇上是个过错。听二嬷的口气，认为皇后是活该的，皇上本来是个仁义之君，宽宏大量，可她竟敢在他眼皮子底下胡来，实在该打入冷宫。李玉琴比较喜欢二嬷，她面目沉静，极其善良，从不多言多语。福贵人有时烦闷了，就到她的屋子去玩，她跟李玉琴讲溥仪小时候的故事，都是称赞的话，什么心善、聪明等等，总之皇上在她眼里是十全十美的。二嬷还教福贵人玩骨牌，什么"过五关""闷七开"等等，玩起来头头是道。二嬷叮嘱过福贵人，让她在皇上面前千万别提皇后的事，这是皇上的一块心病。如今溥仪主动提起她，而且又是让她取代婉容而提起的，就使福贵人有一种三伏天吃冰的畅快淋漓之感。溥仪一旦心情好了，对福贵人就格外和颜悦色了。他吩咐随侍，说是晚饭要在同德殿和福贵人一起吃，饭菜要送到这里来。他问福贵人想吃什么，李玉琴想了想，要了个芝麻肉条和鸡汤豆腐，溥仪则说要两只熏鹅掌、一盘炒笋尖以及一瓶法国红葡萄酒。溥仪打开吊灯，让福贵人拉上窗帘，打开留声机，在地毯上兴致勃勃地和李玉琴翩翩起舞。福贵人未想到自己的一个小把戏，倒使皇上如此神采飞扬，暗地里不免得意。跳了一曲之后，福贵人嫌音乐声音太低，就过去调高了一些，溥仪连忙又把它弄低了，他说："日本正在打仗，宫内要少搞些娱乐活动。"李玉琴明白，皇上是怕吉冈安直知道他在跳舞，仿佛日本的士兵在前线流血，皇上在后方只能为他们流泪似的。福贵人便说既然这样，干脆就不跳舞了，两个人就手拉着手到床边去说话。溥仪说："你来宫里快一年了，给我讲讲当时你离开家时是不是哭了？你真的不知道进宫是给我当妃子吗？"李玉琴说："他们只说让我进宫是读书的，说是读书又不花钱，又管吃，我们家穷，心想这样最好。我才不知道进宫是来给你当小媳妇的呢！"溥仪听到"小媳妇"三个字，不由捏了一下福贵人的鼻子，说她"调皮"。

李玉琴记得那是阳历二月的某一天，她所在的南岭女优的校长小林忽然带着女教师藤井挨班挑选学生，每班都选出三四名，然后几十人坐上一辆大汽车，被带到一家日本人开的照相馆，每人给拍了一张四寸相片。李玉琴平素很少拍照，想想照相就要高兴些，于是照的时候就抿着嘴笑，溥仪在一堆照片中之所以选出李玉琴，也就是因为她那笑眯眯的模样。李玉琴第二天到了学校，还和同学们相互议论，这些单人相片是要干什么用呢？说来说去，也猜不出个究竟。过了几天，就把这事给忘了。大约过了三个星期后，是个礼拜天，李玉琴正在街上排队给家里买粮，她妹妹忽然跑来了，说是家里来了两个日本人，让她立刻回去。回去一看，原来是校长小林和藤井，她意识到这是为有关相片的事来的了。进得家门，只见小林和藤井都冲她挺神秘地笑着，旁边还站着邻居的男学生，是请来做翻译的。他们说，皇上选了几名好学生要送进宫去专门培养，将来会上大学的。他们见李玉琴性情好，品德端正，学习也好，就把她推荐上了。李玉琴的母亲意识到事情没那么简单，就说："这姑娘年纪还小，离开家恐怕自己立不了事，还是让别人家的孩子去吧，再说，孩子他爸又不在家，我做不了主。"当时李玉琴的父亲正在南关田家馆子帮厨，小林和藤井连说事不宜迟，当即就去找他。李玉琴的父亲一见来了两个日本人，旁边还跟着自己惴惴不安的女儿，以为她在学校惹是生非了，吓得连忙把他们让进一个单间，端茶点烟，赔着笑脸，好生伺候着。小林说明了来意，李玉琴的父亲就将信将疑地说："真有这样的事吗？一共去多少学生？"小林说："去的学生几个的有呢。你的姑娘大大的好，皇帝陛下喜欢的，让她宫里念书的，这是皇帝的命令。"吓得这个当家人只能唯唯诺诺点头。接下来，李玉琴就被小林和藤井给送到一个日本军官家中，此人就是吉冈安直。他穿一套黄色军服，佩着军刀，在屋子里也穿着大马靴，看上去很威严。他上上下下打量了一番李玉琴，对小林说了句"顶好"，然后他询问李玉琴多大年龄了，家里还有什么人，之后就领着李玉琴重新回到她家中。那时家里的哥哥姐姐都闻讯赶回来了，大家都忐忑不安的。吉冈安直说，小姑娘能被选进宫里，是你们家的福气，将来你们会跟着她住高楼，吃好的，穿好的，有花不完的钱。皇上要是对她好，她当了妃子，你们家一生一世的荣华富贵就都有了。在吉冈的一番劝说下，母亲只得当即找出一件黑地黄花的绸面棉袄给她换上，由着日本人把她带走。当天晚上，她就被送到藤井家里，在那洗了澡，第二天起床后又去医院做了全面身体检查，全部合格后，这才由藤井把李玉琴又带到吉冈家中，约上吉冈夫人，一并坐上汽车，朝溥仪的二妹家驶去。李玉琴第一次见二格格就不喜欢她，她非常傲慢，看人时撇着嘴角，十分看不起人的样子。李玉琴记得二格格家的大客厅布置得十分奢华，五光十色的，她都不敢多看几眼，好像贵重物品一旦多看了些，就会把它弄坏了。二格格让用人拿出糖果待客，然后又仔细打量了一番李玉琴，这才起身出家，坐上汽车，直奔皇宫而来。李玉琴记得最清楚的，就是汽车进入皇宫的门时，一个男人拿着个喷雾器上来，不由分说给她喷了一通消毒水，弄得她十分气恼，想自己又不是蟑螂、臭虫之类的害虫，如何要这样呢？

　　溥仪听了李玉琴的讲述，不由哈哈大笑，说："你还以为有好几个人一起进宫念书啊，真是天真啊。"李玉琴垂下头，说："我哪儿知道这都是安排好了的呢。"溥仪又饶有兴致地问："你给我说说看，第一次见到我是什么印象？不许说谎！"李玉琴说："觉得你很高，挺严肃的，但挺帅的，你的眼镜很打扮人。"溥仪愈加得意了，他顺手拿起梳妆台上摆着的册封李玉琴为福贵人那天赠给她的玉如意，说："看来我在那沓照片中选定你是没有错的！"见皇上如此和颜悦色，李玉琴就趁机提出要回家看看父母，她想家想得慌。溥仪在高兴时一般容易答应事。果然他一挥手说："你愿意的话，就回去一趟！走时让御膳房做点豌豆黄、山楂糕带回去给你妹妹吃，让你家里人平时多说点皇上的好话！"福贵人喜出望外地连忙俯身谢皇上的恩准。溥仪便说她俯身谢礼的方式不对，应该半跪着才对，不过他很大度地说："算了算了，你一个小姑娘，规矩不懂那么多，就不怪罪你了。要是过去，就一个行六肃礼，还不得让你晕头转向的！"福贵人自然又是一番千恩万谢。

溥仪对李玉琴说，昨天他把客厅里的地毯捐献给日本前线了。福贵人惊讶了一番，说："皇上不是已经捐了很多黄金和宝石吗？一个地毯又不值多少钱，把它卷走何必呢。"溥仪讨厌福贵人反驳他，于是十分气恼地说："你一个穷酸窝里出来的小孩子，哪见过什么世面，你懂什么？将来你这屋子门上的铁把手和吊灯，都得给我卸下来捐了，那些东西是铁做成的，日本现在就需要这个造飞机和大炮！"李玉琴犯了固执的毛病，她说："门上的铁把手可能还做不上两颗子弹，就是能做成两颗子弹的话，没准儿还让士兵给打飞了，浪费了，子弹没派上用场，我们没把手开门，可能还要栽跟头的，这不是两头都不合算吗？"李玉琴还要以此类推地说说吊灯对居室的重要性，她见皇上已气得面色青紫，自知失言，可是话已出口，覆水难收，后悔也晚了。溥仪顺手将梳妆台上的玉如意摔在地上，骂："给你一点好脸色，你就不知天高地厚了，连我也敢顶撞了，你眼里还有谁？你才进宫几天，就变得这么嚣张了！你还想着出宫回家看看？没有那么美的事了！从今天起，你不能走出这宫门一步！不能唱歌、打球、玩牌，前方在打仗，你在后方搞娱乐，这不是拆台吗？！"说完，他起身踢了一脚椅子，将门一摔，拂袖而去。

　　皇上走后，李玉琴先是怔怔地坐了半晌，才分外委屈地哭了起来。她想今天真是倒霉，本来一切都那么和气，她争得了一次回家的机会，皇上还主动提出晚餐在同德殿吃，现在这两样事就像秋天的蝴蝶的羽翼一样落入尘埃之中了。搞不好，皇上还会差人将这屋子里一切带铁带铜的东西统统卸下拿走，届时这屋子还不得跟遭了洗劫一样的千疮百孔。福贵人越想越伤心，她不由气恼地走到那块被她指称为菩萨现身的玻璃前，叫了一声："见鬼！"

第十三章　一九四四年

民国三十三年　昭和十九年　康德十一年

一

　　元宵节的黄昏，一阵冷风过后，蓄积了一天的乌云终于成了气候，它们将孕育出的满腹雪花，尽情地洒向大地。顷刻之间，天地间就是白茫茫的一片了。王小二正站在凳子上往醉云烟馆的屋檐下挂灯笼，见雪来了，就伸出舌头舔了几片，说："比白肉片还香哪！"在下面帮他扶着椅子的伙计说："你可站稳了，要是摔下来，弄破了灯，我就得跟着你倒霉，罚工钱是指定的了！"王小二故意晃了晃凳子，使手中的鲤鱼灯像真的鱼一样摇来摆去的，他说："不就是几盏破灯吗，我还不值几盏灯钱？"那伙计说："我看是不值！"王小二火了，他说："那我扔几盏灯让你看看！"吓得那伙计连忙说："你是祖宗！"然而这恭维已经晚了，那鲤鱼灯已从王小二手中斜飞出去了，伙计"唉哟"叫了一声，连忙去寻那灯，不料已经被迎面而来的谢子兰接到手中了，她笑道："舅舅，正月十五要送我条鱼啊！"谢子兰无论在什么时候，都喜欢和舅舅开几句玩笑。那鲤鱼灯虽然没落到地上摔个粉碎，也被谢子兰的手指给戳了两个洞。

王小二也不在意，接过灯又挂在了屋檐下。接着，又依次将莲花灯、茄子灯、白菜灯、南瓜灯挂上去，然后吆喝伙计唤烟馆里的人把火柴拿来，他依次将灯里的蜡烛点燃，顷刻间，那些灯就五光十色地亮了。醉云烟馆的屋檐就像菜市场的货柜了，鲤鱼灯是金红的，莲花灯粉英英的，茄子灯紫微微的，白菜灯翠绿翠绿的，南瓜灯金黄得似乎往下流着蜜。谢子兰说：“舅舅，你们烟馆可真是让人眼亮啊，一会儿准招来看灯的人！”“那是啊，等招来了人，你瞧瞧里面有没有合适你的男人，我也好给你牵个线，搭个桥。”王小二从凳子上跳了下来，对谢子兰说：“有个男人管着你，省得你一天到晚在街上闲逛！”谢子兰也不生气，她先是揶揄舅舅缺了只手挂灯笼倒是蛮熟练的，看来将来挽媳妇的手是不成问题了，然后才接着舅舅刚才的话茬说：“我才不稀罕来你们这里看灯的男人呢，不是那些黄皮拉瘦的大烟鬼，就是陈希金这样的货色！”提起陈希金，王小二心中有些不悦。伙计一边把板凳往烟馆里搬一边兀自嘀咕：“当时八月十五不见月亮时有人说，正月十五肯定要下雪的，我当时还不信呢。”“那是啊！”王小二叫道：“八月十五云遮月，正月十五雪打灯，这是保准的！”雪下得大了起来，那些灯被雪花拍打着，发出轻微的沙沙声。灯将落在它们近前的雪花映得通体明亮，只不过因着光的颜色的不同，那雪花有红有黄有紫有绿，更像是一群彩蝶在飞舞。

　　谢子兰跟阿廖沙离婚后，一直独居。她变得越发玩世不恭起来，想的都是吃喝玩乐的事。她懒得回家去看父母那苦巴巴的脸，尤其是笃信天主教的母亲，更让她无可容忍。在母亲眼里，谢子兰就是天天忏悔也是罪孽深重的。父亲一度曾找着了份工作，可后来他又被解雇了，人家说他干活老是出错，不如不干。如此，他就一天到晚坐在窗前喃喃自语，看到楼下有穿工装的人经过，就露出无限欣羡的神色。他们的基本生活保障，都是靠王小二每月送去的那些钱，而这钱的绝大部分又是谢子兰提供的。她像过去一样把它们送到王小二这里，然后再由他送到姐姐家。弄得姐姐以为王小二在外面干着两份工作，才能攒下这么多钱。于是心疼地劝他要注意身体，不要干那么多的活，钱有多就多花，没有就少花。姐姐一直因为王小二没有娶上媳妇而忧心忡忡，她有两次来烟馆找他，说是给他介绍了女朋友，跟他约个时间见上一面。王小二在情爱上早已心灰意冷，他就搪塞姐姐说："我心里有人了，等到我们谈成了，就带回家里去。"姐姐就喜出望外、信以为真地说："姐姐等着这一天呢。你别愁结婚没房子住，你这俩外甥女都不回家住了，到时你把媳妇娶进姐姐家就行。姐姐会待她好好的。"接着，她就絮絮叨叨跟王小二说，如今他残了手，虽然不耽误什么事，但总是个缺陷，找对象时只要人家不嫌弃咱，咱就别挑三拣四的了。在王小二的心目中，惟一留下美好印象的女人就是美莲，他常在梦中看见她。她总是笑意盈盈的样子，那么青春，充满活力。大年初一的晚上，他在梦中见到美莲，她穿得很破烂，背着个脏兮兮的包袱，在一家面包房前，眼巴巴地看着新出炉的香喷喷的面包，似是没钱买的样子。醒来后王小二觉得胸口疼得慌，他想美莲一定是没钱花了，就很责备自己粗心大意，春节前应该给她烧点纸钱才对。王小二埋怨了一番自己，到丧葬铺子买了两刀烧纸，也不管正月里不烧纸的旧俗了，初二晚上即在十字路口焚烧了起来。他一边烧一边跟美莲检讨："人都说过了初一，还有十五呢。不过了十五，就不算过完了年，你现在收到了钱，拿着它去买东西也不迟。"想着人间的夜晚，一定是阴间喧闹的白昼，该开的店铺一定陆续营业了，王小二就催促美莲早些去买东西，店铺拥挤时，小心让人给踩了脚，若是走累了，就找个茶庄歇歇，喝碗茶，实在是为她想得太周到了。烧过纸，王小二就觉得胸口不那么疼了。今天早晨煮元宵时，他还特意放了几个在门口，专给美莲的。选灯时也挑中了美莲喜欢的这几种，想她夜半在街上游荡时，看到这门前熟悉的灯，会明白他是在这里干活的。

　　醉云烟馆的客人陆续来了。谢子兰带来一些钱，唤舅舅下次回姐姐家时带过去。王小二问她今晚打算怎样过，谢子兰说："当然不是一个人过了。"王小二鄙夷地说："我就知道你不会安分守己一个人呆在屋里的，你要去哪儿？"谢子兰调皮地说："去苍泉啊，你女朋友一个人过节太寂寞了，我去给她增添点气氛。"王小二气咻咻地说："谁说她是我女朋友？她是我大娘！"谢子兰咯咯地乐了，说："舅舅，我不过跟你开个玩笑，怎么就那么不识逗呢？"王小二很不耐烦地一摆手说："你也看到了我怪忙的，没事就快走吧，别在这里惹我生气了。"谢子兰正想一走了之，于是就装作不满地说："好心好意来看你，你倒撵起我来了，好，我走，下回不来讨这个嫌了。"谢子兰推开门走了出去。王小二长嘘了一口气，如释重负地对自己说："这个小丫头，满脑子鬼主意，谁摊上她，都是个难心的事。"话音刚落，谢子兰又推开门探出半个脑袋对他急切地喊："舅舅，快出来看看呀，那盏鲤鱼灯掉到地上了！"说完缩回头门一关走了。王小二想肯定是哪个淘气的孩子用竹竿偷着把灯挑到地上了，去年正月十五时，就发生过这样的事儿。一个十来岁的男孩子，手中举着根长竹竿，挑下了这街面上大大小小的灯不下十几盏，然后归拢到一起，明目张胆地拿到街角卖了。醉云烟馆丢了盏茄子灯，斜对面的锦绣阁丢了盏走马灯，而一家鞋店丢的是鲤鱼灯。气得锦绣阁的老鸨夜半三更站在街巷中大骂，说那走马灯是专门请人定做的，上面画着四大美人的图像，走得刷刷刷地响，是为她招揽生意的。灯丢了，她自认晦气，非说偷她灯的人没长屁股眼儿，头上长疮，脚底流脓，惹得在街上看灯的人都过去看热闹。王小二想没准儿去年的那个孩子又故伎重演了，于是先自吆喝了一声："你个小蟊贼！"然后三步并做两步出了屋子，抬头一望，那鲤鱼灯还乖乖地吊在屋檐下呢。它被蜡烛映得一派金红，那些飘向它的雪花，就像是鱼食一样，令它贪婪地吸食着。王小二听到了远处谢子兰发出的快意笑声，知道是上了她的当了，便咬牙切齿地说："小妖女！"

谢子兰离开了醉云烟馆，就直奔苍泉去了。自从与阿廖沙离婚后，她来过好几次苍泉，希望能碰到羽田，然而她每次都失望而归。苍泉的女主人在穿扮上越来越讲究了，她总是坐着慢条斯理地修指甲，有时谢子兰想跟她聊聊天，探探她的家世，然而只说了开头几句，就被她巧妙地岔开话题。苍泉的生意，今年可以说是每况愈下，谢子兰注意到食客很少，桌椅也不似过去那么洁净了。她想但凡是老女人经营的店，其生意的好坏，与她们心情的好坏有很大关系，心情好，餐馆就井然有序，窗明几净，酒美菜香；心情恶劣，不用说就没心思关照店面的事，依着上灶师傅和侍者的心思，那就是能偷懒则偷懒，反正店面砸了又不关他们的事。谢子兰来苍泉，还希望能碰到柳芭，听说她在一家小学教声乐，孑然一身，她很怀念过去和柳芭一同练声的情景。谢子兰知道自己有致命的弱点，那就是虚荣，容易对男人产生兴趣，又容易唾弃他们。可她认为追求舒适的生活是没什么过错，她喜欢美食、时装，喜欢出入商场、高级酒店，在她看来，人生若不讲究点享乐，实在是白来一遭。因为她的美貌，如今在她身边献殷勤的男人也不少，他们给她买贵重首饰，带她品尝山珍海味，恭维她，而她送给对方的则是青春和肉体。她觉得这是一种公平交易，各取所需，谁也不吃亏。她与这样的人在床上时，甚至没有在酒店朦胧的灯影下对饮更动真情。去年在黑河到漠河的慰安船上，她在一瞬间倒是对一个面目粗野的人产生了感情，她以为那是爱情，然而曲终人散，慰安船停泊在漠河码头时，她对那人涌起的却是某种嫌恶感。她明白自己未接触过那样的男人，他的出现只是填写了一个空白，满足了她那一刻的生理需求，别无其他。

　　苍泉近在眼前了，它今天看上去漆黑一片，门前一盏灯也没有。谢子兰想也许未到挂灯的时候。某些店铺在正月十五时挂灯，是要选择时辰的。有的早早挂出，有的则选在夜半时分。谢子兰跺了跺脚上的雪花，再仔细看苍泉时，发现它确实大不对头，以往在夜晚时明亮的玻璃窗，今晚也是杳无光影，难道是陆天羽故意把店里拉上了黑色窗帘，有意在这一天制造一种非同寻常的气氛？谢子兰胡乱猜想着走到近前，伸手推门，门却是纹丝未动，借着街上的灯影一看，门上竟然交叉地贴着两张封条，这真让她吃惊不小。她想好端端的一个铺子，如何说关门就关门了？再看那封条，明白不是她自己要关的，而是因为触犯了什么法。谢子兰想陆天羽这样一个性情虽有些古怪但又不乏温和的人，一副与世无争的姿态，又怎么能触犯当局呢？街上人影憧憧，人们在雪中都低着头走路，留意着脚下，惟恐被滑倒。谢子兰分外茫然地站了一刻，这才想应该到邻近苍泉的店铺去打听打听怎么回事，她跟舅舅说这件事时好心中有数。她见离苍泉大约有五十米的一家海味酒楼灯火兴旺，就跑到那里去打听。她自称是苍泉的常客，上周意外地把一个皮包遗落到了苍泉，如今回来找，发现它被封了。店里的老板娘眉飞色舞地说："那你可就别想着找回那个包了，那女人正月初九时被人抓走了！"谢子兰说："她犯了什么罪，被人给抓了？"老板娘似是十分扬眉吐气地说："我早就看这女人不对头，说是从上海来，可她那肥墩墩的样子哪里像上海人！在街面上碰到我们也爱理不睬的，她不知用了什么手段，把客人都拉去她的店里呢！"谢子兰明白，苍泉前些年的红火，一定使周围的酒家受到了冲击，他们恨她在所难免。老板娘发够了牢骚，这才对谢子兰说，苍泉的女主人原来是个国民党特务，她以苍泉为据点，搜集一些秘密情报，被日本人给发现了，他们就全副武装地把店铺包围起来，给她上了手铐带走了。从她的住处，还搜出了许多秘密情报和发报机。那老板娘说："去她那里吃饭的，有不少日本军官，他们吃饭时谈的话，都被她听到耳里，给泄露出去了。"谢子兰便想陆天羽的被捕，与羽田肯定有着直接的关系。既然她是一个国民党的地下工作者，身世肯定更为复杂了。谢子兰以往猜测她的个人生活肯定埋藏着巨大的隐痛，如今想来，这不过是她的表面生活状态带给人的错觉。

谢子兰走出海味酒楼，十分怅惘地沿路回到苍泉，倚着它冰冷的门，想着那个神秘的女人再也不会坐在里面慢条斯理地修指甲了，这里的灯影和菜肴也将从此消失，内心便有浓浓的伤感。她不明白一个女人为什么放着好日子不过，非要参与国事，在她看来，这种牺牲是愚蠢的。她想，既然日本人抓走了她，就不会轻易放她回来。她在狱里一定会受到酷刑。想到这里，谢子兰不由自主地打了一个寒战。她想应该尽快把此事报告给舅舅，不管怎么说，陆天羽对舅舅都有一种近乎母爱的怜悯和同情，如果他很久不来苍泉，她肯定会去醉云烟馆看他，但谢子兰转而一想，今日是正月十五，舅舅挂了那么多灯，难得有份好心情，还是不去扫他的兴为好。谢子兰本想在苍泉叫上两个菜和一瓶酒，美美地吃喝一通，如今这愿望算是化作泡影了。可她不想独自回到冷清的住处，于是就离开苍泉，去找那个绰号"石榴裙主"的剧团的头目。此人五十多岁，风流倜傥，没有任何女演员能逃脱他的手心。因为他的好色，大家便送他"石榴裙主"的外号，简称为"裙主"。谢子兰与裙主有过几次交往，他们在一起喝酒取乐，放浪形骸，而在剧团里，又常常装作很陌生。

裙主孤身一人在哈尔滨，他的老婆孩子则在富锦，因而他寻欢作乐绝无任何拘束。他的住处，隔一段时间去，就会闻到不同的香水气息，可见他更新情人频率很高。前几天裙主见到谢子兰时，曾约她元宵节到他的住处，说是有贵重礼物献给她。谢子兰讥讽地说："不会是结婚戒指吧？"说得裙主立刻拉下了脸子。谁都知道裙主在勾引女人时最喜欢说的一句话是："我太爱你了，真想把你娶回家中，永生永世地相守。"另外，裙主在送女人礼物时也是低投入，无非胸花、丝巾、降价服装之类的东西。他若送给谁一件五光十色的首饰，你不用拿珠宝店去鉴定，那定是赝品无疑。想起裙主的所作所为，谢子兰不由暗自笑了起来。对她来讲，裙主无疑是她此刻最佳的游戏伙伴。

　　醉云烟馆的人越来越多了，屋檐下的灯果然招来了不少看灯的人。王小二忙得不亦乐乎。门口的衣帽架已是硕果累累，最后大衣放不下了，王小二就把它们一件件地叠起来，摞到墙角的一把椅子上。烟馆是烟雾茫茫，吸食者个个神情迷醉，如坠天堂。外面的雪越下越大，铺天盖地的，客人一进来就要站在门口抖落衣帽上的雪花，门口的一块方形毡垫也就被弄得湿淋淋的。王小二本想今天到锦绣阁去看看四喜，听人说陈希金与四喜打得火热，如今他很少到茶坊和烟馆写诗了，而改成去锦绣阁了。锦绣阁的老鸨也不讨厌陈希金，把楼下的工具间给他改造了一番，挂上了红幔帐，放了张栗色矮桌，一个可供三人合坐的条凳，还给他配了盏朦朦胧胧的低垂的灯。据说以往锦绣阁的姑娘们老是愁眉不展的，陈希金一来，她们的脸上都有了笑影，待嫖客时也多了热情，锦绣阁的生意越来越红火了。陈希金逗她们开心的法宝，便是作诗，然后一本正经地给她们朗诵，便把这些红袄绿裤的妙龄女人个个笑成风中的杨柳，摇摇摆摆的。而老鸨也乐得和他聊天。王小二听烟馆的伙计说，老鸨许诺陈希金，再过五年，她就让陈希金把四喜娶走。王小二便在心底愤愤地骂："五年中你也把四喜的油给榨干了。"王小二不理解四喜为什么要和陈希金这种疯疯癫癫的人相好，在他看来，陈希金只是个取乐的对象，没人会真正把他放在心上的。他想着应该跟四喜说一说，不要一时冲动把自己的终身许给这样一个人，陈希金虽然心地纯洁，但他清高自负，恃才傲物，很难与人相处。而且神游物外，给人一种疯人的感觉。王小二想起陈希金，心中便有了几分不快。这时外面有人吆喝："偷灯的来了！"王小二连忙跑出门外，仰头一望，那金光灿灿的南瓜灯已经不见了。屋檐下聚着十几个观灯的人，其中的一个指着前方的巷子说："往那边跑了！"王小二向那一看，见那人已跑出好几十米远，已过了锦绣阁了，料必撵他也是徒劳，就兀自骂了一句："这个小王八犊子！年年都来这里偷灯！"王小二接着埋怨观灯的人，为什么不制止这个灯贼，难道说不是自家的东西，就不知道爱惜？他环顾左右，竟然发现陈希金也伸着长脖子站在其中！王小二仔细打量着陈希金，只见他穿着一件雪青色呢子大衣，戴顶绿色呢毡帽，看上去就像头顶着只滚圆的西瓜。他双手插在大衣的口袋，惊愕地看着王小二，张着嘴，似是有话要说的样子。王小二"哟"地叫了一声，说："这不是大诗人吗，敢情正月十五也出来赏灯了？"陈希金点了点头。王小二想也许他这是要去锦绣阁，路过这里，就邀请他："进屋暖和暖和吧，也好给我读几首你的诗。"王小二明白一旦对他恭维过分，陈希金定会飘飘然地尾随他进来。于是他激情洋溢地说："你不来烟馆，我们都想你，都说爱听你的诗，只有你的诗听了以后才让人觉得心里亮堂！"陈希金果然像是愚蠢的鱼一样上钩了，他激动万分地说："我有五首新诗呢，这可都是杰作！"说着，忙不迭地跟着王小二走进烟馆。王小二连忙帮他拂去衣帽上的雪花，然后将大衣叠起，欲单独放到一边。因为虽然陈希金换了大衣，但那上面混浊的香水气息依然如故，只怕与别人的衣服混到一处，熏染了人家，碰到心情不顺或是小气的人，定然要费一番口舌的。陈希金见王小二要把大衣给放起来，连忙从大衣口袋里掏出一个软皮笔记本。王小二想这一定是写着满纸荒唐诗的本子了。他提醒陈希金，笔还没有拿出来，陈希金晃了晃脑袋，很神秘地颔了一下胸，王小二这才发现他那鸡心领的毛衣上别着一支笔，笔的整体部分荡在毛衣里，笔帽别在外面，因而不易发现。王小二想这笔真是别得恰到好处，正在心口的位置，心脏一跳，它也会跟着一跳一跳的，心和笔一起跳动，那诗还不得跟野兔子似的撒了欢儿地从笔管里跑出来。陈希金大约有些激动，他走向他惯常坐的位置时竟然顺了拐，就像鸭步，王小二不由暗笑起来，他唤小伙计赶紧送上两个烟泡儿，让陈希金吸舒服了，这正月十五的夜晚就有的乐了。小伙计答应着，殷勤地招待着陈希金。

　　陈希金所有的开销，确实是父母留下来的。他既未出过国，也未娶妻生子，而是和祖母居住在一起。祖母年纪大了，知道孙儿爱诗，半痴半傻的，常常夜半出去，凌晨归来，早就习以为常。陈希金的父亲过世前叮嘱老母亲，他死后，家里的钱除了留给她养老外，剩下的就用于陈希金的生活费，让他能自由自在地写诗，不要约束他，他肯定会成为中国最杰出的诗人的。陈希金的父亲入殓时，作为独子的他没有在现场，他躲在屋子里写诗，那诗这样写道："你的灵魂飘出窗外，世界正开满鲜花，那金钟般的花朵会发音，那眼睛一样的花朵会流泪。人间的路，你走了，它依然存在着，虽然有时也荒芜；而天上的路，你走了，它就会烟消云散，如同彩虹闪现又消失。"老太太最担忧孙儿的，除了他的精神，就是他的生活状态，在她看来，孙子早该成家立业了，这样游手好闲地过日子总不是个长法。她虽然年纪大了，但耳聪目明，仍然有力气，一日三餐皆能做得。她给陈希金钱，总要问清理由，纸张笔墨的费用和茶点费她从不吝惜，但是他去坐烟馆的钱她从来不予支持。在老太太看来，陈希金应该去逛妓院，而不是烟馆。烟馆会把他的身体越拖越垮，而妓院兴许会激发他娶妻生子的愿望。她听人说陈希金这一段不去茶坊和烟馆了，迷上了锦绣阁的头牌，心中也就有了某种安慰。她不喜欢孙儿写诗，在老太太眼里那是不务正业的事情。尤其是孙儿因写诗而被捕归来后，她更是对写诗深恶痛绝，她教训陈希金："你父母给你留下的钱，是让你写诗的，可是没让你把自己写到笆篱子里去吧？你就不能不写那玩意儿！"陈希金从不顶撞祖母，他称老年人都是海底的礁石，已经看不见天日了，他们发发牢骚是情有可原的。

　　醉云烟馆的来客在子夜时分达到了高潮。已经是客满了。王小二在门口迎来送往，已站得两腿发酸。他不时抽空瞟一眼陈希金，只见他奋笔疾书着，下巴朝前探着。那稀疏头发耷拉在耳畔，随着他身体的倾斜而抖动着，十分可笑。王小二想今晚一定要把他和四喜的事问个究竟，陈希金像孩子一样好糊弄，口无遮拦，藏不住什么秘密的。王小二伸了个懒腰，到外面看看雪下得有多大了。一看，原来已有一尺厚了，屋檐的灯也挂了一些雪，那盏鲤鱼灯已经灭了，想必是因为漏了两个洞，风钻了进去，将它扑灭了。没灭的那几盏灯愈发显得光华明媚，王小二猜测这蜡烛也是快烧到尾了，不然这光不会如此蓬蓬勃勃，将死的光总是格外灿烂夺目的。王小二反身进屋，取了几支蜡烛，吆喝着小伙计出去帮他换蜡烛，他想这灯应该亮个通宵才是，否则就不叫"灯节"了。换过蜡烛，又一一点燃，王小二从凳子上跳了下来，抬眼朝锦绣阁一望，发现那里挂了几盏粉灯，不用说，应该是莲花灯了。王小二朝着锦绣阁的灯遥遥地撇了一下嘴，反身回屋，径直朝陈希金那里走去。

　　陈希金吸了两个烟泡，又写了很长时间的诗，看上去面颊潮红，目光如炬。见王小二过来，他就哆嗦着手指推过来一首刚刚写就的诗《灯贼》：在这人世间深重的黑暗中／我终于看见了发光的你们／一个个那么鲜润明媚／像鸽子一样栖在屋檐下／雪来了，在这寒风中／我生怕你会因冻僵／而失却灿烂的笑脸／轻轻用竹竿一挑／让这金灿灿的南瓜／去烛照另一处的黑暗／我是灯贼／是一个盗光者／是一个让光明能撕破更多黑暗的灯贼。王小二笑了，他说："既然你是灯贼，把南瓜灯还给我们烟馆才是。"陈希金急赤白脸地说："看来你白看我的诗了，没有领会它的深层含义。"王小二心想："我领会个屁，我让你进来，不过是为了四喜的事。"王小二问陈希金，他为什么不来烟馆写诗了，难道不喜欢这里了？陈希金仿佛没有听到问话，他翻开笔记本，清了清嗓子，对王小二说："你不是想听我的诗吗，我给你念首《两个人》：一个人在黑暗中行走／黑暗比黑暗本身更黑暗／两个人在黑暗中行走／黑暗就是光明／一个人在寒冷中枯坐／寒冷比寒冷本身更寒冷／两个人在寒冷中相拥／寒冷就是温暖。"王小二听出了点学问，就说："好诗！这是情诗！"陈希金喜出望外地抓着王小二的手说："你真是我的知音啊。你知道我在锦绣阁给那些姑娘们念这诗，她们都捂着嘴吃吃地笑，说是听不懂。她们连这样的诗都听不懂，将来怎么嫁人呢？"王小二别有用心地说："她们就不会嫁人了。从锦绣阁出来的人，大都水性杨花，她们跟男人怎么会实心实意过日子呢？"陈希金立刻反驳道："这说法可不对。姑娘们在锦绣阁，也是身不由己啊，就像四喜，她不管跟了多少人，我还是觉得她干净、纯洁。"王小二插言道："听人说，锦绣阁的老妈妈把四喜许配给了你，什么时候喝你的喜酒哇？""五年之后！"陈希金目光炯炯地盯着王小二，说："我太爱四喜了，自从和她在一起，我写了无数好诗！""我觉得锦绣阁的老妈妈是有意骗你。"王小二不动声色地说："你想想啊，五年之中，这锦绣阁会不会发生别的事，四喜会不会中途跟别人走了，你能预料得那么准吗？"陈希金连说："君子一言，驷马难追，不会的！"王小二想告诉陈希金，锦绣阁的老鸨不过把他当做了杂耍，叫他千万不要轻信任何许诺，话未出口，陈希金忽然腾地站了起来，说："我得赶快去锦绣阁了，四喜说今晚准备了桂花馅的元宵了呢！"说着，也不顾王小二的劝阻和挽留，取了衣帽，大步流星地走了。王小二不由跌坐在椅子上喟然长叹，暗自嘀咕："秀娟，你可别瞎了眼睛啊。"

二

王金堂坐在灶台前一边看火煮豆子，一边捉棉袄里的虱子。捉下来的虱子，就被他扔进了火里。那虱子也是活物，在他棉袄的褶皱中呆得舒舒服服的，养得又白又胖，一落入火里当然是满腔悲愤，临死前要"吱——"地叫一声。王金堂就会说："你叫什么，你喝了我那么多血，死了也值了。"锅里的芸豆被煮得哗啦哗啦地响，陈工头说几个日本军官喜欢吃豆包，让王金堂多蒸一些冻上，随吃随取。王金堂想了想，将锅盖欠了一条缝，把再捉下来的虱子扔进锅里，让它们和芸豆一起煮，到时搅成馅，他们什么也看不出来，照样会吃得香喷喷的。王金堂边往锅里扔虱子边说："你们这帮狗日的，让你们吃点虱子，晚上多做点噩梦。"

王金堂想念他的干儿子祝兴运。去年夏季，整个虎头工事已告完成，陈工头挑了一些身强力壮的留下，派他们到要塞的隧道里做后期整修工作。余下的劳工则被集中在猛虎谷的洼地里，说是给他们举行庆功宴，然后发饷让他们回家。王金堂早就叮嘱过祝兴运，一旦日本人给他们酒肉吃了，那一定是有祸事临头，让他千万小心着点。他还记得那天午饭才过，突然从猛虎山一侧传来一阵机枪扫射的哒哒声，王金堂心下一惊，跑出伙房，只见猛虎谷上升起一片幽蓝的烟雾，他想干儿子一定是死在谷底了。他昨天就见日本人往那个方向运酒和各类熟食，知道日本人要对这群劳工卸磨杀驴，就到工棚去找祝兴运，让他能跑则跑。祝兴运的背已经驼得快赶上王金堂了，头发更是脱落得一根不剩，他苦笑着对王金堂说："往哪里跑呢？跑是跑不出去的了，不如死了干净了。"祝兴运嘱咐王金堂，若是有一天他活着回去，一定要对他的儿女们说，你爸爸是被日本人害死的，死得冤。他们将来哪里都可以去，就是不能去日本，否则他在九泉之下也不会安宁的。他还特别叮嘱王金堂，一定要把杂货铺货柜下的玉器找出来，送给祝岩，待他将来新婚大礼时，把这玉器摆在高堂上，给他磕三个头，算是不白养活了他一场。王金堂觉得干儿子的话晦气，就呸了他一口，说："我才不管你这些闲事呢！"话虽如此说，王金堂还是把他的嘱托牢记在心头。果然那晚上去了猛虎谷的工友都没有回来，王金堂在黄昏时看见了陈工头，本想问一声那些张嘴吃饭的人怎么都忽然不见了，但一想人已经死了，多嘴多舌只会惹来麻烦，且无济于事，也就沉默了。倒是陈工头很亢奋地弹了一下王金堂的脑壳，说："你从今往后清闲了，我们给那些人好吃好喝招待了一通，送他们回老家了！"陈工头在说到"老家"二字时，不由嘿嘿地笑了起来。他一笑，他牵着的那条肥狗就得意洋洋地抖了抖毛，王金堂觉得心疼难忍，眼冒金星，那一瞬间真想捡起地上的一块石子，打烂陈工头的眼睛！但他为了能活着出去，只能咬紧牙关忍耐，于是就说："他们走前还领了饷？"陈工头一听笑得更甚了，他说："是啊，皇军给他们发了饷，还鸣礼炮给他们送行了呢！你没听见哇？"王金堂"哟"地叫了一声，指着猛虎谷方向说："我倒是真听见了响声，哪承想是礼炮呢，在这里听起来就像是上千只乌鸦合在一起叫。"陈工头鄙夷地说："你岁数大了，糊涂了，耳朵也不中用了，那哪里是乌鸦在叫，是皇军的礼炮声！"陈工头朝地上吐了一口痰，板起脸，又不好好说中国话了："你的、从今往后的、要好好地听话，不听话的送老家的有！"王金堂连叫着"长官"，几乎要把身体俯倒在地上表现自己是卑躬屈膝的，陈工头这才神气十足地牵着狗走了。以后的几天，正如王金堂所预料的，猛虎山上乌鸦成群结队地盘桓，那刺耳的叫声令人心惊肉跳。晚风常常把腐肉的气息吹拂过来，王金堂一嗅到这气息就忍不住肝肠欲碎。没有纸钱，王金堂就捡了两张洋灰袋子，将它们清理干净，用手掌将褶皱小心抚平了，然后铰了些纸钱。他怕在外面烧会引人注意，就选择一个夜晚，独自蹲在灶台前将纸钱焚了。他对干儿子说："我知道你走了，走得冤屈，今天捎俩钱给你花花。我说不给你传话给家人，那是骗你的，我怎么能把你的话给忘了呢？你放心吧，有一天我回去了，一定去看你的一双儿女。你在那里，也要好生照料自己，别冻着饿着，反正同你一起走的人多，有伴，不怕寂寞。"王金堂越念叨越伤感，想着春节时祝兴运再也不会来给他磕头了，禁不住老泪纵横。他想这世道是多么不公平啊，这些年纪轻轻的人为什么就让他们轻而易举地丧命了呢？他恨日本人恨得咬牙切齿，可这仇恨只能深深地埋藏在心底。他一定要活着回去，不能不管他的老伴。王金堂每天早晨起来的第一件事，就是冲着新京方向作几个揖，对那片天说："保佑保佑我的老婆子吧，她这辈子命苦，老了老了还摊上这么多赌心的事，她怎么受得了哇？让她等着我，别这病那病的。"之后他每做完一件事，都要自言自语地跟老伴唠叨一番，听得伙房新来的陈大耳朵十分烦躁，骂他："你别一天到晚说鬼话，烦不烦人哪？"李大手爪逃走后，陈工头把陈大耳朵安排进了伙房。他二十来岁，圆脸，浓眉大眼的，看上去很英俊。因他一双耳朵生得蒲扇似的大，人们就唤他为陈大耳朵。他是在河北战场被日军俘获的国民党兵。他们被押解到虎头时是四年前的冬天。王金堂不太喜欢这个年轻人，他懒且馋，整日恶语伤人。王金堂怀念的，是那个绰号叫王司令的王德，可惜他害了伤寒，一命呜呼了。不过王金堂与任何人都能相处得不错，因为他知道容忍。陈大耳朵在冬天时挨着王金堂睡，常把老人的被子盖在自己身上，王金堂也不声张，想想这些年轻人可怜，那棉被絮得很薄，两床合盖在一起才暖和，也就由他去。王金堂晚睡时就穿着棉衣棉裤，只把脚插进陈大耳朵的被筒里。春节过后，王金堂被陈工头给调到他的住处帮厨，说是原来的厨子害了肝炎，送他回家了。与陈工头同住一幢房子的，有五个人，除了陈工头外，其余的都是日本人，他们合用一个伙房。王金堂想给他们做饭虽然清闲，但不如给工友做饭自在，而且在这里又没个可以说话的人，烦闷得很。也许是换了人做饭口味有了变化的缘故，日本人都夸王金堂的饭做得好，常常在他面前竖大拇指。殊不知王金堂一个人在灶房，总是随心所欲地把痰吐在炒菜里，将鼻涕擤进浓香的肉汤里。看着这样的菜端上桌子后他们吃得眉飞色舞，王金堂甚至相信自己的痰和鼻涕是这世上最为珍贵的调料，胆子越发大了起来。有一回陈工头提回来两条新打上来的细鳞鱼，让他煮汤，王金堂索性把一泡尿滋到锅里，然后多添了些水，用慢火煨了起来。一个下午过去，那鱼已被熬成豆渣状，骨肉分离，汤呈奶白色，鲜气扑鼻。王金堂又在上面撒了一层翠绿色的腌香菜，这汤就要颜色有颜色，要味道有味道，喝得陈工头一行人热火朝天的，赞叹这是今生今世喝到的最美的鱼汤。从此后，王金堂就一发而不可收，痰、鼻涕、尿水时常往锅里喷，他自己对这样的菜总是不闻不碰，一般是在菜半熟时，即盛出一些吃掉，余下的便可无所顾忌地施放秽物了。因此王金堂又有了一个重大发现，菜在半熟时远比烂熟时要有滋味。就拿熬白菜和炖萝卜来说，半熟时吃起来那白菜还咯吱咯吱地响，似乎很生，可仔细一嚼，却能品出浓郁的甜味，萝卜在半熟时吃起来味道醇厚，肺腑之间有一种十分舒畅的感觉。王金堂想，自己给他们做饭也划得来，让他们每天享用着他身体的"垃圾"而却大赞甘美，他自己也混得一副好下水。这样体力一充沛，他熬出头的可能性就越发大了。王金堂在陈工头这里做事，惟一的遗憾就是寂寞。以前在劳工伙房，虽然他和陈大耳朵相处不融洽，他动辄骂他："你个老不死的，长得跟个虾米似的！""你个糟老头子，晚上放屁熏死我了，我以为睡在了茅房里！

难道你妈养你时没给屁眼儿安个把门的？"王金堂逢到此时只是咳嗽几声，算是抗议了。他想陈大耳朵年轻力壮的，却被囚禁在这里，心里火气盛，出言不逊也实属正常。王金堂曾跟陈大耳朵说，你不也是从战场上下来的兵吗，应该向李大手爪学习，想方设法地逃出去。陈大耳朵就火冒三丈地说："啊，你是想让我被他们抓住，送到狗圈里去喂狗啊？"王金堂后来仔细琢磨，认定被俘过一次的士兵，绝不敢贸然逃走，因为他们心头老是有被俘的阴影。他们只能得过且过地挨日子了。王金堂从劳工伙房离开的那天，陈大耳朵有些恋恋不舍地问王金堂："你什么时候回来啊？"王金堂说："那个伙夫得了肝炎，他养好了病，我不就回来了！"陈大耳朵说："我看那人就是把病养好了，他们也不会用他了。谁愿意用一个得过传染病的人呢？"王金堂安慰他说："放心，他们用我一段就会够了，你看我这模样，远处一看跟个四脚着地的驴似的，谁看了心里不堵得慌，还能吃得下饭吗？"陈大耳朵不由被这话逗笑了，笑过之后他一本正经地说："你要是不想在那里长干，就把那饭菜做得比猪食还难吃，这样他们忍受不了几天就把你开回来了。"

　　王金堂把棉袄里的虱子捉了个彻底，悉数扔进锅里后，就续了把柴火，让火更旺些，锅里的豆子已经半熟了。他不知这虱子馅的豆包是否能赢来满堂喝彩。昨夜他梦见了干儿子，他站在一堆瓦砾前，提着个空的白铁皮盒，说是要挖蚯蚓去钓鱼。王金堂问他去哪里钓鱼，他指着自己的嘴愁眉苦脸地摇摇头，似是有苦难言的样子。王金堂记得出事的前几天，干儿子满嘴起了燎泡，舌头也烂了，根本吃不下东西。王金堂想要是在外面就好了，可以到药铺抓几味泻火的汤药煎了吃。他不明白干儿子去阴间的日子也不短了，照理说那里也该有药铺的，怎么还没治好口舌上的毛病？捉完了虱子，他再次想起每年春节在灶房的呵气中祝兴运跪下给他磕头的情景，王金堂忍不住唏嘘泪流。他想杂货铺的女主人真是命苦，丈夫就像天上的一朵云似的，刚才还有模有样地呆在那儿，说散也就散了，而且是连个影儿都没留下。老人明白一个夏季过后，猛虎谷的那些尸首，早已化成了累累白骨，又怎能分得清张三李四呢。想到干儿子，王金堂满腔仇恨，他已十几天没洗脚了，干脆就打来一盆热水，将双脚浸进去，洗了个尽兴，然后掀开锅盖，不由分说将洗脚水倒进去，这才觉得有些解气，现在锅里的豆子更难煮了，因为水添得过多，豆馅怕是要稀的，王金堂拼命往灶坑里添柴火，弄得灶房里呵气缭绕，雾蒙蒙的。

王金堂没有料到，当晚出锅的豆包，竟是吃得几个人都连声叫好，陈工头更是吃得鼻涕都流下来了。王金堂不明白又没有喝酸辣汤，也没有发了芥末来吃，怎么会催下他的鼻涕？陈工头自己说，他打小的时候，只要是吃了特别香的东西，就要抑制不住地流鼻涕。王金堂不由暗自骂："你他妈干啥都是各路的！"

伙房的东西，都是陈工头专门分派人买来的。他们一周总要吃一只鸡，炖一回肉骨头。送菜的是虎林镇一个叫王三的矮个男人，他每回来都赶着架马车，马车上放着两个麻袋，一个麻袋放着不怕冻的东西，如鸡、鱼、肉等，另一个麻袋则放着怕冻的蔬菜，如土豆、白菜、圆葱等等，里面塞了厚厚一层棉絮。即便如此，天气冷得冒白烟的时候，那蔬菜还是有冻伤的地方。王金堂就对王三说，以后再来送菜，就选择好天气的日子，省得坐在马车上挨冻。王三四十来岁，有四个孩子，全是丫头，他罗圈腿，大粗脖，以前当过兽医。王金堂问他买东西的钱陈工头是按月给他，还是半年结算一次。王三一龇牙说："不按月结的话，我哪里有钱给他们垫！"王三说，陈工头每月都给他一些钱，叮嘱他该买些什么，王三就在这些钱里精打细算地省下点。"他不再给你别的工钱？"王金堂问。"那当然得给了，要不我怎么能遭这么大的罪，死冷寒天地往这送菜呢？"王三戴着狗皮帽子，穿双黑色棉靰鞡，棉袄棉裤都被磨得油光锃亮的，好像足有五六年不曾拆洗过。他卸下东西，总是递过来一张清单，让王金堂一一过目，然后在上面按个手印，他好跟陈工头去结账。王金堂不认识几个字，王三说那单子上写的是"鸡"他就当是鸡，是鸭就当是鸭，反正"鸡鸭鹅狗"这几个字长得挺像，就像几胞胎似的。他想王三肯定从中做了些鬼，他也就装糊涂，想着赚小日本的钱是天经地义的，所以让他在哪里画押他就在哪里画。王三由此喜欢上了王金堂，卸过货，他总要蹲在灶台前边烤火边抽烟和王金堂唠嗑。王三很怪，他从不坐凳子，爱蹲着，他说在家吃饭时也蹲着。王金堂便说："你整天这么个拉屎的姿势，你老婆不埋怨你？"王三就"呸"地吐口痰，很不屑地说："她还有资格骂我？她那玩意儿又不争气，生一个是丫头，再生一个还是丫头，白瞎我那么好的种子了！"听得王金堂不由笑起来，说王三："你不过才养了四

个丫头，又不多，再养下去，就会有儿子了！"王三一龇牙说："我
也养不起那么多了，将来招个上门女婿算了。"王金堂说："虱子多
了不咬人，孩子多了好养活，不过是多添双筷子，愁啥？"说得王
三似乎又要动了让老婆生孩子的念头。王三每回赶着马车来，岗哨
的人知道他是送菜的，就随他大摇大摆地进出。王金堂觉得跟王三
搞好了关系，就有可能逃出魔窟。别的不说，王三回去时把王金堂
装进麻袋里，就会轻而易举把他带出去。岗哨的人怎么会在意马车
上的麻袋呢？但问题是，万一陈工头查出是王三帮助他出逃的，可
能会迁怒于他，使王三倒霉。王金堂不想连累任何人。王三有时也
打听王金堂的家世，问他从哪里来，家里还有些什么亲人？王金堂
回答得总是闪烁其词，因为他怕万一王三是陈工头的死党，自己所
说的每一句话都会被报告上去，一不留神殃及了家人怎么办？对王
三，他还没有十足的把握。王三卸过货，抽上一袋烟，身子暖和了，
就张罗着回去。每回走他都要问王金堂一句："下回给你捎点啥不？"
王金堂自然是什么也不需要。他想什么时候应该跟陈工头说说，让
他同意自己跟王三进一趟城，就说是帮王三采购食品，也许陈工头
会头脑发热地答应了。到时他就可以从虎林镇溜走，陈工头便不会
怪罪到王三身上。因为他是个大活人，长着腿，王三又怎能每时每
刻看着他呢？

　　机会终于来了。陈工头有天回来得晚，王金堂在灶房特意为他
做了鸡丝面，炸了一碗黄酱，洗了些白菜心让他生着蘸酱吃，陈工
头足足吃了两海碗面，夸王金堂厨艺好，说是哪一天他成了家，一

定让他去他家里当厨子。王金堂在心里骂："我才不伺候你个龟孙子呢。"嘴上却说："能给长官做事，是我前世修来的福分。"陈工头听得心花怒放了，他问王金堂怎么罗锅成这副样子，是天生的吗？王金堂说："我娘怀我时天天背东西，压得腰都弯了，结果我一出生就是这个样子。"陈工头越发笑得不可收拾了。王金堂趁机提出想跟王三进一趟城，灶房里该买一些调料了。比如大料、花椒、桂皮、茴香、辣椒等等。陈工头说："这些东西让王三买了就是了，你不用操心了。"王金堂就说，买这些调料最好是他亲自去，大料要买角多的，花椒的颜色要鲜亮的才新鲜，桂皮的表皮要光滑的，辣椒要选取那些又尖又小的山椒。总之，他去才可以买到称心如意的东西。陈工头说："那可不行，这里有规定，凡是进来的人，不能再出去。"王金堂当然明白指的是什么，在这里的劳工，后期进山洞里作业时，都要被蒙上眼睛，到了工作现场才摘下眼罩。据一些工友说，山洞里的甬道七扭八拐的，很复杂，好像走也走不到头。王金堂想自己又没有进过山洞，哪知里面的秘密设施呢，于是就对陈工头说："长官，你也知道，我打来了这里，一直在伙房干活，那山洞我是一回都没进去过哇，你不用担心。再说我进了城，能去哪里啊，一个人都不认识，跟谁说话啊，长官说是不是？"陈工头说："你进城那半天，还不得耽误一顿饭？我们吃什么？不行不行，你只能呆在伙房里。"王金堂的心凉了，然而他仍未放弃努力，他哀求陈工头："你就让我去一趟吧，我提前把中午的饭做好，放在锅里，中午你们回来点把火热热就行了。"陈工头却斩钉截铁地说："不行，哪儿有我们自己回来热饭吃的！

你要在这里不好好干，送回原来伙房的有！"气得王金堂想下回我再给你做鸡丝面，一定把屎搅进去。当晚他睡觉时，就拍着枕头在心里跟老伴说："唉，原想着这回能找机会跑出去，看来是不行了。你也别着急，我再想法子。实在不行我就披张狗皮，当条狗溜出去。"虽然是一句玩笑话，可王金堂却蓦然觉得这也不失为一个办法。

王金堂的住处就挨着伙房，是一铺小炕，由于连着灶房的灶台，只要一点火做饭，这铺炕就热，躺上去十分舒服。他不知老伴是否也能睡上热炕。他想与王三搞好了关系，也许能托他从虎林镇带个消息回去。他不会写信，可以把地址告诉王三，由他全权操办。如果有人刚好去新京，替他去看看老伴就更好了。这样一想，王金堂就觉得王三是一条彩虹，是一线光明，是一条令人眼亮的通道。想着他下次再来时，自己签单过目时就把一只鸡说成两只，三条鱼说成五条。反正这些东西埋在屋后的雪地里，陈工头又不去验证，如果他真的起了疑心，就说让黄鼠狼给叼跑了一只。陈工头怕黄鼠狼，恭敬还来不及呢，黄鼠狼糟蹋了东西，他连个屁也不敢放。

这天飘着小清雪，太阳在灰蒙蒙的云层里还未全部隐去，未被云彩遮住的部分透着水色的亮光，一片一片地就像洁白的羽毛。没有风，那雪花细碎得就像白米粒，簌簌簌地静静飘拂着，很轻柔，很浪漫，又很逍遥。王金堂在户外往灶房抱柴的时候，忍不住对着雪说："老天要是能下白米就好了，这世上就没有穷人了，日子也就好过了。"不过转而一想，不劳而获会惯坏了绝大多数人，王金堂又说："那就得把大批人变成懒人了，还是让他们多干活的好。"

正说着，猛听一阵马车前行的声音传来，知道是王三来了，就喜出望外地把柴火抱了进去，然后出来迎候他。王三果然赶着马车慢悠悠地驶向灶房前的空场，他的狗皮帽子的护耳和额上的帽遮都挂满了白霜。王三从怀中掏出一个扁扁的铜壶，拧开盖，呷了一口酒，似是很自在的样子。他"吁——"的一声停下马车，王金堂连忙上前打招呼，说王三："一个多礼拜没见，你倒是气色好看了，也显精神了！"王金堂想人都爱听好听的，先夸他两句，等他心花怒放了，求他办事才具有稳妥性。

王金堂帮着王三把两个麻袋里的吃食卸进灶房，然后特意倒了碗开水让他喝着暖身子。王三按照惯例递过来一页纸，让王金堂过目画押。王金堂指着那鱼的栏目说，"这上面写的是十斤鱼哪！"王三眨了眨眼睛，点了点头，然后说："怎么，不对？"王金堂故意指着地上那几条冻得硬邦邦的狗鱼说："依我看，少说也有十五斤啊。"实则那鱼撑死也就六七斤的样子。王三大喜过望地说："那你改成十五斤吧！当初称鱼的时候，我出去撒了泡尿，回来人家说是十斤，我也估摸着不对，不过我想大家都不容易，赚点就赚点吧！"听他的口气仿佛他王三倒是一个善于施舍的大慈善家了。王三改过鱼的斤数，王金堂画过押，他们就蹲在灶房前聊天。王三说他前天把老婆打了一顿，因为她把一锅豆子给炸煳了。王三说好不容易弄了几斤芸豆，想着过年时孩子们没吃上豆包，就让老婆蒸两锅，谁料她架上柴火焯了个半熟后邻居求她给鞋上帮，走前又添了些火，等从邻居家回来，粉红的豆子都成了黑豆了，灶房里满是煳味儿。"这样的娘们儿我不揍她，还留着她？"王三骂着，仍是满腔的怒火。王金堂想户外还冻着不少虮子馅的豆包，要不然送他几个？想想王三的家人又没伤害他，吃那种豆馅不仁义，也就罢了。王金堂渐渐把话题往家人身上拉，最后说他有个老伴在新京，怕是没人照管，死活不知，想托王三在虎林求人修书一封，报个平安。王三说："这有何难？"于是就要下了王金堂家在新京的地址。王金堂对王三千恩万谢的，简直要跪下给他磕头了。王三很仗义地对王金堂说："谢啥？咱哥儿俩能有缘碰到一块，这是老天爷的安排，这点事不算什么，不过是打封信，跟家里人说你如今活着，过得挺好，早晚有一天会回去的。"王金堂来了虎头之后的几年，头一次这么心境明朗。他捡了两条狗鱼塞到王三的棉袄里，说："拿着，回去给丫头们炖炖吃！"王三喜滋滋地出了灶房，赶着马车，哼着小调走了。出了岗哨，他就朝地上吐了一口痰，骂："你个王罗锅子真是想得美，我才不花钱托人给你写信呢！这世道多一事不如少一事，谁管谁啊？妈的！"

王金堂想虽然王三答应帮他写信寄给家人，他也不能便宜了陈工头。他一直琢磨陪伴陈工头左右的那条大狗。它虽然有些老了，但依然身手敏捷，遇见陌生人时总是眼露凶光，不知吃了多少工友的骨肉。王金堂想这狗只能怂恿住在这里的日本人来打。日本人里有个矮个子，面色红润，心直口快，能喝酒，饭桌上老是听他叽里呱啦地说个不休，他食欲特别好，嘴馋，汉语说得比其他几个日本人要流利得多。有一天他回来得最早，王金堂就左一声"长官"，右一声"长官"地和他搭讪，问他想吃什么。这人便问王金堂做什么菜最拿手。王金堂连忙说他做狗肉是天下一绝，肉炸烂了用干辣椒、黄姜、酱油等干熏，剔下来的骨头则用来炖汤，将骨头熬它三个小时，熬得快酥了，然后撒上姜、葱、蒜、香菜、辣椒的碎末，那汤喝起来就算是皇上也得叫好。接着，王金堂又看似无意地说其实陈工头的那条狗最适合吃，看着十分肥美，味道定然不同凡响。王金堂充分提示够了，就在灶房忙他的活去了。晚饭时陈工头牵着他的狗回来了，那狗进了灶房就往王金堂身上扑，伸出舌头舔他的脸，它和他已混熟了。王金堂顺手扔给它半块饼子，它接了后摇头摆尾地叼着跑了。大约十分钟后，王金堂听见灶房外传来一声清脆的枪声，他正纳闷着，那个矮个子日本人进了灶房跟王金堂说，陈工头的狗已经被打死了，让他赶快拖回来剥皮。王金堂扔下手中的活，出了灶房，只见灰暗的天色中陈工头站在死狗前垂着头，似是十分哀伤的样子。王金堂走过去一看，这狗已经毙命，那日本人枪法极准，只一枪，打到了脑袋最要害的部位。王金堂想狗要勒死的才好吃，用枪打死的味道要差得多。他攥住狗的两条后腿，把它往灶房拖。那狗还有余温，使王金堂觉得手心发热，他的心不由抽搐了一下。他拼尽全力拖着它，所经过之处由于狗头不住往出渗血，竟然形成一道曲曲弯弯的血线，在蒙昧的天色中，看上去就像是一条长长的蛇在妖娆地爬行。

三

积雪消融后，街头巷尾就全是泥泞了。宛云和阿永到餐馆送酱菜，便与这泥泞纠缠不清了。独轮车的辐条裹满了泥浆，越积越厚，到了一定程度辐条承受不住了，那泥巴就破罐子破摔似的落到地上，重回到泥泞中去了，期待着下次再搅到哪辆车的辐条上去，跟着吱扭扭地转圈玩。

宛云和阿永在一起相处得十分和睦。这几年他们一个睡炕头，一个睡炕尾，互不相扰。只要阿永偶尔凑到她面前，宛云就吓唬他，说是永远不理他了。二月初二不再领他剃龙头，正月十五也不领他去看花灯了，阿永就很听话地乖乖回到他的被窝。不过冬季外面北风呼啸得甚为嚣张时，阿永便坐在宛云枕畔，握着她的手，说是怕她夜里蹬被子凉着，要随时给她盖被子，使得宛云好生感动，平素对阿永的照顾也就更为精心些。始终让他的衣着整洁着，几乎不让他独自出门，怕别人欺负他，骂他是"傻瓜"。宛云和阿永最早一起送酱菜时，有些饶舌的小孩子跟在后面嚷："大傻瓜，小媳妇，推着小车送酱菜，一送送到天黑黑，拿着星星当馍吃。"阿永也知道这傻瓜指的是他，就气咻咻地回头骂："你们才是大傻瓜呢！"

酱菜园这两年的生意越来越冷清，许多餐馆都不订南市街酱菜园的酱菜了。但因为以往赚头不少，家中亦有积蓄，因而逢到年节那锅也是油汪汪的，灶房里飘着香味。宛云每年也能添置两套新衣裳，穿起来十分眼亮。走在街上时，就有人跟在她屁股后面喊："小妹妹，穿花衣，蒙上盖头上我家。"宛云对这样的无赖从不理睬，连头也不回，一任他们自己说累了，无趣地走开。

送过两家酱菜，已经快中午了，宛云答应过阿永，要将今天卖酱菜的钱用来吃包子。他们推着独轮车，吱扭扭地来到王记包子铺。这家包子铺是清真风味的，久负盛名。包子皮薄馅大，主要以牛肉白菜、羊肉萝卜两种馅为主。此外还兼营一些酒肴，如百叶、牛肚、牛舌、羊肝、羊心、羊蹄等熟食小菜，味道很好。阿永喜欢吃羊肉萝卜馅的包子，一个包子有拳头那般大，阿永一顿能吃八个。吃过后满嘴都是膻味，宛云若是闭上眼睛，就以为身旁跟着一只羊。而宛云最多只能吃两个。王记包子铺的回族女主人蒋秀云认得他们，阿永一进包子铺，她就叫道："唉哟，阿永，你终于来了！我估摸着你有一个月没来了，肯定馋包子了，是吧？"阿永嘻嘻笑着点头，朝墙角的位置走去。阿永无论在哪儿吃东西，都不喜欢临窗，说是看着过往行人都饿得又黄又瘦的样子，他就吃不下去了。阿永坐定后，宛云把独轮车锁好，也跟了进来。蒋秀云因着宛云的名字中也有个"云"字，见着她总是热情洋溢的，她说："宛云，你真是出落成大姑娘了，多俊啊。"宛云穿件红底黄花的麻绸面袄罩，扎两条羊角小辫，脸色粉嘟嘟的，看上去娇媚可人。宛云笑笑，跟蒋秀云说要十个羊肉萝卜馅的包子，此外吃包子的调料里要多放些蒜泥，阿永喜欢吃蒜。蒋秀云叫了一声："阿永可真有福气！"宛云落落大方地走到阿永旁边坐下，也不管屋子里有的食客用异样的眼神打量他们。

阿永有个怪癖，若是时间久了未吃到好东西，夜里就会馋得直流涎水，涎水能把枕头打湿了。这时宛云就得跟朴善玉说，该领阿永去馆子吃点什么了。朴善玉近两年衰老得很快，头发白了许多，面上皱纹重重，脸色灰黄，似是十分忧虑和疲惫的样子。宛云进了酱菜园，她虽然不对阿永操太多的心了，但是心里一直对宛云放心不下。她眼见着宛云一天天长高，模样越来越俊秀，街坊邻里都夸宛云长得像朵鲜花，夸过后眼里又都流露出某种悲天悯人的神色，朴善玉便明白这些人心底在说"真是一朵鲜花插在了牛粪上"。她明白宛云是十分招惹人的，寸草理发店的王大疤拉，以往与李金全家并无接触，自打他老婆跟日本人去了东洋，王大疤拉就每隔半个月都要来酱菜园两次，一见了宛云就两眼放光，腮上的肉激动得像拉磨的小毛驴的屁股，一颤一颤的。在朴善玉看来，宛云即便有一天红杏出墙，也不会跟王大疤拉这种又老又蠢的货色，倒是开着照相馆的耿同仁的儿子耿舒非，在朴善玉看来对宛云最具诱惑性。耿舒非在奉天读大学，每年的暑假都回新京。李金全与耿舒非的父亲耿同仁交往甚密，耿舒非每次回新京时都要抽空来酱菜园看望李金全。耿舒非初见宛云时，是个细雨缠绵的夏夜。朴善玉还记得她和宛云坐在厅堂里打袼褙，预备着给阿永做两双结实耐穿的鞋，这时耿舒非来了。耿舒非打着把杏黄色的油纸伞，在进门的一瞬才收束了伞。他见了朴善玉说了声"伯母好"，然后微笑着走进室内。宛云坐在板凳上，正把一块块碎布抹了糨糊往袼褙上粘。见耿舒非进来，她惊诧地抬起头。朴善玉注意到宛云与耿舒非四目对视良久，直到她搬过椅子唤耿舒非坐下。事后朴善玉问宛云为什么看到耿舒非显得格外吃惊，宛云淡淡地说："我没有想到下雨天家里还会来人，当时就吓了一跳。"朴善玉对这解释更加疑虑重重，想一定是宛云看到耿舒非长得又高又帅，眼前一亮，才会出现惊异之色。她琢磨着选择一个适当的日子，大张旗鼓地给阿永和宛云办上几桌席，让所有人觉得宛云与阿永的婚姻是板上钉钉儿的事，旁人休要再插足。朴善玉还单独教诲儿子，宛云是你的媳妇了，晚上睡觉要一个被窝里，想干什么就干什么，不要在意宛云是否乐意。阿永就很气愤地"呸"她一口，说："云是好人，不能欺负云。"弄得朴善玉无可奈何，只能徒自叹息，想着如今她活着能帮阿永看住宛云，若是有一天自己一命呜呼了，宛云还不得明目张胆地出去寻欢作乐。每每一想到阿永有一天会戴上一顶沉甸甸的绿帽子，朴善玉对宛云就没有了好声气，动辄指责她，什么衣裳穿得太鲜亮了，炕面擦得不干净了，被子叠得没有棱角了，等等。宛云从不为自己辩解，朴善玉说了她，她会立即换下鲜亮的衣裳，岂不知这衣裳还是朴善玉亲手为她买下的。虽然说炕面已擦得油光可鉴，纤尘不染，她还会温顺地提着抹布仔细再擦一遍，弄得朴善玉倒有些不好意思了，心想还是自己儿子不争气，宛云又有什么错呢？

正午的阳光明亮而又柔和，包子铺里洋溢着温暖的气息。阿永已经一口气吃下三个包子，因为吃得急，噎得直打干嗝儿，宛云连忙端水让他顺顺嗓子。宛云吃东西总是慢条斯理的，尤其是陪着阿永在馆子里，就要吃得更慢。否则阿永一看宛云先吃完了，定然要把余下的包子都推到宛云面前，让她多吃。宛云见蒋秀云端着碗热气腾腾的汤过来了，蒋秀云对宛云说："这汤给你喝，羊杂碎汤，鲜着呢，吃了补身子。"蒋秀云笑着放下汤碗。每回宛云来这里，蒋秀云都要免费给宛云一碗汤喝。蒋秀云常挂在嘴上的一个故事就是有个儿媳待婆婆不好，每回宰鸡熬了汤，一丝肉都不给婆婆吃，只把汤端给她，而自己则提着整只鸡大快朵颐。几年下来，受了虐待的婆婆又白又胖，白发变青丝；而儿媳则又黄又瘦，两鬓斑白。儿媳这时才明白，原来鸡汤的营养远远高于鸡肉哇。蒋秀云讲完这个故事，总是总结性地说一句："俗话说，一碗鸡汤一碗血啊，汤是人活命的根本哪。"宛云才不想那么多呢，在她看来，能够吃饱肚子，能够使阿永不惹是非，便大吉大利了。蒋秀云也许是受了汤的滋养，看上去像她讲的故事中的婆婆一样，面色新鲜，发丝润泽，就连笑影也仿佛带着充足的营养，分外明媚。她对宛云说，昨天馆子里来了个穿戴别致的女人，上身是一件水红色低领毛衣，下身是一条蓝色直筒式薄呢裙，脚蹬一双皮靴，腕上挂了一串叮当作响的各色镯子，向人打听一个叫朴善玉的朝鲜族女人。宛云正喝着羊杂碎汤，心下一惊，忙放下汤碗，说："她找的是我婆婆呀。"蒋秀云说："我跟她说了，南市街有一个酱菜园，那儿的女主人就叫朴善玉，让她去那找，她没去吗？"宛云摇了摇头。蒋秀云就不以为然地一笑说："兴许她要找的不是你婆婆，朝鲜人里叫朴善玉的多着是呢。"宛云便问："她多高？长的什么样？"蒋秀云说："看上去跟你婆婆差不多一般高，很瘦，虽然是打扮了，脸上看着还是很憔悴，像是走了很远的路，不过她眉眼生得好，若是多在我这喝几碗羊杂碎汤，保证她是一个人见人爱的美人儿！"蒋秀云说完，丢下一片笑声，又回灶房忙活去了。宛云觉得这事有些蹊跷，就想着回家后，一定要跟婆婆说说，没准儿真是她过去的亲戚寻亲来了呢。

　　宛云的眼前又悄然浮现了耿舒非的影子，想起他看自己时那热烈而又幽怨的神色。近一年来，只要是闲下来，仿佛生活一下子就出现了裂缝，耿舒非的影子肯定会趁机而入，直飘向她心底。他高大、英俊、沉静，面色略微苍白，谈吐得体，使宛云对他抱有深深的好感。宛云还记得春节后耿舒非结束寒假回奉天的前两天，他来酱菜园，刚好婆婆和阿永都不在，宛云坐在窗前拿着竹撑给窗帘绣几只金鱼。耿舒非走到宛云面前，宛云只觉得心跳加快，面颊发烫，她不知所措地站了起来，不知是该先给耿舒非倒水还是先拿椅子。耿舒非也略有窘态，他对宛云说，我想邀请你去我家的照相馆，让父亲给你单独拍几张照片，宛云连说不麻烦了，她不想照相，而且相片对她来说也没什么用。耿舒非说："你说话老是一副大人的腔调，其实你还只是个小姑娘，要懂得美。你留下几张好看的相片，将来年纪大了一看，心里肯定很喜悦。"宛云心想，若是真的活到了老眼昏花时看当姑娘时的照片，有的只能是忧伤，不可能是喜悦了。耿舒非见说服不了宛云，也就不勉强。宛云给耿舒非搬了椅子又倒了茶后，依然坐在窗前绣金鱼。不过她开始心慌意乱了，不该多下针的地方用足了针，使两只金鱼的眼睛大得跟紫葡萄似的，耿舒非走过来看了一眼宛云手中的活，笑道："这金鱼眼赶上牛眼大了。"宛云不由"扑哧"一声乐了，耿舒非就垂下头大胆地吻了一下她的额头，轻声说："云，我喜欢你，你等着我大学毕业。"那一瞬间，宛云只觉得四肢冰凉，脑袋发木，眼前一片白茫茫的，仿佛自己正端坐在云彩上。等她的意识逐渐苏醒，内心有一种久违的感动使她想大哭一场时，阿永提着串鲜红的辣椒又跳又叫地进来了，他左一声"云"，右一声"云"地叫着，宛云只得上前招呼他。朴善玉见耿舒非在家，神色便有些不悦，吩咐宛云到张运田家，把前几日借他家的一只罗筛还回去，宛云知道这是借故支开她，但又不得不从命。那罗筛只有脸盆大小，借来是给阿永算命的。张运田是个算命先生，如今已经九十多岁，抱病在床亦有几年，早就糊涂得不知魏晋了。不过左邻右舍的还是迷信他，他用过的算命器具，人们认为依然有灵性，逢到有什么事化解不了，就借来一用。那罗筛就是其中之一。罗筛的中央固定着一道细长的铁丝，就像颗狼牙似的，做法时由两个童子一左一右托着罗筛，在案板上均匀撒上一层白面，问卜的人念叨着欲求之事，童子的手臂开始动来动去，那道铁丝就在面上画下一些图形或写下一些字。宛云记得那天出现的图形类似一个独轮车，旁边还写着个"转"字，朴善玉神色大悦，说是儿子将来定能开窍，会继承酱菜园的事业。那两个托罗筛的童子，是从邻居家找来的，一个五岁，一个七岁，托过罗筛后五岁的孩子跑着出去撒尿，而七岁的则没忘了朴善玉对他的许诺，朝她要糖吃。宛云觉得婆婆做这些事实在是自欺欺人，阿永就像一锅彻底混了的汤，不可能再清的了。宛云到张运田家还过罗筛，就风急风火地赶了回来。不出她所料，耿舒非已经被婆婆打发走了。婆婆见了宛云说："如今的大学真是上不得，你耿伯伯对我说，舒非在外面很能花钱，不好好读书，去年还交了女朋友，说是今年暑假要带着回来呢。哼，这种儿子，我看是白养，说出去挺光彩，一个大学生，可实际上呢，又赔钱又沾不上一点光，没什么用处！"听她的口气，好像只有阿永是有用的。宛云对婆婆的话将信将疑，因为耿舒非留在她额上的吻还热着呢。以后的日子里，只要她静坐独思，耿舒非的影子就像河底的红鱼一样悄然浮出水面，在她心底泛起阵阵涟漪。那印过热吻的地方，常常在夜深人静时微微发热，仿佛有只蝴蝶落在了上面，她这才明白，思念是如此美丽而疼痛。

阿永吃完了包子，宛云因为心思在别处，包子只吃下一个，汤也剩了多半，她唤阿永把它们都打扫干净，否则浪费了可惜。阿永的胃想来有和尚的布袋那样宽大，他听话地把它们全都收归腹中。宛云便和阿永一前一后走出包子铺，推起门口的独轮车，吱扭扭地朝南市街走。街巷中的泥泞再次与他们遭逢，独轮车的辐条上很快又沾满了泥巴，转起来格外沉重。

宛云回到家里，才进厅堂，就见婆婆两眼哭得通红。藤椅里坐着个陌生女人，她穿一件水红色低领毛衣，脚蹬一双皮靴，头发乱蓬蓬的，看上去风尘仆仆。朴善玉带着哭音将阿永领到那女人面前，让阿永叫"姨"。阿永看了一眼那女人，嘻嘻笑了两声，开始不迭声地叫"姨"，直叫得那女人流下了泪水。宛云想，这一定是蒋秀云跟她提起的那个女人了。阿永叫过"姨"，朴善玉又把宛云推到那女人面前，对她说："这是阿永的媳妇，叫宛云。"宛云便也叫了一声"姨"，然后盯着那女人看。朴善玉对宛云说，这是她失散了多年的妹妹，如今从朝鲜过来找她，要在家中长住了。宛云"哦"

了一声，心想她是你亲妹妹，当然想住多久就住多久了。宛云见那女人涂着很厚的脂粉，指甲也染红了，就想起了王大疤拉的老婆，心中对这个从天而降的姨也就没什么好感。当晚，李金全回家吃饭，见餐桌旁多了一口人，而她又与妻子的模样十分相似，心中便明白了八九分，想一定是小姨子从朝鲜过来了。果然，朴善玉指着李金全对妹妹说："这是你姐夫。"宛云见她张着嘴半晌叫不出"姐夫"来，便明白一定是公公的斜眼把她吓着了。

　　天气一天比一天热了，树发芽了，街巷中的泥泞也就作古了。宛云有回偷听到婆婆与她妹妹朴善姬的谈话，知道她是从满洲北部军队驻所逃离出来的，在那里为士兵提供性服务。朴善姬对姐姐说，她最多时每天要接待二十几个士兵，每个士兵规定时间不准超过半小时。那些士兵很疯狂，肆无忌惮地蹂躏她，一天下来，她连喝水的力气都没有了，下身疼得都坐不住了。宛云听到此时不由鼻子一酸，对朴善姬的同情油然而生。公公却不然，他对这个新来的小姨子似乎很鄙视，同桌吃饭时从不看她一眼，与她擦身而过时总要扬扬脖子，一副不屑一顾的架势。朴善姬对此并不计较，她对李金全依然递上笑意，在酱菜园勤勤恳恳地工作着。宛云很快喜欢上了她。宛云想公公一定知道了朴善姬的遭遇，不然不至于对她如此冷漠。朴善姬很爱洁，她提着个铁桶和抹布，把酱菜园所有的玻璃窗都擦拭一新，看上去明亮极了。然而老天爷一点也不体恤她的劳动成果，第二天就下了场春雨，想必是空中尘埃太多，那雨滴裹着灰尘，落到玻璃窗上后形成了一道道泥印，天晴以后一望，像是绽放着鹅黄色小花的迎春的枝条，朴善姬只好再重擦一遍。朴善姬只呆在家中，她不出门，家中若是来了客人，她就躲到宛云的屋子。她喜欢为宛云梳辫子，有时梳两根，有时梳四根，还有时费尽心思地梳上十几根，使她的头看上去就像吊着无数串大蒜辫子。朴善姬爱心口疼，疼起来嘴唇发紫，面色发白，呼吸短促。宛云这时就急得直掉眼泪。朴善玉多次让妹妹去看看病，可朴善姬总说没什么，疼过一阵就好了。也的确，她的心口疼发作时最长不过半小时，之后她的气色就好看了，又像平常一样动作敏捷地忙活去了。宛云问她心口疼是怎么个疼法？朴善姬笑着指着心口说："就好像这里面有什么东西在对你一抓一抓的。"宛云便想这感觉她也有过，那是在她陷入黑暗之中思念耿舒非的时候。

　　暮春的花香气越来越像烈火那样浓郁的时候，耿舒非突然回新京了。他提着包点心，兴致勃勃地来酱菜园。时值傍晚，宛云正和朴善姬在灶房煮毛豆，只见阿永嘻嘻笑着进来了，他扯着宛云的衣袖，说："云走。"宛云就随着他来到厅堂。一见耿舒非，脸颊就发烫。耿舒非看上去黑了，也壮了，他把点心递给阿永，无限怜爱地问了宛云一句："你好吗？"宛云不知该怎样回答他，只是不断地把自己的湿手往衣襟上蹭。耿舒非解释说，学校有一个月的"勤劳奉仕"期，去修公路，有三天的空闲时间，他就赶回新京来了。阿永已经把点心盒的盖子掀下，狼吞虎咽地吃了起来。耿舒非趁宛云的其他家人没有在场，走近她小声说："晚上八点我在南市街口的米店门前等你，你一定来啊。"宛云说："我是不能随便出去的，除非带着阿永。"耿舒非说："那你找个借口，想个办法，绝对不能带着他，你要单独去，我就是等到深夜也要等你。今天出不来，就明天，好吗？"耿舒非话音刚落，朴善姬从灶房过来了。宛云连忙给他们相互做了介绍，朴善姬笑盈盈地对耿舒非说："我听姐姐讲起过你，说你是个大学生，在大学里有一帮女孩追求你。"耿舒非窘了一下，脸微微红了。宛云很纳闷儿，以往家中来了客人，朴善姬总是躲着不出来，为什么今天却破例地主动出来了呢？兴许是婆婆叮嘱过她，让她暗中监视自己，不要单独和男人往来？宛云想起十天前王大疤拉来时，朴善姬也是突然从灶房闪了出来，弄得王大疤拉神魂颠倒的，他是对朴善姬一见钟情了。其后的两天，他连续两天登门造访，求朴善玉把妹妹许配给他，朴善玉便搪塞他，说朴善姬在故乡有丈夫，过两三年就会回去。王大疤拉就急不可耐地说："那她这两三年在这也是白闲着，不如先跟了我，回去再找她的男人！"朴善玉待王大疤拉走后，气得咬牙切齿地说："我妹妹就是这辈子没人要了，臭在家里，也不嫁你这种货色！"

耿舒非一直等到李金全夫妇回来，打过招呼，问过好，这才起身告辞。阿永已经把一盒点心都吃空了。朴善玉说："舒非这孩子我看着是越来越学坏了，说话还油腔滑调的。"李金全很不高兴地反驳妻子说："你胡说些什么！在我看舒非这孩子最懂事，有才华，有教养，人长得也好，将来定然前途无量！"朴善玉嘟囔一声："你能看清什么，你的眼睛总是把正的东西看邪了，把邪的东西看正了。"这话正揭了李金全的短，气得他暴跳如雷，拂袖将桌上的几只茶碗甩到地上，扬长而去。宛云只得飞快地提来笤帚，将碎了的茶碗扫到一堆撮了扔掉，免得婆婆每看一眼都要难受一番。

宛云想无论如何今晚是不能出去跟耿舒非约会的了。家里闹得沸反盈天的，而且今晚又是该给阿永洗澡的日子。朴善玉给宛云规定了，每月的阴历初五，都要给阿永洗一回澡。为什么选这个日子，宛云也不明白。每逢初五之夜，宛云都要在灶房烧上一大锅热水，把澡盆搬进自己的屋子，拉上窗帘给阿永洗澡。阿永一进了澡盆就咯咯地笑，他很喜欢水。不过宛云并不让他脱得赤身裸体的，而是让他穿着裤衩进澡盆。时间长了，婆婆发现宛云给阿永洗过澡后，总要晾一条裤衩出来，就起了疑心，以后阿永再洗澡时，她总要提前给阿永换条裤衩，对宛云说："这裤衩是刚换的，不用洗了。"宛云明白婆婆的意思，只得让阿永赤条条入水，权当什么也没看见。她只帮助阿永洗洗脖子、耳根、腋窝和后背，腰以下的部位根本不予理睬，反正婆婆不能在眼前盯着。宛云在灶房为阿永烧洗澡水的时候想起了耿舒非，便有一种分外委屈的感觉，眼泪不知不觉地流了下来。正在伤心不已的时候，阿永进来对她说："刘秋兰来了！"

这两年刘秋兰很少登门来酱菜园了，她不是不惦念宛云，而是宛云见了她后目光里总是充满了嫌弃和仇恨。去年李金全帮她打探到王亭业的下落，说是把他转移到哈尔滨的一所监狱去了。刘秋兰就独自去了趟哈尔滨，结果是失望而归。她认定王亭业已经不在人世，因而兑现诺言，成全了李金全的美事。其实她内心里并不想着和李金全好，毕竟他是宛云的公公，而且是他们家造成了宛云目前处境的不好。但她这些年吃的用的基本都是李金全暗中帮助的，而且她若不允许，他从不对她动手动脚，便对他有了某种尊敬和好感。原以为报答他一次两次也就作罢，岂料李金全每周都要来她家一次，有回恰好被回家看望她的宛云撞上。宛云骂母亲死不要脸，父亲还没有死呢，她就这么不争气地与人厮混。在宛云看来，母亲与丁立成这样的人胡闹她还可以接受，让她不能容忍的是竟与自己的公公搅和在一起，实在是有失体面。从那以后，刘秋兰再来酱菜园，她就对她爱理不睬的，弄得刘秋兰很狼狈，坐一会儿就走了。宛云也减少了回家的次数，一个月最多回去看母亲一次，而且回去时带着阿永，最多坐上半小时。

刘秋兰坐在厅堂的椅子上，朴善玉连忙给她端茶倒水，然后唤出妹妹，把朴善姬介绍给她。刘秋兰已经快一个月未见宛云了，夜里老是梦见宛云被狗咬，心里放心不下，就找了个借口，说是赶巧去一家丝绸店帮邻居的姑娘买新嫁衣路过这里，就进来看看。宛云领着阿永走了过来，她见了母亲只是点了个头，连"妈"字也没叫一声。刘秋兰笑着说："宛云看上去又白净了！"不管女儿的面上多么憔悴，她当着亲家的面，总是夸宛云滋润。她想这样朴善玉一高兴，就不会亏待宛云。其实她一眼就看出宛云有些忧伤，眉目不舒展，而且脸颊明显地消瘦了。宛云只是站了一会儿，就说洗澡水怕是要烧开了，她得过去看看，就离开了厅堂。进了灶房，宛云想明天若是真和耿舒非约会，想找一个无人看见的好的说话环境的话，不如去母亲那里，届时让她去邻居家，回避一下就是。而且，她可以请求母亲帮助她找一个借口，就说明晚有事让她回去，这样婆婆就不会起疑心。这样一想，宛云的神色就有些开朗了，她掀开锅盖，将热水倒进澡盆，唤母亲帮她把澡盆抬进阿永的屋子。在屋里，宛云说明晚她要回家住一晚，让母亲帮她跟婆婆打声招呼。刘秋兰就警觉地问："你回去有什么事的吧？"宛云悄声说："我要带个人去说说话。"这让刘秋兰吃惊不小。不知道宛云交往了什么秘密朋友，要悄悄带到她那里去。不管怎样，刘秋兰还是很高兴宛云能跟她说点真心话，她觉得这是她和宛云缓和关系的最好机会。刘秋兰从阿永的住屋出来，就跟朴善玉说，她给宛云做了条裤子，看着好像有些肥，想让宛云明晚回去一趟，拆了重新改做。朴善玉毫不犹豫就答应了。

　　宛云终于如愿以偿单独和耿舒非呆在一间屋子里了。刘秋兰特意把屋子打扫了一遍，又将垂下的灯擦得锃亮，虽然那灯光有些微弱，但仍给人一种无比清亮动人的感觉。耿舒非穿件青色毛衣，一条蓝布裤子，看上去更为挺拔、英俊。他们相对着坐在灯下，互相注视了许久，彼此不知该说些什么。后来，耿舒非拉过宛云的手，轻轻把她揽入怀中。宛云只觉得一股暖流涌遍全身，她颤栗着，不由得嘤嘤哭了起来。宛云哭得很持久、透彻和陶醉，耿舒非只是轻轻拍着她的肩头，似乎在帮着她排解泪水，让那泪流个干净，不在宛云心中再存一滴！宛云以往的哭，都是由于悲伤，而惟有这次的哭，是由于被幸福意外击中而百感交集。耿舒非待她哭够了，轻轻吻了下她的额头，说了句："小妹妹。"他擦干了宛云的泪水，无限怜爱地看着她,说是要教她识字,将来大学毕业要娶她。宛云便又抽泣起来,她绝望地说:"我都是阿永的媳妇了。我每天晚上都和他睡一铺炕,每月初五还要给他洗一回澡呢,我不能再跟着别人了,这一辈子就交给阿永和酱菜园了。"耿舒非说,你还没跟阿永正式结婚,这一切都不算数的。他要跟父亲和李金全伯父谈一谈,就说他喜欢宛云,不能没有她,让父亲允许宛云离开酱菜园去照相馆做事,这样他在奉天才能安心学习。宛云正要反驳他,只听得灯泡"嚓嚓"响了两声,屋子在瞬间雪亮了一下,接着就一片漆黑了,看来灯泡的钨丝被烧断了。耿舒非再次把宛云拥入怀中,他吻着她,疯狂而又缠绵,令宛云有一种眩晕之感。宛云希望这种温存的黑暗永不消失,她不再盼望太阳和灯光的出现了。

四

河灯宛若水面上漂浮的白莲,一朵朵迤逦相挨着,轻盈而灿烂地顺流而下。放眼一望,那河在暗夜中就像一条闪电,一簇簇灯火的点缀使这河失却了人间气息,倒像是天上的银河似的。狗耳朵在岸上买了两盏河灯,也把它们轻轻送入水中。一盏是给李进财的,一盏是给丁力的。这是阴历七月十五"鬼节",传说死人的灵魂只要依附着一盏河灯走下去,就能获得解脱。想必死去的人一定多得不可胜数,不然那河里漂浮的灯何至于比天上的繁星还要多呢。卖河灯的是个花白胡子的老汉,那灯是用油纸做成的,土黄色,呈船

形，中央有个凹下去的圆孔，放着一小截白蜡烛。狗耳朵并不知道
这村庄叫什么名字，更不知晓这河的名字，他在夜色弥漫时靠近村
落旁的河流时，第一眼望见的就是这条漂浮着无数河灯的河流，那
一瞬间狗耳朵不觉怦然心动，有一种要流泪的欲望。他来到岸上，
见往来的人都默不做声的，人们的脚步声似乎都很轻，仿佛怕惊扰
了那些已故人的灵魂。就连卖灯的人的周围也是静悄悄的，没人与
老汉讨价还价，好像一旦买主有意要削下一些价，就是对死者的不
恭。狗耳朵虽然觉得那河灯有些贵，还是掏钱买了两盏。他点燃它
们，先把给李进财的那盏放入水中，他在心里说："兄弟，我又出
来讨饭了，又回到过去的日子了。我在那个人圈里实在呆不下去了，
再住下去就得疯了。"他将给丁力的那盏河灯放入水中的时候在心
里说："你在那里也长年龄吧？你该是结婚的年岁了，要找一个温
柔又漂亮的。我看你左侧的那盏河灯很漂亮，若她是个女的，你就
追追她。"也怪，他心里这样想着，再放眼一望，那两盏灯果然是
颤颤巍巍地相互靠近了，就像两个久别重逢的人，狗耳朵的泪水不
知不觉地流了下来。

　　狗耳朵在路上曾讨过一碗粥喝，两泡尿一撒，肚子早就瘪了。
他想着看过放河灯，就进村讨些吃的。狗耳朵放下背囊，坐在河岸
上，看着河灯一盏盏向下游漂去。那灯虽是同一模样，但入水后姿
态却是不同的。有的走得慢慢悠悠，一唱三叹，似是不忍离别的样子；
有的走得飞快，急如星火，仿佛有讨债鬼在跟着它的屁股；更多的
河灯走得从容不迫，很柔曼温存的样子，那光焰也给人一种湿漉漉

的感觉，就像一片灿烂而湿润的晨露。狗耳朵不由自主想起了被扔在家里的女人，不知她身体和精神状态可好？他的出走，一方面是自己再也不能忍受集团部落里郁闷的生活，另一方面也是由于这女人一天天地不容他。狗耳朵夜里睡不着，就喜欢到户外看星星，女人就会推开窗户说："你在这儿呆不住，就走吧，拿着你的打狗棍过老日子去吧。"狗耳朵跟着她一起出了城门到田间劳作，一旦干累了活躺在垄沟里四仰八叉地晒太阳，她也会说："你别跟个猪似的在我眼前晾着了，你在这儿呆不惯，拿着打狗棍过你的老日子去吧。"久而久之，狗耳朵确实听烦了，心想我本来是为了你才忍着留在这人圈里，你要是也嫌弃我，我何苦要自作多情呢？狗耳朵就对女人说，这可是你让我走的，千万别后悔。我这一走也不是不回来了，等有一天小鬼子都被打跑了，这集团部落也不存在了，我就回来找你。女人冷冷地从牙齿间迸出一句话："滚你的去吧，你回来倒惹我心烦。有一天你遇到哪个好心人要收留你，又给你个媳妇睡，就留在那儿吧。"说得狗耳朵急赤白脸的，觉得自己虽不是忠贞不渝的男人，可也不是见了女人就负心的汉子。狗耳朵是趁着一次秋收时逃跑的，走时阳光浩荡，他的女人脸上挂满了汗珠，在田间掰玉米棒子。狗耳朵凑近她时听见周围已干脆了的苞米叶子发出哗哗的声响，仿佛它们在交头接耳地说话。狗耳朵踮起脚亲了一下她，说："我走了，你要保重，别跟丁阳惹气。他再大一些就懂事了。"狗耳朵接着许诺，他一定回来，回来时给她带回一坛最醇香的酒，让她醉得像只采足了花粉窝在花蕊里睡觉的蜜蜂。女人不以为然地说："你啰嗦什么，我有儿子，将来就是死了，也有给我摔丧盆子的，快滚你的吧。"狗耳朵本想再缠绵一番，遭到挖苦后，用手揉碎了一片苞米叶子，然后头也不回就上路了。当夜，他宿在荒山野岭间，仰头望着满天繁星，忽然有一种久违的感动，很想哭上一场。之前他在一道山梁上打死一只乌鸦，笼了一堆火，烧得外焦里嫩、香气弥漫后，狗耳朵取出包中的一袋盐，均匀撒上一些，极香地大嚼大咽起来。他想若是再有一壶酒助兴就更好了。狗耳朵吃光了乌鸦，躺倒在地与星星遥遥相望的时候，不由美滋滋地想，这日子多么让人舒畅啊，没人吆喝我种地，没人察看我进出城门。我的被子是沉重的夜色，上面还绣着无数神灯般的星星，想必皇上也没有这样宽大无边的被子。我的枕头是经历了千万年风雨吹打的石头，它满肚子都是故事，因而一枕上它，当凉意像流水一样在后脑勺轻轻弥漫后，那些惊心动魄的故事就栩栩如生地在梦中呈现了。我的一日三餐像天上的云朵一样变幻不定。我吃讨来的稻米，也吃捉来的老鹰，还吃在田野间蹦蹦跳跳的蚂蚱。至于饮水，既能喝井水、河水，也能接雨水来喝。如果我有心情，口渴时就去吻那些挂满了晶莹晨露的叶片，那露水实在是吸收了日月的精华，清醇芳香，甘洌动人。想必只有神仙才会喝到这样的水。如果我寂寞了，就和星星说话，和飞鸟说话，和河里的鱼儿说话，和石头说话，和树说话，和风说话。这些朋友中，我最喜欢的还是星星，你跟它说话，它总是很认真听的样子，眼睛一眨一眨的，似乎在回答你。不像飞鸟，你说得不对它的心思了，它就弄一摊屎拉在你头顶，让你恶心得慌。而风儿呢，你若跟它说得久了，它听絮烦了，就会刮起一阵狂风，把你吹得东倒西歪，瑟瑟发抖，让你闭了嘴。最可气的是河里的鱼，你跟它说到动情处时，它却在碧波荡漾的水下一沉身子，摇头摆尾地弃你而去。不过不要紧，总是有其他的朋友喜欢听你讲话，它们也是寂寞的啊！比如灰尘，比如干枯的落叶，比如寻不到粮食的老鼠，它的眼里也流露出乞讨者的目光。跟这样的朋友说话总是聊起来就没有头，其乐无穷。

狗耳朵最初逃出集团部落后，曾千方百计打听过去的伙伴，结果一无所获。沿途他也结识了一些乞讨者，大多数与他性情不投，难以结伴而行，狗耳朵也就闲云野鹤般地独往独来。有时吃得饱了些，恰又赶上气候宜人、风景优美的夜晚，狗耳朵就很想找个姑娘说说话。然而这只能是想想而已，没有哪个姑娘愿意陪着个叫花子在星光下缠绵。狗耳朵想这也不要紧，我把这姑娘想象出来就行。每逢这种时刻，他就想象一个仙女般的姑娘从天而降，她说话柔声细语，穿着轻纱飘舞的长裙，乌发像风中的树叶一样飘扬，蛾眉弯弯，双眸明亮如八月十五的圆月。在他的设计中，这姑娘总是用纤纤素手轻轻抚摸他的脸颊，用温柔的唇轻轻舔舔他干裂的嘴，用温存的话语轻轻地道出思念之情。最后的结果，是她将狗耳朵送入香甜的梦乡。而等他一觉醒来，面对的往往是黎明前灰暗的天和无所事事的风。

河灯骤然被一阵风给吹得摇摇摆摆的，河面上的光焰也就给人一种欢呼的印象，它们在跳跃，仿佛要跟岸上的亲人们做最后的告别。狗耳朵已经辨不清哪一盏河灯是给李进财和丁力的了，它们已经汇入了河灯的海洋了。狗耳朵朝它们泛泛地招了招手，心想不管你们是谁，都是一颗魂儿在飘，能跟魂儿先认识认识，将来有一天去那里时，也就不至于给人一种太脸生的感觉。河灯由于风的吹拂，走速快了，而且由于相互碰撞，还弄出一阵轻微的响声。在狗耳朵看来，它们这种碰撞就是最后的拥抱。拥抱之后，它们也就各奔前程了。狗耳朵不知这些河灯最终会停泊在哪里，有走得长远的，也许会走到大江大海里去，而这条河是否能通向大海，他也是不知道的。狗耳朵便想，用不了几个小时，这河灯就会黯淡了，也许一场暴雨会把它们打得支离破碎。但这些河灯上承载的灵魂，注定在走了一程后就逍遥地从河灯上升起，去选择它们理想的栖息之地了。狗耳朵便无限羡慕它们了，想若是能做个魂儿飘来荡去的，是多么轻盈和快乐啊。狗耳朵的手心发潮了，他一旦想流泪，手心就潮乎乎的。风刮了一阵，就偃旗息鼓了。河灯渐渐远去，放河灯的人已有回家的了。狗耳朵觉得身上阵阵发凉，仿佛是谁那未解脱的幽魂附在了他身上，令他有一种迷离恍惚之感。狗耳朵便再次走向卖河灯的老人，想与他讨价还价买盏河灯，但见那老人垂头打着盹，周围并无人注意他，狗耳朵随即灵机一动，索性直接拿了盏河灯，径直走到河边，将它送入水中。也怪，那河灯一入水，他浑身激灵了一下，头脑立刻清醒了，仿佛那幽魂已从他身上一个跟斗翻到河灯上，欣然地顺流而下。狗耳朵望着那盏落在最后面的河灯，它因为孤单而显得异常明亮，它虽走得有些磕磕绊绊，但看上去充满生气，就像一个刚刚学会走路的小孩子。狗耳朵轻轻对它说："走好啊，不要着急，后后有福。"那河灯停顿了一下，仿佛在听他的话。

待河灯一盏盏全部从河面消失之后，河流就仿佛刚刚送走了花季的花园，看上去有几分萧条和岑寂。然而没有多久，它又是生气勃勃的了。先前躲在云层中的月亮，满面光华地走了出来，它轻轻地在岸边探了探脚，就钻入了河里。河中央立刻就浸着一轮莹白闪亮的月亮，它在波纹的涌动中微微摇动着，仿佛月亮在用纤纤素手往自己身上撩水，如醉如痴地进行着沐浴。河岸上的人渐渐散了，人们离去时也不交头接耳，听到的只是窸窸窣窣的脚步声。最后，河岸上只剩下了几个人，其中便有卖灯人。狗耳朵见老汉将未卖完的灯一盏盏捧到河边，然后一一放它们入水。老汉放河灯，与其他人是不一样的。他每放一盏，就要屏足气息，吹一口气往那河灯身上，这河灯就仿佛被注入了新鲜的血液，激情澎湃地走起来。剩下的河灯共有七盏，它们一字形排开，在黯淡的水面上像道闪电在耀眼地行走。它们经过月亮的时候，以为一不小心会把月亮踩碎，岂料蹑手蹑脚过去之后，回头一望，那月亮依然完整无缺地浸在水中，新鲜明媚，毫厘未损，让它们吃惊不已。这最后几盏灯加快了行进的速度，它们生怕去得晚了，就找不到好位置了。河灯在河转弯处时有两盏斜冲了出来，呈现了勺把形状，看上去倒真像北斗七星了。狗耳朵不由在心中惊叫了一声。这时他听见老汉跟他说话："你饿了吧？跟我到家吃点饭吧。"狗耳朵心想我刚偷了你一盏河灯，你如此盛情邀请我，真让人愧得慌。狗耳朵说："老伯，我刚才偷了你一盏河灯。我站在河岸上时，觉得谁的魂儿附在了我身上，我没钱再买灯了，看你在打盹，就偷了一盏。"老汉捋了一下胡子笑着说："我哪里是在打盹，我眯着眼，看见你取了盏灯。放河灯是做善事，算不得偷。"一席话说得狗耳朵心头热乎乎的。他取了背囊，随着老汉回家。

老汉姓李，家有两间土坯房，一个马房。院子不大，种了许多沙果树，晚风将树叶吹得刷刷响。土坯房一座朝东，老汉自己住，一座朝南，是老汉的女儿住。马房里住的不是马，是一头种猪。李老汉说前年老伴卧病在床时，两匹马都拉出去卖了给她治病。两匹马的钱都花在了病人的身上，可这病毫无起色。老伴死了，马也没了。想着马圈闲着也是闲着，就把种猪赶了进去，将原来的猪圈拆了，种了几畦韭菜。老汉在河边时看上去寡言少语，一旦进了家话就多了，跟狗耳朵说个不休。他说女婿被征兵了，女儿就带着两岁的外孙回娘家来住了。正说着，屋门一响，老汉的女儿进来了。她又矮又胖，齐耳短发，肤色黑红，看上去格外健硕。见了狗耳朵和搭在墙角的又光又亮的打狗棍，她便明白父亲又领叫花子回家吃饭了。老汉指着女儿对狗耳朵说："这是我闺女。"狗耳朵点了下头，心想虽然自己是个乞讨者，也该礼貌介绍一下自己才对。于是就说："我叫狗耳朵。"李老汉和他的女儿不由嗤嗤地笑了起来，笑得狗耳朵红了脸，他张口结舌地说："兄弟们都这么叫我，我都听习惯了。"李老汉的女儿见狗耳朵有些窘，就说："我小时有个外号，叫大萝卜，不过现在没人叫了，都叫我凤兰了。"狗耳朵本想叫她一声"大萝卜"，但出口的却是"凤兰"。凤兰说饭已做好了，让老汉和狗耳朵到南屋去吃，以免凉了。狗耳朵洗过手，就跟老汉到南屋。饭菜其实很简单，高粱米粥、咸萝卜条和清炖土豆块，但狗耳朵吃得很香。吃饭的时候，凤兰不断地问父亲，今年放河灯有意思吗？去的人多不多？卖河灯赚了多少钱了？全都问过后，她又问："给我妈的那盏放了没有？走得好吗？"老汉说："最后剩下了七盏，我都放到河里去了。放时在心里跟你妈说了，你喜欢哪盏就跳到哪一盏去，她一个人有七个河灯可以选，多风光啊。"凤兰吃得很卖力，她使劲抽了一口鼻涕说："我妈那么大年岁了，你让她跳，她跳得了吗？"老汉笑着说："你没听别人说吗，人死了之后，就变成了小孩子了，他们在阴间会慢慢长大。你妈正是爱跳的年龄呢。"狗耳朵从他们的谈话中，一点也听不出已逝人带给生者的那种沉重，相反倒是一种诙谐中的平和，令他无限羡慕。他喜欢这样的家庭气氛。饭毕，凤兰刚要去收拾桌子，小孩子的哭声响了，原来睡着的孩子醒来了，凤兰嘟囔一句："才睡了这么个屁大的工夫就醒，这小东西。"说完，就进屋哄孩子去了。狗耳朵想不能白吃人家的饭，就要帮忙收拾碗筷，李老汉一摆手说："你别沾手了，让凤兰自己弄吧。她这人，你帮她干活，若是不合她的心意，反倒落埋怨。"恭敬不如从命，狗耳朵便随老汉回了东屋，卷了支黄烟，有滋有味地抽起来，觉得浑身筋骨舒坦，想起了那句老话："饭后一支烟，赛过活神仙。"觉得此言极是。这一舒服，狗耳朵又觉着还是有家的日子好，温暖、亲切，这种四处漫游的乞讨虽然很自由自在，但实在是孤单清冷，睡在野外和别人家猪圈里的滋味并不总是怡然自得的。而且，他的风湿痛重新发作，疼痛在他周身游走，就像老鼠一样，不知在何时何地就会狠狠地咬他一口，令他苦不堪言。所以当老汉对他说，他若是不嫌弃这里，可以住一段时日时，狗耳朵便感激涕零地答应了。老汉说，也不让他白吃闲饭，凤兰忙家里的活，再加上带孩子，顾不上地里的活儿，他自己年纪大了，力气不如从前了，让他帮着侍弄侍弄庄稼。此外，家里的种猪在这村子出名的好，母猪配种，大多数用的就是它。配猪种的人家形成了规矩，不把母猪往这儿赶，而由老汉赶着公猪去人家。老汉说都是乡里乡亲的，猪配一次种，他不好意思要钱，只收人家几斤杂粮，即便如此，有的人家还要要赖皮不给。他说若是再有人家来求这事，就让狗耳朵赶了种猪去人家，他跟这些人不熟悉，能大大方方把几斤杂粮的报酬带回来。狗耳朵一口答应了，他说："这些人真不像话，种猪是花了力气的，哪有白撒种子的道理？若是他们不给粮食，将来母猪下崽了，咱就把它们的猪崽都抱回来，焙上黄泥烤了吃！"

这村子名叫柳树村，二百余户人家，大约有一千五百的人口。村警察所的头头，是日本人，叫铃木喜一，又高又瘦，非常喜欢去河里钓鱼。据村里人说，铃木喜一还比较和善，他玩心大，像个孩子，除了钓鱼之外，还喜欢下棋、打鸟、游泳。他与人下象棋，若是输了，绝不放对手走，非得把人留下再厮杀一局，直到胜利。而若他发现对方为了搪塞他而让棋，便大发雷霆。因而村里人谁也不愿意跟铃木喜一下棋。他打鸟不用枪，而是用弹弓，专打那些栖在树枝上的鸟。他打鸟所追求的结果是，那鸟虽被击中，仍能扑棱棱飞走，只落下几片鸟毛就是。若是那鸟未损毫毛飞走或者是正中脑门一命呜呼了，他就显得分外沮丧。铃木喜一对上面派下来的任务要求并不十分严格，比如粮谷出荷，有的农民把粮食藏到石磨下或者厕所旁，他带人搜查时睁一只眼闭一只眼，得过且过。不似其他村屯，一旦搜出私藏的粮食，这家的主人就大祸临头。狗耳朵讨饭时曾经过一个地方，叫靠山屯，进屯时是正午，正赶上一群日本兵在搜查粮食，弄得鸡犬不宁的。有个姓李的人家，把半袋玉米藏到了草垛里，被搜了出来，狗耳朵见姓李的中年男人吓得浑身哆嗦，脸煞白煞白的，一遍遍地自言自语着："活不成了。"最后他被人五花大绑着弄走，他的婆娘拍着门槛哭得声嘶力竭，连叫："老天爷啊，你长长眼睛吧。"狗耳朵心想，老天爷永远是睁一只眼闭一只眼的，哭死你又有何用？听靠山屯的人说，一般是在正午或者傍晚，只要有炊烟升起了，搜粮的人就气势汹汹地来了。弄得很多藏粮的人家都魂不守舍的，最后索性把藏着的粮食自己翻出来，扔进厕所的粪池里，让它们沤成粪。狗耳朵还听说铃木喜一不惟在粮谷出荷上不过于苛刻，在征国兵和勤劳奉仕上也是紧中有松。那些身体不好或是家中需要照顾而脱离不开的男人，铃木喜一绝不按规定强征他们，摆摆手就放过他们了。凤兰的丈夫叫牛刚，他之所以被征为国兵，不仅因为条件具备，还因为他家庭负担不重，身强体壮。气得凤兰背地骂铃木喜一是个假善人，他只管让弱者避难，不管那些体格健壮的人可能会去送死。铃木喜一除了贪玩之外，还喜欢喝酒。一喝了酒他就乐意四处闲逛，见着谁都要打招呼，兴奋得像头发情的公牛。

　　狗耳朵是外来人，按照惯例要由李老汉领着他去村警察所做个登记。李老汉领着狗耳朵进了村西头的警察所，两名日本警察和两名中国警察正聚在一起打牌，其中有个脸上挂满了白纸条的输家就是铃木喜一。铃木喜一的脸本来就瘦削，加上挂了不少经幡似的纸条，那脸看上去就瘦得仿佛没有了。李老汉跟铃木喜一说，他碰到个讨饭的，看他怪可怜的，赶巧家里的活儿忙不过来，想留下他一段时日。铃木喜一把牌扣在桌子上，问狗耳朵："你叫什么名字？"狗耳朵说："我叫狗耳朵。"其余那三个打牌的人闻听此言，也纷纷把牌扣在桌子上，都盯着狗耳朵笑。铃木喜一上上下下打量了一番狗耳朵，问他老家在哪里。狗耳朵心想不能说自己的来处，于是撒谎道："我哪儿有什么老家，天生就是个小叫花子。"铃木喜一从鼻子里"哼"了一声，让李老汉先出去一下，他有话单独问狗耳朵。李老汉一出门，铃木喜一便问他是怎么跟李老汉搭讪上的？狗耳朵就说那天他要饭路过这村子，正赶上放河灯，李老汉在岸上卖河灯，他买了两盏，放过河灯，李老汉邀他回家吃饭，晚饭后决定让他留下一段时日。警察中年龄稍大的那位中国人插话道："你不是无亲无故吗？给谁放河灯？分明是撒谎！"狗耳朵咬了下舌尖，连忙解释说，那两盏河灯，给的是自己的伙伴。他们也都是叫花子，其中一个在要饭时被大户人家放出的狼狗给活活咬死，另一个是在下河捞鱼时被淹死。他觉得他们死得冤，灵魂会不得安宁，因而买两盏河灯放放聊表心意。铃木喜一点了点头，又把李老汉唤回屋，问他怎么认识的狗耳朵？李老汉说："那天七月十五放河灯，我见他背着个破包袱，提着个打狗棍，瘦得跟个猴似的，知道他不是个坏人，就领家里去了。"狗耳朵不明白，铃木喜一对质他与李老汉在哪儿见面有什么用意。出了警察所，李老汉才解释说，铃木喜一这是在试探狗耳朵是否来路正当。若是他和李老汉说的见面场景不一致，便会认为其中有诈，狗耳朵就别想在这里立足半步。这两年风声紧，日本人到处都在抓"共匪"，外来人当然被视为可疑分子了。

狗耳朵每天起得很早，他先到庄稼地去干活。干活归来，凤兰的早饭也弄好了。凤兰的独生子乳名叫喇叭，他最喜欢把脏了的粥碗往狗耳朵头上扣，扣住了他就咯咯乐个不休，若是被凤兰吆喝住了，他就哭个不停。他无论是哭还是笑，那声音都比其他孩子要洪亮十倍，因而家人就唤他为喇叭。喇叭似乎专门跟狗耳朵过意不去，十分欺生。他不但爱往他头上扣碗，还喜欢往狗耳朵的衣领里塞东西，有时是一把沙子，有时是两三只蟑螂，有时是果树叶子。狗耳朵便想人若是太落魄了，连小孩子都看不起，心里便不胜凄凉。最终是凤兰看不下眼了，动手打喇叭几下，骂他"赖皮"，声言要把他扔到荒郊野外去喂狼。狗耳朵连忙劝阻凤兰，说哪儿能跟小孩子一般见识呢，喇叭不过是跟自己闹着玩而已。嘴上虽这么说，心里还是有点与小孩子怄气的意思，他便暗骂自己没出息。家里若是来了要求给母猪配种的人，狗耳朵就从马圈赶出那头公猪，跟着人家走。通常情况是，主人走在头里，猪走在中间，而狗耳朵走在最后。这是头白色种猪，腿壮个大，肥头大耳，走起路来十分威猛。当然，它只是去的路上精神亢奋，配种归来，这猪走路就拖拖沓沓的，有时见太阳好，干脆就趴在某一处墙角晒肚皮了。这时的狗耳朵也是恹恹无力的，他背着几斤杂粮，头晕目眩的，干脆就坐在猪的旁边，同它一起晒太阳。这时狗耳朵就觉得人和猪都是可怜的，他们耗费精气神儿，无非是果腹和发泄一下欲望。想想猪比人还强，不管怎么的能换回几斤杂粮，而人却不一样了。若是人出去平白无故做了那档子事，换来的只能是奚落。想到人，狗耳朵就不由自主联想到凤兰，虽然其貌不扬，但她的健硕和开朗却深深吸引了他，有好几次，他单独与她在一起时，都想把她抱在怀里。他甚至想对凤兰说，反正你男人去当国兵了，你那热炕闲着也是闲着，喇叭陪你睡，又解不了你心底的烦闷，不如让我陪你个十天半月。两个人都觉新鲜，都觉满足，其乐融融，不也很好吗？狗耳朵之所以没有莽撞行事，在于还没有十拿九稳的把握。这种事，只能成功，不能失败。失败了栽了面子不说，他在柳树村就呆不下去了。他仔细观察了，凤兰并不反感他，有时还帮他洗洗衣裳，她还巧妙地问他是否有过家室，狗耳朵机智地搪塞过去了。狗耳朵想这事情早下手为强，拖得久了，夜长梦多，没准儿她男人哪一天会做逃兵归来，那么他的热情就付诸东流了。他想着以后更要多找借口接近她，她再把饭碗递给自己的时候，可以趁势捏一下她的手，她若不反感，便是心领神会，两厢情愿，事情就条清理晰，可以激情荡漾地去做了。狗耳朵每每坐在种猪旁，就要抑制不住地想男欢女爱之事，直想得呼吸加快，口干舌燥，这才起身踹一下种猪的肚子，吆喝它："歇过来了吧？该回家了！"

　　然而事情并不像狗耳朵设想的那般顺利。一个细雨霏霏的午后，他赶着种猪去白老七家，与他吵了起来。事情起因是，白老七认为那种猪今天情绪不高，配种的质量想必不会好，坚决不给那几斤杂粮。狗耳朵据理力争，说是这种猪做了它该做的事，母猪怀了崽，若是生的猪崽不好，全怪它自己的肚子不争气。若是不给杂粮，他就和猪吃住在他家不走。白老七是个瘦猴，吝啬得出名。他对狗耳朵说，你是个叫花子，别不知好歹，狗拿耗子多管闲事，赶着猪滚你的得了。狗耳朵便恼羞成怒地从地上捡起一块石子，朝白老七砸去。白老七眼疾手快地一闪，石子砸到他背后的墙壁上了。白老七气得七窍生烟，说要找个说公道话的地方。狗耳朵毫不示弱，心想这能吓倒我吗，猪是花了力气撒下种子了，你不给杂粮是你不仁义，就是上天入地由王母娘娘和阎王爷来断案我也不怕。于是狗耳朵赶着猪，跟白老七一路吵闹着来到了警察所。铃木喜一正在下象棋，也许是棋势颓败，脸上的气色很难看。听明了事情原委，他出了屋子先看了看种猪，然后朝它吐了一口痰，反身进屋让狗耳朵和白老七互相扇嘴巴。谁若是先停下来，这事情就是谁理亏。狗耳朵没料到铃木喜一竟然如此断案，正在犹豫间，白老七扬起手来，先下手为强地左右开弓扇他的嘴巴，直打得他觉得两颊的肉都飞了，眼冒金星。狗耳朵咬紧牙关，奋力抵抗，也回敬白老七一串响亮的耳光。两人你来我往，最终互相打得鼻青脸肿，跟跟跄跄，几乎是一齐瘫倒在地上。在这个过程中，狗耳朵不时听到铃木喜一和一些围观的

村民发出的阵阵笑声，他心想这和耍猴看又有什么两样。狗耳朵觉
得自己就像个易碎的鸡蛋，如今已被打得落花流水了。这时他听见
铃木喜一在叫，起来，起来，谁不起来打谁就输了！狗耳朵是一丝
力气也没有了，而白老七又摇摇晃晃地站了起来，跌跌撞撞地走到
狗耳朵面前，朝已毫无反抗能力的狗耳朵又扇了几巴掌。这时已经
落潮的笑声再度哗哗地响起，狗耳朵觉得自己就要化成七月十五的
一盏河灯了。他想我认输了，我得留着这条命，有一天回去找我的
老婆。狗耳朵被人扶回家休养两天后，下地做的第一件事，就是捎
着背囊，挂着打狗棍，头也不回地出了柳树村。出了村子，来到了
那条曾漂浮过无数盏河灯的河流，狗耳朵的眼泪刷刷地流了下来。

五

　　棺材铺子被杨三爷装饰一新，门脸儿原本灰暗得让人看一眼就
心凉，如今是披红挂绿，弄得喜气洋洋的。深秋了，下霜了，那霜
在清晨时，弥漫在屋顶和荒草萋萋的野地里，白而亮。若是有人清
晨时出去放羊，忘了霜的存在，一不留神就会滑倒在野地上，一个
趔趄倒下后忍不住要骂一句："好你个背后使刀子的霜！"霜雍容
大度地展现着一派明媚的笑容，绝不与人计较。当然，被霜滑倒的
人运气是不一样的，有的摔一跤就爬起来了，顶多身上多了一块青
印，而有的竟像纸人一样不抗摔，跌得腰疼得直不起来了，栾老四
就是这样的倒霉鬼。那天霜下得很浓，空气很凉，清清爽爽的。他

起床后想去厕所拉屎，忽然觉得厕所是个太没情调的地方，又小又窄，又臭又潮，又灰暗又肮脏，灵机一动，就信步走出家门，沿着村路到了野外。野地的荒草一派枯黄，几场秋雨过后，那衰草被沤出一股微苦的草味，闻起来虽是涩涩的，但很清新。栾老四解开裤带，择了片草色金黄的地方，正欲蹲下，却被霜"刷——"的一下劫掳在地，他"唉哟"叫了几声，只觉得腰疼得像是有人在拿着凿子在钻，很吃力地爬起来后，腰就弯着，一直就疼，那泡屎也就被吓得憋回去了。好不容易蹒跚到村子后，正碰上挑着胆子的卖油郎，他放下油担子，把栾老四挽扶到吴老冒家。吴老冒对着栾老四的腰这里捏捏，那里摁摁，说他伤得不轻，起码要在炕上躺半个月。吴老冒给栾老四的腰糊一种白色药粉，说这药打海上来，贵得很，看在乡里乡亲的分上，少收他几个钱。栾老四便觉得自己真是活该，一泡屎在哪里拉不好，非要弄到荒郊野外去，拉屎还讲究个什么风光呢！栾田螺见爸爸被霜弄得直不起来腰了，就觉得这事好玩，一天到晚笑个不停。人家都问栾老四，你一大清早去野地做什么？栾老四可不敢实话实说，怕遭人耻笑，留下笑柄，就撒谎说夜里做了一连串噩梦，觉得晦气，想到外面走走，没承想却遭到霜的暗算了。吴老冒便三天两头上一趟栾老四家，背着药箱给他换药。每回都要强调他的药多么贵细，他的药又多么多么灵验，连栾田螺都听烦了，他对吴老冒说："你那药粉不像是药，像是刷墙的石灰粉！"气得吴老冒眼球突起，骂栾田螺是只臭虫，栾田螺毫不示弱地回敬吴老冒："我要是臭虫，就专喝你的血，把你喝成个人干儿！"吴老冒只有喘粗气的份了。不知是吴老冒的药粉起作用，还是由于原本伤得就不重，栾老四又能下地走动了，只不过还佝偻着腰，一直腰便有抽筋断骨的感觉。栾喜梅跟杨浩要结婚了，他来棺材铺子的时候，腰照例弯着，像个大虾米，杨三爷便拍着他的肩膀头说："亲家，喜梅成亲了，你还猫着腰，多不喜气呀！"栾老四从鼻子里"哼"一声，心想我心里喜气不喜气，还能从腰上看出来？

棺材铺子的门前一左一右吊了两盏红灯笼，灯笼是圆形的，金黄的穗子长长的，风吹起来，那穗子迎风飞舞，就像夕阳下飞奔的马儿的尾巴，煞是好看。门楣上贴了红纸，红纸上描着烫金的龙凤图案，而门板和窗户则贴上了大红的喜字。先前棺材铺子的阴森肃杀之气，已经被改造得荡然无存了。洞房是灶房后面的一间仓房改成的，把里面乱七八糟的东西清理出去后，开了个小窗户，又把墙面重新抹了一遍，粉刷了墙壁，将天棚糊上粉色的花纸，这新房就充满了生气了。杨三爷又亲自动手打了两口箱子，一个炕琴，两把椅子。杨三爷的木匠活平素是不肯轻易露一手的，一旦他出马，手下的活儿的确非同寻常的漂亮。那箱子看上去轻巧而又气派，木纹别致，着色古雅，锁鼻子是栗子皮色的，铃铛状，勾引得围观的小孩子老想去摇晃摇晃。那梳妆台一米多高，镶嵌着镜子的木头雕了花，是轻隽的荷花，俊逸洒脱。梳妆台的左右两侧各有两个小抽屉，里面可以装些首饰和针头线脑之类的东西。最受看的还是炕琴，它端坐在炕的东侧，四周都雕着妖娆的云纹图案，两块拉门上镶嵌着从城里买来的玻璃画，碧绿的湖水，上面游着一群金鱼。那金鱼姿

态各异，有的鼓着眼睛靠近水草，有的正欲一纵身沉入湖底，还有
的悠然摆尾浮出水面，看上去活泼动人。雕花的那些木头，用的是
上好的桃木。打这些家具，杨三爷可谓用心到家，常常干到深更半
夜，令杨浩大为感动，想着将来一定好生帮助杨三爷照料棺材铺子。
自杨三娘死后，卖油郎的老婆三天两头就来搔首弄姿，杨三爷是来
者不拒，杨浩几次撞见他们在一起搂抱，这使他很气愤，觉得这是
一对狗男女，来世必遭报应。杨浩若是看见卖油郎的老婆推门进来，
就会问："你要扎什么东西？要纸牛纸马还是童男童女？"杨浩是
明知故问，特意惹她不高兴的。偏偏这女人总是上当，她气咻咻地说：
"我家又没死人，我扎那东西做什么！"杨三爷若是闻声过来，就
会数落杨浩："你干好你的活得了，管那么多闲事干什么！"杨浩
讨厌听见他们在一起忘情时发出的怪叫声，因而就一边干活一边唱
歌。他根本不会唱歌，无非是瞎哼哼，歌词只有一个"啊"字，只
不过有时"啊"拖得像不谙世事的小孩子的清鼻涕一样长，有时短
得就像黄豆迸裂的声音。不过这两个月来，杨三爷对卖油郎的老婆
不理不睬了，她打扮得花枝招展地来，换来的却是杨三爷的奚落："这
么大岁数，就别往小了打扮了，那胭粉再厚，也填不平那些老褶子。"
气得卖油郎的老婆"咣"地把门一摔，扬长而去。杨浩总算能得以
清静地做他的活了。有时他在村里碰见卖油郎，就忍不住要发笑，
心想你个傻货，老婆都成别人的了，你还一天到晚地卖油不知愁。
杨浩哪知卖油郎对这事是心知肚明，只不过觉得斗不过杨三爷，甘
拜下风，故作糊涂而已。

　　栾老四看过了外面的装饰，看过了洞房，看过了炕琴上两套缎子面的被褥，心中十分高兴，心想喜梅真是好福气，嫁到棺材铺子，要吃有吃，要穿有穿的。杨三爷还真有点做爹的姿态，把杨浩的婚事操持得这般好，就是亲爹又能怎么的。以往栾老四是看不惯杨三爷的，觉得这人心狠手毒，吃人不吐骨头，如今他觉得杨三爷心眼儿倒不坏，能给一个收养的儿子这么尽心尽力地办婚事，实在是令人钦佩。杨三爷见栾老四里里外外地看完了，就递给他一颗烟，问："还有什么不中意的就说。"栾老四心想自己是娘家爹，如果一点毛病也挑不出来的话，岂不是说咱家眼界太窄，要求太低，轻贱了自己不是？于是就挑了两条不是毛病的毛病，说是门口的那两盏红灯笼，好看虽是好看，但上面应该贴着烫金的双喜字才对；还有就是洞房摆着的烛台，烛身的白色看上去不喜气，糊上一层红纸就好了。杨三爷虽然在心底骂这分明是鸡蛋里挑骨头，可嘴上却说栾老四有眼力，这毛病挑得对，他马上就加以改正。杨浩这几天把棺材铺子的那些不吉之物整理成一堆，蒙了块方格布，准备着新婚后再把它们打开。栾老四来察看婚礼筹备情况的时候，他刚从高二嫂家回来。高二嫂帮他做了套蓝色斜纹布的新衣裳。他见着栾老四，叫了声"叔"，杨三爷在一旁说："现在叫爹得了，反正以后就得改口了，先练习练习！"谁料栾老四一撇嘴角，十分不屑的样子，杨浩的"爹"字也未叫得出口，更没有胆量陪他看新房，怕他看什么都不顺眼，那样许就会推迟婚期。如今见栾老四并未提过分要求，杨浩心下大喜，就切了块青萝卜让栾老四来啃。栾老四咬了一口萝卜，咳嗽了一番，对杨浩说："明儿喜梅就过门了，将来你要是敢欺负她，小心我敲折你的狗腿！"杨浩只能唯唯诺诺地点头。杨三爷吐了口痰，说："亲家，你放心，有我在，这小兔崽子不敢给喜梅一点气受的！他要敢那样，我拧断这小子的脖子。"

明天就是婚礼了，杨浩还有一件大事没有做，那就是到旷野里去给亲人烧点纸钱，告诉他们，他要和一个善良而又可爱的姑娘结婚了。在此之前，他特意回了趟原来的村子，给杨老汉上了上坟。村里人把遇害的杨昭也埋在了老汉的坟旁，杨浩听说杨昭死得惨不忍睹，又知道他是出家之人，因而特意买了两扎上好的黄色的香，焚香给他。杨浩相信，这些常出现在他梦境的亡灵，一定会有灵知，他们会为他与栾喜梅的结合而感到高兴。杨老汉一死，他的身世只有自己知道了，这使他在获得某种解脱的同时，内心又陷于深深的孤独之中。每逢月圆之时，他都有一种毛骨悚然的感觉，觉得那月亮满身都长着利牙，随时准备着咬人一口。投映在他身上的月光，也使他觉得不自在，仿佛它们是一群蠕动的毛毛虫，让他的皮肤有极不舒服的感觉。他想结婚以后，这一切可能都会因栾喜梅而得到改观。晚饭过后，杨浩见杨三爷独斟独酌正在兴头上，就拿了捆烧纸，揣了盒火柴，去村外给亲人们烧纸。夜色隆隆，月亮半残着，星光像蟋蟀一样在衰草上跳荡。野外还弥漫着一股秋收过后的气息，是那种清凉而略有苦味的气息。杨浩择了片比较茂盛的荒草地，将烧纸点燃。顷刻间，那纸就化成一团火球，纸灰像黑蝴蝶一样翩跹升起，有的飞向杨浩的肩头，有的飞向他的头顶，更多的是飞向空中，飞向了那遥不可知的黑暗。杨浩把要说的话都对亲人们说了，告诉他们几点接亲，几点拜天地，几点入洞房。让他们明天早点起来，跟着他去参加婚礼。烧过纸，杨浩朝远方拜了拜，起身回家。也许是踏着枯草行进的缘故吧，他听见背后窸窸窣窣响个不休，像是有人在跟着他走。他想，也许是他的亲人们怕明天清早找不到路，现在就跟着他去了。

杨三爷比杨浩起来得还早。杨浩起来时，他已把糖和茶准备好了。杨三爷特意修饰了一番，刮了脸，理了发，穿上了一件蓝缎子上衣，像吴老冒一样戴上了一顶黑缎子瓜皮小帽。不过杨三爷戴上这帽子十分惹人发笑，他的头大，身体壮，这帽子在他头顶显得很轻薄，使他显得很滑稽。杨浩洗过脸，刚把新衣裳穿好，高二嫂就来了。高二嫂也特意打扮了一番，穿了件墨绿色绸子衣裳，脸上还拍了白粉。她那双丰满的奶子因为衣裳的窄小而更显得蓬蓬勃勃。杨三爷忍不住朝她的胸前多看了几眼，说："高二嫂，你美啊！"高二嫂说："杨浩今天成亲，我昨夜高兴得都没睡好觉，我不打扮打扮，多给咱婆家丢人哪！"高二嫂说着去帮杨浩抻衣襟，她的那双手青紫青紫的，就像鬼的手，那是它们终日浸在染缸里的缘故。杨三爷刚要打趣高二嫂的这双手，高二来了，紧跟着厨子李贵和两个帮厨的来了，接着又是吴老冒、郑顺和、齐大炮等等人前来。棺材铺子立刻热闹起来了。司管放鞭炮的把鞭炮一摞摞地拆开，挂在木棍上支起来，管灶上事的厨子查看喜宴的菜准备到什么成色了，他吆喝着几个帮厨的妇女把豆腐切成片，把萝卜切成丝。其实喜宴也简单，不过是凑足了六个菜，蒸了几锅白面馒头而已，就是这样，在当下的婚宴中已属上乘了。杨三爷还特意请来了邻村的一名喇叭手，迎亲时让他吹打吹打。这喇叭手患了伤风，不住地咳嗽着，有时一个喷嚏下来，一串清鼻涕也随之游荡出来。杨三爷对他说："我可是花了钱请你来的，到时得给我忍着，鼓足劲吹！"喇叭手怀抱喇叭，不住地朝杨三爷点头，在一旁养精蓄锐。杨三爷原本计划用轿子来接栾喜梅的，后来见借来的轿子十分破旧，就决定用毛驴来接亲。杨三爷看了七家的驴，相中了齐大炮家的。那驴玄色，油光闪亮，活泼而又乖顺，看上去精神抖擞的。如今这驴披红挂花，昂头望着过往行人，整装待发。

栾老四凌晨三点便醒了。醒来后就一遍遍跑出去看天。见有几片乌云挂在黎明前的星空，便有些忐忑不安，怕接亲的时候会下雨下雪。暮秋时节，浓霜下过几场后，雪就是个不速之客了，它会说来就来。栾老四很忌讳有风有雨的日子，因为他婚礼的时候大雨如注，迎亲的人都被浇成了落汤鸡，结果他和老婆过得就不长远。好在太阳快升起来的时候，那几片乌云也许觉得无法兴风作雨了，就不欢而散了。栾老四这才放心地回屋看女儿梳妆打扮。栾喜梅盘起了头，鬓上插了几朵红绒花，穿一套红缎子镶翠绿色边的新嫁衣，胸襟左右两侧绣着两朵牡丹花，化了淡妆，看上去妩媚动人，喜气洋洋。马凉的老婆过来帮着栾喜梅梳妆，见她打扮起来赛过了天仙，想起了死去的儿子马林，心里就不是滋味，不知不觉眼里就噙了泪花。马凉把她叫到一边，说："老四的闺女出门子，你要高兴些，要是吊着脸子，不如不来。"说得那女人也觉得自己过分，连忙帮栾喜梅去把刚煮好的鸡蛋用凉水浸了浸，剥下皮后让她吃。栾喜梅一夜也未睡好，她想结婚以后，家里就不能天天回了，弟妹的衣裳脏了怎么办？父亲吃不上热饭怎么办？越想心里越不是滋味，觉得父亲还应该再找个老婆，家里才会像模像样。可谁愿意嫁到这里来呢？

　　迎亲的喇叭声越来越近了，那声音就像条归家的狗似的一溜烟地跑回来，让人觉得无比亲切。栾老四事先嘱咐过栾喜梅，让她出娘家门时多流点泪，迷信说这是给娘家留下"金豆子"，当时他是这样说的："你嫁过去的那个棺材铺子，是咱这村中最富的，那里不缺钱用。咱娘家可就不一样，走时你可得多给家里留点金豆子，也不枉我养了你一场。"毛驴和杨浩一进院子，蜂拥着看热闹的小孩子欢呼雀跃地叫起来的时候，栾喜梅想起了父亲的话，就抽抽搭搭地哭了起来。原想哭哭也就罢了，谁料竟一发而不可收，谁也劝不住了，把脸上的胭脂也弄混浊了，使得杨浩分外尴尬。最后栾老四不得不弓着腰亲自去说服女儿，说你要是再掉泪，就不让你出嫁了。这句话果然立竿见影起了作用，栾喜梅一抽鼻子止了哭声，由马凉的老婆又忙三迭四地给她扑了些脂粉，然后由杨浩给她穿上鞋，抱她出门槛，让她骑在驴上。鞭炮响起，喇叭声声，院子里好不热闹。杨浩牵着驴，喜滋滋地看着那上面的新媳妇，的确有一种幸福到极致，不知今夕是何年的感觉。

　　从栾老四家到棺材铺子，只不过十几分钟的路。可今天迎亲的队伍却走得很慢。因为小毛驴实在太调皮了，尽管杨浩牵着它，它还是随心所欲地东摇一下，西晃一下，一会儿往左边突然去了，一会儿又停下来抬头望望天，弄得骑在上面的栾喜梅很慌张，惟恐一不留神被它给颠到地上，弄得一身的灰土，这样婚礼又有笑料了。杨浩心想，这毛驴也许是因为晚上不能参与闹洞房，心下不平衡，先自把洞房就给闹上了。也许在小毛驴的心目中，这天就是洞房的天棚，这四周的原野就是洞房的墙壁，现在正是庆祝的时候。这样一想，杨浩就觉得这毛驴分外可爱了。谁料这毛驴愈接近棺材铺子顽皮得愈过分，它忽然晃着脑袋小跑起来，结果到了高二嫂家的洗染店门前时，硬是把栾喜梅给颠了下去。好在栾喜梅早有准备，跌得不重，很快站了起来。围观的人发出快意的笑声。杨浩也跟着笑，心想已经到了家门口了，跌得正是时候，省得他还得扶新媳妇从驴背上下来。这时棺材铺子门前的鞭炮劈里啪啦响起，非常热烈，把喇叭声给击得七零八落了。杨浩搀着新媳妇，慢慢走向棺材铺子。杨三爷早已候在门前，眉开眼笑地迎着他们。婚礼主持宣布典礼开始，杨浩和栾喜梅拜天拜地，然后又拜坐在一把栗色椅子上的杨三爷，最后是夫妻对拜。拜毕，栾喜梅被蒙上一块红盖头，由杨浩牵手入洞房。此时两个捧着满碗五谷杂粮的人，把粮食一把把地劈头盖脸地朝新郎新娘身上砸去。杨浩怕砸疼了栾喜梅，就用双手护着她的头，自己却被五谷杂粮砸得眼冒金星，据说是被五谷杂粮打过，新郎新娘才会一生平安，白头到老。栾喜梅进了洞房，由杨浩给掀下红盖头，然后脱了鞋，盘腿坐在炕上"坐福"。据说坐的时间越久越好。

接下来是婚宴，由于屋子放不下十张桌子，基本就把它们支在了院子里。桌椅以及盘和碗都是从邻居家借来的。虽然太阳照着，但毕竟是近冬的时令了，风带着一股砭人肌肤的寒意，冷飕飕的。菜上了一桌，大家就齐操筷子，三下五除二，未等它凉呢，盘里的菜即被人瓜分殆尽，菜盘空空如也。那白面馒头上了桌，更是被人们飞快地抢光，有的人双手握着馒头，一齐往嘴里送。所以大师傅灶上的火刚撤，那边的婚宴即已结束，桌上只剩下了空碗空盘。大师傅在清冷的空气中打了个响亮的喷嚏，骂："这群狼！"他想幸好自己留了一盘豆腐和一碟煮盐水豆，否则落到最后什么吃的也没了。大家吃罢了饭，就开始清理桌子，女人们把属于自家的碗盘仔细挑出，摞到一起，小心翼翼地往家拿。一些小孩子兴犹未尽地在门前捡哑炮，然后将它们拦腰折断，划着火放火花看，那火花一缕缕射出来，金黄色，就像彗星的长尾巴，很好看。杨三爷大约嫌这些小孩子太闹人，就从屋里抓出一把糖来分给他们，轰他们走："去去去，有了糖吃，也看了新媳妇，回家去吧！"小孩子确实好糊弄，嘴里有了糖，他们就无限满足了，纷纷回家了。

午后三时，参加婚礼的人陆陆续续走净了。天开始阴沉了，太阳已经不见了，院落看上去冷冷清清的。栾喜梅吃了些东西，觉得坐福的时间足够了，就下炕去收拾屋子。杨浩清理干净了院子的炮仗碎屑后回屋，见栾喜梅在干活，就说："你在炕上坐着吧，这些活儿我来做。"栾喜梅一抿嘴唇娇嗔地说："我可不能让男人做媳妇该做的活儿。"杨浩听了心下感动，见左右没人，索性关上屋门，抱起栾喜梅就亲。由于太兴奋了，口水也出来了，弄湿了栾喜梅的脖子。栾喜梅小声说："天还没黑呢，让人看见怪臊得慌。"杨浩说："我让天黑天就黑。"说着，刷地把窗帘拉上了，又把门闩上了，这回屋里的确就有天黑的感觉了。杨浩把栾喜梅抱上炕，很吃力地解她衣裳的纽扣。那扣子是盘扣，而且是新扣，很涩，极难解，杨浩就嘟囔一句："这做衣裳的怎么盘这路扣子，活活急死人！"栾喜梅听后咯咯乐了，杨浩喜欢这笑声，觉得这声音像初春冰河乍裂的声音，像雨后的鸟鸣，像夏夜里浪漫的风声，给人以无穷无尽的喜悦和温柔之感。栾喜梅笑过之后，用双手捧着杨浩的脸，颤着声说："你可要一辈子对我好呀。"杨浩正欲缠绵地与她海誓山盟一番，听见有人拍门，杨三爷在叫："杨浩，你出来帮我找找我的白绸衣放哪里去了呢，你杨三娘这个死鬼，不知把它藏哪去了！"杨浩满心不乐意地说："来了！"然后放开栾喜梅，小声怪罪杨三爷，"看看你长得那副德性，非要穿什么绸衣裳，又不是你成亲。"栾喜梅把纽扣一一系起，对杨浩说："别这么说杨三爷，他这一段忙咱们的婚事，够操心的了。"杨浩觉得此言极是，也就把窗帘拉开，帮杨三爷找白绸衣。

　　傍晚的时候，忽然起了狂风。风刮得门两侧的灯笼像拨浪鼓似的乱摇，灯笼穗也被刮掉了几缕。杨三爷看了看天，骂："妈的，要变天了！"杨浩见天空乌云沉沉，给人以密不透风之感，知道要下雪了，就逗栾喜梅说："瞧瞧咱俩多有喜气，结了婚就下雪。知道那雪片是什么吗？是一块一块锃亮锃亮的大银元！"栾喜梅说："那你还不准备两口大缸，把这些银元都收着，一辈子舒舒服服地花！"小两口甜甜蜜蜜地斗着嘴，然后点火做饭。饭毕，雪来了，闹洞房的人也来了。闹洞房的多是年轻人，他们什么招儿都使，目的是让新郎新娘多表演点亲密的场面给大家看。他们用红线绳吊下一个沙果，让他们一齐去啃，杨浩和栾喜梅这样做的结果，自然是把嘴亲到一处了，于是大家就乐得直拍手。还有的用胶布在杨浩脖子上粘一块糖，让站在杨浩胸前的栾喜梅用舌头把这块糖吃进肚里，你能想见，栾喜梅要想吃到这块糖该对杨浩有多么的缠绵。糖最终还是吃到栾喜梅的嘴中了，大家仍觉不过瘾，又找到一根碗口粗的木头，由两个壮汉抬着端头，做成了独木桥，让新郎新娘骑在上面，不许晃荡。栾喜梅开始面露难色，杨浩也觉得这花样实在太刁难人了，正不知所措的时候，杨三爷进来为他们解了围。杨三爷吆喝那些人："得了得了，闹闹就回家吧，天这么黑了，又下了雪，不早点回去，当心雪大了不好走！"闹洞房的人都晓得杨三爷的厉害，尽管有些心犹不甘，还是把那"独木桥"落下来，十分不情愿地离开了洞房。人走尽了，杨三爷就把棺材铺子的大门锁了，说是不让这些讨厌鬼进来听窗。"就是他们跳进来听窗，这种鬼天气也会冻掉他们的耳朵！"杨三爷这样说着，然后把红灯笼一盏盏点燃，这样院落就洋溢着热烈的红光，喜气弥漫。杨浩和栾喜梅到院子看了看灯，又看了看雪，觉得弥漫的雪温柔而又恬静，蓬蓬勃勃得像盛开的梨花，觉得那红灯笼仿佛在喜宴上喝多了酒，醉醺醺的样子十分可爱。小两口欢天喜地地回了新房，将红蜡烛点燃，想美美地度上一个销魂的洞房花烛夜。正当他们挂严实了窗帘，闩好了门的时候，杨三爷又一次来拍门了，他喊："杨浩，喜梅，到灶房吃碗面条吧，结婚人不吃面条不长远的！"杨浩和栾喜梅只能拉开屋门，去灶房吃面。两碗热气腾腾的面条已经摆在饭桌上了，闻起来很香。杨浩不由鼻子一酸，险些落下泪来，觉得杨三爷待自己实在是太好了，以前真是错看了他。杨三爷端着一碗茶，在一旁慢条斯理地喝着，嘱咐他们要将碗里的面条吃干净，否则就不吉利。杨浩和栾喜梅自然是听话地把面全吃光了。吃毕，杨三爷找着一些闲话跟他们聊，杨浩只觉得自己头重脚轻的，脑袋晕晕乎乎的，看栾喜梅时眼前一片模糊。杨浩说："我怎么这么困。"栾喜梅也随之说："我觉得头晕得厉害。"杨三爷嘿嘿笑着，在心底说："我的洞房花烛夜要开始了。"

杨三爷见杨浩支持不住地歪倒在饭桌旁了，就连忙搀扶着栾喜梅，说是先把她送回洞房，回头再接杨浩。杨三爷给他们的面碗里分别下了蒙汗药，杨浩的量大些，而栾喜梅的则少些。他希望杨浩能睡得昏天黑地，而这个秀模样的栾喜梅，他只需要她微微眩晕，他不想让她在自己身下死气沉沉的。他要她绵软无力，而又想让她意识清醒。杨三爷把栾喜梅抱进洞房，想杨浩现在已是死狗一条，索性门也不闩，伸出一双大手就去脱栾喜梅的衣裳。栾喜梅有气无力地哼着，眼睛里露出绝望的神色。杨三爷望着烛光下栾喜梅渐渐露出的皮肤的那种暖洋洋的光泽，不觉先流下了一串口水。他扒光了她的衣裳，然后飞快地甩掉自己穿着的衣裳，迫不及待地压到栾喜梅身上。他一声一声地叫着"宝贝"，使神思恍惚的栾喜梅发出被刺痛的呻吟声。他太喜欢这种呻吟声了，他想自己这一段的辛苦没有白费，他总算如愿以偿地把这个小鸟一样可爱的人搂在怀里了。杨三爷尽情地发泄着，想着从今以后，杨浩的媳妇就成了他的，越发地激情荡漾起来。

杨浩后半夜从灶房醒来，见四周漆黑一片，便摸着黑朝洞房的光亮处走去。他扶着墙壁，仍觉得昏昏沉沉的。烛光下，杨三爷正坐在炕头兴味十足地抽着旱烟，栾喜梅躺在炕上，似在沉睡。杨三爷见了杨浩，将一口痰吐在地上，说："你也看到了，这新郎官让我做了。这也是应该的，我养了你这么多年，不能白养。从今往后，你的媳妇就是咱爷儿俩的了。你要是不乐意，我就对村里人说，你媳妇让我杨三爷给破瓜了，看看你们俩谁还有脸在这里混！"杨浩眼里噙满泪水，他点了点头。杨三爷笑了："这就对了！"

半月之后，杨浩跟着杨三爷外出运一口棺材，回来时却是杨浩一个人。杨浩对村里人说，他们半路上遇见两个胡匪，抢了他们身上的钱不说，他们还把杨三爷给杀了。他说幸亏自己年轻，跑得快，逃了出来。于是杨浩就带着几个身强力壮的男人去给杨三爷收尸，他身上被刺了十几刀，刀刀都在要害部位，那尸体惨不忍睹。卖油郎说："究竟是有什么深仇大恨啊，给捅得这么惨！"那口棺材被杨三爷自己给用上了，依照村里的风俗，不能把死人运回来，也就在出事地点附近挖了个坑，撒了点纸钱，将他埋了。从此以后，棺材铺子的主人就是杨浩了。邻居们见这小两口从不吵闹，但脸上从来没有笑影，就很纳闷儿，心想你们俩多有福气啊，结婚没多久，杨三爷就死了，把家产留给了你们，还有什么不乐意的呢？快到了年底的时候，栾喜梅有了身孕，杨浩去请吴老冒来给她堕胎。吴老冒说："我什么病都治，就是不给人打胎，伤天害理啊。"杨浩说他请人给这未出世的孩子算过命了，说这是个怪胎，两个头，四只脚，出生的话也活不了多久。杨浩又给吴老冒买了块上好的织锦缎料子，还送他一对杨三爷祖传的银镯子，吴老冒便欣然从命，痛痛快快地给栾喜梅堕了胎。高二嫂见棺材铺子的门楣上拴了个红布条，一打听，知道栾喜梅小产了，就对高二说："这小两口，把头胎给流了，多可惜呀。"

六

风是大地心脏发出的心音。春季，它的心音温情柔曼；夏季，那心音像琴弦般发出清爽悦耳的声音；秋季，这心音有些紊乱，忽而强烈忽而微弱；到了冬季时，它的心音就呈现出极其亢奋的状态。风一旦刮起来，就是呼啸的北风，带着股野兽嗥叫的气息，无所顾忌地在山川田野间穿梭。人们不得不把窗棂溜上窗纸，阻止它偷劫屋内的温暖。然而这风气焰嚣张，它会鼓着腮帮子使劲吹拂糊在窗缝上的纸，直到把它吹出了破绽，从缝隙快意地钻进屋子为止。这时室内烤火的人感觉到有冷风入侵了，就会一缩脖子说："这北风，真是不知道心疼我们家的柴火啊！"

　　北野南次郎冬季时是绝不封窗的。他不喜欢室内太温暖。他认为温暖的环境会使人意志消沉，降低工作效率。而清冷的空气会使人保持清醒的头脑和最佳的工作状态。凡是来过他宿舍的人，都要打个寒噤对他说："把窗纸糊上吧，太冷了。"北野南次郎却不以为然。心想只有这种环境，才会使我兴奋。因而整个冬季，他的住处的窗户终日蒙着霜花，经久不化。北野南次郎感觉到他的美妙的实验生涯快到尽头了，从同事间的议论和上司的抑郁神色来看，日本在大东亚战场上正节节败退，似乎已走到穷途末路。在这所特殊监狱的周围，在"国境地"界外，北野南次郎发现有许多站岗的军人，他们荷枪实弹，一动不动。待他走到近前，才发现这竟是一些笨头笨脑的木头人！以往，这一带的气息还没有如此紧张，这种剑拔弩张、一触即发的气势，只能说明他们离战争的尽头越来越近了。北野南次郎却不喜欢战争结束，这并不是因为他热爱战争，而是没有战争，他就不可能有这样一个良好的机遇从事细菌的研究。每当一项试验成功，他都高兴得手舞足蹈的。尤其让他感到振奋的是，在这个特殊部队中，他可以经常用活人做试验材料，毒气试验和鼠疫菌的试验都是极为成功的。此外，他还做过真空环境试验以及冻伤和人体倒挂的试验。在选择试验材料上，他倾向于那些健康而面露愤怒之色的人。他曾给一个苏联谍报人员做过毒气试验，这个人是在齐齐哈尔换火车时被逮捕的。他高大健壮，皮肤白皙，一头金色头发。他见着北野南次郎面露鄙夷之色。北野南次郎当时想，你以为自己高鼻子黄头发就了不起了？我会让你的这些体貌特征很快化为乌有。北野南次郎给他做了毒气试验，控制了毒气的用量，使其经过三天三夜的挣扎后才死亡。开始时他流口水，眼睑水肿，结膜充血，不停地流泪，仿佛他有天大的委屈。跟着便出现体温升高，流鼻涕，黏血性痢便，腹部剧痛等症状。到最后死亡时刻，他的周身遍布着黄豆般大的水疱，皮肤多处出现糜烂，眼睑水肿，声音嘶哑，心音微弱，呕吐，肺部吱吱啦啦地发出鸣笛般的声音，血便，这个高鼻梁金黄头发的苏联人痛苦得用双手抓胸，挠得胸脯血斑点点，而他的十指鲜血淋淋。最后，他脖子一仰，一命呜呼了。北野南次郎在他死亡的最后一刻冲他微笑着，然后他提起手术刀，为他做尸体解剖。北野南次郎轻快地把他的上下腹部的皮肉划开，又用骨锯锯断胸肋，使他的内脏一览无余地展现在他面前。那一刻北野南次郎想，你再用傲慢的神色看我啊！你的心还敢再跳动一下吗？他朝那内脏吐了口痰，又吐了一口痰，想想不过瘾，再吐了一口痰，然后才在心里哼着小调，继续解剖尸体。

二十六号王亭业已经瘦得只剩下一把骨头了。他依然保持着用指甲在墙壁上划痕计算时日的办法。那墙壁上的划痕越来越多，却也越来越浅了，因为他的力气越来越弱了。王亭业看不到自己的脸，但他能望见手脚，心想这还叫人的手脚吗？它们比鹰爪还要瘦削。若是他蜷伏着身子把双手双足放在一起，简直就是在看一堆枯枝。他想自己的骨头如今一定很脆，轻轻一掰就会折断。北野南次郎几乎每天都要来看一次王亭业，每次来他都问："二十六号，你觉得

怎么样？"王亭业总是先嘿嘿地笑上一阵，然后才答话。他的答话
五花八门，非常有趣。比如："我想哭哭不出来，用手一摸，就知
道它掉进心里了，我怎么能哭得出来呢？"再比如："我觉得满口
的牙都没了，因为我想咬舌头，怎么也咬不着。后来我就找这些
牙，你猜猜它们去哪里了？被鸡给叼走当米给吃了！啧啧，我的牙
能当米吃！"王亭业说这些话的时候自始至终地笑着，使北野南次
郎格外开心。他不止一次问二十六号，你究竟叫什么名字？做错了
什么？王亭业总是很坚决地摇摇头，说他什么坏事也没做过，至于
他的名字，就叫二十六号！每当他说到"二十六"的时候，还要比
比划划地在空中划出"26"的字样，然后抿起嘴角，一副踌躇满志
的神态，仿佛二十六是玉皇大帝的代号。北野南次郎曾想方设法调
出过二十六号的材料，知道他叫王亭业，由新京转来的。至于他犯
了什么罪，那上面并无记载。有一回北野南次郎突然问王亭业："王
亭业，这名字知道的有？"王亭业拍了拍自己的脸，喜出望外地叫道：
"那是我啊！"王亭业手舞足蹈，仿佛在庆贺一件东西的失而复得。
他对北野南次郎说："王亭业回来了，那于小书呢？"北野南次郎
不知道于小书是谁，问他，王亭业低下头很腼腆地说："于小书是
个好姑娘，她美极了。她坐着大轮船出国了。我不让她走，那大海
说起风浪就起风浪的，万一把船打翻了怎么办？"北野南次郎看着
这个精神已经完全崩溃的人，内心有一种无法言说的快乐。他从女
马路大身上感染了梅毒之后，整整一年都在暗暗为自己治疗，直到
今年春天才算痊愈。这期间，这病的折磨常使他下身奇痒难耐，心

情烦躁，这时他就愿意和王亭业说上几句话，他会获得某种无法言说的愉快和轻松。王亭业呢，他只要看见北野南次郎来了，先向他展览一派笑容，然后就评头品足北野南次郎的衣着，说他穿的马靴不好看，看上去就像两截黑烟囱，让人觉得他的腿长年累月被熏着，已经是漆黑漆黑的了；他说他的白衣服很瘆人，只有死了人才穿这吊丧的衣服，说白衣裳什么时候穿才好看呢？那就是有月亮的晚上，要是一个姑娘穿着白衣裳站在河边，看上去就会美丽得像一片白云。北野南次郎有时带给他一些水果，王亭业就指着它们说："你骗不了我，就这些玩意儿，我知道都跟毒蘑菇一样，看上去美丽，吃下去就完蛋了！"这所特殊监狱中，医生对马路大实施细菌实验，常常把菌液掺入牛奶和水果之中，让他们享用。马路大一开始不明真相，很积极地把它们消化掉。后来发现这其中有诈，就以绝食绝水进行抗议。马路大这样做，若他们真的集体绝食自尽的话，对医学试验来说将是重大的损失。从此之后，医生对实施实验的人采取了别的手段，主要以打预防针为主，谎称现在正流行痢疾或者肝炎，要打预防针才不至于被传染。马路大将信将疑，后来他们发现打预防针可以置人于死地，于是马路大对打预防针也进行反抗。他们拔掉针头，对医生大喊大叫，有的还动手殴打医生。最后迫不得已，他们再进行试验的时候，干脆就以提审的名义把犯人从牢房带到实验室里，在那里就由不得马路大了，就仿佛一只羊四足被缚住摆在屠宰场上，只能是任人宰割了。其实北野南次郎带给王亭业的水果，绝对没有放任何菌液，可王亭业依然十分恼火地把它们当驴粪蛋一样踢向门口。北野南次郎明白同监室的人一定警告过王亭业，不要乱吃日本人赐给的东西。

去年春季，丁香花弥漫着浓郁芳香气息的时候，他们进行了一次大规模的人体实验。实验原本选在小号牢房进行，这样王亭业就不可避免地成为实验对象。后来经过一番论证，觉得在大号牢房进行试验比较科学。小号牢房关押的是那些体格健壮的可以长期用于实验的对象，而大号牢房关押的人数较多，他们大都体质孱弱或者是些反抗情绪极强的人。王亭业之所以一直被关押在小号牢房，在于他的精神一直处于亢奋状态，虽然他看上去瘦骨伶仃。加之有北野南次郎的暗中保护，与王亭业同牢房的人相继在实验中死去，惟有他还活着。大号牢房每一间都关押着七八个人，由于卫生条件不好，牢房的空气极其混浊，一进去感觉就像走进了盛夏时节绿豆蝇团团飞舞的露天厕所。他们选择了两间大号牢房，共对十八人进行试验。试验目的是对两种霍乱疫苗进行比较，看哪一种更为有效。一种疫苗是使用超声波制造的，另一种是日本陆军军医学校用普通方法制造的。他们先对实验者进行预防接种，给其中的八个人注射用超声波制造的霍乱疫苗，对另外六个人注射了陆军军医学校制造的霍乱疫苗，而其他四人则被抛开，没有进行预防注射。二十天后，他们开始对这批马路大进行人体感染实验，将霍乱菌掺入牛奶之中，强迫他们喝下去。结果，接种超声波制造的疫苗的八个人，除个别稍有腹痛、头痛之外，第二天即奇迹般复原；而注射军医学校制造的疫苗的六个人中，多数呕吐泄泻，其中一名死亡。而那四个没有进行预防接种的人如他们所期望的那样，他们发病强烈，并于第三天全部死亡。这次实验的结果证明，用超声波制造的疫苗具有特效，于是开始大量生产这种疫苗。

北野南次郎无限迷恋的就是实验。每一项实验的成功，即使不是他的研究题目，他都跟着欣喜若狂。他们制造细菌武器是为了杀灭敌人，但当自己一方也受到这种病的传染和威胁时，就要找到最有效的遏制方法。这就好比你把锁锁上了，必须留有钥匙能把它开启一样。北野南次郎目前正在做冻伤的研究，因为日军在满洲漫长的冬季里不同程度地感染了冻伤，影响了部队的战斗力。虽然专门有一个班在研究冻伤，他们所做的实验结果也比较成功，但北野南次郎觉得这还远远不够。他认为自己的研究比他们更胜一筹，他将用事实来证明。那就是把人浇上水在零下三十度的户外冷冻，使实验者四肢已经麻木僵硬后，他能在一周内将被实验者冻伤的创面控制住。他认为这样一个辉煌的研究成果应该选择一个最理想的对象来完成，那就是二十六号。因为二十六号不可能永久地存在下去，他的研究也许在某一天会因为战败而突然中止，他必须要让他们之间关系的终结有着一个辉煌的休止符，能够使他常忆常新的结局。在这个冬天，北野南次郎明白自己最想做的就是这件事，为此，他探望王亭业的次数越来越多了，他想让二十六号在生命最后的日子里，能够吃得好一点，岂料他带去的水果都被二十六号骨碌碌地踢开，这使他分外恼火。

王亭业也并非总是疯疯癫癫的。偶尔，在夜阑人静之时，他一个人静静躺在床上苦苦思索，会想起一些什么。他想自己过去生活的环境，想他的亲人们。在这艰难的回想之中，他忆起了一间温暖的土房，里面有一个面目模糊的女人在忙着什么活计，一句话也不跟他说，王亭业想这一定是他的老婆。在这昏暗的背景中，有一个人的形象是活泼而鲜明的，那就是宛云。王亭业不但想起了她的名字，还忆起了她可爱的面貌，忆起了她用彩笔在墙上画着的那些憨然可爱的小动物：大象、青蛙、狗熊等等。每逢他忆起了宛云，便有一种要号啕大哭的欲望。可惜他哭不出来，他的泪泉仿佛早已干涸。这时王亭业会推醒同牢房的人，对人家说："我想起自己的女儿来了，她叫宛云，又聪明又可爱。她小的时候，不跟她妈妈一个被窝睡，专爱朝我怀里钻。她妈妈那时就说'瞧瞧我这闺女，不跟妈亲，倒跟爸亲'，唉哟，宛云实在是太招人稀罕了！"同牢房的人难得听王亭业说几句正经话，就坐起来陪着他聊个尽兴，而往往天将明时，王亭业又胡言乱语起来。同室的人只能叹口长气，催促王亭业赶快睡觉，吓唬他若是还不去睡，这么站下去就会死掉。王亭业听后打个寒战，赶紧回床躺下。他在与人倾诉的时候，一直鬼影似的垂立在暗处，一连几个小时不知疲倦。王亭业被吓唬之后牙齿打战，他仿佛看见一条大灰狼已经亮着绿幽幽的眼睛来到他的床前。他叫喊着："别吃我啊，我身上没几两肉了，全是骨头，要是硌碎了你的牙，不是太不划算了吗？"战战兢兢的王亭业能独自与莫须有的狼战斗到黎明，这才不胜疲倦地睡去。不管他早晨何时醒来，王亭业所做的第一件事，就是晃着脑袋走到墙壁旁，用指甲在上面划一道痕迹。他会自言自语地说："日子过得真快啊。"有时他还指着某一片划痕说："这是春天，这里有花，有小鸟，有绿树，有暖融融的太阳，美啊！"他赞叹着。有时他指着另一片划痕说："这是冬天。啊，到处都是雪，好冷啊。蛇和青蛙都冬眠了，黄鼠狼也冬眠了，我也要冬眠了。知道冬眠是怎么回事吗？就是不吃不喝地只知道睡觉。睡上一个冬天之后，嗬，醒来一看，天又蓝了，小草又发芽了，小鸟也爱叫了，花开了，蝴蝶飞来了，又是春天了，啧啧！"同牢房的人最喜欢听他这类的胡言乱语，因为这实在太美好了。王亭业在诉说这一切的时候语音轻柔，非常动情，如潺潺的流水，使人仿佛看见了一碧如洗晴空下飞翔的白云，闻到了暗夜花园中散发的幽幽香气。如今与王亭业住在一起的一百三十三号，他最为惬意的一件事，就是听王亭业对着指甲的划痕抒情。一百三十三号最喜欢听王亭业编织夏天的情景："啊，这里是夏天！看见了吧，满天都是星星！最漂亮的是哪几颗星？不是北斗星，不是天王星、海王星，是牛郎织女星。唉，牛郎织女真是可怜，一年才见一回面。你们知道吗，每年阴历七月初七，人间的喜鹊统统飞到天上，飞到银河里，给牛郎织女搭一座相会的桥。牛郎挑着担子，箩筐里放着他们的两个孩子，去会织女。唉呀，想起来多让人辛酸，一年才会一次面，那叫夫妻呀？受得了吗？"一百三十三号是个有妻室的人，每听至此，就要掩面而泣，他太思念亲人了。他知道自己在这个杀人的屠宰场里必死无疑，不过他想要尊严地死去。

一百三十三号是在讷河被捕的。他当时在车站候车，欲到哈

尔滨送一份秘密情报。这情报是什么内容，他并不知晓，只知它
非常重要。作为地下党组织的联络人员，每回送情报，他都要做
好充足的准备，万一遇到不测，绝对不能让情报落到日本人手里。
一百三十三号将情报藏在假发里，怕这头发意外被狂风卷走而露出
破绽，他特意剃了个秃头，用胶水将发套牢牢粘在头上。弄得脑
袋又胀又木，十分难受。这假发是按照他平素的头发设计的，就是
很熟悉他的人也看不出一丝破绽。当日本人在讷河车站抓住他时，
一百三十三号一点也没慌张，他想没人知道他头发的秘密，自己一
定能想方设法把情报处理掉。一百三十三号被押解到县警署之后由
日本人进行了细致的搜身检查，连他随身带着的一盒火柴也被拆开，
然而他们什么秘密也没发现。一百三十三号明白，一定是有人告
密，知道他要到哈尔滨送一份重要情报，否则日本人不会那么准确
而迅捷地在车站抓住了他。他们问他去哈尔滨做什么？一百三十三
号说，他爹病得厉害，一位老医生给开了方子，在讷河抓不齐这些
药，于是就到哈尔滨去。日本人问他药方在哪里？他指了指自己的
脑袋："在这里。"一百三十三号很流利地背出了一服药方的名称。
他明白，他们一旦获得不了实据，一定会对他严刑拷打的，那时如
果他们气急败坏地揪他的头发，一切都完蛋了。一百三十三号被搜
过身后，说自己憋了一泡屎，再不拉就拉在裤子里了，他倒无所谓，
只怕会熏着长官，那就实在过意不去了。于是就由一名宪兵看着他
去厕所，一百三十三号在里面从容地扯掉假发，将里面的情报吃进
肚子。等他再出来时，只觉得心中一片明朗，什么也不怕了。当夜

一百三十三号被倒挂着施刑时，他的假发像死鸟的羽翼一样脱落下来，露出个又青又亮的光头。日本人知道已经上当，便对他施以酷刑，用烧红的烙铁划他的皮肉，那皮肉被烫得"吱吱"地叫，发出焦味。然而一百三十三号挺下来了。日本人见他毫不动摇，只得把他转送到石井部队。一百三十三号明白，不管他被转到哪里，注定都是死路一条。只不过他到了这里之后，才知道这种死是何等的残酷。

一个天气晴好的礼拜天，北野南次郎从平房进城与羽田相会。羽田在三天前打来电话，语气甚为低沉，说他心情很烦，有话想和老同学说说。北野南次郎自从那次与羽田在苍泉不欢而散后，每年只与他见一回面。也就是在中国人的传统节日春节来临之时。那时聚会的不止是他们两人，还有来自同一故乡的人。他们大抵选在初一时聚会，无非是喝喝酒，唱唱歌，热闹一番后就四散了。平素，羽田与北野南次郎没有交往。这次南次郎意外接到羽田的电话，使他颇为吃惊，心下一片狐疑。

北野南次郎与羽田的约会时间是晚上五时。可他提前两小时就到了市区。他寻了家妓院，痛痛快快发泄了一下。他进妓院时太阳还在天上游荡，从妓院出来，太阳已不见了。深冬的落日总是在五点前就结束了。天色灰蒙蒙的，北野南次郎走在街上，觉得就像在海滨浴场畅快地游了一下午，浑身有一种说不出的舒展和轻松。街灯闪闪烁烁亮了，一些饭店的招幌在晚风中摇晃着，往来的行人全都因寒冷而缩着脖子。街上绝少有人语，有的只是车声和风声。北野南次郎在五点时准时走进一家日本餐馆，以往他们春节聚会，多半选择在这里。羽田已经候在桌前多时了，见到北野南次郎，连忙起身致礼，南次郎也回礼给他，二人这才坐下来叫菜。北野南次郎想美美地喝上几壶清酒，然后在微醺状态中回到平房，那样这一天就是完美无缺的了。羽田看上去比以往更瘦了，他语词迟讷，只是捏着酒壶不停地喝酒。北野南次郎想你不是有话要说吗？为什么不说？他们在喝酒的间隙有时彼此观望一下，然后淡淡付之一笑。待到酒喝得人血流加速，面颊潮红的时候，他们彼此都放松了，话也不由自主地多了起来。他们很动情地回忆故乡的山，回忆冬天时山中那铺天盖地的麻雀，回忆教小学的那个麻脸女教师，回忆他们故乡附近的温泉。说到动情处时，羽田和北野南次郎的眼睛都潮湿了。羽田问南次郎，如果日本战败，他们成为俘虏，你将怎么办？北野南次郎用手指重重叩了一下桌子，然后说："我希望回到故乡后还有这样的好环境，能做我心爱的实验。"羽田摇摇头说："如果我们战败了，你研究的这一切都毫无意义了，你回到故乡，不可能再拥有这样的实验室了。"北野南次郎听了非常反感，他反问羽田，如果日本战败，你会怎么样？羽田微微一笑说："回到故乡，去找一份工作，娶妻生子，平平安安度过后半生。"北野南次郎在心底骂了一声"懦夫"，然后不无嘲讽地举起酒盅说："为你的美好愿望，干杯！"待他们干尽了一壶酒后，北野南次郎咂了咂嘴，突然一字一顿地大声对羽田说："要是后半生没有我的实验室了，我就去死！"羽田不由想起了北野南次郎小时候兴味盎然地解剖麻雀的情景，胃部一阵痉挛，菜也吃不下去了。他觉得这话题过于沉重，弄不好两个人又是不欢而散，于是就聊些轻松愉快的事情。比如说小时候，跟父亲一块去温泉，在那里曾碰到一个用脚指头作画的断臂人。他用脚指头夹着笔，很熟练地在纸上描绘山川花鸟的形态。羽田凑在旁边，一直敛声屏气地看了一个下午。傍晚时，那个断臂人见羽田一直眼巴巴地蹲了一个下午，就慷慨地送了一幅画给他。他画的是一片温泉，那上面雾气沼沼，有几只鸟湿漉漉地从温泉上空飞过，背后是灰蒙蒙的山影，那画看上去清幽湿润。羽田笑着对南次郎说："当时特别想问问那个人，他的双臂是怎么断的？可一想这样问也许会使他忆起不幸时伤心，也就忍住了。"北野南次郎说："也许他伐木时让木头砸着，断了双臂；也许是出车祸落下的；还有可能是得了什么病，不得不截断他的双臂；当然，也有可能是他的仇家把他的胳膊砍断了。总之，他得感谢断了双臂，不然又怎么会用脚指头做画呢？"北野南次郎说完，突然很神秘地笑了起来，他说自己第一次失去童身，也是在温泉。那是他十四岁的时候，他父亲带他去温泉。父亲整天泡在酒馆里，喝得烂醉，南次郎有一天晚上在旅馆偷了父亲的钱，悄悄溜了出去。他先看艺伎表演节目，那里有很多成年男人，都是醉醺醺的样子，南次郎是最年轻的。演出结束后，这些艺伎就像花蝴蝶一样各寻其主去了，有一个又高又瘦的艺伎走到南次郎面前，她拉着他的手，俯身亲了他一下。南次郎笑言当时便觉得血流凝固了，他的脑子嗡嗡作响，他掏兜里的钱，结结巴巴地说想和她睡一觉。结果这艺伎把他带到一间很狭小的屋子，成全了他。南次郎说他离开的时候，这艺伎又把钱还给他，说这钱一定

是他偷大人的，快放回去，不要因为这个挨揍。北野南次郎搓了一
下脸，说："她人可真好。过了两年，我中学毕业了，又去温泉找她，
人家说她已经不在那里做了，她跟一个医生结了婚，走了。羽田君
你能想象出来吗？当时我听到这消息，站在温泉旁就哭了，难过极
了。"羽田听了南次郎的这番话，忽然觉得他是极为可爱的，于是
从兜里掏出一张照片递给南次郎，对他说："帮帮忙，这女人就要
转到你们那里去了，请多关照。"南次郎拿过照片，见是一个面目
沉静的中年女人，不漂亮，但气韵非凡，而且他觉得眼熟。羽田解
释说："那年我们在苍泉吃饭，曾见过她的。"南次郎恍然大悟，知
道她是苍泉的女主人了。她是因为什么被捕的？既然已经逮捕她了，
羽田为什么要帮助她？南次郎内心一片狐疑，他半开玩笑地说，如
果此时他将这照片交给羽田的上司，相信他不日将受到军法论处。
羽田哑然一笑，说："请便。"南次郎对羽田说，凡是进了他们那所
特殊监狱的人，如果想要得到关照的话，只有两个选择：早死或者
晚死。他不知道羽田需要的是哪一个？羽田想了想，苦笑了一声收
回了那张照片，然后轻声说："那就不必了。"

　　北野南次郎回到医院后夜已深了。他有些疲倦，回屋倒下就睡
了。星期一早晨起来，只觉得胸中发闷，一望天是阴沉沉的，便想
着要下雪了，一到落雪的日子，他就觉得浑身不舒服。他吃过早饭，
就去牢房看王亭业。他想跟二十六号说上一会儿话，自己的情绪就
会高涨起来。北野南次郎信步走向小号牢房，让看守打开门，然而
里面只有一百三十三号一人！他问一百三十三号，二十六号去哪里

了？一百三十三号说："昨天下午他让一个医生带走了。"北野南次
郎不由大惊失色，连忙问是哪位医生，他长得什么样？一百三十三
号说："他塌着鼻梁，眉心有颗大痦子。"北野南次郎明白，这人一
定是栗原君！天啊，他把二十六号带走去做什么实验呢？这个该死
的家伙，做事总是不吭不响的，他并没有听说栗原君近两天要做实
验啊！北野南次郎几乎是一路小跑着直奔栗原君的办公室，助手告
诉他，栗原君在解剖室里。北野南次郎疯了一般直冲向解剖室，他
打开门，见栗原君俯身站在解剖台前，戴着橡胶手套，正在清理已
经解剖完毕的血迹斑斑的尸体。北野南次郎走近那具腹中空空的尸
体，他看见了二十六号那张没有任何血色的脸。他的眼睛没有合上，
直直地向上瞪着，仿佛正望眼欲穿地等着什么人来。栗原君很遗憾
地摇摇头，说他的实验失败了，他给二十六号做了马血换人血的实
验，将王亭业的血液抽空，完全注入马血之后，他只存活了十个小时。
这十个小时二十六号疯话连篇，神志不清。栗原君觉得二十六号体
质过分孱弱，才导致他实验的失败。他说解剖二十六号的时候，发
现他的心脏明显肥大。北野南次郎转身走向存放着人体器官的器皿，
他停在标有二十六号标签的瓶子前，看那颗已呈暗紫色的心脏。北
野南次郎觉得心如刀绞，他忍不住落泪了。泪水落在已凝然不动的
心上，使那心有一种莹莹欲动之感。栗原君走过来，见北野南次郎
神色哀恸，不知这是为什么，就悄悄问："有什么不对吗？"北野
南次郎立刻收敛了泪水，他语气低沉地说："没有什么。"他这样说
着，然后飞快地离开了解剖室。他将门重重关上的那一瞬间在心底

骂栗原君："你这头蠢猪！"北野南次郎怅然若失地回到住处，他回想起二十六号所说的有关秋天的一段话，更加觉得未来的日子仿佛一下子黯淡无华了。二十六号是这样说的："秋天是什么？就是一只金黄的大南瓜，搂在怀里滑溜溜，吃起来香喷喷！"窗外飘着雪，窗棂发出嚓嚓的响声，北野南次郎忽然觉得自己是如此可怜，他孤独极了。

第十四章　一九四五年

民国三十四年　昭和二十年　康德十二年

一

　　腊月二十九的黄昏，吉来吃过晚饭，打算到外面闲逛一下。这几天家里上上下下的人都在忙年，忙得当铺里尘土飞扬，噪声不绝，令他很心烦。尤其是深冬时节，天寒地冻，天色永久灰蒙蒙的，晚霞也没有鲜润气象，更令他愁肠百结。他想着熬过了年三十、初一和初二，到了初三他就可以困鸟出笼了，那时他一定要找家妓院玩个通宵。

　　李小梅一见吉来要出门，就眼疾手快地把女儿凤枝塞到他怀里，就像甩一个包袱似的。李小梅说："明儿是年三十了，没见大家都忙得脚打后脑勺吗？祭祖的鸡还没剐膛，肉还得重新买一块，不带皮的五花肉祖宗是不稀罕的，还有，灶台上的锅碗瓢盆还没有擦，瑶琴做事越来越不像话了，一个下午才收拾一间房，磨磨蹭蹭得就跟她生孩子似的，烦死我了！"李小梅腰间扎个花围裙，手上湿淋淋的，散发出一股酸味，看来刚才她捞酸菜来着。她又怀孕了，想酸东西想得发疯，一缸酸菜已被她吃了半缸了。她起誓这回一准儿能生下个儿子，俗语说"酸儿辣女"嘛。

　　凤枝在吉来怀里突然哭了起来，她刚才在地上玩木头人玩得好好的，突然被妈妈给拦腰抱起，扔进了爸爸怀里。她越想越委屈，就哇哇地哭。吉来已经领教过多次了，一旦他要出门，被李小梅察觉了，她就会把孩子掼到他怀里，让他不能脱身。凤枝三岁多，胆小，喜欢自己玩。因为吉来很少主动抱她，她跟爸爸很生分。吉来也不喜欢凤枝，他觉得小孩子个个讨厌，一天到晚只是吃喝拉撒睡，每时每刻离不开大人，难缠得像蛇。凤枝一哭，嘴也歪了，鼻涕也下来了，先前凤枝跟着瑶琴在房间扫尘已经沾了满面的灰，这下泪水和鼻涕齐下，使她的脸混浊得就像鬼画符，跟个花脸蘑似的。吉来用腿用力颠了一下凤枝，吓唬她："你再哭，我就把你扔到街上去。现在天也黑了，满街都是狼，它们正愁没吃的呢！"凤枝大约想到喂狼的滋味不会好受，打了个寒噤，止住了哭声。吉来见李小梅又唠叨着去灶房了，就把凤枝抱回地上，让她继续玩木头人，吉来哄她说："爸爸上街给你买糖葫芦来吃，你在家听话啊。"其实凤枝还讲不出几句连贯的话，但她能听懂大人的话。因而吉来一跟凤枝说话，觉得那话总是有去无回，不见回应，就有对牛弹琴的感觉。

　　吉来悄悄溜出丰源当，来到街上。一到了街上，看见陌生的灯火，呼吸到新鲜空气，他就不觉气闷了。婚后的李小梅与当姑娘时判若两人，那时她虽然爱生气，但还带着少女的娇羞，常常佯装生气，以博得吉来的欢心。婚后，她变得泼辣、大胆、唠叨，什么事情都要插手，而且仿佛生活总不对她的心意，每时每刻都要发牢骚。吉来若是出去游玩的时间长了，回家后她就没有好脸色，风凉话说个不休，总之是数落吉来是个废物，是个花花公子，是个狼心狗肺的杂种。吉来最开始时不堪辱骂，还动手打过她。李小梅挨打后不像别的媳妇一样哭哭啼啼地夹着包袱回娘家了，她会单枪匹马地在婆家与吉来战斗，扇丈夫的嘴巴，撕扯他的头发，然后摔茶壶茶碗，把当铺闹得沸反盈天，王恩浩苦着脸摇头叹息，吉来跟她告饶了，她这才罢休。李小梅在丰源当里，事事都要说了算，比如瑶琴在灶房已经蒸了一锅高粱米饭，她偏偏要吃玉米糊糊，那就得赶快腾出锅给她做。女儿刚出生时，作为祖父的王恩浩为孙女取了个名：王雪风，气得李小梅好多天不跟公公说话。说敢情嫌我生了个丫头，就不想让她活得长远，叫雪风，那雪在地上就是再能呆，顶多也就半年多的寿命，风就更不是个东西了，来无影，去无踪，难道是想让她的女儿早点夭折？吉来对李小梅的无理取闹厌烦之至，于是就说："你不让她叫王雪风，那就叫她王石头吧，石头跟乌龟一样，是个长远的东西。"李小梅更加怒不可遏了，她声嘶力竭地叫："啊，你们老王家的人真是缺德，一个不想让她活得长远，一个又不想让她嫁出去。一个女孩叫石头，这辈子还有希望出阁吗？"弄得吉来哭笑不得，恨不能用锥子扎透李小梅的脑壳，让她一命呜呼了。李小梅左思右想，给这孩子起了个自认为独一无二的名字：凤枝。意谓"栖在树枝上的一只凤凰"。李小梅说："这名字吉祥又好听，又没别的人叫，听起来多好啊。"吉来心想，你到大街上走一圈，吆喝几声"凤枝"，保准会有或老或少的女性跳出来答应。有一回吉来和李小梅抱着凤枝去一家裁缝店，店的女主人见凤枝长得可爱，就拉着她的小手问："小丫头叫什么呀？"李小梅十分炫耀地大声回答："叫凤枝！"女主人"唉哟"叫了一声，说："原来跟我叫一个名字，今天收下的这份活儿就不要工钱了，一家人嘛！"李小梅闻听此言，气得脸都紫了，本来那块花布已量好了尺寸，单等着裁了，可她说什么也不在那家裁缝店做了，卷起花布抱着孩子就走。出了门她就重重地"呸"了一口，骂："真不要脸，学我家闺女的名字！"吉来小声嘟囔一句："就真是学的话，也只能是咱学人家，人家那么大岁数了，叫凤枝叫了多少年了。"李小梅骂了吉来一句："你知道个屁！"吉来连忙闭上嘴巴，再不敢多言多语，惟恐李小梅当街搧他几耳光，落下笑柄。

　　冷风吹过来，吉来不由迎风打了个喷嚏。他想这风就跟那些自来熟的人一样，不管你对它多生，它照样往你身上贴乎。吉来就骂了句"滚开"，然而风才不滚开呢，它想这世界上是先有我，后有你们人，我愿意吹哪里就吹哪里。吉来见风缠着他不走，就想随意钻进哪家铺子，避上一避。不过他不喜欢离丰源当太近的铺子，因为李小梅往往沿途寻来，挨家挨户地问，一准儿会把他从中揪出来。不过他也不想走得太远，怕回去晚了，父亲和李小梅都不高兴。他想再熬几天这狗屎一般臭的年就过去了，那时自己就能自由多了。一想到过年，吉来便浑身不自在，有一种被刀割的感觉。年三十的黄昏原来还有点意思，父亲会带着一些钱和吃的东西站在丰源当门口迎候游荡在这一带的乞丐，然而这两年丰源当江河日下，已面临关门的危险，王恩浩也无法财大气粗、威风八面地站在那里做施主了。对外虽是吝啬了，但王恩浩对内的年是马虎不得的。家里一定要弄得像个样子，扫尘、祭祖、打年糕、挂灯笼等等，一样也不能缺。年三十的晚上，在鞭炮声中把一盘盘刚出锅的饺子端上桌子后，吉来还要照老规矩给父亲磕头拜年。到了初一，又要跟着父亲去一些人家拜年，说些寡淡无味、千篇一律的祝福话，走得脚板生疼。而年初二，他要跟李小梅回娘家，洗衣房的丈母娘这一天会早早迎候在门外，等着抱凤枝。吉来以往是不讨厌丈母娘的，与李小梅结婚后，他对她反感之极。他想"养女随娘"，李小梅的蛮横无理，是与丈母娘的教唆分不开的。吉来初二去洗衣房，只是走个过场，打过招呼后，他就独自去张荣彩老人的小屋，烧上一把火，扫扫尘，然后关上门蒙头大睡，及至黄昏时李小梅拍门唤他去吃饭，这才无精打采地跟着去吃饭。饭毕，天也就黑了，这时吉来就有一种如释重负的感觉，因为过年所有的繁文缛节都已过去，他可以像平素一样地东游西逛了。李小梅对他初三以后出去胡作非为也是睁一只眼闭一只眼，只说"三六九，往外走"，想你再走也走不到哪里去，索性不管不问。常常是夜半三更吉来回家时，李小梅已呼呼大睡了。

吉来想起李小梅，心情就坏了。他不止一次埋怨自己当初一时冲动，让李小梅怀孕了，迫不得已与她结婚，在吉来看来，这是他一生永久的不幸。他觉得自己就应该一个人过，不应当有老婆孩子，尤其不该有李小梅这样的老婆。若是娶了麻枝子，也许情况不至于这么糟糕。麻枝子并没有听从王恩浩的劝说，她还是生下了吉来的孩子，是个男孩，比凤枝小两个月，取了个中国乳名，叫虎头，不过吉来只见过这孩子一次，是去年夏天，于小书要跟山口川雄回日本探亲，吉来到千代田街的于小书那里送别，意外碰到了麻枝子抱着孩子也在那里。虎头很淘气，长得也很漂亮，像吉来一样大鼻头、大脑门，眼睛圆圆的，十分可爱。吉来不敢多看那孩子，心惊肉跳得手心直出汗，那感觉就像偷了东西，当场被人捉了赃一样地难堪。麻枝子倒是落落大方地给虎头喂苹果吃，直到看到吉来窘得抬不起头来，才善解人意地抱着虎头离开。从那以后，吉来多次在梦中见到虎头，他冲他咿咿呀呀地叫着，挥舞着胳膊，令吉来醒来后有种怅然若失之感。王恩浩不像儿子那样缩头缩脑，他常去看虎头，过年时还送他压岁钱，麻枝子的父母也不拒绝王恩浩的造访和他的礼物，和颜悦色地欢迎这位"亲家"。吉来注意到，每回父亲去料亭看望虎头归来，总要长吁短叹一番，坐在厅堂的椅子里端着茶碗，将茶碗盖掀得"咣当咣当"地响，而且无缘无故地爱发脾气，嫌茶桌上的灰尘厚得能埋人了，嫌院子里的杂物堆得哪里都是，十分碍眼。其实茶桌上的灰瑶琴每日都擦，别说是埋人了，就是埋一根头发丝都不可能，而院子被张弓子打扫得利利落落，哪有什么杂物。但王恩浩这样埋怨了，瑶琴就只得飞快地提来抹布将茶桌再擦一遍，张弓子也得立马跑到院子去归置并不存在的"杂物"，王恩浩这才不再咣当茶碗盖，呷上几口茶，又张口埋怨天气不好，老是阴沉沉的，好像谁欠了它八百吊似的。吉来想，你埋怨天我们可就帮不上忙了，谁能管得了天呢！当然，埋怨了一圈之后，王恩浩最后还是把不平全都发泄在吉来身上，骂他不成器，一身的软骨头；骂他做事不负责任，只图一时快乐。吉来听类似的话已经是千遍万遍了，因而也不觉太刺耳。父亲这样骂他的时候，他在心底反驳说，你说我是软骨头，做事不负责任，我看你也比我强不了多少。你当年跟我妈结了婚，有了孩子之后，还不是抛弃我们一个人逃了？你不是也图个轻手利脚吗？你平素也不管自己的老爹老娘，不过每年寄上一些钱充充"孝心"，你从来不回新京看望他们，难道你的良心就是好的吗！哼，有其父，必有其子，我让麻枝子有了我的儿子而对他们不闻不问，这也算是学你学来的结果。你有什么资格教训我？吉来这样一想，面上便流露出分外不屑的神色，他叉着腰，撇着嘴角，用眼睛的余光瞟着父亲，气得王恩浩捶胸顿足，说自己前世造了孽，今世才遭如此报应。王恩浩发足了脾气，把手一摆，吆喝吉来下去，那样子就像打发一条丧家犬。吉来也不介意，他打着口哨离开，出了当铺寻他的快乐去。只要他喝上一碗可口的面汤，又在戏院过足了戏瘾，晚上还能在某个妓女的温存伺候中获得快感，吉来便觉得生活彻头彻尾是阳光灿烂了。至于虎头和凤枝，他想这都是争强好胜的女人们自讨苦吃的结果，她们完全可以不要孩子，这实在是自作自受。

吉来迎风走着，看着前方吉祥苑饭庄的幌子像狂人一样地晃着，就想进去喝碗豆浆。吉祥苑的豆浆和豆沙煎饼非常地道，豆浆是新磨的，饭庄的后身有座磨房，一头总是沉默着的黑驴勤勤恳恳地每日拖着磨盘转圈。吉来见过一次那黑驴，它养成了习惯，在不干活的时候走路也是垂着头，且步子慢条斯理、有板有眼的。吉来那一瞬觉得驴很可怜，因为它一辈子只做一项营生，那就是拖着沉重的石磨转圈，它辛辛苦苦地走上十几年，那路也不过只是一圈，吉来便觉得做头驴实在是冤屈啊。吉来叹息了一声，正欲推开吉祥苑饭庄的门，被一声吆喝声给吓得浑身一抖："大过年的，家里的活儿一摊一摊的，你不管不顾，又偷着出来闲逛了！"吉来转过身，见李小梅拿着把笤帚站在他身后。李小梅没戴围巾和手套，冻得嘶嘶哈哈的。吉来倒吸了一口凉气，小心翼翼地说："你何苦追来呢，我不过在家觉得气闷，出来转一转，一会儿就回去的。"李小梅挥舞了一下笤帚高叫道："你一在家就气闷，不过就是看着我和凤枝不顺眼，我知道料亭里有你的野种，你喜欢她们，不喜欢我们娘儿俩，我李小梅一个黄花闺女嫁到你们王家，真是受够了冤屈！"李小梅就要哭了，吓得吉来赶紧往回溜。他怕李小梅当街撒起泼来，会惊动吉祥苑的人，以后他就没脸进去喝豆浆了。吉来在前面几乎是一路小跑着回当铺，李小梅在后气喘吁吁地跟着，好在是夜晚，这一带街面的灯火较为零落，而且由于天冷和忙年的缘故，行人也极少见，吉来还不觉得太丢面子。逃回当铺后，惊魂未定的他想着再熬三天就是出头之日了，何苦惹李小梅不高兴呢，就赶紧把凤枝抱在怀里作为挡箭牌。果然，李小梅进屋后见吉来抱着女儿，气就消了大半，她搁下一直紧攥着的笤帚，嘴角浮出一丝轻蔑的笑意，转身擤出一摊鼻涕，令吉来作呕。他不喜欢和李小梅同床，厌烦她的鼾声和螃蟹似的四仰八叉的睡相，嫌弃她不爱洗澡时身上散发的馊味儿。然而吉来不和她亲近又是不行的，李小梅便会骂他在外面撒够了野，回家没有力气了，骂他在别的女人身上是只猛虎，而在她身边是只懒猫，什么都敢骂得出口。吉来不愿意把夫妻间的床笫之事张扬出去，隔三差五就得鼓起勇气抚慰李小梅一番，那滋味实在跟驴被蒙上眼罩干活一样，苦不堪言。吉来并不希望膝下再添丁进口了，但他发现只有让李小梅怀孕，他才能获得长久的休息，就蓄意让她怀孕，想着清闲一天是一天，等到小孩子降生后再说。的确，李小梅有了身孕后绝不让吉来碰她一下，她悉心保胎，雄心勃勃地说再过一年，丰源当就有真正的主人了，听得王恩浩很反感，面色阴沉，一看见儿媳妇就把脸转向别处。吉来明白，李小梅是想生个儿子，将来守住丰源当的家业，也好与那生了虎头的麻枝子在暗中一争高下。可在吉来眼中，已经快入不敷出的丰源当无疑是风雨飘摇海上的一只锈蚀的船，折戟沉沙也许只是瞬息之事。王恩浩当时见李小梅又有了生产的迹象，就找来吉来，认真和他谈过一回，说你既然对所生的小孩子一概不管，为什么还要让老婆怀孕？吉来没头没脑地说了句："我撒下的不过是点雨露，它们却非要化成骨肉，我有什么办法！"气得王恩浩口斜眼歪的，连骂儿子"下流、无耻"。吉来想父亲的真实想法，大约是觉得丰源当的实力不如以往，多一口人将来会在开支上显出拮据，一个虎头一个凤枝，已经让王恩浩承受得有些吃力了。有时吉来也同情父亲，他见他已经谢顶，额上的皱纹越来越深，让张弓子出去买东西时精打细算，近两年也不添置衣帽和家具，他知道作为一家之主的父亲有多么不容易。但他又觉得父亲太过怪癖，对女人毫无兴趣，只喜欢埋头于当铺的库房里，鉴赏那些瓶瓶罐罐，让他觉得父亲就像只大老鼠，生活在暗无天日的角落里。吉来曾一度认为父亲对于小书情有独钟过，大约是于小书对山口川雄矢志不渝的爱打消了王恩浩的热情，而他与山口川雄之间的友谊，也最终没有重修到最初的和谐。吉来记得山口川雄归国前，还托吉来给父亲带回一件礼物，是支金质的掏耳勺，那跟麦粒一般大的勺面上，镌刻着九朵牡丹，而纤细的勺柄上则雕刻了双龙戏珠的图案。初始时吉来不相信会有人如此鬼斧神工地在这么小的物件上雕刻如此丰富的东西，后来山口川雄找来放大镜，让吉来仔细辨认。他终于看清了勺面上九朵相挨着的牡丹，它们一朵有一朵的神韵，有的怒放，有的含苞，有的开一半留一半，还有的只是扬出一片花瓣来，实在美丽得令人炫目。而勺柄上的双龙戏珠，更是美不胜收，两条龙神情威猛，连龙尾上的纹理都看得一清二楚，那圆润的珠子被玩得团团转，吉来似乎能感觉它们在飞速地游动。吉来问这是什么年代的东西，山口川雄说是宋朝的。吉来就张大嘴叹息了一声，说："宋朝人有这么高的手艺哇，真是了不得！"让吉来确切说出宋朝离今天有多远，他是说不清楚的，按照私塾先生教他的知识，只觉得唐宋这些朝代就像一匹脱了缰的野马，它走出的路已经遥远得难以确认了。吉来想这样一支精美的掏耳勺肯定价值连城，他自己还没有什么稀罕之物可供保存，这掏耳勺就被他中途扣下，据为己有，把它藏到枕芯里，夜里做梦时就免不了有游龙和牡丹的影子。他没有告诉父亲，山口川雄送了一件礼物给他。

他想父亲的宝贝东西已经不少了，不要再为他锦上添花了。

除夕的清晨，张弓子趁着新打的糨糊还没有凉，就把丰源当的对联和挂钱都贴出去，将灯笼也挂起来。"福"字也在各个门上贴了不少，有的正着贴，有的倒着贴，可见"福"字是个头重脚轻的家伙，说栽跟斗就栽跟斗。不过人们都渴望着它栽跟斗，那样就是"福到了"。瑶琴将厅堂的桌子摆上瓜子和花生，又把洗得锃亮的茶碗一字形摆开，然后给凤枝和她自己的女儿囡囡穿新衣。囡囡比凤枝小一岁，才学会走路，走着走着就要跌跤，一跌便弄得灰头土脸，哇哇直哭。瑶琴知道王恩浩反感小孩子过年的时候哭，因而不敢让囡囡乱走，给她穿上新衣后，便把她放到竹制的圆筒形学步车里，扔给她两样玩具，让她独自玩。其实囡囡是很乐意凤枝跟她玩的，可凤枝讨厌囡囡，一看见她就哭。李小梅曾笑着对瑶琴说："你们家囡囡，前世一定是个魔王，不然我们家凤枝怎么一见她就哭？"瑶琴心里很不高兴，但又不便反驳，只是在心底恨恨地说："你要说囡囡前世是个魔王，我看凤枝前世就是个盗匪，见谁的东西都抢。"的确，凤枝看见别人手里拿着稀罕东西，她会不吭不响地上前一把将其夺下。瑶琴先给囡囡打扮好了，将她放到别的屋子，然后才精心打扮凤枝。有一刻瑶琴扎红头绳时弄疼了凤枝的头，凤枝就乱蹬着双腿抗议，吓得瑶琴赶紧将她的辫子松了松。俗语说"老婆是别人的好，孩子是自己的好"，的确，瑶琴还是喜欢囡囡。囡囡不挑食，性子慢，爱笑。当初瑶琴生她，足足用了两天时间，她疼得在炕上直捶肚子，可囡囡却不肯轻易探头看这个光明世界。这使得李小梅

常拿此事取笑她："你生一个，我都能生仨了！"瑶琴也不喜欢李
小梅，觉得她事事都要占上风，蛮横无理。瑶琴打扮好了凤枝，张
弓子神色慌张地进来了，他说老爷在厅堂发脾气呢，库房里的一件
明代飞鸟松枝图案的挂毯不见了。那挂毯有紫红、橘红、粉红、橘黄、
中黄、草绿、浅紫、深蓝、墨绿、银白等十余种色彩，非常有收藏
价值。是奉天一家鞋铺的主人当的，那家鞋铺去年秋天时倒闭了。
王恩浩很喜欢这挂毯，多次去库房欣赏它。今天早晨，他再次去库
房想看一看它时，发现它不见了。老爷发了脾气，说是找不回这件
挂毯，年就不过了。瑶琴吓得面如土色地跟着来到厅堂，只见吉来
和李小梅以及二柜都垂手站着，王恩浩坐在太师椅里，穿大红缎子
长袍，气得嘴直哆嗦。他说："能进库房的人都在这里，今儿咱家
是第二次出家贼了，不追究不行了。上回丢了件貂皮马甲，想着能
赔得起，我也就没有声张。这回不行了，那么好的挂毯丢了，我们
丰源当还有什么面子和信誉！你们挨个地说，要是没拿的话，就起
誓。若都说没拿的话，谁也别想着去过年，全给我跪在这里，从今
天一直跪到十五！"既然老爷发话了，一行人不敢不从，张弓子首
先带头"扑通"一声跪下了，他狠狠地捆了自己一嘴巴，说："我
要是拿了那张挂毯，吃饭就噎死，这脸就让狗给舔着吃了！"瑶琴
拍了一下地上的青砖："我要是偷了东西，今天就让这青砖做我
的墓碑！"二柜比较沉静，他抖了抖衣衫的袖子，从容不迫地说：
"我在老爷家干了快二十年了，从来没有私拿当铺的一针一线。我
上有八十老母，下有六岁的小孙子，要是我拿的话，就让我家破人

亡！"吉来觉得除夕的早晨大家如此赌咒发誓十分不吉利，因而他说："我不想发誓，反正我没拿。"王恩浩使劲拍了一下桌子，吆喝道："你不发誓，就肯定是你拿的！你这个不成器的东西，准是把挂毯卷出去卖了胡吃胡喝去了！"吉来急了，他顶撞了父亲一句："你可不要血口喷人，诬赖好人哪！"王恩浩说："你要是不发誓，说明就是你干的，我就把你绑到仓库的柱子上，让你跟老鼠一块过年。"吉来气得一拍巴掌说，"好，我发誓，我要是拿了那个驴日的挂毯，就让我亲爹瞎了眼睛，让我亲闺女变成哑巴，让我老婆生了怪物出来！"吉来的诅咒一句比一句狠，而且矛头直指王恩浩、凤枝和李小梅，却不涉及自己一句，王恩浩跺了一下脚命令张弓子，"把他给我绑起来！"吉来没有慌张，他对父亲说："你儿媳妇还没发誓呢，怎知这事不是她干的？"李小梅"哇"的一声哭了，她转身扑向吉来："我嫁到你们王家真是倒了八辈子霉，一天到晚地操持这个家，倒被你们给当成贼了！不过是一条挂毯吗，我看着挺鲜亮的，想着将来留着给凤枝当陪嫁，就拿回了娘家。我是你们家的人，拿条毯子还要报告吗，这么呆下去我看我还是不过了！"在场的人听了这一席话，全都傻了眼，王恩浩也没料到这会是李小梅干的，于是就唤大家都起身，该过年就过年去吧。二柜哆哆嗦嗦地走到王恩浩面前，掏出一串钥匙递给王恩浩，说："老爷，奴才老了，不中用了，请老爷恩准奴才回家养老吧。"王恩浩连忙给二柜作揖挽留，然而留下钥匙的二柜头也不回地颤巍巍地走了。其实在场的人只有吉来心中明白，挂毯一准是李小梅偷走的。因为她特别喜好往娘家折腾东西，杯子、茶壶、细瓷花盘、漆木筷子，她什么东西都能看得上眼，回娘家从不空手。有次吉来在洗衣房意外发现洗衣绳上晾着双紫红的袜子，仔细一看，是自己丢的那双，知道李小梅拿回去给她父亲穿了，也就佯装糊涂，并不声张。不过他没有想到李小梅竟然会胆大包天地打那幅名贵挂毯的主意。

王恩浩见挂毯有了着落，也就宽了心。他唤张弓子立马跟随李小梅去洗衣房取回挂毯。李小梅哭哭啼啼地说："我娘家有规矩，大年三十不看娘家的灯，能不能初二吉来和我回娘家时再把它取回来？"王恩浩见李小梅的样子有些可怜，也就点头应允。

如此一来，这年就过得极没滋味，十分寡淡，年夜饭吃过，大家都蔫蔫地回房睡了。初一的时候，吉来跟父亲按惯例外出拜年，听说扣子巷的吴瞎子死了。报告这消息的是老中医王正坤。王正坤穿着灰布棉袍，溜着边走路，去给一个患风湿痛的老太太做针灸。王恩浩给看见了，少不了作个揖给他拜年。这时王正坤突然说："扣子巷的吴瞎子今天早晨没了。"吉来想起自己曾到扣子巷拜访吴瞎子的情景，少不了要难过一番。王恩浩对吉来说："吴瞎子说过，等他没了的那一年，这街上的太阳旗就没了。看来小日本真的要完蛋了。"王恩浩对吉来说，日本若是战败了，像麻枝子一家人都可能要作为俘虏而被遣返回国，他们应该在这之前把虎头要回王家。王恩浩说："虎头是你的亲生儿子，你不能让他跟着麻枝子回日本，那样的话，你可能就一辈子也见不到他了。"吉来说："你要是让虎头留下来，凤枝她妈还不得把他给烀着吃了？再说，日本真是战败

了，虎头在这里肯定遭人白眼，不如让他跟麻枝子一同走。""你个
不负责任的孽障！"王恩浩骂完这一句，已是眼泪汪汪的了。吉来
知道父亲喜欢虎头胜于凤枝，这心情他能理解，可他自己是不想给
更多的小孩子当爹了。他甚至暗中诅咒，但愿李小梅生下的孩子是
个死胎。

　　挨过了初二，同李小梅一起把挂毯从洗衣房带回来，年也就算
过去了。初三的黄昏，吉来长吁了一口气，出了当铺打算去妓院。
路过红楼时，他在那片绛红的废墟前沉默了半晌，想起了一些旧人
旧事，内心有一种浓浓的伤感。他想姑姑和王小二，想爷爷和奶奶，
想已经故去的私塾先生，尤其想爷爷弹棉花的大风轮。吉来越想越
觉得身上寒冷，他尿水上泛，忍不住踏入废墟撒了一泡长尿。尿毕，
他忽然听到一阵哭声，有个人声音嘶哑地说："就看我是个叫花子，
也不该把尿撒在我身上啊。"把吉来吓得后退了几步。借着稠密的
星光定睛一看，见角落里确实偎着个人。吉来说："你叫什么？"
那人低声说："我叫狗耳朵。"吉来觉得这名字耳熟，就说："好几
年前你是不是跟很多叫花子一起到丰源当拿过过年的东西？"那人
连说"是"。吉来又说："你忘记我了吗？当年你和我在丰源当玩过'天
下太平'呀！你用黄豆当棋子来着！"

二

　　海水由灰转蓝之时，海滨的春天就扑面而来了。这里的春天就

跟台风一样，登岸时挟风带雨，十分豪迈，几乎是一夜之间就能使
天空彻底变个颜色：那种只有春天才有的蔚蓝蔚蓝的晴空。这时街
上的树吐出新绿了，草芽也龇牙咧嘴地从温暖的土里冒了出来。草
芽见头顶的树叶比自己泛绿还早，便有些不高兴，心想年年都是你
抢春抢在头里，实在是太爱出风头了。草芽想让你风光风光吧，等
到将来狂风袭来，我会安然无恙，因为我的根埋在土里，而你们那
轻飘飘的树叶就等着被掳走四处流浪去吧。

　　郑家晴在这个春天无限忧愁。他寝食不安，觉得自己前程渺茫。
以往他是盼望日本人早些完蛋的，现在见其垮台的迹象越来越明显，
他又有着某种难言的隐痛。他逃出新京已有十余年了，这期间他隐
姓埋名，虽然也经历一些风雨，但毕竟保住了平安。如果有一天和
平的曙光降临了，他还有什么脸面回新京？为此他写信给在法国的
沈初尉，让他帮助自己在那里联系一所大学，他想携妻留学去。留
学可以永久地延长他心路的逃跑旅程，那样有一天他重回中国时，
就可以不汗颜地回故里了。因为他可以对别人说：这些年我一直在
国外。既然不在国内，他做个旁观者是理所应当的，因为没人知道
这些年他究竟在做些什么。

　　在郑家晴走投无路之际，他还是投靠了沈初尉介绍给他的范进
元。范进元名义是做海产品交易的，其实这只是个幌子，他暗中做
的是海上走私的生意，贩卖烟土、枪支等等东西。范进元五短身材，
逢人不笑不说话，面色红润，最初给人一种豁达、热情、值得信赖
的印象。郑家晴当时并不知道范进元看中了他的一表人才。范进元

当时要运一批隐秘的货物出海，在海关受了卡。范进元让郑家晴去疏通关系，说是那位主管的海关官员的老婆最喜欢逛商场，你多陪陪她就是了。郑家晴想这有何难，就买了套银灰西装，配上一双轻巧柔软的鹿皮鞋，带那女人出去闲逛。他们在一起购物、喝咖啡，去海边漫步，只两天下来，彼此就难舍难分了。当时沈雅娴还没有从上海回来，纠缠郑家晴的只是一个其貌不扬的香琴。郑家晴见那女人姿色俏丽，也就假戏真做了。那海关官员对老婆的话惟命是听，范进元的货顺利出港了，而郑家晴与那女人也在床上打得一团火热。范进元后来专门为郑家晴购置了一套临海的住房，使他能经常与女人幽会。在他的房间里，最少不了的就是美酒和各种下酒的干鲜果品。他用自己的魅力，为范进元的生意扫清了不少障碍。有时夜阑人静他难以入睡，觉得自己跟妓女没什么区别，活的不过是个躯壳，便有些痛不欲生。他自暴自弃地酗酒，酒醉之后在房间里独自大声朗诵一些诗词。郑家晴虽然在生意场上混，但偶尔仍然读读诗词，这样才觉得自己还没有堕落到一无是处。他最喜欢两个人的词，一个是南唐后主李煜，一个是晏殊。晏殊的词最爱的是《蝶恋花》中的那句："昨夜西风凋碧树，独上高楼，望尽天涯路。"而李煜的词，他可以说是首首都喜欢。作为南唐后主，当时南唐被北宋所灭后，纵情声色的李煜是肉袒出降，被押送至汴京，成为宋太祖赵匡胤的阶下囚。郑家晴觉得自己就是在汴京苦苦挣扎的李煜，昔日繁华今不在，只留明月空照人。被降后的李煜写下了那首流传千古的《虞美人》：春花秋月何时了，往事知多少。小楼昨夜又东风，故国不堪回首月明中。／雕阑玉砌今犹在，只是朱颜改。问君能有几多愁，恰似一江春水向东流。这首词郑家晴是百读不厌的。有回醉酒之后，他还诗兴大发，自填了一首《虞美人》:酸甜苦辣何时了,愁味知多少。海边昨夜又西风，千里徘徊寂寞在人间。／故人梦里来相会，不觉新人泪。问君归乡山几重，恰似白云万里无尽头。酒醒之后，郑家晴拈过这页诗读了一遍,不觉哑然失笑，将其撕成碎片，掷进纸篓里。

范进元拥有了郑家晴，碰到难关时将其用上，总能克敌制胜，仿佛他是一把宝刀，屡试不爽。郑家晴混在女人当中，纵情声色，觉得时光过得飞快。他所接触的，有商人的娇妻，也有跟男人一样叱咤在生意场中的女强人。前者郑家晴乐于应付，摆脱她们也简单，而后一类人则总是让他吃尽苦头。这种女流多半长相不佳，举止强悍，想把她们柔化实在费尽周折。而这种人跟冰块一样，你一旦将其融化成了水，她就温柔勃发，缠住你不放，令郑家晴苦不堪言。有时在床笫之间把生意谈成功了，本该就此一刀两断，岂知她们还时时找上门来，带着种馋猫般的意犹未尽的神态，令郑家晴胆寒。迫不得已，郑家晴只好选择短暂的旅行，反正范进元可以提供给他大把大把的钱花。后来他旅行腻了，就藏匿到香琴那里。火灾之后，老板娘在原地又重新盖了座客栈，且生意不错，雪琴香琴也照例做她们的老营生。郑家晴去那里，就会和香琴住上几天，走时扔些钱给她。香琴知道郑家晴有老婆，也不图着嫁给他。只要能跟如此风流潇洒的人住上几夜，香琴觉得一辈子不嫁人也值了。在香琴那里，郑家晴可以放肆地睡懒觉，直到日上三竿的时辰，香琴会给他端来洗脸水，待他洗漱完毕后，又从灶房端出浓香扑鼻的肉汤来。香琴嫌郑家晴瘦，说他身上亏得慌，下决心为他补。香琴认为世上最好的补汤，不是鳖汤、人参汤等，而是肉骨头汤。香琴去集市买回一些猪的大骨棒，将它们用斧头砸碎了扔进铁锅里，放上花椒、大料、桂皮以及蒜瓣，煮上它两个小时。将一锅汤熬成半锅，呈奶白色，骨髓油也流了出来，再将汤上撒上一层油绿的香菜末，那汤喝起来确实鲜美之至。每次从香琴那里归来，郑家晴都觉得面上滋润不少。正当郑家晴为情色所累，打算抽身之时，沈雅娴神情黯然地从上海归来了。她少不了要骂上海所有的导演都不懂艺术，只让她客串一些小角色，糟践了她这块大明星的料子。她说很多搞艺术的人都投身去了延安，她本来也要去的，可听说那里点着煤油灯，不能洗澡，吃得很差。她又惦念着郑家晴，于是就回了大连。沈雅娴剪了个男孩式的短发，肤色黑了不少，但身材依旧窈窕。她似乎是彻底打消了演戏的念头，每天热衷于女红和烹饪之事，闲时喜欢听听唱片，陪丈夫到海边散散步。沈雅娴喜欢满月之时的大海，那时海水被月光映得十分柔美，拍打着沙滩的浪花就像一群小动物似的蹦蹦跳跳地上岸，沈雅娴总是赤着脚踩着浪花大呼小叫。有时她会说让小老虎给咬了脚指头，或是说让山羊啃了腿肚子，这种天真的表白若是在白天由一个中年女人嘴中说出，一定会让你浑身起鸡皮疙瘩，恶心得慌；可是在月光飞舞的海滨来说这话，就让人觉得可爱之至。郑家晴这时就会给她背诵李煜的《乌夜啼》：林花谢了春红，太匆匆。常恨朝来寒雨夜来风。／胭脂泪，留人醉，几时重。自是人生长恨水长东。沈雅娴这时就会轻轻拥住郑家晴，吻他的嘴唇，说些温柔的情话。有一次情到深处，沈雅娴见海天之间只有她和郑家晴，就脱掉衣裳，赤身裸体地站在月下，那一瞬间郑家晴只觉得眼前兀地一亮，沈雅娴就像一道光柱一样矗立在那里，通身银白，让他怀疑有些女人原本就是由光凝聚而成的。这种想法使他不敢接近沈雅娴，觉得这个热烈如火的人也许会化成一道闪电将他击倒。沈雅娴仍嫌浪漫得不过分，她拖着长腔对郑家晴说："我是嫦娥，从月亮里下来，我给你带来了天堂的桂花酒，你要不要一醉方休呢？"这番话使郑家晴毛骨悚然，他掉头就跑，沈雅娴失望得呜呜直哭，有一种蒙羞的感觉。

沈雅娴的确救了郑家晴的驾，他顺理成章地跟范进元提出，他不能再做以前的事了。范进元笑笑，说："只怕你老婆跟你过上一段时间，你自己又想做那事了。"说这话时，范进元高昂着头，笑得十分响亮。郑家晴想自己在范进元心目中一定比妓女还低贱，于是就不卑不亢地说，他之所以和那些女人周旋，只是想冒冒险，做几个刺激的游戏，如今这游戏已结束，他已决意金盆洗手了。

郑家晴决定带着老婆漂洋过海去留学。他已跟沈初尉明确表明了自己的想法，那就是他厌倦了周围的一切，恨不能立刻抽身离去。他想着也许在国外他会成就一番事业，那时所有的不快和羞辱都会烟消云散了。然而就在这个春天，他和沈雅娴之间发生了一场激烈的冲突。事情的起因是郑家晴私拆了一封来自上海的写给沈雅娴的信。那信不长，但足以让郑家晴气得七窍生烟了："我最心爱的贝贝、我的甜心、我的温柔的娴：你的两封来信我并作一封来回，并不是因为我忘记了你。相反，你走后的每一天，我都日思夜想着你，有时在暗夜里还因你而流泪。家中内人一周前已病故，这是我迟复信的缘由。她的病你也知道，多活一天就多受一天罪，这样去了对她也是一种解脱。现在最难办的是小孩子，他每天都要念叨妈妈，问她究竟还活不活过来了？我想再过一段时日，也就会好的。小孩子的伤痛尤其如此，来得猛烈，去得也快。这两天我带他出去游玩，买好吃的东西给他，他脸上有了笑影，有一天他还问我：娴姑姑哪里去了？我对他说，娴姑姑去巴黎看哥哥去了，他就对我说：'那我也要去巴黎。'最最心爱的娴，希望你能早日回到我身边，这凄冷的房间，单等你的身影出现才能显出生气来。吻你。你的阿进。"

郑家晴把信藏进烟斗盒里，气得头晕眼花。沈雅娴到理发店洗头去了，她从来不在家洗头，说是不专业，洗不透彻，会伤了头发。郑家晴想只要她踏入家门，他就将她暴打一顿，惩罚惩罚这个不忠的女人。其实沈雅娴一个人在上海，郑家晴也曾想在那个花花世界里，她不可能洁身自好，她漂亮、热烈而又多情，肯定不乏追求者。但他想一个女人在寂寞中逢场作戏也就罢了，若是跟一个人长久而深情地交往下去，那就是背叛，是不值得原谅的。从信上可以看出，这个阿进已有意迎娶沈雅娴，想永结同心了。郑家晴想自己不能让他们那么舒舒服服地走到一起，于是他改变了策略，沈雅娴若是回家，他应该装作什么事也没发生。如果他亮出那封信，将她打了，以沈雅娴的个性，肯定会提起箱子负气出走，那岂不成全了他们？

郑家晴觉得自己应该克制愤怒，不打草惊蛇，暗中观察她，找最恰当的时机收拾她。因而当沈雅娴哼着歌提着些果品洗头归来时，郑家晴故作镇静地偎在沙发里读李煜的《子夜歌》：人生愁恨何能免，销魂独我情何限。故国梦重归，觉来双泪垂。／高楼谁与上，长恨秋晴望。往事已成空，还如一梦中。沈雅娴凑到郑家晴面前撒着娇说："闻闻我头发里的香味吗，不要一天到晚老是李煜李煜的，他那些烂词，还不是一个腔调，读一首等于读了他的全部。"郑家晴心想你在外红杏出墙、暗度陈仓，当面还与我假意温存，实在是歹毒之至。郑家晴微微蹙了一下鼻子，说："嗯，还不错，有股玫瑰香味儿。"沈雅娴趁机坐到郑家晴腿上，搂着他的脖子说："你这么喜欢诗，自己为什么不写呢？""我可没那么有才华，我一个俗人，不过是个酒囊饭袋。"郑家晴用书挡着沈雅娴的脸说。沈雅娴将手指伸向郑家晴的头发，轻轻撩拨着，说："那你写一首词献给我，这样就会有激情和动力了。"郑家晴不无嘲讽地说："哦，想必你接受过这样的赠诗，才会深有体会？"沈雅娴莞尔一笑说："你还别说，我真的收到过一首诗，诗是这样写的：你每日吃着我的菜／打着青绿色的嗝／为何在我的窗下走过／不给我一个石榴一样的笑容？"郑家晴听后忍俊不禁地乐了，这一笑似乎把对沈雅娴的敌意给抵消了大半。沈雅娴也笑了，说："唉，他是我房东的邻居，二十几岁的一个小伙子，卖菜的，我常买他的菜。他长得憨憨的，因为没娶上媳妇，看到每个单身女人都像他媳妇。"沈雅娴说得高兴了，就跳下地去郑家晴的烟盒里摸烟来抽。郑家晴欲制止，然而已经迟了，沈雅娴已打开了烟盒,那封信袒胸露肚地出现了。沈雅娴拿起信,见已拆开,就冷冷地看了郑家晴一眼,然后抽出信来读。读毕,她把信装好又放回烟盒,连抽了三颗烟,什么也没说,就进厨房做晚饭去了。那餐饭做得很丰盛,有肉丝炒豌豆、虾仁鸡蛋和糖醋螃蟹。沈雅娴还取出一瓶红酒,与郑家晴频频碰杯。郑家晴心里忐忑不安的,不知沈雅娴究竟想做什么。他们在喝酒吃菜的过程中虽然彼此对望着,但相互间一句话都没有。直到一瓶酒都喝干了,沈雅娴才放下酒杯,她一字一顿地对郑家晴说:"我所能告诉你的只有一句话:我爱你!"说完,她浑身颤抖着,眼里蒙上了泪水。郑家晴心想,你可真是当过几天演员的人,又在跟我表演了,不过我知道,你不过是蹩脚的三流演员,这套把戏骗不了我。郑家晴不动声色地离开餐桌,将沙发旁的灯打开,偎在那里读晏殊的《浣溪沙》:小阁重帘有燕过,晚花红片落庭莎。曲栏杆影入凉波。/一霎好风生翠幕,几回疏雨滴园荷。酒醒人散得愁多。读着读着,他觉得眼角湿了,内心有一种格外凄凉的感觉。郑家晴披衣下楼,叫过一辆车,直奔双琴客栈。香琴正坐在床前剪指甲,她的头发乱蓬蓬的,穿一件破了洞的绿秋衣,脸上还沾着片菜叶。她见了郑家晴,抽了下鼻涕,然后下意识地拢了拢头发,说:"早知道你来——"郑家晴不等她把话说完,就一把将香琴搂进怀里。

那个夜晚郑家晴与香琴极尽缠绵。郑家晴第二天醒来时,见香琴已经刻意打扮了一番,手腕戴了只碧绿的玉镯子,脸上还涂了油红的胭脂。至于上衣,换了件低胸的粉色毛衣,使她丰满的双乳若隐若现着。这打扮虽然使郑家晴想发笑，但又不能不令他感动。他觉得香琴其实比沈雅娴要纯洁和可爱得多。香琴给郑家晴端来早餐，待他吃毕，问："你出了事了，是吗？"郑家晴摇了摇头。香琴撇了下嘴角说："别骗我了，我知道你。你在别的地方受了委屈，才会对我好两天！"郑家晴不由笑了，索性把那封信的事对香琴说了。香琴听后一拍大腿说："这就是你的不是了。人家不在你身边时，你可以随便搂个女人睡，人家在上海风光几天，你就吃醋了？"郑家晴解释说，他们若是逢场作戏倒也罢了，但他们已亲密到要生活在一起的地步，这不是给他难堪吗？香琴说："人家又没说要嫁给他，你怎么胡乱猜疑？"香琴接着说："你若是觉得在她面前栽了面子，我可以陪你上你家睡一夜，让她也吃上一回醋，不就两清了？"郑家晴听后笑得乐不可支，他本想在双琴客栈只住一夜的，想着在香琴身边实在有一种世俗的温暖和快乐，就决定再住一天。他也想让沈雅娴为他着急两天，也算是对她的一种报复。不过，沈雅娴是否会为他的出走而忧心如焚，郑家晴可没有把握。如果她心里只有那个上海的阿进，他在妻子心中充其量不过是一个陪衬人而已。郑家晴觉得自己真是无能，事业上一败涂地，爱情上也是落花流水。郑家晴想到爱情已经熄灭就灰心丧气，但又一想它也许会在异国他乡重新熊熊燃烧起来，又热情洋溢了。这一天他都和香琴偎在屋里嗑瓜子逗趣，外面阴雨绵绵，他们出不去门。郑家晴也喜欢这样的雨天，如果你什么也不想做，这雨就是让你赖在屋里的最好借口。这天双琴客栈在傍晚时来了个满脸络腮胡子的客人，他四十上下，满身烟味，一张口说话就要先吐口痰。香琴告诉郑家晴，这人是个猫贩子，他从乡下搜罗来许多活猫，把它们卖到城里的餐馆，卖完猫他就会来双琴客栈住上一夜。郑家晴当然明白此人单来这儿住是为什么，他很无所谓地说："晚上你该陪他就陪，不用在意我。"香琴未置可否地笑笑，然后将小拇指含在嘴角说："这个人也真怪，回回来都是叫我陪，有一回我身上不方便，让雪琴去陪，你猜他怎么的？他拿着行李就气呼呼地走了！"郑家晴有些酸溜溜地说："那说明他相中你了，没准儿将来要娶你呢！"香琴吮了一下手指，然后抽出手来甩了甩，说："我才不嫁他呢，他不过把我当成了只肥猫。"郑家晴便问餐馆做出猫肉来，有人敢去吃吗？香琴说："吃的人多了去了呢。人都说猫肉大补，能治结核病呢。""你吃过？"郑家晴问。"我才不吃呢。你没听说过吗，一只猫是由七个姑娘的魂灵变成的。我要是吃猫肉，不等于吃自己呀？"香琴说完咯咯笑了起来，然后她亲了郑家晴一口，去陪那个猫贩子去了。天已黑了，雨却仍在下，雨使夜显得更黑。郑家晴躺在香琴的床上，关了灯，在黑暗中吸着烟，听着隔壁香琴与猫贩子之间的说笑声，有一种被人推下悬崖的感觉。他觉得自己很悲惨，连香琴也不可能是他的。他接触的女人，只有当她们不需要别人时，才会被他所拥有。香琴的笑声咯咯传来，看得出她与猫贩子很熟，而且并不反感他。郑家晴不能容忍一个贩猫的也在他之上。郑家晴抽完了三支烟，这时香琴又回来了。她一推门就嚷嚷："怎么把灯黑了？这么早就睡哇？"说着，摸着黑扑到郑家晴的身上。郑家晴的手一哆嗦，香烟头烫着了她的脸，香琴像猫一样叫了一声，笑道："好哇，你不高兴了，就用烟头烫我？"郑家晴有些嫌弃地用鼻子"哼"了一声，说："别压我啊，我的胸闷得厉害。"香琴拍了一下他的胸撒着娇说："就知道你这里闷嘛，帮你过来解解嘛。哎，我给你讲个笑话，保证会乐破你的肚皮。"香琴压低了嗓音，说："那屋收猫的人，他平时也是偷猫的。你知道猫是不容易上钩的，它只认家人，这点跟狗一样。这人看上了邻家王寡妇家的大花猫，用钱收它，那寡妇不答应，说是家里没有男人，只有这猫能给她做个伴儿。这寡妇睡觉从不闩门，在这村子是出了名的，这偷猫的人一天黑夜就溜进屋里，想趁寡妇睡得死气沉沉的时候把猫抢走。谁承想寡妇没等他把猫捺住，一翻身倒把偷猫的人给压了身下。这寡妇守了好几年的寡，又年轻，这下逮着个出气的地方了，把他给折腾得够呛，他说是回家后一看见太阳就眼晕，再也不想着偷猫的事了。"郑家晴想这类偷鸡摸狗的故事他听得多了，千篇一律，没什么值得乐的。他怀疑这是猫贩子杜撰给香琴，以博欢心的下流作料。香琴见郑家晴不为所动，就有些失望地说："你不理我，我可要走了。我早晨醒得早，到时再来陪你。"郑家晴明白香琴去做什么去了，他不由沉重地叹息了一声，脱了衣裳，蒙头大睡。隔壁的床吱嘎吱嘎被摇得乱响。郑家晴睡不着，就在心里做诗，这样可以平息他的紧张情绪和郁闷。经过反复推敲，他在心里吟出了这样四句诗：春雨罩双琴，声声催日沉。长夜思天青，归舟叹人非。吟完，隔壁的床不再摇荡了，空气静极了，他隐隐听到了窗外淅沥的雨声。

郑家晴在天将明的时候被香琴给扰醒了。香琴钻进他的被窝，哈欠连天地说，贩猫的人起大早赶火车走了，她想和郑家晴美美地睡到中午。郑家晴非常嫌恶地推开香琴，翻身坐起来穿衣服，说："我要出去转转。"香琴嗔怪道："抽什么风啊，雨才停，外面还很冷呢，太阳也没出，你就那么想回去。"郑家晴不再跟她说什么，飞快地穿衣下地。临要出门时，他想起了什么，又返回几步，从兜里掏出一些钱，拍在窗前的木桌上，然后头也不回地走出去。天色灰蒙蒙的，但空气实在清新极了，郑家晴大口大口地呼吸着沁人肺腑的空气，觉得满腹浊气都被洗涤一空。他想从今以后再也不会来双琴客栈了，就让这一切都见鬼去吧。郑家晴信步向前走着，经过一棵梧桐树的时候，一道翠绿的影子闪了出来，沈雅娴慢慢走到郑家晴面前，定定地看着他。沈雅娴穿一条绿呢子长裙，面色苍白，看上去忧伤而疲惫，郑家晴不由升起一股怜爱之情，说："你怎么这么早就出来了，天这么冷。"沈雅娴淡淡地说："双琴客栈真的很温暖吗？"郑家晴没有回答她的话，而是问："你怎么知道我在这里？""是范进元告诉我的。"沈雅娴毫不隐讳地说。郑家晴跺了一下脚，骂："这个卑鄙的流氓，他还告诉了你什么？"沈雅娴不慌不忙地说："他并没有太多地告诉我什么，而我告诉他，我们之间要分手了，我想是解除婚约的时候了。"郑家晴嚎叫了一声："这正合我意！"沈雅娴叹了口气，说："既知今日，何必当初！"郑家晴说："我们当初是两条糊涂虫，如今是两个下流鬼！"沈雅娴将手中的一串钥匙丢给郑家晴，说："再见，还你钥匙。"沈雅娴快步向前走去，郑家晴这才注意到前方有一辆银灰色的汽车停在那里。沈雅娴上了车，飞快地从他的视野中消失了。郑家晴不知那车的主人是谁，是范进元，还是那个也许从天而降的阿进，但这一切已不重要了。现在他又孑然一身，形影相吊了。

沈雅娴在郑家晴的房间留下了这样一封信：

家晴：

　　我直到和你分手，还是想对你说：我爱你。从我见你的第一眼开始就爱你，但你令我难以忍受，分手已成定局。需要跟你说的是，阿进是《申报》的一名记者，我们交往的时间并不长。我最初的动机，是想体验一个病入膏肓的女人在弥留之际的一些行为，因为有一位导演的剧本中有这样一个角色，他说可以考虑由我来演。阿进的妻子很漂亮，她病在床上已有三年。我没有想到我的出现使她的病情突然恶化，而阿进那么快地爱上了我。我记得剧本中的女主人公正是乘人之危，与病危女人的丈夫苟合的。我真的特别想体验这一切，于是就和阿进假戏真做了。可是最后那位导演并未把戏中的角色给我，我和阿进的关系就此中止了。可他死缠住我不放，于是我回到了你身边。我给他写了两封信，都是表明自己要和他一刀两断的。我反复强调只不过是在和他做戏。没有想到他却回了那样一封信。最后我只想说：我常分不清生活当中，究竟哪些是戏，哪些不是戏。

　　　　　　　　　　　　　　　　　　　　　沈雅娴

半月之后，当海水变得更为蔚蓝的时候，郑家晴启程远涉重洋，独自去法国了。站在船舷看茫茫无际的大海的时候，郑家晴觉得心胸开阔了许多。他想起了那个自称烟波钓徒的张志和的《渔歌子》：西塞山前白鹭飞，桃花流水鳜鱼肥。青箬笠，绿蓑衣，斜风细雨不须归。

三

蝴蝶和蜻蜓也许知道这帝宫的花园今后不会再有了，今年它们就来得格外多，在紫白红黄的花朵间翩跹流连，跳着唱着，似乎在做着最后的拥抱和诀别。前些年已经被赶走的野鸽子，它们也一群一群地飞回来了，也不怕缉熙楼上遍插的那些钉子，在屋顶纷纷落下，它们的羽毛被炽热的阳光映得熠熠生辉，远远一望，以为屋顶镶了一块块巨大的银锭。随侍李国雄看见了花上的蝴蝶，就说："蹦吧，蹦不了几天了。稀罕哪一朵花就把它爱个够吧，以后你就没地方去爱了。"说完，觉得一股凄凉之情涌上心头，由不得鼻子一酸，盯着一朵红色的胭粉豆花伤感了半晌。

溥仪是从收音机里偷偷收听到八月六日的重要新闻的。美国在日本广岛扔下了一颗原子弹。仿佛原子弹爆炸的碎屑穿越了茫茫的太平洋飞进了他的皇宫，溥仪觉得日本大势已去，败局已定，他终日如坐针毡，寝食不安，将胞弟溥杰召进宫，颤着声说："这下完了，完了，我们怎么办？等死吗？"平素溥仪是忌讳"死"字的，想必那是因为这个字与他距离遥远，无甚关系，如今这个字却虎视眈眈地径直朝他走来了，他也就无法回避，出口闭口则言"死"了。溥杰早在三月回京参加六妹的婚礼时，其族兄溥雪斋就奉劝过他，说是日本已是穷途末路了，让他早自为计。溥杰向溥仪表示，不管命运如何，他都将永远和皇上呆在一起，誓死保护他的安全。溥仪不由唏嘘泪流，他抓着溥杰的手，感慨道："到底还是自己的人可靠哇。"

天气本来就热，因为时局的骤然变化，觉得这天越发热得没边没沿，似乎能把人给闷死。以往在盛夏，御膳房的人少不了要熬些梨汁给皇上清肺去火，如今那里的厨子已跑了大半，宫中上下呈现着一派溃逃景象，乱糟糟的。八月八日，苏联正式向日本宣战，如果说先前溥仪看到的是一个人拿着刀子威风凛凛地向他走来的话，那么现在他感觉到刀已架在了脖子上，有种凉飕飕的感觉。李玉琴其实也怕战火殃及自身，但她还是变着法使皇上高兴，她对他说："皇上是个有福之人，又有列祖列宗和菩萨的保佑，肯定会逃过这一劫，什么事也不会有的。"溥仪就略微心安一些。可李玉琴讨皇上欢心弄得过了格，她唱起了歌，皇上便拉下脸子一摆手说："别唱了，烦死了！"

八月九日夜里，空袭开始了。空袭警报短促地却是一声比一声急地响了起来，溥仪拉上李玉琴，吆喝着大家往防空洞里跑。避难时溥仪仍未忘了让侄子带上列祖列宗的牌位。虽然扔下的炸弹已经在宫外不远处燃起了火光，溥仪还是让擎着祖宗牌位的侄子先行进入防空洞。这防空洞是随同德殿一块兴建的，位于东院同德殿的九龙门前，深达十几米，上面堆砌着假山，栽着些花草，别人都以为这是一处花园。这防空洞从西北处入口，往下有两段台阶，每段入口处都有一个封闭式的大铁门。洞里共有五间房，有三间供溥仪及其亲眷使用，还有两间，一间是换气室，一间是观察室。在观察室里，装有反射镜，可以随时观察地面情况，一俟空袭结束，即可出洞。溥仪这两日一直和衣而睡，以备随时避难。他的头发平素梳得油光闪亮，一丝不苟，如今却乱成一团，像团麻似的，毫无光泽。一进入阴凉的防空洞里，溥仪便觉得自己入了土了，内心有一种无限悲凉的感觉。他想此刻的自己也许已只是一个魂儿了。防空洞里储存着一些食品，如英国饼干和法国葡萄酒，还有一些必备的药品，以备不时之需。婉容已多年不得下楼了，这回由老妈子搀扶着来防空洞避难。她穿了双软缎绣花鞋，头发披散着，面色苍白，牙齿灰黄，见了皇上怔了好久，对老妈子嘟囔了一句："谁把皇上变成哑巴了。这些狗奴才！"溥仪懒得多看她一眼，也不和她呆在一间屋子里。他甚至想，像她这种形同鬼魅的人也不必避难了，被炸死也许是她的福气呢。婉容看着李玉琴活泼的背影，冷笑了两声，说了句"挺好"。

溥仪听李国雄说，街上出现了许多马车，车上装满了行李物品，坐车的也都是日本人，他们在往市外撤离，看来已经在逃难了。而上午关东军司令部打来电话，说关东军司令官山田乙三大将正由大连飞往新京，飞机降落后，山田乙三立刻要进宫向皇上通报重要情况。正午时分，山田乙三、秦彦三郎和吉冈安直一并来了。溥仪为了预防空袭，选择离防空洞最近的同德殿接见他们，以往他是绝对讨厌同德殿的，觉得这个后起的宫殿就像奸细一样，时时刻刻监视着他。如今在非常时期，什么也顾不得了。山田乙三神色黯然，他见到溥仪后久久未说出话来。溥仪明白祸事就要临头了，因而更加口干舌燥。关东军参谋长秦彦三郎中将首先打破沉默，说是日本现在由于战略上的关系将退守南满，新京作为"满洲国"的国都必须暂时放弃。秦彦三郎话音刚落，空袭警报就响了，于是由溥仪带头，大家纷纷跑入防空洞。警报解除后，他们四人接着回同德殿商议。山田乙三说为确保皇上的安全，日本方面决定让皇上携家眷暂时到通化大栗子沟避难，说必要时可从那里飞向日本。还说苏军的几千辆坦克已经越过国境，正在向新京方向挺进，决战的时刻已经到来了。溥仪嘟囔了一句："这里有防空洞，用不着逃那么远吧？"吉冈安直十分气恼地跺了一下脚，不无嘲讽地说："你要是不走，明天苏军到了，第一个要杀的人：是你！"溥仪只能惟命是听。山田乙三说南满兵力部署雄厚，防御工事坚固，在那里可以坚守一段时间。溥仪心想，关东军不是号称有数十万精兵吗，怎么不能在北满直接把苏军赶回老窝去？既然身不由己要撤离，溥仪便问何日动身，山田乙三沉下脸说如果今天能走最好。溥仪一听急了，他颤着声说起码要宽限他三天收拾收拾东西，他不能就这么一走了之啊。山田乙三考虑再三，答应给他三天时间。溥仪还提出要求，他去通化，希望能带上溥杰、润麒、万嘉熙、黄子正以及李国雄等人。山田乙三点了点头，答应了他。

　　溥仪在防空洞里微闭着双眼，想着这一幕幕的情景，不由感慨万千。宫里正在清理物品，因而乱得不成样子，到处是被翻找出来的东西。溥仪很气恼家里人没眼光，竟然把衣服、皮鞋等东西也往木箱里塞，气得他把这些东西掏出来扔掉，大骂他们全都是一群废物。溥仪表面上急惶惶的，可他内心已经镇静下来了。他将宫里的东西分为两类，一类是必须就地处理掉的，如这十几年间所存的登基、两次访日以及观看陆军演习等等的胶片，还有就是这期间他写的一些日记以及批下来的奏折，他责令一律销毁。溥仪担心这些东西一旦落入苏军和抗日军民手中，自己将会被千刀万剐。所携带的物品，主要以书画和名贵药材为主。药材好说，挑些人参、鹿茸、犀角、何首乌等，而书画珍品实在太多，随侍只能将一卷卷手迹和画展开，让溥仪亲自过目，哪些该带，哪些该弃。在溥仪眼里，他收藏的每一件书画都应带走，弃下哪个都舍不得，但他又必须做出选择，这委实难为了他。溥仪挑中的，有历代皇帝的墨迹手卷、传国玉玺、王羲之的墨迹、乾隆的墨迹以及宋徽宗所画的花鸟和《清明上河图》等等绝世珍宝。在未进防空洞前，他正在命令李国雄精心把珠顶冠收藏起来。这颗直径达四公分的大珍珠，据说是乾隆皇帝发现的。一天夜晚，月明星稀，乾隆在离宫的河边散步，走着走着，忽然发现河里涌起一道白光，乾隆皇帝诧异，以为突然出了一轮明月，月影浸在水中的缘故。他驻足仰望天空，见到的只是星星，一弯纤细的上弦月清冷地被沉重的夜空紧紧框住，没有任何华丽的光芒投映下来。而乾隆再看那河，也看不到反光了，他以为刚才这一幕不过是幻觉，就笑笑走掉。然而第二天乾隆去河边散步，又一次发现了河面泛出的奇异的白光，看上去就像朵灿烂的白莲在绽放。等到乾隆再定睛看时，这光又骤然消失了。第三天，相同的情景又重复出现了，乾隆帝便差人下河去挖掘发光的那一段河，结果挖出一个大蛤蜊，从中剖出一颗珍珠。这珍珠并不规则，表面也不光滑，但它色泽非同一般，而且其大为世上罕见，深得乾隆帝喜爱，从此之后，乾隆皇帝就用它做帽顶子，一直传到溥仪这里。如今溥仪在防空洞里想起这颗珍珠，不觉为它的命运而隐隐担忧。在这动荡的世事里，谁能保证这珠子不会"明珠暗投"呢？

空袭警报解除后，溥仪一行人又返回宫内，接着打点行装。宫内所有的窗户都挂上了严严实实的黑色窗帘，一口口被封好的木箱上了锁，被摞到屋子的窗前，这使溥仪联想到棺材，少不了要找借口骂几句随侍，以解心中的忧虑。这天晚上，他只吃了几块饼干，喝了两杯葡萄酒。第二天早晨，溥仪命令每个人都要佩带一支手枪，以备不时之需。他又把李国雄叫到身边，让他将自己在伪满期间写的日记留下，再留下一卷他访日时与日本皇太后交往的胶片。李国雄说："皇上不是叫奴才全都销毁嘛，都把它们扔在一处，分不清哪儿是哪儿了！"溥仪说："割掉了你的狗头，你就分得清了！"李国雄只能按照皇上的旨意把他需要留下的找出来。他问："这些也要带到通化去？"溥仪点了点头，悄声说："带到那里再做处理，其他的立刻销毁。"李国雄带着两个人，费尽周折找到了那卷胶片和一些日记，然后就到锅炉房去销毁余下的胶片。岂料胶片一沾火着得飞快，引得火势蔓延，将锅炉房的窗户都烧着了。幸亏宫内府的消防队尚未撤出，救得及时，避免了一场大火。余下的胶片，李国雄干脆都打点进了箱子，等到了通化后再处理。溥仪见大火从锅炉房要冒出来，就嚷道："让它着去吧，爱着哪儿就着哪儿吧！"话虽如此，当火熄灭后，他还是嘘出一口长气。李国雄当时暗想，皇上留下那卷胶片，恐怕是留个退路。如果到了日本，那胶片和效忠日本的日记无疑是最好的见面礼。

在这大溃逃的忙乱之中，当吉冈安直再次来宫时，溥仪仍以"满洲国皇帝"的身份，写下了这样一句话表达他的立场："令全满军民与日本皇军共同作战，击溃来侵的敌人。"吉冈安直颇为感动，一再表示他誓死要保卫皇上的人身安全，哪怕牺牲自己也在所不惜。接着，皇宫内的最后一次会议在同德殿召开了，这会议名为"防卫会议"，由张景惠和臧式毅主持，根据溥仪的意愿，号召全满军民总动员，加强防空设施，协同皇军作战。最后，还一致通过了《满洲防卫法》，想必已知这法虽然通过了也是一纸空文，几个人不约而同叹出一口气，散了会赶紧回家打点行装，准备逃跑。

按照山田乙三的安排，"满洲国"政府如今分为两部分，一部分留守新京，其中有于镜涛、金名世、谷次亨等，一部分跟随皇上到通化，其中有张景惠、臧式毅、熙洽、吉兴、于静远等。在动身离开皇宫的那天，宫内府给大家发放了安慰费。钱一发完，皇宫里的人越发地少了，溥仪看着这一幕幕情景，觉得人去楼空，无限凄凉。就要离开生活了十几年的皇宫了，溥仪很想到宫里走一走，看看那花园的蝴蝶和蜻蜓，听李国雄说它们今年来得格外多。他还想看看黄昏中的网球场，看看斜阳照射下的游泳池。然而空袭警报经常响起，他不能去告别这一切了。天色已昏，隐约可听见野鸽子咕咕的叫声，以往溥仪是厌烦这声音的，现在他却觉得这声音亲切得不忍让人作别。他想若是此刻能置身北平的皇宫该有多好啊，他想念那里，想念骑着自行车横冲直撞的快乐，想念捉弄下人时的开心，总之，能想起来的都是愉快的往事。溥仪在惆怅中走进谭玉龄的居室，一切还都是按原样摆着的物品，勾起了他更多伤怀的往事，他拈起谭玉龄的那绺秀发，颤着声说："你是有福气的，你走得比我早，你是多么有福气哇。从今往后，我的命还会不会有，谁能知道呢？我要是有一天去了你那里，你可不要不认我啊。"溥仪说完，不觉泪如雨下。泪水浸湿了那绺头发，他仿佛又看见了谭玉龄的笑靥。溥仪摘下眼镜，擦干了泪水，用一块手绢包好了头发，轻声说："从今天开始你就跟着我走吧，我不管走到哪里都不会把你丢掉的。"溥仪镇静了一番，用手抚了一下已闲置多年的床，弄得手上满是灰尘。他就带着这灰尘走了。

　　午夜时分，来迎接皇上离宫的几辆汽车停在了宫门外。其中一辆车里坐着吉冈安直和祭祀府总裁桥本虎之助，他们是为了带走天照大神而来的。溥仪及其随从依次上了汽车，溥仪和护卫天照大神的车在前，随侍的车殿后。虽然是深夜，但街上依然人流不断，看上去人心惶惶，这时空袭警报忽然鸣响了，街上的人这才四散而去，关东军特意用这假警报来"净街"。汽车离宫没有多久，只见皇宫东南角忽然燃起了熊熊大火，坐在最后一辆车上的李国雄首先看见了这火，他大叫了一声："了不得了！"原来，这是关东军差人放的火，将那座木制的建国神庙给烧毁了。

汽车最后停在了东站。站台上混乱无比，到处是日本军人和妇女，有些妇女怀抱着孩子，不住地吆喝着谁，更增添了这种混乱。有些军人的脖子上挎着枪，酒气熏天地见人就拍打人家的肩膀，做出一副老相识的架势，惹人发笑。停靠在站台上的列车原是溥仪巡幸时专用的"展望车"，如今除了溥仪和随行人员乘坐外，其他车厢都被日本难民占据。桥本虎之助最先登上列车，他首先把天照大神安置好，溥仪一行这才得以上车。人们在经过天照大神时，照例要行九十度的鞠躬礼。溥仪落座之后，下达了他作为皇帝离开新京的最后一道谕令：所有人要在列车上为皇军能击溃苏联的进攻而默祷。溥仪以身作则，言毕，他就眯起眼睛，嘴唇微微嚅动，诚心祈祷着什么。其实皇上所默念的是自己祖宗的名字，他在默默地说："我对不起祖宗，我太无能了！请祖宗保佑我平安吧，只要我活着，就一定要光复大清！"零星小雨敲打着灰暗的站台，"咣啷——"一声，火车慢吞吞地动了。

这火车就像扭秧歌似的，走两步退一步的，走走停停，速度比牛车还慢。让人怀疑铁轨上幽魂遍布，而列车是个大慈善家，总要哄赶一番才能前行。闷走了一夜之后，天蒙蒙亮时，火车停靠在一处站台，竟然是吉林站！没想到平素两三个小时的路程，却足足用了多半宿的时间！溥仪撩起窗帘看了一眼死气沉沉的吉林站，又眯起了眼睛。他在离开新京时见到那些身背包袱的日本人可怜巴巴地要求宪兵让他们上车，就已明白到了战争非常时期，所有的列车都被军队征用了，民用列车已经不通了。他还记得一位怀抱孩子的妇女脸上绝望的表情。吉冈安直曾对他说过，如果遭遇不测，要做好自杀的准备。此刻火车行进得慢如蜗牛，他想那是因为这列火车塞满了太多难民的缘故，因而前行困难。但他觉得还有另一种可能，也许日本人觉得已到了穷途末路，留着他没什么用了，中途会对他下毒手。溥仪想起了被炸死的张作霖，心里忍不住发毛，额上的汗也下来了，越发觉得这火车慢得可疑。就这样一直提心吊胆地又走了几程，车到梅河口时，溥仪见什么事也没发生，这才略微放了放心。由于走时只顾带着财产宝物和列祖列宗的牌位，他们忘记了自己还有一张嘴，吃成了问题。所以车过梅河口时，毓嶦就走下火车，过了栈桥，打算在站台买点吃的。谁知站台上空空荡荡。毓嶦抬头一望，见站台的墙上挂着一块小黑板，上面写着：今日有重要列车经过。看来梅河口车站实行了暂时封锁，要想弄到吃的，无疑难于登天，毓嶦只能悻悻而归，他想他们这些人用饭团子充充饥完全可以，但皇上吃这个实在委屈得慌。车上有一个临时的小厨房，还存了少许的面，毓嶦就唤赵荫茂给皇上做点热乎的面汤喝喝。赵荫茂见没有擀面杖，就以啤酒瓶子来代替，总算费尽全力做了些面汤给皇上。溥仪已饿得饥肠辘辘，头晕眼花，这面汤无疑是雪中送炭。当日傍晚，车到通化，这时山田乙三登上列车觐见康德皇帝，说是北满军队与苏军激战，已经取得赫赫战功。虽然如此，为安全起见，还是要退避到大栗子沟。溥仪在心里说："我说了又不算，你们让我去哪儿，我就只能去哪儿了。"

八月十三日凌晨，列车"咣啷"一声闷响，仿佛一个寿终正寝的人吐出了最后一口长气，终于停靠在大栗子沟站台了。也许是雨后的缘故，苍翠的远山被缕缕晨雾所缭绕着，给人一种如临仙境的虚幻感觉。大栗子沟位于长白山与鸭绿江之间，是中朝边境的一个小山村，风景秀美。溥仪一行入住在离车站约有三华里的一家由日本人兴办的铁矿公司，一栋约有五十米长的日式房子里。据说这一带有布置坚固的地下防空洞以及秘密通道。溥仪安顿下来后，差李国雄几个人将所携带的一箱箱财宝归置到西头的两间房里，然后逐一进行清点，看看有没有遗失的。他还让毓嶦派人去采买生活用品，让毓嶦负责他的警卫工作。他想既然已经平安到了大栗子沟，看来日本人并非想要他的命。在路上折腾了两天，溥仪的衣裳皱了，灰头土脸的。吃过晚饭，他想不如放松一下，就在日式大木桶里洗了个澡，然后穿扮一新地去看李玉琴，对她笑言在大木桶里洗澡的感觉。"就像在一口井里一样。"他说完便觉得这话甚为不吉，于是又改口说，"就跟洗温泉似的，木桶里的热气不容易散出去，洗起来还真挺舒服。"李玉琴赶紧回给皇上一个笑脸，又陪他说了一番宽心话，溥仪的脸上出现了久违的笑容。他回到住处时特别想喝上两杯葡萄酒再入睡，吆喝李国雄的时候，只见李国雄面如死灰，他战战兢兢地对皇上禀告，所运来的箱子，有几只不翼而飞，其中便有那只装有珠顶冠的箱子，也不见了。溥仪闻听此言，一时如五雷轰顶，他怔了半晌，喃喃地说："它想走就走吧，谁又能有法子留住呢？"

在大栗子沟挨过了漫长的一天后，到了八月十五日，吉冈安直忽然神色阴沉地走进溥仪临时办公的住所，让他注意收听一会儿的重要广播。溥仪连忙通知溥杰以及在场的一些"满洲国"政要人员一同收听。从短波里传来了天皇沙哑而疲倦的声音，由于收听效果不佳，这声音一直被吱吱啦啦的噪声所笼罩着，但他们还是听明白了，天皇宣布日本接受波茨坦宣言：无条件投降！

溥仪此时已是泪流满面，他觉得周身冰凉刺骨。"满洲国"彻底解体了，大清国真正是灭亡了。溥仪拉着溥杰的手，泣不成声。就在一片哀恸之中，溥仪忽然"扑通"一声跪在地上，面向东方，不断地磕起头来。吉冈安直被这一幕情景深深感动了，他拉住皇上的手，说虽然日本已经宣告投降，但美国政府表示将维持天皇的地位和安全。溥仪越发哭得不可收拾了，他说："我感谢上苍，保佑日本天皇平安无事！"

确知日本已投降的消息后，溥仪把自己关在房里闷坐了两个多小时，没有人知道他想些什么，也没有人敢去惊动他。傍晚时分，他表情沉静地走了出来，吩咐溥俭把所携带的有关"满洲国"历史的全部资料都销毁，尤其嘱咐那卷他和日本皇太后交往的胶片更要不遗余力地销毁。溥俭面露难色，说是大栗子沟只有小炉子，日本人又进进出出的，做起来恐怕不那么容易。这时李国雄在一旁插话，说是胶片不用火烧也可以，用开水烫烫就可把影像全部处理掉。溥仪就淡淡地说："那就把它当成死猪，让开水去烫吧。"

既然"满洲国"已经覆灭了，那么举行一个退位仪式也就在所难免了。在大栗子沟矿工食堂里，一盏昏暗的灯光下，吉冈安直、张景惠、武部六藏、熙洽等一行人围成一个半圆垂立着，大家都神色悲凉，就像是参加谁的葬礼一样。张景惠哆嗦着双手，从怀中取出一份拟定好的《满洲国皇帝退位诏书》，颤颤巍巍地递给溥仪，溥仪同样是哆哆嗦嗦地接过来，面色发青地展开诏书，声音嘶哑地读了起来。才读了两句，泪水就顺颊而下，食堂里随之传来一片呜咽之声。溥仪悲恸欲绝地宣读诏书，武部六藏又用日语宣读了一遍。这时场内静寂了足足有五分钟的时间，人们都垂着头、沉默着。溥仪觉得自己的五脏六腑已被人掏得干干净净，他仿佛只是迎风兀立的稻草人，真正空空荡荡的只是一具躯壳了。就在这悲哀浓得不可化解的时刻，溥仪再次跪下，面向东方叩头，并打了自己几个耳光，骂自己不才，辜负了天皇对他的信任。吉冈安直再次被溥仪的忠诚所深深感动了，尽管溥仪已是一个平民了，他还是声泪俱下地叫了声皇上，说他吉冈安直一定要誓死保卫皇上的安全。说得溥仪也感激涕零，拉着吉冈安直的手，就像扯着根救命稻草似的情动心切。伫立在一侧的溥杰心里想，溥仪这是表演最后的忠诚给日本人看呢。

溥仪在退位的当晚焚烧了列祖列宗的木制牌位，因为按日本人的安排，他次日即将乘飞机赴日本，他不想让这些在这片土地上叱咤风云的祖宗也跟着他漂洋过海、流离失所。烧完木牌，他面向北方，磕了一番头，然后仰天望了半晌星星，觉得天比海大，而星星比他自由，少不了又是一番泪流。

吉冈安直对溥仪说，由通化飞往日本的飞机小，只能走十二三人，余下的分批再去。于是溥仪圈点了随同他首批出发的人员：溥杰、润麒、万嘉熙、毓嶂、毓嵒、毓嶦、李国雄、黄子正。溥仪带的是自己的直系亲属，弟弟、妹夫和侄子。李国雄作为随侍、黄子正作为医生，都是他多年来最为信任的。他没有带一个女人，虽然说福贵人眼泪汪汪地乞求他。溥仪一是觉得出门时与女人同行不吉利；再者他觉得万一遭遇不测，男人总比女人要能沉得住气一些，办法也相对多些。而且，如果他带走福贵人而抛下皇后，恐怕会为后人耻笑，皇后在地位上毕竟高于李玉琴啊。溥仪临行前安慰他们，说是要不了两天，他们就能在日本相聚，不要过于担惊受怕。他见溥杰与妻子嵯峨浩告别时眼泪汪汪的，不由为他们的儿女情长感到可笑。

溥仪一行乘车先来到通化，然后大家分头上了三架飞机，欲飞往奉天，然后再从奉天换乘大飞机去日本。当然，这套飞行方案是关东军制定的。溥仪穿一套深蓝色西装，将头发修饰得整整齐齐，他见天空晴朗，一碧如洗，想也许这是个好兆头，因而在登上飞机时陡然又滋生了某种信心。溥仪和溥杰以及护卫天照大神的桥本虎之助、吉冈安直同乘一架飞机，这架飞机比其他两架好一些，双引擎的，保险系数相对高一些。飞机一起飞，溥仪便觉心里"咯噔"一下，心脏仿佛停止了跳动，接着他头晕耳鸣的。溥杰让他合上眼睛，深呼吸。待到飞机升到一千多米后，溥仪觉得心脏和耳朵的压力都缓解了，就透过舷窗看外面的天。天真蓝啊，一些白云优雅地飘来荡去，朵朵都似莲花，莹白动人极了，溥仪想如果飞机此时突然爆炸，他就飞到一朵白云上念"阿弥陀佛"，再也不回这多灾多难的尘世中来。他想起了已经遗失的珠顶冠，想起了同样遗失的传国玉玺，不由得撇着嘴角，暗自垂泪。好在一些珍贵的拓片还在，一些如王维、宋徽宗、马远的画也在，它们像他最密不可分的朋友一样又尾随着他开始了新的旅程，又使他获得了某种安慰。溥仪就这样伤感地垂着眼睑，一言不发，直到飞机要飞临奉天上空，他睁开眼睛时只见吉冈安直神色慌张，他说空中发现了三架飞机，它们一直绕着他们的飞机飞行，胁迫着他们，看来是苏联红军的飞机。溥仪听后不由大汗淋漓，他面色苍白地下意识地捏了捏佩带的小手枪，然后又合上眼睑，想着自己已是别人案板上的肉，听天由命去吧。这样飞机又盘桓了许久，这才缓缓降落。飞机刚一停稳，苏联的伞兵就从天而降，他们端着枪，迅速包围了飞机。待机舱门打开的时候，溥仪见地上站了许多英武的士兵，他想这天地真正要改朝换代了。

　　溥仪战战兢兢地下了飞机，带头缴了械。在机场候机室里，一位苏联军官态度温和地说之所以迫降这架飞机，是为了保障皇上一行人的安全。他还说暂做停留后，将把他们送到苏联的赤塔去。吉冈安直听后痛哭流涕地央求苏联军官："要让皇上到日本才是啊！"溥仪却想能去苏联更好，这样他的生命相对安全些，因而连忙在吉冈跟苏联军官求情时向苏联军官使了个眼色，暗暗告诉他，他想去赤塔。苏联军官同样对溥仪回了个眼色，这使溥仪觉得自己已无性命之忧，略微宽心了一些。当夜，被囚的一行人被押解至奉天的一家医院小住一夜，第二天清晨便登上了一架飞机，准备飞往赤塔了。这天仍是个晴朗如洗的日子，当飞机升上高空，与白云为伍后，溥仪有一种如在梦中的恍然之感。他不由想起了自己写过的一个纯属游戏的顺口溜：

　　　　正月一，宰个鸡；

　　　　二月二，放个屁；

　　　　三月三，绣褥单；

　　　　四月四，写个字；

　　　　五月五，净吃卤；

　　　　六月六，大汗出；

　　　　七月七，爱拉稀；

　　　　八月八，吃西瓜；

　　　　九月九，狮子吼；

　　　　十月十……

　　　　十一月十一，吃个大鸭梨；

　　　　十二月十二，商人到处买字。

　　溥仪努力回忆，想不起"十月十"后面对的是什么了，也许是"打喷嚏"，也许是"吃螃蟹""蚂蚱绝"或"流鼻涕"，谁又能知道呢?

四

　　杂货张从李万金家往回走时，觉得头晕眼花的。天气已不那么酷热了，可她却双颊流汗。她穿一条灰布长裙，面色萎黄，手里提着把刚买的葱，望着满街遍插的青天白日旗，看着小孩子一群群地在胡同口吵闹嬉戏，觉得心里空空落落的。自从新京被苏联红军占领后，那些耀武扬威了十多年的日本人就作鸟兽散，他们逃的逃，被俘的被俘，自杀的自杀。杂货张听说南市街有一家日本人，老少四口，全都服毒自杀。那死去的还有个九岁的男孩，听得她唇齿间生满寒意。她想这男孩的爹娘实在糊涂透顶，你们要殉国倒也罢了，起码尝到了人间烟火的气息，一个九岁的孩子，他的人生不过刚刚开始，拉着他死，岂不太自私了？这半个月来，不断传来家人团聚的消息，那些突然失踪了的男人，又从天而降地回到亲人的怀抱了。一打听他们，才知百分之百都被抓去当劳工了。走时还身强力壮的，回来时都孱弱衰老，但那毕竟是活着回来的啊。看着别人家的男人回来了，杂货张的心就阵阵下沉，想祝兴运也许是死了，不然怎么音信皆无呢？杂货张今天听人说铁匠铺的李万金回来了，就到他家去打听丈夫的下落。李万金佝偻着背，逢人就要哭诉他当劳工的苦难。他是三年前突然失踪的，走时硬铮铮的一条汉子，回来时苍老得像六十岁的老翁，而且说话也拖泥带水的，絮叨个没完，动辄就流泪。气得他老婆跟杂货张说，你说就跟把个家把什借给人家使了似的，人家不把咱的东西当东西，可劲使，回来时就给糟践得咱也使不得了。说完，也跟李万金一起流泪。李万金跟人诉完苦后，总要举起手一摇脑袋说："能活着回来，不容易啦，我知足了。"杂货张跟李万金打听祝兴运的下落，李万金说没见过他，更没有见过罗锅王金堂，杂货张只能失望地悻悻而归。老太太坐在杂货铺门口的砖凳上，始终如一地晒太阳。她晒着晒着就要打盹，这时若是有苍蝇或是蚊子叮着她，她也不会醒。而苍蝇和蚊子见她被咬后仍纹丝不动，也觉无趣，况且这个老人的血味道实在不好，它们拔脚便飞了。杂货张走进胡同，老远就看见了像雕塑一样永远坐在她铺子门口的老太太，不由冲口骂出一句："这个老不死的。"空中恰巧有群麻雀吱吱喳喳地叫着飞过，不知哪只麻雀调皮，它将足上沾着的一片爆竹碎屑弹到杂货张的头上，杂货张觉得头上落了东西，一摸，见是猩红的爆竹碎屑，便骂了麻雀一句："见你们的鬼去吧！"麻雀飞得快，根本听不见骂声，就是听见了也听不懂，杂货张只能徒自叹息。她想这些麻雀一定刚从街道的地上飞起来，这一段时时有爆竹声劈啪传来，说是庆祝光复，猩红色的爆竹碎屑就像春末的杨花一样随处可见。杂货张不喜欢爆竹声，让她觉得这是雷公发了怒，来人间报复什么来了。杂货张离老太太还有两三米远的时候，就将手中提着的葱扔到老人身上。老太太睡眼惺忪地睁开双眼，见满怀都是葱，就"嗯"了一声，说："我还没死哪，谁就想把我当成肥料栽葱啊。"杂货张"呸"了一口，说："你个老杂毛，就知道干坐着吃闲饭，赶快把葱给剥了，不然你今天连碗稀的也别想喝上！"杂货张嗓音洪亮地骂着。老太太也不介意，她顺手拈起一根葱，咬了一口，叫了声"辣"，然后非说这栽葱的人是撅着屁股种的，不然这葱就会甜。杂货张听后不由暗自笑了，心想你个老不死的对滋味的说法实在有趣。比如说砸蒜，老太太认为生性泼辣而厉害的人砸出的蒜辣得你舌头上能出现裂纹，而腼腆善良、不善言词的人砸出的蒜就很温和。比如说种桃树，如果是个年轻的女人种的，结出的桃子就会汁液饱满，甘甜可口；而若是一个老翁种的桃树，结下的桃子个顶个干瘪和酸涩。如今，她又说撅着屁股栽出的葱辣，这能不惹人发笑吗？前一段时日，每逢空袭警报响起的时候，杂货张就领着一双儿女往新挖的战壕里跑，她会丢下老太太不管不顾。反正她耳朵背，尖锐的警报声在她听来就像猫咪在温柔地叫。老太太眼神也不好，每逢半夜三更见杂货张他们往出跑，就说："这是出去装神弄鬼去吧。"看到他们夜里有时和衣而睡，她就说："人和猪是不一样的，人得脱了衣裳睡才舒服。猪是没办法呀，它脱不下身上的皮。"杂货张对这些谬论充耳不闻，至多在听得烦了的时候，冲她的耳朵吼上一声："闭上你的臭嘴，没人把你当哑巴！"后来杂货张一家人不半夜往出跑了，满街就是欢庆胜利的沸腾的人群了。听着锣鼓声和鞭炮声不绝如缕地传来，老太太就问杂货张："这是在闹腾什么？"杂货张告诉她，日本垮台了，皇上也跑了，东北光复了。老太太便大惊失色地说："皇上怎么也跑了？皇上在这儿呆得不是好好的吗？他跟我可是一家人哪，跑了连个招呼也不打！"杂货张就冷冷地说："他跟你打招呼干什么，还会捎上你让你给他提鞋去？"老太太便骂世道多变，人心难测，说她身边的人都是背信弃义的家伙。个顶个儿地全都是秦桧，生生把她给害苦了。最近她更加念叨王金堂，说是夜里老能见到他，他给她熬鸡汤，还帮她梳头发。他还告诉她，他就要到家了，如今正在路上，让老太太准备好接风的面，烧好洗脚的水。杂货张听闻此言后便打击她，说："人家该回来的都回来了，回不来的肯定都成了鬼了！"说完，悲伤而泣。老太太就啐口唾沫说杂货张不该胡乱诅咒人，还说人跑了这么多年，肯定离家远得都无法计算了，也许他们都要走到月亮上去了，从那么遥远的地方返家，当然不是三五天就能到达的了。

杂货张有时也担心，万一祝兴运回来了，缺了胳膊少了腿，或是像李万金一样衰朽不堪，絮叨得像个老太婆，也许他还不如不回来的好。回想她与丈夫之间的生活，总是争吵多于风调雨顺的日子，她知道祝兴运看不起她，心想让你看不起我，老天报应了你，把你早早给收了回去。虽然这样把祝兴运往坏处想，但她还是有些惦念他。杂货张想也许祝兴运历经风雨归来后，会对她温柔备至、疼爱有加，从此后夫妻和和美美地过小日子，那样她也就知足了。

老太太剥完了葱，觉得天色黯淡了，刚好祝梅从外面回来，她吩咐祝梅把剥好的葱拿到灶房，然后问她："天怎么说昏就昏了？"祝梅蔫声蔫气地说："太阳钻进云彩里了，天能不昏吗？"老太太没有听清，追问了一句："你说的啥？"祝梅只得又凑近她耳畔，一字一顿地高声重复了一遍。老太太听后仰头望了下天，说太阳："往哪里钻不好，非往云彩里钻。那云彩都是烟变成的，滚得你一身灰土不是？"祝梅听后咯咯乐了，她最近很少笑了。老太太又对祝梅说："我觉着这两天瘦下来了，要是这么瘦下去的话，不出十天，这腕上的手镯就能撸下来了！"祝梅鄙夷地撇撇嘴，说："你留着它跟你一块儿进棺材吧，我才不稀罕它呢。"的确，祝梅现在不需要它们了。大东亚战争以失败而告终了，金属献纳活动早已寿终正寝了，学校贴满了控诉日本人罪行的大字报和标语，这使祝梅很惶惑。心想以前你们不也是鼓吹支持大东亚战争吗，为什么如今全都变了脸呢？校长以前无论在什么场合都是盛赞祝梅的，说是要把她送到东洋留学去，说她是学校最值得骄傲的学生，如今校长见了她却仰着脸紧闭着嘴走开，似是十分厌恶她的样子，这使祝梅很难过。更让她难以容忍的是，原先有一个叫刘义的男孩子，总是悄悄给她写信，信上满是爱慕和海誓山盟的话，他们曾多次在学校的仓库幽会，刘义听祝梅说在家吃不饱，还偷偷带吃的给她。他们搂抱在一起相互抚摸和接吻，觉得无比甜蜜和激动，祝梅觉得这辈子嫁的人只能是刘义了。谁料日本垮台后，他们的爱情也跟着垮台了，刘义从此对祝梅不理不睬，见面连招呼也不打，形同陌路。祝梅便回忆自己是否有对不住刘义的地方，想来想去，记起有一回黄昏他们在仓库约会，祝梅吃完刘义带给她的半块玉米饼后，突然听到破旧桌椅下一阵窸窸窣窣的响动，原来是老鼠在胡闹。祝梅很怕老鼠，就惊叫着往刘义怀里扑。刘义更紧地抱住了她，将她的裤腰带给解开了。祝梅知道他要的是什么，她想自己还是个学生，委身于人是不光彩的事。于是就奋力从刘义怀中挣脱出来，叫道："早晚我都是你的，你着什么急呀？"刘义很无耻地拍了一下裤裆说："我不着急，它着急啊。"气得祝梅撇下刘义一走了之，整整两周没跟他单独见面。后来还是刘义主动向她道歉，说以后再也不对她动非分之想，祝梅这才原谅了他。现在所有的同学都不理睬她，祝梅可以理解，而刘

义对她冷若冰霜，却使她伤心已极。祝梅想一定是那件事使刘义生
她的气了，于是有一次在校门口追上他，小声对刘义说："你真想
要我的话，咱俩今晚在老地方见。"刘义笑着，很小声地对她说："别
臭美了，我不会再去仓库了。你以后自己去那里，让老鼠去操你吧。"
祝梅怎么也没想到刘义竟会如此绝情，说出如此下流、污蔑的话来，
如果那时她手中有把斧子，一定会把他的脑袋砍成八瓣，就像切西
瓜一样，让那猩红的汁液流出来。祝梅对学校的一切失望之极，她
甚至不想上学了，几次跟母亲提出在家帮她经营杂货店，都被杂货
张给骂个狗血淋头，她吼道："你不上学，将来有什么出息！还不
跟你妈似的，活得没个人样儿！"祝梅便不敢吭声了。她看上去郁
郁寡欢，常常一个人呆呆坐在窗前看天、看云、看飞鸟。以往她从
不帮杂货张忙灶上的活儿，如今她也知搭把手淘淘米、洗洗菜。她
对杂货张也不那么盛气凌人了，只有对待老太太，还一如既往地鄙
夷和唾弃着。

　　杂货张喝了一瓢冷水，然后坐在门槛上吧嗒吧嗒地抽烟。祝梅
凑到母亲面前，问她："这葱要怎么吃？"杂货张说要烙几张葱油饼，
说着打了几个干嗝儿，仿佛葱油饼已经出锅并把她给噎着了似的。
祝梅见杂货张愁眉不展，知道她出去又没打听到父亲的下落。祝梅
就说："我找东西的时候，往往把家翻个底朝天，也找不到要找的。
可你不找它时，哪一天它自己就冷不丁地就冒出来了。"杂货张皱
着眉看了眼祝梅，然后咽了口唾沫，说："你爸不是东西，他是个
活物！"祝梅赶紧缩回头，不敢再说什么。

祝梅确实不想再上学了。她在学校的境遇，仿佛是过街的老鼠，人人喊打。学校的宣传栏如今被弄得桃红柳绿的，今天上午她看见了几幅漫画，一幅用白纸墨笔画着希特勒自杀的情景。希特勒用自己的裤腰带把自己吊在一棵树上，那树干的形状是大炮，而树枝则是一杆杆的枪。希特勒龇牙咧嘴的，舌头吐得老长，满面狰狞，看上去十分恐怖。漫画旁写着这样一句话：法西斯元凶的应有下场！还有幅漫画用白纸红墨水画的是"满映"理事长甘粕正彦自杀的情景。甘粕的左手举着一张李香兰主演影片的宣传海报，右手拿着一瓶氰化钾，他对底下的人说："去死吧！"漫画上的甘粕正彦肥头大耳的，他站在一只小船上，船被波浪层层包围着，看上去要翻船的样子。漫画的题字是：滚回老家去！祝梅看了这幅画觉得十分难过。她很喜欢看李香兰的影片，觉得她是人世间最美的人。一部影片看下来，情节都不记得，深深印在她脑海中的是李香兰的每一个笑靥。她想自己要是有这么美丽的脸庞该有多好啊。祝梅听人说过，日本溃败前夕，甘粕正彦召集"满映"全体成员，让他们集体玉碎。他还说关东军已经放弃了新京，若是苏军来了，只有挂白旗投降了，言语颇有凄凉之意。甘粕还从关东军手里要来一列火车，将"满映"的日本职员的家属，主要是妇女和儿童，大约有一千多人，全部移往通化，打算经朝鲜回日本。而他自己则选择了自杀。甘粕正彦在自杀之前，曾举行了两次告别晚宴。在"满洲映画"的礼堂里，甘粕拿出好酒，盛情约同僚共饮，且饮且歌，谁都能看出他这是在做最后的诀别。就在苏联军队进驻新京的次日凌晨，甘粕服毒自杀。

据说他在遗书中称自己不忠不孝，不配血染日本战刀。他还给兴业银行总裁冈田信留下一封现金申请书，期待他们发给"满映"职员遣散费：请借二百万元，生前不还，死后再还。祝梅觉得唾弃希特勒怎么都不过分，而控诉手持李香兰主演影片的电影海报的甘粕正彦，实在让她接受不了。她很想撕下那张漫画，但宣传栏围观者甚众，人们都笑意盈盈地看着，激情澎湃地议论着，使她无从下手。

　　晚上吃过了葱油饼，天已黑了。老太太打着饱嗝儿又去砖凳上闲坐，杂货张倚着门框无声无息地抽烟，而祝岩在做弹弓，说是要和同学到城外去打鸟，然后笼起火来烧鸟吃。祝岩的腿落下了轻微残疾，走路有些跛，同学们都叫他"祝瘸子"，他也不介意，说是落点残疾好处多，上课可以经常迟到，因为他走路慢，老师会原谅他。而且参加劳动时老师不让他干重活，就连每个学生必须做的值日，也破例免他做，这使祝岩觉得新京跑了个皇上，又回来了个皇上，自己比所有人都风光。杂货张有时当着祝岩的面叹气，说："你个傻小子，现在穷欢乐呢，等你长大了，要娶媳妇了，就知道愁了。谁愿意跟个瘸子成亲呢？"祝岩听后嘻嘻笑着，说："妈，我才不成亲呢，我爸都丢了，咱家没个男人了，我要是走了，人家还不得欺负咱？"说得杂货张又辛酸又喜悦，觉得眼泪要流出来了。以往祝岩腼腆得见人就脸红，沉默寡言，而如今他爱说爱笑，似乎这一瘸，使快乐的天平倾斜于他了。他整日喜气洋洋的，振奋地打着口哨。不过他的口哨打得实在不悦耳动听，有回杂货张揶揄他说："那天你一打口哨，我就见在巷子里耍的小孩子都裂开裤裆撒尿。"祝岩听了笑着说："那还不好吗，省得他们玩过了头，尿了裤子自己不知道，回家挨大人的骂。"祝岩见祝梅如今总是默默无语，且连口哨也不打了，以为她这是长大了的缘故。有回他叹了口气对姐姐说："人一长大了就没意思了，不敢乱说话了，也不能打口哨了。"祝梅怔怔地看了祝岩半晌，然后出其不意地骂了句："你懂个屁！"祝岩回嘴道："我别的不懂，当然懂得屁了！屁不就是人身上的废气吗？"如今祝梅想起祝岩的话，忍不住嘻嘻笑了。她这一笑令杂货张心惊肉跳，想她一个人毫无来由地突然发笑，别是脑子出了问题。杂货张赶紧把烟锅灭了，走向祝梅，问她："你笑什么？"祝梅说："没笑什么。"杂货张咄咄逼人地说："没笑什么你笑什么？"祝梅亦有板有眼地回答："没笑什么就是没笑什么。"杂货张只能噘起嘴唇徒自哀叹了。正当她想和祝梅说点什么的时候，祝梅突然问杂货张："你说人自杀时害怕吗？"杂货张犹如被人兜头给泼了盆冷水，身上一激灵，她问："你问这个干什么？"祝梅在黑暗中低声说："不干什么。"杂货张想了想，说："我猜自杀的人都是些胆小鬼，人连活着都不敢了，还叫人吗？老天把人弄出来，不就是叫你活吗？"祝梅听后先是嘻嘻笑了几声，然后她哭着对杂货张说："我不去上学不行吗？"杂货张"呸"了一口，说："瞧你的那点章程，你原来胆子多大啊，天不怕地不怕的，现在还怕上学了。你说你不上学能干什么？"祝梅沉默了半晌，突然一字一顿地说："随便把我嫁给谁得了。"杂货张听后气得"咕咚"一声坐在地上，她喘着粗气，拍着大腿声嘶力竭地说："没门儿！"祝梅说："没门儿我就去死！""那你就去死吧，死得远点，别弄脏了我的杂货铺子！"杂货张高声叫着，祝梅就哭喊着冲出屋去。杂货张也未出去追，心想你死就死去吧，又不是我让你死的。虽然如此，过了片刻之后，她还是吩咐祝岩："出去找找你姐姐吧，她说要去死。"祝岩很无所谓地说："她说要去死，那她就死不了。要死的人是不会告诉别人的。"杂货张见儿子按兵不动，只能叹口长气自己出去寻。走到门口，老太太问："那闺女刚才哭着跑了，谁把她给惹着了？天这么黑，她要是被狗咬了可怎么办？"杂货张没有好气地说："谁惹着她了，她自己把自己给惹着了！狗要是咬了她，也算她活该！"杂货张咬牙切齿地骂着，然后气愤地踢了老太太一脚，拔腿去找祝梅。老太太被踢后歪了一下身子，但她很快坐稳了，她低声对老伴说："你个王罗锅子，怎么还不回家来呀。你也见了，我在这呆着，人家说骂就骂，说打就打，真是活活把人要欺负死啊。要不是我厉害，还不得早让他们给放到油锅里煎着吃了？"老太太抬头望了望天，见满天都是繁星，没有月亮，而星星在她眼里小得几乎难以形容，就说："现在的星星怎么跟过去的不一样了呢？过去的星星个个都跟白面馒头那么大，现在的呢，个个小得像虮子！"祝岩做好了弹弓，正跨出门槛来寻石子想试验一下，听到老太太的话，不由笑了，他说："奶奶，你说星星像虮子，那天空就是肉皮了。天一不下雨，身上就埋汰了，当然就长虮子了。不过等虮子变成了虱子，星星就大了。"老太太呵呵笑着，说："小混蛋，你别逗你奶奶了，天要是肉皮，那人们就是架再高的梯子，也得上天去割肉皮来吃！"

当夜祝梅没有回家。杂货张一直找到凌晨时分也毫无消息。她想自己真是命苦,丈夫丢了,如今女儿也丢了。她不知祝梅是否真的会去死。杂货张回家后匆匆喝了瓢水,又抽了两袋烟,然后到学校去找祝梅。老师说祝梅最近常常旷课,有时只来半天,有时干脆一天都不来。杂货张想祝梅这是和她撒谎了,她说是去上学的,还背着个书包,可她究竟逃学到哪里去了呢?杂货张越发心慌意乱了,想祝梅也许真的想不开,寻死去了。杂货张很后悔那天对女儿说的过头的话,她想若是祝梅平安归来,她就允许她在家帮助经营杂货铺子,等她心情好了,再劝她去学校。杂货张走在校园中时,总有人对她指指戳戳,她听见有的同学在说:"这就是祝梅她妈,开杂货铺的,难怪祝梅那么丑,原来随她!"杂货张心想如果自己随身带着烟袋锅就好了,她可以敲着这学生的狗头,狠狠地教训他一顿。

祝梅在离家出走的第三日晚上回来了。当时正在下雨,杂货张和老太太坐在屋里,一个捧着烟袋唉声叹气地抽烟,一个在骂王金堂是毒蝎变成的,对自己的老伴不管不顾。祝岩哼着歌,用废铁丝编鸟笼。他想着冬天来临时,在大雪天的时候,捕上几只鸟放在屋子里养。冬天封了窗,人就不能到户外闲坐和聊天,祝岩很怕这三个呆在屋子里的女人牢骚满腹地说胡话,长吁短叹,与其那样,不如听听鸟声。他想鸟声也许会让她们心情愉悦。祝梅浑身精湿地出现在杂货张面前时,她捋着额前的头发说:"妈,外面下雨了,有件衣服你忘了收回来。"杂货张一看,见是自己昨天晒出去的一条蓝裤子。杂货张见了女儿又喜又气,她说:"你去哪里了?我找了你三天了！"祝梅打着寒战说："我不是对你说了吗，找东西的时候，你越找它越不出来，等你不理它，它就自动出来了。"杂货张冷笑了一声，收起长烟袋，到灶房生火，打算给祝梅下碗热面吃。老太太见祝梅湿淋淋的，就拉着她的手，说："你是人，不是鸟，下雨时要打上把伞。你看鸟不打伞，那是因为它的羽毛比伞还厉害，浇不透的。你是人，人披的衣裳最没用，雨一来就湿，湿透了就容易伤风。"说完，她自己打了个喷嚏。祝梅没有说什么，她找出一套干爽衣裳换上，然后走到祝岩面前，说："我回来你也不跟我说话，不想让我回来吗？"祝岩抬起头嘻嘻笑着，说："你是活着回来的，我跟你说什么呀？"祝梅说："那我要是死着回来呢？"祝岩指着祝梅说："我就会对你的魂儿说，你是个女鬼了，可以到处飞了，还回这破杂货铺子干啥？"祝梅骂了祝岩一句："你才当鬼呢！"然后抿着嘴乐了。

　　祝梅吃过热面后对杂货张说，她这三天去南市街的安福火柴厂了。那火柴厂不大，只有八个人做工。火柴厂的老板很喜欢她，看她做事麻利，有意让她去那里干活。杂货张问："你跟他们是怎么认识的？"祝梅说开学以后她去学校，老师和同学都不理睬她，她很难过，就经常逃学。有一天路过南市街，看见有一家小火柴厂，她就进去想找点事做。老板让她往盒里装火柴，每盒火柴装二十五根，她一分钟装了六盒，老板见她手脚麻利，就有意留下她。杂货张就问："那你准备装一辈子火柴了？"祝梅垂下头说："装一辈子火柴也没什么不好。装火柴时我什么也不想，心可静呢。我还乐意划上一两根火柴，看着它烧，快烧到我的手时，才把火柴杆儿扔了。那光又暖和又亮堂，可惜就是太短了。"杂货张鼻子有些发酸，她说："你装一辈子火柴，只呆在一间小屋子里，气闷不气闷？认识的也都是弄火柴的人，连个说话的人都没有。"祝梅仰起头，她笑吟吟地望着母亲，柔声细语地说："我装火柴的活儿做完了，老板就允许我到外面闲逛。南市街有一家酱菜园，老板李金全的儿子是个傻子，叫阿永。可阿永却娶了个漂亮媳妇，叫宛云。宛云有多漂亮？就跟电影里的李香兰一样！我怎么也看不够。我一到街上，就能看见宛云领着阿永逛街，我就和宛云说话，使劲看她的脸，她美得都让人眼晕啦。我在南市街又有活儿干，又有可说话的朋友，一点也不觉得气闷。"杂货张没有吭声，她抽了两袋烟，又起身喝了一大瓢凉水，然后用胳膊擦着唇角对祝梅说："随你的便吧。"

　　雨闷闷地下了两天后终于收脚走了。天晴了，天也转凉了。老太太又坐到了杂货铺门前的砖凳上，在不打盹的时候仔细察看过往行人，看有没有王金堂的身影。祝梅背起书包离开了家，杂货张也不问她是去学校还是去南市街的火柴厂。街上的树叶微微转黄了，秋天正伸着双粗大的手，一巴掌一巴掌地拍打树叶。有的给拍得脸黄了，有的则给拍红了。就在这雨过天晴的午后，杂货张站在杂货铺子的门槛上擎着烟袋抽烟，忽然发现从不远处晃来一团影子。这影子徐徐飘过来，远远看去像只熊。这时杂货张吃惊地看到老太太从砖凳上站了起来，她颤颤巍巍地走了几步，叫道："我的罗锅子回来了！"杂货张定睛一看，原来那个像动物一样飘过来的影子确实就是王金堂！王金堂衣衫褴褛，面色黧黑，但步态稳健，他见了老太太怔了半晌，然后用手使劲搓了几把脸，叫道："我的老婆子，你等着我呀！"老太太跌跌撞撞地迎上去，她伸开双臂，和王金堂抱在一起。由于老太太很胖，王金堂又是罗锅，他们拥抱得并不紧。杂货张只觉得心一阵阵地下沉，她没有看到祝兴运，他没有跟王金堂一同回来，说明他走的已是阎王殿的路了。杂货张手中的长烟袋"吧嗒"一声滑落到地上，觉得自己的心已经飞出体外，她只是一个空空荡荡的躯壳了。当王金堂搀扶着老太太走向杂货张，王金堂欲告诉她祝兴运的下落时，杂货张摆了摆手，示意她已经明白了。王金堂就对杂货张说，祝兴运交待过了，在杂货铺的柜台下面有个洞，洞里藏着件上好的玉器，将来祝岩成家立业时把它传给他。杂货张咧了咧嘴，骂了句："好你个祝兴运，一直跟我分心哪！"

　　杂货张把王金堂和老太太打发出了杂货铺子，然后她锁上门，去屠宰场找丁屠夫。丁屠夫刚刚卸完猪肉，满手的猪血和油腻。他没有想到这几年对他不理不睬的杂货张竟然找上了门来。杂货张说找他有急事，让他赶紧出来一下。丁屠夫用一张废纸擦了擦手，然后跟着她往杂货铺走。他们走得飞快，很快就到了。杂货张打开屋门，又反锁上，将窗帘拉上，脱掉衣裳，赤条条地躺在炕上，对丁屠夫说："你来吧。"丁屠夫叫了一声："瞧你这身好膘。"就冲上去美美地享用她。事毕，杂货张穿好衣裳，打开屋门，让丁屠夫赶紧出去。丁屠夫不敢不从，他穿上鞋一溜烟地跑了。杂货张先到灶房舀了瓢凉水咕噜噜地一口气喝下，然后点起烟锅，接连抽了三袋烟。当她放下烟袋时，天色已昏，杂货张觉得孤独和悲哀像洪水一般朝她袭来，她不由抚掌号啕大哭起来。一只刚蹿上灶台的老鼠被这哭声吓得一个跟斗栽了下来，顾不得去吃残羹剩炙了，赶紧溜之乎也。

五

夏季的山是绿的，虽然绿的深浅不同，比如松树是浓绿的，白桦树是浅绿的，而杨树则介于它们二者之间，说浓不浓，说淡不淡，是那种平凡而普通的绿。树木和青草从春天至夏季一直紧密地团结在一起，热情洋溢地播撒绿色。而秋风一起来，它们就各怀心事了，以至纷纷变了脸。最先沉不住气的是白桦树，它们那又薄又软的叶片被秋风给鼓噪成金黄色了，其后便是柞树，它们宽大的肥绿叶片变成了猩红色，像一簇簇鸡冠花在摇曳着怒放。看着杨树和柞树相继背叛了绿色，其他树种也觉得坚守绿色难上加难，也悄悄地随着秋风而变色，松树变为金色或浅红色，枫桦树变为半青半黄的颜色。惟有一种树仍然底气十足地捍卫着绿色，那就是古铜色树干的樟子松，它锐利坚硬的针叶仍是一片苍绿，直至冬季来临，飞雪弥漫之时，樟子松也是一片苍翠。山由于颜色多姿多彩，就成了"五花山"。胡二最喜欢这个时候进山，感觉灰暗的自己一旦落入此时的山中，就格外有光彩了，仿佛他变年轻了，有活力了。他背着猎枪和背篓，如果有山鸡和野兔，就会开枪打上一只，如果没有，他就在森林里闲逛。几场秋雨落过，蘑菇就疯狂地长了起来。最常见的是松茸，它个大味美，颜色呈黄褐色，生长在沟谷和慢坡地带，往往一发现就是一大片。一片松茸能拾好几背篓，新鲜的拿回去吃不了，就把它们用水焯了生腌，或者穿成串吊在屋檐下晒干。有时候松茸长得旺，简直多如繁星，就顾不得收了，由着它自生自灭。

　　胡二见今天太阳很好，就想进山呆上一整天。紫环曾要求跟着他来，被胡二给拒绝了。胡二说："除岁中午放学回来吃不上饭，你得守在家里。"紫环说："我给他带上干粮，中午让他在学校吃，将就一天，还不行吗？"除岁连连说"行"，可胡二坚决反对，他说："可不能让我的宝贝儿子将就。"紫环嘟囔一句，说："我知道你不想带我，嫌我累赘。"胡二笑了，说："我进山又不会去搞女人，你怕啥？这山上即使有动物，也不一定是母的！"紫环骂了胡二一句，帮他准备背囊。胡二自从前年从慰安船上下来，见到形容枯槁的紫环的那一刹那，就有一种因痛恨自己而五内俱焚的感觉。他想自己算不得一个真正的男人，怎么能让自己的老婆受这种煎熬呢？胡二痛下决心，哪里也不去了，就留下来跟老婆孩子过日子了。然而他还时常觉得压抑，这种时候，他会独自到山中转上一天，带着水和干粮，清晨出发，直至月亮升起才回家。在山里，他可以自由自在地跟树木和飞鸟说说话，躲在某一处阳光朗照的林间空地上美美地睡上一觉。往往醒来的时候，他身上爬着各种虫子。有会飞的受了惊扰后拔脚就跑，那些不会飞的就被胡二给抖搂到地上。胡二虽然带了干粮，但他的午饭一般还是吃野味。打上一只飞龙或者野兔，笼一堆火，将猎物连毛放在火上去烤，烤出香味儿了，撒上盐，然后从背囊中取出一壶酒，有滋有味地吃喝起来。他在这种时候很容易想起这辈子自己做过的孽和风流事，想起与匪绺的弟兄们一起砸窑的情景，想起鸥浦客栈那个温温存存的女人，想起美若白云的在慰安船上唱歌的女人。当然，他都是往好处想他们。一往好处想人，就觉得周围的景色越发撩人，所有的树叶都像是女人的眼睛一样温柔地望着他，白桦树洁白修直的树身就是她们纤细的腰肢。胡二听着风声，看着阳光在林间洋洋洒洒地跳荡着，就觉得心里不那么气闷了。等到夕阳西下，他向回返时，脚步就轻快多了。

胡二刚进森林的时候，碰到几个采蘑菇的妇女。她们背着很大的背篓，戴着纱网似的避蚊帽，吱吱喳喳地说笑着。秋天的蚊子很厚，叮人凶，它们到了这时节个个长得臕肥体壮的，叮你一口，立刻就会肿起一个包块。胡二不喜欢戴避蚊帽，他擦了避蚊油。那几个妇女见到胡二时躲躲闪闪地笑，胡二就问："你们采到毛尖蘑了吗？"她们笑着说："等着你帮着采呢。"胡二便逗趣说："我要是采到了毛尖蘑，也不能扔到你们的篓子里。谁陪我睡觉我知道，得带回家去给老婆吃！"妇女们便起哄，跟一群蚊子似的嗡嗡地闹，问他为什么紫环总是一个人进山，问他为什么紫环的头发白得这么早，问他的胡子长没长虱子？胡二不以为然地说，紫环爱静，当然喜欢一个人进山，她不爱吃盐，晚上又睡不好，净做噩梦，头发自然就白得早。至于他胡子里有没有虱子，胡二嘬着嘴说："你们过来拨弄拨弄就知道了！"女人们自然是笑骂着一走了之，跟胡二这种人斗嘴，吃亏的自然是她们了。毛尖蘑很稀少，只生长在长金子的沙地上，极难采，但它肉质肥厚，极其鲜嫩可口，漠河一带的妇女每年秋天总要想方设法采上一些晒干了，除夕之夜时用它来炖鸡。不过紫环最喜欢吃的是榆黄蘑，它们生长在柞树的朽木上，菌盖外凸里凹，使其中央看上去就像个浅浅的水洼。榆黄蘑颜色金黄，十分娇艳，喜欢丛生，它们叠压在一起的姿态热烈而不失却优雅，紫环喜欢用它来包饺子吃。胡二进山时，紫环还嘱咐道："帮我留神着榆黄蘑，见到就采些回来。"

胡二最先看见了一只松鼠。它翘着蓬蓬松松的长尾巴，从一棵倒木上跳过。它的尾巴是土黄色的，被阳光一照，这土黄色就变为金黄色，格外耀眼。胡二骂松鼠，你跑这么急去干什么？找新娘子去啊？松鼠早已窜入丛林之中，只留下被它惊扰后摇曳的一带树叶，窸窸窣窣地唱着小调回答胡二。胡二眯着眼看了一下太阳，觉得它实在太亮堂了，亮堂得蓝天中一片云彩都不存在，它们使森林充满了勃勃生机。阳光照着红的树叶，那树叶就仿佛是在燃烧，能看到叶脉上微微旋起的热气。而阳光照在金黄的树叶上，树叶就仿佛被涂了一层蜜，让人觉得有股动人的甜意洋溢着。在胡二的印象中，四季的阳光是迥然不同的。冬季的阳光像凉爽的麻线，色白、寒冷而略显粗糙。春季的阳光像刚出锅的银丝面，温和、柔软。夏季的阳光就像伸向水底的浏亮饵线，锐利、热烈，具有杀伤力。而秋季的阳光就像黄昏的鸟鸣，优雅、淳厚，有股麦子熟了的馨香。胡二伸出手，抓了一把阳光，放到鼻子下嗅了嗅，说："好闻！"

妇女们采山货，一般是在山的外围转悠。她们不敢走远，一怕迷路，二怕受到野兽的袭击。而好的猎人都愿意往密林深处走，若能走到人迹罕至的地方，便觉得无与伦比的惬意。当你看着湿地上油绿的苔藓只有兽迹，看着遮天蔽日的参天大树豪迈地挺立着，看着无人采摘的野果累累垂吊着，内心就有一种格外舒展和自由的感觉。这种时候，当有动物从你身边疾跑而过，你甚至不想开枪去射击它们了。胡二熟悉这片森林，他信步朝深处走去，路上遇见鸟儿飞过，他会仰头问："你们谁愿意做我的午饭？"鸟儿们飞得很快，没一个落下来想成为胡二的腹中食物。胡二就骂："你们这帮只管自己吃饱的家伙！"

胡二见太阳升得高了，已经接近中天了，就想着该歇脚喝口水了。他择了块五米见方的空地，顷刻间就划拉了一堆干枝条，点起火来。走了三四个小时，他已经饥肠辘辘了。胡二见火苗徐徐蹿了上来，就扔上几根湿润一些的枝丫，想让它不急不慢地着，他好寻找点猎物。正想着，忽然听见一棵大树上传来笃笃笃的声音，胡二举着枪走过去，见是一只泛着蓝幽幽光泽的啄木鸟，正攀在一棵樟子松树上埋头吃树缝里的虫子。它粗硬的长尾巴一耸一耸的，看起来吃得很卖力。胡二瞄准它，刚要扣动扳机，这啄木鸟忽然跳了一下，到了树的上端，依然很卖力地顿着头，啄着虫子。胡二想，它也许碰上了肥美的虫子，正吃在兴头上，这时候弄死它，实在不仁义。胡二放下枪，走到篝火旁，想烤烤馒头吃了算了。他翻开背囊，发现除了馒头之外，紫环还裹了块咸牛肉，胡二不由咽了下口水，喜出望外地念叨："我的环儿，你可真周到，怕我打不到野味扫兴，还裹了块牛肉。"胡二立即折断一截桦树枝，将牛肉挑上，放到火上去烤。待肉被烤出香味，胡二拧开酒壶，一边撕肉吃一边喝酒，陶醉得忘乎所以，直想唱歌。胡二即兴编歌词唱了起来：小鸟你吃饱了，来我的心里做窝吧。我喝三壶酒，就能撒下金尿来。满树的黄叶啊，用你软软的小舌头舔我的脸吧。胡二觉得这世界上只有他存在，他逍遥得似乎能飞了。他喝干了酒，吃光了肉和馒头，倒在篝火旁呼呼大睡。等他醒来时，发现森林不那么明亮了，太阳已向西滑去，胡二打着哈欠坐起来，猛然发现对面有团黑影望着他。胡二连忙抓起枪，以为遭遇到了熊。然而那团黑影却说话了："我是人！"胡二定睛细看，果然是一个人，他坐在地上，衣衫破烂，脸上疙疙瘩瘩的，头上系着块蓝布。胡二起身走到他面前，问："你是迷路的？"那人点了点头，然后又摇了摇头，问胡二："吃的还有？"胡二见他的模样不像是本地山民，也不像中国人，忽然想他也许是个逃难的鬼子，就吐了口痰，说："你先告诉我，你是哪国人，我再给你吃的。"那人垂下头，低声说："我说了你吃的就不给了。"从他的话语方式里，胡二已经听明白了他的真实身份。胡二说："你从哪里逃出来的？"那人可怜巴巴地说："先给我点吃的，几天东西的没吃了。"胡二就把余下的半个馒头给他，让他慢点吃，别噎着了，说着又把水壶递给他。那人确是饿极了，吃得很疯狂，眨眼间那半个馒头就不见踪影了。吃完馒头，又喝了些水，他问胡二有没有烟。胡二说："你倒挺会享受的，操，烟的没有！"那人眼里露出十分凄凉的神色，他问胡二，附近有没有人家需要劳力，能让他有个窝住，有碗饭吃。胡二鄙夷地说："有这样的地方我就去了，轮不到你！"那人便捧着脸哭了。哭过，他对胡二说，是胡二的歌声把他吸引来的，否则他接着往南走了。胡二嘲笑他："你这是往南走？喝，真是大白天说瞎话，你这是往北走，再走下去，就到老毛子那里去了！"那人打了个激灵，说，我会唱歌，我唱个歌给你听，你带我走吧。未等胡二反驳，歌声已经起来了。那人用日语唱着故乡小调，非常低缓、凄迷，声音沙哑。胡二觉得身上凉意沉沉，仿佛森林已经飘起了雪花。唱完歌，他说他叫中村正保，八月十六日被苏军俘虏，当时他是北满东部开拓团的村民。本想被俘后会被当做侨民返乡，没想到他们竟然被苏军给押解到满洲北部去修公路。他说修公路也没什么，他不怕干活，但受不了苏军士兵对他的污辱。胡二听后不由哈哈笑了，他说："当初你们是怎么待中国人的？让你们尝尝这滋味不赖！"胡二问他，苏联红军怎么污辱他了？中村正保打了个寒噤说，那些监督他们的苏联士兵每天吃的是土豆炖牛肉，他们常常在傍晚时一边吃肉一边喝酒。而他们这些俘虏每日三餐都是高粱米饭配咸菜，偶尔能吃上点白菜汤和炒黄豆。胡二说："那就不错了，没饿死你们！"中村正保并不在意胡二对他的反感，他接着说，那些苏联士兵常常在吃饭的时候，扔进俘虏堆里一块肉骨头，看着大家去抢。中村正保说他最受不了的就是这个，每天都有俘虏因为争肉骨头而动手打斗的。一看俘虏因为一条肉骨头而内讧了，那些苏联士兵就哈哈大笑。中村正保的眼睛里弥漫上泪水，他说那肉骨头其实没附着多少肉，被俘虏们抢过后，已脏得不像样子

了。胡二听了心里也一哆嗦，他对中村正保说："你别哭了，你还
算是个有种的，我带你走，先到我家呆几天养养再说！"

中村正保是趁夜晚撒尿时偷偷溜出来的。那时流动哨很松懈，
他溜入森林，很快就逃脱了。他分不清东西南北，越走森林越原始，
时常能看到野兽的踪迹。他想自己也许一不留神就会被熊或狼咬死。
他走了四天了，由于没枪，无法打野味，只能以野果和蘑菇充饥。
幸而森林里的小溪较多，水源不成问题。而且山里的溪水甘甜清凉，
喝了十分提神。他白天赶路，夜晚怕野兽袭击，就宿在高岗上。就
这样跌跌撞撞地一路走下来，衣裳被树枝划得破烂不堪，脸被蚊虫
叮咬得溃烂而出脓血，可他一缕人烟也未见到。中村正保对自己几
乎绝望了的时候，他忽然听到了森林中有人语传来，他循声而至，
见胡二已躺在空地上睡着了，而篝火却仍在燃烧着。中村正保便坐
下来等待胡二醒来，他想自己得救了。

胡二领着中村正保往回走时问他："说实话，你杀没杀过中国
人？"中村正保站住了，他神色庄重地摇摇头。胡二吐了口痰说："我
问这话也是蠢，你就是杀了也会说没有！"中村正保便发誓说，他
若杀过人，就让他立刻被熊咬死。胡二龇着牙说："你也知道跟我
这么好的猎人一起走，熊是不能吃了你的！"中村正保便停下脚步，
说是他不和胡二走了，他受不了这污辱，他没做过的事就是没做过。
胡二说："那你就滚吧，一个小鬼子死了也没什么可惜！我给我老
婆采榆黄蘑去了！"中村正保却仍站着不走，他对胡二说，能不能
送给他一盒火柴，就算是可怜他。胡二说："你这么要脸面，还张

嘴朝人要火柴呀？用你的鸡巴往石头上划，兴许会弄出火来！"胡二大步朝前走去，他头也不回，心想这个可怜虫一定是悄悄跟在了身后，不然他就是死路一条了。走了约摸六七分钟，胡二没有听见身后有声音，他就回了一下头，发现中村正保不见了。胡二叹了口气，又折回去找到他，对他说："人吧，太没脸了让人烦，太有脸了也让人烦！你跟着我走吧，只是别说你是日本人，不然他们剥了你的皮！"

胡二在天黑以后回到了家。他背着半篓榆黄蘑，一进院子就吆喝紫环："环儿，家里来客人了，多弄点吃的！"紫环闻讯从灶房探出头来，见到中村正保，她愣怔了半晌，然后缩回头，很快就打来一盆温水，放到脸盆架上让中村正保洗脸。除岁正在里屋往桦树皮上写字玩，听说家里来了客人，就一蹦一跳地出来了。他问中村正保："你的衣裳怎么这么破？是狼把它撕坏的吗？"紫环吆喝了一声除岁："怎么这么多嘴多舌，快回屋里去！"除岁并不在意母亲的数落，他又问："你在山中呆了多少天，脸都让蚊子给吃成这样了。"胡二笑了，伸脚踢了一下除岁的屁股，说："你少说两句，没人敢把你当哑巴卖了！"

晚饭紫环炒了一盘腌肉，做了一锅土豆汤，胡二和中村正保喝了一些酒。然后胡二唤中村正保把破衣裳脱掉扔了，让紫环找出一套自己的衣裳给他穿上。紫环把装粮的棚厦腾出一块地方，搭了张板铺，铺上两张狍皮褥子，扔了一床被给他。中村正保走进棚厦的时候，擎着油灯往出走的紫环问了他一句："你要灯吗？"中村正

保摇摇头。"要的话我就给你留下。"紫环晃了一下油灯，那光影随
之颤动起来，使她的脸庞在光影中就像被剥落的蜜橘一样迸裂，中
村正保盯着她的脸看了片刻，然后说："我不要灯。"紫环告诉他，
晚上起夜时就到园子里，清晨若是起来早了，最好别独自出门。胡
二打着饱嗝儿走了过来，他觑了一眼棚厦的板铺，说："还真不赖，
要褥子有褥子，要被有被的！"胡二打趣中村正保，说是在这装粮
食的棚厦里睡，一准儿能睡个踏实觉。只是要保护好自己的裤裆，
因为这里有老鼠，"万一咬掉你的老二，你就是逃出来活下去，也
没个好滋味享受！"胡二话音刚落，紫环就冲胡二说："省点你的
唾沫吧，怎么这么能说！"

　　胡二对左邻右舍说，中村正保叫刘三保，是他前几年在金矿谋
生时的弟兄。如今他老婆死了，儿子让狼叼去了，他变成了半个哑
巴，走投无路之际，就投奔他胡二来了。每当胡二说他的老婆死了，
儿子被狼叼去的时候，中村正保在一旁就眼泪汪汪的，仿佛真的说
到了他的痛处。胡二对中村正保说，要少跟人说话，一说话就容易
露馅，万一被人发现而告了密，就得给送到收容所去。胡二告诉中
村正保，日本投降时，黑龙江边死了不少日本人，他们大多是用剑
剖腹自绝的，那几天江岸上老是有乌鸦纷纷落下，血腥味隔着一二
里都能闻到。中村正保这时就会垂下眼睑，他低声说他不会为国家
去自杀，他要回故乡，去当一个渔民，每天出海，再娶个老婆，生
上几个孩子，教孩子们唱歌。一提到唱歌，中村正保黯淡的双眸就
会泛起亮色，犹如月光投映到了一潭死水之上。有一天中村正保喝

多了酒，对胡二说，来到"满洲国"后，政府配给了他个中国老婆。她很能干，肤色黝黑，不爱说话。谁料她不愿意配给他，私生了别人的孩子，而有了和他的孩子后，那孩子却突然被黄豆给呛死了。从那以后，他老婆神情就不对头了，后来她独自跑出去，被狼给吃了。听得胡二心惊肉跳，问："你跟她的孩子是男是女？"中村正保落下泪水，痛心疾首地说："儿子！"

胡二对中村正保就更为同情了。他上山打猎时总是带上他。虽然他知道这样躲躲闪闪不是长久之计，中村正保早晚有一天会回到日本去，但就目前来看，那些收容所里的日本人也并没有被立刻遣返，先这么凑合着还像是人过的日子，实为上策。胡二听人说日本战败时，在黑河的一些日本妇女不能及时返乡，又怕落入苏军手中会有性命之忧，干脆就把自己贱卖给当地的中国男人，求他们做她们的丈夫。这样，有一些马夫和渔民，竟然没花一文钱，却娶到了日本老婆。听得胡二直咋舌：心想这种好事怎么就不会像鸟屎一样落在我头上！除岁渐渐喜欢上了中村正保，他放学之后就到棚厦和他玩，叫他刘三保，给他讲笑话听。除岁说，冬天就要来了，棚厦里冷，得给他盘个火炉。他说这活不用别人干，他自己就行。中村正保就问："你会用瓦刀？"除岁一仰脖子说，这世上的刀子，没有我不会用的。用瓦刀实在是小菜一碟！这话恰好被胡二听到了，他啐着唾沫骂了除岁一句："你别的本事没跟你爹学会，吹牛倒是继承得不赖！"

秋风一阵比一阵迅猛。山上的颜色浅了淡了，树叶多半凋零了。

采山的人渐渐少了，蘑菇和各色浆果也都枯萎了。一个礼拜天，除岁央求中村正保："刘三保，你领我进山玩一玩吧！"中村正保就领着除岁进山。他们刚进森林没有多久，中村正保见天空澄碧，秋叶如彩蝶一般随风飘舞，他一时兴起，就唱起了故乡的歌谣。除岁立刻被吓了一大跳，心想刘三保怎么唱的是日本歌，看来他是个小鬼子！除岁很机灵，他没有惊动中村正保，跟他玩了一会儿，谎称自己肚子疼，就早早和中村正保回了家。除岁进了屋门喝了几口水，就跑到老师那里，说他爸爸领回家来的刘三保原来是个日本鬼子，他在山上唱日本歌来着！

当夜，中村正保就被战犯收容所的人给带走了。胡二闷头喝了两小时的酒，喝得油灯的光发虚了，这才站起来，晃晃悠悠走进除岁的屋子，抱起熟睡的儿子，将他扔在棚厦的板铺上，然后大吼一声说："从今往后你就和老鼠做伴吧！"

六

暴雪使得铁轨成了深海的鱼，难于捕捉，火车迫不得已中途停靠在宾县的站台上，其实这儿离目的地哈尔滨已经不遥远了。透过车窗，李文见站台上飞雪弥漫，红色的铁路信号灯被稠密的雪花弄得模模糊糊，几难辨认。列车员过来通告说，今天就要宿在宾县了，明天能不能走，还要看大雪的发展情况。不过据气象部门提供的资料，明后两天仍然会有雪，如果那样，火车也只好在这停留两天两夜。旅客们大都是归心似箭的，因而个个牢骚满腹，说是为什么不组织人力清理大雪，火车卖了票，就得对旅客负责，不能随随便便说停就停。这意外耽搁所破费的钱由谁支付？列车员眨着眼睛，不无调侃地说，他也盼着早些到哈尔滨，可现在铁轨害臊了，它们不愿意露着两条细腿让火车的轮子去摸，只能让大雪给遮遮羞。一个旅客叫道："我娘明天八十大寿，我这是特意赶回去给她磕头的！"列车员笑着对他说："明晚上你就对着南山磕上几个头，帮她求求寿。"还有一个中年妇女青黄着脸忧戚地说："俺哥明天做手术，是个大手术呢，俺不赶到，他以为俺跟他没情义。"列车员说："那还不好？等你赶到哈尔滨时，他已下了手术台了，是好人一个了，省得你站在手术室外为他担惊受怕！"李文听了心里不免发笑，想只有这种生性开朗的人才适合做列车员。

旅客们纷纷背起旅行包，走下火车，去寻找客栈住宿。由于是午后，天下着雪，才三点多钟，就感觉天色已昏暗了。李文一出站台，就碰上一个向他兜售包子的戴狗皮帽子的男人，他的胡须和额前都是霜雪，他说："热包子！吃吧，羊肉馅的！热包子呢！"李文看见他胸前挎个帆布袋子，想在这种冰天雪地中站上十分钟，热包子肯定也是凉的了，就绕开他，朝路南侧的一溜店铺走去。大多数旅客不愿意舍近求远，就在车站附近的客栈住下了。但李文想既然在宾县停留大约两天时间，就不能太马虎了，仅仅找个窝住是不够的。在他的印象中，稍有情调而整洁的客栈，大都离城中心较近，而火车站附近的客栈，一般都昏暗而肮脏，且收费也不低。反正李文的旅行包很轻，只有一套军服和简单的牙具，他想走远一些，找个好的歇脚处。雪花下得寂静而又疯狂，无论是横看还是竖看，那雪花都给人一种精灵般的感觉，活跃地飞旋着，优雅而灿烂地舞蹈着。老天向下垂下这无边无际的白色珠帘，仿佛天庭正有秘密的事情发生，要遮住凡尘人的视野。李文接近城中心的时候，看见了飞雪中仍有人和驴车经过，卖冰糖葫芦和烧饼的叫卖声也缕缕传来。李文见临街有一处名为"小住"的客栈，外观看只是座三层的木屋，但客栈门楣下探出的一盏红灯笼却给人一种温暖而喜气的感觉，像是在向往来的旅人招手，就推开了客栈的门。一进门，李文就被扑面而来的热气给感染了，他的身上激灵了一下，仿佛满身寒气都随着这一激灵而逃之夭夭了。门口放着一个方形毡垫，供人踏掉脚上的灰尘和雪。李文见门的外面有一个火炉，炉旁坐着一位三十上下的妇女，穿一身蓝布衣裳，绾着发髻，正在剥花生吃。见李文进来，她将装花生的竹筐箩放到窗前的木桌上，微微笑了笑，淡淡打声招呼："住店啊？"李文"嗯"了一声，环顾左右，只觉得这屋子虽是黯淡，但温暖干净，墙壁上没有花里胡哨的装饰，而只是挂了几串鲜红的辣椒和十几辫子雪白的大蒜，显得朴素而又亲切，他决定就在此处歇脚了。

"打哪儿来？"女人接过李文的旅行包，引着他上楼。楼梯是木制的，没有刷漆，但极其干净，能看到木纹的花色。有些木纹的形态像眼睛一样，李文踩上去就有些小心翼翼的。李文对她说，自己从佳木斯来，要到哈尔滨去，没想到雪下得这么大，火车走不了了，他们只有中途下车。李文的话语一直被楼梯的吱嘎声所笼罩着，因而他觉得仿佛有人跟自己抢着说话。那女人"哦"了一声，很吃惊地回头望了眼李文，说："雪能把火车给阻住了，这雪有这么大呀？"李文说只要你出去看看，就知道雪有多大了。女人说，她有两天没出门了，从窗前望见外面在下雪，但不知雪有多大。说话间，他们已经到了三楼的一间房门口，女人推开门，对李文说："住这间吧，不靠山墙，又朝阳，光线好，暖和。"李文见这屋子不大，放有一床一桌一椅，门口有个衣架和脸盆架。窗台还放着盏紫泥茶壶。见李文盯着茶壶看，女人说："愿意在屋里喝茶就自己喝，有人爱清静，可也有人乐意跟人说话，那就到楼下的火炉旁去喝。"老板娘说着，把灯打开。李文见这灯光很昏暗，心想一定是店主人为了节省电。女人大约看穿了李文的心思，她笑了笑，说："住店嘛，只是图个舒坦。光太强了人会觉得刺眼，光暗了人就想睡觉了。"李文不由暗暗佩服这女人的精明。她走进屋子，俯身帮李文从床底拽出一双草编的拖鞋，对他说："这拖鞋是我编的，穿着干爽、轻便。你坐了这么长时间火车，先把鞋换了宽宽脚，我去给你打点洗脸水来。你是喜欢烫一些的还是温的？"李文说了声"温的"，那女人就抿嘴一笑轻盈地下楼了。李文听见楼梯又传来了吱嘎吱嘎的叫声，就像初春冰河乍裂的声音。他正奇怪为什么这客栈如此寂静，难道就没别的客人的时候，忽然听见隔壁传来一阵剧烈的咳嗽声，是一个男人的声音，咳得上气不接下气的，仿佛要把肺给弄碎了。李文猜测，也许这是个患了感冒的旅客，这样的天气羁旅在外，难免要生病的。正寻思着，那女人端着一盆洗脸水上来了，她的唇角多了一点红，是花生绛红色的薄如蝉翼的胞衣，看来她下楼时没忘了抽空吃几个花生。女人刚把洗脸水放在脸盆架上，隔壁的咳嗽声又响了起来，那女人的眼神凄凉了一下，对李文说："你快洗把脸吧，晚上想吃什么，回头告诉我。"说完，就推开了李文隔壁的那扇门。也怪，门声一响，那咳嗽声就止息了。门敞开着，李文能清晰听见他们的话。女人说："睡了这半天觉得好些吗？"没有听见回答声，李文想男人也许说话太轻，或者他用手势来回答的，大凡得病的人都不愿意张口说话的。女人又问："晚上想吃点什么？"这回李文听见了男人的声音，很沉郁，微微发颤，他说："不是来了住店的吗，他吃什么，我就跟着吃什么，省着你做两样饭。"从他的口吻中，李文感觉这男人不是旅客，倒像是她的丈夫似的。

女人很快从隔壁又回到李文的房间，她问："水行吗？"李文连连点头，说："正好！"她又问："晚上想吃点什么？"李文想了想，说："看你这里做什么最方便，不必太费事，能吃上口热的就行。"女人笑了，说："上车的饺子接风的面，我给你擀点面条吃吧，是吃打卤面还是炸酱面？要是吃打卤面的话，我这里有秋天时自己采的黄花菜，放点肉丁，搁上点白菜心，鲜着呢。要是吃炸酱面，这酱也是我自己做的，还剩一坛呢。"李文笑了，为她的周到和热情而感到有些过意不去，说："做炸酱面吧，方便一些。"女人笑了，说："行啊，我家掌柜的也爱吃炸酱面。"说着，转身下楼了。走了一半，又转回身大声问李文："是吃宽面还是窄面？"李文说："宽面！""好，你等着，面做妥了我会来喊你。"女人飞快地下了楼了。

李文洗了脸，又洗过脚，换了双袜子，觉得浑身一阵轻松。他舒舒服服地靠在床头的被子上，打算抽支烟。烟是找到了，可火柴却不见了。这才想起在火车上时，对面有个老年男人抽烟向他借火，把火柴给了他，而那人一定是习惯性地把火柴揣进了自己兜里。李文想了想，就叼着烟到楼下的火炉去借火。他穿着草拖鞋，觉得比光着脚还要轻便。灶房在底楼朝南的屋子，里面传来做饭的声音，刷刷刷的刷锅声，跟着是咣咣咣地用筷子搅什么的声音，李文将烟直立在已快被烧红的炉盖上，俯身使劲一吸，烟就着了，可脸颊也被滚烫的热气熏炙得火烧火燎的。他叼着烟，掀开灶房的蓝布印着白花的门帘，见昏暗的灯光下，那女人正在一个小铝盆里搅鸡蛋，便明白先前听到的那咣咣咣的声音是什么了。李文问："弄鸡蛋做啥？"女人仰了一下头，说："放到酱里去炸，吃起来香。这鸡蛋还是秋天我存下的，冬天的鸡懒，不爱下蛋。"说完，她笑了。李文觉得她笑的样子很妩媚，唇角圆圆的，微微上翘，眉毛也跟着像风中的柳叶一样有种飞的感觉。女人抬头对李文说："要想在这看我做饭，就上楼把灯给灭了。"李文心想，我付了钱，愿意让它亮着，你有什么好干涉的？他问："你怎么知道我没关灯？"女人眨了一下眼睛，颇有几分调皮地说："来我这里住的，多半是男人。男人嘛，心都粗，不计较小事。有时晚上他们的呼噜声都响起来，可灯还亮着。"女人放下铝盆，用舌尖舔了舔沾在拇指上的一点鸡蛋沫，说："电嘛，就是给人照亮的，人不要它的亮儿时，就该让它灭。"

说完，她又催促李文上楼关灯，李文不好反驳和磨蹭，只能踏上吱嘎乱叫的楼梯。这骨瘦如柴的楼梯一叫，李文就觉得踩着了八十岁老翁的肋骨，几乎不敢迈动步子了。他想这房子少说也有五十年的历史了。待他灭了灯下楼一问，果然。女人说这小木楼是娘家爹传给她的，原来是个榨油坊。她爹没有儿子，家业自然落到了她这个独生女儿身上。李文想起先前在街上看见这客栈的名字叫"小住"时，曾为它别致的名称所深深吸引，便问："这客栈的名字是谁取的？"女人将炒勺放到灶上，倒上一些油，用铲子向四围扬了扬，说："我取的。怎么，不好听吗？"李文深深吸了一口烟，说："当然好听了。"女人很满足地笑了，说："当初俺掌柜的嫌这名字难听，说是叫'小住'，这客栈的生意就不会兴旺。可旅客都是南来北往的，在你这里不过歇个脚——"油锅开了，她顾不得说话，赶紧用葱花爆锅，然后将鸡蛋倒进去煎炒，炒到嫩黄的时候，将一海碗的黄酱倒进去，然后接着刚才的话说："谁能在客栈长住啊，来这里的人不过像朵云彩，飘到这里，一眨眼就又飞走了。"李文闻着浓香的鸡蛋酱味，听着女人悦耳的话音，只觉得一股久违的亲切感袭上心头，心中暖洋洋的。李文问那女人："我该怎么称呼你？"女人说："就叫我刘嫂吧，俺家掌柜的姓刘。"李文听后不觉有些失望，他想这女人一定有属于自己的美丽的名字，也许叫雪花、雨晴，也许叫幽兰和翠荷，总之不该叫刘嫂。刘嫂扎着蓝底白花的围裙，腰板笔直，干起活来显得很利落。李文问她这客栈的生意为什么如此冷清？刘嫂说："这是赶巧了，今天早上刚走了两个客人，前几天人还多些。你今天来，算是独一份儿呢。住我这里的，有不少是老主顾，来这里跟回了家似的，想吃什么就自己来灶房弄。"李文便问这客栈最多能住多少人？刘嫂将鸡蛋酱盛出来用盆扣上，一边刷锅一边说："八月的时候，苏联红军打过来，有一伙就住在我这里，一共住了二十多号人呢！这些人能吃又能喝，见了酒就没命了，喝多了就把我店前的灯笼给摘下来转着圈耍，真是笑死人了。"李文知道，苏联越过满洲边境的士兵，有极少一部分是戴罪立功的囚犯，因为苏联在苏德战争中损失了不少兵力。这些囚犯有些是恶习难改的，李文听说在沈阳就有这样一个士兵，他原是个囚犯，来到沈阳后在灯红酒绿的环境中一熏染，又喝酒又搞女人，受了军事处分。李文问刘嫂："那些士兵在你这里没有惹事吧？"刘嫂一边和面一边说："他们只住了两天，没等惹事就走了。"说完，咯咯地笑了起来。

　　李文是九月初九从苏联飞回东北的。他们一共分三批回来。李文他们此次归来是以苏联士兵的身份，穿着苏联的军服，而且都被授予了军衔。东北已经解放，但行政机构被国民党接管，以特殊身份归来的抗联队员在各地成立东北人民自卫军的分支，继续壮大他们的武装力量。然而个别老百姓对他们的归来却抱有微词，说是抗战胜利了，他们才从异国坐着飞机回来，而且穿着别国的军服，这还是当年抗联的战士吗？因而李文在旅途中时，一般都穿着便服，而把军服放在旅行包里。他还记得九月底出现在哈尔滨的舅舅面前时，老人家看着他怔了半晌，说："你真风光啊，李尔，穿上这身衣裳了，我教你的那点文化呢，如今你还记住点什么？"李文沉静地告诉舅舅，他早已不叫李尔了，叫李文。舅舅就颤着声教训李文："你怎么这么不开窍，去当兵了。你的语言天赋有多好，这些年要是留在我身边，英语、法语、德语就全过关了。到时候不管它是国民党还是共产党，都得用你的才华。你现在呢，头脑空空，穿着这身狗皮，还有什么脸回来见我？"李文不卑不亢地回敬舅舅，说这些年来他虽吃过很多苦，但他觉得活得很有价值，不像有些躲在大学里的老学究，两耳不闻窗外事，甘心当亡国奴！李文的话自然使舅舅大发雷霆，他咆哮着将他赶出家门。李文记得他离开舅舅家时，一直坐在沙发里吃橘子的姐姐追出门来，她冲着他的背影说："李尔，你住在哪里？告诉我！"姐姐已经嫁人，是李文舅舅为她做的主，嫁了个声乐老师。她看上去还是那么任性和图慕虚荣。李文什么也没回答她，一溜烟下了楼，在大街上漫无目的地行走，一直走到黄昏时分，他进了一家餐馆，吃了碗馄饨，又喝了一壶茶，这才心平气和地走出去。

李文看着刘嫂的身影，不由想起了在伯力时相遇的雅斯克村香肠店的姑娘尤里娅。李文在一次滑雪训练中意外撞到山岩受伤后，在医院里足足昏迷了一周才醒来。他的左膝的膑骨也骨折了。住院期间，尤里娅常常提着几根香肠去看他，见了他只会抿着嘴乐。她红润的脸色总是像朝霞那么鲜艳。待他康复出院后，已经是春天了。北野营外草地上的野花开得很繁盛，尤里娅常常借送香肠的机会来看李文，她喜欢在草地上摘一朵蓝色的花，把它插在上衣靠近领口的扣子里。李文问她为什么喜欢蓝色的花，尤里娅总是说："因为它像眼睛！"尤里娅的双眼燃烧着热望，而那蓝花也散发着蓬勃的香气，这三只眼睛实在令李文难以抵挡。他每次见到尤里娅，总是反复强调部队纪律很严，不能随便来打扰他。尤里娅眨着眼睛笑笑，并不以为然。依然隔段时间就来，来时骑着马，将马放在草地上，而她则慢慢走向营房。

李文在此时此地想起尤里娅，不知不觉眼睛就湿润了。刘嫂和好了面，抬眼望了一下李文，见他怅然若失的样子，就轻声问："想家了吧？"李文摇了摇头。刘嫂拍了拍和好的面，说了句："正好，不软不硬。"然后对李文说："别不好意思，男人嘛，在家里可能待老婆并不太好，一出门，就开始想了。想那热炕头和热汤热水。"李文没有反驳她，他岔开话题，问她既然这么在意电，为什么客栈门口的红灯笼在天没黑透时就亮了？刘嫂捅了捅灶里的火，说："这你就不懂行了。冬天时天黑得早，让灯笼早些亮，就能吸引住过往的行人。我这灯笼，一亮就是一夜，天明时才灭它。有一回半夜三更我从外面回来，走在这街上，不见行人，又黯淡，真冷清啊。后来看见了我们小住客栈的红灯笼，心里那个暖啊，差点没掉下泪。人在黑暗和冰冷处走，最想看的就是灯了。"刘嫂说得动情，她的眼角有些湿润了。李文最怕女人的泪水，他连忙走出灶房，对刘嫂说："我先回屋倒一会儿。"刘嫂点点头，说："你一会儿是下来吃，还是让我把面端到你的屋子里？"李文说："不麻烦了，我还是下来吃吧。"刘嫂说："不麻烦，反正我也要上楼给俺家掌柜的送面。"

李文正欲上楼，只听客栈的门声响了，一股白白的冷气像归栏的绵羊一样闯了进来。李文看见一对青年男女提着旅行包站在门口往毡垫上踏雪。刘嫂闻声笑吟吟地从灶房迎出来，殷勤地问："住店啊？"他们连说"是"，说是火车被大雪给阻隔在这里，他们只有住在宾县了。李文便插言问是哪一列火车？他们说是由佳木斯开往哈尔滨的。李文便觉奇怪，说是他也是从那列车下来的，已经在客栈呆了近一小时了。那年轻男人不无懊恼地说，他们先是住进了车站斜对面的一家客栈，发现那儿的房间实在脏，墙壁有臭虫的污血痕迹，枕头脏乎乎的，总之是让人觉得不舒服。他们是新婚旅行，不想住得太马虎，于是就退了房。在街上一打听，人都说挂红灯笼的小住客栈不错，干净，温暖，收费又不高，他们就奔这里来了。刘嫂听后自是喜出望外，她连忙引他们上楼，让他们住在李文隔壁的房间里。然后麻利地打来洗脸水，问他们晚饭吃炸酱面是否可以？李文这才明白，刘嫂刚才为什么炸了那么多酱，也许当时就预料到会有客人来。就是不来人，剩下的酱搁上个把礼拜也不会坏掉的。

　　李文回到房间，在黑暗中吸了三支烟，然后打开灯，掏出旅行包里杨路留给他的半块铜镜，仔细地看着那上面妖娆的花枝纹路和喜鹊图案。他想趁这几天休息的时间，赶到杨路的故乡去寻找杨昭，一定认他做自己的兄弟。铜镜被李文经常抚拭，因而看上去越发光可鉴人。杨路有时就用它来照自己的脸，通常，只能照见半面脸，而把它置于远处，虽然是将脸照完全了，但却模模糊糊的。他特别喜欢看自己的面容在铜镜里若隐若现着，仿佛铜镜中的云彩乱飞，遮住了他的脸颊，又仿佛是喜鹊翘起了长尾巴，挡住了他的眼睛。他在梦里，就常常看见喜鹊在花枝上闹喳喳地叫。

李文听见楼梯又吱嘎吱嘎地叫了，连忙把半块铜镜放回旅行袋里。刘嫂用一个木制托盘端着面和酱上来了。她先到李文的房间，端下一碗面和一碟酱，还有一碟酸菜心，说酸菜心腌得脆生，用它蘸酱吃很开胃。然后说锅里的面还有呢，一碗不够就自己去盛。说完，就去她男人的房间了。李文听见隔壁的门一响，咳嗽声就响起来了。

吃过面，李文一看表，只有六点多钟，这个时间睡觉未免早了点，索性穿戴暖和了，打算到外面去转转。刘嫂见他要出去，就说雪大天冷，小心着凉伤风，让他早点回来。李文答应着，抄着袖子走出客栈。天已黑透了，雪却没有停，街上少见行人，只见一些店铺的门前堆着小山似的雪，灯火将它们映得格外丰盈动人。李文漫无目的地走着，觉得铺天盖地的雪花就像一张网，把他严严实实地罩住了，他只能在网底挣扎着。因为不是为赶路而走路，因而心境从容，虽说走得艰难，却觉无比逍遥。李文走到一家铺子前面，四顾无人，一时兴起，就动手堆起了雪人。他俯身把雪一点点地往窗前推，借着玻璃窗投映出的灯火，堆了个丰盈美丽的姑娘。可惜他没有胭脂，不能为她涂上红唇，又没有杏核，可为她做一双丹凤眼。

李文回到小住客栈时已经八点钟了。刘嫂坐在火炉旁等他。她换了装束，穿了件银粉色的软缎上衣，头发也精心梳过，脸上略施粉黛，在柔和的灯光下显得矜持文雅，楚楚动人，使李文有一种心跳的感觉。刘嫂大约看穿了李文的心思，她拍了拍衣襟，笑着说："人家那对房客是新结婚的，我刚才给他们送了支红蜡烛。我要是穿得灰突突的去，还不扫人家的兴。"李文说："这打扮很好。"

　　刘嫂抿着嘴说她掌柜的睡了，那对新婚夫妇想必也上床了，她该做的活儿也弄完了，若是李文不介意的话，可否在楼下陪她喝点酒？一边喝酒一边守着客栈，有人来也可随时招呼着。李文连说可以。刘嫂便笑着离座，眨眼间就从灶房端来两个碟子，一碟盐水煮花生，一碟红辣椒炒鹿肉丝，将它们放在窗前的一张方桌上。然后回头吆喝李文："帮我把它抬到火炉旁，在窗口喝酒寒气大。"于是，五分钟后，他们相对坐在了火炉的方桌旁。刘嫂说酒是她刚才出去打的，在老米家的酒坊，他家的酒是自酿的，味道很好。她还说酒要烫了喝才好，喝凉酒伤人，年岁大了腿脚会不利落。酒盅是古董色的，很厚实，烫好的酒刚一入盅，李文就闻到了扑鼻的香气。呷了一口，只觉热气在腹腔里滚滚下沉，心底的那种凉意顷刻间就烟消云散了。一盅酒落肚，李文的话多了起来，他问刘嫂身边为什么没个孩子？刘嫂抿了一口酒，用凄凉的口吻说，因为她是家中独女，当时她爹要招个男人入赘。让男人入赘女方家，就仿佛是一种奇耻大辱似的，极少有人乐意这样做。没办法，只能跟了她现在的掌柜刘西民。刘西民兄弟五人，家穷，有三个光棍汉。他入赘到客栈后总觉得比其他男人矮半截，走路老是低着头，溜着边儿，也不爱和人打招呼。本来他身子骨就弱，这下更骨瘦如柴了，结婚三年后她也没怀上孩子，而他得了肺病，一点活儿都干不了，只能在街上闲逛。李文说："那他这一段是不是重了些？我听他咳嗽得厉害，他每天连楼都不下吗？"刘嫂又抿了一口酒，说："以前他还乐意出去逛，自打太一郎回了日本后，他就不爱出门了。"见李文现出费解的神色，刘嫂解释说，太一郎是个八岁的日本男孩，他父母是经商的，平素顾不上他，太一郎就满街乱跑，就跟整日也在街上游荡的刘西民混熟了。太一郎嘴儿甜，大奔儿头，眼睛很亮，很讨人喜欢。刘西民常买零嘴儿给他吃。他领着太一郎在街上走时，别人老是逗刘西民，说是他没有儿子，既然这么喜欢太一郎，让他做干儿子得了。太一郎就叫他"干爹"，那一段刘西民的肺病也轻了，脸上有了笑容，有好吃的总要留给太一郎，时常带他来客栈玩。日本投降后，太一郎随父母逃难了，从此后刘西民旧病复发，再到街上时，别人都挖苦他，说你那个日本小崽子的干儿子哪里去了？他听了心里很难过，就不爱到街上去。入冬以来，几乎足不出户，就蜷缩在三楼的房间里，常常趴在窗台上呆望着街头的行人。

李文听着刘嫂的娓娓讲述，看着她眼角弥漫的泪水，内心有一种疼痛的感觉，可他不知该安慰她一些什么。他们彼此沉默着，把一壶酒喝干了，炉火也渐渐要熄灭了。刘嫂忽然叹了一口长气，望着门说："都十点了，今儿不会再有客人来了。"刘嫂说时候不早了，让李文早点上楼歇息，没准儿明天早晨雪停了，火车会通了。李文答应着上楼，才走了几步，他又转过身，望着因忧伤而越发显得惹人怜爱的刘嫂，很想拉一拉她的手。刘嫂似有察觉，她脸红了一下，催促李文说，快去歇着吧，她洗漱完毕也要睡了，明天还要起早给她掌柜的买豆腐呢。

李文上了楼，关上房门，躺在床上时内心有一股温暖而又悲凉的感觉，他不知不觉流下了泪水。从墙壁的一侧传来喑哑的咳嗽声，而另一侧则传来床铺摇荡的吱嘎声，使他难以入眠。就这样胡思乱想到后半夜，李文才不胜疲倦地睡着了。

第二天雪并没有停，但是小得多了。李文下了楼，打算先去火车站问问，今天能不能发车，若走，又是什么时间。怕火车即将启程，他把旅行包也带上了。走到楼下，见大门开着，一身深蓝衣裳的刘嫂正守着一辆毛驴车买豆腐。有个穿着黑棉袄戴着狗皮帽子的男孩正用铲子撮豆腐。李文听见刘嫂问那男孩："拳头，你今天几点钟起来磨豆腐的？"男孩说："我三点就起来了，看驴睡得香，没舍得那时辰叫醒它，让驴睡到四点，我俩才一起磨豆腐。"刘嫂听了咯咯笑了，说："拳头对驴都这么疼，将来娶了媳妇，更会疼得不得了的。"

李文定睛看那男孩，忽然被他颈下吊着的半块铜镜深深吸引了。那铜镜的颜色和图案与他手中的相差无二，不同的是这男孩挂着的铜镜，在左右两侧的边缘各打了一个眼，使麻绳从中穿过。李文心跳加速，他连忙从旅行包里掏出半块铜镜，把它拿到男孩的胸前，将两块铜镜往起一对，竟然严丝合缝地对在了一起，毫厘不差！那铜镜上被斩断的花枝又连在了一起，那阻隔了的云彩又飞涌到了一处。先前在拳头的铜镜上只有头的喜鹊，如今又找回了翅膀和优雅的长尾巴，看上去活灵活现的。拳头俯身吃惊地看着这面完整的铜镜，指着那只刚刚得到了翅膀的喜鹊说："这下你又能飞了！"

一九九九年十二月四日写毕于哈尔滨

二〇〇〇年一月十六日改毕于塔河

跋　一

翻开《伪满洲国》的手写稿，在第一本的第一页上，我看见了当时标记的写作日期：一九九八年四月十二日。

记得那天花去了整整一个白天，才写下并且确定了《伪满洲国》的开头："吉来一旦不上私塾，就会跟着爷爷上街弹棉花，这是最令王金堂头疼的事了。把他领出去容易，带回来难。吉来几乎是对街上所有的铺子都感兴趣，一会儿去点心铺子了，一会儿又去干果店了，一会儿又笑嘻嘻地从畅春坊溜出来了。"

我觉得找到了《伪满洲国》的叙述基调和语言感觉。虽然那一天只写了几百字的开头，可却觉得无限充实。傍晚散步时看着暮色温柔的街景，有一种特别的感动。

追溯《伪满洲国》的写作动机，那还是十二年前在北京鲁迅文学院求学期间萌生的。不过那时我对这一段特殊的历史所知甚少，那种动机只能是一种想法，很快就被其他的写作淹没和冲淡了。一九九〇年我毕业回到哈尔滨，拥有了一间属于自己的小屋，终于可以安定而踏实地读书和写作了。这时《伪满洲国》的写作念头又不可遏止地浮现出来。同年底，我到日本访问，在东京，有天晚宴结束后，有一位两鬓苍苍的日本老人突然走到我面前，他讲着一口流利的汉语，他对我说的第一句话是："你从满洲国来？"我当时有一种蒙羞的感觉，因为"满洲国"的历史已经结束半个多世纪了，而那段历史对东北人民来讲又是苦难的历史。这位老人在三十年代来过东北，当时是一家新闻通讯社的记者，他向我了解如今的东北的情况，表达了想再来看看的愿望，这对我是一种震动。我想起了东北一些老人在忆起旧事时常常要说的那句话："满洲国那时候……"这段历史何以给中日人民留下的烙印如此深刻？归国后我开始去省图书馆查阅相关资料，做了一些笔记。然而图书馆资料有限，《伪满洲国》在我心中只是一个雏形，觉得动笔写它为时尚早。在接下来的七年时间里，我着力进行一些中短篇的写作，从这种写作中获得了文字的锻炼，同时，仍然注意搜集《伪满洲国》的历史资料，这里既有从图书馆复印来的，也有从书店购置的，更宝贵的是从一些旧书摊寻到的。到了一九九八年，我觉得《伪满洲国》的意象在我心中愈来愈丰满，创作的冲动已经出现，于是又集中做了两个月的资料，到了四月迎春初放之时，便开始了写作。

　　从一九九八年四月动笔，到一九九九年十二月底写毕，用了一年多的时间。这期间除了世界杯足球赛期间我中断了写作外，基本是把全部精力都投到了《伪满洲国》上。写作带给人精神的那种愉悦与给身心所造成的疲惫自不待言。在这期间，由于我结婚后与丈夫两地分居，所以常常是提着资料和手稿奔波在哈尔滨与故乡之间。

在哈尔滨每天写作之后，无论什么天气，总要坚持在晚饭后的黄昏散散步。有时累得或懒得不想做饭了，就花钱到餐馆吃现成的。而在故乡，我的窗外就是山峦、河流和草滩，夏季时推开窗户，清冽的空气就会飘荡在室内，你能嗅到花香、草香和河水的气息，鸡鸣狗吠的声音也不绝于耳。记得去年阴历七月十五的夜晚，我站在窗前向下一望，只见那河流被月亮映照得焕发着勃勃金光，感觉那河上的月光似在燃烧，这夜景实在美得惊心动魄。这种寂静而风景优美的写作环境，使《伪满洲国》的写作一直显得比较悠徐从容，不急不躁，以至脱稿之后，当我把稿子整理出来，发现它已有六十多万字，着实吓了我一跳。

一部我倾注了巨大热情的长篇写完了，它是否成功，有待读者的评判和时间的验证。对我而言，心中满落着《伪满洲国》燃烧后落下的灰烬，这灰烬苍凉而苦涩，一如我远离故乡时的情愫。我感谢《钟山》杂志社的傅晓红女士和徐兆淮先生，他们以第一读者的身份给予这部长篇最初的肯定，并且辟出两期的版面来率先刊发它。我还要感谢作家出版社的白冰先生，他以最快的速度读完它并做出出版的决定，使《伪满洲国》很快能被更多的读者看到。

今天是二〇〇〇年四月十八日，大兴安岭仍在飘雪。前些天北京和华北一带沙尘暴肆虐之时，这里却是风清云白、积雪消融的明媚风光。如今残雪仍存，雪又飘飘洒洒地来了。窗外是一派苍茫的景象了。我记得在哈尔滨写完《伪满洲国》的那个傍晚，是初冬时令，我独自到餐馆叫了两个菜和一瓶酒，一边吃喝一边望窗外灯红酒绿的夜景。待我走出餐馆，发现天在落雪，雪花温柔而凉爽地抚摩着我的脸，使我有要流泪的欲望。今天我在遥远的故乡写这篇后记，望着窗外那大片大片飘扬着的雪花，望着已经模糊了的山、树和河流，也有一种要流泪的欲望。我喜欢雪，不管我晚年时身在何方，都会温暖而疼痛地遥忆着故乡。愿我岁暮时的白发和那一摞摞写作的纸片能化成一带雪花，飘向这里。

二〇〇〇年四月十八日　塔河

跋 二

　　这部长篇已经出版五年了。如果加上准备资料时间和写作的时间，它在我心里至少有十年了。

　　有关写作的缘起和过程，我在作家出版社初版的"跋"中已有交代。在这以后，日本河出书房新社翻译出版此书时，我还写过一篇"跋"。今年《长篇小说选刊》在"经典回眸"栏目中，分两期选登本书时，我又应约写了一篇创作谈《小人物与大历史》。其实，对《伪满洲国》这本书，该说的话也都说了。所以此次人民文学出版社为它做新的单行本，我再次提笔写这个"跋"时，心中有一点点疑惑：我是不是老了，变得爱唠叨了？

　　我想，只有爱才会让人变得絮叨。我爱这部长篇，不是因为它的长度，而是因为它粗粝、饱满的气质和对我个人生活的纪念意义。我在新婚时开始了两年的写作，二〇〇〇年它在作家出版社出版时，爱人还与我分享它带给我的喜悦。而日文版的《满洲国物语》和人民文学出版社出版的"中国当代名家长篇小说代表作"版本面世时，我却再也听不到他翻动我的书时，纸页发出的温柔的窸窣声了——那曾是我眯着眼睛、最喜欢聆听的一种声音。

　　记得去年九月我在故乡接受《纽约时报》关于这部书的电话采访时，他们特别问我为什么要用小人物的视角来讲述这样一段历史。我反复强调的一个词是：人性。我觉得只有在小人物身上，才会洋溢着更多的人性之光，而人性之光是照耀这个世界黑暗处的永远的明灯！

　　写这篇跋时，我刚刚来到美国爱荷华国际写作中心三天。从窗前望去，可以看见静静流淌着的爱荷华河。水面上有凫游的天鹅和野鸭，对岸的红楼掩映在绿树丛中。聂华苓老师知道我喜欢音乐，特意转录了莫扎特和柴可夫斯基的 CD 给我。伴着令人陶醉的古典音乐，和从窗外飘进来的清风鸟语，写着这篇短文，我的眼前涌现的却是泛着灰色的旧日时光。那是一种冷中有暖、欢欣中有沧桑的时光，就像我这部长篇所散发的气息。

　　我不喜欢黑暗，但也不喜欢刺目的光明。刺目的光明在我眼中是另一种黑暗。不管我在哪里，我都喜欢坐在黄昏里，带着我的书，一同倾听这世界的风雨。

二〇〇五年八月二十八日　爱荷华

跋　三

一九九八年早春的一个日子，我背对窗户，在旧居漆黑的写字台上，开始了《伪满洲国》的写作。我明白，我写作历史中的长跑开始了。长跑是需要蓄积足够的能量和激情的，在那一年，这两点都悄然来临了。我已经为这部长篇做了多年的资料准备，做了大量笔记，并且在持续的中短篇写作中获得了文字的锻炼；而且那一年我做了新娘，喜气洋洋，精力充沛，以往我担心的《伪满洲国》的写作会损害我健康的顾虑，被彻底打消了。我就像一匹找到了一个好主人的、吃足了草、喝够了水、歇息得只想扬蹄奔腾的马一样，一头闯入了一段尘封已久的沧桑岁月，开始了我漫长的文字旅行。

写作之前，我已经确立了用小人物写大历史的写作理念和以人性之光驱散战争带给中日两国人民心灵阴霾的基本思路，而且形式上采用编年体，删繁就简，让纷繁复杂的人物，在历史的长河中，能在恰当的年份浮出水面，所以工作进行得十分顺畅。在那两年，我提着手写稿奔波在哈尔滨和故乡之间，为那段在教科书中只有只言片语的历史建构着房屋，开辟着道路，填充着人物，涂抹着色彩。就这样，弹棉花的命运多舛的王罗锅出来了，开当铺的好心掌柜王

恩浩出来了，天真愚顽的吉来出来了，"砸窑"土匪胡二出来了，
开拓团的中村正保和细菌部队的北野南次郎出来了，站在灰尘累累
的杂货铺中叼着长烟袋的杂货张出来了。他们占据各自的角落，讲
述着自己在那段岁月中的故事。这些形形色色的小人物一出场，那
个时代在我眼前就栩栩如生了。

我在小说中也写了大人物，比如溥仪，但我写他也是用写小人
物的笔法，写他的"细枝末节"，折射他心灵深处的压抑和孤独感。

其实小人物才是历史真正的亲历者和书写者。人世间的风霜雨
雪，大都被普通百姓所承受了。平顶山大屠杀中不会有大人物，被
抓到虎头要塞当劳工的不会有大人物，因吃白米而被定罪的人中也
不会有大人物。因为经历了太多的苦难，所以小人物对"善"有着
天然的热爱和渴求，他们的情感世界因而异彩纷呈、真挚动人。为
这样一群小人物塑像，我用的是东北肥沃的泥土，而调和着这泥土
的，是这里的河流和清风。

二〇〇〇年，《伪满洲国》出版了。那上下两卷接近七十万字
的书，真的像两块厚厚的砖头，在呈现它重量的同时，也无形中为
读者的阅读制造了障碍。因为我深知这是一个浮躁的时代，真正能
静下心来读两卷书的批评家都很少了，更何况是为生计所累的普通
读者呢？但不管怎么说，我的内心终于平静下来了，因为我完成了
四十岁前最想完成的一部书。我感激我的爱人，因为他的爱给予了
我完成这部作品的勇气、信心和激情。所以一拿到样书，我首先送
给他一套，我在扉页写的是："把我目前最为满意的一部书送给你，

它是我的，更是你的。"二〇〇二年春，爱人因车祸而离开了我，我们的婚姻只有短短的四年时光，这其中我有两年沉浸在这部长篇中，可以说它是我们婚姻的见证和纪念。由于这个特殊的原因，我现在翻阅它的时候，内心会有疼痛的感觉。

以上文字，节选自我二〇〇五年为《长篇小说选刊》写的《伪满洲国》的创作谈。关于这部长篇，我写过两篇跋了，想表达的也基本都表达了。人各有命，作品也是一样。我目前出版了七部长篇，比起《额尔古纳河右岸》《白雪乌鸦》和《群山之巅》，《伪满洲国》的发行量和评论度都不及它们，虽说日本河出书房新社翻译出版了此作，台湾的联经出版公司也出版了繁体字版。对于我来说，这部长篇难以忘怀，除了因为它是我婚姻的纪念，更重要的是，它记录了我青春时代最畅快的一次文学旅行。重读这部作品，也发现了遗憾之处，但我依然爱它从容的气质，也就是说它是结实的，有韵致的。我相信即便今天重写这个题材，我也不会比当年做得更好。因为这部长篇是我中短篇积累到一定程度时，一次恰当而自然的"起飞"。虽然在飞的过程中，也有小小的颠簸，但它的翅膀是硬的，没有中途折戟沉沙。所以这部作品的文学天空，在我的记忆中没有褪色。

从我写作《伪满洲国》至今，快二十年了，爱人离开我也十五年了。每年阴历三月二十一，他忌日的那天，如果是在故乡，我会从卧室的书架上，取下我送他的这部长篇，轻轻翻动书页，希冀与他留下的指纹重逢。

　　南宋的白石道人有一首广为流传的词《踏莎行》，其中的"淮南皓月冷千山，冥冥归去无人管"，成为千古名句，王国维对此也大为赞赏。词的主要部分，抒发的是梦里梦外的离愁别绪，而结尾这两句一出，意境立高，自然和人的命运感，宛若清寂深邃的古刹钟声，撞人心扉。

　　一部难以忘怀的旧作，一个只能在梦里牵手的爱人，以及不言不语的青山和自来自去的月亮，或许都是白石道人那两句词的心灵写照，这也是我有勇气把《伪满洲国》再度推到读者面前的动因吧。不管它命运如何，毕竟在这一刻，它被我捧在掌心，重新掂量和打量。不同于青春时代，我手上的持重能力强了些，所以感觉它"轻"了些；又因为我已花了眼，打量它时就有隔世的恍惚感——仿佛它弥漫着此岸的泪水，又仿佛它在彼岸的雾中。

二〇一七年五月二十八日　哈尔滨